U0905979

2021
中国
年选系列

★★★★★

2021年中国
中篇小说
精选

中国作协创研部　选编

长江出版传媒｜长江文艺出版社

图书在版编目（CIP）数据

2021 年中国中篇小说精选 / 中国作协创研部选编. –
武汉 : 长江文艺出版社， 2022.1
（2021 中国年选系列）
ISBN 978-7-5702-2236-0

Ⅰ. ①2… Ⅱ. ①中… Ⅲ. ①中篇小说－小说集－中国－当代 Ⅳ. ①I247.5

中国版本图书馆 CIP 数据核字(2021)第 237752 号

2021 年中国中篇小说精选
2021 NIAN ZHONGGUO ZHONGPIAN XIAOSHUO JINGXUAN

责任编辑：梁碧莹　刘　璐　　　　责任校对：毛　娟
封面设计：徐慧芳　　　　　　　　责任印制：邱　莉　杨　帆

出版：长江出版传媒 | 长江文艺出版社
地址：武汉市雄楚大街 268 号　　邮编：430070
发行：长江文艺出版社
http://www.cjlap.com
印刷：武汉科源印刷设计有限公司

开本：700 毫米×1000 毫米　1/16　印张：23.75　插页：2 页
版次：2022 年 1 月第 1 版　　2022 年 1 月第 1 次印刷
字数：389 千字

定价：45.00 元

编选说明

每个年度，文坛上都有数以千万计的各类体裁的新作涌现，云蒸霞蔚，气象万千。它们之中不乏熠熠生辉的精品，然而，时间的波涛不息，倘若不能及时筛选，并通过书籍的形式将其固定下来，这些作品是很容易被新的创作所覆盖和湮没的。观诸现今的出版界，除了长篇小说热之外，专题性的、流派性的选本倒也不少，但这种年度性的关于某一文体的庄重的选本，则甚为罕见。也许这与它的市场效益不太丰厚有关。长江文艺出版社出于繁荣和发展文学事业的目的，不计经济上一时之得失，与我部合作，由我部负责编选，由他们负责出版，向社会、向广大读者隆重推出这一套选本，此举实属难能可贵。

这套丛书的选本包括：中篇小说选、短篇小说选、报告文学选、散文选、诗歌选和随笔选六种。每年一套，准备长期坚持下去。

我们的编辑方针是，力求选出该年度最有代表性的作品，力求选出精品和力作，力求能够反映该年度某个文体领域最主要的创作流派、题材热点、艺术形式上的微妙变化。同时，我们坚持风格、手法、形式、语言的充分多样化，注重作品的创新价值，注重满足广大读者的阅读期待，多选雅俗共赏的佳作。

我们认为，优良的文学选本对创作的示范、引导、推动作用是非常重要的，对读者的潜移默化作用也是十分突出的。除了示范、引导价值，它还具有文学史价值、资料文献价值、培育新人的价值，等等。我们不会忘记许多著名选本对文学发展所起到的巨大作用，我们也希望这套选本能够发挥它应有的作用。

这套书由中国作家协会创作研究部编选，具体的分工是：

中篇小说卷由牛玉秋同志负责；

短篇小说卷由胡平同志负责；

报告文学卷由李朝全同志负责；

散文卷由韩小蕙同志负责；

诗歌卷由李壮同志负责；

随笔卷由纳杨同志负责。

中国作协创研部

目录

走出草地

徐贵祥

一

天是好天，路也是好路。

头天晚上在四支队演出活报剧《为谁扛枪》，效果很好。

这出戏的主角，是一个从国民党军队投诚过来的红军营长，旧军队习气不改，经常打骂士兵，得一绰号“铁匠”。后来在一场战斗中，曾经被他打骂的士兵冒死把他从死亡线上救出，营长醒过来后，抱住这个士兵声泪俱下地问，你不恨我？我是“铁匠”啊。士兵回答说，你不是“铁匠”，你是我的兄弟……

戏演到这里，一个红军干部冲上戏台，抓住演员的手，声泪俱下地说，宣传队的同志，你们演的就是我啊，我对不起兄弟……我再也不当“铁匠”了……这个插曲把演出推向了高潮，台上台下一片口号声——

官兵一致，反对打骂士兵！

红军都是亲兄弟，团结起来打胜仗……

演出结束后，纵队政治部主任东方广到台上讲话，把宣传队好一通表扬，说宣传队深入生活，贴近战争实际，创作的节目有针对性，激发了士气，宣传了纪律……

不仅得了表扬，四支队还熬了一锅稀饭，炖了两盆羊肉。大家兴高采烈地打了一顿牙祭，就到半夜了。

东方广跟队长韦芷秋说，干脆，天亮再走，不用走羊肠小道了，我派一个连队保护。

韦芷秋说，那当然好，反正到黄岩厝演出是晚上。

这样就说好了，原计划后半夜出发，变成了天亮出发。

后半夜美美地睡了几个小时，第二天蒙蒙亮，宣传队披着星星，踩着露水，向黄岩厝方向进发。

黄岩厝是国民党军六团的驻地，团长于仕伏这段时间正在酝酿起义，心腹一个营先期进入采荷村一带驻扎，这里实际上已经是红军控制区了。

这一路上，大家兴高采烈，回顾昨晚的演出细节，有多少次鼓掌，多少次喊口号，多少人热泪盈眶……当然，还有对今晚演出的预期。宣传队成立以来，给起义部队演出还是第一次。党代表王振寰说，打骂士兵是国军的家常便饭，《为谁扛枪》拿到起义部队演，肯定更受欢迎，等着瞧，今晚……

讲到这里，王振寰顿了一下，对扮演“铁匠”的马德说，马指导你当心啊，昨天有人上台跟你动拳头，今晚没准跟你动枪。

马德怔了一下说，啊，还真有可能，咱们演得越像，越能把国军士兵的仇恨激发出来，嘿嘿，我倒是真想挨一枪。

听到二人对话，韦芷秋当真了，跟王振寰说，这确实是个问题，到了地方，跟他们讲，部队要有军官控制，看戏的时候退子弹。

马德哈哈一笑说，退子弹不妥，随时准备应对情况呢。又说，真的能把士兵的仇恨激发出来，我挨一枪也值，就是牺牲了，也可以作为教材，体现我们红军宣传队的威力。

韦芷秋说，马指导你别胡说，我们不能把喜剧变成悲剧，要防止意外。

王振寰说，可以在开演之前，让战士们把枪栓捆一道绳子，在他激动的时候提醒一下……

前面的队伍放慢了速度，王紫蓝不时东张西望，眼角余光主要落在马德的身上。李璐在一边看见，诡秘一笑说，王紫蓝，现在看没用，晚上演出，万一有人向马指导扔石头，你冲上去，挡在马指导的前面，我跟你讲，就这一下子……美人救英雄，就是一场好戏。

王紫蓝脸一红说，谁看马指导了，我在找地方，看……哪里可以解手。

何连田挑着担子，脚下生风，肩膀上的扁担吱吱呀呀就像唱歌。几位队干部讲得热闹，东一句西一句落到他的耳朵里，那些话他听明白了，听起来像担心什么，其实是偷着乐。

何连田也偷着乐，虽然他只是个挑夫，他还是偷着乐。自从被发配到宣传队，自从韦队长跟他讲他是宣传队的一员，自从党代表王振寰跟他讲，他犯的错误不是主观错误，他渐渐地就忘记了那个错误。这几个月，宣传队好戏连台，特别是昨晚，那个场面，让他眼泪巴嚓的。宣传队好啊，纵队奖励的那十斤猪肉，就在他的担子里，宣传队就是他的家，他和他的担子也是宣传队的家。

走出七八里地，快到刘湾的时候，远远听见零星枪声。王振寰说，啊，怎么一大早打枪，好像是黄岩厝方向。

马德说，黄岩厝方向？难道是迎接我们，那也不用这么老远就放鞭炮啊。

韦芷秋听了听说，不会出什么事情吧，于团长的部队还不太稳定。

枪声时疏时密，还夹杂着几声迫击炮弹的爆炸声。韦芷秋站在一块山坡上瞭望，一会儿下来说，不是黄岩厝方向，至少离黄岩厝还有十里地，应该在桥店一带，可能又是袭扰，不理他。

这段时间，根据地打了几个大仗，在山区周边都构筑了防御阵地，国民党军暂停大规模进攻，经常派出营、连规模的袭扰，侦察红军防御部署，小打小闹不断，大家已经习以为常了。果然，枪炮声响了十几分钟，渐渐停了。

王振寰招呼大家，就地休息。宣传队几个干部坐在路边商量，把剧本稍微改一下，给“铁匠”增加点内容，让此人后来成为一个爱兵模范。

韦芷秋他们商量剧本的时候，何连田正琢磨要不要把韦队长的茶壶找出来烧一壶茶，女队员李璐和王紫蓝一前一后走过来，看见何连田，李璐把背包放在何连田的担子上，说了声，我们到下面解手，看着点，别让人过来。

何连田的脸一下子就红了，马上别过脸去。一年前在新惠，他就是因为偷看女人洗澡，才犯了错误，被分配到宣传队当挑夫。

王紫蓝和李璐往山坡的东边走，何连田的脸就扭到山坡的西边，何连田的心里有一百个委屈。其实，那一次他真的不是故意的，他是因为担任警戒，听到树林那边有动静，才端着枪猫着腰去察看动静，哪知道一眼就看见了两段白白的嫩藕在水面上晃动。

嗨，新惠那地界，冬天也起雾，热气腾腾的，山根池塘里的水热得能煮鸡蛋，男人女人都在那里泡澡，男人晚上泡，女人早晨泡。可他不是新惠人，他哪里知道这个规矩呢？看一下怎么就犯错误了呢？当然，要说完全冤枉，也不是，看第一眼是撞上了，可是后来他还看了第二眼，第三眼还没看见，就被班长从后面踢了一脚，然后就……唉。

何连田正在胡思乱想，忽然听到不远处一声惊叫，他本能地站了起来，摘下扁担就要往那边冲，跨了两步，突然停住了，那里是王紫蓝和李璐解手的地方，他犯了一次错误，不能犯第二次错误……

就在何连田茫然不知所措的时候，李璐和王紫蓝一前一后从树林里冲了出来，李璐跟在王紫蓝的后面喊，王紫蓝你怎么啦?

王紫蓝说，蛇，他妈的一条蛇，跟在屁股后面撵我。

李璐说，小何，小何，快过来，把蛇挡住。

何连田看见王紫蓝和李璐的衣服穿得好好的，这才回过神来，操起扁担，昂首挺胸地迎着王紫蓝走过去，挡在王紫蓝的身后。待二人走了老远，也没有看见蛇。何连田想了想，又往前走了几步，到小树林察看一番，在一块潮湿的地皮前面，突然看见一根黑乎乎弯弯曲曲的东西挂在小树枝上，走近了才发现，原来是一根枯藤。何连田用扁担把枯藤挑下来，回到担子旁边，问王紫蓝，你看见的，是不是这个?

王紫蓝的脸色都变了，惊恐地说，快扔掉，扔得远远的。

何连田哈哈一笑，李璐也拍掌大笑，嚷嚷道，王紫蓝，你是一朝被蛇咬，十年怕……树藤，哪里有什么蛇，那是一根树藤。

王紫蓝这才壮起胆子，战战兢兢地往扁担一端看了一眼，又看了一眼，突然冲上来，夺过何连田手里的扁担，把枯藤扔在地上，用扁担头狠狠地敲打，一边敲打还一边嚷嚷，你这个混账东西，把老子吓死了。

何连田说，好了好了，别把我的扁担头打折了，我还要挑担子呢……这句话刚讲完，何连田的话头打住了，手搭凉棚往山下看——盘山路上，出现了一匹飞奔的战马。何连田放下扁担，走到队伍中间，向韦芷秋报告，后面有人追上来了。

果然，不多一会儿，司令部的参谋张成就策马出现在山坡上，到了跟前，张成翻身下马，向韦芷秋通报了一个情况——正在起义途中的国军六团，发生变化，二营一部分反动军官策划哗变。国军一个营后突然奔袭我桥店哨所，不排除接应敌人哗变的可能。

韦芷秋说，啊，还有这样的事！那我们赶快走，到六团去镇压哗变。

张成说，纵队首长命令你们取消到六团的演出计划，立即返回纵队部。

韦芷秋眼睛一瞪说，为什么?

张成说，六团的部队是稳住了，但是潜在的危机很多，随时都有再次反水的可能。

韦芷秋说，那正好啊，正是我们搞宣传鼓动的好机会，为什么要我们取消？

张成说，不安全啊，六团现在很乱，连于仕伏都处在危险之中，怎么能让你们去冒险呢？

韦芷秋盯着张成，大声说，你说什么，冒险？我们宣传队也是红军的战斗队，哪有战斗队怕冒险的？你回去向首长报告，我们绝不返回，我们的战斗位置在六团。宣传队的同志注意，集合，目标黄岩厝，前进。

张成急了，大声嚷嚷，韦芷秋，你冷静点，返回纵队，这是首长的命令。

韦芷秋一边扎皮带，一边对张成说，你的任务是传达首长的命令，你的任务完成了。回去报告首长，韦芷秋拒绝执行半途而废的命令。

说完，再也不理张成，招呼马德，马指导，你带警卫班到前面开路。

马德胸脯一挺，应道，是！

说完，手一挥，警卫班跟我上！

宣传队迅速集合起来，从张成身边擦过的时候，王紫蓝还向他做了个鬼脸，神气活现的样子。

张成忍不住骂了一句，这个韦芷秋，简直就是……就是女匪。

张成讲这话的时候，正好何连田从他身边经过，担子一斜，扁担头差点儿戳到他的胳膊上。

张成盯着宣传队的背影，好半天才举起马鞭抽在路边的一棵小树上，骑上马回纵队报信去了。

二

于仕伏的六团要起义，对于韦芷秋来说，不是秘密。

时光退回五年，她和于仕伏是武汉军政分校的同学，也是北伐战友。后来国民党清党，教官东方广带领十几个同学到南方参加了红军，于仕伏等人则成了国民党军军官，后来相逢在闽西“围剿”与“反围剿”战场，于仕伏几次派人给东方广送信，提出来要参加红军。水南战役结束之后，东方广率领邹成卓和韦芷秋等军校师生，同于仕伏秘密相会于两军交界处的乔城，要求于仕伏尽量多带一些部队和枪支弹药，经过两个多月的暗中酝酿，半个月前于仕伏将部队带到黄岩厝，一营直接驻扎在红军根据地边缘采荷村，就等红军政工队到部队接收了。没想到节外生枝，就在那几天，上峰突然给六团派来一个团副，名字叫高一凡。

从见面开始，于仕伏就感觉此人有些奇怪，穿着打扮与众不同，哔叽呢军装熨帖得十分周正，戴着雪白的手套，同于仕伏见面，连军礼都没有敬一个，而是突然把腰一弯，一只手拍在肩膀下面，嘀咕了一声，团座好。

于仕伏有些茫然，还没有还礼，高一凡已经直起腰来，从墨镜后面看着于仕伏说，初来乍到，请多关照。

于仕伏的心里很不舒服，不知道此人什么来路，行的是什么礼节，也不知道那副墨镜后面的眼睛，闪烁的是什么意思。当然，于仕伏最担心的还是，这个人有特务背景。

当天下午，于仕伏就着手调查高一凡的来历，在军部担任处长的一位同学跟他讲，此人是南洋的一个巨贾的公子，其父北伐时期斥资为蒋校长装备了两个师，所以同国军上层来往密切。高一凡从英国爱丁堡大学毕业之后，先后当过银行襄理、纱厂总监、铁路股东、商社老板，还在一座寺庙里当了几天和尚，据说准备修一座“空空寺”，要把林黛玉、史湘云、秦可卿等人的灵魂都召回来……一言以蔽之，此人什么都干过，但是什么都干不好。其父恨铁不成钢，将其交给一个军界朋友，让其学做军需生意。

于仕伏在同学面前发牢骚说，这他妈的什么事儿，简直拿我的部队开玩笑。同学说，就是开玩笑，但是你得陪着他把这个玩笑开好。那位当处长的同学跟于仕伏讲，根本不要把高一凡当回事，但有两条，一是要绝对保证安全，不能让这个高龄贾宝玉有半点闪失；二是他想干什么，尽量满足他，玩腻了他自然会滚蛋。

于仕伏的部队有什么行动，高一凡并不关心。他到六团的时候，带来了一匹枣红色的蒙古马，只要到一个地势开阔的地方，他的第一件事就是遛马，害得于仕伏不得不把骑兵排分出两个班跟在他后面护驾。部队到了黄岩厝，高一凡就住在二营部，因为这个营一直被当作预备队，不在一线，相对安全一些。

策划哗变的主谋是二营营副陈际会，头天夜里，陈际会秘密联络几个反动军官，商量武力阻止于仕伏起义，军官中有人觉得不妥，争论了很久，最后决定先礼后兵。陈际会秘密调动两个排的士兵，另有两名反动军官各带一个排，控制团部，准备逮捕于仕伏和于仕伏的支持者。

二营部驻地一时间成了哗变指挥部，不断传来低沉的口令声和奔跑声。这当口高一凡还在梦里，被人吵醒，非常恼火，穿上军装，蹬上马靴，还拎了一根文明棍，走到帐篷外面问贴身警卫姚独眼，哪里吵吵嚷嚷的，把陈际会给我叫来。

陈际会听说高一凡叫他，心里一惊，他也知道高一凡来头大，倘若高一凡不同意他闹事，他的麻烦就大了。

见到高一凡之后，陈际会又是敬礼，又是鞠躬，弄得高一凡很受用。陈际会把事情的经过讲了一遍，高一凡问，于仕伏他想干什么？

陈际会说，团副大人，于仕伏这分明是叛逆啊，他被赤化了。

高一凡问，赤化是什么意思？

陈际会说，赤化就是，就是反抗政府，造反啊。

高一凡想了想说，反抗政府？哈哈，你们那个鸟政府，乌烟瘴气，造反也没有什么不好。回去，统统回去，好好睡觉。

陈际会哭笑不得，突然往高一凡面前一跪，声泪俱下，团副，你是国军中校啊，你是中流砥柱啊，天降大任于你，受命于危难之中，部队的前程，可就靠你了。

陈际会这么一哭，高一凡就乱了方寸，晃了晃文明棍，把陈际会捣起来说，别哭了，我知道了，这件事我来跟于仕伏说。

陈际会大喜，又是敬礼，又是鞠躬。一行人底气更足了，簇拥着高一凡，耀武扬威地涌向团部。

这天早晨吃过饭，于仕伏和红军的联络员洪涛正在商量迎接红军宣传队，如何安排保卫的事情，二人正说着，三连连长赵广智一头冲进来报告，二营副陈际会密谋哗变，已纠集近百人，准备包围团部。

于仕伏不屑地说，陈际会？这个泥鳅也敢兴风作浪？他妈的他想干什么，让他给我滚过来！

赵广智说，不光是陈际会，高团副也在里面。

于仕伏情不自禁地“啊”了一声，这个二百五，他怎么和陈际会搞到一起了？

洪涛此前并不知道于仕伏团里多了一个团副，于仕伏三言两语讲了高一凡的来头，忧心忡忡地说，这个活宝掺和进来，麻烦就大了。

洪涛想想说，只要他不是特务，我们就有办法说服他。

于仕伏说，特务倒不至于，他连枪都不会打，根本做不成事，更别说当特务了。他就是一个二百五。

洪涛说，那就好，见机行事吧。

于仕伏在前，洪涛在后，二人步履沉稳地走出团部，老远看见高一凡。于仕伏黑着脸，盯着高一凡问，你想干什么？

高一凡向于仕伏一哈腰，左手拍着右肩膀，不卑不亢地说，老于，别来无恙？

于仕伏说，高团副，你初来乍到，不了解情况，你跟他们掺和什么？

高一凡嘿嘿一笑说，他们说你想造反，那哪儿行啊，这么大的事，你为什么不跟我商量？

于仕伏说，昨晚我跟你商量了，你说到哪里都是吃饭，你忘了？

高一凡说，你跟我商量了吗，我怎么不记得了？

于仕伏说，你说你正想看看红军是什么模样，你还说，他们那个宣传队要来，你可以教他们弹钢琴。

高一凡皱着眉头，想了一阵问卫士姚独眼，这话我说过吗？

姚独眼说，团副好像真的说过，昨晚吃饭的时候。

高一凡这才点点头说，哦，好像有这事，昨晚我喝酒了，忘了。

于仕伏叹气说，这么大的事，你都能忘，你真是个……花花公子啊。

高一凡问，他们的宣传队来了吗？

于仕伏还没有回答，陈际会抢上一步说，高团副，我们被骗了，昨天于团长跟我们讲，他们的宣传队在天亮之前要来慰问起义部队。可是现在日上三竿了，还不见人影。桥店方向传来枪声，很有可能是国军的进剿部队。分明是他们得到情报，把宣传队撤回了，把我们抛弃了。

高一凡说，啊，夫妻本是同林鸟，大难来时各自飞，不够意思啊！

高一凡话音刚落，忽然听到不远处传来歌声——山上的鲜花开呀开，工农红军进山来，打土豪分田地，建立红色苏维埃……

众人定睛看去，只见团部外面几个士兵，押着一个女红军和一个男红军，正向团部走来。女红军的手被反绑着，昂首挺胸，引吭高歌。

洪涛和于仕伏连忙迎了上去，于仕伏问，怎么，就来你们两个人？

韦芷秋说，就是我们两个人，我们两个人也是宣传队啊！

于仕伏对押解的士兵说，快快松绑，这是我的客人。

士兵上前，一拉绳头，绳子就脱落了。原来，绑在二人胳膊上的绳子也是象征性的。

韦芷秋揉揉手腕子，看了看于仕伏和他身边的人，大致明白了眼前的处境，然后，就把昨夜在四支队演出的盛况，今晨前往黄岩厝的情况，做了详尽的介绍。韦芷秋说，我们明明知道六团内部出现状况，可我们还是来了，在刘湾，我们宣传队受到一伙身份不明的人袭击，同志们被打散了，我和小何是先遣，相信我们宣传队的同志会陆续到达。

高一凡怔怔地听着，问陈际会，一群身份不明的人是谁，你干的好事？

陈际会躲躲闪闪地说，她胡说，我们根本没有派人到刘湾……不是我派的，是五连张连长自作主张。

高一凡又问，张连长到刘湾袭击红军宣传队，你知道吗？

陈际会傻眼了，半天才说，我知道，可是……

高一凡将拐杖一举，捅捅陈际会的肚子说，你向老于报告了吗？

陈际会说，我是应该报告，可是于团长他，他已经是……他已经背叛党国了。

高一凡把脸转向于仕伏说，老于，你背叛党国的事，为什么不跟我打个招呼？

于仕伏说，我既没有叛党，也没有叛国，我是中山先生的信徒，信仰中山先生的三大政策。

高一凡怔了一下，盯着于仕伏说，啊，你是中山先生的信徒，我怎么不知道？

于仕伏把脸扭到一边，不屑地笑笑。

高一凡转向陈际会说，你知道这个三大政策吗？

陈际会傻眼了，想了半天才说，这个……我不太清楚。

高一凡手里的文明棍一举说，啊，你连三大政策都不知道，你算什么国民党啊，我跟你讲，中山先生提出的，联俄联共扶助农工，是国民党的基本政策。你们这些土包子，根本搞不清楚国民党的政策，就号称是国民党，太可笑了。

陈际会怔了怔，挺挺腰杆说，高团副，我不知道三大政策，可是，我知道，他们共产党，是国民党的敌人。

高一凡不动声色，突然把文明棍往上一举，在空中画了个弧线，眼看就要落到陈际会的头上，陈际会连忙缩起脖子抱住脑袋。高一凡收回文明棍，哈哈大笑说，谁说共产党是国民党的敌人，连我都知道，北伐战争是共产党和国民党一起打的。你们一群猪，猪脑子，就凭这些猪脑子，也能打仗。老于，你早就该让这些猪脑子滚蛋了。

陈际会傻眼了，突然喊了一声，高团副，你也被赤化了，我要向上峰……向上峰禀报你妖言惑众。

高一凡说，什么，妖言惑众？老姚，什么是妖言惑众？

姚独眼马上上前，踢了陈际会一脚，问他，什么是妖言惑众？

陈际会说，老姚，姚独眼，你有话好好说，你动手干什么？

姚独眼一听来气了，又踢了陈际会一脚说，我动手了吗，老子从来不动手，老子动的是脚，脚你都不认识啊？

高一凡哈哈大笑，笑了一阵才说，陈际会，你连三大政策都不知道，还告老子？去吧，去找蒋委员长，说他表弟妖言惑众，他表弟我，高一凡，是共产党。

高一凡这么一说，不仅陈际会傻眼了，连韦芷秋和洪涛也傻眼了。韦芷秋惊喜地说，这么说，你是高一凡……同志？

高一凡冲韦芷秋神秘一笑，不置可否，文明棍唰地抬起来，一指何连田，问韦芷秋，这个叫花子，也是红军宣传队的？

韦芷秋说，他是宣传队的挑夫。

高一凡看着何连田说，过来，让我看看你。

何连田紧张地看着高一凡，又看看韦芷秋。

韦芷秋说，小何，让他看，让他看看你的腿，那是穷人的腿，刚才跑了二十多里山路，来兑现红军的诺言。再让他看看你的手，那是穷人的手。高长官，你碗里的饭，你身上的衣，都是这些穷人的手制造的。

高一凡若有所思地点点头说，家父说过，共产党闹革命，就是天下为公，要让穷人过上好日子，就是要让我们有钱人家像你们一样变成穷光蛋。是这样的吗？

谁也没有想到高一凡会这样讲，不知他什么意思。陈际会明白过来了，兴奋地嚷嚷道，就是，高团副，他们的革命，就是要让你像他们一样成为穷光蛋，你能答应吗，你就是答应了，我们也坚决不答应！

洪涛正要上前说话，于仕伏拉了他一把。洪涛看见，高一凡的文明棍在陈际会的面前画了一个弧线，姚独眼嘿嘿一笑，又上前踢了陈际会一脚。

高一凡说，哈哈，陈际会，你不答应有用吗，我答应，我就是想变成一个穷光蛋，就像这个叫花子！

又问何连田，叫花子，你会什么手艺？

何连田心里非常不舒服，虽然他身体瘦一点，穿得破一点，可他也是红军啊，怎么就成了叫花子了呢？何连田二话不说，弯腰从担子里摸出两个物件，看着韦芷秋，韦芷秋明白了，冲口而出，好，给他们露一手！何连田说，我会打快板。

高一凡说，快板？你打一段给我听听。

何连田有点走神，瞅着韦芷秋，又看看高一凡，心中陡生一股豪气，抻抻衣襟，昂首挺胸走到场地中央，深深地运了一口气，唰的一下举起快板。

清脆的竹板声在山谷里回荡，何连田手中的快板就像两道飞舞的溪流，看得众人眼花缭乱。高一凡的表情非常奇怪，他一会盯着何连田手里的竹板，一会看看何连田穿着草鞋的双脚，好像他从来没有见过草鞋似的。

自家兄弟莫慌张，听我说段快板腔，千言万语说不尽，只说红军打胜仗。红军为啥打胜仗，红军白军不一样。红军打仗为信仰，国军打仗为吃粮……唧哩个当，唧哩个当，唧哩个当当唧哩个当……娘在村口盼儿归，红军来了叫亲娘，亲娘拉着红军的手，见到我儿别开枪，我让我儿当红军，天下穷人得解放，得解放……

高一凡的表情急剧地变化，眼神也由何连田的身上移到远处，移到太阳下面那道山脊线上，看了很久。

……唧哩个当，唧哩个当，唧哩个当当唧哩个当……我当红军是自愿，为了革命扛起枪；想想你们当壮丁，一根绳子来捆绑，妻离子散田荒芜，家中老母泪汪汪……

何连田的快板打得正起劲，高一凡把文明棍举起来了，示意何连田停下来，说，叫花子，把你的宝贝给我看看。

何连田茫然地看着高一凡，很不情愿地把快板扔过去……刚想扔，又收回来了，双手捧着送到高一凡的手上。

高一凡接过快板，把手套摘下来，用手掌摩挲一副大、一副小的快板，举在眼前眯起眼打量，竹板上金光闪亮。高一凡问韦芷秋，你们，你们的宣传队就用这个东西？

韦芷秋说，我们的宣传队，条件是很差，但是，我们的宣传队，威力很大，能把人心里的冰融化，也能把人心炼成钢铁。

高一凡盯着韦芷秋，把快板擎在手上，突然举起来，拉开架势，啪啪啪地打了起来，最先的几下，有点不熟练，渐渐地手上有了感觉，把握住了节奏，打得花团锦簇，嘴里还念念有词——唧哩个当，唧哩个当，唧哩个当当唧哩个当……君不见，黄河之水天上来，奔流到海不复回。君不见，高堂明镜悲白发，朝如青丝暮成雪……唧哩个当，唧哩个当，唧哩个当当唧哩个当。人生得意须尽欢，莫使金樽空对月。天生我材必有用，千金散尽还复来……唧哩个当，唧哩个当，唧哩个当当唧哩个当……

不仅陈际会目瞪口呆，所有的人都惊讶得合不拢嘴，何连田的眼睛瞪得鸡蛋大，瞅瞅韦芷秋，韦芷秋的眼睛里也流露出惊喜，突然双手一举，在头顶上啪啪拍了两下，洪涛和于仕伏也跟着鼓掌。姚独眼没有鼓掌，一个劲地拍肚子。

高一凡打了一阵快板，收起把式，眼睛巡视一圈，得意洋洋地说，怎么样，我老高的手艺还行吧，你们红军宣传队这两下子，太简单了。

韦芷秋迎上高一凡，春风满面地说，如果高先生不嫌弃，不妨先到红军部队住几天，也许你会有更多的发现。

高一凡看看韦芷秋，阴阳怪气一笑说，先到红军部队住几天？你是让我和于团长一样投共，去跟你们一起打快板？

洪涛说，是弃暗投明。

韦芷秋说，高团副，到红军部队住几天吧，我们红军欢迎一切有志之士，来去自由，绝对保障你的安全。

高一凡东看西看，看看可怜巴巴的陈际会，又看看满眼期待的于仕伏，再看看部队，转身走向韦芷秋，突然一哈腰，左手拍在右肩下面说，尊敬的女士，能把你的帽子借给我吗？

大家还没有回过神来，韦芷秋最先明白过来，摘下头上的八角红军帽，双手递给高一凡。高一凡伸手抓住军帽，扣在自己的脑门上，得意地环顾四周，哈哈大笑。

三

成功地接应于仕伏部队起义之后，部队在蔡集休整。

有一天何连田正在补箩筐，韦芷秋派人把他叫去，笑眯眯地问他，想不想上学？

何连田吓了一跳，结结巴巴地说，上学，那敢情好，可是……我一个挑夫，上啥学啊？

韦芷秋说，挑夫？我们红军宣传队的挑夫也是宣传员，没有文化不行。接应于仕伏部队起义的时候，你的那段快板来得及时，来得漂亮，完全可以当一个正式的宣传员。

何连田更是惶恐，可怜巴巴地看着韦芷秋说，那是赶鸭子上架，没有办法，当时形势那么危急，我好歹也是宣传队的人呢。

韦芷秋说，赶鸭子上架？不是所有的鸭子都能上架的。

然后就把来龙去脉说了一遍，原来上级要求宣传队选调骨干到苏区红艺速成学校学习，支委会上，党代表王振寰和编导郑振中都推荐何连田，说这个小伙子不光任劳任怨，其实很有文艺潜力，可以培养。

何连田木着脸听了，鼻子一酸，眼窝一热，眼泪差点儿就流出来了。啥叫文艺潜力他不懂，可是他知道，宣传队的同志真的对他很好，没有因为他是挑夫就小看他。

韦芷秋说，我们宣传队，没有一个是专门学过文艺的，都是战士，都是从战争中学习战争，你不要有畏难情绪，一起去学，哪怕增加点文化知识也是好的。

何连田说，我听队长的。

回去的路上，何连田的心里喜忧参半，喜的是可以同韦队长他们一起上学，忧的是他只读过三年私塾，十七岁参加红军，这几年挑着担子，从闽西到赣西，肚子里的那点墨水早就洒在路上了，这回上红军的学堂，是个啥光景，他心里没底。不过，转念一想，既然韦队长让他去上学，那就一定是靠谱的事情，死都不怕，还怕上学？

这样一想，心里陡生一股豪气，回到男兵住的院子里，赶紧收拾箩筐，还哼起了小调。

不久，红艺速成学校第三期就开学了，除了本部宣传队选调的九个人，还有兄弟部队来的，加上纵队《红霞报》的记者方圆，一共三十六个人，济济一堂。

何连田认识方圆，说起来他同方圆还有一层说不清道不明的关系，一年前在新惠，他执勤的时候，无意间看到的那两个泡温泉的女人，其中一个就是方圆。当然，方圆本人未必知道这件事情，那时节她是新惠师范的学生，假期回家，她和她爹方老板，还帮助红军给群众发洋钱，偿还打新惠的时候欠下的粮款。后来方圆参加了红军，在《红霞报》当记者，还采访过他，写了一篇文章《从挑夫到文艺战士》。他对那篇文章没有多少兴趣，他感兴趣的是，方圆知道不知道当初在新惠，她泡温泉的时候被他偷看，知道不知道他就是因为那件事情受到批评，然后分配在宣传队当挑夫，更感兴趣的是，方圆如果知道这件事情，会怎么看他。

何连田虽然文化程度不高，但是并不缺心眼，同方圆认识快半年了，他感觉方圆压根儿就不知道那件事情，这让他既高兴又泄气。

红艺速成学校没有固定的老师，前两天来上课的老师，都是早就闻名的大首长，讲文艺的基本原理，讲文艺同革命战争的关系。何连田似懂非懂，膝盖上摊着笔记本，手里搓着铅笔，明白多少记多少，记得满头大汗。

到了第三天，上专业基础课，来了一个教官，戴着眼镜，穿着一身没有领章的军装。别的教官上课，下面鼓掌，教官都是回以正规的军礼，但是这个教官不一样，下面鼓掌他不看，突然把腰一哈，左手拍在右肩下面，抬起头来说，初来乍到，请多关照……

何连田一下子就想起来了，是在黄岩厝收编的那个国军二百五军官。他偷偷地看了韦芷秋一眼，韦芷秋向他笑笑。

果然，教官自报家门，敝人高一凡，国军中校团副。打仗，敝人是外行；讲课，本人也是外行；但是演戏，敝人既是外行也是内行，至少比你们内行……

这个开场白，让学员们有点摸不着头脑，也有点不舒服。

高一凡说，敝人曾经领教过贵部宣传队的演出，聆听一位女士一曲高歌，情感饱满，精神可嘉，但要说艺术，对不起，那还不是。因为没有经过严格的训练，唱出来的是感情而不是艺术……

高一凡的话何连田听得不是很明白，但是他感觉高一凡说的不是好话，看不起红军。那次在黄岩厝，韦芷秋鼓励他给起义部队“露一手”，他第一次鼓足勇气，打了一段快板。当时，这个二百五军官，是怎么喊他的，“过来叫花子，给我看看，这是什么东西?”他妈的，把老子当成叫花子了。

何连田瞅瞅右前方的韦芷秋，差点儿就站起来抗议了，韦芷秋突然一回头，用眼神制止了他。

高一凡说，我为什么要参加红军呢，不是说红军有多么好，我感兴趣的是你们有宣传队，而我更感兴趣的是，你们的宣传队，基本上都是没有经过艺术训练的，我不能让你们这样糟践艺术，我有责任帮助你们，因为艺术是没有国界的，也是没有党派的……

高一凡这样一讲，下面的人渐渐地就听出名堂了，原来这个人参加红军，并不是受到红军文艺的感染，而是压根儿看不起红军文艺，改造红军文艺来了。

突然，有人在下面嘀咕一声，反动军官，他有什么资格批评红军文艺，他以为他是高尔基啊！

接着一声嚷嚷，这个人污蔑红军文艺，我们不听反动军官的！

还有人站起来说，他凭什么说艺术是没有党派的？我们红军文艺，是无产阶级的文艺，是服务革命战争的，这个反动派，对我们的文艺一点感情也没有，我们为什么要听他的？反动军官滚出去！

再往下，站起来的人越来越多，声音越来越大，气氛越来越紧张，到了一发不可收拾的地步。

只有方圆没有跟着起哄，在吵闹最凶的时候，方圆站了起来，大声说，要尊重教员，有不同意见可以讨论，不要扰乱课堂秩序。

方圆虽然说话很用力，可是在乱哄哄的嚷嚷中，她的声音显得很微弱。

学员哄堂，高一凡起先还满不在乎，面无表情地看着乱哄哄的人群，终于感到事态严重了，把手中的粉笔一扔，麻木地看着台下。他显然看到方圆了，目光在方圆的脸上停留了几秒，然后拍拍手，左手由下而上、由外向内画了一个弧，拍在右肩下面，弯腰向方圆行了一个生硬的鞠躬礼，再站起身，一脸茫然地看看对面的房顶，下了讲台走了。

何连田感到很解气，对韦芷秋说，这个反动军官，活该滚蛋。

韦芷秋忧心忡忡地说，小何，别这么说，他有他的道理。

何连田眨眨眼睛说，那敢情好。

中午吃饭的时候，大家端着稀饭碗，七嘴八舌地议论，情绪还很激动。多数人都认为，高一凡是个反动军官，看不起红军，这样的人，根本就不配当教官。

讨论很热烈，只有方圆一个人自始至终没有讲话，韦芷秋问方圆的看法，方圆说，这个人是有本事的人。

韦芷秋说，是有本事，可是他看不起我们，本事再大有什么用呢？

方圆说，这个人是一个善良的人。

韦芷秋说，这个我还没有看出来。你又不了解他，为什么说他是善良的人？

方圆说，我发现高教官的身上有一股气，很单纯的书卷气，虽然跟我们的想法不一样……或许，他说的是对的。

韦芷秋问方圆，你觉得他会和我们一条心吗？

方圆想了想说，这个不好说，他的文艺和我们的文艺有很大的差距，但是，我能感觉出来，他是一个可以帮助我们的人。

事情发生在上午，中午苏维埃瞿部长就召集学员谈话，瞿部长说，高一凡不是什么反动军官，也不是国民党军官，他热爱艺术，不顾家人的坚决反对，就读于爱丁堡大学，主攻莎士比亚戏剧，同时对西方歌剧以及舞蹈都有研究，是个非常难得的人才。大家要尊重高教官，要包容他的缺点，你不尊重教官，没有人教你们，大家还是闭门造车，没有提高。红军文艺不提高，就没有人看，就产生不了战斗力。

韦芷秋站起来提问说，可是他说，艺术是没有国界的，也是没有党派的，这个我们不能接受。

瞿部长说，这句话应该分成两个层面理解，艺术是没有国界和党派的，这是从艺术的根本性质讲的。但是，在不同的时期和环境里，艺术有它特有的目的，譬如红军文艺，就是传播革命理想、培养革命精神的。高一凡是从西方回来的阔少，他没有接触过中国的革命，不懂我们的“非艺术的艺术”，所以我们不能求全责备。我们对于高一凡的改造，有一个过程，是改造好了再用呢，还是一边用一边改造呢，韦芷秋同志你说说？

韦芷秋坐下去又站起来说，明白了首长，应该是一边使用一边改造。

这次训话会开了很长时间，大家议论得比较热烈，也澄清了很多模糊认识，形成一个比较一致的看法，就是对高一凡这样的人，既要尊重，也要斗争，一边使用一边改造，使红军文艺不仅在思想情感方面有高度，在艺术形式方面也有提高。

瞿部长提议，派出学员代表去向高一凡道歉，下午还请他来上课。

中午吃饭的时候，传来一个惊人的消息，高一凡跑了。跟高一凡一起跑的，还有黄岩厝起义的姚独眼和两名原国民党军士兵，这几个人都是高一凡的狗腿子。

消息传到宣传队，韦芷秋的第一个反应是掏枪，第二个反应是集合。枪掏出来又装回枪套，“集合”两个字刚刚从心里冒出来，还没有冲到嗓门，又咽了下去——在红艺速成学校，她是个普通学员，没有权力集合队伍。

不用韦芷秋报告，瞿部长亲自找上门来，黑着脸问，高一凡为什么跑？

韦芷秋说，这个反动派，跟我们红军不是一条心，他跑，是早晚的事。

瞿部长说，高一凡不是红军，黄岩厝起义之后，国民党当局就派人来交涉，用二十根金条把高一凡换回去，我们跟高一凡谈，让他回到国民党军队，他说他要留下一段时间，看看红军的文艺队伍，他要在红军造就一批艺术家，正是这个原因，我们才请他来当教官，多么不容易啊，你们倒好，把他气跑了，你们负得起责吗？

韦芷秋说，我们红军人穷志不穷，我们不需要这样的反动教官。

瞿部长火了，一拍桌子说，你凭什么说高一凡是反动教官，他至多是个艺术至上者，你最多说他没有政治立场，但是你不能说他反动，他没有做过对不起红军的事。

韦芷秋傻眼了，想了想说，也是，这个人不是红军，好像也不能算红军的敌人。可是他跑了，咋办呢？

瞿部长说，追啊，把他追回来，向他道歉，请他继续当教官。

韦芷秋说，如果他不回来咋办，我可以不可以把他捆回来？

瞿部长看着韦芷秋，严肃地说，绝不能动粗，最好把他劝回来，如果劝不回来，那就让他走，我相信他不会成为我们的敌人。

韦芷秋不说话了。

瞿部长说，解铃还须系铃人，高一凡最初打交道的是你，还是你去，带几个会骑马的人一起去。

韦芷秋说好，然后在宣传队选人，选中的人是王振寰和何连田。因为方圆还不是宣传队的人，韦芷秋的目光在方圆的脸上溜了几下。方圆说，如果韦队长信得过我，我也可以一起去。

韦芷秋说，你一起去，也许把握更大。

这就定下来了。瞿部长派人给宣传队送来几匹马，韦芷秋一行按照侦察队提供的路线，一路快马加鞭，追到距离黄岩厝还有十里地的流镇南边，已是黄昏了，西边一轮硕大的夕阳流金溢彩，眼看就要挨上山脊线。远远望着前方田野中间的大路，一团黑影渐渐放大。

听到后面马队渐行渐近的声音，前方的几个人站住不动了，高一凡勒马转过身来，待韦芷秋等人靠近，高一凡才从马背上下来，面无表情地迎着韦芷秋等人。

走近了才发现，高一凡根本就不像逃跑的样子，只是脱下了红军军服，穿上了白色的西装，脚上蹬着白色的皮鞋，头上戴了一顶白色的礼帽。

韦芷秋老远就喊了一声，高教官。

高一凡还是纹丝不动，姚独眼和士兵把枪横过来，对着韦芷秋喊，站住，别动！

韦芷秋犹豫了一下，站住了。

就在这当口，方圆从韦芷秋身边走过，径直向前走去。

姚独眼挥枪大喊，站住，不许过来，就在那里说话！

方圆不理不睬，还是一步一步向前，步履沉稳，一直走到高一凡的面前，距离不到十步。

高一凡面无表情，冷冷地看着方圆，纹丝不动。

方圆又往前走了两步，一直一言不发，突然抬起左臂，左手由下而上、由外向内，画了一道弧线，拍在右肩下面，深深地鞠了一躬，喃喃地说了一句，对不起高教官，我们错了，请原谅。

方圆的声音虽然不大，但是在初秋的黄昏的旷野上，似乎被微风吹得很远很远。

高一凡摘下墨镜，久久地凝视着方圆，再仰起脸，看着西边渐渐浓重的晚霞，脸上霞光荡漾。突然，高一凡一哈腰，向方圆回了一个礼。

直到这时候，方圆才抬起头来。十步开外的何连田分明看见，方圆的脸上泪光闪闪。

四

高一凡最终回到红艺速成学校。瞿部长专门召集各个宣传队的负责人开会，要求大家尊重高教官，学习高教官的长处，包容高教官的缺点。

大伙商量，高教官重新回到课堂上，该怎么敬礼。有人提议，全体行举手礼，还有人提议，全体行“爱丁堡礼”——大伙私下已经把高一凡经常做的那个动作命名为“爱丁堡礼”。

韦芷秋问方圆，到底该行什么礼？

方圆想了想说，尊重是发自内心的，不在乎形式，还是像往常一样，起立立正就行了。

但是韦芷秋认为，高教官这样的人，是很讲究的，很爱面子，大家把他气走了，应该有个集体态度。商量的结果是，高教官第一次复课，还是按照红军的礼仪，全体行举手礼。

到了开课那天，高一凡夹着皮包，戴着墨镜，面无表情地走进教室，值班员一声喊，起立，敬礼！

全体学员唰地站起，恭恭敬敬地给高一凡行了个举手礼。高一凡好像有点意外，一时不知所措，本来仰着的脑袋突然低了一下，不由自主地抬起右臂，还了一个举手礼，声音有点沙哑，断断续续地说，各位，各位，对不起，我抱歉，请坐下，我……我们上课吧。

高一凡拿出这么一个姿态，大家就觉得高一凡这个人，其实不是什么天外的怪物，高一凡离大家并不远。坐下之后，有人甚至还偷偷地抹了几下眼泪。

那天高一凡讲的课题是“文艺的功用”，高一凡说，文艺同宗教有点像，就是通过我们的节目讲故事，讲善的故事，美的故事，故事唤起共鸣……也就是唤起人们对美好和善良的向往。如果世界上都是善良的人，都是同情穷人的人，都是敢于向恶人斗争的人，那么这个世界就是美好的世界……

高一凡这样一讲，大家似懂非懂，但是知道了，文艺是善良的事业，是美好的事业。

接下来的几堂课，高一凡讲了几个世界名著，有莎士比亚的《哈姆雷特》、小仲马的《茶花女》、安徒生的童话《卖火柴的小女孩》，从讲故事开始，讲人物遭遇、人物性格、人物形象、人物命运和结构。大家被故事吸引，课堂上常常唏嘘不已。

课后讨论，普遍有个感觉，高教官变了，再也不像过去那样傲慢了，课讲得通俗易懂，明明白白。后来知道，不仅瞿部长专门找高一凡谈话了，还指定由方圆配合高教官备课，方圆及时把大家的需求告诉高教官，再及时把大家的学习效果反馈高教官，这样一来，高教官的课就非常实用。

大家对高一凡的态度改变了，见面主动敬礼，高一凡也放下架子，经常和同学们探讨。何连田发现，高一凡最欣赏的学生还是方圆，每次示范，都要点方圆的名。后来上形体课，高一凡讲了一遍，做了个示范动作，方圆站起来表演，一招一式都很得体，比高一凡的示范还要好看。

有一次讨论，方圆居然说，高教官这个人，太不一般了，超凡脱俗，卓尔不群……方圆讲的话，何连田听不太懂，但是方圆讲这话的时候，他从方圆的眼睛里，看到了一种特别刺眼的光波，这让他的心里很不舒服，甚至痛苦。

除了何连田莫名其妙地不舒服，学员当中也还有人不喜欢，郑振中有一次对何连田说，小何你看出名堂没有？

何连田说，什么名堂？

郑振中说，一丘之貉，臭味相投。

何连田说，郑编导你的话我听不懂。

郑振中说，你知道为什么高一凡喜欢方圆吗？

何连田的心里“噗嗤”痛了一下，扭过脸说，因为方圆学习比咱们好啊。好先生都喜欢好学生。

郑振中说，狗屁，你没有发现，方圆也是资本家出身，他们都是有钱人，都看不起穷人，所以他们能够狼狈为奸。这就是阶级的区别。

何连田心里又是一痛，他不知道什么是“狼狈为奸”，但一听这话就不是好话，他本来想顶撞郑振中，可是转脸一想，郑振中的话并不是没有道理。方圆虽然对他很好，还帮助过他，但那种亲切并不是……并不是什么，他也不清楚，总之不是那种掏心掏肺的亲切，而是……后来他知道，那叫可怜，再后来他又知道了，那叫同情，再再后来，他知道那叫居高临下或者叫悲天悯人，虽然当时他还没有完全明白，但是，仅凭方圆看他的眼神，他就知道他和她不是一路人，这让他心里很不舒服。

郑振中说，他妈的到底是反动派，他要不是资本家的阔少，哪有钱出国留学，没有出国留学，他能有这么大的本事吗？

何连田不知道该怎么接茬，说，郑编导，首长说了，要尊重高教官。

郑振中说，我不尊重了吗，我很尊重他啊，但是我不能眼看这个反动派挖咱们的墙脚。

何连田茫然地看着郑振中说，挖咱们的墙脚？

郑振中神秘地说，小何，你看出来没有，那个反动派对方圆有意思，要不是方圆，他怎么会放着清福不享，来受这个气？

何连田本来想问，你不也放着清福不享来受这个气吗？但是话到嘴边，没有说出来，此刻他想起了那一幕，在流镇南边那个霞飞漫天的黄昏，当韦芷秋带领他们追上高一凡之后，方圆给高一凡行的“爱丁堡礼”和高一凡凝望远处的表情，当时他和韦芷秋、王振寰都没有跟上去，除了方圆的那句“对不起高教官，我们错了，请原谅”之外，没有人听到高一凡说什么，也许在那一瞬间，他们什么都说了，他们是用眼神说话，用晚霞说话。

郑振中见何连田神情恍惚，问，小何你怎么啦？

何连田说，我头疼。

郑振中说，我今天跟你说这些，你不要跟别人说。

何连田说，我不跟别人说。

郑振中说，但是你自己心里要明白，这是我给你的任务，你要好好地看着他们。

何连田又是一惊，看着他们干什么？

郑振中把何连田招呼过来，嘴巴贴着他的耳朵说，好好看着他们，不管他们搞反革命活动，还是搞破鞋，都尽快向我报告。

何连田不知道他是怎么离开郑振中的，也不知道他答应郑振中没有，也许答应了，也许没有答应。为什么郑振中这么讨厌高教官呢，难道……想到这里，他又吓了一跳，难道郑振中对方圆有意思？自从方圆来到宣传队，宣传队就多了很多事。方圆的身上，确实有一种说不清的味道，人长得漂亮，有文化，也很乐于帮助人，可是……何连田突然想到“红颜祸水”这句话，想到这句话之后，他就不敢再往下想了。

五

按原先计划，学习时间是两个月，但是只过了一个多月，一道命令下来，宣传队紧急回到部队。

情况来得突然，大家都觉得意外，只有何连田在心里发出一声欢呼，那敢情好，赶紧离开这个鬼地方，打仗去啊。

由于国民党军连续围剿，部队要实行战略转移，这就是后来被称为“长征”的大迁徙。

自从离开红艺速成学校，宣传队的人就再也没有见到高一凡，郑振中跟大伙说，那个人怕死，红军要转移，沿途都要打仗，高一凡的父亲派人把他接回去了，回家当资本家的阔少爷去了。有一次东方广跟宣传队一起行动，路上跟韦芷秋讲，因为高一凡不是正式的红军战士，所以在部队整编的时候，他留在了瑞金，不久就被他父亲的好友、国民党军委会的那位大官接走，回广州了。

长征路上，主力部队打了很多仗，二占遵义，四渡赤水，巧渡金沙江，部队就像揉搓不烂的竹根，从国民党围追堵截的缝隙里寻找生路，终于来到了川西。

何连田肩上的担子时轻时重，肚子也是时饱时饿。不管肚子是饱的还是饿的，他都希望肩膀上的担子是重的，担子越重，宣传队的家当就越多。担子里面有剧社的服装、道具，除了个人手里的乐器，其他东西都在这里。当然，个人手里的乐器，也有一个大家伙在他担子里，那是王紫蓝的手风琴。

王紫蓝过去背手风琴，是给马德背的，她一直把宣传队的艺术指导马德当作老师，崇拜得不得了。可是马德并不喜欢她。马德是上过大学堂的，性格豪放，派头跟高一凡有点像，他最喜欢的学生也是方圆。红军离开瑞金之前，在登仙桥打了一场阻击战，马德负了重伤，差点儿死了，红军医院的医生给他做过手术，给宣传队的干部说了一句话：是死是活，就看今夜，今天夜里要是能放个屁，那就活过来了，要是一个屁都不放，那就……入土为安吧。

后半夜王紫蓝一直守在马德的旁边，盼星星盼月亮一样，终于盼到马德放了一个屁。马德醒过来，看着泪流满面的王紫蓝，心里很感动。后来红军主力转移，伤员交给留守支队，分别的时候，马德把手风琴送给了王紫蓝。王紫蓝背着这个手风琴，就像把马德背在身上，金贵得不得了。

《红霞报》在整编中被暂时取消，方圆被正式编入宣传队序列。

在川西行军的途中，打了一场硬仗，为了尽快摆脱敌人，红军纵队虚晃一枪，绕道而行，其实并没有走远，而是在距离库容六十里的麻田山区休整。

两天后，纵队得到情报，国军师长侯天赐为了给部下提气，将于三月初七这天在库容镇大摆庆功宴，庆祝“拒敌于江防之外”，其实是借机敛财。纵队制订了一个计划，决定以三团为主力，杀一个回马枪，奇袭库容镇国军师部。

三月初七的头两天，国民党行政公署的专员派他的姨太太和副官长作为代表，前往库容镇参加侯天赐的所谓祝捷宴会。红军三团团长邹成卓派出一个排的兵力，在龙郓至库容的必经之路鼎昌峡谷设伏，抓获了国民党专员的姨太太和副官长，缴获贺信及贺礼。邹成卓在制订作战计划的时候，突然来了灵感，想到了一直相伴左翼的宣传队，找韦芷秋和王振寰商量，希望宣传队能够协助战斗。邹成卓的想法正中韦芷秋的意，几个人很快就构思了一个“智取库容”的作战计划，由郑振中扮演国民党专员的副官长，方圆扮演专员的姨太太，准备打进侯天赐的师部。

计划定下来之后，郑振中非常兴奋，主动找方圆排练了几次。方圆虽然没有演过戏，但是天资聪慧，又经过红艺速成学校培训，很快就入戏了。

就在郑振中准备大干一场的时候，没想到半路杀出个程咬金来。

三月初六的中午，郑振中穿上副官长的行头，宣传队一半人扮作副官长的随从，另有十几名红军官兵扮作挑夫，把枪藏在担子里，正准备出发，突然听见远处传来“噗嗤噗嗤”的声音。大家感到奇怪，韦芷秋赶紧让队伍停下，看看什么动静。

不一会儿，山坡公路的拐弯处就冒出一个“乌龟壳”，慢慢地朝前爬。十几个红军战士分布在“乌龟壳”的两侧，还有几个跟在“乌龟壳”的后面，不时用枪托捅捅“乌龟壳”的屁股，一边走一边吆喝“快点，快点”。

等“乌龟壳”走近了，拉开门，里面竟然跳下来西装革履的高一凡。

原来，高一凡虽然回到广州，却再也无法安静地当阔少了，红军北上这几个月，高一凡一直关注，前几天从报纸上看到红军进入川西，灵机一动，对叔父谎称前往战区考察军需损耗，搭乘国民党军飞机，直接飞到雅安，又从雅安刘湘的部队里借了一辆福特牌汽车，一路打听，终于在麻田山下追上了部队。

这一下，计划又改变了。本来，让郑振中演国民党副官长，大家就不太满意，仅仅因为他读过书，可以之乎者也地对话。可是，郑振中长得老相，脸上皱纹多且黑，一看就是种田佬，根本不像国民党官员。现在高一凡出现了，方圆第一个站出来说，好了，天助我也，高教官扮演副官长，不演都像。邹成卓更是拍手称快，当机立断，让高一凡扮演副官长。

高一凡哈哈一笑说，好，刚想看戏就听见锣鼓响，好长时间没有演戏了……不过，一个专员的副官长，官太小了。我可以演省长你们信不信？

方圆说，高教官你就不要挑肥拣瘦了，这是打仗，战斗结束了，你还是教官。

高一凡不说话，只是笑，笑眯眯地看着方圆说，那好，我宁肯给你当仆人。

高一凡从天而降，不仅把郑振中的角色夺走了，何连田的心里也不痛快。北上这些日子，方圆一直很少说话，常常望着远处发呆，现在高一凡来了，方圆的眼睛一下子就明亮了许多，连傻子都能看得出来，何况何连田。

郑振中不演副官长了，只能同何连田一样，演挑夫。吃罢中饭就出发，在向库容进发的路上，郑振中一直闷闷地，突然说了一句，高一凡不是人。

王振寰在边上说，老郑，都是为了战斗，你干吗骂人啊？

郑振中说，我骂人了吗，我说高一凡不是人，是神。

王振寰说，老郑，你是不是对方圆有意思啊，我劝你赶快打消这个念头。第一，你年纪太大，都三十三岁了，人家方圆才二十出头。第二，按照规定，你现在的职务还不够娶老婆的资格。

郑振中说，我说我对方圆有意思了吗，就算有意思又怎么样，我是宣传队的编导，还是老同志，就算我没有资格，我想想总行吧。

王振寰笑笑说，想想当然可以，可是你不要癞蛤蟆想吃天鹅肉，弄得不好，鸡飞蛋打。

郑振中说，我就是不服气，一个公子哥儿，他凭什么这么受宠？在红艺速成学校，居然给他开小灶，居然给他派警卫，就差没有给他配发小老婆了。这样的革命，跟国民党军阀有什么两样？

王振寰吓了一跳，赶紧说，老郑，注意纪律。

郑振中把担子换了个肩膀，不吭气了。

后来的一切都是按照计划进行的。

高一凡扮演的副官长和方圆扮演的姨太太，带着专员的贺信和贺礼，顺利地进入侯天赐的师部，侯天赐亲自陪同高一凡和方圆坐在主桌，一切都很正常。侯天赐介绍专员副官长的时候，高一凡没有反应，纹丝不动，而且鼻子朝天，正在把玩侯天赐的水烟壶，幸亏方圆从旁边捅了他一下，他才回过神来，欠欠屁股，倒抓礼帽晃了晃，仅此而已。

侯天赐有点不高兴，觉得这个副官长太傲慢，心里想，一个副官长，居然这么大的架子，就是专员本人来了，他也得让我三分啊。想是这么想，但是侯天赐也没有太在意，他发现高一凡的手很白，哪里都是富态相，估计这是个纨绔子弟，也就不跟他一般见识了。

来宾介绍完毕，侯天赐致辞，吹嘘麒麟河战斗如何如何，然后大家举杯，觥筹交错，其乐融融。

宴会上，国军团以下军官有二十多个，大家都看出来这个“副官长”有来头，挨个给高一凡敬酒，什么气度不凡，什么年轻有为，什么外秀于表内慧于中，溢美之词如涓涓细流，让高一凡非常受用，来者不拒，很快就喝多了。

方圆在一旁暗暗着急，用脚不停地踢他。高一凡得意地哈哈大笑说，哈哈，看看，专员的姨太太在底下踢他的副官长，国民党确实腐化。

高一凡这一喊不要紧，吓坏了侯天赐。侯天赐一个激灵，四处观察，果然看见在外围假装猜拳行令的挑夫和警卫们，全都停止了吃喝，朦胧中人人都把手伸向担子。侯天赐情知不好，一把揪住高一凡厉声问，你是什么人？

高一凡顿时酒醒了大半，不过并没有慌张，而是推开侯天赐，整整西服，站了起来，摇摇晃晃地举着杯子说，连老子都不认识？老子是红军！

说完，高一凡猛地把杯子扔在地上，发出了行动的暗号。

这一下麻烦了，此时还没到行动时间，侦察队刚刚潜入外围，被国军警卫拦在院外，院内仅仅凭借挑夫和宣传队的十几条枪胡乱射击。高一凡和侯天赐隔着一张桌子近距离对射，他一枪也没有打中侯天赐，反被侯天赐连连命中两枪。

好在韦芷秋熟门熟路，将宴会厅两盏汽灯打灭，这时候潜伏的侦察队也投入战斗，掩护宣传队撤退。韦芷秋指挥何连田，趁乱将高一凡拖出去，撤出战斗。

何连田背着高一凡，一口气跑出三里地，起先还有方圆和郑振中在后面托着高一凡的两条腿，减轻了不少重量。后来方圆和郑振中都被甩下了，就何连田一个人背，一直跑到黄龙河谷，才遇上邹成卓率领的主力。

邹成卓劈头就问，怎么提前了二十分钟？

随后赶上来的郑振中气愤地说，他妈的都是这个二百五，他忘乎所以，喝醉了，露了马脚。

邹成卓跺脚叹息，这是个什么人啊，我还以为他身经百战呢，中看不中用，误我大事，我怎么向纵队首长交代啊！

战斗结束后，纵队派来两个参谋，详细了解战斗情况。

找郑振中谈话的时候，郑振中说，我怀疑高一凡不是真的来当红军，库容战斗，很像他和国民党联手演的一出戏，反里应外合，企图引诱我红军主力，一网打尽。

郑振中这样一说，纵队的参谋警惕了，挨个找参加战斗的人员谈话，特别是宣传队的人。

韦芷秋虽然不相信这是高一凡和国军联合搞的“反里应外合”，但是又拿不出反驳的依据，毕竟，执行这么重要的任务，高一凡居然喝醉，酒后误事，实在匪夷所思。

只有方圆，振振有词地说，不可能，高一凡就是个混世魔王，他什么事情都能做得出来，因为他不在乎。

方圆的话不仅没有替高一凡开脱，反而自己也落了个“高一凡同谋”的嫌疑。

纵队的参谋又去找邹成卓谈话，邹成卓哈哈大笑说，高一凡是蠢，可是你们这些人比高一凡更蠢，稍微有一点战术头脑的人都能看出来，这就是一个“酒后误事”。如果说高一凡同白军“反里应外合”，目的是什么，是诱敌深入，伏击我主力？可是我主力进入黄龙河谷，来去都没有遇到伏击，这说明敌人对我们的行动，事前一点儿都不知道，怎么能说是“反里应外合”呢，无稽之谈嘛。

邹成卓是战术专家，就他这一句话，高一凡同国军联手“反里应外合”的说法就不攻自破了。

过了几天，从纵队传来一个喜讯，库容战斗给敌人一个假象，认为红一方面军已经擦肩而过，库容战斗乃红四方面军先遣部队所为，于是国军调整兵力，转道追赶，而此时红四方面军正好利用这个空隙，实施“黄雀在后”计划。仓促拔营的侯天赐师在懋功南侧遭到两个方面军的夹击，损失了一个半团，比库容战斗原先设计的效果更佳。

这个情况，同时也证实了库容战斗所谓“反里应外合”纯粹子虚乌有，从而洗清了高一凡和方圆的嫌疑。

六

部队开拔之前，东方广专程到麻田救护所看望高一凡，并劝说高一凡离开红军队伍，因为后来的日子会越来越艰苦。

高一凡说，如果你们怀疑我是国民党的探子，我只好离开。

东方广说，我们当然不怀疑你，但是，红军是要打仗的，北上途中，食不果腹，衣不遮体，组织上担心你受不了。

高一凡问，方圆跟不跟队伍走？

东方广说，方圆是红军的人，当然跟红军走。

高一凡说，我也是红军的人，我当然也要跟红军走。

纵队请示了上级，最终答应高一凡跟着队伍走。

郑振中对这件事情很有看法，虽然说组织上排除了“反里应外合”的嫌疑，但是在库容战斗中，高一凡并没有起到好作用，就是因为他得意忘形喝醉了，才导致仓促应战，怎么说他也是有责任的，如今不仅没有把他撵走，从麻田出发的时候，反而多给他发了两斤糌粑，难道有钱人到哪里都特殊？郑振中在背后嘀咕说，这个人是灾星，他跟着我们，早晚要吃他的亏。郑振中还在私下交代何连田，对高一凡，务必保持警惕，随时看着他。

在卓尔康宿营的时候，一个下午，郑振中突然找到韦芷秋说，我在卓尔康接头看见一个熟人，姚独眼。

韦芷秋问，姚独眼是谁？

郑振中说，高一凡的狗腿子啊，于仕伏的部队起义，这家伙没有跟起义部队走，跑了。

韦芷秋这才想起来，在于仕伏的部队是见到过一只独眼。韦芷秋问，姚独眼怎么来了？

郑振中说，还有他的两个兵，挑着担子，不知道什么时候跟上我们了，很危险啊。

韦芷秋想想说，有什么危险？可能是姚独眼给高一凡送东西来了，不要大惊小怪的。

郑振中说，是啊，是送东西，可是我们的行军路线姚独眼一清二楚，万一他被白狗子抓去了，供出了我们的行踪，不就麻烦大了吗？再说，他本身就是反动军官。

韦芷秋想想，也是这个道理，就找高一凡谈话。

高一凡大大咧咧地说，就是，他们就是给我送东西的，我正要找你们商量，奶粉分给女同志，面包小何挑着，大家慢慢吃。你们搞的那个糌粑，我吃不下去。

韦芷秋说，你让姚独眼跟着我们，很不安全，这也是我们红军纪律不允许的。高教官，你要是吃不了这个苦，我看你还是早点离开，就在卓尔康跟姚独眼走吧。

高一凡呆着脸，想了想说，算了，我让他们滚蛋，我还是跟你们一起吃糌粑吧，谁让我是红军呢。

因为高一凡的缘故，从卓尔康到黑水河这一段路上，宣传队的伙食都比别的部队好，后来韦芷秋又找方圆谈话，让她动员高一凡把姚独眼送来的东西上交一部分给纵队医院。韦芷秋说，我们红军，有难同当，不能搞特殊化。

方圆把韦芷秋的话跟高一凡转达了，高一凡半天没有吭气，后来还是由方圆做主，把奶粉和面包送给纵队医院了。

从春天走到夏天，红一方面军和红四方面军在懋功会合，军委在芦花地区召开会议，决定通过草地北上。宣传队因为正在红四方面军的一支部队慰问演出，北上的时候就跟随这支部队行动，没想到，这次离开纵队，会带来更多的磨难。

那时候，谁也不知道草地是个啥模样，走进去才知道，所谓草地，其实没有多少草，地面人迹罕至，天上连鸟都很少见到。部队过草地的时候，已是秋天，而草地里的秋天不是个秋天，太阳高兴了出来了就像夏天，太阳不高兴了不出来了就是深秋和冬天，常常是雨一阵雪一阵，弄得人也是一会发烧一会发凉。

更严重的是，粮食很快就没有了。过草地的时候，每人准备了半个月的粮食，大伙省吃俭用，打算吃二十天，可是二十天过去了，前面还是望不到尽头，何连田的担子越来越轻，肚子也越来越饿。他本来饭量大，体力消耗也比别人大，几个年龄小一点的队员，实在走不动了，就把干粮袋偷偷地扔到何连田的担子里。

有一回，李璐把口琴扔到何连田的担子里，被韦芷秋看见了，韦芷秋说，你们不要这样，都把东西交给小何，会把他累死的。

何连田说，那敢情好，我劲大着呢。

其实，说这话的时候，他的腿已经摇晃了。

有一次休息的时候，何连田看着天空出神，韦芷秋问，小何你看什么？

何连田说，我在看天上，怎么一只鸟都没有？

韦芷秋一怔，说，是啊，天上一只鸟都没有，说明草地很大很大，前面的路还有很远很远，连鸟都找不到吃的。

何连田不说话，空洞的眼光看着远处。

再往前走，连宣传队也死气沉沉了，大家走路的力气都没有了，哪有力气搞宣传鼓动啊。只有高一凡和方圆，一路上都在嘀嘀咕咕，还经常搀扶在一起，好像四条腿走路。

刚进草地的时候，看着高一凡和方圆的四条腿，何连田感到非常痛苦，在瑞金红艺速成学校的时候，他就看见这四条腿交织在一起，跳什么外国舞。这四条腿常常让他想到驴，那要是一头驴就好了，可以帮大家驮东西，必要时也可以杀了吃肉。

自从有了这个想法，何连田就很紧张，他怕他饿极了，真的会拿一把枪朝那四条腿开枪，因为更多的时候，清醒的时候，他知道那并不是驴，这使他的心情很复杂。

在何连田的感觉里，宣传队就是一个家，这个家里，韦芷秋就是家长，王振寰要算副家长，郑振中虽然年龄最大，但是何连田内心并不想把他作为家长，最多就算个大哥。至于后来加进来的，譬如高一凡，何连田始终把他当作外人，连带方圆也成了外人。再譬如拉二胡的邓金湖和唱歌的李璐，何连田也不喜欢，特别是邓金湖，眼睛老是盯着他的担子，有点贼相。

刚进草地的时候，前锋部队在青奥跟国民党追兵打了一仗，双方都死了不少人，何连田高兴得很，部队都撤出战斗了，他还在死人堆里翻东西，找到了一点能吃的东西，悄悄地塞在铜壶里，藏在担子底下。

有一次休息，何连田打火烧茶，悄悄地往里面放了块糌粑，被邓金湖看见了，邓金湖咳嗽了一声，何连田明白他的意思，装作没有看见。

再行军的时候，邓金湖就跟在何连田的担子后面，有一搭无一搭地嘀咕，人为财死，鸟为食亡。何连田埋头行军，不理他。邓金湖又问，小何兄弟，你是穷苦人家出身吗？何连田哼了一声。邓金湖说，你知道吗，有个伙夫私藏粮食，自己多吃多占，被砍头了。

何连田心想，你吓唬我没用，我从来不多吃多占。

没想到酿成一场风波。邓金湖经过反复跟踪侦察，终于发现了何连田的秘密，郑重地向党代表王振寰举报，何连田私藏粮食，并且给韦芷秋开小灶。

王振寰其实早就知道何连田的行为，他知道何连田对韦芷秋是个啥感情，但是他一直没有说破。如今邓金湖大张旗鼓一举报，他就不能不当回事了。

于是就召开讨论会，首先由邓金湖报告他发现何连田私藏粮食的经过，然后让何连田坦白。

何连田没想到他闯了这么大的祸，站起来结结巴巴地说，粮食是青奥战斗之后，从死人身上搜的，不是公家的粮食。

邓金湖说，那也是公家的，一切缴获要归功。

然后大家七嘴八舌地议论，王紫蓝突然站起来说，我揭发，何连田给韦队长当狗腿子，两个人搞小集团，韦队长总是护着何连田，不让他帮我拿手风琴。

然后大家就七嘴八舌揭发何连田的错误。

韦芷秋这才知道，原来这几天，何连田一直在她的茶里放糌粑，难怪她比别人有劲。韦芷秋痛心疾首地说，确实是我的错，我应该早就警觉的，可是我，我没想到……不，是我有私心，多吃多占，才没有制止小何的行为……韦芷秋也不知道该怎么说了。

邓金湖说，韦队长你搞特权，只是问题的一个方面，另一个方面的问题更严重，这个何连田，他心甘情愿当狗腿子，腐蚀革命干部，他想干什么？

邓金湖的话把大家吓了一跳，是啊，他想干什么，这个问题大家过去没有想过，现在想想，确实是个问题。

郑振中说，何连田的问题是小问题，韦芷秋的问题是大问题，作为宣传队的队长，对何连田的错误没有及时纠正，没有及时加强教育，这种个人感情对革命是有危害的。

王振寰说，要说平时，何连田多照顾韦队长一点，也是可以理解的，因为韦队长贡献最大。问题是，现在是在草地上，干部的一言一行都影响着大家的情绪，如果用个人感情代替原则，我们的队伍你一伙，他一帮，那不就成帮会了吗？这是反动的封建余孽。

这样一说，问题更严重了。

何连田听出来了，他的问题连累了韦队长，这是他最不能接受的事情。何连田站了起来，沉痛地说，千错万错都是我的错，要杀要剐我一个人扛着，韦队长她什么都不知道。

郑振中说，何连田同志，你这是什么意思，你在抵触同志们的批评啊！

何连田说，我怎么抵触了呢，事情是我做的，该我承担责任啊！

正在这时，传来一声冷笑，你们这是干什么？小何自己从死人身上搜的粮食，自己舍不得吃，帮助同志，怎么让你们一说就成了反革命了呢，真是莫名其妙。

大家一看，说话的是方圆。

方圆说，我到宣传队之前就认识何连田，红军在新惠打仗，吃了群众粮食，留下欠条，打了胜仗之后，让小何挑了一千块银元到新惠赎回欠条，那时候，他有一百个机会携款逃走，可是他饿得要死，还是把银元送到了新惠。过草地这一路上，谁做的事情最多，谁身上的负担最重，谁功劳最大，大家有目共睹。为什么就拿这么一点小事上纲上线，这是同志感情吗？我看你们是嫉妒，是自己想多吃多占。

方圆平时不怎么掺和宣传队的事情，这次放了一炮，振振有词，说得大家面面相觑。何连田知道方圆护着自己，眼泪都出来了。

方圆说话的时候，高一凡就坐在她身边，举着文明棍，做瞄准状。方圆用胳膊肘碰碰高一凡说，高教官，你对这件事情怎么看？

高一凡说，什么事啊？

方圆说，何连田私藏粮食啊。

高一凡哈哈一笑，世上本无事，庸人自扰之。我看你们是饿昏了头，没事找事当饭吃。

说完，拄起文明棍，起身拍拍屁股，看着远处说，他妈的，这草地，连土匪都不来，要是来了土匪打一仗，我敢把死人身上的肉挖下来炖汤，你们信不信？

七

这次会议不了了之，唯一的结果就是韦芷秋把何连田批评了一顿，说以后不要让她搞特殊化了，对同志要一视同仁。再找到粮食，大家都分一点。

何连田说，那敢情好。

嘴上这么说着，心里却不以为然，一视同仁那是不可能的，因为贡献有大有小。

上级给宣传队布置一项任务，每次行军，选择一个适当的地方，建立“宣传棚”，几个人往行军的队伍边上一站，精神抖擞地打竹板——同志哥莫松劲，勒紧裤带干革命，往前再走二十里，萝卜炖肉热腾腾……

宣传队很多人原先不会打快板，过了一次草地，差不多都会了，何连田的快板打得最好，连王振寰都说，等走出草地，小何就不用当挑夫了，可以登台演出了。

萝卜炖肉谁也没有看见，但是自从有了“宣传棚”，好像人人心里都吃上了萝卜炖肉。特别神奇的是，又饿又累的战士，有的都想躺倒了，听到宣传队的快板，又站起来了。有一次何连田亲眼看见，在一个风雪的洼地里，有个战士正走着，抱着枪就睡着了，一头栽在雪地里，被韦芷秋看见了，冲上去连扯带拽，把这个战士拉了起来。韦芷秋说，起来起来，不要睡，等你牺牲了，有的是时间睡大觉，现在你给我起来，跟上。

那个战士梦游一般地说，我还在活着吗？

韦芷秋照他屁股狠踢一脚，那个战士嗷地叫了一声，站了起来。韦芷秋说，你活得很好，记住，无论如何不能倒下，一旦倒下，你就再也站不起来了。

那个战士精神一振，回头向韦芷秋敬了一个礼说，首长，我记住了，我再也不倒下了。

据说，那个战士在后来翻越夹金山的时候，就是学了韦芷秋的办法，救活了很多战友。

再往前走，粮食更少。部队天天盼望打仗，跟谁打都行，只要能见到人，就有可能弄到吃的。

有一次休息，高一凡和方圆并肩坐在路边，何连田挑着担子路过，看见高一凡的双膝并拢，膝盖上横着文明棍，他的一只手悬在文明棍上，几个指头上上下下地动弹。

方圆问高一凡，你在干什么？

高一凡说，我在发电报。

方圆又问，给谁发电报？

高一凡说，给上帝，让他送点面包来。

何连田对高一凡的看法，就是从这个时候开始发生变化的，尽管草地上那四条形影不离的腿一直困扰着他，尽管流镇山坡上方圆在高一凡面前流下的泪水一直刺激着他，尽管郑振中在他面前说的那些话折磨着他，可是他还是觉得，高一凡是一个可爱的人，就像方圆说的那样，从年纪上看，高一凡是她的大哥，可是从性格上看，他就是一个孩子，一个被惯坏了而心地善良的大孩子。这样有钱人家的孩子，他参加红军，跟他们一样受苦受累，他图的是啥呢，就算像郑振中讲的那样，他是冲着方圆来的，也不是一般人能够做到的啊！

上帝的面包没有送来，倒是敌情来了。

就在高一凡坐在路边“发电报”的那个下午，遇上了一支国民党军，后来听说是一个团。大约国民党军队也没有想到，他们会在一个人迹罕至的名叫玛水岭的地方同一支红军遭遇。两军迅速占领阵地，双方都摸不清对方的虚实，隔着阵地喊话。

就在这个时候，出了一个意外，高一凡突然从土坎后面跳出来，挥舞着文明棍，大摇大摆地向敌人阵地走去。

红军阵地上的官兵惊呆了，方圆和韦芷秋一起大喊，高教官，高一凡，你要干什么，你回来！

高一凡不理，继续往前走。方圆急了，跳出阵地就追，韦芷秋也急了，跟在方圆的后面追。

郑振中“咔嚓”一下把子弹装上膛，喊了一声，高一凡你回来，再不回来我就开枪了！

郑振中喊了几次，几次都把手指扣到扳机上，但是最终没有开枪。

敌人阵地上也是一片惊慌，噼里啪啦地拉枪栓，一片叫嚷，站住，你是什么人？

高一凡仍然视而不见、旁若无人，挥舞着文明棍，大步流星向前。

韦芷秋追了一半，站住了，只剩下方圆，还是不管不顾地追赶高一凡。眼看两个人都进入到敌人的射程之内，敌人阵地居然没有人开枪，就那么一直瞪着眼睛看着高一凡走上他们的阵地，方圆也随后跟了上去。

大约过了二十分钟，高一凡原路返回，龇牙咧嘴地挑着一个担子，担子两头挂着两个布袋，里面各有十多斤白面。后面跟着蓬头垢面的方圆。

回到红军阵地上，高一凡放下扁担，洋洋得意地说，看吧，软的怕硬的，硬的怕不要命的。老子本来就没有打算回来，可他们硬把老子撵回来了，怕老子有个三长两短。

韦芷秋看着高一凡，就像看一只稀有动物，板着脸问他，高教官，你是怎么弄到这些粮食的？

高一凡挥挥文明棍说，我让他们集合，问他们知道不知道老子是谁，他们说不知道。我说老子是高一凡，是蒋委员长的外甥，就这样，他们还给我敬礼。

韦芷秋问方圆，他真的这么做了吗？

方圆怔怔地看着高一凡，突然一咧嘴，哭了，一边哭一边笑，一边笑一边哭，上气不接下气地说，真的，他就是这么干的。这个人啊，这个混蛋，他把我吓坏了。

高一凡大大咧咧地说，有什么好吓的，反正就是一死嘛，我老高，不知道死了多少回了，可是他们谁也不敢让我死，连上帝都没有这个胆量。

二十多斤白面，给宣传队带来了天大的惊喜，但是王振寰只让大家吃了一顿面汤，剩下的，给高一凡留了五斤，其余的都送到纵队医院了。高一凡留下的五斤，也没有完全独吞，只是比别人多要了一个馒头，其他的还是分给大家了，还特意给三个挑夫每人多分一个馒头。

这二十斤白面，让宣传队又多活了几天。渐渐地，大伙都觉得，高一凡参加宣传队，不是什么灾星，这个人越来越可爱了。

白面吃完了，一天断粮，三天断粮，吃过白面的肚子，迅速又瘪下来了。宣传队第一次出现了饿死人的情况，首先死的是勤务队的两个兵，因为体力消耗太大。韦芷秋看不下去了，硬是把勤务队担子上的物件分给大家，自己背着一捆服装，像乌龟一样爬行。

八

走到四川和甘肃交接的地方，上级给宣传队拨来一百斤麦麸，党代表王振寰把何连田和另外两个挑夫召集在一起，严肃地说，这一百斤麦麸，关系到宣传队能不能走出草地，所以你们要保证绝对忠诚，每天每人分三两，一点不能偏心。

王振寰讲这话的时候，眼睛看着何连田，并说，小何你是组长，你负责分配，但是绝对不能有偏向。上次没有处分你，你要将功补过。

何连田说，那敢情好。

何连田嘴里是这样讲的，也是这样想的，但是每到分配麦麸汤的时候，他的心里都是七上八下的，手也抖得厉害。一到宿营地，有的拿着破瓷缸，有的拿着碗片，一律眼巴巴地看着他，就连一向仰着下巴的高一凡，在领麦麸汤的时候，也是一动不动地盯着何连田手里的勺子，那眼神好像在说，别忘了，我是替你说话的。

何连田确实会多给高一凡一点，不光是高一凡，还有方圆，再加上多给韦芷秋的，何连田自己每天只能分到一两麦麸汤。有一次急行军，何连田实在饿得走不动了，本来只想坐下来歇歇，没想到坐下就站不起来了，晕倒在路边的沟里。

何连田不知道他在草地上腥臭的水洼里躺了多久，他的耳朵里面尽是虫子的叫声。就在这叫声里，他似乎感觉身下有一股暖流，他突然变成了一条蚯蚓，拱着泥土往前爬行，泥土里不时有一种甜甜的味道进入他的口腔，蚯蚓的肚子滚瓜溜圆，终于又变过来了，重新长出了腿脚……

何连田压根儿不知道，他在水洼里梦见自己变成蚯蚓的时候，宣传队已经走出三里多路了，终于有人发现何连田不见了。郑振中的第一反应就是，何连田开小差了，因为何连田的担子里还有十多斤麦麸，而这个地方，向西不到四十里就能到汆迪镇，他完全有可能挑着粮食逃跑了。

邓金湖说，他肯定对上次批判会耿耿于怀，这回索性一不做二不休，溜之乎也。

郑振中和邓金湖这么一说，大家都不吭气，就连韦芷秋都拿不准，这回何连田是不是真的跑了。

方圆问高一凡，你说何连田会不会真的溜之乎也？

高一凡抬头看看天，不紧不慢地说，非生即死，一切皆有可能。

韦芷秋说，暂时还不好下结论，赶快回去找啊，说不定他饿昏在路边了。

一句话提醒了众人，郑振中叹了一口气说，他妈的，好不容易走了这么远，又要回去找人，找不到人，累也累死了。

顿了顿又说，这么办，韦队长我给你一个建议，咱们凭自愿，愿意回头找人的举手。

韦芷秋第一个把手举起来说，我相信小何不会溜号。

韦芷秋把手举了很长时间，王振寰才举手说，我是党代表，我有责任查清所有同志的行为。

韦芷秋说，我和党代表最好不要同时离开，郑编导我们两个人去吧，让党代表留在队伍里。

郑振中虽然很不情愿，还是把手举起来了。

王振寰说，那好，你们二位沿来路寻找，只找三里路，记住，不管找到找不到，三里之后即返回，我们在前面的宿营地等你们。

韦芷秋和郑振中简单地准备了一下，正要出发，突然听到一声喊，我也去，我的手风琴还在小何的担子上。

是王紫蓝。

三个人各怀心事，拖着沉重的腿，一步一步向前挪动。等他们找到何连田的时候，何连田已经站起来了，正准备挑上担子上路。王紫蓝最早看到何连田，惊喜得大叫，小何，小何，何连田，你还活着啊，你没有溜之乎也啊！

韦芷秋和郑振中都站住了，远远地看着何连田走近。何连田挑着担子，踩棉花似的，踉踉跄跄来到韦芷秋和郑振中的面前，放下担子，垂着脑袋说，对不起韦队长，对不起郑编导，我掉队了。

韦芷秋说，小何，你知道你这一掉队，把大家吓成什么样了吗，我就知道你是掉队了。

何连田看着韦芷秋和郑振中，正要说什么，突然，郑振中上前一步，盯着何连田说，小何，把嘴张开！

何连田愣住了，韦芷秋也愣住了，何连田愣了一下好像明白过来了，牙帮骨一阵哆嗦，猛地把嘴张开，张得老大老大。

韦芷秋看看何连田的嘴巴，发现他牙龈上沾着一点黑绿相间的东西，问道，小何，你吃了什么？

何连田说，我吃了什么，我什么也没有吃啊。

郑振中看看何连田的牙龈说，泥巴，小何你吃了泥巴？

何连田这才想起，刚才他梦见自己变成了一条蚯蚓，钻进土里吃泥巴，没想到是真的。

韦芷秋对郑振中说，现在你相信了吧，小何他没有偷吃麦麸。

郑振中讪讪地说，对不起，我知道我不该怀疑，可是……我也是被饿昏了，小何你不介意吧？

何连田低下头说，都是我不好，我不该掉队。

韦芷秋说，没有办法，这点粮食就是命，小何你的担子挑着宣传队的命，请原谅同志们不放心。

何连田说，那敢情好。

郑振中说，都清楚了，赶快赶路吧，同志们还在前面等着我们。

于是赶路，几个人往前走了一百多步，王紫蓝突然叫了一声，等一等。

大家吓了一跳，以为遇上情况了，韦芷秋唰的一下掏出手枪，侧耳聆听，好像也没有啥情况。

王紫蓝走到何连田的身边，掀开担子上面的麻袋，失声叫道，手风琴，我的手风琴，小何，你把我的手风琴弄到哪里去了？

何连田一怔，这才发现挑子上的手风琴不见了，顿时急出一身冷汗，东张西望说，怪事啊，手风琴它就在挑子里面啊，它到哪里去了呢？

王紫蓝一把揪住何连田，声泪俱下，小何，一定是你嫌重，把我的手风琴扔了，你给我讲实话，是不是你扔了？

何连田被王紫蓝推搡得东倒西歪，一连声说，对不起，我确实不知道丢到哪里去了，不是我故意扔的。

郑振中说，王紫蓝，不要纠缠小何了，马德并不爱你，你抱着他的手风琴干什么？增加重量，不值得。

王紫蓝说，马指导不爱我，可是我爱他，我不能把他的手风琴弄丢了。

韦芷秋说，宣传队就这么一架手风琴，丢了确实可惜，要不再回头找找？

郑振中向韦芷秋投来一个意味深长的笑容，找什么，昨天我就发现手风琴丢了，找不回来了。

王紫蓝盯着郑振中，突然松开何连田，抓住郑振中嚷嚷，不对，不对，今天上午出发的时候，我还看过小何的挑子，手风琴就在里面。一定是你做了手脚，就在刚才扔的。

郑振中说，你说是我做的手脚，就算是吧，如果找到手风琴，你得自己背着，再也不要给小何增加负担了。

王紫蓝傻傻地看着郑振中，明白了，松开郑振中，跌跌撞撞往回返，果然在何连田躺过的水洼边上找到了手风琴。只是，从那之后，她再也不敢把它放在何连田的担子上了。

再往前走，麦麸也没有了，就只能吃树皮草根了。奇怪的是，即便断粮，部队多数人还是活着，特别是宣传队，似乎越活越精神。但凡宿营，何连田就带着他的挑夫小组，到水洼子里找东西，前面的部队一遍一遍梳篦式搜刮，鱼虾早就不见踪影了，但是何连田发现另外一种食物，在水洼的边角，寄生着一种生物，以后知道那东西名叫黑泥螺，一种似草非草、似虫非虫的东西。水洼越大，黑泥螺越多。就靠这个加上野菜，宣传队走出草地，人都活着。

眼看秋天快走完了，有一天正在走着，突然有人惊叫，看，看啊！

大家抬头看去，原来是一群黑色的大鸟从头顶上飞过，郑振中二话不说，从一名战士的手里接过步枪，举起来瞄准，高一凡在一边说，老郑不要打，见到鸟了，说明草地快走到头了，留条性命。

郑振中听了这话，犹豫了一下，终于放下枪，怔怔地看着黑鸟远去。

果然，再走半天的路程，就隐约看见山脊线了。见到山了，说明草地快走到头了。

两天后，到达中阿坝地区，虽然人烟稀少，但是地里见到了一些庄稼，总算能喝上一碗稀饭了。

九

部队渡过黄河之后，在一条山同马家军打了一场恶仗，大伤敌人元气。战斗结束后，宣传队接到命令，根据一条山战斗情况，创作一个节目，既要鼓舞士气，又能对敌人产生瓦解作用。总部还下发了总部剧社创作的《打骑兵歌》和《打骑兵舞》脚本，要各部宣传队学习，在此基础上提高，能够通过文艺节目，指导部队的战术动作。

自然是编导先拿方案。郑振中琢磨了半天，明白了上面的意图，愁眉苦脸地对韦芷秋和王振寰说，指导部队的战术动作，这是什么意思，这不就是让我们编教材吗？

王振寰说，不光是编教材，还要示范，我们的演出就是示范。

韦芷秋却高兴地说，我们宣传队的功能扩展了，上级就是要我们当教导队，这个任务很值得研究。

于是就研究，老套路，召开诸葛亮会，除了队干部，高一凡和方圆也参加了。韦芷秋说，我们现在的主要敌人就是马家军，威胁最大的就是他的骑兵，我们主要就是对付他的骑兵。

王振寰说，我在一条山战斗中注意观察过，他的骑兵冲击的时候，远处目标密集，但是步枪射程不够，近处射程够了，但是目标又分散。所以我们要研究，最佳的射击距离。

郑振中听了，愣了半晌才说，啊，党代表你很懂打仗嘛！

王振寰笑笑说，那是当然，我当过骑兵连的排长。

郑振中说，那你说说，最佳的射击距离是多少？

王振寰说，这个我也说不好。

韦芷秋说，我发现马家军的骑兵冲击很有规律，一般都是三百米左右开始整队冲击，冲击之初，呈纵队，目标虽然密集，但是正面小，排子枪射击，打中的都是最前面的目标，杀伤力不大。但是在距离我们阵地两百米的时候，向两边散开，呈一个扇面，这个时候，正面最大，一阵排子枪，可以发挥最大的杀伤力。所以，最佳射击距离应该是阵地前一百五十米左右。

韦芷秋讲这话的时候，高一凡和方圆就在旁边，不知道高一凡从哪里弄了一支铅笔，还有几张白纸。韦芷秋一边讲，高一凡一边画，刷刷刷，几笔就勾出一支骑兵的队形，再刷刷刷几笔，画面上就出现了三条弧线，连成一个扇面。

方圆惊喜地叫道，高教官，你太了不起了，你怎么什么都会啊？

高一凡笑笑说，我读过大学，自然什么都会。

方圆说，啊，读过大学就什么都会啊，难道大学什么都教吗？

高一凡说，这是基本功，什么都学一点，什么都不精，谈不上专家。

往后就热闹了，大家七嘴八舌，集体凑了一个《打马队歌》：马队来了不要慌，等它抵近再举枪，估算一百五十步，纵队变成“八”字样，此时正面全暴露，给它一阵排子枪……

不光有《打马队歌》，还有《打马队舞》，更有《打马队画》。再后来，又讨论出“正引侧打”“虚守实攻”等战术。在一次战斗中，何连田组织宣传队几个会吹口技的战士，把树叶当乐器，在正面吹出战马嘶鸣的声音，部队在侧面射击，从射击马头到射击马腹，射击目标增宽了几倍，打起来杀伤力大大增加。

为了感谢宣传队，部队送给宣传队一匹黑马，当然是伤马。何连田奉命到团部牵马，还带回来一个伤兵俘虏。回来的路上遇见高一凡和方圆，高一凡一看见马，两眼放光，高兴得手舞足蹈，老远就奔了过来，二话不说就往马背上骑，压得马腿一瘸一瘸的，马头高昂，嘴里发出愤怒的嘶鸣，看样子恨不得扭过头来咬高一凡一口。

方圆在后面大喊，高教官你干什么，马负伤了，你想把它累死啊！

高一凡这才注意到马是伤马，倒吸一口冷气，翻身下马，心疼地察看马屁股上的伤处。黑马却不领情，又跳又踢，还不时地朝高一凡打喷嚏。高一凡一边躲闪，一边在马脸前面扇动巴掌，好像挑逗它玩。忽然，高一凡停止了嬉闹，鼻子抽了抽，后退两步，又上前两步，再靠近马脸抽动鼻子，招呼方圆说，方圆，你过来闻闻，这是什么味道？

方圆小心翼翼地靠近马脸，也抽动几下鼻子，惊讶地说，酒，马嘴里有酒味。

高一凡怔了怔，把文明棍举起来，哈哈一笑说，马家军厉害，他们给马喝酒。又用文明棍一指躲在一边的伤兵俘虏，你说，是不是给马喝酒了？

伤兵俘虏低眉垂眼，老老实实地说，不是喝酒，是吃酒。每次打仗前两天，他们都往草料里撒酒曲子，蒙上破麻袋在旁边烧牛粪，马吃了发酵的草料，不多一会就酒性发作，打仗的时候，就像醉汉，疯了一样往前冲。

高一凡怔了一会说，好，这回有好戏看了。

回到宣传队驻地，高一凡就让方圆找王紫蓝借手风琴，不知道从哪里又弄来了两匹马，让何连田把三匹马牵到院子外面，拉手风琴给它们听。

琴声很快就把宣传队的人引了过来，大家都弄不明白高一凡又要玩哪一出，只是觉得高一凡的手风琴拉的调门有些奇怪。

高一凡拉手风琴确实不熟练，刚开始的时候琴声忽高忽低，时快时慢，三匹马都瞪着眼睛，惊慌地往后退缩。渐渐地，高一凡熟悉了键盘，琴声就有板有眼了，一阵像风，一阵像雨。高一凡摸到了窍门，很是高兴，拉着拉着就闭上眼睛，摇头晃脑，身体也弯弯曲曲地左右扭动。

很快，大家就看出名堂了，那几匹马，由惊恐到好奇，由躲躲闪闪到蠢蠢欲动，马腿开始踏步，踏着踏着，就随着节拍，前前后后，左左右右，扭动腰肢，摆动屁股，跳起了马舞。

马跳人也跳，人和马对着跳。高一凡睁开眼睛，高兴地大叫，大家快来啊，我来教大家跳“马人圆舞曲”。

最先上场的不是方圆，而是王紫蓝，王紫蓝用当初敬仰马德的眼神敬仰着高一凡，起先还扭扭捏捏地不自然，跟着音乐的旋律跳了几下，很快也找到了感觉，跳得比马好多了。

再然后，方圆上场了，韦芷秋上场了，郑振中和王振寰等人都上场了，连一向离群索居的李璐都上场了，这是宣传队被编入西路军之后，最热闹的一次。

高一凡对韦芷秋说，他发现了新大陆，他要好好研究这个新大陆，将来再同马家军打仗，他就拉手风琴，拉“马人圆舞曲”，让马家军的阵地成为一个大舞场，几百匹马汇成圆舞曲的漩涡……高一凡在讲这话的时候，两眼蒙眬，好像他已经看见了在蔚蓝的天空下面，在碧绿的草原上面，在枪林弹雨的缝隙里，有几百匹战马抬腿扭腚，翩翩起舞……

韦芷秋并没有把高一凡的话当回事，一笑了之。

从那以后，何连田发现，高一凡同他的关系好像进了一步。高一凡偶尔还会找何连田聊聊天，听他讲讲当红军以前的事情，给他讲讲演戏的事情。有一次还给何连田讲了莎士比亚，忘情地朗诵了一段“生存还是灭亡，这是个问题……”

何连田现在越来越喜欢高一凡了，可是这喜欢里面又有一种奇怪的东西，他隐隐觉得哪里不对劲，好像他做过对不起高一凡的事情。可是细细一想，又没有做过。后来就想到了方圆，他基本上认定了，高一凡和方圆就是天造地设的一对，方圆和高一凡的事情，跟任何人没有关系，跟他更没有关系。这样一想，心里反而长长地松了一口气。

宣传队研究的战术，得到集中检验，还是在土门坎战役那次，最受益的要数邹成卓。部队编成西路军的时候，第一仗是土门坎战役，邹成卓担任总攻突击团的团长，打了一个漂亮仗，缴获了很多物资。

战斗结束后，在开往永昌的途中，邹成卓带着一个排，挑着战利品到宣传队慰问，邹成卓对韦芷秋说，你们发明的这些战术，有的有用，有的没用，有时候有用，有时候没用，但是总体来说，对部队启发很大，有了战术意识，不像过去那样守株待兔死打硬拼了。

韦芷秋说，那是当然，宣传队从它成立那一天起，就不仅是演出节目，要不为什么古田会议对宣传队那么重视？

过了两天，部队开到永昌，总部一位首长亲自到宣传队看望大家，在会上说，宣传队不仅培养文艺人才，还培养军事干部和政工干部，宣传队就是教导队。只要打仗，就不能没有宣传队。

首长讲话的时候，何连田就在外面站岗，听到首长的话，顿时觉得腰杆子挺直了许多。他庆幸那次在草地水洼子里没有死掉，那时候他只剩下一口气了，如果他眼睛一闭，那口气不呼吸了，那么他现在早就变成鬼了。

永昌休整后期，纵队又给宣传队补充了几个人，并且宣布任命高一凡为宣传队的副队长。宣布命令的时候，高一凡没有吭气，散会后问韦芷秋，这个副队长是个多大的官？韦芷秋说，宣传队是营级建制，副队长相当于营副吧。

高一凡一听就叫了起来，在国军部队当团副我都嫌官小，你们居然让我当营副，不干！

韦芷秋耐心地说，我们红军不讲官阶，当什么其实就是分工，我当队长能搞优待吗，多吃两口糌粑就要被斗争。

高一凡说，哦，是啊。我不当行吗？

韦芷秋说，组织已经决定了，你怎么能不当呢，你是穿着红军军装啊！

高一凡似懂非懂地看着韦芷秋，想了想说，那好吧，这个营副我就先当着，不合适了你们再换人。

任命是腊月初三宣布的，没想到腊月初五就出事了。

这天早晨，何连田刚刚带队出操回到驻地，老远就看见一群人围在那里，方圆的叫声老远都能听到，走近了才发现高一凡被绑住了双手，正由两个红军战士押着往外走。韦芷秋和方圆等人拦在一名干部的前面，吵吵嚷嚷。

韦芷秋说，高教官一直和我们并肩战斗，为什么突然把他抓走？

那名干部不耐烦地说，你认识这个人多长时间？

韦芷秋说，在瑞金，我们就在一起工作了。

那名干部说，可是在瑞金之前呢？

韦芷秋说，他当过国民党军官，可是他起义了，我们很多干部都是从国民党军队起义过来的。

那名干部说，可是，起义的干部中，有些是经得起考验的，有些是经不起考验的，而这个人，高一凡，他是国民党特务。

方圆叉腰横在那名干部面前，大声质问，你说高教官是特务，你有什么证据？

那名干部说，我当然有证据，但是我不能告诉你，这是秘密。

方圆转脸看着高一凡问，你真的是国民党特务？

高一凡嬉皮笑脸地说，我要是说我不是，你相信吗？

方圆愣住了，后退一步，突然冲上前去，用拳头擂着高一凡的胸膛说，可是，我要你说，要你自己说，只要你说不是，我就相信你。

高一凡没有马上回答，只是望着方圆，好一阵才说，我不能说。

方圆气急败坏地说，为什么，为什么你不能说，我偏要你说。

高一凡说，我自己也不知道，我是不是国民党特务。

高一凡这么一说，不仅方圆傻了，连韦芷秋都不知道该怎么说了。韦芷秋狐疑地看着高一凡说，你这话是什么意思？

高一凡说，我也不知道是什么意思。

说完，往上扬扬被绑住的双手说，对不起了各位，我高一凡，就此一别，后会有期。

何连田发现，自从高一凡被抓之后，方圆一天一天瘦下去，活泛的眼睛变得呆滞，他非常担心方圆走不出草地，但是，让他暗暗惊讶的是，直到进入甘肃地界，方圆还在活着，并且比以往还要活泛，只要有机会，就跟大伙聊天，聊着聊着就聊到高一凡的头上，还拿小本本记录。郑振中告诉何连田，方圆在整理高一凡留下的讲稿和画稿，她准备一旦有机会，就去找方面军的最高首长，为高一凡鸣冤叫屈。

有一次王紫蓝在何连田面前讲高一凡和方圆的故事，何连田禁不住说了一句，这些读书人啊！王紫蓝问他，读书人怎么啦，何连田没有回答。他知道，他和读书人是不一样的，读书人的事情他是不明白的。

十几天后，部队到达邱川，郑振中向大家报告了一个消息，原来，高一凡被抓，当真事出有因。郑振中说，大家还记得玛水岭高一凡到敌军阵地弄粮食的事吧，大家想想，高一凡有没有奇怪的举动？

韦芷秋说，他大摇大摆到敌人阵地，本身就很奇怪。

郑振中说，再想想。

王振寰说，他到敌人阵地，没有被打死，也很奇怪。

郑振中说，再想想，他手里拿的是什么东西？

大家沉默了一会，王紫蓝突然叫了起来，文明棍，文明棍，高教官的文明棍一直带在身边，他还用文明棍给上帝发电报，要上帝送面包来。

郑振中说，对头，就是文明棍，文明棍不是什么发报机，但是文明棍绝对有名堂。高一凡被抓到总部之后，全交代了，原来在卓尔康，他的狗腿子姚独眼跟他讲，国军追剿部队三个团长都接到指令，但凡红军这支部队里有人高举文明棍，一律不许开枪，所以高一凡能够大摇大摆地去要粮食。高一凡饿极了，就挥动他的文明棍。

这下大家都明白了，原来高一凡虽然跟随红军行动，暗中还是受到国民党军保护的，难怪他没有饿死。可是话又说回来了，高一凡也没有啥不好，毕竟弄来的粮食大家都有份。

事后韦芷秋问方圆，她知道不知道这回事，方圆老老实实地回答，高一凡的文明棍，确实是他的护身符，但是他并没有出卖红军的情报，用文明棍发电报纯属扯淡。

没隔多久，又传回来一个消息，红军情报部门经过调查，高一凡在伴随红军宣传队过草地期间，没有做过任何情报工作，反而帮了红军很多忙，总部把他的身份定性为“革命的同情者和支持者，红军的朋友和战友”。但是，基于高一凡身份特殊，不宜继续留在宣传队，如果他本人愿意，可以留在总部工作。高一凡的态度是，如果不能留在红军宣传队，那他就不给红军添乱了。同这个消息一起来到宣传队的，还有高一凡的文明棍和一封给方圆的信，高一凡在信中说，走到哪里了？给我发个电报。

（原载《解放军文艺》2021 年第 8 期）

入　伍

杜光辉

一

一九六八年元月。秦地北部。雪没消，冰比石硬，冻得人清鼻涕直流，要不是有嘴唇挡着，能流到肚脐窝跟前。

县府不大，楼高不过三层，街宽不过两丈，人口不过两万，打个喷嚏的唾沫星子能淋半个城区。县中学大门上方挂着横幅，写着“志长县新兵集中点”。校园里站满了人，全是参军入伍的新兵和家属，还有羞羞答答的女娃，可能是哪个新兵的对象，或者是看上哪个新兵的女同学。

我叫杜掌印，编在新兵一连。

我光着脊梁穿件黑棉袄，腰上勒根布条，俺妈说腰上勒根绳，胜似穿一层。我站在队列里，冻得打战。站在我旁边的单二狗穿的也是破棉袄，腰上勒着麻绳，大裆棉裤，裤腰宽大，在腰上打了个折，布条当裤带，绳头吊在膝盖跟前。俺老师形容我们这些农村孩子时说“鼻涕滚滚，裤带飘扬”。

连长魏定邦站在我们对面，挺脊梁、鼓胸脯，身上堆满严肃，扯着喉咙喊“立正”。我不知道喊了立正后，该怎么站，就踮着脚尖看他，学他的样子把脚后跟靠拢，脚尖分开。再看单二狗，他把脚后跟脚尖都并到一块儿了。我觉得这动作不合规定，到底哪里不合规定，说不清楚。魏连长又吼“稍息”。我们不知道稍息该怎么做，有的两脚并拢，有的双脚叉开。魏连长看着我们，无奈，说：“现在开始点名！”

“马三蛋！”叫马三蛋的新兵喊：“来啦！”

“单二狗！”单二狗喊：“叫我弄啥哩？”

魏连长说：“部队点名，一律答‘到’，听清楚没有？”

我们回答："听清楚啦！"

单二狗回答："知道啦！"

魏连长看了他一眼，没有说啥。我感觉他对单二狗的回答不满意。

"杜掌印！"我大声答："到！"

魏连长说："杜掌印的回答很标准，大家以后就要这样回答！"

表扬催生了得意，我晃了下脑袋。单二狗挨了批评，心里不舒服，发泄到我身上，嘟囔："你没尿净，多抖几下就尿净了！"

我回击："你才没尿净！"

魏连长吼："杜掌印，队列中不许说话！"

我挨了批评，满肚子的得意像猪尿脬上攮了一锥子，呲的一下跑光了。单二狗见我挨了批评，肚子里的得意表现到大腿上，晃。

魏连长又喊："单二狗，队列里不能晃大腿！"晃动的大腿静止。

单二狗和我一个堡子，从小一起长大，好得能穿一条裤子，就是凑到一块儿就掐，像母羊群里的两只公羊。离开杜家堡子时，村支书杜省圣给我们说："到了新兵集中点，还不能算正式入伍，要经过两个月的新兵训练，训练完了发帽徽领章，才算正式入伍！到部队头两个月是关键，犯了错误就会被送回来，白高兴！"他是抗美援朝的老兵，复员后政府安排到省城工作，他刚娶的媳妇死活不让他去，他也舍不得新媳妇的温存，就留在村里当了支书。

突然，魏连长大吼一声"立正"，双手握拳提到腰间，朝几个走过来的首长跑去，立正、敬礼："报告团长，新兵一连正在集合，准备午饭！"团长还礼，说："稍息！"魏连长又跑到我们对面，声音更大地喊："稍息！"

团长走近队列，挨个看我们，走到单二狗跟前，问："读了几年书？"

单二狗："读了三年！"

问："弟兄几个？"

答："没有弟兄，一个姐，嫁人啦！"

问："独子还当兵？"

答："俺爸说了，队伍的大肉块子白蒸馍随便吃，在队伍干上几年，把身子养壮实了，再回到生产队就是个壮劳力，部队替他养娃哩！"

我的心一下子提到门牙跟前，这是落后言论，咋能给团长说，人家给你来个上纲上线贬回去，今辈子就守着杜家堡子打牛吧。心里替他着急，又不敢说，就给他使眼色，让他甭胡说。

团长说："这个兵实在！"

单二狗说："村里人都说我实在！"

给他个麦草当拐棍用哩。团长走到我跟前，在我肩膀上压了一下，我晃了下，挺住了。

团长说："还有点儿瘦干巴劲！"又问，"身高多少？"

我答："这次体检，一米六〇。"

问："体重多少？"

答："九十斤！"

问："读过几年书？"

答："初中二年级，学校就停课了！"

魏连长说："这批兵正在长身体的时候，来了'三年困难时期'，身体普遍瘦弱！"

团长给跟随他的人说："记下我的命令：一、命令每个连给新兵营送一头肥猪，不能低于一百六十斤，后勤处要亲自过秤！二、新兵训练期间，每人必须增加五斤体重，增加不够不能下连队。像他们现在这样子，黄干拉瘦，怎么执行任务？打起仗来，几天几夜不能休息，别说消灭敌人，自己把自己都拖垮啦。就是不打仗，老百姓把孩子送到部队，孩子在部队干了几年，还是这样瘦小，怎么对得起老百姓！"

团长到别的连去了，魏连长给我们说："咱们团长姓肖，一九三八年的兵！"

单二狗小声说："好家伙，老革命！"

我说："你说团长是好家伙，要是叫团长听见，不处分你才怪！"

单二狗说："咱堡子的人说谁好，就说好家伙，这是好话。"

魏连长大声说："队列里不许交头接耳，说话要喊报告！"又说，"一会儿开饭，要围成一个圆圈。"

单二狗突然喊："报告！"

魏连长说："说！"

单二狗说："俺爸俺妈还有俺堡子的支书都来送我，我吃上了大肉块子白蒸馍，他们吃不上，俺良心过不去！"

魏连长说："部队已经安排好了，把送你们的人叫来一块儿吃，吃好吃饱。人家把子弟都送到部队了，还能不管人家一顿饭？"

单二狗给我说："一会儿打饭的时候，我端菜盆子，你端白米饭。我们要是不当兵，俺爸俺妈今辈子都不知道白米饭是啥味道！"

魏连长一宣布解散，单二狗就朝伙房跑，还催我："跑快点儿，人家把菜打完了，让俺爸俺妈吃啥！"

盛菜盛米饭的是最大号的铝盆，我和单二狗把菜盆、米饭盆放到操场的空地上。俺爸俺妈、单二狗他爸他妈，还有杜省圣，都把身子朝菜盆跟前挪，眼珠子能掉到盆子里，口水淌到盆沿上。

单二狗说："没有筷子和碗，拿啥吃！"又吼我，"你是个瓷锤，跟我一块儿拿筷子和碗！"

部队的饭食就是好，两分多厚的猪肉块子，半拃长、一寸宽，白膘、红肉，满盆都是肉块子，还有豆腐、腐竹，全是硬扎货。单二狗抢过勺把，先给他爸盛了一大碗，又给他妈盛了一大碗，盛的时候勺子专朝肉多的地方挖。再就是给俺爸俺妈盛，也是勺子专朝肉多的地方伸，给我说："我给你爸你妈多盛些肉。你脑子灵性，到了部队多给我出主意。"

我就笑，笑他拽着自己的头发朝月球上甩，还觉得自己驾驶了宇宙飞船。

单二狗说："你笑我当不上团长？"

我说："团长算个啥，你起码能当上军长司令员，团长给你当警卫员。"

单二狗又拿起一个空碗，给杜省圣说："我给叔多盛些肉！"

杜省圣眉里眼里都是笑，说："要不是我给你的入伍登记表上盖章，你能吃上这么肥的肉块子？"

单二狗说："省圣叔快吃，吃完了我再给你盛！"

杜省圣说："二狗是明白人，眼亮，你不管当多大的兵，哪怕到天安门上站岗，你爸你妈还在堡子里，在我手下挣工分！"

我说："你可不敢小看咱二狗，人家干上了军长，转业就是省长，最不行也是专员，你办事还得求人家签字哩！"

杜省圣给嘴里塞了块肥肉，边嚼边嘟囔："我盼着你们干上去哩，到那时就能抽你们敬的带把儿烟。我迟早给旁的村子的乡党谝起来，说咱陕西的省长是俺杜家堡子的人。"

单二狗他爸噙着肥肉，油水从嘴角流出，用袖子擦了下，说："我一辈子吃的肉都没有今天一顿吃得多！"

单二狗说："爸你快吃，我刚才打菜的时候看了，锅里还有好多，吃完了再去打。俺连长说了，一定要让你们吃好吃饱，说是军民关系！"

杜省圣说："我当了这些年支书，没有占群众一分钱便宜，两袖清风。

就是年年征兵，我代表党支部送新兵，在新兵集中站过大年，肉块子随便吃，还不算贪污腐败！”

单二狗把肉菜打过，盆子就空了，我和他还没打上。

单二狗给我说：“咱俩再去打菜！”

我说：“人家不给咱打咋办？”

单二狗说：“魏连长都说了，一定要让老百姓吃好吃饱。肖团长还下了命令，让我们每人长五斤肉，要是饭都吃不上，咋能长肉？咱现在是架子猪，要催膘哩！”

我们把两盆肉菜一盆米饭吃完，把裤带松了好几次，肚子胀得像怀了九个月的婆娘。

我和单二狗把菜盆、碗筷送到伙房，再回到操场，看到单二狗他爸在地上捡了根细树枝，剔牙缝里的肉丝，一边剔，一边呸呸地吐，还嘟囔：“牙缝越来越宽，老啦！”

杜省圣说：“等你娃把事情干大了，买个挖掘机给你掏牙缝！”

单二狗他爸说：“咱到那时候不买挖掘机，把牙拔了，镶上金牙，太阳一照，金光万道，照亮咱杜家堡子！”

杜省圣说：“夜里你把嘴张开，咱堡子的人就不用走黑路，我给你记一天的工分。”

单二狗他爸吐过唾沫，走到他儿子跟前说：“部队把这么好的大肉块子给咱吃了，咱要是贪生怕死偷奸耍滑，就对不起人家！”

单二狗说：“爸你放心，咱还想在部队挣前途呢，不好好给人家干，人家凭啥把前途给咱？”

单二狗他爸说：“自古以来都讲究国家养兵千日用兵一时，咱吃了国家的粮，就要给国家卖命，贪生怕死丢咱家的脸，也丢杜家堡子的脸！”

单二狗说：“爸你放心，要是打仗，你儿子绝对冲在最前边，死了也给咱家弄个烈士家属，说不定还能评上英雄！可你跟俺妈就我一个儿子，我要是牺牲了，谁给你们养老送终？”

单二狗他爸严肃了脸，脸上的皱纹像用钢凿刻的，说：“二狗你到了部队，打仗时只管朝前冲，建功立业就是冲锋陷阵！”

杜省圣扎着领导架势，咳了一声，手朝腰上一掐，说：“二狗你有些话说得对，有些话说得不对，比如你说到牺牲了……”他猛地刹住话，呸呸地吐了几口干唾沫，唾沫星子都没有吐出来几个，接着说，“我刚才朝地上吐了，把霉气吐掉了。我说的是假如，啥是假如，就是比方。你眼里就没有我这个党支书。假如，还是假如，假如你为国家英勇了，你爸你妈跟前还有我这个支书，有咱堡子七八百口乡党，一个堡子养活不起你爸你妈？我今天给你说个死话，你跟掌印，还有咱杜家堡子这些年入伍的人，假如那个了，我做主给牺牲的人记全堡子最高的工分，父母老的干不成啥了，我专门派个妇女照顾。谁要是敢放个屁，我停了他的工分！"

哨响。当了两天新兵，知道哨响就是集合，不能磨蹭，我给俺爸俺妈说："部队集合了，你们在这等着，看部队有啥事情！"

魏定邦又是一阵"立正稍息"后，宣布："现在发服装，领到服装后，以排为单位到澡堂洗澡，动作要快，每批二十分钟，洗好洗不好都必须出来。洗过澡后穿上军装，换下的衣服让家属带回家！"

肖团长又带着参谋干事走来了，魏定邦又跑步给肖团长报告。肖团长问魏定邦："你们接兵的洗了没有？"

魏定邦回答："我们都没有洗，后勤首长通知，澡堂安排很紧张，新兵都洗不过来！"

肖团长问后勤处长："给接兵的同志安排洗澡没有？"

后勤处长说："这个县城只有一个澡堂，有三个部队在这个县征兵，武装部给咱们团安排了一天时间，安排新兵都紧张！"

肖团长问魏定邦："你多长时间没洗澡了？"

魏定邦回答："十一个月零三天！"

肖团长问后勤处长："听见没有？"

后勤处长回答："听见啦！"

肖团长说："听见就好，我也不命令你们怎么做，你们自己考虑该怎么做。你们这些机关干部，到了周六就回家，怎么不考虑常年在外执行任务的战士和基层首长！"

后勤处长说："我现在亲自找武装部长，协调这事情！"

魏定邦把我们带到一间大教室门口，让我们排成一队。有个穿四个兜的干部拿着花名册念名字，他把我们的身高胖瘦看了，喊："三号！"仓库里的几个老兵就把三号的外套、棉衣、绒衣、衬衣、短裤、袜子、大头皮鞋、羊皮帽子用白色包袱皮包好，递给我们。

单二狗排在我前头，那个干部念"单二狗"！单二狗朗着声音答"到"。经过两天的新兵经历，他知道首长点名时，不能像在杜家堡子那样回答"叫我弄啥呢"，必须答"到"。

人家把他的身子看了，对教室里面喊："二号！"

单二狗问："比二号大的衣裳是几号？"

人家回答："一号！"

单二狗说："我要一号！"

人家说："你撑不起一号，要是给你发一号，穿上像袍子，影响军容风纪！"

单二狗说："俺爸说了，男人要长到二十五，我今年才十九，还要长六年，起码再长半个头。你现在给我发二号，我个子一长，穿不上了，咋办？"

人家给他解释："部队每年都换新装，春季发夏服，秋季发冬服，你的个子长了，再发衣服时会根据你的身高选择衣服！"

单二狗说："部队就是好，年年都发新衣裳。不像俺杜家堡子，一件棉衣穿十几年，光担心个子长了穿不上！"

我们领过服装，又排队朝澡堂走。有的把包袱抱在怀里，有的扛在肩上，有的夹在胳肢窝里，五花八门，我都觉得不成体统。果然，魏定邦喊了"立定"，拿过一个新兵的包袱，挎到右肩上，给我们说："都按这个样子，把包袱挎到右肩上，刚才那样乱七八糟，哪像部队！"他把我们带到澡堂门口，又给我们交代，"一会儿进去，把从家里带的衣服包起来，让家属带回去，一件都不能带到部队！"

澡堂门口站着一个后勤干部，一次放进去十二个人。放过十二个人后，对魏定邦说："首长通知，你们带新兵的人可以进去洗！"

魏定邦挨着我们脱衣服，单二狗盯着人家那地方看，我觉得不礼貌，悄悄拉了他一下。魏定邦也看了他一眼，目光里含着不满，转过身子不让他再看。洗澡的时候，单二狗把嘴挨着我的耳朵说："有个天大的好事情！"

我说："啥好事情，说！"

他说："这里人太多，不能让他们知道！"

洗过澡，魏定邦又把我们带回学校。我们把换下的衣服交给家里来的人，把他们送到学校门口。俺爸俺妈都哭，俺爸光擦眼泪不出声，俺妈哭成泪人了，半个袖子都湿了。单二狗他爸他妈也哭，哭得悲天恸地。我跟单二狗也哭，和父母在这里一别，不知哪年哪月才能再见一面。要是打起仗来，说不定就是最后一次见面。

把老人送走了，我想起单二狗在澡堂的神秘，问："你刚才在澡堂要给我说啥事情，还那么神秘？"

单二狗把我拉到操场边，声音小得像蚊子嗡，说："刚才洗澡的时候，你注意看魏连长的那家伙没？"

我说："那有啥看头，只要是男人都差不多，他又不是三尖四棱子！"

单二狗把嘴一撇，不屑地说："人都说你比我灵性，我咋看你都不如我。我从魏连长那地方，看出了很多名堂！不是吹的，我要是当侦察兵，保准把敌人的情况侦察得清清楚楚！"

我说："先别吹你的舞马长枪，快给我说侦察到啥啦？"

他反问我："你知道省圣叔当过兵不？"

我说："一个堡子的人，咋能不知道！"

他说："省圣叔今天说，给咱们发的大头帽子大头鞋棉大衣，是高寒地区的装备。还说咱们国家只有西藏、青海、新疆这三个地方算高寒，咱这批新兵肯定朝这三个地方去的！省圣叔还给我说，高寒地区大多是骑兵，骑兵发的是马裤。还有汽车兵，汽车兵开的都是从朝鲜战场下来的车，破烂，成天修车、排除故障，手上全是机油。高寒地区没有澡堂，尿尿时把手上的机油沾到那上头，那家伙油乎乎的，黑明发亮像车轴。洗澡的时候，我用心看了魏连长的家伙，黑乎乎油汪汪，肯定是汽车兵。"

我对单二狗刮目相看了。单二狗又朝我跟前走近，声音更小地说："咱们要是当上了汽车兵，以后复员回来，起码可以到公社的拖拉机站开拖拉机。到那时候，噫——"

不用他说我都知道，公社的拖拉机给生产队犁地，生产队把司机当神仙，司机多给他们开半个小时，顶他们多少骡子马的苦力！生产队不巴结司机巴结谁，给司机吃的是臊子面、白蒸馍，杀鸡更不用说。要是司机没对象，大姑娘趁没人的时候，送块手绢，脸一红，大辫子一甩就跑。我们要是当上了汽车兵，这辈子的前途不用琢磨就能想象出来！

吃过晚饭，单二狗给我说："我觉得肚子有点儿难受，屎憋了，你陪我一块儿到厕所。"

快到厕所时，单二狗捂着肚子给我说："今天咋憋得这么厉害，我都快憋不住了！"说着就朝厕所跑，跑进厕所就解皮带，谁知部队发的皮带越解越紧。我们长这么大没用过皮带，都是用布条。单二狗猛地蹦了一下，喊了一句："我憋不住啦！"随之，我听见他裤裆里响了开春的闷雷，一股滂臭喷薄而出。

单二狗带着哭腔说："我把稀屎屙到裤裆了！"

我说："我去给魏连长汇报，看他有什么办法。"

我刚跑出厕所，看到肖团长带着参谋干事走过来。我学着魏连长的样子，跑到肖团长跟前，喊：“报告肖团长，俺堡子的单二狗解不开部队发的皮带，屙到裤裆里了！”

肖团长说：“进去看看！”

单二狗还在解裤带，还是越解越紧，都哭出了声音。

肖团长走到他跟前，问：“怎么回事？”

单二狗见是团长，放声大哭起来，边哭边说：“发的皮带就解不开，越解越紧！”

肖团长弯下身子，看着他的皮带说：“别哭，你再解下皮带，我看问题出在什么地方？”

单二狗就继续解，还是越解越紧，把肚子都勒细了一圈。

肖团长看过单二狗操作过程，说：“你这个孩子呀，皮带不是这么解的，看我怎么解，这个好学，解一次就会！”

一个参谋走过来说：“肖团长，我来给他教！”

肖团长说：“还是我来吧，你们这些吃吃（知识）分子爱干净。我当兵前在家种地，天不亮就去捡狗屎马粪，越臭越有肥力越高兴！”

肖团长给单二狗说：“你解皮带的方法不对，解这种皮带，要先紧一下，然后再解，一下就解开了，你学着这个样子解一遍。”

单二狗一下子就解开了，说：“把他家的，这么简单的事情我就解不开。难怪俺爸老给我说，一窍不通，少挣几百！”

我见他越说越来劲了，人家是团长，咋能给人家说那些话，就把他的脚踢了一下。单二狗立即反应过来，左手提着裤子，右手给肖团长敬礼，说：“报告团长，我刚才胡说哩，不该在你面前说粗话，俺现在是解放军，不能说粗话！”

肖团长说：“你现在还不能算是解放军战士，还要训练，训练后才算是真正的军人！”说完，刚才还春风弥漫的脸上瞬间布满冰霜，问单二狗，“你们是哪个连队的？”

我说：“新兵一连！”

肖团长看了下我，说：“我想起来了，我到你们连的时候，还问了你的身高、体重、文化程度，我记得你读到初中二年级！”

我说：“是的，读到初中二年级！”

肖团长说：“也算是吃吃（知识）分子了，好好干，咱们团是技术兵种，需要有吃吃（知识）的人！”

我说："我一定好好干，不辜负首长的教导！"我好赖也是初中生，这些话还能说出来，不像单二狗只能说粗话。

肖团长给参谋说："命令一连长跑步到这里！"

几分钟后，魏连长跑步过来，跑得太急，喘着粗气，估计参谋给他说了单二狗屙裤裆的事情。他跑到肖团长跟前，立正、敬礼："报告团长，新兵一连连长魏定邦前来报到！"

肖团长指着单二狗说："你的兵不会解皮带，拉到裤裆了！"

魏定邦说："我刚才听范参谋说了，我考虑不周，没把兵带好，请团长处分！"

肖团长说："少说这些没盐没醋的话，我命令你守在这里，教新兵解裤带，要是再有新兵拉到裤裆，我撤你的职！还有，不许给这个新兵要态度，他又不是故意朝裤裆里拉，是你们这些带兵的没给他们教怎么解皮带！"

魏定邦说："我一定坚守厕所，不要态度！"

肖团长又把脸转向后勤处长，说："还有你，当了三年后勤处长，年年都有新兵拉裤裆，你竟然没有一点儿措施！你亲自把这个新兵的裤子洗了，洗得没有一点儿臭味，烤干。到时候我派人检查，有一点儿臭味撤你的职！"

后勤处长说："坚决执行命令，我亲自给新兵洗裤子裤衩衬裤，保证没有一点儿臭味！"说完又说，"老肖你是一九三八年的兵，我也是一九三八年的兵，咱俩当新兵的时候还在一个班，我还救过你的命哩。你这阵当了团长，牛了，动不动就要撤我的职。我也给你说，你要是撤了我的职，我就跑到你家吃饭。"

肖团长也笑，说："咱们都是给部队干事，公是公，私是私。上级把这个团交给咱们，老百姓把他们的孩子交给咱们，要是出了不该出的事情，咱把脑袋提下来都没脸见他们！"

肖团长走了，后勤处长把单二狗带走了，我陪着魏连长留在厕所。进来一个新兵，魏连长就迎上去，问："会不会解裤带？"有的新兵说会，他还不放心地说："你解开给我看看！"人家把裤带解开了，他才放人家进去。有的新兵说不会，他就帮人家解，一边解一边给人家讲解裤带的要领，完了还要人家重复一遍，才放人家进去。没人的时候，他就给我唠叨："肖团长的批评很对，带新兵跟父母带孩子一样，啥事情想不到就出啥事情。单二狗屙到裤裆了，可怜范处长了，一九三八年的兵，要是搁到步兵部队，师长军长都当上了，搁到咱汽车团，只能当个处长！他比单二狗他爸的岁数都大，还要给儿子辈洗裤子！”

我突然觉得部队的首长看起来威风，走到哪里都有人敬礼，说的话就是命令，没想到还要承担这么多责任。过了半个小时，我突然反应过来，给魏连长说：“咱们守着厕所给新兵解裤带不是办法，要解到啥时候？”

魏定邦说：“这是团长的命令！”

我说：“我有个办法，你把部队集合起来，把解裤带的要领讲一遍，大家都会解裤带了，还守在厕所干啥？”

魏定邦恍然大悟说：“这是个好办法！”又说，“肖团长命令我坚守厕所给新兵解裤带，我离开厕所就违背了命令！”

我说：“肖团长命令的目的是不让新兵屙裤裆，你把新兵训练得都会解裤带了，还不用把你困在这里，一举几得，团长还会表扬你！”

魏定邦说：“我把咱们连的新兵训练了，再把这个经验介绍给别的连！”又说，“你脑子好使，我要是当上了团长，提拔你当参谋长！你先留在这里，给新兵解裤带，我把咱连的新兵训练好了，就来通知你离开厕所！”

刚才，魏定邦说漏嘴，印证了单二狗的侦察结果。我想到自己当上了汽车兵，人生就踏上了充满光明的康庄大道，得意在胸腔里盛不下，想蹦，想跳，想吼，想叫，猛地吼起来：

王宝钏坐椅子脊背朝后，
没料想把肚子放在前头……

刚好一个公社的新兵屙过屎出来，见我在厕所里宣泄兴奋，问：“你喝了喜娃子奶了，啥事情把你高兴成这个样子！”

我说：“当上兵了，咋不高兴？”

他说：“你高兴得不正常，咱们都集中三天了，高兴劲也过去了，是不是哪个女同学给你送了笔记本，里面夹了照片？”

我说：“没有哪个女同学给我送笔记本，也没有谁给我送照片，我就是为当上兵高兴！”我没有把我们要去的部队是汽车团说出来，这是机密。我说给他了，他再说给别人，一个传一个，不出半天，所有的新兵都会知道。

这个乡党看了我两眼，说：“你这人不实在，肯定有事不给我说！”他走出厕所后，我又后悔没给他说实话，又想这是部队的机密，泄露了机密是原则问题。俺爸老给我讲，人要讲“忠义”，还把“忠”排在前边，“忠”是国家、部队的事，“义”是乡党、朋友的事，要是“忠”和“义”发生矛盾，就要以“忠”排“义”。想到这里，心里就坦然了。

二十分钟后，魏定邦跑回来，高兴地给我说：“你还真说准了，肖团长没批评我，还表扬我，说我把新兵集中起来训练解裤带是个好办法，还要在其他新兵连推广咱们的经验！我还是那句话，你比我的脑子好使，我要是当了团长，一定要你当参谋长！”

二

吃过晚饭是自由活动时间，操场上冷，就窝在充当宿舍的教室里。我们坐在褥子外边的麦草上，脑子里都在琢磨，到了部队咋着好好干，把事情干大，再回到堡子，脸面都光彩，就是戏里唱的“衣锦还乡”。

突然，教室外边有人喊：“单二狗，有人找你！”

单二狗嘟囔：“我在这里没亲没故，谁来找我，怕是找错人啦！”

门外的人又喊：“单二狗，人家指名道姓找你，还是个女娃，漂亮得能把人震个尻子蹾！”

单二狗有了胆怯：“我没有妹子，也没人给我介绍过媳妇，哪有女娃跑来找我？”又给我说，“你陪我去看看，到底是谁找我。”

我说：“人家找你，我算啥，要是人家对你有啥意思，我不是搅乱了你们的好事！”

单二狗说：“你口口声声说咱俩是铁杆，我遇到这么大的难处，让你陪着我一趟，你都不肯帮忙！”

单二狗把话说到这分上了，我站起，把沾在裤子上的麦草拍去，跟在单二狗后边朝外走，说：“瞧你这没出息样，一个女娃就把你吓成这样子，还想干大事！”

我们走出教室，站在门口四下张望，看到操场外边的大槐树下站着一个姑娘。槐树的树枝上挂着几串冰溜子，还有残留的槐角在风中摆动，两只老鸦面对面地站在树枝上。我们朝老槐树跟前走近，才看清树下站的是俺堡子的团支书刘玉翠。她比我大两个月，我把她叫姐。单二狗比她大半岁，她把单二狗叫哥。

刘玉翠见俺俩走过来，从老槐树下走出来，没叫二狗哥，却叫掌印兄弟。我心里灵醒得跟虫虫样，人家指名道姓地找单二狗，肯定有啥私密，不好意思叫二狗哥。再看刘玉翠，穿着过年才穿的花棉袄绿裤子，鞋上绣了两只鸭子，一个雄的，一个雌的。刘玉翠看了单二狗一眼，脸就红了，像堡子里过年杀猪把猪血抹到她脸上。

我没谈过恋爱，但看过谈恋爱的小说，奥斯特洛夫斯基的《钢铁是怎样炼成的》，保尔和冬妮娅就谈过恋爱，柳青的《创业史》里的梁生宝和改霞也谈过恋爱。我看刘玉翠的脸发红了，知趣地说："玉翠姐，你跟俺二狗哥在这谈，我回去了。"

刘玉翠对着我的脊背说："其实也没啥谈的，你们参军入伍是咱堡子全体青年的光荣，我是团支部书记，说啥也要来送送你们！"

杜家堡子距县城五十多里，一大早从堡子动身，紧走慢走也得一天。刘玉翠要是没有天大的事情，不会为了代表全体青年来看我俩。

单二狗对着我的脊背喊："掌印，你代我给魏连长请个假，就说家里来人了，晚回去一会儿！"

单二狗一点儿都不傻，甚至很聪明，他给魏连长请假，把刘玉翠说成自己家的人，这不是把人家当成媳妇了？我回到教室，给魏连长说了单二狗要请假，魏连长一口答应，说："这一走，三年五年难得探家一次，咱当兵的不能不讲情义，他就寝前赶回来就行！"

一个小时后，单二狗回来了，我问："玉翠姐代表咱堡子全体青年把你慰问得咋样？"

单二狗说："咱先不说这个，玉翠今晚要回去，县城离咱堡子五十多里路，说不定会碰上饿狼，要是遇上坏人更不得了！"

我说："这还不好办，帮她找个旅馆住一晚上就行了！"

单二狗说："我也想到这了，住一晚要十块钱，部队前天给咱发了六块五毛钱，我给俺妈了一块五毛钱，只剩下五块钱了。旅馆还要介绍信，玉翠出来的时候没开介绍信！"

我说："部队发给我的钱还没动，我全给你。介绍信的事情，只能给魏连长汇报！"

我把部队发的津贴费全掏出来交给单二狗，单二狗说："我拿五块就够了，算我借你的，下个月开津贴还给你！"

我说："人家刘玉翠代表全体青年来看咱俩，住宿费当然得咱俩掏。"

单二狗不好意思地说："玉翠不仅仅是代表咱堡子的全体青年，这里头还有私人成分！"

我说："我又不是傻子，没吃过猪肉总听过猪哼哼。你少在这啰嗦了，快去陪俺玉翠姐。玉翠姐可是好女子，书上都写了，花开得越艳，想摘花的人越多。你要趁热打铁，萝卜把窝窝占下了，旁的萝卜就插不进来了！"

单二狗拿着钱朝老槐树下跑。我望着他的背影想，我俩天天一块儿上地，一块儿收工，一块儿谝闲传，怎么就没发现他和刘玉翠谈恋爱？

魏连长回来了，问我："单二狗去哪了？"

我说："接受俺堡子团支书的慰问哩！"

魏连长说："你去把他叫过来！"

我和单二狗站在魏定邦面前，魏定邦说："那个女同志的住宿问题解决了，武装部已经通知旅馆，他们把证明送去了！"又问单二狗，"你和那个女同志是什么关系？"

单二狗说："我说不清是什么关系，有点儿关系，也没有关系。"

魏定邦说："部队有规定，没有典礼就不能通车，先通车后典礼要受处分！"

单二狗问："啥叫典礼，啥是通车？"

魏定邦说："典礼就是领结婚证，通车就是两个人睡到一张床上！"

单二狗说："俺跟玉翠没有典礼，也没有通车！"

单二狗走出新兵集中点，刘玉翠胳膊上挎着包袱，走在单二狗后边，像新媳妇回娘家。我和魏定邦看着他俩走到学校门口，身子并到一块儿了。

俺这一批新兵，有的都结了婚，新媳妇穿着大红棉袄绿裤子，站在参了军的男人跟前，哭得梨花带雨。俺公社还有一个新兵的媳妇生了娃，抱着娃来看她男人。在这个地方一别，不知道多少年才能见面，要是那个了，这就是今辈子最后一次见面了，场面多少有点儿悲壮。抱娃的媳妇把娃交给男人抱着，她站在男人对面哭，哭得天翻地覆慨而慷。

她男人说她："哭啥哩，叫人家看见笑话！"

媳妇说："这有啥笑话的，俺哭俺男人，又不是翻墙偷汉子，有啥丢人的！"

娃儿见他妈哭了，也哭。这个新兵也怪，他媳妇哭的时候他劝她甭哭，娃一哭他倒流下眼泪，呜咽着给媳妇说："我走了，你给咱好好带娃，娃长到七八岁让娃上学！"

媳妇马上停止哭泣，惊诧地说："你七八年都不能回来？我听俺娘家村子的人说，部队有探亲假哩！"

新兵说："要是部队有探亲假，我肯定回来看你跟咱娃！"

媳妇说："你要是在部队把事情干大了，当了司令军长，别忘了俺娘俩，当陈世美！"

新兵说："你都过门一年多了，还不知道俺的为人。我要是干到司令军长的级别上，头一件事就是把你接到部队，啥都不让你干，吃了睡，睡起来吃，红糖水白糖水随便喝，享后半辈子的清福！"

媳妇扑哧一下笑了，说："你把俺当猪养哩。也把咱爸咱妈带去，老人苦了一辈子，该享清福的是他们。"

新兵说："那是肯定的，咱不敢说在品行上是人尖子，孝顺两字还不敢忘。我走了，俺爸俺妈和家里的这一摊子都交给你了！"

媳妇说："我进了你家的门，就是你家的人，要是对咱爸咱妈不好，乡党的唾沫星子还不把我淹死！"

这个新兵和他的媳妇在美好愿望和别离的痛苦交织的情感中，度过了他当兵前的最后一段时光。

单二狗九点十分回来，那个挎在刘玉翠胳膊上的包袱挎在了单二狗的胳膊上。我看他满脸红光，红光里闪耀着比糖稀都浓稠的兴奋。他走进教室，给我使了个眼色。我忽地从麦草铺上爬起来，朝外边走去。大门口有盏路灯，半明半暗，单二狗把我领到灯光下边。我问："把刘玉翠安排好了？"

单二狗："安排好了，她给我送了好多东西！"他蹲下身子打开包袱，先拿起一个笔记本，里面夹了张刘玉翠的半身照，还让照相馆在脸上抹了两坨子红，照片的背面写着"送给我最最亲爱的二狗哥，你永远的玉翠"。我只瞥了一眼，脸就发烫了，赶忙还给他，说："这是人家送给你的，不能给旁人看！"

单二狗说："我又不傻，咋能把这么保密的事情给旁人看！"他又把刘玉翠送给他的笔记本拿给我，我翻到头一页，上边写着："送给最最亲爱的二狗哥：海内存知己，天涯若比邻。永远是你的玉翠！"

单二狗问我："这两句话写的什么意思，啥海呀天呀的！"

我说："你把我叫兄弟了，我就该把刘玉翠叫嫂子了！"

单二狗就嘿嘿笑，说："咱先别说旁的事情，你把这两句话的意思给我说下。人家给咱送了笔记本，咱不知道上边写的是啥意思，咋行？"

我就开动思想机器，都能听见搅拌机把脑浆搅得轰轰隆隆响，只猜到个大概意思。单二狗推了我一下，说："这些字到底啥意思？"

我还没琢磨出准确的意思，但还是端着架子说：“这是学问，你懂不懂啥是学问，扁担竖起来不知道是个一字，还打扰我思考!”

单二狗说：“那我不催你了，好好思考你的学问!”

我又琢磨了四五分钟，故意吭了一声。单二狗赶忙把身子朝我跟前挪了下，问：“琢磨出来了?”

我说：“差不多了!”

单二狗说：“你都上了初中，琢磨这几个字算个啥!”

我说：“这几个字的意思是，你就是跑到太平洋那边，跑到天那边，刘玉翠都是你的老婆，你都是刘玉翠的男人，知己就是这意思!”

单二狗吁了口气，说：“人家是团支书，咱才把小学三年级读完，人家能这样对咱，咱绝对不能亏了人家!”

他又从包袱里取出一双鞋垫，一只上边绣着一对鸳鸯，头挨着头，屁股挨着屁股。这回，他没说这是野鸭子。他又取出一双鞋垫，上边绣着两朵莲花，我知道它们的学名叫“并蒂莲”，也是象征爱情的。

我多少有了羡慕，说：“你是山猪啃上好白菜啦!”

单二狗说：“你把我冤枉了，人家是啥条件，咱是啥条件，人家是天上飞的鹅，咱是烂水沟里蹲的蛤蟆！她要是不来给我提说这事，打死我都不敢高攀人家。”

我想知道他们谈到啥程度，问：“你肯定强着把人家那个了?”

他说：“你就是借给我一万个胆，我都不敢强着人家，人家一告发，这兵就当不成了!”

我说：“你到底把人家那个了没有，这是关键!”

他说：“是人家先抱着我那个的，她还说跟我那个以前，跑到自来水跟前，用指头把牙抠了几十遍，怕臭了我的嘴。还是部队好，一来就发了牙刷牙膏。她还说了，她回去就买牙膏牙刷，天天刷牙，我探亲回来让我使劲那个，嘴里只有香味没有臭味!”

我说：“人家能这样对咱，咱绝对不能亏了人家。你要是把事情干大了，不能喜新厌旧。就是以后复员到公社拖拉机站，围着你转的花蝴蝶漫天都是，一个比一个漂亮，一个比一个年轻，说不定公社书记的女子看上你了，你要是变心，看我咋着收拾你!”

单二狗说：“你把我看成啥人了，人家都让我亲了，就是我的媳妇了，我就是人家的男人了。咱当男人的，不好好养活婆娘娃，连畜生都不如!”又说，“人家还说了，明天天蒙蒙亮就过来看我，把我看过了，就回堡子候着我回来！”

十点钟一到，魏定邦就吹哨子。我们按部队的规定，拉开被子，脱衣服、钻被窝，睡觉。单二狗的被窝挨着我的被窝，熄了灯后，他小声给我说：“明天天一麻麻亮，玉翠就要来看我！”魏定邦听见他说话，大声说：“熄灯哨吹了以后，一律不能说话！”单二狗不说话了，还是把身子翻过来翻过去，像在被窝里烙锅盔。俺们这些农村孩子，哪还有比娶媳妇更高兴的事，何况人家还是团支书，不要彩礼，不要新房。这么好的事情让单二狗遇上了，像是唐朝的王宝钏把绣球抛到了薛平贵怀里，刘玉翠把绣球抛给了单二狗，单二狗咋能睡着觉？

半夜，魏定邦吹响哨子，喊：“集合，打背包，准备出发！”

我们从被窝里爬出来，七手八脚地穿衣服、打背包。我把背包打好了，单二狗还在穿裤子，怎么都蹬不到裤腿里，喊：“魏连长，裤腿变窄啦，穿不进去！”

魏定邦跑过来，打开手电，说：“你把袖子当裤腿穿了，怎么能穿进去！”

单二狗最后一个跑出去，魏定邦喊过口令，朝早已站在队列前边的肖团长跑去：“报告肖团长，新兵一连集合完毕，请指示！”

肖团长还礼后说：“命令部队，检查有没有遗忘的装备，之后打扫卫生！”

魏定邦命令我们把背包按队列的位置放好，解散回到教室，检查有没有忘拿的东西。检查过后，我们把铺的麦草朝操场旁边的麦草垛子跟前抱，又打扫教室，连通往麦草垛子路上的零星麦草都打扫干净。半个小时后，魏定邦又吹响哨子，命令我们跑步到大卡车跟前。大卡车的后挡板已经打开，一个卡车装二十四个兵。汽车离开县城，驶向旷野，四周黑得像刷了漆，车灯刺破漆黑，照在路的前方。路上有冰，我们感觉汽车在冰上滑来滑去地扭屁股。车灯的两边是旷野，有伏地的麦苗、长着茅草的荒野，沟沟坎坎，坡上坡下，都盖着不薄的冻雪。

我们站在车厢上，不觉得冷。部队的装备就是好，布料是新的，棉花是新的，还有绒衣棉大衣皮帽子，就是脸冻得受不了，像钢锉在脸上划。

一个新兵嘟囔：“咱要是不当兵，这阵正在热炕上睡觉哩！”

又一个新兵说：“没人强迫你当兵，你自己哭着闹着要当兵哩！”

那个新兵说：“你咋听不懂人话，我说的意思是没当兵的人正在炕上受活哩，没说我后悔当兵啦！你把屎盆子朝我头上扣，影响我进步！”

大家不说话了，四周黑灯瞎火，也不知道汽车朝啥地方开。单二狗对着我的耳朵说：“玉翠都给我说好了，天麻麻亮到学校看我，咱这一走，她就见不上我了！”

我能想象出来，刘玉翠不等天亮就跑到那个中学，满怀比苞谷粥都浓稠的爱情，看到的却是一个空荡荡的学校，她男人已经开拔了，该是多么失望、沮丧。我还能想象出来，单二狗多么想再见上她一面，给她说贴心贴肝的话。可是，我们已经站在大卡车上，不知拉到什么地方，或许几千里上万里，隔了多少山多少水，也不知多少年才能和她相见，或许三年，或许五年，或许是更长的时间！为了转移他的情绪，我没话找话地说：“俺玉翠姐给你了那么多东西，你也该给人家送点儿啥！”

单二狗说：“我给她交了旅馆钱以后，剩下一块五毛钱，给她买了一块手帕、一支钢笔，剩下的买了一块香脂，钱都花完了！她还给我说，这些东西她都不用，等俺们办事时，她再拿出来用。我给她说，你放心用，我以后每个月发津贴费，都给你邮去。她说就是给她邮的钱，她也不花，放到信用社存起来，结婚的时候把席面办得好一些，不给解放军丢脸！”

我想，你们结婚的席面丰盛不丰盛，与解放军的脸有啥关系？但是，还是被刘玉翠感动了，人家识大理，知道心疼男人，会过日子，单二狗撞上大运了，捡到了宝贝。

三

第二天。初夜。卡车开到西安西站，魏定邦带领我们走进军供站，饭堂里早就摆好了菜盆子白米饭。我们一整天都没有吃饭，早就饿得肚皮贴着脊梁杆子。魏定邦一宣布“解散”，我们就冲进饭堂。魏定邦追着我们的屁股喊：“以班为单位，一个班围一个菜盆子，不许抢！”

我们在西安西站吃过饭，又上了闷罐子火车，开了四天四夜，到了西宁，看到蒙着篷布的卡车。这些卡车的车门、后挡板上，都印着部队车辆的番号。

魏定邦对我们喊：“集合！”我们在车辆前边排好队列，严肃又涌到他脸上，他给我们说：“现在，我可以告诉你们，我们是中国人民解放军汽车兵第九团，对外番号是 8164 部队。你们这批新兵，经过训练，全部分配到运输连队！”

哇！多么振奋人心的消息，真比娶媳妇都高兴！

单二狗喊了一声："报告!"

魏定邦说："说!"

单二狗问："运输连队是干啥的?"

魏定邦说："运输连队就是驾驶汽车拉人运货的!"

大卡车拉着我们跑了七八天，到了一个叫格尔木的地方，这地方比俺杜家堡子还冷，雪下得比俺杜家堡子厚，冰冻得比俺杜家堡子硬，能看到几个穿袍子的藏族同胞，别的全是兵。魏定邦又给我们训话："我们到了青藏高原，接触最多的是藏族同胞，他们是我们的爷爷奶奶、父母双亲、兄弟姐妹。谁要是不尊重藏族同胞，轻则处分，重则开除，这是民族纪律，听清楚没有?"

我们一齐回答："听清楚啦!"

魏定邦不满意："声音不洪亮不整齐，大声回答!"

我们又扯着喉咙喊："听清楚啦!"

魏定邦满意了，说："部队讲究作风，作风就是战斗力，回答的声音要大，行动要快，作战要勇敢，执行命令要坚决！听清楚没有?"

"听清楚啦!"这回，不用他要求，我们都拼命答应。

新兵到部队，放假三天。格尔木这地方，比杜家堡子大不了多少，用俺堡子老汉的话说，噙着一锅子旱烟能走三个来回。我和单二狗在街道上转了两个来回，就觉得没啥意思了。单二狗说："咱回，在这瞎转有啥意思。"

我说："回去干啥?"

单二狗说："看汽车，魏连长都说了，咱这批新兵以后都是开汽车的，咱先去看看咱开的汽车是啥样子!"

我们刚走近车场，哨兵就冲着我们吼："口令!"我们急忙停住脚步。我听杜省圣说过，哨兵要是问了口令，你答不出来，啪的一枪就把你撂倒了。

我急忙说："我们是新兵，首长没有给我们传达口令!"

哨兵问："哪个连队的?"

我答："新兵一连!"

哨兵问："连长是谁?"

我答："魏定邦。"

哨兵问："你们到车场干啥?"

单二狗说："俺魏连长说了，俺这批新兵以后都分到运输连队，俺想来看看汽车是啥样子。”

哨兵放我们进了车场，说：“驾驶室门都开了，你们可以进去看，不能发动！”

单二狗说：“就是叫我们发动，我们也不知道咋着发动！”

哨兵给我们介绍：“这是苏联的嘎斯 51 型卡车，载重两吨半，从朝鲜战场下来的，都立过战功！”

我和单二狗围着车转了一圈，他就要伸手摸车鼻子，哨兵说：“不能摸，一摸一个指印，还得擦！”单二狗赶忙缩回手，说：“我不摸了，省得人家擦车！”

我们转到驾驶室门跟前，哨兵拉开车门，我问：“能不能上去坐一会儿？”

哨兵说：“行，光坐别动，不能操作！”

我坐在驾驶员位置上，单二狗坐在副驾驶员位置上，我抓着方向盘，左右动了几下，脚在下边踏那几个部件。后来经过驾驶训练，我知道那几个部件叫油门、刹车、离合器，右手跟前有个戴着圆球的杆杆叫变速杆。

我问哨兵：“喇叭在什么地方，能不能打一下？”

哨兵说：“不能，今天不出车，突然响起喇叭，部队还以为出了啥事情！”

单二狗说：“人家车上只装了一斤电，你摁一声喇叭，就用掉二两，摁上几下就把电用完了，该用电的时候没有啦！”

我斜了他一眼，说：“电不是用斤算的，就像你家的麦子用斤算，不能用丈算，你走了一晌路，不能用斤算，要用里算！”

单二狗脸上堆满敬佩。

哨兵问：“喇叭声音的高低用什么算？”

我说：“用分贝，这个在初中二年级的物理课上都讲过！”

哨兵又把我认真看了，说：“还真没看出，你是个知识分子，好好干，干上十年绝对能当指导员，我见了你都得敬礼！”又说，“你们在驾驶室里玩，不要摁喇叭。咱车上的蓄电池都是从朝鲜下来的，快报废了，里面存不了多少电，摁了喇叭，把电放光了，任务来了发动不着车，挨枪毙的事情！”哨兵背着枪朝别的地方巡逻去了。

单二狗给我笑了一下，我感觉笑里藏着巴结，说他：“见人一笑，必定差窍，你有话就说，我能做的肯定给你做！”

单二狗说：“我想在驾驶员的位置上坐一会儿，看看是啥感觉！”

我说："屁大点儿事情，值得给我笑！"

单二狗说："不给你笑，给你哭不成？"

单二狗坐到驾驶员位置上，也左右摇方向盘，脚也在下边的部件上踏，说："我要下功夫把开车学会，复员了到公社拖拉机站，一辈子吃喝不愁！"他又转了几下方向盘，激情才减下来，问我，"想不想看玉翠的照片？"

我说："人家是你的媳妇，我看了管啥用。"

单二狗说："你以后把她叫嫂子哩……"

他从贴肉的衬衣里掏出塑料夹，我把身子扭过去，两个脑袋挤到一块儿看。我觉得刘玉翠脸上的"红二团"更加鲜艳夺目了。单二狗抚摸着隔在一层透明塑料纸的照片说："人家玉翠这么对咱，咱说啥也不能亏了人家！"

我说："你都给我表了一百遍决心啦，给我表一万遍都不管用，要给刘玉翠表！"

单二狗说："人家不在跟前咋表，你在我跟前，咱一个堡子的，给你表了等于给玉翠表了！"

我想知道恋爱时的感觉，十八九岁的小伙子要是不想漂亮姑娘，不想来场轰轰烈烈的恋爱，不是二尾子就是伪君子！

单二狗又给我说："我把我的前程估摸了，肚子里没几滴墨水，把脊梁杆子挣断也干不上去。但我还是要拼命干，把党入进去，以后复员了，到公社拖拉机站，说不定能当站长。就是当不上站长，能开上拖拉机，人家给我做的油鎚子、白蒸馍，我都不吃，拿回去给俺爸吃一个，给俺妈吃一个，给玉翠吃一个！"

我对他有了尊敬，世上还有比尽心孝顺父母、精心养活老婆孩子更优秀的品质？

单二狗又说："我一个月六块五毛钱的津贴，我最多花五毛钱，剩下的六块钱给俺爸俺妈俺玉翠寄去，让他们把日子过得滋润些！"

四

魏连长站在院子里吹哨子，我们立即放下手上的事情，赛跑似的朝院子跑。尽管到部队没几天，我们早知道军人听到集合哨声，跑到集合点的速度越快作风越过硬，作风越过硬战斗力越强，战斗力越强越能打胜仗。

我们队伍旁边站着几个参谋、干事、助理。我们知道参谋是司令部的人，干事是政治部的人，助理是后勤部的人。助理扛着一杆大秤，足有一丈长，小胳膊粗，能称五百斤重的东西，我们杜家堡子生产队分粮食就用这种秤。

魏连长讲话了："司政后的首长亲临我们连，是为了落实肖团长的命令，每个连队给我们送一头大肥猪。还要落实肖团长的指示，每个同志在新兵连必须增加五斤肉，体重增加不够不能下连队！"

老连队就把猪送来了，开来了五辆嘎斯车，每辆车上都站着十几个战士和一头绑着的猪。魏连长指挥着十多个新兵，在院子中间摆了两张桌子，每个桌子上站两个战士，肩膀上扛着杠子，杠子在大秤的铁环里穿过。剩下的战士保持队形，指导员领着我们喊的口号响彻云天："热烈感谢老连队赠送的大肥猪！"车上的战士把猪朝下拉，猪预见到自己的末日就要来临，拼命号叫，声音也直冲云天。在号叫声和口号声中，一头大肥猪被抬到大秤下边的筐子里。站在桌子上的战士抬起筐子，助理看了秤星，喊："一百六十四斤八两，扣除八斤四两筐子，净猪一百五十六斤四两！"

后勤首长说："肖团长命令，每头猪不能低于一百六十斤，还差三斤六两！"

送猪的连长赔着笑脸给后勤首长说："这是我们连最大的猪，我们送猪前没喂它，要是喂过它，绝对超过一百六十斤！"

后勤首长说："这是团长的命令，别说差三斤六两，差三钱都不行。我们把这些猪称完了，还要给团长汇报！"

这个连长说："你就写上一百六十斤重，我不信肖团长再亲自把这头猪过一遍秤。"

后勤首长半真半假地说："你知道什么是弄虚作假？这就是弄虚作假。我把这头猪写上一百六十斤，落个弄虚作假的罪名，被处分是小事，说不定被处理复员，档案上再记上一笔，下辈子再争取进步吧！"

这个连长说："俺连还有二十多头猪，都是架子猪，最多不超过一百二十斤，这时候杀了多可惜！"

后勤首长说："我给你出个主意，你再送来一只肥羊，我给你算一百八十斤，超二十斤，你们连今年绝对能评上后勤服务标兵！再说，你们连现有一百一十一只羊，全团养羊最多的连队，也不差一只羊！"

这个连长说："你是长虫的尻子深罐罐，早就谋划我的羊哩，咋知道我养了一百一十一只羊？”

后勤首长说：“我是干啥的，专门分管这事情的！”又说，“给新兵送猪送羊，你绝对不吃亏。新兵吃好了，膘长上来了，力气长了，分到你们连队，都是身强力壮的小伙子，你带着他们啥任务完成不了？要是在新兵连吃不好，个个黄干拉瘦像病老汉，指望谁给你完成任务？”

这个连长就笑，说：“你这张嘴是死人都能叫你说成活人！”而后，给手下的一个战士说，“回去给司务长说，马上派人送只肥羊过来，拣最肥的送，咱啥时候落到别的连后边过！”

后勤首长也笑，说：“我就说你们好赖也是咱团的先进典型，要是差三斤六两毛猪肉把先进丢了，多划不来！”

把送来的猪称完，后勤首长就撤走了，剩下司令部的参谋和政治部的干事。政治部的干事拿着笔记本，采访前来送猪的连长。司令部的一个参谋拿着我们新兵连的花名册，一个拿着算盘。拿花名册的参谋念一个新兵的名字，这个新兵就朝刚才盛猪的筐子里站。筐子里有几摊猪屎，魏定邦对这个战士喊：“筐子里有猪屎，拿到自来水跟前洗了再用！”

单二狗和我跑过去，抢过筐子就朝自来水跟前跑。啥是表现得好？这就是表现得好，表现好了就能入党提干。洗筐子时，单二狗生怕洗不干净，用指头在藤条缝子里抠，零下二三十度，手冻得通红。我们把淋着水的筐子提到大秤下边，筐子上的水都冻成了冰，我想起上学时学到的成语“滴水成冰”。拿花名册的参谋又开始念新兵的名字了，另一个参谋挡住朝筐子里走的新兵，说：“筐子淋了水，重量发生了变化，重新把筐子称一遍。”

魏定邦说：“那才差多大一点儿？”

参谋说：“差一两都不行，要是打仗，几点几分炮击、几点几分冲锋，差一分钟都会炸死自己多少战友！”

筐子重新过秤，八斤五两，重了一两。开始称体重了，拿花名册的参谋念：“杜掌印！”

我答声“到”，就站在筐子里。站在桌上看秤的参谋喊：“九十八斤八两！”拿算盘的参谋把算盘珠子拨拉得响了几声，念：“净重九十斤三两！”

我吃了十多天大肉块子白蒸馍，才长了三两肉，要在新兵连解散前增加五斤肉，还真不容易。我从筐子里走出来，魏定邦听了参谋报的体重，对我喊：“你体检时的体重是多少，我记得好像是九十斤。”

我答：“是九十斤！”

冰霜又堆到他脸上了，说的话又被严肃折腾得梆硬："我命令你每天最少吃四两肉，专拣肥的吃，每顿半斤白米饭，早上两个大馒头。要是长不了五斤肉，下到连队也没用处，一个轮胎两百斤，半路上爆了，你一个人要把轮胎卸下来，抱到车厢上，再把车厢的轮胎抱下来，没有力气哪行？"

我把胸脯挺起说："我一定吃，保证下连队前增加五斤肉！"

吃饭时，一个班围一张餐桌，中间放一盆子肉菜。老连队送的肥猪肥羊多，菜盆里的猪肉羊肉就多。两三年后我成了老兵，才知道这是部队的传统。那时候的农村穷，新兵入伍前吃不饱饭，肠子里没油水，特别能吃。到部队的第一天下午，单二狗一顿吃了十二个包子，还喝了两碗稀饭。我吃了九个包子一碗稀饭。二十多年后，我到大学进行传统教育，讲到这个案例时，学生当场提出质疑："十二个包子加两碗稀饭，能装满一桶，你们的肚子比桶都大？"我无法用容器解释这个问题，还不敢说我们那一批新兵，有个战士吃了十八个包子。

我们正吃着，魏定邦端着一个盘子走过来，朝我跟前一放，说："吃，把这盘子肉吃完。我把咱们连的新兵过了一遍，别人增加五斤没有问题，就你是老大难！"

我看盘子里的肉足有大半斤，全是肥膘，心里有了怯意。魏定邦见我畏难，更严肃地说："吃完，这是任务。身体要是搞不上去，以后执行任务，一趟就是二十多天，不用敌人袭击你，你自己就把自己放倒了！"

要是拼命吃一顿，下一顿吃素菜或者稀饭，我也不怕，问题是中午是肉块子，晚上还是肉块子。我们这批新兵根本没有消化肉块子的能力，消化不良的第一条表现就是打油嗝，是那种浓稠的带有消化不良的嗝，由积存在肚子里的肥肉块子发酵，滋生成腥滋滋的气体，猛地爆发，朝喉咙跟前奔涌，随"哦——"的声响，嘴里蓬勃出难闻的嗝气。宿舍里，这个打过嗝，那个接着打，几个人同时打。四五千米的高原，又是最冷的元月，不敢开窗，嗝气越来越浓。大肉吃多了，还放消化不良的屁，俺堡子的老人都说吃得越好放屁越臭，这些臭屁和浓嗝混合到一起，成了难闻的气味。

一个星期后，我们就吃不动了，饭量开始下降。午饭时，魏定邦问单二狗："你现在的饭量比刚到部队时多了还是少了？"

单二狗说："少多了，我刚来的时候一顿吃十二个肉包子，现在三个就饱了！"

魏定邦说："肚子里有油水啦！"

吃过晚饭，自由活动过后，我们回到宿舍。门外有人喊："报告！"这是部队的规矩，不是本班的人要进来，必须喊报告。司务长带着几个炊事兵走进来，捧着砖茶，提着盐巴袋子。司务长说："魏连长命令，晚上一律熬砖茶喝，熬的时候加上盐巴，一人最少喝一茶缸！"

我问："为啥让我们喝加盐的砖茶？"

司务长说："砖茶和盐巴在一块儿熬，能刮肠子上的油，帮助消化，增加饭量，减肥不发胖！"

肖团长命令我们每人增加五斤肉，要是把肠子的油水刮掉了，再加上减肥，怎么能完成肖团长的命令？我把这个疑惑说出来，司务长说："你是拿着聪明装糊涂，还是脑袋不开窍？肖团长让你们每人增加五斤肉的目的是什么，就是让你们身子更强壮，更有力气。要是不强壮，就是吃成大胖子，三天两头生病，要你们有啥用处？"

中午，我刚走到厕所门口，看见肖团长带着参谋干事助理朝厕所走来。我赶忙趔到一边给他敬礼，到部队十天了，懂得下级见了上级要敬礼。肖团长给我回了个礼，朝厕所走去，我也没有在意，估计他不是屙屎就是尿尿，绝对不会跑到厕所睡午觉。他和随从们在厕所里转了一圈，我见他们吸鼻子、闻气味，厕所里的气味有啥好闻的？

肖团长离开后，刚好有个老兵从厕所出来，我迎上去打招呼："班长，吃过了？"

老兵瞪了我一眼，说："你怎么这样问话，我从厕所出来，你问我吃过没，啥意思？"

我赶忙给他敬礼，说："俺杜家堡子的人见面头一句话就是吃过没有，没别的意思！"

老兵说："我们现在是革命军人，不能用农民意识在部队混！"

我说："是，我现在是革命军人，不能用农民意识在部队混！"

老兵说："我是副班长，不是正班长，你有什么问题，说！"

我说："俺杜家堡子的老汉天天都唱，松木椽柳木檩都是木头，你大舅你二舅都是你舅，副班长正班长都是班长，叫你班长也没大错！"

老兵就笑，说："你这个新兵蛋子，长得不怎么样，话却说得漂亮。"

我见他笑了，问："刚才肖团长带着一帮子人在厕所里闻，不知道干什么。"

老兵说："肖团长检查你们新兵连的伙食开得咋样。"

我被他的话整迷糊了，检查伙食不到饭堂，跑到厕所检查？

老兵见我犯迷糊，又倚老卖老地说：“新兵蛋子就是新兵蛋子，再穿几套军装就知道了。首长检查伙食，连队得到消息就提前打扫卫生，增加食谱。肖团长检查什么偏偏不到什么地方去，到它的下一道工序。人吃了饭就要拉屎，伙食开得好了，拉的屎就臭，伙食开得不好，拉的屎就不臭……”

第二天早饭前，魏连长站在队列前，脸上的冰雪霜冻全融化了，春风荡漾，说：“昨天，团首长对八个新兵连的伙食做了检查，我们连排在第一名。我们要再接再厉，吃肥肉、喝浓茶，不但要长五斤肉，更要长力气，争取下连队之前，一个人能把轮胎放到车厢上！”

五

下午，宿舍的火炉上熬着砖茶，砖茶里放了盐巴。每个人面前放着缸子，缸子里盛着黑糨糊样的茶液。讨论发言，对我来说是小菜一碟，把指导员的话变成自己的话就成。发言积极不积极，发言的质量高不高，是衡量政治觉悟的基本标准。咱个子不高，力气不大，长得不好看，要是发言再不积极，就一事无成了。发言对单二狗来说，却是天大的难题。他只念到小学三年级，指导员讲的好多名词都听不懂，每次发言都落到最后，讲不到三句脖子上的青筋就暴起老高。

这天，魏定邦下到我们班一块儿讨论。单二狗还是落到最后，还是结巴了好几分钟讲不出一句话。

魏定邦启发他：“你回忆一下指导员是怎么讲的，把指导员的讲话变成自己的话，再讲一下自己今后怎么努力……”

单二狗就干咳，咳了一声，又咳了一声，连着咳了五六声，还是想不出怎么才能把指导员的话变成自己的话。

有个战士开玩笑说：“二狗你吃麦草卡在喉咙了，咳不出来！”

单二狗说：“比吃了麦草都难受，麦草卡在喉咙还能咳出来，发言就是说不出来！”他连续咳了七八声后，终于说，“我要发言了！”

我们都竖着耳朵听他发言，我还用小拇指把耳朵抠了一遍。

“我要发言啦！”单二狗又说了一遍。

我们都没有说话，等着听他发言。

“我要发言啦！”他又咳了下嗓子说，像是表决心。

魏定邦说："你要发言就发言，说一遍就行啦，架势比司令员都大！"

他又咳了下，说："这回我真的发言啦。我在新兵集中站的时候，俺爸给我说，国家养兵千日用兵一时。部队把那么长的大肉块子给咱吃，咱说啥也要对得起国家，对得起部队，还要对得起里外三新的棉衣棉裤。要是真打仗了，咱就不能怕死，把头绑到裤带上朝前冲！"

有个战友开他玩笑："把头都绑到裤带上了，咋着朝前冲？"

单二狗说："我这是，这是……"他说了好几遍"这是"，就是说不出这是啥东西，给我说，"掌印，你是初中生，你说这是啥东西？"

我说："这是比喻，也能说是象征！"

单二狗说："对，对，就是比喻、象征。还是要读书哩，读了书啥都能说！"

魏定邦说："单二狗的发言原则上没错，就是境界还不高，接着发言。"

单二狗又咳了四五声，说："俺爸还说了，国家兴亡，匹夫有责，要俺把国家的事放到头顶上，把私人的事踏到脚底下！"

魏定邦说："单二狗这段发言也不错，还是跟刚才的发言一样，境界没有提上去，要是把这些话跟指导员的话糅合到一块儿，境界就提起来了。"

单二狗说："我不知道咋着把俺爸跟指导员糅合到一块儿。"

魏定邦说："杜掌印，你给单二狗讲讲怎么把他爸和指导员糅合到一块儿。"

我为难了，老师根本就没有给我们讲过咋着把两个远隔几千里的人糅合到一块儿，化学老师给我们讲过两种物质融合到一块儿会产生化学反应，但人不是物质。要说人和人能糅合到一块儿，也只能是男人女人，糅合到一块儿产生的化学反应就是生出个小人儿。但这话不能说，说了就是资产阶级腐朽思想。我脑子里突然一灵醒，说："糅合就是把红薯面苞谷面和在一起，蒸成窝窝！"

单二狗恍然大悟说："俺爸是苞谷面，指导员是红薯面，把他俩和到一块儿就是糅合了。就是俺爸在杜家堡子，指导员在格尔木，咋着能把他俩糅合到一块儿？"

魏定邦还看我，想让我给单二狗教咋着把苞谷面和红薯面糅合到一块儿。我说："把你爸跟指导员糅合到一块儿，就是把你爸说的变成指导员说的。"

单二狗说："那些话明明是俺爸说的，咋能是指导员说的？"

我说："这不是讨论吗，你脑子咋不开窍？"

单二狗说："讨论也不能说假话呀！"

政治训练结束了，下面是军事训练，走了两天队列，练了一天正步，就开始汽车驾驶、理论、保养、排除故障训练。汽车兵要是开不好汽车，就像步兵打不准枪拼不了刺刀、骑兵骑不了马一样。魏定邦说："汽车兵要是开不好车，在青藏高原的冰天雪地驾驶，弄不好就会翻车，要是拉一车人，把车翻了挨枪毙都是轻的！"

我们生怕学不好开车，犯下挨枪毙的罪过。

魏定邦在黑板上挂了张嘎斯51型车的电路图，拿着教杆讲："汽车上用的电流，理论上是从正极流向负极，但排除故障时，要从负极朝正极找，正极都搭铁，固定在车的大梁上。"讲到具体步骤时又说，"排除故障的第一步，摇车，电流表左右摆动，证明低压电路正常，如果电流表不摆动，证明低压电路断路……"

单二狗坐在我前边，很认真地在笔记本上记。下课的时候，我拿过他的笔记本，看不明白他记的啥，问："你记的这些是什么意思？"

他说："我把魏连长当时讲的记下来，这阵也看不懂记的啥东西！"

我叹了口气，小学三年级都没读完，哪能分辨出电流的短路断路。单二狗也叹气，说："掌印，咱俩一块儿长大，小时候逮了麻雀，烧熟后都把大腿给你吃，我只吃没肉的雀脑袋！"

我说："我忘不了你对我的好处，俺爸给我说过知恩不报非君子，你想让我干啥？"

午休时，单二狗把我拉到车场，让我帮助他练习排故障。我们到了教练车跟前，我说："你坐到驾驶室，我给你摇车，你按魏连长讲的步骤，一步一步查找故障！"

单二狗坐到驾驶员位置上，打开点火开关，我喊："我摇车了，你看电流表动不动？"

……

一直到快吹下午的起床号了，我对兴趣盎然的单二狗说："快吹起床号了，咱们赶快回宿舍，下午还要上课哩！"

回宿舍的路上，单二狗说："你把脏衣服都脱下来，我吃过后晌饭给你洗，保证洗得比新的都干净！"

我说："我就帮你做了这点儿事情，就让你给我洗衣服，我成了啥人啦！”

单二狗说：“指导员都讲了，我们都是来自五湖四海。咱是一个堡子的五湖四海，帮你干活天什么义？”

我说：“天经地义？”

单二狗说：“对，天经地义！”

六

我们来到部队，与家隔了一千座山、一万条河，有爹妈的想爹妈，有对象的想对象，有媳妇的想媳妇，还有的想女同学。有次指导员正在讲课，一个新兵就哭起来，指导员问：“你哭什么，有需要组织解决的问题？”

这个新兵站起来说：“我想俺娘啦，我临到新兵集中点的时候，俺娘的喘气病犯了，躺在床上起不来，不知道这阵咋样了。”说完，又呜呜地哭。哭能传染，哪个新兵不想娘，有人带头哭，都跟着哭起来。指导员的眼窝也红了，还用袖子擦了几下，他也有爹有娘，说不定还有婆娘娃，咋能不想，比我们想得还厉害！

指导员说：“再哭三分钟，哭够了继续上课！”指导员这么一说，我们不好意思再哭了，把眼泪擦了，睁着红红的眼睛继续听课。

指导员说：“咱们当兵就要有牺牲，不能跟亲人守在一块儿也是牺牲。你们到了部队，首长就是父母，战友就是兄弟……”

每天上午十点，我们无论听课讨论，还是训练，通讯员都用筐子盛着信件包裹对我们喊：“邮局把信送来啦！”

我们就是蹲在茅坑上，屁股都顾不上擦就朝他跟前跑。

通讯员喊：“排队，我念到谁的名字，谁就过来拿信！”估计有信的人就排队，等通讯员念自己的名字。

午休时，单二狗把我拉到没人的地方，说：“俺玉翠来信了！”兴奋得声音都转了九道弯。

我没有对象，不知道对象的信里都写的啥，是《钢铁是怎样炼成的》里的冬妮娅给保尔说的话，还是《创业史》里改霞给梁生宝说的话？

单二狗把信掏出来，说：“其实也没写啥，你看看就知道了！”

我说：“人家给你写的情书，咋能随便让外人看？”

单二狗说：“你不是外人！”

我抽出信纸，看了起来。

我最最亲爱的二狗哥：

你离开县城那天，我一夜都没睡觉，怕睡过头了看不到你。天不亮我就跑到学校，你们都不在啦。我不怪你，你是当兵的，军令如山，人家叫你啥时候出发，你就得啥时候出发。还有件事情，咱爸咱妈不让我给你说，怕影响你进步。咱爸放羊的时候，把腿摔断了。省圣叔把生产队的钱全取出来，把咱爸送到县医院，估计生产队今年就没钱分了。省圣叔还说咱爸养伤期间，按平时放羊给记工分。你要是不当兵，咱爸绝对享受不上这么好的待遇。我还给你说件事情，咱爸伤了以后，我把咱两家的院墙打通了，图的是照顾咱爸咱妈方便。我也不怕谁说闲话，我迟早都是你的人，你不在家，老人有病了，我不管谁管！我这阵要照顾四个老人，苦点儿累点儿，只要想到你，就不觉得苦累！我还是那天晚上给你说的话，我生是你的人，死是你的鬼，海枯石烂不变心。

我最操心的是你在部队的进步，咱的文化水平低，嘴头子比不过人家，就拼命干工作，把工作干到人前头。你要是在部队入了党，立了功，我当你的婆娘走到人跟前，腰都比旁人挺得直！

你那天晚上把我抱了亲了，我天天都在回味，我这辈子值了，做你的好婆娘，给你生娃，替你孝敬老人。

最后的落款是：永远爱你的人，永远是你的婆娘，永远是你的玉翠。

好像地球上的“永远”都不够她用，把火星上的“永远”都搬给了单二狗，看得我都不好意思了，把信还给他说：“这是人家给你写的情书，不能给别人看！”

单二狗说：“咱俩谁跟谁呀，我才不会给旁人看的！”

他太高兴、太兴奋、太想跟人分享了，不给我分享给谁分享？他把信封装进衬衣口袋，又把衬衣口袋里的塑料夹取出来，把刘玉翠的照片看了一阵，说：“俺玉翠是全中国最漂亮的女娃！”

我说：“情人眼里出西施！”

他说：“咱要把工作干到人前头，就要干旁人干不出来的事情。我琢磨了，这里天天都下雪，前天把六班的一个战士滑倒了，咱俩不等起床号响就起来扫雪，大家起床后咱们就把雪扫完了，就不会把人滑倒了！”

头天晚上熄灯号响以前，他就找了两把大扫把，藏在我们班的门背后。他担心睡过头了，打听后半夜谁站哨，要哨兵提前两小时把他叫醒。部队规定六点半起床，我们四点半就开始扫院子。这是一天中最冷的时候，零下三四十度，风刺透棉衣，锥子样朝皮肉里戳，在骨头芯子里搅。

我小声给单二狗说："太冷了，冻得手都抓不住扫把！"

单二狗小声说："就是要在冷的时候扫，越冷越显得咱积极肯干！"

半个小时后，我们扫完了小半个院子。突然，我们看到魏定邦从连部走出来，我们停住扫地，给他敬礼，小声报告："报告魏连长，我们正在扫雪！"

魏定邦说："你们起来这么早，影响睡眠，对身体不好！"

单二狗说："俺在农村经常这么早起来干活儿。"

魏定邦说："扫地的时候，声音不要太大，影响别的同志休息！"

单二狗说："我们明天用小扫把，就不会有声音了。"

魏定邦去查车场的哨位了，我给单二狗说："要是换小扫把，扫得更慢，咱们还要提前起床。"

单二狗说："提前就提前，只要能把工作干到前头，这点儿苦累算啥？"

星期天，连队晚点名，魏定邦总结连队一个星期的工作："单二狗、杜掌印同志，每天提前两个小时起床，打扫院子的积雪，担心扫地的声音惊醒别的同志，把大扫把换成小扫把。经连党支部研究，给予单二狗、杜掌印同志连队嘉奖一次，记入档案！"

队列解散后，单二狗悄悄给我说："咱一块儿到厕所去，我有话给你说！"

我十多分钟前才尿过，还得装模作样地解开裤带，和他并肩站在那里。他是真尿，一直到另一个同志离开，他才尿完，叫我的名字："掌印！"

他继续说："你听我的没错吧，咱俩是新兵连第一批受嘉奖的。咱不能骄傲，还要把工作干得更好！"

我说："你说咋干就咋干，我听你的！"

单二狗说："我琢磨了，咱用小扫把扫地不发出声音了，大头鞋踏在雪地上还咔吧咔吧响，同样会影响别的同志睡觉！"

我问："咋办？"

单二狗说："咱把大头鞋脱了，穿袜子扫地，就没有声音了！"

我说："这么冷的天，不穿大头鞋会把脚指头冻掉！"

单二狗说："咱们一共发了两双单袜子、两双布袜子，咱们把四双袜子套到一块儿，差不多能顶上大头鞋啦！"

第二天，我俩穿了四双袜子起床扫院子，又跑出来二十多个战士。他们要以我俩为榜样，也提前起床扫雪。我们提前起床扫雪的事，汇报到了肖团长那里。新兵营会操时，肖团长讲评："新兵一连思想教育抓得紧……"

站在我们前边的魏定邦，肩背都朝后鼓了一下。团长在这个场合点名表扬，对他的进步绝对是趁风扬场的事情！

七

我跟单二狗是锅离不开勺，公离不开婆，从新兵连下到一个连队，又分到一个班。两年后，我由副班长提为班长，他由一号战士提升为副班长。

元月，青藏高原最冷的季节。我们班的任务是把那曲地区的羊肉运到西宁，再把西宁的冬菜拉到那曲。我们下到运输连队两年了，执行了二十多次任务，知道这个季节执行任务的危险，连队每年都会在冰雪路上翻车死人。荣誉室里，挂了二十多位执行任务牺牲的战士的照片。汽车部队有句最毒的发誓："我要是没给你说实话，今天把车开出去，别人把车开回来！"意思就是翻车把命丢到半路上了。这个季节的车队驶离车场，就在冰雪上行进。雪下到路面上，过往的车辆碾压，极坚、极滑，车开上去就扭屁股，左扭、右扭，左摆、右摆，不受方向盘控制。还有的路面，下一次雪，车碾一次，再下一次，再碾一次，冰雪高出路面一米多。

我们和往常一样，六点就发动车，把烤火炉生着，架在发动机的油箱底壳下烤。小说写到这里，有必要给读者说明，那时候的军车用的都是10号机油，这种机油遇到冰冻都会凝固，如果不用火烤，根本摇不动发动机。为了爱护蓄电池，不允许使用马达，每个车配一个摇柄，发动车时摇。

一个藏族同胞牵着一头牦牛，牦牛上搭着一个妇女，走进兵站的院子。哨兵迎上去，问："才桑，牦牛背上的毛俪怎么啦？"毛俪是藏语，姑娘的意思。

才桑说："我找汽车部队的首长！"他的汉语说得很流畅。

哨兵把他领到我跟前，说：“他叫才桑，藏医，咱们兵站的人病了，经常请他来看病！”

才桑跟我握过手，说：“珠玛姑娘可能是胃出血，很严重，必须尽快送到格尔木动手术……”

兵站站长跑来了，给我说：“这是人命关天的大事，还关系到民族团结，你们能不能派个车把她送到格尔木？”

我说：“我们是嘎斯车，副驾驶只能坐一个人，坐病人就不能坐医生，坐医生就没法坐病人！”

站长说：“我们兵站有辆解放车，司机探亲去了，钥匙在我这儿，你们派个驾驶员开我们的解放车……”

我琢磨着。单二狗朝我跟前走近一步，说：“人都快死了，快送她到医院呀！”

我还在犹豫。单二狗更着急地催我：“快呀，有的病耽误一分钟就没命啦！”

我还不敢做出决定。单二狗对我吼起来：“杜掌印，你见死不救，是人不是！”

终于，我把牙一咬，发出了命令：“单二狗！”

单二狗猛地立正，答：“到！”

我说：“你驾驶兵站的解放车，把病人送到格尔木，要绝对保证安全。到了格尔木后，回到连队向魏连长汇报事情的经过。”

他给我敬礼后，从站长手里接过解放车的钥匙，跑去发动车了。

二十分钟后，单二狗驾驶着那辆解放车，驾驶室里坐着才桑和珠玛，向兵站外驶去。

我看着这辆解放车在积雪上压的痕迹不那么平直，司机猛地换一种车型，在这样恶劣的路况下驾驶，完全可以预见到有多难！

我带领我们班的六台车，执行任务完毕后，回到车场。魏定邦跑过来，我给他敬礼：“报告魏连长，一班长杜掌印带领全班执行任务胜利归来！”

魏定邦还礼后说：“你们副班长牺牲了！”

我心里一紧，全身的血液瞬间凝固，脑浆像冰冻了，没有一点儿思维，眼前昏花，耳朵嗡嗡响，那句话从很远很远的地方传来：“你们副班长牺牲了！”

连部，坐着魏定邦、我，还有那个才桑。才桑给我们介绍单二狗牺牲的经过：

解放车开出兵站，就行驶在冰天雪地的公路上。我能感觉出单班长驾驶解放车的技术不熟练，好几次挡位都挂不进去，方向打得也不准，但他开得很慢、很谨慎。开出两公里后，感觉他的方向打得平稳了，挂挡也不响了。他还是开得很谨慎，还给我说，杜家堡子的人都说，不怕慢，就怕站，咱们不着急慢慢开，不出事故不抛锚，就不会比别的车跑得慢！我说我不嫌你开得慢，就是车上的病人耽误不得，抢时间就是抢生命！他说我也是头一次开解放车，说一千道一万保证安全最重要，要是出了事故，别说抢救病人，连咱两个都得完蛋！到了下午，车开到一个冰坎下边，车轮上的防滑链断了。我和他下车把防滑链扔到车厢上，继续行驶。车开到冰坎中间，车轮打滑，上不去，还朝后退，加油不管用，朝左打方向车朝右边滑，朝右打方向车朝左边滑。开始的时候，他还镇定，后来就控制不住了，车还是一点一点朝沟边滑。他额头上出了冷汗，手开始哆嗦，给我喊："你快抱着病人跳车！"我也意识到车子面临的危险，说："我们跳车了，你怎么办？"他喊："你快抱病人跳呀，车辆控制不住了！"我还是不忍心让他一个人掉下去，说："咱们都跳……"他声音更大地吼："我命令你马上抱着病人跳，咱们不能三个人都掉下去。我要是放弃车辆跳车，就是临阵脱逃！"我只好抱着珠玛跳车了。车滑下去了，连着翻了几个滚，把他甩出来，又压着身子翻过去……后来，一辆过往的地方车把我们救了上来。

魏定邦从抽屉里取出那个笔记本，上边写着"送给最最亲爱的二狗哥：海内存知己，天涯若比邻！永远是你的玉翠"。他又拿出一个塑料夹，里面夹着刘玉翠的照片。我看着笔记本，看着照片，眼睛潮湿了、模糊了，脑子浮现出两年前我们在新兵集中点抢饭、吃着大肉块子、憧憬着复员后到公社拖拉机站的情景。

八

连部，坐着单二狗的父母。我把单二狗的父亲叫伯，把单二狗的母亲叫婶。还坐着刘玉翠，我把她叫玉翠姐。还坐着我。

单二狗他爸瘸了一条腿，走路一颠一颠，身子瘦成一把骨头。他妈有哮喘病，呼气像拉风箱，喉咙里有痰咳不出来，刘玉翠不停地替她抚着胸口。他们都没有哭，眼睛却肿得老高，单二狗他妈一遍遍地用袖子擦眼睛。

魏定邦没有说话，看他们面前的茶水凉了，让通讯员换上热的。我们就一直沉默着，魏定邦不是善于说话的人，过了好大工夫才说：“叔，姨，大妹子，你们心里苦就哭出来，不要闷着，要是闷出病了，俺们更对不起你们!”

他们还是啥话都不说，单二狗他妈还是一个劲地用袖子擦眼泪，刘玉翠还是不停地替她抚着胸口。

单二狗他爸说话了：“俺来的时候都说好了，到了部队不哭，不给俺二狗的脸上抹黑!”

为了安抚他们的情绪，魏定邦让我全程陪伴他们。晚上睡觉，我和单二狗他爸一个房间，单二狗他妈跟刘玉翠一个房间。部队到了夜间，实行灯火管制，房间里黑黢黢的。单二狗他爸睡不着，抽旱烟，一锅连着一锅抽，黑暗中的亮光一闪一闪，充满苦辣。我也睡不着，思考我当时到底该不该派单二狗送病人。

单二狗他爸问：“我抽烟把你熏得睡不着?”

我说：“我在琢磨，我该不该派二狗哥送病人!”

单二狗他爸说：“不派他去，要不要派旁人去?”

我说：“肯定要派人去，咱们要是不开车送，珠玛就活不下来!”

单二狗他爸说：“咱的娃是娃，人家的娃也是娃，谁家的娃都是一尺三寸养大的!”他说着，从床上下来，把窗户打开，一股冰冷涌进来，也涌进一股清新。他又叹口气说：“掌印，伯不识字，但懂大理，国家养兵就是为了‘打仗’，‘打仗’就要死人。咱不能光图部队的大肉块子随便吃，轮到‘打仗’死人了，咱就想不通了，这哪是做人的道理!”

我披上大衣，跑到单二狗他爸脚头，钻进被窝，说：“睡不着，干脆不睡，跟伯谝谝!俺二狗哥不在了，家里就剩下您跟俺婶了，往后的日子咋过?”

单二狗他爸说：“还有你玉翠姐哩。二狗参军走了以后，玉翠就把两家的界墙拆了，搬到俺家来住，就住在二狗的房子里。她在来的路上说了，就是二狗不在了，她也不离开这个家，给俺老两口养老送终!”

我陪二狗他爸到隔壁房间看二狗他妈和刘玉翠。二狗他妈还在哭，眼泡像两个在红墨水里泡过的山核桃。

我站在她跟前说：“婶，我过来看看您!”

她擦了下眼睛，说：“队伍上要是有事情，就忙事情，队伍上的规矩大，别犯了规矩。”

我说：“首长给我的任务就是陪你们，怕你们想不开，把身子伤了!”

刘玉翠说："俺妈这几天没有不哭的时候，今天早上眼睛都看不清东西了！"

我说："两位老人岁数都大了，干不动活就挣不来工分，家里的日子咋过？"

刘玉翠说："还有我哩！"

她都二十三四了，这个岁数都算老姑娘了，二狗哥不在了，总不能让人家给他的老人养老送终。现在寡妇都能改嫁，人家还没有跟二狗哥订婚，凭啥不让人家嫁人？我试探着说："玉翠姐……"

刘玉翠反问我："你过去把我叫姐，我都不在意。我这阵问你，你把二狗叫啥？"

我说："叫哥！"

刘玉翠说："我是二狗的媳妇，你该把我叫啥？"

我说："叫嫂子！"

刘玉翠说："这就对了，我跟你二狗哥好，就是图他以后复员了，能到公社拖拉机站，吃香的喝辣的给家里带来好收入。咱不能光图你二狗哥的好处，遇到他有难处了，咱溜了，以后咋有脸在人前走动？我今天给你说个死话，两个老人活到啥时候，我孝顺到啥时候！"

我被她的豪迈镇住了，又琢磨这是一辈子的事情，不是一两句大话就能撑过去，试探着说："玉翠嫂子，你才二十出头，一辈子的日子才开始……"

刘玉翠说："我这两天把事情都考虑了，我跟二狗虽说没过门，但俺俩发过誓，他是我一辈子的男人，我是他一辈子的女人，咱不能把说过的话不算话。我按咱堡子的规矩，给他守孝三年，守孝期满，我招个上门女婿，一块儿孝顺两个老人！"

俺那一带的风俗，姑娘娃要嫁人，条件就高，挑来拣去；要是招上门女婿，就得自降身价，让人家挑你，谁家的好小伙子愿意当上门女婿？

二狗他妈说话了："玉翠，这可是一辈子的事情！"

刘玉翠说："这事您甭管，就这么定啦！"又给我说，"俺来的时候，省圣叔都说了，从今年开始，给二狗年年记最高的工分，加上我是个妇女全劳，日子落不到旁人家后边！"

单二狗他爸他妈还有俺玉翠嫂子要回杜家堡子了，还是在连部，还是我们几个人。门外有人喊："报告！"进来的是司务长，把一个信封交给魏定邦，说：“按部队规定，单二狗的抚恤金是一百五十元整！”

魏定邦接过信封，一直没有抬头，他不好意思看单二狗的父母。过了五六分钟，他拉开抽屉，取出一沓子钱说：“那点儿抚恤金确实太少了，这是规定，谁也不能违背。我的工资是六十三，给家里邮去三十，剩下的你们全拿去！”

单二狗他爸要推辞，魏定邦压住他的手，说：“战友都是兄弟，我年岁大是哥，二狗年岁小是弟。二狗这些比我年轻的兄弟，都把自己搁到了这里，这点儿钱算什么！”

又有战士在门外喊“报告”，进来的都是班长，他们班的战士把津贴费捐给了单二狗家人。我们都是兄弟，兄弟的父母就是我们的父母，兄弟不在了，我们天经地义地该孝顺父母。

九

魏定邦站在院子中间吹响哨子，把队伍整理好，跑到队列侧边，立正、敬礼：“报告史主任，二营四连集合完毕，请指示！”

这个首长是团政治部主任。

史主任走到队列前边，打开公文夹，底气不足地说：“现在，我宣布对‘一·十一’死亡事故的处理意见。我团二营四连一班长杜掌印，擅自更改司令部下达的出车命令，派副班长单二狗执行不属于我部下达的任务，造成单二狗同志光荣牺牲。本应严肃处理，但杜掌印同志是为了抢救藏族同胞，出发点值得肯定。经政治部研究决定，年底复员……”

我派单二狗驾驶解放车送病人时，就预料到即使单二狗不牺牲，擅自更改出车命令，就逃不脱处分。得处分早在预料之中，但没想到会命令我复员，平坦宽阔的人生道路上，突然陷下去一个深坑，把我坠进去。

史主任又翻了一页，念：“我宣布对魏定邦同志的处分决定……经政治部研究决定，撤销提升魏定邦同志副营长的报告，继续担任二营四连连长职务！”

操场上就剩下史主任、魏定邦和我了。我真想问史主任，你要是当时处于我这个位置，该怎么处理？但是，我不敢，人家是政治部主任，我是小班长，虱子跟大象叫板，胜负立决。

史主任拍了下我的肩膀，说：“如果我遇到这事情也会这么做，但被你遇到了。这就是部队，这就是条例！”

史主任走后，魏定邦给我说：“前些日子，我跟指导员商量了，准备今年给营部打报告，提你当一排长。现在弄不成了，政治部命令你年底复员，咱们只能执行！”

我给俺爸写信，如实地说了这事情。俺爸托人写的回信问，你觉得那样做对得起“忠义”两个字不？我回信说，绝对对得起“忠义”两个字。俺爸又托人写了回信说，要是这样，咱就不当军长司令员了，回杜家堡子。杜家堡子几十代人，都没当过军长司令员，还不照样活过来了，咱就活不过来？

每年一度的冬季军政训练开始了，这是我最后一次参加军政训练，军政训练结束后，我就该打背包回家了。我们还是像往年一样，喝着砖茶，讨论指导员的讲话。突然，门外有人喊“报告”，通讯员走进来，说：“一班长，肖团长请你到连部去！”

我惊诧了，人家是汽车团的最高首长，请我一个小班长做啥？我怀着满肚子的疑问走进连部，给肖团长敬礼：“二营四连一班长杜掌印奉命前来！”

肖团长说：“认识，在你们县新兵集中点，就是你给我报告，有个新兵拉到裤裆了！”

那个把稀屎拉到裤裆的就是单二狗，已经牺牲了。

肖团长给一个干事说：“把那封表扬信拿给一班长！”

我接过表扬信，是珠玛和才桑写的那天我派单二狗送他们到格尔木的经过。我看过，什么话都没说，这些对一个即将复员的人来说，没什么用处。

肖团长说：“我刚从军区集训回来，听了政治部的汇报，又收到这封表扬信，想听你讲述一下当时的情况。”

我把当时的情况讲了一遍。

肖团长说：“我现在正式通知你，撤销政治部对你和魏定邦的处分，建议二营党委考察杜掌印同志，提升为排长！”

三十四年后，我肩上扛上了少将军衔。那颗将星上有俺二狗哥的血，有我战友的血，也有我自己的血；有我爸我妈、单二狗他爸他妈、俺玉翠嫂子的泪水汗水，也有我的泪水汗水。

（原载《人民文学》2021 年第 8 期）

一枝红玫瑰

朱秀海

采芹姑娘去上海，是民国二十三年的春天。头年夏天家乡遭水灾，建在山边的老屋被冲垮，娘当下就死了，爹为了救她和弟弟，在水里泡了十几天，划破了脚，得了坏疽，苦熬到年关也死了。好不容易捱到第二年打了春，看着无论怎么也没法儿养活弟弟，一个在外面念洋书、突然回来省亲的族兄对她道：

“把照弟送人吧。你跟我去上海纱厂做女工，好歹是条活路。”

弟弟离开姐姐时哭得撕心裂肺。采芹不舍得把他送人，只说将他送给远在大山里的舅舅家寄养。舅舅家也是穷极了的人，舅妈要她去了上海大码头，每年寄十块大洋来养弟弟。采芹不管去了上海是不是挣得到这十块大洋，还是咬牙答应了，在契约上按了手印，她不敢不答应，还故意打了弟弟一顿，让他恨自己，不再想她，然后跟着族兄搭船去了上海，先去闸北的纱厂缫丝，但是拿摩温欺负她，克扣她的银钿，她长得又有几分好，总是半夜才下工，不敢一个人回女工搭伙住的席棚子，老有几个青皮在路上堵她。她怕得厉害，大着胆子去带她出门的族兄家找，没说话就哭了。族兄的太太穿着漂亮的旗袍，烫着电影明星式的鬈发，上下瞄了她几眼，对丈夫道：

“老胡不是要找个人吗？采芹妹子不是挺好的吗！”

族兄一拍脑门笑了，让采芹坐下，告诉她：

“妹子呀，哥这里要是能留下你就留下了，可是哥这里不成。哥知道你是个规矩孩子，老胡是我的朋友，没正经职业，五行八作的都干，但有一条可以保证，人是好的。他这会儿一个人住，没有太太，想找个人帮佣……你愿意受这个委屈吗？”

采芹不哭了，抬头，脸上现出惊喜，很快又黯淡下去，低头小声地问：

“他……哥，他家里没有太太，还有没有别的女人？”

族兄和太太相视一眼，道：

“没有。”

“那我不去。”采芹很坚决地说。

族兄叫了黄包车，一直把她送回纱厂，交代了几个男工和女工，帮她对付拿摩温和街头青皮。其中一个细长身材、人长得结实，还有一点帅气、脑门上顶着一个小肉窝窝的青年说：

“教授，你这妹子交给我了，放心！”

青年采芹认识，是纱厂检修机器的男工，先前有一次就在厂外某一条小巷子里帮她解过围。看族兄和他说话的语气，两人早就认识，采芹一直紧蹙的眉头舒展开了。

族兄看一眼她的表情，轻松下来，当胸捶了青年一拳，说：

“我这妹子规矩，从小吃苦，受不了惊吓，别欺负她。”

说完就坐上黄包车走了。青年快走几步送他，采芹慢了两步没赶上，心里却冒出了一丝甜蜜，想：

“族兄说什么呢，人家多大了，巴不得让像他这样的男人欺负呢！”

上工的铃就响了，青年走回来，见人都走了，只剩她一个站着等，爽朗地笑着，露出一排洁白整齐的牙齿，道：

“好了，上工去吧，下了工我还在这儿等你，送你回去，不见不散。”

采芹胆子猛地大起来，抬起一双好看的毛毛眼瞅了他一眼，道：

“天天都送？”

“天天恐怕做不到，但是不怕，我有别的事，会交代工友送你。”

来上海后她也见过一些世面了，知道男人对你说好听的话一般是不能信的，但她对他存了心，故意想试试他和别的男人是不是不同，晚上下了班磨磨蹭蹭，不跟女工友们一起走，回到白天见他的地方等。

下班时已是半夜，她怕得要死，又不甘心离开，因为他没来。还有，这时要走，就得她一个人回去，有一条一定要路过的巷子，最让她害怕，这时候一个人从那里走想都不敢想。

她一直独自待到天麻麻亮，路上有人了，她掉了几滴泪，敢走了。这时却看见他了，坐着黄包车赶过来，气喘吁吁，一眼瞅见她站在那里等，跳下车就朝她跟前跑，人没到跟前就连声道歉：

“对勿起对勿起，事体多，忘了！”

对勿起是上海话，就是对不起。事体多也是上海话，就是事儿多。

“扯谎！”采芹说着，一夜的委屈都涌上来，哭了。

“妹子勿哭，个吧，哥带你去吃生煎包！恰恰阿拉也饿了！”

她开始对他有了惊奇，因为他的上海话也不标准，说明他也可能是乡下来的，像她一样。但是她并不傻，不会问的。还有，譬如刚刚，他一个纱厂机修工，挣不得几块银钿，怎么坐得起黄包车？再有，在生煎包摊子前坐下时，他从口袋里摸出来的不是铜板和银钞，居然是一块大洋！

生煎包太有味道了，采芹长这么大，到上海也有段日子了，还没舍得拿一点可怜的工钱来尝尝它。

吃完了生煎包，青年说：

“妹子，阿拉还有事体，又勿能让侬一个回去，阿拉拿侬该怎么办？”

采芹不觉抿嘴笑了，又觉得不该那样对一个男人笑，止住了，但心里仍在笑他，对他还有了一点女孩子要在一个自己信任的男人面前撒娇的意思，道：

“瞧侬格人多怪！侬答应阿拉族兄，要送阿拉回去的，昨晚上害得人家黑夜等到天光，这会子又问别人侬怎么办？”采芹也在学说上海话，但她知道，自己说的和他一样不好。

青年没有领会她的意思，他心里有别的事，说：

“阿拉要出去办事，还要回一趟家。为了省省辰光，阿拉带侬回吾那儿去吧。放心，家里没人，侬去了就困觉，要是到上工的辰光吾还没回，侬就自个走，要是吾回来了——”

采芹站起身就走。

“哎，哎，小姑娘，站住，你什么意思呀你？”他冲着她喊，交了钱追上去，已经不说上海话了。

采芹真生气了，又羞，脸上红一阵白一阵，心里又委屈，不停步，也不说上海话了，道：

“我不会去你家。我自己走好了。”

天已经大亮，路上人多，她也敢绕一点路走回住处了。

青年看着她一步步走，摇摇头，没有再耽搁，转身打了个响指，一辆黄包车跑过来，他上了车就匆匆走了。

采芹回头看他越走越远，更生气了，但那种惊奇像涨潮的水一样涌上来，又把委屈淹没掉了。在厂门外刚见到他时天真的还不大亮，她竟没仔细看他，这时一回头才想起来：今天这个人穿着怎么不一样了，西装领带皮鞋，戴顶窄边的礼帽，哪像个纱厂机修工，倒像个霞飞路上的拆白党！

当天下了夜班，她硬着心肠逼自己站在昨天等他的地方。“多荒唐啊，真是疯了，他要真是个拆白党，会把你拐卖了呢！……”她一边在心里骂着自己，但仍然抱着希望，留在了那里。

这次他没有让她失望，猛一回头，她看到从厂区一身机修工打扮的他走出来。

采芹故意装成没看见他的样子，一个人逃也似的往外走。

“小姑娘，站住!”

采芹还要走两步才站住呢，假装仍在生他的气，但两只脚不争气，听到他喊第一声就停下了，回过头来。

他走近过来，用那样一双仿佛能把她的心思全看透的点漆一般黑亮的眼睛笑看着她，低声道：

“还生气呢？假的吧，等我就是等我。对了，有件事跟你商量。”

她抬头看他一眼，发现心里的怨气全消散了，只剩下了欢喜和对他的惊奇。

“阿拉正要问侬呢。一会儿穿成这样，一会儿又——”

他想都没想，一把捂住了她的嘴，同时眼睛已经朝四外飞快地扫了一个圆周。

“你……”她挣扎着，但又不想拼命挣扎，第一次被一个和她没有亲属关系的男人捂住嘴，她居然——女人变坏都是这样开头的吧——有了一种又害怕又欢喜的战栗感。

“既然你都看到了，今晚就搬到我那儿去住。我就是老胡。”

她瞪大了眼睛看他，战栗感消失，现在只剩下了惊奇。

“你……就是……我不去，你家里没有别的女人……”采芹浑身发抖，但已经没有欢喜，只有恐惧，“放开我，你要干什么?”

他放开了她，后退一步，仿佛从很远的地方瞧着她——虽然是夜晚，但她以为他仍然把自己身上的每一处都看透了——笑道：

“小丫头片子，人不大戒心不小。连你族兄都不相信？我是他朋友，我相信他，才要请你到家里帮佣……”

“可是你……家里没有女人。”采芹说出了当初在族兄家里说出的理由，但是不知道怎么了，今天这个理由在她心里已经不像当初那么强有力了。

他从她眼睛里看出了犹豫不决，而不是坚决的拒绝。“你可以先去看一眼，要是觉得不合意，我再把侬送回来。”

她还想说出自己真正的担心……但是，早已在她心中存在的另一种潮水一样涨涨落落的情绪又漫上来，把前面的担心淹没了。她发现自己勇敢起来，道：

“说话算数。要不然……我就告诉我族兄！”

青年回头又打了一个响指，一辆黄包车飞快地出现。两人上车，车夫一句话也不说，拉起就走。半点钟后在一个闹市口停下，黄包车等他们下来，又像当初突然出现一样转眼就消失了。

虽是后半夜了，仍能看出是外滩后面闹市区的一座临街的四层小楼，在高高低低的小楼中并不显山露水。上楼时采芹留了心：一楼是家兼卖棒冰汽水的文具店，已经打烊了。二楼原来应当是一套大公寓，被房东隔成了三家小公寓，都住了人家。老胡打开其中一扇门，推开，对她道：

“进来，就这里。”

三楼吵吵嚷嚷，楼梯上人来人往。采芹抬头看了一眼。

“上面是麻将馆，赌博的，热闹！”

小公寓里面什么都有，但所有家具都是旧的，和夫妻俩都当教授的族兄家不能比，但比起纱织女工们住的席棚子已经好到了天上去。老胡一一对她指示公寓里的布局：小客厅兼小餐厅，一大一小两间卧室，厨房。最不可思议的是，这么小的公寓里竟然还有一间专门的麻将室。

“我什么生意都做，实在没辙了才去你们厂做机修工。客人来了，麻将也打，生意也谈。”老胡笑着对她说，“你要是答应来帮佣，事情不多，每天打扫屋子，买菜做饭。客人来了，你泡茶递烟，然后楼下面遛达，见警察和不三不四的人来了，就回来敲门，记住，一下是警察，两下是密探。”

采芹走到了那间要给自己住的小卧室前，猛然心惊，回过头来：

“侬……到底做什么个事体？要害怕警察和……密探？”

老胡笑了，道：

“好，继续学着说上海话……别害怕，我不过是和朋友做点违禁的生意，挣钱的生意谁不做呀，只要不被查到就没事儿。进去看看你的房间，衣橱里有些衣裳。你来了就不是纱厂女工了，穿戴要和你的名分相符。”

越是乡下女孩子，越是懂得“名分”这两个字有多要紧。采芹又不傻，立马回过头来，问他：

“名分……你要给我么子名分？”

“哦，妹子，你甭生气呀……是这样的。你来我这儿，当然是帮佣。

我生意忙，有时候朋友多，一个人照应不来。可是，我一个没家室的男人，你一个女孩子，住在一起，不给你个名分，外人会说闲话！——你等等，让我说完，当然，不是真的。就是为了遮一遮外人的眼。”

她已经懂得他要给她的是什么“名分”了……心里是暖的，但并不十分高兴。如果他们——族兄夫妇，还有这个老胡——真的没有瞧不起她，为什么不直接给她提亲，让老胡娶了她呢？

“你们……，”她想说出自己的不满，终于没有说出口。她是个乡下人，但还没有卑微到主动对男人说：你娶了我吧！

衣橱里果然放进了不少衣服，都是为她准备的，绝大部分半新不旧，一两件九成新，上海女人出门时才穿的。采芹一眼就看出了它们的来历。还有几件首饰，但是老胡笑着告诉她：

“都是假货，不过戴出去没人知道真假。”

“这些衣服都是我族嫂的，我认得。也是你为了我……借的吧？”

“是的。”老胡笑着说，他是个不笑不说话的男人，这一点让她的心一直都是暖暖的，有时候想生气也生不起来，“你族嫂说，你的身材和她差不多，这些衣裳不用改你都能穿。”

“哪天你不要我帮你了，还是要还回去的吧。”

“对。”老胡说，一副没心没肺的样子。

她什么话也没有再说。离天亮只剩下三个点钟了。一个人躺在自己小房间的床上，听着隔壁房间老胡已经响起的震耳欲聋的鼾声，她的心静下来。不想多余的了。总比在纱厂里做女工强，至少不用每天都担心外面那些老是在路上拦她的青皮了，她对自己说。

第二天天不亮老胡就被小公寓里的响动惊醒了，出了卧室的门，发现所有灯都开着，采芹半个身子趴在地上，在擦地板。

“你怎么了……这半夜三更的？”他问她。

“我睡不着，既然雇了我，这里就得像个家。”她喘着粗气，抹一把头上的汗，瞧了他一眼，说，“么子半夜三更，天就要亮了。”

公寓彻底变了个样子，不再是原来那个单身汉住的公寓，像个家了。天大亮后她穿上一件颜色稍显鲜亮，但又不十分扎眼的暗红色绢纱旗袍，学着上海女人的样子挎篮子出去买菜，回来时男人听到她已经在门外用上海话和隔壁家的太太唠起来了：

“侬是胡先生的太太？”

“啊，侬是？”

“阿拉是隔壁王太太噢。那家胡先生老好啦，老热心肠啦，老给吾家小囡囡糖吃来，伊是做大生意的啦？”

“啊，小本买卖，小本买卖。”

“侬来了就好来，男人一颗人单身住着，街面上赖三多的来，哎哟侬不是上海人，听勿懂上海话的来，赖三就是……不正经的女人，站街的女人，老讨厌的来。”

“啊啊。王太太，侬好年轻的来。”

“哎哟胡太太，侬才马像老好来，吾老来。”

“再会再会。”

……

老胡像居家男人一样吃上了热饭热菜，眼睛明亮，看着穿戴一新的采芹，半真半假地叫道：

“哎哟，没看出来，妹子还真是美人坯子。将来嫁给谁，他可是赚到了！”

采芹脸红了，半嗔半怪地乜斜了他一眼，道：

“嫁给你好伐？让你赚到好来。”

老胡低头吃饭，说：

“你这上海话可是长进大了，以后天天跟隔壁王太太唠一会儿，待上一年半载，人都听不出来你的外地口音了。”

采芹又生气了，觉得他骨子里还是嫌弃自己。

日子一天接一天地过，她开始习惯于自己的新生活。只有一件事讨厌，隔壁王太太老是问她，怎么肚子不见动静，要不要介绍个大夫帮他们夫妇瞧一瞧。到了这时，采芹的脸总是自然地现出两抹害羞的红云，把几颗雀斑也突显出来，心里想：

“大夫要是能看好这病就好来。我巴不得是来。”——嘴里却说：

“谢谢侬。王太太侬人真是好来。我先生一整天忙得来，等闲得来，一定要请王太太帮帮忙得来……”

老胡不允许她问他的生意，说是怕有一天出事，让警察和密探抓走了，让她受连累。“只要发现你真不知道我的事，他们关你几天就会放了你。”他瞪着一双圆圆的大黑眼睛认真地对她说。话里边有贴心的关怀，采芹又一次有了那种暖暖的潮水涌上来的感觉，就不再问了。

但他总是夜不归宿，让她一夜一夜睡不着。有时候也有客人来，但次数不多，一来人就进了那间麻将室，把她撵到楼下去望风。这时她的心就紧张得要跳出来似的。每一回来了这样的客人，直到离开之前，都能分分钟把下楼来望风的她吓个半死。

好在总是有惊无险。有时候这些客人又老不来。半夜里采芹听到风雨声，醒来爬起去看窗子关好了没有，会忽然想到：这是她有生以来过得最舒心的日子了。

要是能一直过下去就好了，要是……她不敢放纵自己的心往下想，但也止不住总往那儿开小差……一次她一夜没睡，天亮时下了狠心，就是会让他觉得自个儿“不要脸”，也要把心里想好的话说出来，不然都觉得自己在这里再也待不下去了。

还有他的鼾声，开始时吵得她睡不着，后来听不到这鼾声，她又睡不着了！她真正害怕的是自己就这么一声声地听着，忽然就忍不住了，推开他的门，做出那种以后不敢再见人的事体……但是，天亮后起了床，一眼看到他收拾好了要出门，一脸正经的样子，那些疯狂的念头就不知不觉像小火苗一样熄灭了。

“今天要到哪里去？午间回来吗？”她问他，装成不看他的样子，实际上是不敢多瞅他一眼。

“午间回不来，晚间也不知道……要是我不回来，你不用等我。”他说，习惯性地冲她一笑，脑门里那个小肉窝窝又跳了一跳。

晚上他没有回来，半夜了他还是没回来……天快亮时他听见了一点响动，爬起来循着声音走进小卫生间，发现他一个人躲在这里，正自个儿给自个儿处理一个奇怪的伤口。

“你……这是怎么了？”她被他身上的血吓坏了，要喊起来，“这是怎么……弄的？”

“别声张。让生意上的对头打了黑枪。”他说，“幸好是皮肉伤，来，帮一下！”

这是她第一次看到子弹打的贯通伤，老胡嘴里咬住一个牙刷柄，让她用一把镊子生生地把一根浸过酒精的纱布条从伤口一端捅进去，从另一端扯出，反复消毒清创后，敷了药，用纱布层层包扎起来。

她还是头一次看到一个男人能够疼成这样，通体大汗淋漓，脑门上肉窝窝里全是水，但这个男人居然一次也没有叫出声，倒把一根牙刷柄咬成了碎末。过后居然还能对她强颜欢笑，道：

“小丫头片子好厉害，能干大事……就刚才这两下子，像是干过，还是老手！”

采芹不说话，父亲病死前那些日子，腿脚上的脓血都是她来清理、敷草药、包缠。

“谁打的黑枪？你的事一点也不能告诉我吗？”她还是担心，本能地觉得这一次和他过去每次历险不同，问道。

“都是生意上的事。这是上海滩，干不过对方就下黑手，常有的，我养几天就好了。”

事后回忆，以后的十三天，是她一生中和他一天到晚都待在一起的全部时间。后面也有和他待在一起的时候，但再没有像这十三天那样，一天二十四小时黏在一起。因为……

“采芹，有件事想跟你说一下。我向你族兄说了我们俩的事，还有……你的心愿……他们说，你没有近亲可以替你做主，他就替你做主了。他答应我们成亲。”

虽然是带着伤回来的，但他并没有忘了一件事——他一边说，一边从脱去的血衣下面找到了一个纸包的礼物。

一枝红色的玫瑰花！

“我现在是一个真正的无产阶级……自从背叛家庭来到上海，我就是个穷光蛋。不是你说过我可以向你求婚，我都不敢开口。采芹，这就是我求婚的信物。你可以拒绝的。”他说。

“我说过你可以向我求婚？”

“你说过的，”他说，“头一天你来，穿上那件绢纱的旗袍，我说妹子还真是美人坯子。将来嫁给谁，他可是赚到了。你说：‘嫁给你好伐？让你赚到好来。’”

好赖皮的人也，就一句话，他就算拿住人家了，可是她喜欢，眼泪当下哗啦啦地溢出来，颤抖着双手接过了这枝血红的玫瑰花。她不敢相信求婚的事是真的，就像一个梦。他是无产阶级，她更是无产阶级，她不害怕嫁给他这个无产阶级，相反，她为能嫁给这样一个无产阶级心花都开了。

可是，对着这枝红色的玫瑰花，她说出的却仿佛是一句不相干的话：

“这是玫瑰，我知道。可我不知道它是哪一种玫瑰。它有名字伐？”

过去她只在外滩的马路上，在卖花的小姑娘手里，见到过这种花，它们一般被那些公子哥儿买走，献给达官贵人家的小姐或太太，从没有想到，自己这一辈子，也能从心上人手里，接过这样的一枝红色的玫瑰花！

“有哇。这种血色的玫瑰，代表着忠贞不渝的爱情。它有个名字就叫血玫瑰。只有见到血，也就是死亡，爱情才能终结。”

她两手紧紧地将红玫瑰捧在胸前，跪下来。

“你干什么？”

“可惜屋里没有菩萨。我要向菩萨祷告，求菩萨保佑我。”

“保佑你？为什么不是我们？”

“你什么时候想得到一枝玫瑰花儿，我说的是漂亮的女人，都能得到。你这样的男人，想要多少比我漂亮的女人都会有，像外滩的那些女人，电影上的，画片上的，可是我……只有你这一个傻瓜愿意要我，一辈子只能得到这一枝玫瑰花，我知道。就因为这个，我要菩萨只保佑我自个儿。”

他没有纠正她的话。没有第三人参与，她一边陪他养伤，一边和他度过了自己只持续了十三天的蜜月。

本来应当请来族兄和族嫂为他们做个证婚人，他没说，她虽然想到了，但没有提起。为什么？她不知道，从那时起她的心、她的身子、她的命，一切的一切，都是他的了，既然他没说请外人来，那就是说，他觉得这样好，何况他还刚刚挨了黑枪。

只有他们两个人知道他们在新婚中。这不像结婚，倒像偷情。

可那是多么安谧、美满、甜蜜的十三天啊，像人间所有最幸福的日子一样，过得飞快……一生中最美好的十三天，飞快地过去了！

夜里，有时候她会在他怀里醒来。他还没醒。她大睁着眼睛看着眼前离自己这么近的一个英俊的青年男人，他额头上那个小肉窝窝，即使他人在梦中，它仍在不时地颤动一下，仿佛他在梦中仍然在行走，在想他的生意，他活在另一个她不知道的空间里！谁知道呢，这也许是他的和她的一场梦，包括这样的夜晚，这个青年的怀抱，都不是真的……因为这怎么可能，她问自己，这么命苦的一个山里丫头，怎么会遇上他。遇上了也就罢了，怎么还会爱上他。爱上他也就罢了，怎么他也会爱上了她？他爱上她也罢了，男人嘛，见一个爱一个，常有的事体，可是，他为什么还会娶了她，而且，像对一个上海滩上珠光宝气的大小姐求婚一样，献给了她一枝红色的玫瑰花……如果说这不是梦，什么是梦！

她哭了，害怕天亮。但天亮了，她还在他怀里，梦还在，它不是个梦！

最早打破这个梦的是她自己。第十四天的早上，她照例起床去买菜，还要到一楼的文具店里替丈夫取一份当天的《浦江日报》。第一眼看到报纸的照片——不是文字，那时她还识不了几个字——她就觉得脑袋“轰”的一声炸裂了，要倒下去，幸好身边就有一棵树，她扶住它，再朝报上战战兢兢地瞥一眼。不错，是他的族兄和族嫂，双方倒在自己家里宽敞的客厅地板上。

她强压住剧烈的心跳，一个字一个字地看报上的黑色标题，一半靠蒙，居然看明白了：族兄和族嫂是官府缉拿的共产党，在官兵去家里捉他们时双双开枪自杀！

她不知道自己是怎么回到二楼的家里去的，将报纸交给老胡时她的脸色一定变得怕人极了……因为老胡看到她的神色自己的表情瞬间也改变了。她半天才从牙缝里挤出了几个字：

“他们……怎么会……是共产党！”

老胡只朝报纸匆匆扫了一眼就把它扔下，和以前任何一次在她面前站起来都不一样，这次她觉得他像一座山一样猛然在她面前立起来，用一种以前她不习惯的、完全不容她置疑或者反驳的强硬口吻道：

“快替我收拾一下，我要躲一躲！”

那一刻她的魂都没有了，紧紧抓住他胸前的衣服，叫道：

“快对我说，他们……不是共产党！”

“我和他们只是朋友，一起做过几单生意，我也不知道他们是共产党！”他说。

“他们……为什么……要当共产党！”

“我怎么会知道！我出去躲几天，风头过了就回来！”

“我跟你一起走，要死死一块儿！”她抓住他不放手。

“别怕，看见窗台上有个白纸条贴的十字架没有？我走了，你就把它撕下扔掉，以后我生意上的朋友就不会来了！”

她突然觉得自己的头顶又开了一窍一样，明亮的阳光照进来，心里瞬间都亮堂了。

“你的朋友，他们都是共产党？”

“怎么会！揭掉那个十字架纸条是怕他们惹上了麻烦。他们又不是共产党，连我也不是，我不想让他们被连累上，吃官司！”

她怎么能不相信他呢？这么大的上海，不，在这个世上，除了死去的族兄族嫂，她只有他一个亲人！还是最亲最亲的人！一个女人的男人，她的亲夫！

他走了，是从后窗顺雨水管爬下去的，其实他的伤口还没好。不到一个时辰那帮警察和密探就来了，抄了她的家，把她也抓进了局子，审问她：

“你这个女共党，一五一十把你知道的事情都说出来，不然，拉出去枪毙！”

她全傻了，用无辜到绝望的声音大喊大叫：

“冤枉！我不是！我丈夫也不是！你们冤枉死我了！我……”

从被弄进局子后她就一直歇斯底里地喊，喊了又喊，因为她从生下来还没有受过这么大的冤枉。她怎么是共产党？听到共产党这三个字她都要被吓死了！

还有，她也根本不相信自己的丈夫是共产党！他都娶了她了，他就真是共产党，也不会瞒着她了，可见他不是！

一个穿皮衣戴皮礼帽的瘦高男人一直站在审讯室里，冷眼看着这场审讯，后来走出去，对审讯她的警察说：

“你们混蛋，抓错人了，她不是！”

“可顾顺章最近想起来说，她家是他们不常用的一个秘密聚会地点！”

“我这会儿怀疑顾顺章这老小子在给我们捣乱，故意把水搅浑……你看看这个女人，一听说她犯了共党的案子，黑眼珠都吓没了，只剩下白眼珠，共党我见多了，这个不是……放了她！”

但是没有马上放，关了一个月，才放了她出来。

家里仍然保持着被查抄时的样子，但是，朝街那面窗子上白纸条贴的十字架没了。

这一发现让她欣喜若狂！

因为他走后她太慌乱，居然忘了揭掉白色十字架纸条这档子事儿！现在没有了，只有一种可能！他回来过！

这就是说，她的丈夫还活着。只要他活着，留在这个家里她就能等得到他！

她以一种自己都不能相信的强大的心力留了下来，重新归置好了被打得粉碎的家，在一个顶秘密的地方——当初他在这里藏银锢时她还悄悄地怪他太多疑——找到了几十块大洋。她省着花，一天只吃一顿饭，因为她不知道他多久才会回来。也许明天，也许要一年半载呢。

她等了三个月，头两个月她天天看到楼下马路边上有两个密探替换着盯着她和她丈夫的家，再后来，连他们也不来了。

当手里的大洋只剩下一块时，她哭了，恍惚意识到丈夫早就离开了上海，不然就不会一次也没有回过这个家。还有，她这半年里一动不动地守着这个家，有可能不但帮了自己的丈夫，也帮了他的朋友，让警察相信这里可能真的不是那个叫顾顺章的人说的什么共产党的又一个秘密聚会地点。丈夫要真是共产党就好了，她这个对他的事一无所知的傻女人，让警察和密探怀疑起自己的怀疑来了。

但她也知道丈夫不会再回来了，一件她不愿意相信的事情在她心里一天天被确认：这个给了她一枝红玫瑰和一种梦一样的生活的老胡抛弃了她这个可怜的女人。这种事情在上海也是蛮多的，她在纱厂做工的同事中就有几个像她这样被男人骗婚又抛弃的，她还是好的，没有生下孩子，像她们就要自己拖着孩子回纱厂去做工，有的甚至做了站街女。她也可以再回纱厂做女工，但是经历过那一切后，她决心回故乡去，再也不想留在上海这座让她伤心到想死的城市了。

她拿这一块大洋做盘缠，搭上一条船，到了九江，又用最后几个铜板让一条贩私盐的渔船把她捎回家乡。船主是个老汉，瞅了瞅她憔悴的样子，道：

“姑娘，你回得去吗？你们家乡成了苏区，闹红军，正打仗呢！”

“苏区是什么？”她吃惊了，问他。

老汉低声道：

“就是苏维埃，外国词儿，工人农民当家做主，拉起了队伍，把地主老财的地都分了，你看样子是穷人……”

她想起了一件事，急切地问：

“他们……是不是共产党？”

老汉看看左右，又看了看她，才道：

“你也知道共产党？……难怪，眼下不止在江西，天南海北是个地方还有谁不知道共产党啊。姑娘，你不是吧？”

她再一次受惊了，身子缩成了一团，发抖道：

“我自然不是。”

老汉不再说话，一直摇橹，过后又笑着说：

“是也不怕，我都差一点是了呢。他们的队伍走得太快，我没赶上。”

三天后采芹提前下船，因为船被赣江上守卡子的白军扣下了。她好歹凭一口家乡话脱了身，走八十里山路去舅舅家。现在回到家乡，家也没有了，她想先去见弟弟。

只走了三十里路她就被一队扛着梭镖的半大孩子给抓住了，蒙上眼睛带进村子。揭去眼上的黑布条，她大吃一惊地看到了一支穿着灰土布军衣、头戴红色五星布帽徽、衣领上缀着两块红色布块的队伍。在队伍里，她看到了他！

——老胡！

她想用尽力气叫一声，却发觉没有了一点力气，头晕晕的，身子一晃就要倒下。

老胡身边站着一个年轻、短发，像男兵一样穿着灰色土布军装、还扎着绑腿的女子。她和老胡一起闻声回头，看到了她。接着她像是在梦中一样听到老胡大叫一声，转身飞奔过来，一把将要倒下去的她紧紧抱起，脸紧贴着她的脸，一声声喊叫：

"采芹！采芹！采芹！……怎么是你？"

"你……害得我……好苦。"她醒过来了，说，想着要放声大哭一场，但因为那个年轻女子在旁边，她没有让自己这么做。

"文洁，你过来，这就是我对你说过的采芹，我上海的老婆。"老胡仍旧紧紧抱着她，并没有放开，回头招呼还原地站立的女子。

采芹一瞬间什么都原谅了，从他的语气里她听出了他对她突然出现的真心诚意的高兴，对了，还有心，她再次回到了他的怀里，不但又近距离地感受到了他的呼吸，他的目光，更要紧的是他的心，那颗心跳得和她的心一样快，一样激动。

女子迈着轻快的步子走过来。老胡才将她稍稍放开。采芹有丈夫在身边，仿佛整个人重新有了力量，面对这个容貌姣好的女子站直了，看她。

"采芹同志好，"女人脚步没停就对她伸出了右手，"我来九局后一直听局长讲你，今天亲眼看到你，才知道他没有骗我，你真是个大美女。"

"你说什么，她还不是同志呢。"老胡说，又亲昵地把采芹揽在自己臂弯里，"采芹一直不知道我是谁，在上海做什么，这样反而保护了我和我们的同志。顾顺章叛变后，也保护了她自己。"

一颗戒备的心就这么放下来了。丈夫还是自己的，女子只是他的……同志。但她还是偏过脸去，低低地问他：

"你……真是共产党？人家抓你，一点儿也不冤枉？"

老胡哈哈大笑，眼泪都要笑出来了。女子也跟着笑，但没那么夸张。她看出来了，两个人的笑容都很纯洁。采芹一时间觉得幸福极了：她选择回家乡真是做对了，像得到了神佑一样找回了丈夫。还有——她看出来了——丈夫还像在上海时那样深爱着她。

但是他们连单独在一起待一会儿的时间都没有，队伍就出发了。从这天起，她跟着丈夫的队伍，半个月内连续打了八仗。用红军官兵的话说，他们正在进行的是第五次“反围剿”。

“采芹，要不你还是离开吧，这么跟着我，万一——”

她一把捂住他的嘴，拿眼睛瞪他，不让他说下去。

“就像在上海一样，有些事是我们党的秘密，不能告诉你。但是，听我的话回家乡，无论多难，咬着牙也要活着，等到革命胜利，我去把你找回来。”又有一次，前面仗打得很凶，子弹就在她头顶乱飞，他将她死命摁在地上，突然很严厉地说。

老胡说话从来就像玩笑，但这一次不是。

“你不是想不要我了吧。我知道我不识字，还缠过小脚，我没用。可是，除了你，我在世上没有亲人。我是没有法子了才从上海回来的。我也没有家，舅舅还好，舅妈容不下我的，离开你我会死。”她哭着说。

老胡沉默着，半晌才道：

“那你加入红军吧。可你要明白，加入了红军你就是个红军战士了，别人怎么受苦，你就得怎么受苦。还有，很可能会牺牲。”

“你都能受得了，我怎么就不能。我本来就是苦出身。”采芹道。

“好吧，我今天报告上级，你明天就列名。但有件事我要先告诉你，成了红军战士我们就不能像现在这样待在一起了。红军是党的队伍，入了红军就成了党的人，得把命交给党，党把你分到哪里，你就得去哪里去战斗！”老胡说。

“那不行，我入红军是为了跟你在一起！”采芹叫起来。

“要是这样你还是走。我也是党的人，今天在这里，明天一个命令，可能又回上海或者别的地方去，照顾不了你。”

她感觉到了，他心里并没有白天她看到的那样高兴，有些担心想对她说出来，又不能。

“你要回上海好哇，我正好和你一起回去。你去哪里，我也去哪里。”她说。

这一次，她显出了性情的倔强，让他感觉到了，她的决心也是铁的。

第二天果然接到命令，让他去上海，做什么事他不能告诉她，她也知道不能问。但有一件事她是很高兴的：他的上级允许他带上自己，扮成一对夫妻回上海。

“扮什么，我们本来就是夫妻。”她向丈夫抱怨了一句，但马上就眉开眼笑了。

本想夜里走，先走五十里山路，过白军的封锁线出苏区，去一个大码头登船，顺赣江北上，到九江换船，但是当天夜里红军驻地受到白军一个整师的突然袭击，队伍被打散，她随着丈夫仓皇出逃，天亮后两人找到了队伍的残部，慌不择路地走了一天才冲出包围圈，停下来喘口气，可是当天夜里，丈夫和她忽然被一群同样穿红军军装的人蒙上眼睛分别带走。

她在一座屋顶被烧掉一半的地主家的祠堂里受到了一生中第二次审讯。审讯她的人要她交代，她的丈夫是不是AB团。

“什么是AB团？”她仰起脸，吃惊地问。

远处传来地动山摇的枪炮声，很明显，红白两军正在激战，外面有大批队伍向战场方向奔跑前进，一队队担架将伤员和烈士遗体抬下来。领导这次对她和她丈夫审讯的人急躁起来，对手下的几名红军战士道：

“没时间了，不用审，上海来的，不管是不是AB团，杀了都没错！”

不知道为什么还是要把他和她分成两个地方处死。被推到村外时他和她还来得及相互看一眼，却没有机会最后说上一句话。接着他就听到黑暗中响了一枪，然后就见那两名押着她离开的红军战士跑回去。从没哭过的他哭了，对身后押着他去枪毙的红军战士说：

“我是从上海来的，他们要是只有杀了我才能放心，那就开枪吧。可她连个红军都不是，连个党员都不是！”

枪声要响的时候，几匹快马疾驰而来，拦住了死刑的执行。被带上马离开时，他泪流满面，大声喊：

“你们来迟了！谁救了我？为什么要救我？为什么来得这么迟！”

“中华苏维埃共和国政府主席毛泽东！毛主席救了你！红军要离开苏区了！”

他哭着跟来人过湘江，走上长征之途。中央红军到达陕北后第二年渡过黄河东征，回归陕北前他在河东一个叫军渡的渡口和当初自己在九局工作时的部下文洁相遇。两人沿着河滩走了一段路，聊到了采芹，也聊到了牺牲在娄山关的文洁的丈夫徐天勤烈士。又过了半年，西安事变发生，上级派两人扮成夫妻到北平做地下工作，文洁找到他住的窑洞里，商量完了行程，沉默了一会儿，毅然说：

“你失去了采芹，我丈夫也牺牲了。咱们别做假夫妻，做真夫妻吧，也方便配合。”

两人简单地成了亲。新婚之夜，他对文洁说：

“我对不起采芹，她不像我们是职业革命者，她就是个受苦的女子，一生只有一次婚姻，我连一个像样的婚礼都没给她。”

文洁道：

“徐天勤也欠着我一个婚礼。我们不是革命者嘛，也许明天我也牺牲了，你为了工作还会再找一个采芹这样的伴侣。这都没什么，革命嘛，要紧的是不管千山万水，死多少人，都要走下去，坚持斗争到胜利。”

后来有人计算过，老胡和文洁结婚这天，采芹也在舅舅家的老屋外面见到了当初下令把她和老胡弄出去枪毙的红军领导人。后者在主力红军长征后一直留在赣南山里打游击，这天实在饿坏了，偷偷下山，想给自己和队伍弄点吃的，到了孤零零住在大山窝窝里的这户人家，一眼就看到了端着一盆脏水出屋门要泼出去的采芹。

两个人隔着一道竹篱笆，都怔住了。采芹瞬间脸色大变。

“你……不是……，”那红军领导人嗫嚅道，“老胡的……那什么……爱人吗？你还活着？”

采芹痛恨这个人，连带着痛恨爱人这个词。被推出去处决的夜晚，身后两名红军战士知道她的冤屈，一个一脚将她蹬下了山坡，另一个对空开了枪。

她用了半个月，昼伏夜行，好不容易爬回到舅舅家，才知道她离开的这年夏天，舅舅舅妈染上时疫死了，只有弟弟和一个小表妹还活着，快饿死了。她没想到自己要替死去的人当这个家，就成了这个家的当家人。

白军到山里也来过，她带着弟弟和表妹躲到山林里去，过了两年随时准备跑的日子，房子让那些兵烧掉过两回，但毕竟这里山深林密，白军来一趟也不容易，好歹还是熬过来了。可是这一刻，她看到的是她的仇人！采芹一刻都没停就转身回到屋里，拿出舅舅留下的一杆打野物的大抬枪，瞄准了那个仍站在篱笆外不走，实际上是饿得多一步也走不动了的男人。她说：

“对，是我。我不是你说的什么……老胡的爱人，我是他女人！你杀了我的男人，我和你有海一样深的仇……你没能杀得了我！这会儿我要报仇！”

“为谁报仇？”

“我男人！……这一年多，我找他的尸首，找遍了那块地方，都没有找到他……你害得我成了一个没有男人的女人！”

“他们居然没有对你……”

“连你派去杀我的人都知道，我不是你们的人，不是红军也不是白军，我大字都不识几个，怎么会是你说的么子团……可你把我男人杀了，我这就要为我、为我的亲人报仇!”

她当着他的面往大抬枪里装火药和铁砂，但是手总是抖……她装不进去，最终放弃了，坐下来哭道：

“你走……我下不去手……不！你等等，告诉我，你们把他弄到哪儿杀了，人死了也是我男人，我得把他找回来，埋到坟里，到了清明节我能去他坟上烧几张纸，供一碗冷饭……我也算嫁了一回人，我们夫妻一场，要不是我不能死，我也随他死了！……”

红军领导人并不知道老胡没死，但知道自己当初犯下了大错，诚恳地向她忏悔：

“采芹同志，你这会儿就是拿那杆大枪崩了我，我也没么子说的……可这会儿，你能不能给我一口吃的。还有，山上的同志，伤病员，好几十口子呢，再弄不来一口吃的，白军不来搜剿，他们也要饿死。”

采芹半天才像被水泼醒了一样，明白了他在说什么，挣扎着站起，恨恨看他，道：

“我不是你的同志！再说一遍，你杀了我男人，我这一辈子的日子都给你毁了！可是山上那些人不像你这么坏，他们是我男人的同志，我不能让他们饿死，你让人天黑透了来，我把家里有的，能吃的，都准备好，全给他们带回到山上去!”

晚上，一小队红军如约而至。采芹为他们拿出了家里最后一小袋糙米，两大口袋米糠，两担木薯，五担自己地里的青菜。她对领队的红军战士道：

“对不起同志了，家里就这么一点点米和米糠，全在这里了，多了就没有……不过菜长得快，半个月后你们再来，我把菜给你们都砍下来，也能充饥……”

直到民国二十六年（一九三七年）年底，国共两党达成结束内战共同抗日的协议，江南江北的红军游击队全部下山，整编为新四军，采芹前前后后为山上的游击队送去了上千斤米糠，它们全是她日夜不停织土布换回来的，另外还有几千斤木薯和自己家田里种的青菜。靠着这些接济，一支两百多人的游击队，好歹撑到了下山参加改编。

那位红军领导人的参与也没能帮她找到丈夫的遗骸。她绝望了，不知道有衣冠冢这回子事，但还是在后山上给他垒了一个空坟，坟里只埋了一顶红军军帽，逢到清明和丈夫的忌日，她穿上重孝，提着篮子去上坟。三乡五里都知道了她的事。也有人为她提亲，有户人家还让她动过心，但是认真想过一晚后，她对天亮后上门听回话的媒人说：

“我想啊想，还是不能嫁……这个人再好，也好不过我死去的男人……我不是觉得自己有多娇贵，我是怕我嫁过去，心里想的还是那个死鬼，对不起活着的这一个……人家好好的把我娶了去，又没有对不起我，我干嘛要去祸害人家。身边一个，心里一个，这种事我做不来的……”

“这个人待你就那么好，值得让你一辈子就这么苦熬下去？……这样的日子啥时候是个头啊！”

“他待我就是好……没有人会比他待我更好了。”她说着，眼睛里浮现出一丝幸福的回忆。

“怎么个好法，让我这没出门见过世面的老婆子也开开眼。”媒人说。

“他向我求婚，送给我的是一枝花。”

“一枝花？我还当是多少大洋呢！”

“一枝红玫瑰花……你不知道，多漂亮的玫瑰花！”她说着，眼睛越来越亮，但是眼窝里却湿润起来。听她讲的人已经起身往外走了。

她没有想到，那名红军领导人下了山，到南昌城打个转又回来，告诉她一个晴天霹雳般的消息：

“采芹同志，老胡还活着！这会儿到了南京，作为中共代表团的一员，正和蒋介石谈判团结抗日呢！”

她被这个消息吓住了，先是脸唰的一下白了，接着又被脚下一个什么东西绊倒，大声道：

“你说么子？他……还活着？不可能的，你骗我！”

“我怎么会骗你？”那人用无比诚恳的目光看着她，道，“这张报纸上面登着他的照片。你看一眼，是不是他？”

当然是他！还能是谁呢？只是身边多了一个女人——那个曾在红军队伍里见过的、穿军装剪短发、神采飞扬的青年女子。

“她怎么也在？”她失声叫道，一点儿也没有想到自己有多么失态。

“这是另一个我不知道该不该告诉你的……消息，”来人看她一眼，把头低下，躲开她大火一般熊熊燃烧起来的目光，“你丈夫当初一定是以为你牺牲了，所以……他现在才和文洁同志结婚了。”

“他们有孩子吗？”她喊叫道。在她乱成一团的心里，似乎觉得只要没孩子，一切都还可以挽救。

“有了。两个呢。一个一岁半，一个才几个月。”面前的男人说。

她什么话也说不出来了。可是第二天……第二天她就抬脚去了南京。

连上海都去过的人，南京也是到得了的。但是到了南京，中共代表团已经回了延安。令人吃惊的是，她居然在几个月后又一个人千山万水地到了延安。

这次她是见到人了，可见得很艰难……到延安的第二天，她才在他的同志为她安排的窑洞式的招待所里见到了他。女人第一眼看到自个儿的男人，一身上下就凉了，她觉得他的心已经变了。

她要站起，可浑身发冷，打颤，腿也软绵绵的……但她还是双手扶着炕沿儿，硬撑着站起来迎他。

他进门后只瞅了下她，就一眼也不再看她了，说：

“你来了……知道你还活着，这就好了。可是我们不能再做夫妻了。我已经有了新的革命家庭，有了孩子，这你都知道……还有，明天我们——”

他没有再往下说，但她已经听懂了：明天他们——他和他现在的女人——就要离开延安，去做他一直都在做的事了。

“可是……我怎么办？”她也不知道为什么会喊出这样一句没出息的话，好像这话是自个儿跑出来的！

这时他才又看了她一眼——最后的一眼——直到死，他都没有再这样看过她一眼。

“你一生一世都是我的妻子……但我是个职业革命者，她也是。我和她建立的是革命家庭，你和我不是，我们是另一种夫妻……啊，你住几天就回去吧，这里也没有你能做的事，再说我也不……”他没有把“想”字说出来，停了一下才接着一口气说下去，仿佛不这样他就不能把下面的话全说出来了：

“革命一定会成功，但是我……还有文洁，我们不一定能活到那一天。我从加入共产党那天就发了誓，要为革命贡献出一切，包括生命……可你不是我这样的人……在苏区的时候我就差一点死，不是毛主席救了我，我已经革命到底了。回去吧，以后你要是听到我牺牲的消息，不要奇怪，我，还有文洁，一直都在等待牺牲的一天……也许你会问为什么，我怎么说呢？为了让像你这样善良的女人好好活下去吧，在另一个中国活下去，新的中国，虽然那个中国我看不到了。”

他说完转身就走了。他这一番话说得她耳朵“蒙蒙”地响，这些话她不全懂，又恍惚觉得自己已经懂了，包括他在上海时为什么好多事都不告诉她……离开延安时她哭得伤心欲绝，但有一件事她是明白了的：

——他心里还有她！他不让她留下，是因为知道她不是他，自己当初没死，但牺牲是早一天晚一天的事，她一辈子都做不了像他那样的革命者，他不想让她像自己一样死！

多年抗战，日本鬼子都没有打到赣南山里。最初回到家乡，她万念俱灰，想死的心都有，觉得那个一心革命到底的男人再也不会回来。但是后来，随着他的消息断断续续地传到她耳朵里，她知道他一直都活着，一直都在跟鬼子拼命。模模糊糊地，她又想活下去熬过这过不完的苦日子了，因为心里有了新的念想：

“万一他命大，活过来了呢？……万一直到革命成功，他都没让鬼子给打死呢！”

她心胸大开，因为——她愿意往那个光明的方向去想——他是个革命者，他和那个女人只是个革命家庭，这个家庭在她心目中和他和她在上海的那个家庭大概差不多吧？但革命成功了呢？他就不会再革命了，假若他心里真的有她，会不会回来接她走……比方说再回到上海，回到他们曾经有过的家里去？

再到后来，她一个深山里的农妇，不识几个大字，却订了一份《赣南日报》，成了当地的一桩奇闻。报纸虽不会天天送来，但一个月总会来一次，一次一堆。她不看上面的文章——太多的字识不得——只看照片，总归是没有他。但是，总有人识得字，告诉她报上的消息，只要他在的那个地方还在打仗，她就知道那儿还没让鬼子占去，一厢情愿地相信他还活着！

——只要鬼子还没有消灭那地方最后一个八路军，他就活着！他就是那个最后活着的八路！

抗战胜利的消息传来后的一段日子里，她每天都高兴得像过年一样，心里波澜大起，还将自己织的布染了一块，为自己做了一身新衣，过去这布织出来都是拿去卖的。但很快她又从报上知道了一个不好的消息，老胡所在的地方——后来人们都叫它解放区——让老蒋的军队给占了，当年在赣南打得死去活来的国民党和共产党，又打起来了！

弟弟长大了，表妹也长大了，她像个母亲一样帮前者娶了媳妇，建了新屋，打发后者出嫁，自己却守在老屋里。朦朦胧胧中，她觉得他一定知道这个地方，而且来过，虽然是在梦里——既然她都能时常在梦中到他在的地方见他，谁又能说他没有梦到过她住的这片山、这座老屋呢？如果他心里真的有她！

1949年，解放大军渡江，国民党残军望风而逃。一支部队从她的家乡路过，过五岭中的大庾岭直趋广州。她烧饭烧水，拿出最好的东西款待他们，见到一个首长模样的人，悄悄地请到里屋，问：

“你知道老胡吗？革命是不是要成功了，他活着吗？”

问这些话时她的心抖得那么厉害。她担心对方告诉她：革命就要成功，但是他不在了！

“啊，您老人家问的是他呀，他可不姓胡，他姓丁，”首长模样的人笑着说出了老胡现在的名字，“他这会儿可是大首长了，当然活着，不过没有随大军南下，留在北京了，中华人民共和国成立，他现在是新的中央人民政府的——”

首长说出了一个她听不懂的职务，随后号音嘹亮，部队出发。但她的心又大慌起来，从延安回来到这会子，十多年了都没有这么惊惶失措过。这不是没有理由的！革命成功了，新中国都建立了，他为什么没有回来！这么多年过去了，他真像她一直在思念他那样思念着自己吗？万一没有，那可怎么办呀！……

她病倒了，弟弟知道她的心事，大老远走到新成立的共产党区政府去，说出了她的全部故事。一个穿旧解放军军装的区长接待了他，想了想，说：

“咱们这里是老区，像大姐这样的情况不少，真假也难辨……我建议要不你们先写封信去北京，要是这位首长认可了你讲的事情，让他给区里回个信，我们就知道怎么办了。”

区长虽是北方人，刚从部队转到区里工作，但通情达理，话说得也有理，要不又能怎么样呢？写信的人很快到了家里，就是区长本人，主意是他出的，他就要自己把事情担起来。可是怎么写呢？头一句称呼就不好写。按照老词儿应当是××我夫，可是区长说：

“大姐，你和丁一首长是夫妻，有什么物证吗？比方说男方给女方下的帖，别的什么也成。”

人家是区长，亲自来帮她写信，提个这样的要求不过分。采芹歪着脑袋想半天，真没有想出什么物证。当年在上海那个家里，她一心只想嫁他，什么都没有问他要，他也什么都没给，穿的衣裳还是从族嫂那儿借的……不，她想起来了，眼睛放光，叫道：

“有的！”

“太好了，是什么，在哪里？”区长也高兴地叫起来。

她忽然又不说话了，兴奋的神情黯淡下去，半晌才不好意思地看着区长，说：

“就是一枝红色的玫瑰花。”

“一枝玫瑰花？”在场的所有人都失望了。

“一枝顶顶好看的红玫瑰。我在上海待了一年多呢，就没见过那么漂亮的红玫瑰花儿！……让我想想，对了，你就这么写吧，当时他送了我一枝血玫瑰求婚，我就嫁给了他！”

信还是写了，但是区长又认真又谨慎，台头用的是××首长同志，信里写上了玫瑰花的事儿，但写到最后，这封信还是变成了一份新政权最基层的区长写给一位在中央政府任职的大首长的情况报告。

按那个年代的邮递速度，算是很快，一个月后区里就接到了回信，还是首长亲笔写的。他在信中告诉年轻的区长，区采芹同志当年在上海是参加了一些革命工作，但她的身份不是革命者，他们做过一段时间夫妻，后来因为革命和战争的原因分离，再后来他和她在延安见过一面，两人之间已经说清楚了，现在他有自己的革命家庭，不便再和她恢复关系。在信的末尾，首长还特别请求区长帮忙，把几句话当面读给采芹听，大意是：革命尚未结束，他这一生，要为革命鞠躬尽瘁，死而后已。

“他说什么？革命不是成功了吗？”别人没听懂的话采芹却听懂了，“新中国不是建起来了吗？”

她听懂了区长也就懂了，跟她讲新中国的中央人民政府毛泽东主席在中共七届二中全会上的讲话。“毛主席在这次讲话中说：‘夺取全国胜利，这只是万里长征走完了第一步，以后的路程更长，工作更伟大，更艰苦。’”

“更伟大？还更艰苦？”采芹不明白了，“比红军的时候、比他们在延安的时候还艰苦？”

不到一年就爆发了抗美援朝战争，采芹觉得自己有点理解老丁了——在自己心里，她仍然习惯称他为老胡。

赣南进行了土改，贫农分田分山，欢天喜地，家家过上从没有的好日子。采芹现在理解老胡他们当年为什么要报定必死的决心加入共产党了，心中对他和他那一批革命者有了真正的景仰。但是，她也伤心，因为她明白，如果建立新中国才是“万里长征走完了第一步”，那老胡会一直走下去的，那她可能就永远也等不到和他破镜重圆的一天了！

“姐呀，你就甭整天瞎琢磨姐夫了。”弟弟见她难过，劝慰她说，“人家现在有家有室，儿女满堂，你也老了，他为革命也吃了苦，咱就不去北京找他了。”

她大哭了一场，想想也是啊，就不想了。

然后就是合作化，一言难尽，开初以为更好的日子要来了，结果却遇上了灾荒……好在他们人在南方，又是山区，靠上山挖木薯也熬过来了。但是县长——当年的区长——还是想到了她，亲自找到山里，对她说：

“大姐，不管怎么说，你毕竟和……你知道我说的是谁，你们毕竟有过那么一层关系，眼下全县都缺粮，他在中央，听说管粮食，我代表全县人民求你给他写封信，看能不能给我们县单独调拨一点儿——”

他没有说完她就明白了，心本来以为已经安顿好了，不再想他了，一年一份的《赣南日报》也不订了，可是这一下又乱起来。原来不想他是假的。她不知怎的一开头就觉得这事儿不成。可人家是县长，不能直接拒绝。她说：

“你可以试试……可是，就我知道的……不一定顶用。”

信还是写了，以她的名义，报告县里灾荒的规模，当然没那么严重，故意写得严重些，是为了让老胡——现在是老丁——重视。

直到最后一个春荒过去，无论是她，还是县里，不但没得到单独调拨的救济粮，甚至都没有收到过回信。县上、区上来见她的人就少了，再以后就根本没有人来了。她成了一个完全被遗忘的人。

山里人不记日子，只记大事。采芹直到这年冬天，有串连的学生到了县城，才听到了老丁——老胡——被“打倒”的消息。县里也有学生到北京，参加批判他的大会，其中一条罪名就是当年县里闹饥荒，让他给老区人民单独调拨一点救济粮，他粮不调，信也不回。

据说老丁梗着脖子反驳道：

“给你们单独调拨，全国人民呢？我凭什么要这么做？”

“凭我们是老区！”县里去的学生有点理屈词穷，把最后的底牌亮出来，“没有我们老区的牺牲，哪里有新中国！”

“这是我单独给你们调拨救济粮的理由吗？天下为公，古人都知道的道理，老区人民不懂吗？”

为了这几句话他一条腿给打瘸了。以后几年间，陆续来了一些外调人员，以各种名义找采芹调查老丁——老胡——在革命年代做了叛徒的证据。

她开始疑惑，后来就是震怒了：

“那时候在上海，他天天出生入死，怎么是叛徒！你们脑袋瓜有病吧！”

“你这个老太太，丁一是个大流氓，他在革命胜利后抛弃你，娶了小老婆，他是个大坏蛋！你应当揭发他，反戈一击，为自己被辜负的一生报仇！”

这话戳到了采芹的痛处。心叶子疼得都在抖……但是，她仍然对他们道：

“你们说到革命……你们知道什么叫革命？再说他也不是革命胜利后不要我的，他就是要革命才不要我了！他不是流氓，不是坏蛋，当初嫁给他我心甘情愿！”

1969 年初冬的一个早上，她习惯性地早起，篱笆门打开，关着的鸡鸭放出去，一个穿一身旧棉军装的女孩子站在她的老屋门前。

“请问……这是区采芹的家吗？”

“我就是。丫头，你是谁？”

姑娘走进篱笆门，抱住她，冷得浑身发抖，但看样子更像是被吓坏了，心在抖。

采芹的心也抖起来……一种无法用语言表述的骨肉亲情般的感觉，像强大的电流一般击穿了她的身心。

“我是丁霞，丁一的女儿。我爸我妈都被关起来了，我们家散了，他们让我上山下乡，我想起了我爸交代的话，自己跑到您这儿插队来了。你收留我吗？对了，我爸说，见了您，不让我叫大妈，大娘，让我叫娘！”

丫头长得不像她妈，太像她爸了，还有那一种气味，是她丈夫身上的，至死都记得，孩子身上就是那个气味！

他没有忘了她！到了他落难的时候，他还是想起了她，是他让自己的女儿来找她的！到了这种时候，他还是把她这里当成了女儿能够投奔的最后一个避难所！一个最后的家！

“你叫呀！快叫呀！”她颤声大叫。

“娘！”

她以一种极为强悍的姿态留下了他的女儿，明白无误地告诉周围所有的人，她有一个女儿，失散了多年，现在回家了！无论是谁，都不准歧视她，更不能欺负她一个女孩子，她的亲夫——老胡——辜负了她一辈子，这丫头是他送给她还债的，她应得的，她不但要收留她，以后还要在这里给她找个女婿，结婚生子，给她养老送终呢！

她叫丫头“霞”，丫头叫她“娘”。她一直保护了这孩子五年，什么县里的区里的来找她，说霞的事，都被她用最难听的话直接给撵出去，有一次还把那枝已经生锈的大抬枪也顺了出来。霞一点点长高了，也长壮了，亲人们一起住，长着长着还像她了。她对邻居们说：

“哪里像我了？像她爹！我男人！不过年轻的时候，我也长得不丑，要不怎么能把她爹勾引了呢！”

众人就笑。她也笑。霞听惯了，也跟着笑。冬天冷，夜里娘俩钻一个被窝，互相暖和，霞让她讲当年和她爸在上海的事。她说：

“你知道你爹当初怎么一把就把我拿下的吗？”

“他怎么一把就把您拿下了？”霞问。

“不告诉你。这是我和他的秘密。”采芹说。

“说嘛说嘛。人家想知道。”霞扭股糖地缠着她。

但是她很坚决，别的都可以谈，就这个不成。

“这是我和他的秘密。我就是靠这个才有心气儿活到了今天。还是让它留在我一个人心里吧。”

五年后的一个夜晚，她和霞吃完了简单的晚饭，坐着说闲话，家里的小喇叭在响。她没有听，霞却猛地跳起来，大声喊：

“我爸！我爸！”

“霞，怎么了你，疯了吧！”

“我爸出席了国庆招待会！我听到了他的名字在里头！我爸‘解放’了！”霞完全疯了，大哭大叫，天不亮就爬起来收拾东西，说是要回北京。

采芹知道发生了什么事，没有拦她。但是出门时，她紧紧抱住霞，浑身发抖，低声道：

“霞呀，回到了北京，你还记得我这个娘吗？”

霞一心要走，要推开她，叫：

“娘，拖拉机等着我呢！”

她一狠心推开了她。霞什么也没有感觉到的样子，提起包就朝下面公路上拖拉机那儿跑。她转身回到老屋里去，关门——不，让她走吧，和她爹一样，说走就走，多一眼都不看她！真是他的种啊！

“砰砰！”有人敲门。

“谁？”

“娘，是我，霞！”

“你不是走了吗？”她不开门，“还回来干吗？”

“我回来问一句话，我要是回到北京，我爹问我，您有没有话，我怎么说？”

孩子这一句话把她心里陡然堆起的冰雪全融化了。但她仍然没有开门，只道：

“问他好……要是他问起我，你就说，没有问起，连这句话也不用说。”

“娘，知道了，我走了！”

一串脚步声响亮，霞又走了，还是像她爹，没有再看她一眼——一眼都没有！

……又是十年过去，采芹已经七十岁了，早在1984年，县里就来了人，问她一些事情，譬如说，她什么时候入的党？

“入党？我没入过党。”她说。

“你没入过党，可是我们现在掌握的材料上说，你1935年就在上海参加了地下工作……这怎么可能？是不是记错了，对了，你的入党介绍人想得起来吗？”

“我真的没入过党，也没有入党介绍人。”

来人很年轻，完全不能理解她说的事。

“老人家，那您是怎么参加党在上海的地下工作的？”他们问。

“我在上海也没有参加地下工作。”她说，“我就是到一户人家帮佣，后来……后来，我男人娶了我。”她说。

“我还是不能理解。也许是您老人家岁数大了，记不清了……下面一个问题，您是什么时候加入红军的？”

“我也没加入过红军。”她说。

“哎哟，这就不对了，”来人中那个领导模样的男人开口了，“有资料证明，您参加了红军第五次反‘围剿’。您给伤员做过包扎，还差一点被当成AB团给杀掉。”

“差点给杀掉是真的，给伤员做过包扎也是真的，但我确实没有参加过红军也是真的。”

一群人带着一脸迷惑走了，但是到了年底，县里还是来人宣布，按照新政策区采芹老人算是1935年就参加了革命，以后按失散老红军的待遇每月给她发放养老金。她开始不接受，因为她觉得这不是自己该得的，她不能接受这样的钱。

“我真的不是革命者，我男人才是呢。我傻，当时要是一狠心参加了红军去革命，我就不会是今天这个下场，男人不要我，一个人过了一辈子。”她说到最后，还哭了。

后来县里改了主意，说这是还她当年给红军游击队送米粮和青菜的钱，这个她应当收。

“行，这个是真的，虽说那个姓什么的红军领导人差点杀了我和我男人，可我真是帮了他们，这个钱，要是符合政策，我就收。”

霞没有再回这个家，她有时候会想起这个女儿，但更多的时候仍是和老胡一起想。霞的消息她还是零星地知道的：她回到北京先是去上了大学，再后来去了国外又回国，中间也写过几封信，她不愿意回，想让这件事也渐渐地过去，霞好像明白她的意思一样，后来信就稀疏了，再后来就一封也没有了。有信时采芹怕她来了信扰乱了自己的心，没有信儿，她又恨起霞来，还是那句话：

“跟她爹一样心狠……真是没错了种！”

回头却把霞以前写的几封信珍藏起来，又把几张霞的旧照片装到镜框里，挂到墙上，想起来就瞅一眼。

弟弟的孙子都长大了，时常来照顾她，有时还要开个玩笑：

“姑奶奶，你闺女又给你写信了？”

“你这小子，不是好东西！”她骂他，还作势要打。后者哈哈地笑，做出害怕的样子逃掉了。

又是一个春天。一天黄昏，一辆小轿车在老屋门外停下。新来的县长带了人来，也不坐，急急地对她说：

“老人家，有个不好的消息，中央来通知，请您去北京。”

当晚她就在火车上的广播里听到了老丁的讣告。县里害怕出事，安排了一名副县长和一名医生陪她去北京。

霞到北京站的站台上接她，奇怪的是，娘儿俩多年不见，见了面倒像从没有分别过一般，一句多余的话都没有，女儿就用车直接拉她去了吊唁大厅。

“娘，我特意给您安排的，让您和我爸单独在一块一会儿……时间不长，只有半小时，过后中央首长就要来吊唁了。”

她在吊唁大厅里看到了仰卧在花丛中的他……眼睛已经闭上了，再也不能看她一眼。但是脑门上那个不大的肉窝窝还在，好像还一动一动的……她忽然觉得还是年轻时候在上海时的他，总是开玩笑，这次也像是在开玩笑，要不然，那肉窝窝怎么会老动弹呢？

霞把所有人都打发出去，看她，低声道：

“娘，趁着这会儿没人，您有什么话，什么委屈，都对我爸说出来吧。我也出去。”

她也出去了。采芹望着花丛中的人，哭着道：

“你的心真狠……你倒是遂了愿了，革命到死……可是我呢，你真的想过我吗？我这一辈子，活得不值。早知道这样，当初就不该那么急着嫁给你了。”

那个小肉窝窝不动弹了，这一次，那么爱开玩笑的他也没有再笑起来。到了这一刻，她也相信他真的不在了。

蓦然之间，她觉得自己一世都不得安定的心也终于平静了。

“你走吧……我又要说这句话了，你这辈子值了，想干革命，就干了；想干到死，也心想事成了。我不像你，我心里没有天下，只有你一个人，可是你也不要我了，我这一辈子不值。要是有下一世，你就是再拿那么红的玫瑰花来骗我，我也……我也……我也不上当了。”

她参加了全部的吊唁活动，直到老胡的骨灰在八宝山下了葬。霞一直陪着她。这天下午，最后的活动也结束了之后，霞在送她回宾馆的车上，偶然想起来似的，回头对她说：

“娘，您想不想到我爸生前最后住过的地方瞅一眼？您好歹也是来了一趟。”

采芹想起了另一件事，说：

“我不去。那是他和你妈的家。不是我和他的家。”

其实在吊唁活动中，她和文洁见过面。两个女人都老了，文洁还坐上了轮椅，因为这个女人，采芹的心痛了一辈子，现在看她的样子，突然间也不那么痛了。

霞像个地下工作者一样将声音压到最低，不让车里其他人听见，只对着她的耳朵眼说：

“我妈是我妈，我爸是我爸，您肯定知道我爸年轻时打鼾有多厉害，进了北京他们就不住一个房间。再说我妈一直住在医院里……您真的不想去我爸最后住的地方看一眼？”

她犹豫着，最后还是没答应，但是也没有明确地表示反对，霞就自作主张，将车开进了她丈夫最后的家。

霞让别人都留在外面，一个人扶她进了院子。

一股馥郁的花香扑鼻而来，让她不觉停下了。

“什么花儿这么香？”

霞没有回答，只看了她一眼。她却已经望见了，在这个不大的小院里，种着大片的红玫瑰花——不，血玫瑰。

她颤抖地走进了他最后的房间……已经有了预感，但还是没想到，一进门就看到了一张靠窗的半圆的台，上面有一只小小的青瓷花瓶，瓶里插着一枝红色的血玫瑰！

她无力地坐下来，又慢慢站起，去抚摩他生前用过的家具。进门前她什么都想到了，就是没想到他最后居所里的这些家具会如此简陋和陈旧。硬木板床，书桌和书架，怎么看都像在哪里见到过……还有，就是似乎刻意地靠窗放置的那个台，上面什么也没有，只有那只花瓶和瓶里的一枝血红色的花。

霞跟进来，等她像抚摩亲人的面颊一样抚摩完了每一件家具，才对她说：

“我爸一辈子都喜欢种玫瑰花，而且只种这个品种，他说这种花叫血玫瑰。这一院子里的玫瑰花儿都是他种的。我查过资料，说这种品种的红玫瑰花儿代表忠贞不渝的爱情，只有见到血和死亡，爱情才会终结。”

采芹慢慢转过头来，两眼是泪，说：

“霞呀，告诉娘，他真的……真的……每天都自己动手剪一枝玫瑰花，插在这个瓶子里？”

“也不是。先前当然是他，后来他住了院，是我妈帮他每天剪一枝来插瓶。他去世后我妈也住院了，这件事就由我们这些儿女来做。”

她望着墙上他的遗像，哭着道：

“你这个人哪……我都打定主意要恨你到死了，可你为什么又要用这样一枝花弄乱我的心呢？你这一辈子真的都没有忘了我……是没有忘了那一枝红玫瑰吧？你这是让我恨你……恨你……还是……不恨你呢？你这会儿告诉我，我该怎么办呢？”

（原载《中国作家》2021 年第 5 期）

妈妈不告诉我

肖克凡

1

我八岁那年，冬景天清早睁眼醒来发现我家里间屋睡着个人。我爸我妈不在家，里间屋那张双人床空着。这人铺着褥子盖着被子，蒙头遮脑睡在地板上。这令小毛孩子惊奇不已，“姥姥，这人谁呀？”我小声问外祖母。

她老人家不动声色说，“你二姨啊！她半夜坐火车从滦城老家来的。”

我没见过二姨，于是愈发好奇，问外祖母怎么二姨睡地板呢。“她嫌床垫太软，睡着腰疼！”外祖母好像没好气。

二姨终于睡醒了，身穿蓝底白花小夹袄，翻身爬起到了梳妆台前，抡起胳膊披上紫缎小棉袄，叉开五个手指梳理漆黑的短发。

这是我妈妈的梳妆台，平时很少看到妈妈梳妆。梳妆台成了我写作业的桌子。

“小黑眼儿！你睡的是猪圈还是狗窝？”外祖母扬起“国字脸”命令她女儿拾掇被褥。

二姨不慌不忙说，“您容我先把自己拾掇利索啦。”

我听到二姨乳名叫“小黑眼儿”。她三十多岁年纪，一双大眼睛，睫毛又黑又长，眨动起来特别好看。我从梳妆台镜子里看到她的鸭蛋脸儿，怯怯地叫了声“二姨”。

她显然知道我是谁，笑着露出两颗小虎牙说，“二姨好看吧？我比你妈妈大四岁呢！”

我不知说什么好。她再次露出小虎牙说，“没良心！你落生时我还抱过你呢。”说着拧开雪花膏瓶盖，把镜子里的自己抹成大白脸。

我忍不住说，“我妈每次不搽这么多雪花膏。”

“你妈想不开！一瓶雪花膏想用一辈子。”她捋了捋粉嫩的鼻梁，还是不去收拾满地被褥，好像要摆摊卖东西似的。

“你这好吃懒做的毛病啥时候能改呢！”外祖母撇了撇嘴，扭身去厨房操持早饭。二姨遭受批评并不恼羞，反而嘻嘻笑了。我看出她跟我妈妈性格不同，我妈妈常年笑容偏少就跟沙漠缺雨似的，保持班主任表情。二姨好比纪律散漫的差生，而且不怕蹲班留级。

二姨扭脸冲着厨房大声说，“妈！我在家天天吃棒子面，你给我烙两张白面饼吧。”

大城市居民粮食定量供应，粗粮多，细粮少。我家白面由外祖母积攒起来，预备全家改善伙食包饺子。二姨来了非要吃白面饼，这对未来饺子是个威胁。

二姨总算收拾被褥了，然后哼着“巧儿我自幼许配赵家”，一串小碎步跑进厨房。她不高不矮不胖不瘦的身材，就跟评戏里刘巧儿差不多。进了厨房她从铁铛里揪了块白面饼，飞快地塞进嘴里咀嚼起来。

外祖母登时急了，“这饼还没烙熟呢小黑眼儿！”她老人家习惯叫二姨乳名，好像永远停留在过去时光里。

“嘻嘻，这饼吃进肚里就熟了。”二姨摇头晃脑返回梳妆台前，欣赏着自己容貌说，“咱家凑不齐人手，啥时候能开桌打牌呀。”

外祖母端来盛了两张热饼的小竹筐，凑到梳妆镜压低嗓音说，“小黑眼儿你给我听着！政府提倡移风易俗，派下街道干部四处宣讲，在自家屋里打麻将也不允许！”

“咱们打素牌不赌钱，这不叫旧社会习气。”二姨通过镜子判断小竹筐位置，不扭头就伸手抓到热饼，不怕烫手撕开就吃。我没见过动作如此敏捷的人物，有点儿崇拜她了。

外祖母假装生气说，“你隔三差五跑来，不交粮票不交钱，一进门张嘴就吃！一个大活人让我们供养你啊。”

二姨表情严肃起来，“一家人不说两家话，想当年我还供养咱们全家呐。”

“二姨，您说供养全家包括我妈妈吧？”我很好奇。

二姨突然意识到我的存在，“当然啦，你妈妈从滦城老家来到天津念书，就是我出的学费！那时候二姨可有钱呢。”

外祖母赶紧笑了，“我说小黑眼儿，你记得这么清楚去当账房先生吧。”

“我啥时候跟家里计较过？您又不是我后妈。”二姨眨动着又黑又长的眼睫毛，显得更好看了。

外祖母叹气说自己从年轻就守寡，好不容易熬到今天。二姨抱怨说，“我大姐出阁半年就病死了，您非逼着我做填房，田文佐从我姐夫变成我丈夫，也没过几年好日子。”

“你倒添了不少坏毛病，下饭馆泡戏园，抽烟喝酒打麻将，不知道油盐柴米贵……”外祖母感慨地说，“人生在世有享不着的福，没有受不了的罪，这是命啊。”

“我现今知道油盐柴米贵啦！可是瓶子里没油，罐子里没盐，院子里没柴火，瓮子里没米……”二姨竭力给自己辩理说，“就怪您让我给田文佐做填房，我要是嫁个庄稼汉，也不会后来成了寡妇。”

外祖母沉吟说，“你毕竟过了几年好日子，田文佐还专门雇了丫头伺候你呢。”

“对，那丫头名叫小树叶儿！”二姨回忆往事说，“惠生小时候淘气，好几次尿湿小树叶儿的花布衣衫，人家丫头脾气特别好。”

“后来小树叶儿没了音讯……”外祖母说。

二姨不以为然说，“她模样俊脾气好，年纪轻轻让当官的娶去做小，给人家生儿养女，等大老婆死了就扶正呗。”

外祖母跟二姨对话，我听不懂，却记住“出阁”“填房”“丫头”这样的词语，还有田文佐的名字。

外祖母说得没错，二姨住下来便成了吃咸不管酸的人物，还催促外祖母改善伙食。大城市居民猪肉凭票供应，家家不够吃。外祖母只好用小虾皮配韭菜做馅，给二姨包素馅饺子吃。二姨吃过晚饭跑去南市娱乐，不是到黄河戏院看评戏，就是去共和戏院听梆子。她不改老称呼把评戏叫“落子”，还抱怨听不到“梆黄两下锅”了。

外祖母告诉我，二姨的独生儿子名叫惠生，是个半大小子不算整劳力，庄户人家日子不好过。二姨来到天津就说大城市是天堂，我听了挺得意的，庆幸自己没有生在农村。

二姨该吃的吃了该玩的玩了，毫不犹豫送给我两块水果糖。我说您不富裕就别给我花钱了。二姨夸奖我说：“你这孩子是个冰糖嘴儿，从小说话讨人喜欢，我家惠生从来不会说软话，死随他爹的秉性。”

外祖母及时提醒二姨：“你别忘了明天星期六。”

二姨撩了撩眉毛说：“我买了火车票今儿晚上就走！您烙两张糖饼我给惠生带回去。”

外祖母可能认为糖饼有些单薄，特意用白面蒸了六个肉菜馅包子，热气腾腾用麻布包好说：“惠生从小没爹，你这当娘的又不懂得疼人，那孩子可怜呢。”

二姨没有吃晚饭，拎起小包袱走了。我送她到胡同口，她扭头叮嘱我，“千万别告诉你妈我来过，下次我还给你买水果糖吃。”

我说那两块水果糖塞您小包袱里了，带回去给惠生表哥吃吧。二姨伸手捏了捏我鼻头说，“你是个好孩子！我回去告诉惠生。”

第二天清早，我背起书包走出小院儿，胡同里遇到邻院的刘福禄，这单身汉是光辉电料行售货员，胳肢窝里总夹着书本，邻居们送他绰号“刘乙己”。他也不急不恼。

刘乙己伸手拍着我肩膀说，“你二姨挺标致的，要是穿上旗袍就跟电影里国民党官太太似的。”

“为嘛要穿上旗袍呢？”我拨开刘乙己白净细腻的手，问他说的哪部电影。他一时想不起。我说学校包场看了《林海雪原》，那里只有女土匪没有国民党官太太。

刘乙己是个“书虫子”，没事儿就去天祥商场二楼淘旧书，格外关心从前的事情，好像对眼下不感兴趣。这个书虫子让我懂得：从前的事情就叫历史，眼前的事情叫现实。

星期六傍晚时分，我妈妈从南郊农场回家来了。她以前是中学教师，去年下放农场劳动，只有星期天公休在家。就这样我有了“星期天妈妈”，不知什么原因，妈妈星期天在家我也觉得她在远处。记得刘乙己跟我说过，历史既是从前的事情也是远处的事情。我听了就有小孩儿迷路的感觉，心里有些害怕历史。

我爸是市政工程局技术员，清瘦面孔戴着宽框近视眼镜，恰恰遮挡浓密的“连心眉”。他经常外出勘察道路桥梁，我有“星期天妈妈”，还有“不定期爸爸”。总之不像一加一等于二那样有准头。

星期六傍晚，可巧爸爸也回家来了。吃过晚饭我悄悄溜进里间屋问道，“妈妈，我有好几个生词不明白，但不是学校课堂讲的……”

我妈妈整理衣柜寻找换季衣裳，没有回头轻声说，“课外知识，问你爸！”

我爸爸悠悠点燃手里香烟，“课外知识？你问吧。”

其实我爸我妈都是少言寡语的人，没事儿不说话，有事儿说话也很简练，就跟去邮局打电报似的，能省字儿就省字儿，绝不多言。这样家里挺安静的，显得我成了话痨。

我小心问道，“什么叫‘填房’？‘梆黄两下锅’是什么意思？还有刘乙己说电影里国民党官太太……”

“这么说你二姨又来啦？”妈妈突然打断我的提问。

我意识到露了破绽，只得出卖外祖母说，“可是我姥姥不让我告诉您。”

“你怎么也没有告诉我？”妈妈目光转向爸爸，声调不高问道。

爸爸语气温和解释，“领导派我去耳闸工地测绘，这几天没住家里。”

妈妈听了思索着，起身走到我面前，“你大姨去世很早，你姥姥让你二姨嫁过去顶替你大姨位置，这就叫填房。”

妈妈主动给我讲解生词，这令我惊讶，她好像重新成为中学班主任了。

爸爸受到妈妈感染，说话也多了，“刘乙己看书很广很杂，说话喜欢打比方，可是未必准确。我们是社会主义新中国，哪里还有什么国民党官太太。”

“刘乙己喜欢钻故纸堆儿，积累陈旧知识，没有多少实际用处的。”妈妈眉头微皱，我听出这是提醒我呢。

我嗯嗯应声，心里对刘乙己萌生更大兴趣，我想知道他为何喜欢钻研陈旧知识。

第二天走出小院，我又遇见刘乙己，他快速眨动小眼睛说，“我去文庙书市淘到不少资料，非常珍贵！”说着从胳肢窝下抻出两册纸页泛黄的书籍，在我面前晃了晃。

“滦城文史资料选编……”我盯着糙纸封面念出书名。

他满脸得意表情，“还有这本呢！河北省工商史料汇编。”

我不知道这两册书的价值，想起他说二姨很像电影里国民党官太太，再次追问他是哪部电影。

他将两册书重新夹在胳肢窝下，做出撤退的姿态说，“我从前见过国民党官太太，当然那是万恶的旧社会。”

“你经历过万恶的旧社会？”我没头没脑问道，“那么你知道田文佐是谁吗？”

“你说田文佐……”他躬身低头打量着我，“我这册滦城文史资料选编里有这名字，解放前是滦城保安大队长。”

“什么保安大队长?”我不懂这个生词，抬头望着他苦瓜形的面孔。

刘乙己笑了，“你对从前的事情感兴趣，将来报考大学历史系吧，人活着研究历史很有意思呢。”

我望着他走远的背影，心里展开小学生的思考：人活着研究历史很有意思?这么说历史是死的，它供活人研究，还让活人觉得很有意思。

2

我十岁那年，城市粮食供应充裕起来，猪肉不再凭票敞开供应，只是有个别售货员不愿意卖肥肉给群众，偷偷开后门留给亲戚朋友。我则顺利升入小学三年级。

人们起早买豆腐也不收粮票了。妈妈仍然周末傍晚从南郊农场回家，表情越来越严肃。妈妈这样的漂亮女人表情严肃起来，往往让我想起电影里的女革命者，譬如林道静吴琼花什么的。可惜妈妈在农场种田，并没有肩负革命重任。

我家居住的胡同里，贴满“全面开展社会主义教育运动”的大标语，红彤彤激动人心。祖国形势越来越好，刘乙己从店内售货员改为外勤业务员，不用整天戳在柜台里了。于是街道居委会指派他书写大标语，满手沾满人民的墨汁。

“柯延蓉好久没来了。”单身汉刘乙己仍旧关心我二姨，并且知道她名叫柯延蓉。

“你二姨家独生儿子叫柯惠生。”刘乙己好像无事不知无人不晓，“咱们中国人多随父姓，柯延蓉却让儿子随母姓，这就叫与众不同。”

“你怎么知道得这么清楚?我二姨又不是什么社会知名人士。”

刘乙己有些抒情地说，“那些著名人物好比座座高山，你只能扬起脑袋伸长脖子瞻仰他们。我喜欢低头寻找时光缝隙里的颗颗尘埃，这才有意思呢。”

“你说我二姨是颗尘埃?”我不高兴了。

刘乙己连连甩手表示，“你这孩子不懂赋比兴，看来小学生语文课有待加强。”

我跑回家去问外祖母。她老人家表情凝重说，“你二姨守寡无依无靠，她让儿子随她姓柯就不孤单了。”

“我还没见过惠生表哥呢，可是刘乙己反而对二姨家庭情况比较了解。”

“这女人要是长得好看，自然有男人惦记。”

我不解问道，“我妈妈长得也好看啊。”

“你妈妈当然好看，随我呗。不过你妈妈有你爸爸呢，别的男人惦记也是白惦记。你二姨单身女人，兴许刘乙己起了念想。”外祖母这样下达判断。

星期六傍晚，妈妈从南郊农场回来，一进家门脱掉沾满黄泥的黑胶雨鞋，快速扒下白色线袜，打着赤脚走到里间屋去了。

我吃惊地望着外祖母。她老人家眉头微皱，示意我不要作声。妈妈平时很讲卫生，从农场回家首先洗手换鞋，然后走进卧室打开衣柜更换衣裳。今天竟然光脚踩踏地板，径直坐到里间屋的梳妆台前。

外祖母端了杯热水给妈妈送去。她老人家走出来轻声告诉我，“你妈妈忙着写信，兴许是有急事呢。”

我说有急事可以去邮局打电报。外祖母说你就会瞎出主意。这时小院里传来响动，外祖母认为送冬煤的来了，派我先迎出去。

天色渐暗，我家小院里摆满物件：盛着鲜货的蒲包，装着干货的笸箩，打了包的海货，穿着腊肉的木杈，拴了篛子的板鸭，装满了松花蛋的纸箱，还有两只捆了翅膀的活鸡躺地盯着我……原本不宽敞的小院几乎没有插脚的地方，这是有人搬家的阵势。

“今天真是累死我啦！”二姨侧身用肩膀撞开小院门扇，气喘吁吁继续往里面搬东西，“好孩子！胡同里还有两盒洋点心你拎进来吧……”

我跑出小院嗅见西点的香味，还有两瓶红果罐头躺在地上。二姨动作敏捷反身回来说，“我在泰隆路雇了辆三轮，把吃的喝的装车拉回来，那车夫不帮我往院子里搬东西，卸车拿钱就走！这混账东西怎么不学雷锋呢？”

外祖母听见响动叉开两只小脚跑出来，惊得张嘴瞪眼说，“小黑眼儿你买这么多东西！这是自家印钞票啦？”

二姨满脸淌汗，嘻嘻笑着不说话。外祖母伸手把二姨拽近身边神色紧张说，“你以为还在滦城显富摆阔呢？如今新社会你充什么大尾巴鹰！”

“您先别诈唬好不好？我昨天在家收拾老屋翻腾东西，没想到找出田文佐留下的这幅山水画，寻思能卖十块八块的，一大早赶头趟火车就过来了。”二姨猫腰拎起两只活鸡继续讲述，“我下火车走出天津东站，步撵儿直奔文物公司旁边艺林阁，您猜猜他们报价多少？”

外祖母不是见钱眼开的人，还是贪心地猜道，“十块钱？”

“那胖经理说这是钱维城的山水卷，现金收购二百块钱。”二姨兴奋地扔掉两只活鸡说，“我坚持争到二百二，当场就把画儿给卖啦！”

外祖母受到感染，啪啪拍响大腿说，“一幅画能卖二百二？我的苍天啊！”

这时候我听到妈妈的声音，“二姐，你快把东西收起来吧，这让邻居看见影响不好的。”

我转身看见妈妈穿件大红运动衫，表情严肃跨出家门，手里握着黑色自来水笔。

不知什么原因，身穿大红运动衫的妈妈近在面前，我却感觉声音从别处传来，仿佛她在远方。

二姨重新抓起那两只母鸡说，“嫚儿，你在农场劳动身体吃亏，我买议价母鸡吊汤给你补充营养！”

嫚儿？敢情这是妈妈乳名。外祖母叫二姨“小黑眼儿”，二姨叫妈妈“嫚儿”，她们习惯称呼乳名，好像乐于停留在当年时光里，永远不想长大。

妈妈显然并不领情，转身进家继续写信了。那可能是紧急信件吧。我看过小人书《鸡毛信》。

二姨依然兴致不减，高呼低叫指挥我把东西搬进楼梯间里，然后双手叉腰跟外祖母说，“那些腊肉啊干虾啊板鸭啊炼乳罐头什么的，凡是放得住的您先存着，这些放不住的鲜货抓紧吃，可别把好东西放坏了！”

妈妈似乎忍无可忍了，手拿自来水笔来到楼道里说，“二姐，你还没学会小声说话？”

二姨继续高嗓响声说，“嫚儿，我今晚就给你吊好鸡汤，你喝不完灌到瓶子里带到农场去！”

我听到妈妈叹了口气。二姨哼哼着皮影腔调抬腿跑到后院宰鸡去了。外祖母打量着楼梯间里的东西，低声寻思着说，“小黑眼儿买这多吃的喝的要花五六十块钱吧。”

“我连雇车总共花了五十八块二！另有两箱玫瑰露酒明天雇车取回来。”二姨在后院尖声应答，随之响起母鸡被宰的叫声。

我想起那幅山水画的主人，问外祖母田文佐究竟是什么人。“他是你二姨父，解放前就死啦。”外祖母说得很轻，我听得清清楚楚。

外祖母说罢伸手拧了拧我耳朵说，“小子，以后不许再跟我问这问那！”

我暗暗得意起来，认为自己有了跟刘乙己谈论的资本。我二姨的丈夫田文佐解放前就死了，他应当属于历史人物吧。

晚间爸爸从市政工程局下班回家，进门看见满桌美味佳肴：冠生园的童子鸡，稻香村的浇汁铁雀，冀州曹记的酱驴肉，玉生香的油浸带鱼，四海居的素什锦……满脸惊诧表情。

二姨起身招呼道，“我说铁廉妹夫！听说你跑工地很辛苦，今儿喝几盅直沽高粱吧，暖暖身子解解乏。”

爸爸摘下眼镜擦擦镜片说，“这山珍海味的，我以为又在家里彩排话剧呢。”

爸爸说得没错。妈妈参加教育系统业余话剧团演出，以前总在家里彩排角色。自从下放农场种田，再没有舞台演出机会了。

二姨热情催促我爸落座。妈妈换了件蓝色夏卫衣，没有大红运动衫那么耀眼了。她神色平静地对爸爸说，“铁廉，你还是先洗手换衣服吧。”

我看到爸爸笑了，这种笑容如果老师要求课堂写作文，我觉得应该写作苦笑。

爸爸洗手洗脸换了件衣裳，挨着妈妈坐下。一张圆桌，我左边坐着外祖母，右边是二姨。她给外祖母酒杯里斟满直沽高粱酒说，“您酒量大！记得我出阁喜宴您喝了半斤老白干儿。”

外祖母有些尴尬，伸出筷子给我夹了只浇汁铁雀。我知道铁雀是麻雀做的，属于四害之一，吃了没事儿。

二姨伸手给爸爸斟酒，“铁廉你不要放不开！”

爸爸抬头望着妈妈。妈妈重复二姨的话说，“是啊，铁廉你不要放不开。”

我趁机嚼掉浇汁铁雀，迅速夹了酱牛肉和童子鸡，当然是给自己吃了。想起“吃水不忘挖井人”的课文，我咀嚼着鸡肉说，“二姨，谢谢您买了这么多好吃的！”

妈妈向我投来目光，“别光顾自己吃，给你姥姥夹菜。”

二姨跟外祖母和爸爸碰了杯，“我没想到钱维城这么值钱，怪不得他姓钱呢。”

“二姐，你应该说没想到钱维城的画儿这么值钱。”爸爸一杯酒下肚，好像是放开了。

“我没啥，念了高小就在家里学绣花了。不像人家嫚儿念过大学有文化。”二姨兴高采烈说着，轮流给大伙夹菜。

我悄悄观察着，妈妈只吃了几块素什锦。她不是尼姑却不动荤，在农场劳动不应当饭量这样小。

我家晚饭从来没有如此丰富，大家吃起来便不好收场。外祖母喝得满脸红透，兴奋得开始说古，“我记得那年惠生过百岁儿，好家伙在滦城饭庄摆十几桌酒席，来了当地军政两界要员……”

二姨突然停住筷子，扭头望着外祖母。妈妈起身说，“你们慢慢吃吧，我还有要紧事情做。”

“嫚儿，你不教书不用备课，哪儿还有要紧事情做！”外祖母显然喝多了，召唤妈妈的乳名。

妈妈并不吭声，还是起身回了自己房间。我又吃了块童子鸡。二姨好像也喝多了，伸出筷子指着外祖母说，“其实惠生享了几年福，可惜三岁之后好日子就完啦！”

“那时候你整天打牌听戏下饭馆，多亏人家小树叶儿带着惠生，那真是个好丫头呢。”外祖母跟二姨碰了杯。我又听到小树叶儿这个名字，感觉挺生动的。

爸爸说了声“我去看看延瑛吧”，起身离开饭桌。延瑛是妈妈的学名，她叫柯延瑛。

二姨咧了咧嘴，小声对我说，“你爸活像个小伙计，你妈就是他大掌柜的。”

我认为“小伙计”和“大掌柜”都是陈旧词语，我们语文课本里根本没有。

晚间爸爸去单位睡办公室了，妈妈和二姨睡里间屋。妈妈睡床上，二姨坚持打地铺说床垫太软。外祖母酒劲未减说，“小黑眼儿！你结婚时睡过钢丝床啊，那是滦城商会会长送给你家老田的。”

二姨没有应答，迅速睡着了。我跟随外祖母睡在外间屋。她老人家关了灯，黑暗里我兴奋得睡不着。

半夜里我被说话声弄醒了。里间屋妈妈跟二姨争论起来。

“你家惠生给我写信寄到南郊农场了，我总要给你儿子做出解释吧。”

“惠生给你写信问这问那，你别搭理他就是了，用不着这么认真对待。”

“二姐！你以为惠生不知道他自己姓田吗？”

外祖母爬出被窝儿凑到里间屋门外说，“小黑眼儿，嫚儿，这么多年过去了，咱家这些事情就不要再提啦！”

我听见妈妈说话，“二姐，请你以后不要再到我家来了，好吗？”

“这是我娘家啊！我嫁出去的姑娘回娘家，这连党和政府都不反对吧！”二姨呜呜哭了起来。

外祖母连声叹气，“天啊，我这是造了什么孽呀！”

造孽。半夜里我牢牢记住这个词语，不知作文课会不会用得上。

3

我12岁那年，妈妈参加春季农田水利基本建设，不慎跌进农场干渠里摔成两处骨折，拖拉机送到医院右胫骨打石膏，左小臂打夹板，农场领导批准妈妈回家养伤。外祖母说伤筋动骨一百天，急不得。

我沏好橘子汁水送到床前，妈妈满怀遗憾说，“我要是再得两枚劳动红星，就会评为季度优良，可是关键时刻骨折了。”

“您还是应该当老师，农场不缺您种田。”我忍不住说道。

妈妈注视着天花板说，“以前我想重返教学岗位，现在我愿意在农场劳动。”

外祖母轻轻走到床前说，“你就是天生争强好胜，心里委屈也不吭声。”

“您还不了解我性格啊，我就是不愿意吭声。”

外祖母心疼说，“你就这样熬自己吧，没人念你好处。”

趁着外祖母去厨房煮汤，我问妈妈怎么爸爸不回家照顾你。妈妈身体被石膏模板和医用夹板固定着，反而显得目光明亮，“你爸爸跑施工现场呢，时间紧任务重没时间回家，我不能拖他后腿的。”

外祖母说过，我爸我妈离多聚少，夫妻感情冷淡疏远，这种苗头不好。我问怎样能让我爸我妈感情恢复，外祖母说不容易，“你妈性格执拗，你爸只能容让呗。”

我不愿爸妈情感破裂，情急之下想到刘乙己。这两年我向他学到不少课外知识，渐渐成了忘年交，私下叫他“师傅”，他也愿意收我做徒弟。

刘乙己家住“过街楼”，这间凌空横跨胡同两侧的房间，往往令人想起董存瑞高呼“为新中国前进”炸掉的桥式碉堡。小时候我确曾担忧这间“过街楼”被人炸掉。刘乙己独居此处，自称固若金汤。我说陈长捷认为天津易守难攻固若金汤，半夜里解放军就打进来了。刘乙己听了夸奖我善于积累近代历史知识，属于“小神童”类型。我当然高兴。

我沿着吱吱作响的楼梯，小心翼翼走进他家，进门叫了声“师傅好”。

他房间特别凌乱，一堆堆旧书好像废品收购站，等待装车转运造纸厂化作纸浆。其实这些书籍都是他的珍藏版，日益充实着他的单身生活。

刘乙己比前两年胖些了，尖腮明显隆起有了肉的厚度。他自称这是吸收古典书籍营养，既长骨头也添肉。我觉得还是跟国家敞开猪肉供应有关，毕竟能吃到肉馅饺子了。

师傅见徒弟来了，起身抬腿跨越两堆旧书，完全不顾裤脚掀起灰尘说，“特大号外！我半夜翻书意外发现刺杀吴禄贞的凶手是马蕙田！困扰多年的悬案终于有了结果。”

“吴禄贞要是不被刺杀，他肯定参加滦州兵变，那样袁世凯就难以独大了。”他仰天长叹连呼悲夫，好像那个吴禄贞是他祖父的同僚。

我不知吴禄贞是谁，却想起滦城那边有我二姨柯延蓉和她儿子柯惠生。

刘乙己小眼睛倏地放射光芒，“我忘了告诉你，这些天我重新研究了滦城文史资料选编这几本书。”

我索性直接点破题目说，“你热心搜集滦城史志资料，这是关注我二姨吧。”

他听罢放下手里的书籍，表情委屈得活像大孩子，“你以为我出自私心？我阅读史料是要拂去岁月积尘，看清历史真实脸庞，我阅读滦城史志资料自然会涉及柯延蓉和她家庭了。”

“咱们历史资料记载大事件大人物，不会有寻常百姓的事迹吧？”我不相信滦城文史资料里有“柯延蓉”这个名字。

刘乙己翻开蓝色封面的《滦城革命历史回忆录》，检索目录找到《我打响人生第一枪》这篇文章说，“这作者名叫王宝田，1946 年他参加鳌山伏击战，首次上战场慌里慌张提前开枪，严重暴露了埋伏的火力。没想到歪打正着击中骑着高头大马的国民党保安大队长田文佐。那场战斗结束召开总结大会，王宝田并未受到处分，将功折过了。”

“原来田文佐这样被打死的。”我急忙说道。

刘乙己摇摇头，“我也认为田文佐死于这场伏击战，但是又读到其他回忆录，看来他又活了一年零五个月……”

我听到“又活了一年零五个月”便觉得我这位师傅比派出所警察查户

籍还要精准，不由得相信他了。

“我听姥姥说过田文佐这名字，您说的这个保安大队长会不会是同名同姓的人？”我不愿意有个国民党反动派的二姨父，于是迫切问道。

“保安大队长田文佐右腿中枪，那肯定伤筋动骨了，所以后来成了瘸子。”刘乙己用唾沫蘸湿食指，快速翻书找到丰润县财政局侯子祥回忆录页面，临时改用普通话读道，“解放后搜集革命斗争史料，根据目击者马三鼓回忆，农历八月有天半夜里他去地主家偷粮食，没料想半路乌云散去满地月光，不便做贼只得转身回村，偏偏碰到国民党宪兵半夜行刑，他吓得趴到草丛里不敢动弹，可巧看见那个男人拄着拐杖走向河堤，几个拿枪的宪兵押着他。随即乌云遮没了月亮，便看不清这群人的去向。马三鼓说当时没听到犯人喊叫，也没有听见响枪毙人。1969年开展清理阶级队伍运动，县公安局找到马三鼓询问详情，这次他不光承认去地主家偷粮食，还说那个拄着拐杖的男人就是滦城保安大队长。”

我不甘心，认为半夜被枪毙的是个同名同姓的田文佐，他跟我二姨的丈夫没有任何关系。

“后来推断不是枪毙的。那时国民党宪兵队秘密行刑不开枪，田文佐是半夜被活埋的。”

活埋？我听罢迅速思考起来。那个田文佐骑着高头大马进山讨伐，被八路军打成瘸子。国民党保安队跟国民党宪兵队是自家人，自家人不会活埋自家人吧？

这样想着我做出合理判断，“那个半夜被活埋的田文佐肯定不是我二姨的丈夫！”

“这事儿要去问你姥姥，她应该知道自家女婿的下落。”

我嗯嗯应答，顺手拿了本《坚守要塞》翻看着。他说这是解放前的版本，你要借走看的话不要外传。

我说你是从旧社会过来的人，可是书籍里的知识没有新社会与旧社会的区别吧？刘乙己听罢有些激动，称赞我具备思考能力是个好苗子，将来报考大学很有前途。我说外祖母要我长大报考技校，当工人凭手艺吃饭最安全。

“你姥姥饱经风霜阅历丰富，她当然首先考虑安全。不过人生在世还是要多读书的。”

我把《坚守要塞》夹在腋下回到家里。外祖母盯着我说，“你也在胳肢窝底下夹本书，这是跟刘乙己学的吧？”

我本想向刘乙己请教怎样防止家庭破裂的策略，可是光借本旧书就回来了，这叫人小忘性大。听到里间屋传出急促喘息声，我拔腿跑到床前看到妈妈疼得脸色惨白。

这就是妈妈的坚韧性格，强忍骨折疼痛绝不呻吟，反而问我手里拿的什么书。我说《坚守要塞》。她仿佛听到特殊词汇，咧嘴笑了笑。我破天荒看到妈妈的笑容，感到很奇特。

妈妈让我读书给她听，说随便翻到哪页都可以。我翻到第 49 页，第二自然段是女主人公内心独白，我轻声朗读了。

> “人们说女子弱不禁风。是的，我承认自己羸弱，既不能翻山也不能涉水，独自来到岸边等候渡船。艄公皮肤黢黑体格健硕，他默默撑篙渡河，默默送我登岸。就这样我从女儿成为妻子，之后从妻子成为母亲。我的孩子啊，你明天就要独闯世界了，你将负重行走遭受多次挫折，记住有两宗东西不可丢弃，一是对自由河流的追求，它会带你通往广博的海洋，二是对正义要塞的坚守，它会让你抵御邪恶的泛滥。你还要懂得悲悯和奉献，不要害怕前边搭建祭台……”

突然妈妈泪流满面，我停止朗读。妈妈闭目说道，“应该还有几句话，你没有读完呢。”

我应声继续朗读，“我的孩子，今生今世你这样做了，我就承认你是我的儿子，你也会承认我是你母亲。”

“《坚守要塞》真好啊……”妈妈睁眼望着我，泪珠停留在眼角。我觉得妈妈有些陌生，或者我本来就不熟悉妈妈。

我找来牛皮纸给这本《坚守要塞》包了书皮儿，因为它是能够让妈妈落泪的好书。

星期六傍晚，爸爸回家来了。他走进家门摘下眼镜，掏出手绢擦去镜片雾气。这让我看到他浓密的连心眉。外祖母说过男人里这种面相的不多。

爸爸走到里间屋问候妈妈的伤情，从提包里取出补充钙质的药片，说每天两次，每次两片。看到爸爸关心妈妈，我放松心情。外祖母高兴了，下厨做了肉丝打卤面，热水焯好黄豆芽做菜码。

热气腾腾的面条出锅，外祖母用大碗盛面，浇了卤子放了菜码，大声说铁廉你先吃吧。爸爸拿起筷子拌匀面条，端着大碗走到床前侧身坐下，准备给妈妈喂饭。

“还是我自己吃吧……”妈妈被石膏模板和医用夹板管制着，每餐都是外祖母喂饭。这时外祖母快步上前说，“你单手端碗怎么拿筷子？还是让铁廉喂你吧！”

我看到爸爸脸色窘迫，有些不知所措的样子。我凑前说道，“妈妈，您就让爸爸喂饭吧。”

“那么你来喂我吧。”妈妈朝我说道。我惊讶地扭脸望着爸爸。

“好吧，那就让儿子喂饭吧。”爸爸把大碗递给我说，“你用筷子夹断面条，小心别烫着妈妈……”

爸爸起身走到外间屋吃饭，随即传来吃面的声音，听着挺响亮的。我抱住大碗用筷子夹断面条，一簇簇送到妈妈嘴里。妈妈慢慢咀嚼着突然问我，“你读小学五年级了吧？”

“是啊……”虽然妈妈近在眼前，她的询问猛然让我感觉遥远，大声告诉妈妈我明年小学毕业。

妈妈平静地说，“你要好好学习天天向上。”

“团结，紧张，严肃，活泼。”我说出八字校训。

吃过晚饭，爸爸边吸烟边询问我学习情况。我说本周测验语文 98 分，数学 99 分。他听了鼓励我下次测验争取考双百。

外祖母给爸爸端来茶水，仿佛老年服务员。爸爸连忙起身表示谢意，“这阵子我驻场没回家，让您伺候延瑛辛苦了。”

“你工作繁忙不用分心，一家人不说两家话。”外祖母这样客气地说着，反倒像是两家人了。

天晚了，我和外祖母关灯睡下了。半夜时分我猛然惊醒，不敢回忆梦里情景，因为黑暗的梦境里有人被杀害了……

里间屋没有熄灯，时隐时现传出爸爸跟妈妈的谈话。我害怕梦境重现不敢入睡，悄悄爬起溜到里间屋门外偷听。

爸爸语调低沉劝告妈妈，“我知道你跟惠生多次通信，好在还没有彻底捅破这层窗户纸，我希望你保持沉默，不要给他出具证明身世的材料……”

“可是惠生的亲爹是给国民党反动派杀害了，难道历史真相就这样被掩盖了？难道惠生永远蒙在鼓里接受不公平的命运？难道我没有责任撩开尘封的历史……”

妈妈好像骨折疼痛说不下去了。我屏住呼吸继续偷听。

爸爸稍微提高声调，“如果这次你给惠生出具证明材料，等于白纸黑字暴露自己的历史污点！谁能够想到堂堂天津卫女大学生，曾经委身于国民党宪兵司令……”

“铁廉，既然这是历史污点，我索性写材料把它暴露出来，这样有什么不好吗？”妈妈语气平和，仿佛面对无关紧要的事情。

爸爸有些生气了，“柯延瑛啊柯延瑛，你这样不光自毁名誉，让大家知道你这段不光彩的经历，还让大家知道我有个不纯洁的妻子！你今后让我怎么做人呢？”

我听到妈妈的声音，“看来你我对纯洁的理解全然不同，这真是没有办法的事情……”

黑暗里我被一只手揪住耳朵——外祖母将我牵回床边说，“小子！有些事情将来你会明白的……”

我抓住机会趁机问道，“姥姥！我二姨的丈夫田文佐是不是被国民党宪兵队给抓去活埋啦？”

我看不清黑暗里外祖母的面孔，清楚听到她老人家应声说，“当初都怪我是糊涂虫，急着救人尽做傻事。”

天啊！刘乙己所说被国民党宪兵队活埋的田文佐正是我二姨父，也就是柯惠生的亲爹。

4

我 12 岁那年，初秋季节妈妈身体基本复元，又要去南郊农场参加劳动了。外祖母特意买了紫藤拐杖让她带上，说走路腿脚发软就拄着。妈妈端详着紫藤拐杖的形状，然后缓缓摇头说，“唉！没想到我要拄它走路了。”

妈妈把紫藤拐杖留在家里，依靠自己两条腿去了南郊农场。外祖母迅速把拐杖收进柜子里小声嘟哝说，“我怎么忘了呢？这东西勾人心思啊。”

妈妈还是星期六傍晚回家，生活貌似回到原来模样。

爸爸用自行车驮着行李，搬去单位住了。平时我跟外祖母共同生活，感觉挺孤单的。爸爸临走把办公室电话号码留给我，说有事可以联系。过了几天我上街找公用电话拨打这个号码，确实很快有人接听，告诉我铁廉同志派驻工地了，若有事情可以转达。我慌忙挂断电话，交费四分钱。

天气转凉了。星期六我和外祖母吃过午饭，听到外面有人笃笃叩门。我停止洗碗跑去开门，这人跨步进家叫了声“姥姥”，大声说我是惠生。

外祖母摘下老花镜望着自家外孙，抬手抹了把眼泪说，“我的惠生长成大小伙子啦！”

原来这就是二姨的儿子惠生。他其貌不扬却目光炯炯，给人很有力量的感觉。我主动说了句“欢迎惠生表哥”。他走过来笑着说，“怪不得我妈在家夸你是冰糖嘴儿，从小就懂礼貌。”

我被他夸得不好意思，便没话找话说，“我二姨好几年没来天津啦。”

不等惠生搭言，外祖母抢先跟他说，“你妈妈这大半辈子不容易，以后你可要好好孝敬她啊。”

惠生使劲点头表示听从。他蓝色棉衣胸前印着“滦煤”二字，我知道这是大企业工作服的标志，打心眼里羡慕说，“惠生表哥是工人阶级啦！”

惠生立即说，“是啊，幸亏老姨给我写了证明材料，组织派人查阅冀东根据地档案，找人证明我爹不但不是国民党反动派，还是被国民党反动派杀害的。所以民政局给我安排工作，分配煤矿当了工人。”

“好啊，进煤矿当工人吃商品粮，你不用在农村挣工分啦！”外祖母高兴得跺脚搓手。

惠生打开人造革手提包，掏出几听铁皮罐头说，“我从心里感激老姨，要是她不给我写证明材料，我这辈子就是国民党保安大队长的儿子，哪里会有今天的好光景！”

惠生说着眼睛里闪出泪光，“我妈告诉我说，老姨写这份证明材料等于给自己抹了黑，还惹得老姨父不高兴，我是专门跑来给老姨磕头谢恩的！”

惠生如此激动，外祖母反倒满脸尴尬，一时说不出话来。我感到这件事情并不简单。外祖母听说惠生没吃午饭，颠儿颠儿跑进厨房弄吃的。我趁机跑到刘乙己家向师傅报告最新情况。

刘乙己合拢书本闭目倾听，不时微微点头。当我说到政府给惠生安排工作，他突然睁开眼睛。

“我对这桩事情有所判断，一、惠生亲爹田文佐不是国民党反动派，他的真实身份有待继续考证。二、你父亲反对你母亲给惠生出具证明材料，说明这件事情背景复杂……”他说罢起身背手踱步，很像电影里旧社会老学究。

我忍不住问道，“三呢？”

“三嘛……这话说出来有些残忍，不知你能不能承受？”他停止踱步从抽屉里找出两块压缩饼干，塞进嘴里咀嚼着。

“您还没吃午饭啊？”我怕他噎着端起茶杯递给他。

他说这种压缩饼干是部队内部清仓处理的。我焦急等待他说出“三”，并不关心军用物资的保质期。

“你现在年龄太小哇，还不能理解丈夫无法容忍妻子哪类事情。”

我承认自己年龄还小，对很多事情都不能理解。

“我们中国人有古老传统观念……”刘乙己显然难以表达，顺势转变话题说，“你母亲给惠生出具证明材料，这肯定使你父亲落到难堪被动的境地。”

我说我爸不愿回家，如果我爸跟我妈离婚我家就破裂了。

“你母亲不惜名誉受损也要给惠生身世作证，这就叫勇气担当！”刘乙己受到我母亲感动，“我认为田文佐的真实身份迟早会被澄清的！我相信历史的自洁能力。”

我没想到他给田文佐如此评价，“我二姨吃喝玩乐做了好几年国民党官太太，现今还有不少旧习气呢……”

“你说得没错！柯延蓉缺乏政治思想觉悟，当时只知道自己是国民党官太太，却不清楚丈夫究竟是什么人。”

“您说田文佐究竟是什么人？”我认为师傅思考能力很强，徒弟就要及时请教。

刘乙己有些得意地笑了，“读书破万卷，方知古圣贤。我刘福禄大胆判断，田文佐不是国民党反动派，他是共产党的人！否则政府能给惠生安排工作吗？这叫抚恤革命烈士遗孤。”

尽管我不懂抚恤的意思，还是欢喜起来。倘若惠生表哥变成革命烈士遗孤，那是多么光荣的事情。我兴奋地跟刘乙己挥了挥手，噔噔噔跑回家去。

我走进家门，外祖母轻声说惠生睡了。我听到里间屋传出鼾声，这响动让人想起玩具小火车。外祖母情不自禁说，“惠生连打呼噜都像田文佐！真是亲爹亲儿啊。”

我快速问道，“田文佐打呼噜您怎么知道？”

外祖母被我问得毫无思想准备，脱口说道，“那时你二姨被田文佐打呼噜吵得没办法，经常抱着被褥跑到我屋里来睡。不过人家田文佐不经常回家住，你二姨整宿打牌耍钱，有时三缺一还拉我凑数……”

外祖母胆敢讲出这种生活往事，可能跟惠生定为革命烈士后代有关吧。于是我模仿刘乙己的语句问道，“姥姥，惠生他亲爹是共产党的人吧？”

“田文佐是半夜里从家里带走的，那些国民党宪兵倒挺客气，有个大兵还拿了他的紫藤拐杖，让他拄着上了军车。”外祖母侧脸望着窗外回忆，“所以我觉得他没犯大事儿，兴许是得罪了同僚被小人陷害了。”

我趁机又问道，“事情后来怎么样呢？”

“我急着要把田文佐保出来。只要他当保安大队长，你二姨就有好日子过。逢年过节有人送礼，不论吃的喝的还是穿的戴的，小黑眼儿是有送就收来者不拒，从来不告诉丈夫谁给家里送了礼。不过她对小树叶儿挺好的，给那丫头做了好几件花布衣衫……”

我把话题拽回来问道，“姥姥，您不是急着要把田文佐保出来吗？”

外祖母充满遗憾地说，“是啊！我跑去找宪兵司令高铁桥求情，谁知道那人是个笑面虎，我送钱也好送人也罢，他光说关押几天就放人，没承想秘密把田文佐弄死了，后来连地点都找不到……”

外祖母似乎后悔多嘴，止住话语去厨房筹备晚饭了。这时候里间屋里没了鼾声，我家顿时安静下来。

“我送钱也好送人也罢？”我思索外祖母这句话。当然送钱是金票银圆，那么送人呢？肯定不会糊个纸人儿送去。那时外祖母身边只有乳名“小黑眼儿”和“嫚儿”两个女儿。一个小媳妇一个大姑娘，她老人家会送哪个呢？

“难道我爸跟我妈分居的原因就是当年……”我这样寻思着顿时紧张起来，不敢想象外祖母送女儿走进国民党宪兵司令家的情景。

惠生睡醒推门走出里间屋，朝我无声地笑了。我想从他身上寻找田文佐的影子，就定住目光看着表哥。

他从衣兜里掏出白色手绢，手绢里面包裹着褐色小纸包，打开小纸包露出两块水果糖，“这是那年你让我妈捎给我的，我一直舍不得吃保存着呢……”

我瞪圆眼睛望着这两块被惠生表哥保存至今的水果糖，实在难以想象他家农村生活的窘迫。

惠生说现在形势好转家里生活大变样，“我妈特别高兴，她说再来天津就自己花钱住旅馆去。”

我想起自从妈妈拒绝二姨再来我家，这两年她确实没有露面。“是啊，二姨卖了那幅山水画有了存款，她可以去北京玩儿嘛。”

惠生告诉我，那次二姨坐火车回家被小偷掏了包，一分钱没剩。“我妈性格稀里糊涂，家里有啥她不知道，家里没啥她也不知道。”

外祖母听到我跟表哥说话，就招呼我到厨房择菜。我跑进厨房看到没菜，只有她老人家板结的面孔。“你不要跟惠生谈论从前的事情，那时他两岁多啥都不知道。哪像你这个小神童，张嘴前五百年，闭嘴后五百年，没有你不知道的掌故！”

外祖母回避着从前的事情。这使我想起自己那句名言：从前的事情就叫历史。看来她老人家回避着历史。

惠生来到厨房说上街转转，外祖母紧急叮嘱道，“你带来罐头就是了，上街别再给你老姨买东西啦！”

我送表哥走出小院，告诉他去南市怎么走，那是二姨最喜欢的地方。惠生摇头笑了，“我要去兆丰路参观，那里有解放前中共地下党秘密联络点，听说不用花钱买门票……”

我说不知道去兆丰路怎么走。表哥说这种地方你应该知道的，就匆匆走了。

临近傍晚时分，妈妈从南郊农场回来，身体显得沉重。她性格刚强从不示弱，走进家门破天荒叹了气，“我这条腿阴天就不得劲儿，难怪您给我买了拐杖。”

“不听老人言，吃亏在眼前。”外祖母伸手接过女儿的帆布兜子说，“你伤筋动骨不该干重活儿，这是落下病根儿啦。你要还这样玩命表现，等身子骨老了就受罪吧！以后阴天腿疼就拄拐杖吧。”

“我在农场拄拐杖干活儿，人家领导能不批评我吗？您收好那根紫藤拐杖，等我老了拄着它走路。”

我听了这话有些难过，便岔开话题告诉妈妈惠生表哥来了。妈妈走进里间屋换衣服说，“惠生离开农村当了工人，这孩子总算熬出头了。”

我听妈妈说话感觉她在从前的地方，这声音穿过高山越过大河，经过好久才传到今天。从前的地方就是历史的地方。我不敢把这种奇怪的感觉告诉妈妈。

外祖母好像心有灵犀，“王宝钏住寒窑十八年熬出头，今年惠生十八岁也熬出头了，总算有了正式身份。”

天黑时分，惠生上街回来了。妈妈从里间屋迎出来满脸微笑。这是我首次看到母亲温暖的笑容，如果作文可用“春光灿烂”形容。惠生叫了声“老姨”，扑腾跪下就磕头，碰得地板咚咚响。

妈妈被这突发动作吓住了，求救似的望着外祖母说，“新社会不兴下跪行礼，这可使不得啊。”

外祖母响声说，“嫚儿！你就让惠生磕头吧，这孩子是跟你谢恩呢。”

我上前拉住惠生表哥说，“你磕破脑门儿我有红药水……”

妈妈连忙扶起惠生。他放声大哭说，“老姨！您给我写了证明材料，不怕暴露自己那段事情，弄得老姨夫跟您离了婚，我这辈子对不起您啊！”

啊！我爸我妈离婚啦？我惊诧地望着妈妈，转而望着外祖母。外祖母对惠生说，“你这是从哪儿听来的闲言碎语？别信那些嚼舌头根子的人！”

我也不愿相信父母离婚，急忙对表哥说，“我爸工作忙不回家，他经常跑工地呢。”

惠生特别实诚，极力表明自己没说瞎话，“我去兆丰路可巧遇见老姨夫，他还嘱咐我珍惜工人身份，这是老姨牺牲个人名誉换来的……”

妈妈听了再次露出笑容说，“我有什么牺牲的，你这是沾了你爹的光。好啦全家吃晚饭吧！”

外祖母拿出惠生带来的罐头说，“前年小黑眼儿买的玫瑰露酒我还存着呢！今天咱们喝酒，庆贺惠生成了工人阶级！”

外祖母活跃了气氛，惠生抹干眼泪高兴起来，动手打开两盒午餐肉罐头，又打开茄汁鲅鱼和五香鸡胗。

“惠生这孩子真会买东西，这方面特像我二姐呢。”妈妈对外祖母说，“您年轻时酒量就大，今天高兴多喝几盅。”

外祖母猜不出女儿是悲是喜，表情疑惑问道，“嫚儿，今天高兴你也喝点酒吧？”

“我当然要喝的，这么多年过去了，我做了应该做的事情，您知道我特别高兴。”

外祖母连连点头说我知道。惠生及时给外祖母和妈妈斟满酒盅，双手抱拳行礼说，“今生今世我要像亲儿子那样孝敬老姨！”

妈妈表情严肃起来，“惠生不要这么隆重感恩，你这样反而给我造成心理负担。”

惠生连连眨动小眼睛，说了声“先干为敬”端起酒盅就干了。外祖母小声提示说，“你随你爹没酒量，这玫瑰露酒醉人呢！”

“人逢喜事须尽欢，今天让惠生敞开喝吧。”妈妈和声细语告诉惠生，“以后有事情写信不要邮到农场，你就寄到家里来吧。”

外祖母突然放声说，“吃菜吃菜！我还有瓶糖水橘子没打开呢。”

她老人家又在干扰别人说话。我爸我妈都离婚了，外祖母还要遮掩什么呢？可能还是从前那些事情。

这夜惠生喝醉了，果然像外祖母所说，惠生随他爹没有酒量。

我建议我去刘乙己家里借宿，让表哥睡家里。惠生听罢坚决反对，说他打呼噜搅得全家睡不好。外祖母几经犹豫，同意让我送表哥去刘乙己家里借宿。

我没有想到惠生酒后跟刘乙己彻夜长谈，那段扑朔迷离的历史显露出几分底色。

5

我十七岁那年，天气转暖，有小道消息说应届初中毕业生要去河北省农村插队落户，这路程比内蒙古近多了。我打电话向父亲报告，可巧他在办公室，听说了我的情况，父亲主动约了地点和时间，说请我去宏叶食堂吃饭。

我已然长成小伙子了。母亲的情况也有变化。南郊农场取消公休日，开展备战备荒大会战，即便周末也不许回家，妈妈每天还要写思想汇报。我即将离开城市去农村广阔天地炼红心，心里有些想念母亲，张口找师傅借了飞鸽牌自行车，起早赶往南郊农场。

我内心敬重母亲。她给惠生表哥出具身世证明材料，自愿暴露旧社会生活经历，经过两年审查定为“隐瞒历史问题”，落户南郊农场成为在册职工，不会重返校园了。这几年她变得又黑又壮，还学会南郊靠海口音，几乎没了原来模样。我想起初中政治课的马克思主义哲学原理，认为母亲完成“从量变到质变”的飞跃，她本质属于南郊农场了。

一路骑行三个钟头到了南郊农场，边界围墙就是铁丝网。我几经周折找到丙字小队的劳动现场，人们齐刷刷埋头收割，田野响彻镰刀割断高粱身躯的声响。我记得母亲工号 49，便跨步钻进田垄，呼叫一遍“柯延瑛”呼叫一遍“49 号”，就这样轮番喊叫着，好像我有两个母亲似的。

是啊，我会不会有两个母亲呢？一个长久驻留历史时光里，一个辛勤劳作现实生活中。不知何时能够结束这种分裂，让我拥有真正的母亲。

随着我的大声呼喊，有个被汗水浸透的身影应了声，缓缓冲我转过身来。我透过高粱枝叶看到这是妈妈。她头顶包裹着白毛巾，身穿蓝色长衣长裤，向我挥挥手里的镰刀。

“我昨夜梦见了你，今天你就跑来啦。”妈妈的嗓音有些沙哑，摘下白毛巾擦汗，露出完整的面孔。我说您真的梦见我啦。她拎着镰刀走到田地外边，让我坐下。

她从田埂旁边布袋里掏出两个玉米面窝头，递给我说吃吧。我给妈妈带来国光苹果和槽子糕，正好当作午饭。她说槽子糕不耐饥，干活儿没力气，坚持让我吃槽子糕，她吃窝头就苹果下饭，咕咚咕咚喝凉水。这属于男性化咀嚼方式。然而确实是我母亲，以前喜欢吃馒头蘸炼乳。

我告诉妈妈有消息插队落户去河北省。这时她手里苹果已经变成苹果核，而且盯着苹果核说，“河北那边也种植多穗高粱，你要学会使用镰刀的。”

这时太阳当空照耀，我与母亲的谈话只有苹果和镰刀。当然苹果被她吃掉了，剩下镰刀成为重要内容。当然我不会吃掉镰刀的。母亲叮嘱我虚心接受贫下中农再教育。我表示努力学会使用镰刀收割庄稼，做合格的社会主义新农民。

母亲突然转变话题，侧脸望着田野说道，“刘福禄夸赞你是小神童，这几年你长成大神童了。”

我自幼很少受到母亲表扬，一时吃不准“大神童”评价的含义，于是向母亲介绍刘福禄的情况，说他外号“刘乙己”，过单身生活，嗜书如命，邻居们不大待见他。

“刘福禄是个人才呢。”母亲被农场太阳晒得肤色黢黑，表情愈发严肃，“那时我读津沽大学，刘福禄低我两届，他喜欢研究历史，带头创办‘问津社’，写文章挖掘被历史湮灭的人物。”

刘乙己竟然是母亲的同校学弟？这令我感到意外，这些年来他从不提及大学经历，好像只读过幼儿园。

既然母亲提到刘乙己，我鼓起勇气说他对冀东人物史志也有研究，包括田文佐和高铁桥。

母亲伸手拖过几根高粱，挥起镰刀砍成几段，快速剥掉高粱秆的苞叶说，“你假装这是绿皮甘蔗，嚼嚼也甜呢。”

不知母亲是何用意，我接过青色高粱秆就像吃甘蔗那样咀嚼起来，果然尝到清新的甜意，有着几丝甘蔗的韵味。

“当然高粱秆不是甘蔗，人们叫它甜棒。这称呼既象形也写意，可是农村小孩儿就认为它是甘蔗，有的小孩儿长大成人还是这样认为，你说怎么办呢？”

我觉得母亲变成高粱地里的哲学家，便努力回答她，“但愿他们能够见到真正的甘蔗。”

我嚼光手里的几截甜棒，说我若是农村小孩儿也会相信这是甘蔗。母亲听了露出满意的表情，“研究历史是门沉重的学问，你年纪轻轻担得起吗？”

“我现在年轻，终究会变老的。我变老了就担得起了。研究历史的人，可能愈老愈有力量吧。”我不知不觉喝光母亲瓶子里的水，感觉水里放了盐。

母亲整理着头发，然后戴上宽檐大草帽，要送我到农场大门。我推起自行车请母亲坐在后边，她说走路说话方便。

临近农场大门母亲说道，“刘福禄没有看错人，你是个有思想的孩子。我当然能够看出你的心思，你感觉妈妈的经历比较神秘，就拜师刘福禄研究冀东宪兵司令和保安大队长，你认为这些都是难以启齿的事情，所以妈妈不告诉你。其实这些都是过去的事情了，当年的女大学生现今在农场劳动，我觉得这样就可以了……”

我只好安慰母亲说过去的事情就过去了。母亲略有伤感地说，“过去的事情就是历史啊。我是历史事件的当事人，即便名誉受损也不会急于解释。”

我说历史会被时间检验的，然后跨上自行车跟母亲道别，她突然低声说道，“我相信田文佐是个好人！就是不知高铁桥落得何等下场……”

当年跟高铁桥发生纠葛的女大学生就是眼前的母亲啊，我本能回避着说了声“妈妈再见”，猛地蹬起自行车跑开了。

一路心中没有风景，铆足力气蹬车。想起母亲心情愈发沉重。历史就是过去发生的事情，说着好像轻盈的羽毛，当你背负自身履历行走时，便会气喘吁吁了。妈妈从中学教师变成农场女工，坐在田埂啃窝头就苹果下饭，大口喝着加盐的凉水，就是从过去走到今天的。

天黑透了走进家门，外祖母打量着我，“你这脸色就跟放了血似的，是先吃饭还是先睡觉啊？”

我说先把自行车给刘福禄叔叔送去。外祖母讽刺说你师傅出租自行车计时收费啊。

“你妈妈没事儿吧？”外祖母追到院子里问道。我说我妈妈特别结实就跟铁人似的。她老人家略显放心说，“农场干活儿累身不累心，人活着就怕累心。你要是上山下乡也是累身不累心，只要吃饱饭睡好觉就成。”

我推着自行车停到刘乙己楼下，又困又饿双腿发沉，攀援楼梯走进这间“过街楼”，迎面嗅到浓烈的香烟味道，显然他家有客人来访。推门进屋看到父亲在跟刘乙己谈话，两人中间堆着几摞旧书。房间里烟雾笼罩好像来了神仙，显然他们交谈好久了。

在这里意外遇到父亲，我不知该说什么。他手里夹着香烟说，“前天跟你约好时间地点吃顿饭，没想到提前巧遇了，就算在这儿见面了吧。”

我忍不住打起哈欠，点头应答表示同意父亲的说法。我的师傅刘乙己没有脱离两人讨论问题的亢奋状态，凝神皱眉话语不断，“有些时候，请注意我是说有些时候，一个人物细节就可能颠覆事件走向，甚至改写历史。譬如清末军机处章京连文冲伪造洋人的‘归政照会’，这是个历史细节吧？但是彻底激怒慈禧太后，当即下诏向11国宣战，于是完全改变中国历史的走向。”

刘乙己说着起身踱步，无奈房间堆满书籍，地面狭窄，他要高抬腿慢伸脚寻找地面，这姿势宛若探测雷区。父亲趁机对我说，“你长大成人即将上山下乡，这些事情也不必对你隐瞒了。我觉得你母亲那段经历轮廓模糊，总想弄清事情的来龙去脉。”

我累得强打精神说，“您跟我妈妈离了婚，何必还要穷追猛打呢？”

父亲温和地笑了，“我觉得跟你母亲离婚过于武断，后来经常思考这个问题。譬如她既然委身于冀东宪队司令高铁桥，怎么没能救出田文佐呢？这等于把自身清白搭进去，还染了洗不净的历史污点，结果姐夫还是被处决了……”

我觉得这话题不适合父子间展开，便起身告退说，“你们是长辈，继续讨论吧，我交还自行车就该回去了。”

“你可以留下旁听，这样会看到你母亲的真实面目。”

父亲挽留我旁听，我扭脸望着刘乙己，毕竟我是他的徒弟。然而他似乎忘记我的存在，猛然停住雷区探测式踱步说，“那晚柯惠生酒后借宿我家，跟我讲述了那份证明材料的原文大意，应该具有研究价值的！”

“好几年过去了，您还记得原文大意？”我全天骑行八小时浑身疲累，强打精神问道。

“你问得好！其实任何事情都是难以复述的，因为任何复述都会改变事情原貌。所以人们喜欢听广播电台的评书。”

父亲有些不耐烦了，“依照你的逻辑，历史教科书就成了民间传说？咱们言归正传吧。”

“你后悔自己轻率离婚，这种心情我能够理解。不过破译历史真相还是要平心静气。我尝试复述原文大意，争取不大走样吧！”刘乙己说罢双目微闭，搜索自家记忆仓库。

我的师傅记忆力很强，可以背诵《中国近代史》很多重要段落。可是困意袭来，眼皮好像涂了胶水，我竭力睁大眼睛听着。

“临近学校放暑假，家里寄来快信说姐夫田文佐出事了。那时我姐过着国民党官太太的生活，在滦城提起柯延蓉可能没人知道，提起保安大队长太太颇有名气的。

“我走出滦城火车站，有个洋车夫认出我是保安大队长的小姨子，就说坐车不要钱。我不习惯这种民间称谓，文明用语我是田文佐的妻妹。家里来信说母亲找到算卦先生得到指点，此番若想保住女婿性命只有财色双奉，可是母亲带着金条陪同我姐找到宪兵司令求情，却被对方拒了。于是我决定直奔滦城宪兵司令官邸……”

我侧耳听着，感觉那篇证明材料的原文大意，被复述成为节奏缓慢的叙事散文，人物倒还鲜明。

刘乙己睁开眼睛望着我父亲，“我暂停这段复述好吗？我手里另有佐证提供给你们。”动手从旧书堆里翻出《江西文史资料全编》之九说，“这是高铁桥的回忆录，他被定为乙级战犯收监关押，一九五七年写了这篇知法认罪的回忆文章……”

我猛然打个激灵，冲淡几分困乏。刘乙已淘到高铁桥回忆文章，不啻从浩瀚无边的书海里采到小朵浪花。我师傅真是宇宙级书虫儿。他慢条斯理告诉父亲，这册《江西文史资料全编》之九是从废品收购站烂纸堆里搜救出来的。父亲听罢尴尬地笑了笑，伸手递去大前门香烟以示敬佩。刘乙己接过香烟回首往事说，“我读津沽大学三年级学会吸烟，没留神被学监给开除了。”

我想起母亲跟我说刘福禄低她两届是学弟，却没说他被开除学籍的遭遇。看来这也是个履历复杂的人物。

刘乙己翻开泛黄的书页，轻声诵读高铁桥的回忆文章，“一连几天供电线路遭到共产党行动小组破坏，造成冀东部分地区停电，天黑官邸点燃蜡烛照明。大约晚间八点钟有副官报告，田文佐的岳母陪同田妻柯氏闯进客厅，声泪俱下为自家夫婿求情，殊不知田文佐罪难赦免，即便柯氏献金献色亦无转机，执行死刑了。这是我犯下的滔天大罪……”

我的耳朵被拧疼了，睁眼看到外祖母矗立面前，“你不是来还自行车吗？我以为你出家当了和尚。”

我猛然意识到自己困得睡着了，没有听到高铁桥回忆录的结局。这时父亲起身跟外祖母打招呼，表情局促。外祖母神色坦然说，“铁廉你没吃晚饭去家里吃吧，别看你跟延瑛离了婚，咱们不伤情分呢！”

父亲表情愈发拘谨，轻声谢绝。刘乙己好像突然失控了，表情执拗举起《江西文史资料全编》之九大声说，“您急于搭救田文佐，不光给高铁桥送了钱物，还送了人物吗？”

刘乙己居然大胆追问外祖母那段隐私，我被他吓着了，起身想跑。没想到她老人家展露前所未见的泼劲，拍着胸脯大声说道，“没错！我既送了钱物也送了人物，可是人家不要啊！小黑眼儿只好跟我回家，我寻思高铁桥不愿要小媳妇，他是想要黄花大姑娘。”

听到外祖母这样说，我脑海嗡地炸开了。小黑眼儿已是少妇，那么家里只有嫚儿是黄花大姑娘，莫非为了解救田文佐，外祖母和二姨果真联合起来把我母亲送去高铁桥家……我难以相信这种骨肉亲情的残酷，起身跑回家去。

我冲进家门扑到床上，头昏脑涨，浑身酸痛，动弹不得。蒙眬间外祖母回家来了，伸手摸了摸我额头。我感受到她手掌老茧，迷迷糊糊睡了过去。

梦里我飞翔到滦城上空，看见有辆洋车驶到宪兵司令官邸大门前，乘客看样子是个女大学生，身穿阴丹士林蓝大褂，外面套着月白色上衣，全身装束朴素大方，她下车告诉洋车夫不超过半点钟就会出来。洋车夫点头表示等待。她便只身走进那座黑漆大门了。夜色里我低空盘旋着，看到洋车夫弯眉细眼紫记脸膛，接连不断地抽着烟卷……

半夜突然醒来，想起梦里并没看到女大学生走出那座黑漆大门，那辆洋车也不见了。我失望地哭起来。

之后想起苏联小说里那句话：“有时历史老人也会流淌新鲜的泪水。”

我不是历史老人，我的泪水来自我不曾经历的时光。

6

我十八岁那年，初夏时节突然传来本市工矿企业招工的消息，说将有大半应届初中毕业生留城，从而避免插队落户的命运。我迅速回家告诉外祖母，她老人家听了毫不兴奋，反而口气冰冷说，“你妈妈身背历史污点，我估摸人家工矿企业不会选你的，还是趁早做好插队落户的准备吧。”

我认清自己的处境，当然不会抱怨自己的母亲，可是我想知道事情的原委。外祖母深谙世故，看透我的心思，故意提示我说，“你师傅刘乙己是刘伯温转世，有啥事儿你去问他吧。”

我诚恳地告诉她老人家，那天没有听完高铁桥回忆录，后来几次询问刘乙己，他都说那册江西文史资料被我爸借走了，好像故意不让我得知详细情况。

“你呀你呀！有事儿求我的时候，你就变成小孩子，没事了你就是大小伙子。你就这样跟我变来变去吧。”

外祖母说得真对。我想探清事情原委就像个小孩子，无形中促使大人放松戒备心理，不经意间就把实话说出来了。我承认自己有了心机，渐渐具备跟外祖母斗智斗勇的本领。于是，我当场使出“激将法”，向外祖母讲了我凌空飞翔的梦境，说紫记脸膛洋车夫等到天色大亮，也没见女大学生走出宪兵司令官邸。

外祖母抑制不住惊诧说，“小子！你真的做了这样的梦？不会是从破烂资料里看到的吧？”

我指着自己鼻尖做出保证，说梦里洋车夫称呼女大学生“柯小姐”，显得特别尊重。

外祖母抬头望窗外小院，“那时滦城真有个紫记脸膛的洋车夫，不过那种人抽不起烟卷的，拉洋车的都抽旱烟袋，他们穷啊。”说罢转回目光望着我，“所以说你那梦是假的！”

我说希望梦境是假的，那样妈妈就不会永久下放南郊农场劳动了。

“你长大成人懂得道理，当初我想尽办法搭救田文佐，就是想保住你二姨的富裕生活！她过好日子我也沾光啊。”外祖母表情严肃起来，“你整天跟刘乙己讨教，他嘴里说的全是旧书里看来的，我嘴里说的都是亲身经历的！”

我望着外祖母的“国字脸”说，“您说这次我不能留城，那就趁我还没上山下乡，多给我讲些您亲身经历的事情。”

她老人家拿过针线笸箩，双腿盘起端坐床头说，“我现在回想起那个宪兵司令，还是觉得他不像武将，眉清目秀面孔白净，说话文绉绉倒像个文化人，可是谁能想到这路人最难通融，远不如那些占山为王的土匪好办事儿……”

“这么说从前您见过土匪？”这是我学会的谈话引导法，对付外祖母应当管用。

外祖母难堪地笑了，“田文佐死后约摸半年光景，那天半夜里有人翻墙进院凑近窗户，说要约定时间接你二姨和惠生去北山根据地。我光听说过北山那边出土匪，就让你二姨拍窗户撵那人走。那人说了声你们保重就翻墙走了。紧接着听见外面街上响枪，还把惠生吓醒了。转天清早听说夜里宪兵巡逻打死个共产党交通员，我寻思就是半夜窗外边说话的那人……”

我听了心里难过，想象那个半夜冒险进城的共产党交通员，就这样牺牲了。外祖母也是满脸愧色说，“我哪儿懂得什么叫根据地！不过幸亏小黑眼儿没去北山，她浑身好吃懒做的毛病，哪过得了根据地的苦日子！”

我当然有不同看法，“二姨不去北山等于跟革命根据地断了联系，解放后背着国民党官太太身份，还让惠生从小受到牵连。”

“现在惠生混好啦！你妈妈给他写了证明材料……”

外祖母话音落地，我家房门咚地被撞开了，一只白布大包袱首先进屋，随后是双手紧抱大包袱的人。这只大包袱进屋落地，随即露出二姨的形象。外祖母拍响大腿抱怨说，“小黑眼儿你闹鬼呀！”

二姨撩起大襟擦拭下颏汗水，笑嘻嘻环视着房间说，“我好几年没来，怎么家里没啥变化呢。”

好像二姨也没啥变化，还是吃咸不管酸的气派，照旧没心没肺的性格，依然心直口快的脾气。我不禁想起落户南郊农场的母亲，直接向二姨报告说，“这几年还是有变化的，我妈星期六不能回家来了。”

这则坏消息唤起二姨轻声叹息，随即要求外祖母沏茶，并且要喝正兴德的香片。她不等热茶端来就打开话匣子，兴致格外高涨。

经过这几年熏陶，我养成倾听别人诉说的习惯，刘乙己说这叫收集现场资料。于是我蹲坐角落静心聆听。外祖母扭脸盯了我一眼，好像审视跑来偷听的邻家孩子。这个瞬间表情令我吃惊。

二姨兴高采烈说惠生当了林西煤矿井下安全员，工作认真负责被评为年度先进生产者。他不再随母姓改名“田惠生”，认祖归宗恢复革命烈士的血脉。

我听了不感到意外。田文佐终归被国民党宪兵杀害，他只是披着国民党保安大队长外衣而已，真实身份应该是共产党的人。否则不会惨遭国民党宪兵杀害。

“前几天几个大官模样的人来到我家，说是省里领导送来革命烈士证书，那场面吓得我慌了手脚。我嫁给田文佐那段光景就跟做梦似的，脑子里还是那个国民党保安大队长！没想到人死了给家属带来这么大荣誉……”

二姨说着喝口茶水，小声抱怨不是好香片，伸手剔出嘴里茶梗说，“你这个冰糖嘴儿快给我解开大包袱，这一路累死我啦！”

我猫腰解开大包袱，看到里面裹着床旧棉被。外祖母凑近打量片刻，突然双肩颤抖着说，“这是田文佐留下的吧？我认识这粗布被面！”

二姨并不悲伤，跨步上前抖开旧棉被露出那块红匾说，“这是领导亲自挂在我家门前的，我带来给你们开开眼！”

“这是功德牌啊！”外祖母双手捧起所谓功德牌，往怀里搂了搂，好像抱小孩儿似的。二姨拍手大笑说，“封建社会叫功德牌，社会主义叫光荣匾！”

这块光荣匾大红烤漆底色，自左向右镌刻“光荣烈属”四个楷体金字，一下映得我家红彤彤的。外祖母抻出袖口擦拭着光荣匾，转手递给我说，“你也沾沾福气！这功德牌荫及子孙呢。”

我接过约摸两尺长四寸宽的红匾，却想起远在农场收割高粱的母亲。人的命运真是大不相同。

二姨划亮火柴点燃香烟说，“我跟那几个领导说，当初看不出惠生他爹真实身份，他整天忙碌不回家！你们猜省里大领导怎么跟我说的？他说田文佐同志潜伏敌营多年，给华北根据地和延安输送重要情报，屡建奇功。坚持‘上不告父母，下不告妻小’保密原则，所以没把妻子发展为革命同志。”

喝了口茶吸了口烟，二姨得意地说，“我当场告诉那个大领导，要是田文佐把我发展成革命同志，我们两口子肯定同坑被国民党反动派活埋了，今天你们也见不到我啦。”

“小黑眼儿你就是不会说话！让人家省里领导下不来台。”外祖母随时指点着女儿。

二姨果然有所反省，“是啊，今后我要提高思想觉悟，克服自己的坏毛病，咱起码对得起这块光荣匾吧。”

我想起刘乙己说过，研究历史懂得现场收集资料，便打破心理障碍问道，“我姥姥既送钱物也送人物，怎么没能把二姨夫保救出来呢？”

“钱没收，人也没收！”二姨毫无戒心地说，“后来我寻思明白了，惠生他爹死了，我就是共匪遗孀！高铁桥是忌讳寡妇晦气，干脆不沾身把我给退回来啦。”

我觉得二姨说话爽快，有些容易害羞的地方她也不害羞，显得特别可爱。

外祖母反而急了，“小黑眼儿你不要张口就说！咱们求见高铁桥的时候，兴许田文佐已经被活埋了，他当然不会收礼的。”

外祖母这些话令我产生怀疑，索性大胆问道，“姥姥！您不是把我妈妈送去了吗？”

“你放屁！嫚儿是我老闺女，我能舍得把她往火坑里推？你小子胡说八道，存心给我抹黑……”外祖母说着一屁股坐在地板上，咧嘴哭了起来，“你跟刘乙己学得蔫坏阴损，整天鼓捣黑材料，非说我把你妈妈送给高铁桥啦！”

我从未见过外祖母如此撒泼，完全变成陌生人。我吓得起身想要溜走。

二姨哈哈大笑说，“你从小就是冰糖嘴儿，长大成人反倒不会说话啦！你看都快把老太太气疯啦。”

外祖母从地上爬起，继续朝我喊叫，“我没送你妈妈去高铁桥家！你让刘乙己给我拿出证据来……”

“这不关人家刘乙己的事啊。”我转身逃出家门，下意识跑向“过街楼”。

我抹着眼泪走进刘乙己家。他手持拖布擦拭地板，抬头见我满脸泪痕便安慰说，“你不要哭嘛，他们把书收走了，可是重要内容全部刻印我脑海里，以后查找资料我能够闭目盲读。”

我稳住心神环顾四周，看到曾经堆满旧书的房间空空如也，仿佛大海退潮沙滩裸露，显出那张破旧单人床和老式写字台，还有擦得干干净净的地板。猛然感觉房间很大，却没了丰厚的内涵。

刘乙己收起拖把点燃香烟说，“有人检举我收藏旧书钻研‘封资修’的东西。我倒是觉得他们说得没错，我收藏的三百八十七本旧书里，宋稗类钞和清稗类钞就属于‘封’，西方哲学史和南北战争史话就属于‘资’，托洛斯基传记和苏联经济学史纲就属于‘修’，封资修三毒草全齐啦！所以我不抱怨人家清理指挥部的人，还帮着他们往楼下搬书呢。”

我意识到他收藏的滦城文史资料也被没收了，突然觉得母亲更加遥远，她的那段特殊经历愈发成为难以考证的历史。

刘乙己神色从容地踱步。眼看房间空旷了，他有了踱步思考的场地，却没了给他添草加料的书籍。

他停住脚步迟疑片刻面有难色说，“今天咱们讨论的话题，肯定关涉你家长辈的隐私，希望你有充分思想准备。我们研究陈年旧事，必须努力超越私心杂念，才能坦然面对残酷的历史真相。”

我诚恳表态说，“我姥姥，我二姨，我母亲，她们娘儿仨经历的事情，肯定令我难以想象，但是我会理解她们的苦衷，那毕竟是万恶的旧社会。”

“但是你不要以为这是忆苦思甜呢。”他颇为感慨说道，“就你二姨柯延蓉本人而言，她嫁给田文佐过的是富裕生活，好吃好喝好光景，无忧无虑尽享福。可惜后来丈夫死了，她过起缺衣少食的苦日子，一直到你母亲柯延瑛给她儿子惠生写了证明材料。尽管你母亲的证言属于孤证，政府结合其他当事人回忆录，也就采信了。”

“还是我母亲出具的证明材料起到至关重要的作用。”

刘乙己表示同意我的观点，“不过当年重要角色是你姥姥。她竭尽全力营救田文佐，先后两次往高铁桥官邸送人，还是没能保住柯家女婿的性命。”

我想象当年外祖母急于救人，带着年轻貌美的二姨前往宪队司令家里求情，没料到高铁桥拒收，只好回家打起我母亲的主意。

“《江西文史资料全编》之九那册旧书被收走了，我大体能够记起高铁桥回忆录的结尾内容：子夜时分田文佐的岳母又跑到宪兵司令官邸，这次她带来个年轻姑娘，说死说活也要见到我……”

尽管早有思想准备，我仍然心跳加速，血液嘭嘭撞击脑海，引发阵阵耳鸣。天啊，让我怎么面对这段历史呢？我不能想象那年轻姑娘留宿高铁桥家的场景，毕竟后来她成为我的母亲。

我渐渐冷静下来，“可是我姥姥不承认她送我母亲去了高铁桥家，而且情绪特别激烈。”

“是啊，有的人不能面对过去的自己，这是研究民间历史常见的现象。比如我就不愿回忆津沽大学的往事……”刘乙己主动提到大学往事，我佯装不知他被开除的经历，内心颇为感慨。人啊人，十年河东十年河西。二姨柯延蓉曾是国民党官太太，现今家里悬挂光荣烈属红匾，儿子惠生是国家煤矿工人。反观我母亲柯延瑛呢？不由心情惆怅。

我仍不甘心地问道，“那次惠生酒后借宿您家，他还谈到我母亲哪些情况？”

“好像没谈到什么……”刘乙己连续眨动小眼睛说，“以后有机会你当面问问惠生好啦。”

“有的人不能面对过去的自己，难道也不能面对过去的别人吗？”我这个徒弟给师傅留下这句发问，说声再见就回家去了。

刘乙己好像有些内疚，他话语啄着我背影说，“一旦历史泥沙沉淀下去，现实的湖泊就清澈了。”

7

我 24 岁那年，全国恢复高考。接近年底我收到录取通知书，不敢声张悄悄收拾行李。春节过后告别插队落户的小村庄，搭乘手扶式拖拉机到达县城，可巧遇到大队治保主任问我干啥去，我说去天津读大学。他使劲跺脚说你小子脱产了。我表示从体力劳动转为脑力劳动，这不算脱产。他说脑力劳动就是坐办公室里，喝茶水看报纸打电话说话呗。

我乘坐长途汽车到了天津，下车径直奔向津沽大学报到，成为正儿八经的大学生，以前这所大学里挤满工农兵学员。

当年外祖母预见准确，我没有被招工留城，插队落户去了。务农七年每逢返城探家，明显感觉外祖母冷淡了，好像我不再是她外孙。亲情的疏远令我百思不得其解，内心苦闷无以排遣，就看了很多文科书籍，参加高考都用上了。

我报考津沽大学历史系，第一志愿就录取了。我觉得这是天意与人心的结缘。首先是我考进母亲的母校就读，从教室到饭堂，从图书馆到学生斋舍，可以就近感受母亲的成长历程，真是难得的亲情体验。这些年总感觉跟母亲难以缩短心理距离，如今我成为母亲的校友，当然会被写进厚厚历届同学录里，我和母亲只相隔十几页纸的距离。这是多好的事情啊。再者就是我选择刘乙己曾被开除的历史系读书，权作替他读完本科学业吧，倘若他有过读硕考博的志向，我也会努力完成这位学长的理想。

恢复高考扩大招生，造成学生宿舍床位紧张，学校号召家住本市的新生选择走读。外祖母反而要求我做“住校生”，明显不愿我住家里。得知我读历史专业她老人家愈发紧张，好像我会成为严查历史的审判官。

外祖母好像故意要把自己孤立起来。这心结可能来自当年经历，她先后把两个女儿送到宪兵司令官邸，这实在是难以洗净的人生污渍，人到晚年形成自闭心理。

我给惠生表哥写信，向他报告我被大学录取的喜讯。当然我同时提了几个问题，希望他及时复信回答。

前几年惠生表哥支援三线建设调到攀枝花煤矿工作。记得外祖母大发感慨说，惠生他爹是地下工作，惠生下井挖煤也是地下工作，这真是亲生父子啊。后来惠生表哥被提拔为脱产干部不用下井，她老人家听了没做评论。

临近开学了，我没有报名“走读生”，因此受到班级辅导员批评，说全国人民努力建设四化，我却不愿为学校分忧。我有苦难言不便解释。既然尚未找到化解外祖母心结的良方，我只得住校，避免她老人家精神紧张。

我没有等到惠生表哥复信，星期天清早乘坐郊线公交车去南郊农场看望母亲。全国形势越来越好，就连农场里也修了柏油路，有了改革开放的迹象。母亲参加劳动态度端正，政治学习表现突出，从丙字小队调到农具仓库做保管员，不再使用49工号。然而母亲明显老态，眼角爬满鱼尾纹，头戴无檐白布帽露出几束花白头发，使我觉得这不是仓库是临时疗养院。看到母亲身体微微发福，这说明她营养不错，毕竟农场开始饲养荷斯坦奶牛，水塘里白鸭成群戏水。这些都是从前不可能出现的景象。

走进农具仓库我叫了声妈，母亲表情淡然并不问及我读大学的事情，只是问我渴不渴。我想起母亲曾经喝盐水吃窝头收割高粱，她应该拥有祥和安康的生活。

母亲收起农具账簿，主动跟我聊天说小学时我叫小神童，中学时我叫大神童，不知现在应该叫什么。我说现在叫大学生。

“真好啊，你也能读大学了，一定记住这是国家的恩惠。”母亲似有几分感慨，“你那桩心思妈妈知道，可是母子之间不便谈论那种话题，你要是女儿就好说了。”

我表示理解妈妈的苦衷，告诉她给惠生表哥写了信。她摇头说出事那年惠生两岁多，如今澄清身世确认身份成了工人阶级，他对往事不会津津乐道了，毕竟他母亲去过宪兵司令家里，这不是值得反复讲述的故事。

我感到母亲心明如镜，一眼望穿世事。既然她从容面对往事，我便捷直问道，“您的意思是说已经没有值得告诉我的事情了。”

“不是妈妈不告诉你，这些年我写下些许文字，就算是对自己青春岁月的记载吧。有些文字将来我会给你看的。你研究历史能够理解我的情感吧？比如那时我固执地认为田文佐不会死的，可是他已经被活埋了……”

我脑海里倏地掀起小朵浪花，然而这种问题我怎能直接询问母亲呢？于是采取迂回战术说道，“二姨年轻貌美嫁给田文佐，他们夫妻间有爱情吗?”

“你还是那个大神童哟!”母亲露出罕见的笑容说，“你还不如直接问我有没有爱情。”

我的小伎俩被母亲识破，不禁红了脸。母亲不再继续这个爱情话题，起身带我去农场食堂吃午饭。一路遇到熟人母亲便说，“这是我儿子，考上大学啦，还是津沽大学呢。”

我就大熊猫似的被人们观赏着，临时成为农场珍稀动物。

走进食堂母亲给我买了豆馅馒头，我吃得又甜又香。七年农村插队生活，我见到白面特激动。

“好奇怪啊，你吃饭的样子怎么有些像他呢?”母亲凝神望着我。

我不假思索卖弄辞藻说，“世界上没有两片相同的树叶儿。”

母亲听了随即转身，匆匆赶去跟熟人搭话了。我怔了怔，继续咀嚼豆馅馒头，认为豆馅里糖精放多了。

母亲转回来了。我受到豆馅馒头激励，继续卖弄辞藻说，“不过，世界上可能会有两片相似的树叶儿。”

母亲突然大声告诉我，因为豆馅也是粮食做的，所以每个豆馅馒头食堂收三两饭票。我以为母亲饭票短缺，吃了两个便收手了。然而我误解了母亲，她跑去主食窗口排队又买了四个豆馅馒头，让我带回去吃。

母亲送我和豆馅馒头来到农场大门前，叮嘱说天热豆馅容易变馊。我跨上这班郊线公交车，挥手跟她道别。我目光穿过颠簸的车窗看到母亲越变越小。

一路上脑海里全是豆馅馒头引发的思索。“因为豆馅也是粮食做的，所以每只豆馅馒头食堂收三两饭票……”母亲为什么特别关注这个话题，我百思不得其解。

天色已晚，我携带豆馅馒头直奔刘乙己家。走进胡同巧遇外祖母出门倒垃圾，她老人家吃惊地望着我，“咦！你不是住校吗怎么跑回家来啦?”

我解释说去刘福禄家借书。外祖母满脸狐疑问刘福禄是谁。看来邻居们习惯称呼外号，反而忘了人家本名。

我担心节外生枝，没告诉外祖母去农场看望母亲了。她老人家快速把垃圾倒进脏物箱，撇开小脚匆匆进院了。我找不到化解外祖母的心结的良方，心里干着急。

我走进“过街楼”，看到屋里再度堆满书籍，好像新书多于旧书了。记得李白说过天生我材必有用，时隔千年在刘乙己身上应验了。祖国四化建设，各行各业急需人才，光辉电料行职员抽调到夜校补习班教课，主讲白寿彝的《中国通史》。那些祖国花朵准备高考冲刺，刘乙己自然成了园丁。

我执弟子礼进门躬身问候，看到师傅戴了圆圈老花镜，就是王国维像片里那种式样的。刘乙己主动说还没吃晚饭，我从背包里取出四个豆馅馒头。他满意地笑了。这几年人生境遇好转，他不时展现笑容，我替他感到高兴。

很快吃掉两个豆馅馒头，第三个被我摁住了，“我正要向您请教豆馅馒头的问题，您听过提问再吃好吗？”

他舔了舔嘴唇说你问吧。我便把母亲的异常表现讲出来，“您说这普通豆馅馒头怎么就成为我母亲的重要话题呢？”

刘乙己还是将第三个豆馅馒头攥在手里，好像这样便于思考。“当时你肯定跟母亲谈到敏感话题，她只得以豆馅馒头回避，正可谓以此物遮蔽彼物也。”

我听了很受启发，却回忆不起当时跟母亲谈到什么，光记得她突然转身赶去跟熟人搭话了。

一个豆馅馒头徒弟吃，三个归到师傅胃里，这形成晚饭总体格局。刘乙己吃饱饭喝足茶，心旷神怡对我说，“你二姨只念过高小，写信倒挺有条理的。”

“您跟我二姨有了通信联系？”我有些意外问道，“您还在研究滦城地方史志？”

刘乙己嗯了声，给人此处删去八百字的感觉。他吸过香烟，伏案整理讲义，说明晚两节辅导课讲到唐了。

似乎大唐盛世鼓舞了我，登时觉得脑海闪光亮堂堂，南郊农场食堂场景清晰浮现眼前：母亲说我吃饭的样子有些像那个人，我说世界上没有两片相同的树叶，还说世界上可能会有两片相似的树叶……难道这就是母亲敏感的话题？我绞尽脑汁也想不明白。

我不再跟师傅交流，起身告辞。他依然伏案整理讲义说，“一旦有了研究滦城文史人物的成果，我会及时通知你的。”

我骑车赶回学校，校园里灯火未熄，颇有生逢盛世的感觉。传达室告示牌里写有我名字，我跑进收发室取到信件，看信封是惠生表哥回信了。我溜进宿舍攀到上铺，打开手电筒阅读这封远方来信，颇有地下工作者的味道。

惠生表哥写信，字体很大，总共两页纸，说新近担任安全生产科副科长，忙于熟悉新岗位新环境，心情无比振奋。他让我转告外祖母和母亲，他在当地找好对象了，是云南姑娘，双方决定国庆节结婚。

这封信里惠生表哥没有回答我的询问，只是抒发情怀写道："往事如烟，过去的事情就让它过去吧。我们青年人应当向前看，前进的道路是曲折的，我们的前途是光明的，让我们携手并肩，投身祖国四个现代化建设，在本职工作岗位上做出应有的贡献。"

我此前去信询问的重要问题，惠生表哥并未回答。我熄灭手电筒瞪大眼睛望着宿舍天花板，想起母亲跟我说过，惠生澄清身世确认身份，不会津津乐道那些往事了。

我把惠生表哥来信塞到枕头下，然后轻声轻语说，"田文佐烈士请给我托梦吧，我想了解您是什么样的人，只要我知晓您是什么样的人，我就能够理解当年的母亲了……"

睡在我下铺的兄弟醒了问道，"上铺你在说梦话吧？千万不要把革命烈士召来，我特别害怕魂灵。"

我诚恳告诉下铺兄弟，"历史系研究的人物早都成了魂灵，你害怕就转生物系吧，他们那里都是细胞。"

我听到下铺兄弟说，"你报考历史系的目的，好像就是要把自家事情摸清楚，所以特别热爱学习。"

我突然觉得下铺兄弟说得有道理，我是有这种念头。

8

我 25 岁那年，新学期被选为中国近代史课代表。我庆幸自己报考历史专业，随心所欲徜徉历史长河边，既可投宿于前世纪的旅店，也可抵达百年前的现场；既可阅览伪托欺世的典籍，也可访问毁誉参半的名人……等于我变成提前千百年出生的通人，俨然金刚不坏之身。

可爱的外祖母还是疑虑重重，几次问我学历史是不是想弄清从前的事情。我说大学毕业想当中学老师。

我偶尔回家吃顿饭，绝不向外祖母打听任何事情，包括胡同里何时铺了水泥路。我害怕她老人家再度失控，尖声高喊没把嫚儿送到高铁桥家里去。

母亲处境出现好转，南郊农场允许周末回家了。她却不常回家，好像爱上农场了。母亲回家次数偏少，外祖母便乘坐郊线公交车去农场看望女儿，还带着各种好吃的。母亲写信告诉我，“你姥姥见面就喊我乳名嫚儿，好像要把我固定在小丫头时代，特别不愿让我长大似的。”

我读罢母亲来信自有心得，只是不便向母亲表达我的见解罢了，“我姥姥不愿回想您女大学生的模样，您若永远是个小丫头，便没有她老人家后来那个行为了。”

尽管没有讲给母亲，我把这几句话写进自己日记里，然后走出宿舍去教室晚自习。

半路遇到班级辅导员说收发室有我信件。我跑到收发室拿到父亲的来信。想起很久没跟父亲联系，有些内疚。

我凑近学校宣传栏灯光下，认真拜读父亲来信。他的字体温润秀美，令人舒心惬意。父亲喜欢写信。我觉得这是性格内向所致，他宁肯将语言落到纸上，也不愿动嘴来说。动嘴说话需要表情配合，可能父亲不便流露吧。

“你母亲隐瞒婚前经历，遮蔽自身污点，这是情感欺骗行为，令我难以接受只得选择离婚。如今已有两篇革命回忆录澄清那段历史，证明你姥姥没有把嫚儿送到宪兵司令家，如今历史真相大白，等于我错怪你母亲了。尽管离婚多年不相往来，我想当面向她道歉，不知你母亲能否给我这个机会，故而请你带个口信……”

天啊！我读到这里惊住了，完全不敢相信这是真的。已有两篇回忆录澄清那段历史？如此说来外祖母也是无辜之人？父亲来信字里行间仿佛掀起风暴，我蒙了。

坐在教学楼台阶前，我思索起来。父亲是工程技术人员，几乎无缘接触有关文史资料，他所说两篇回忆录来自哪里，采自民间或来自官方？是亲历者执笔还是口述者未经整理？我渐渐产生疑问：假如外祖母没有把嫚儿送给宪兵司令，我母亲的历史污点就不存在，她下放农场劳动便是冤假错案。

我判断父亲所说两篇回忆录来自刘乙己书房，此公坚持寻访挖掘滦城地方文史资料，而且跟我二姨建立通信联系，似乎有了新成果。我理清思路刻不容缓，跑回宿舍找室友借了自行车，仿佛跨上战马冲出学校大门，顶着满天繁星直奔刘宅去了。

进了胡同，我忍不住伸出脖子望着自家小院，窗户里没有泻出灯光。人老睡得早，外祖母安歇了。抬头看见“过街楼”灯火通明，就跟除夕守岁似的。如今没了查夜的清理人员，师傅有了夜生活。

刘乙己家里挤满学生，我止步门外，听他讲解历史考试答题技巧，滔滔不绝。莫非这也属于教学研究成果？我耐心等待学生们散去，已然子夜时分。

“夜访民宅，无事不来。说吧什么事儿？”他结束讲课满脸疲态，立即抽烟喝茶好比汽车加油。好似漫不经心听了我提出的问题，他打开书柜认真寻找起来。这排书柜是新近添置的，好像他新娶了太太。

他找出两册半新半旧的书籍，“你看滦城这地方，即便非常时期，滦城也坚持编辑文史资料，当然只能以革命回忆录为主，兼有地方大事记。”

我急急问道，“这属于信史吗？非常时期编纂文史资料，难以避免倾向性的。”

“这肯定不是民间传闻。你看这篇《我的点滴回忆》，作者叫杨茂林，1947 年为‘中共冀热边特委’情报员，解放后在省委统战部任职。”

我认真阅读杨茂林回忆录。这是作者口述，经人整理。文通字顺表述严谨，令人产生信赖感。

“抗战胜利后，国共谈判破裂，内战打响。我的公开身份是河头镇聚贤饭庄跑堂伙计，河头镇距离滦城六十华里，水旱码头特别热闹，便于秘密接头。我清楚记得他初次走进饭庄雅间，头戴礼帽身穿便装，稳稳落座让我沏茶，声调沉稳举止庄重，令人感到威严。他要我沏天津卫正兴德高级香片，我就知道这是递送情报的接头暗语。他若不提天津卫正兴德高级香片，那表示没有带来情报，专程来取上级指示的……”

“这位同志爱吃聚贤饭庄的焦熘里脊和糟烩豆腐，这是大厨王胖子的拿手好菜。吃完饭他故意把香烟盒丢在脚下，我打扫雅间便收了香烟盒，那里面写有情报暗语，我连夜转交上线交通员……”

我中断这段阅读抬头请教，“难道这人就是田文佐？他不是被八路军打断大腿瘸了嘛。”

“你阅读文史资料不可性急嘛，好饭不嫌晚。”刘乙己点燃香烟随手把空烟盒扔到地上，吓得我缩了缩脖子以为他被革命烈士附体，跑来跟我秘密接头了。

杨茂林继续回忆道，“后来好久不见他再来聚贤饭庄，听滦城方面说有个保安大队长被八路军打断大腿，已经成了瘸子。之后上级通知我，以前那位同志负伤不便亲自递送情报，已经安排新人代替，增添新人就是增加风险，上级要求我绝对保障情报安全。”

“毕竟是革命同志负了伤，我听说后有些难过，猜测他是否因为暴露身份，撤退途中跟敌人枪战负了伤？虽然跟这位同志只有几次短暂接触，他魁梧的身材、沉稳的表情、威严的举止，都给我留下深刻印象。他身处敌营，环境凶险，赤胆忠心为党工作，给根据地传送了多少重要情报啊。解放后可能成了默默无闻的英雄，我很怀念他。

“上级通知我递送情报的新人是个年轻貌美的姑娘，可是从未见她来到聚贤饭庄跟我接头。大约半年后我奉调平北根据地，解放战争期间随大军南下了。”

读罢这篇回忆录我感受到，事隔多年杨茂林的深厚情感没被时光冲淡，他对无名革命同志的怀念发自肺腑。

我受到革命前辈的感召，格外关切那位不曾露面的年轻姑娘，“她没来聚贤饭庄接头，不会出事了吧？”

“你阅读文史资料怎么无法克服焦躁心理呢？那位年轻貌美的姑娘在下篇回忆录里等着你呢，你喝口热茶再读吧，我这是天津卫正兴德的高级香片。”

天津卫正兴德的高级香片？听到刘乙己跟回忆录里人物品茗趣味如此相同，我想起那句“一饮一啄，莫非前因”的名言，难道是历史资料读得太多，刘乙己无形中成为前世人物的同好？如此看来历史就是大型古装剧，我们台下观众浸淫其间，不知不觉随了剧中人。

“你认定那位来到聚贤饭庄递送情报的男子就是田文佐？”我重复问道。

刘乙己并不回答，吸着香烟告诉我，下篇回忆录也是当事人口述，经人整理成文。当事人名叫赵路宽，解放前从事党的秘密工作，解放后病休居家，身体状况不详。

我立即认真拜读《怀念无名女英雄》这篇回忆录。

“……田文佐右腿中枪最终导致残疾，腿瘸脚跛不便亲自递送情报，他向上级首长发出‘给我买双鞋吧’的暗语，请求找人代替将他手里情报递送河头镇聚贤饭庄。其实根据地敌情科未雨绸缪，早已在他身边安排隐蔽人员，只是没有启动关系而已。这个隐蔽人员代号‘老太太’，是个年轻貌美的姑娘。”

我忽发奇想忍不住问道，“这位年轻貌美的姑娘不会是来自大城市的女大学生吧？”

“这位姑娘名字不叫柯延瑛。”刘乙己打破我的美好愿望说，“当年你母亲只是个进步青年，从未参加过革命活动。”

赵路宽文章回忆道，“也不知哪里出了纰漏，田文佐同志白天获取重要情报，半夜里突然被捕。上级首长紧急启动隐蔽人员‘老太太’，对她提出两点要求：一是摸清田的被捕原因，如果属于保安大队内部矛盾导致同僚倾轧，我党可以托请社会贤达出面解救。二是倘若田的真实身份暴露，那么解救难度极大，必须想方设法得到他被捕前获取的那份重要情报，安全稳妥传送后方根据地……”

读到此处页码出现残缺，直接从 21 页蹦到 26 页，跨进别的文章。不等我抬头询问，刘乙己呵呵笑了。我已熟悉这种笑声，有时像天真的大孩子，有时像饱经沧桑的老者。

“你知道什么叫无巧不成书吗？这第 26 页的文章也是半截子，但是能够看出口述者是滦城洋车夫，他回忆当晚拉车送保安大队长岳母和女儿去宪兵司令家，天气、时间、道路、地点，经我考证基本属实……”

我猛然想起曾经梦见滦城的洋车夫，于是难以抑制惊奇心理问道，“那洋车夫是弯眉细眼紫记脸膛吧？他还会抽烟呢。”

刘乙己显然认为这问题不必回答，沿着自己思路继续说，“这篇回忆录印证了你外祖母首次求见高铁桥的史实，洋车夫拉着保安大队长岳母和太太离开宪兵司令官邸回了家，这说明你姥姥送钱送人遭到拒绝。保安大队长太太当然是指柯延蓉。既然小媳妇对方不收，你外祖母就要改送大姑娘吧？”

我顿觉灾难降临，“那大姑娘不会是我……”实在难以说出“母亲”二字，我毕竟是她儿子。

“你放心勿念，这幕历史剧没有你母亲出演。不过你外祖母确实带着大姑娘去宪兵司令家里，她是你二姨家的丫头小树叶儿。”

小树叶儿？这是个略显生疏的名字，我想起外祖母说过惠生小时候尿湿过这丫头的花布衣衫。

我没问清原由便激动地拍手，“太好啦！这篇回忆录价值连城，它证明我母亲没有去过宪兵司令家，反而溅了满身历史污点！”

刘乙己异常冷静，“你外祖母送小树叶儿去高铁桥家，这究竟是你姥姥逼迫的，还是小树叶儿自愿的，我现在只能做出推断而已。”

“马上去问我姥姥就是了！”我依然处于亢奋状态。

刘乙己不乏嘲讽意味地笑了，“你以为她老人家就能说出小树叶儿的下落吗？”

我被他说得清醒了。是啊，小树叶儿去到高铁桥家里，之后她怎么样呢？

“我姑且做出这样的判断，田文佐身边代号‘老太太’的隐蔽人员，”刘乙己抬手拍响桌子说，“就是这个小树叶儿！”

我被他说得倍加振奋，语无伦次说道，“所以，所以，所以你推断是小树叶儿主动要求去宪兵司令家里，并非出自我姥姥的逼迫？”

“你姥姥当然不是黄世仁他妈。”刘乙己揉揉眼睛说，“既然上级首长要求拿到田文佐被捕前获取的重要情报，那么小树叶儿只有投身高铁桥这条途径，才有可能谋得接触田文佐的机会。你想她是个黄花大姑娘，这就叫为革命上刀山下火海。”

我还是及时醒悟了，以历史系学生身份请教道，“杨茂林公开身份是聚贤饭庄跑堂伙计，但是他回忆录里没有指明那个递送情报的男子就是田文佐。另外赵路宽回忆录里所说的隐蔽人员‘老太太’，我们也无法证明她就是小树叶儿。既然人物没有得到确认，我们能够做出结论吗？”

刘乙己端起茶杯说，“你说得很对！人物难以确认，考证资料匮乏，而且当年安排田文佐单线联系的顶层首长，解放后可能早逝了。既然独家线索中断，我只好展开‘主观感受式研究’，汉朝司马迁不是这样吗？《史记》里明显残留太史公的想象痕迹。如今寻找田文佐和小树叶儿这类人物的下落，我只能调动主观感受的力量，从而激发逻辑推理的进程，找到那扇窄门，咣地推开它，让今日的阳光照射进去。”

我受到师傅的情绪感染，一时说不出话来。是啊，历史不是无情物，它要求我们以心灵触摸人物本相。

彻夜探讨，天色大亮，大太阳透过“过街楼”窗户洒进晨光，把徒弟和师傅映照得亮亮堂堂。一夜不曾合眼，我反而没了困意。刘乙己趁机告诫我说，“小子！历史就是个连环套，你死啃书本拆解不开的。”

我起身告辞，推着自行车走出胡同上街排队，买了油条和烧饼快步走进家门，送上早点给外祖母。她老人家满脸狐疑望着我，好像遇到过路财神。我告诉她老人家，经过刘乙己研究有了初步成果，“我们模拟了历史现场，还原了事件真相，认为您没送我妈妈去宪兵司令家！”

“真的……”她老人家惊得瞪眼张嘴，亮出缺位的门牙说，“你们俩真把历史给研究成好事情啦？”

我说历史里不乏好人好事，必须下功夫寻找。外祖母情绪激荡起来，“是啊！我怎么能把亲闺女往火坑里推呢？何况她还念着大学呢！可是你妈妈偏偏承认去了高铁桥家，还给惠生写了证明材料，你说这不是让自己背黑锅吗？还把我给连累上啦，弄得我心里发毛……”

外祖母说话气喘吁吁，我便不敢提及小树叶儿的事情。尽管刘乙己推断小树叶儿就是田文佐身边的隐蔽人员，而且是她鼓动外祖母把自己送到宪兵司令家。我认为还是稳妥为好，不要轻易刺激她老人家。

外祖母顽强地咀嚼着烧饼油条，不禁回忆往事说：“田文佐这男人真不错，特意给你二姨雇了个丫头，小树叶儿干活勤快从不多嘴，田文佐出了事儿，这丫头特别着急，总想去宪兵队送饭，担心田大队长在狱里受委屈。”

看来外祖母至今不知道这丫头的真实身份，于是刘乙己推断小树叶儿主动要求外祖母把她送到宪兵司令官邸，所以外祖母不会产生自责心理，甚至认为小树叶儿想攀高枝嫁豪门。果然她老人家手里举着烧饼说，“后来我还梦见过小树叶儿嫁了有钱有势的男人，这辈子过上好生活啦。”

我没有承接这个话题，“这烧饼油条您趁热吃吧，以后有好消息我会告诉您老人家的。”

“嗯，你念大学应该知道，历史里有坏人也有好人，好人总比坏人多呢。”外祖母诚恳地说。

9

我 26 岁那年读大三，属于适龄青年，跟中文系女生韦华谈起恋爱。她知道我父母离异，喜欢询问我家情况，说要写作就要保持好奇心，这样你的世界会比别人丰富。她喜欢读《简爱》和《安娜·卡列尼娜》，还有《包法利夫人》。

我告诉韦华我父亲曾经流露悔意，请我捎话向母亲致歉，可惜母亲没有回应，于是局面难以盘活。韦华听过非常焦急，仿佛是她父母离了婚，为我构思多种方法以求破局。我受到感动主动带她去见我师傅，一是让她接触民间历史学家，二是让她听到我母亲的故事。

刘乙己表现出罕见的热情。我家的故事纷繁复杂，涉及人物不少，事件脉络散乱，情节重叠悬疑……没想到被他说得清清楚楚，讲得明明白白。毕竟是高考辅导班老师，练就超常的概括能力和逻辑本领。

我的女朋友则具备出众的理解能力，她听罢异常兴奋转而问我，“既然推断你母亲没有历史污点，应该让她振作精神，大步走进新生活！”

“我们研究历史格外谨慎，一个人物漏洞可能改变事件真相，所以不像你们学中文的，依靠虚构创造新世界。”

韦华心情急迫问道，“刘乙已先生您能举例说明吗？比如什么漏洞改变了什么真相……”

我打断韦华说，“你要称呼刘福禄先生，不要叫刘乙已。”

“难怪我觉得跟鲁迅小说重名了……”韦华恍然大悟。

刘乙已并不介意，完全沉浸学术状态说，“我给你举个现成例子吧。”说着目光转向我问道，“你姥姥没把她闺女嫚儿送给宪兵司令，可是嫚儿偏偏承认去了高铁桥家，解放后还给惠生出具证明材料，以亲历者名义证明这是烈士之子，你说这逻辑能够成立吗？”

“不能够！这里头肯定有故事。”韦华大义凛然答道，俨然成为我的代言人。她不愧是思想解放时代的女大学生，性格耿直生猛。我想起自己的母亲，这位旧社会的女大学生蒙受冤屈饱经磨难后，性格愈发内向了。

刘乙已表情郑重地说，“我们研究历史讲究实证。国民党宪兵队半夜活埋田文佐，当时河堤下边另有目击者，他是个半夜看青的农民，名叫张仁国，解放后参军立过三等功。他回忆跟田文佐同时被活埋的还有个姑娘，她身穿花布衣衫，挺直身板走路，毫不怕死的样子。”

韦华瞪大眼睛望着我，明显吃惊不小。我当即请教师傅说，“如果这段口述实录属实，可以认为小树叶儿有了下落吧？”

“小树叶儿好像人间蒸发了，我们怎么向革命先烈交代呢？”韦华充满历史责任感，初步显现妇女能顶半边天的气概。

刘乙已目光瞬间放亮，“你为什么不报考历史系呢？”之后扭脸望着我，“韦华比你有潜质，她学中文太可惜了。”

韦华表态说，“历来文史不分家嘛。我会经常跟您探讨历史谜团的，比如赛金花跟瓦德西究竟什么关系？今后我想把历史迷雾里的人物写到小说里去。”

听到韦华要写小说，刘乙已失望了，“我就不留你们吃午饭了，出胡同右转有家炸鸡店，味道很不错的。”

“你干吗非要学写小说呢？跟我研究历史多好啊。”刘乙已勉强笑了。

“您在书籍里研究历史，我在小说里构建历史，我跟您共同努力吧。”韦华说罢催促我起身告辞。

我和韦华遵旨走进炸鸡店。韦华吃了两口就嚷嚷味道平淡，“看来研究历史的人缺乏现实生活判断力，比如那些常年研究清宫御膳的学者，会不会天天吃方便面？”

我不宜臧否自己的启蒙师傅，只得表示刘乙己单身男子饭食单调，自然感觉炸鸡就是美食了。

韦华勉强吃掉半份炸鸡说，“既然认为小树叶儿是地下工作者，既然认为小树叶儿自愿去了宪兵司令家里，既然认为小树叶儿舍身也要完成上级交给的任务，你说她会是什么结局呢？”

我回答说，“要么她成功拿到田文佐的情报全身而退，要么她不慎暴露真实身份命丧敌手。”

“二者必居其一？”韦华显然想象着小树叶儿深入虎穴的场景，身临其境，表情紧张。

我安慰女朋友说，“小树叶儿和她的舍生取义行为，出自刘乙己的‘主观感受式研究’和‘人生情理经验’推演，目前有谁能证明身穿花布衣衫从容就义的姑娘就是小树叶儿？目前又有谁能够证明那个跟身穿花布衣衫的姑娘同时活埋的男子就是田文佐？”

“哦，研究历史只能存疑了。”韦华被我说服，主动把她的半份炸鸡让给我吃，“我还是钻研文学吧，写小说联想丰富，构思精彩，你们研究历史好枯燥哟。”

看到女朋友铁心归属中文系，我食欲大增，吃掉她赠予的半份炸鸡。她看着我的吃相说，“有些事情问你母亲就是了，你何必非要钻故纸堆儿呢？”

“妈妈不告诉我。”我有些感伤地重复说，“妈妈不告诉我。”

我的女朋友表示不解，“你妈妈不告诉你，这为什么？”

不等我回答韦华便发表主观见解，“可能母子间不便谈论内心隐私吧，你若是女儿那就不同了。”

我发现韦华喜欢自问自答，不但问得尖锐，而且答得精到。我交了这种性格的女朋友，今后将节省许多语言。

临近学校放寒假，我意外收到母亲来信。这只大号牛皮纸信封里，装有白色小信封和两页信笺。

这两页信笺是妈妈写给我的信，字体硕大接近贰分硬币。莫非人老了字就大啦？我捧读南郊农场来信，还是感觉她在远处。

母亲写信格式规范。首先祝贺我有了女朋友，说读了韦华同学来信，觉得这姑娘坦诚直爽，令人信赖，特别是钢笔字稳重端庄，看着让人放心。母亲做过中学教师，相信字如其人。

“我前天给韦华同学回了信，向她表示感谢。我确实没想到有位姑娘横空出现，给了我回首往事的力量。你长大成人肯定懂得，一个母亲向自己儿子谈论少女时代的际遇，那是难以启齿的。我庆幸有了韦华同学，可以跟这位不曾谋面的姑娘敞开心扉，这仿佛对山外青山讲述，又好似向海里浪花诉说，甩掉多年形成的心理障碍……”

我又惊又喜。韦华竟然给我母亲写了信。我母亲竟然如此信任韦华，终于愿意讲出自己那段经历。

“我的故事讲给你的女朋友，就等于讲给你听了。对我来说这是自我解放，如同脱掉多年爬满虱子的小棉袄，干净清爽地晒太阳去了，感觉天气真好啊。”

母亲叮嘱白色信封等到农历八月十日打开，那天是田文佐的忌日。母亲要求我读罢祭文朝天焚烧，权作对亡灵的祭奠。

我小心翼翼收起白色信封，心情激动起来。我心理遥远地做她儿子，她内心缄默地做我母亲，只因那段深若鸿沟的往事。历史是集体的往事，个人却是历史的负重者。如今，我的母亲不再站在远处，我期待她轻快地朝我走来。

晚自习时间我约会韦华，她小步跑来当头就说，“我没有跟你打招呼给你母亲写了信，你不会怪罪我吧？”

我说怎能怪罪你呢，应该感谢你让我母亲乐意讲出那段尘封往事，这样我就真正有了母亲。

韦华带我走到学校围墙里的老榆树前，“柯老师当年就是从这里出发的！她说那是暑假前夕……”

柯老师？终于有人又称呼母亲“柯老师”，而且她是我的女朋友，我忍不住哭了。

“1947 年初夏，那个名叫柯延瑛的女大学生，来到学校大墙下这株被称为‘许愿树’的榆树下，踮起脚尖把红绸带系在枝头，默默发出心愿：只要能够营救姐夫，我不惜付出自身代价……就这样她离开学校赶回家乡。火车到达滦城天色已晚，她乘坐洋车去见冀东宪兵司令高铁桥将军。副官呈报有天津女大学生拜访，她走进那座黑漆大门。”

随着韦华的轻声讲述，我仿佛跨进历史现场看到那位女大学生，她身穿阴丹士林蓝大褂，外面套件月色上衣，手提藤条旅行箱走进会客厅，姿态优雅地落座。这就是当年的柯延瑛啊。后来她成为我的母亲和人民教师，再后来她成为南郊农场丙字小队工号 49 的农工……

冀东宪兵司令高铁桥将军走进会客厅。他圆脸宽肩五短身材，通身是浅灰色立领便服，疙瘩襻系得整整齐齐，脚穿尖脸黑布便鞋，乍看很像乡村教书先生。

并非教书先生的宪兵司令神情和蔼，语调轻松跟来访者交谈，还询问天津学生运动情况。女大学生有问则答，表示没有读过《方生与未死之间》这本小册子。

“我希望我姐夫能够平安，不论长官提出什么要求。”

高铁桥突然问道，“柯小姐，你认为共产党好不好啊？”

“共产党……”女大学生明显遇到难题，下意识摸了摸胸前佩带的校徽，表情犹豫地答道，“不好。”

高铁桥笑了笑，略显得意地问道，“那么你说说共产党怎样不好呢？”

她显然不知道共产党怎样不好，于是满脸窘迫表情。

“你赏光访问寒舍，令慈大人不知晓吧？”

“我下了火车径直就来拜见您了，我的事情我能做主。”

“那么您还没用晚饭吧？我陪柯小姐边吃边谈。”高铁桥语调柔和。女大学生不便谢绝，跟随他走进官邸餐室。

晚饭两菜两汤，分餐制。她象征性吃些米饭喝些羹汤，拿出丝帕擦手表示谢意。

“既然柯小姐无所畏惧，那么今晚留宿寒舍吧。”高铁桥说罢注视着来访者。女大学生异常镇定答道，“无论司令长官要求我做什么，我只希望我姐夫能够平安。”

“你很崇拜你姐夫吗？”高铁桥毫无表情问道。

她毫不犹豫点头应答。宪兵司令随即板起面孔，“你姐夫是共产党啊！”

“我只知道他是我姐夫。所以我希望您给他平安。”

高铁桥没有说话，挥手指派副官送女宾去后院房间安歇。

突然间，韦华中断讲述掩面哭泣，猛地将我拉回现实世界的老榆树下。

“柯老师真了不起！她愿意为自己钟爱的男人献身，这绝不是寻常女子能做到的，即便是当代女大学生……”韦华倚靠我怀里说，“我不敢想象自己能否做到！”

我受到强烈震动，“什么！我母亲信里承认她钟爱田文佐？”

“柯老师当然没有这样讲，可是我认为是这样的！毕竟我也是知识女性，请相信我的直觉。”我的女朋友激动不已地说，“那是何等深厚的情感啊，驱使自己献身救人在所不惜。”

我抬头仰望夜色里的老榆树，它枝叶苍茫，沉默不语。

一个女大学生为营救自己的姐夫，毫不犹豫留宿宪兵司令家里。我不知道韦华怎样继续讲述母亲的来信。

韦华擦干眼泪苦笑了，“这个故事绝对吊诡！女大学生彻夜未眠，做好牺牲贞操解救姐夫的心理准备。天色大亮仍然没有动静，她意识到对方没有接受这笔交易，自己的营救计划落空，伤心地哭起来。”

我不知事态如何进展，心情特别紧张。我的女朋友居然评点说，“我认为高铁桥是个值得深刻研究的人物，以往文学作品里还没有这种国民党将军形象！”

我有些失控说，“韦华！你能简明扼要讲述事情结局吗？”

“不能！”韦华露出未来作家的潜质，说，“我们写作课老师有句名言——细节是雄辩的。假如我的讲述忽略人物细节，你怎能晓得什么叫天使什么叫魔鬼？”

我只得平心静气听韦华讲述：“大清早副官来到后院客房门外，轻声请柯小姐去用早饭。女大学生拭去泪水整理仪容，推门走出客房跟随副官来到官邸餐室。这顿西式早餐非常丰富，她只喝杯咖啡，极力保持镇定。”

“高铁桥谨慎地吃着煎蛋烘肠和面包，不时用餐巾掩拭唇边，武将反而显出文人的教养。”

“柯小姐你是张白纸啊，应该没有涉及校园政治活动。那位昨天夜里来的姑娘就不同啦，我把她交副官全程接待。那姑娘说自己是用人不识字，就想见见男主人给他跪地磕头，感谢多年救济之恩。这样她就露了马脚，果然不出所料她是张红纸啊，而且被共产党染得太红了，竟然敢来宪兵队接收田文佐掌握的情报，真是吃了豹子胆。这女共党敢于自投罗网，我只能成全她啦。

女大学生听罢掏出手帕捂住嘴巴，忍不住失声痛哭。高铁桥起身围绕餐桌说，“昨夜我问那姑娘共产党哪里不好，她说共产党杀地主、抢财产、分田地，搅得天下乱哄哄，分明把共产党说成混世魔王，这戏就演过头了。”

我听得哭了，韦华也哭了。她说柯老师写信时肯定落泪了，那信笺皱皱巴巴洇了字迹。

“小树叶儿毕竟年轻，临危受命求成心切，太可惜啦。”韦华极其感慨道，“那代热血青年老啦！我们这代大学生呢？”

10

我26岁那年，农历八月初十晚间骑车出了大学校园，独自来到水溪公园，坐到彩灯旁边石椅上，小心翼翼打开白色信封，阅读母亲写给田文佐的祭文。

这篇祭文不遵文体范式，开篇直接说话，“三十五年过去了，你在天堂，我在人间，相距遥远，你仍然活在我心里。那时候，我不懂政治，只觉得你是个好人，不忘叮嘱家里汇款供我读书，还跟我母亲说将来女子同样是社会力量，所以不可中途辍学。我不知道你是共产党，更不知道你已抱定必死信念。但是我知道国民党官僚奉行钱色交易，得知你身陷囹圄，我发誓以自身贞操营救你的生命。我哪里知道恶魔本性啊，即使我像小树叶儿那样献出生命，他们也不会放下屠刀。你就这样尸骨无存地消逝了。我至今不知你埋葬哪里，我猜想那是个青草茂盛的地方，一簇簇野花自由开放。”

“时光流逝好快，快得令人健忘，快得埋没你的英名，如今有谁记得你的名字？我想不会很多。我只能尽绵薄之力，为惠生出具申诉材料，证明他的身世，他是被埋没的烈士的骨血，你可以不知晓，但我不可以怠慢。”

“我知道你魂归天堂，也知道恶魔应该下地狱。今天适逢你的忌日，我让我的儿子焚烧这篇迟到的祭文，把我的炽热献给你。你能看到人间这簇跳动的火光吗？我是柯延瑛，我想念你。”

这篇祭文深深打动了我。三十五年时光，母亲深怀如此炽热的情感，从来不曾冷却。我蓦然想起前年在农场跟母亲说起“世界上没有两片相同的树叶儿”，她当时出现的反常情绪，如今也有解了。那个舍生忘死勇闯魔窟获取情报的姑娘小树叶儿，她的名字和形象同样常驻母亲心底，默默影响着母亲的日常生活。记得母亲把高粱秆剥成“甜棒”，当作“甘蔗”给我吃，那也是颇含深意吧。

水溪公园不断变换颜色的彩灯把四周照耀得有些迷幻。我愈发留恋这篇祭文舍不得焚烧，几经踌躇只得点燃火焰，起身抬头仰望夜空，确实有颗星星朝我眨眼。无论是出于钟爱或是暗恋，它都是母亲心仪的星座。

我骑车返回学校。韦华在学校大门前等我。灯光雕刻出她的剪影，不经意间成为人物艺术。她对我说这种事情就要独自完成，因此没去水溪公园打扰我。我的女朋友满怀感慨说，“对一个人的怀念持续三十五年，这是多么坚韧的女人啊。”

“可是我母亲为此付出多么沉重的代价。”

韦华表情郑重说，“你有这样的母亲，我更愿意做你女朋友。”

“你不是要写作吗？我母亲应该是你笔下人物吧？”

韦华表示为难，“人性实在太复杂，例如高铁桥的反常行为便令人费解。他指派贴身副官牵马坠镫送女大学生回家，出自什么动机，达到什么目的，我始终琢磨不透。文学作品塑造人物具有穿透力，我目前还没有觅得金刚钻。”

我说刘乙已的许多见解来自多年生活积累，我们应当向这位民间文化学者请教。

适逢国庆节假期，我买了墨菊香烟，韦华拎着国光苹果，前往“过街楼”看望“胡同里的学问家”。我叮嘱韦华不要错呼“刘乙己”，人家不是鲁迅小说人物的转世灵童。韦华说记住了。我俩走进胡同，碰到外祖母走出小院，好像是出门晒太阳的。她老人家已然拄了拐杖，尽显老态。

“这紫藤拐杖当初是给你妈妈买的，她伤筋动骨腿脚没劲，可她就是不拄，嫚儿的性格真犟啊……”外祖母抬眼看见韦华和苹果，表情随即显得夸张，“嗨！你俩来看我不要总是花钱买东西嘛！”

说着从韦华手里接过装满苹果的尼龙网兜，“我不用搀也不要扶，我是心疼买拐杖的钱才拄着它出来溜达的。”

韦华笑得捂嘴，“您真是鲜明生动啊！连曹雪芹都没写到您这样的人物。”

“闺女！我要是被姓曹的写进大观园里，还能活到今天吃你买的苹果？”外祖母左手把拐杖夹在腋下，右手提起苹果网兜，小步颠儿颠儿回家去了。

我还是不能告诉外祖母小树叶儿早已惨遭国民党宪兵杀害，太平盛世就让她老人家回家啃苹果吧。

我的女朋友还是笑个不停，说刘福禄同志的苹果被你姥姥劫持了。我安慰韦华说咱们进贡还有墨菊牌香烟。

我没想到外祖母收下苹果走出院门，满脸神秘表情说，“你二姨阳历年结婚！她要嫁给什么民革副主委，那人还是省里文史馆员呢……”

韦华拉住我胳膊低声说，“你说过刘乙已惦记你二姨多年，他光研究历史不关注现实，现在去滦城求婚也晚啦。”

外祖母絮絮叨叨说，“这女人老了依旧漂亮，看来还能嫁得不错。那男的原先是国民党起义将领，这小黑眼儿又成国民党官太太啦？”

韦华笑着纠正说，“姥姥！人家现在是民主党派，跟台湾那边没有关系。”

“对，那拨老国民党搬到台湾去啦。”外祖母说出自己的见解，“小黑眼儿熬了这么多年，又过上好日子啦。”

不知出于什么心理，我还是有些为刘乙己感到失落，他多年研究柯延蓉家史，如今被人家掀开新篇章了。

刘乙己书房斋号“过街楼主”，依然保持单身汉生活习惯，这习惯就是家庭环境脏乱差。他接过我呈送的墨菊牌香烟，频频颔首表示欣慰，转脸对着韦华说，“你肯定有问题要我解答，弄明白了写进小说里是吧？”

我怕韦华说话有失分寸，抢先表示我和韦华前来看望师傅，“请放心，您不是她要观察的文学人物。”

“那么高铁桥肯定是哇！我检索黄埔军校第三分校学员名单，登记在册七千多人里没见他名字。”韦华毫不犹豫说出此行目的。

刘乙己打开墨菊牌香烟嗅了嗅，然后背手踱步等待韦华提问。我的女朋友从书包里取出笔记本，站起身来尊称刘福禄先生，“我今天专程向您请教，当年高铁桥出于何种心理那样款待柯延瑛，他想达到什么目的？”

此时显然不用我张嘴了，韦华的提问比较到位。

“好，很好，非常好。”刘乙己瞬间显现辅导班讲师状态，“你提了两个问题，一是何种心理，二是什么目地。那么请你简约讲述事情线索吧。”

“高铁桥行伍出身，职业军人，外表温文尔雅，那天吃过早餐他命令马夫牵来他的白色军马，亲自扶持女大学生跨坐马鞍，派遣贴身副官牵马坠镫，一路穿过滦城闹市区，沿途引发人们追随围观。滦城大东照相馆得知消息，当街架好照相机抢拍这组新闻镜头。那贴身副官就这样把女宾送到家，返程复命去了。”

刘乙己闭目静听，连连点头说，“你这段讲述很新鲜，这是当事人提供的吧？”

“我是独家，愿意分享给您。”韦华不等对方应答自行分析起来，“高铁桥是国民党官僚，田文佐是共产党地下工作者，这两人政治信仰不同，自然成为不共戴天的敌人。高铁桥目睹美丽端庄的女大学生匆匆赶来，宁愿牺牲贞操营救共产党地工，这种行为已然超越政治属性，衬托出田文佐的人格魅力，这可能对高铁桥形成强大心理冲击。他贵为冀东宪兵司令，也是个男人啊！柯延瑛宁愿舍己救人，高铁桥内心做何感想呢？他认为已在军界实现自我价值，然而面对这场生死情感的较量，难道他不是最大的失败者吗？”

刘乙己伸长脖子凑近我说，“我想夸赞你女朋友历史领悟能力超强，你不会自卑吧？”

我反而认为韦华的文学构思能力超强，“她不会把民间传说写进历史教科书的。”

韦华意犹未尽，话语不止，“据说男人都希望自身价值得到女性世界认可。那么我揣测高铁桥从来不曾拥有爱情，他从来没在女性世界实现价值，尽管以儒将自况……”

“你的历史领悟能力很强，不过你的目光尚未穿透高铁桥的深层心理。他特意指派贴身副官牵马坠镫护送柯延瑛回家，难道这是知书识礼绅士风度吗？”

我随即插言抢答，“这貌似温文尔雅的行为，可能是高铁桥的心理变态……”

韦华大声表示赞同，“就是高铁桥的心理变态行为，毁了你母亲的人生！”

“孺子可教，后生可畏。你们基本具备独立思考能力，将来都是建设祖国文化事业的人才……”刘乙己狠狠吸了口香烟，瞬间情绪波动起来，“高铁桥派贴身副官牵马坠镫走过闹市区，这成了滦城最大新闻，一时间到处传说女大学生从天津跑来，夜宿宪兵司令家，主动献身做妾。很快形成社会舆论。社会舆论是把软刀子……”

刘乙己愤怒地喊叫起来，“这就是高铁桥的阴谋！你不是要舍身营救你姐夫吗？我用硬刀子杀了田文佐那个共产党，再用软刀子杀了你这个痴情女子。”

我听得浑身发冷，“这把软刀子杀人不见血吧？”

“柯延瑛身为洁身自好的女大学生，如果真被他玷污了，那是被污辱与被损害的痛苦，如果没被他玷污却被公众舆论斥责为委身于人追求富贵，这种蒙冤受屈百口莫辩的心理负担，甚至超过被污辱与被损害的痛苦。高铁桥的软刀子长久割噬着柯延瑛的生命时光。”

韦华惊恐地看着我，“这么多年过去了，你母亲被这把软刀子杀得下放农场劳动，这真是无形的凶器。”

空气沉重，心情抑郁。刘乙己冷静下来转而安慰我说，“我从江西文史馆朋友那里得知，高铁桥晚年定居赣南，他患白血病去世后，留有两万字遗书，人之将死，其言亦善。我想他会证明你母亲的清白吧。”

性格外向的韦华依然沉浸在悲剧情节里，并不相信人间存在良心发现，“我会继续寻找小树叶儿的下落。”

我们跟刘乙己道别走出“过街楼”，韦华从书包里掏出牛皮纸大信封，闷头闷脑递给我说，“这是你母亲写给我的全部信件，我交给你看吧。”

我谢绝了韦华的好意。这些信件记载着母亲的心路历程，希望她好好保管这部女性精神账簿。

我和韦华走到街心公园，望着长街尽头缓缓沉落的夕阳。

“你母亲性格外柔内刚，心里极好强呢。她甘愿献出贞操营救田文佐，可惜没有成功，这是你母亲的终生遗憾吧？小树叶儿义无反顾牺牲自己，这是你母亲的终生记忆吧？只要想起那个身穿花布衣衫的姑娘，她心底会不会泛起自怨自艾的涟漪呢？如果你母亲心境果真如此，就等于她常年蔑视着自己。这种精神苦闷是常人难以想象的。反观你母亲下放农场劳动的经历，这会不会属于自我放逐呢？”

我吃惊地望着韦华，仿佛不认识她了。她这番话语宛若电流击穿历史岩层，以文学独有的方式，直抵人物心灵深处。乍听起来亦真亦幻，却使我感觉无限逼近事物的本相。

刘乙己夸赞韦华机敏聪慧是有道理的。她在寻找文学的历史意义，同时寻找历史的文学意义。无论读中文系还是读历史系，对她来说已然不重要了。

夕阳彻底告别城市，天色渐渐昏暗。昏暗光线里我顿生疑窦：小树叶儿与田文佐同时惨遭杀害，皆为宁死不屈的革命英烈，可是母亲八月初十的祭文里没有怀念小树叶儿的只言片语，这到底是什么原因呢。

韦华好像胸有成竹，讲述起来有些小兴奋：“每逢农历八月初十夜晚，你母亲便悄悄去往农场野外，把那几套彩纸剪制的花布衣衫点燃焚烧，轻轻呼唤心底那座汉白玉雕像的名字，‘小树叶儿你不要舍不得穿，我这边每年做几套衣裳给你送过去，你穿花布衣衫可好看呢，特别是穿那件蓝底红花斜开襟的小袄，好像仙女下凡人间了……”

我意识到被韦华带进故事现场，“你这是真实的场景还是虚构的画面？”

我的女朋友信心满满问道，“有时候，真实与虚构殊途同归，这两者有多少区别呢?”

我说可能是这样吧。多年来妈妈不告诉我，如今韦华以文学名义将那段经历展现给我，让我看到母亲真实的内心世界：妈妈，因为您生命里有过小树叶儿，所以无论今生今世把事情做得多好，您都不会对自己满意的，您永远是那个单纯的女大学生。

这就是母亲背负的光阴。怀念那些不曾被历史记载的人，已然成为母亲生活的头等大事。尽管妈妈不告诉我，我也努力长大了。尽管妈妈不告诉我，我也能理解她终生不泯的情愫。尽管妈妈不告诉我，我将默默分享着她的苦与乐。

事情就是这样。该记住的我都记住了。而且牢记得就像金刚石那样结实。母亲不告诉我，我会告诉母亲的。

（原载《人民文学》2021 年第 4 期）

唯水年轻

林　森

龙　宫

这次回乡，是接了个活儿，去拍那片些许浑浊的海。摄影还未正式开始，我跟两个队员一起划着船，在水面上寻找合适的拍摄点。晨色笼罩，船身尖锐如刀，切割荡漾的水面。我正盘算着下水后该怎么拍，便听到了曾祖母过世的消息——摄像机和我的眼睛都得闭上，螺旋桨转向，小船掉头……我得奔丧去。房屋、石磨、石棺……以海岸线为对称轴，岸上的一个个渔村，倒映下去，海里也有一个个村庄，只不过那里毫无人烟，而是鱼虾的聚集地。很多年里，那片龙宫，是我的谜，也是渔村所有人的谜。龙宫之上覆盖着的那片海，我是熟悉的，虽然对小时候的我来说，那是一处禁地——当伙伴们扑打着水花，游向传言里的龙宫，我只能在岸上，用目光追逐他们踢出的水花。当然有忍不住的时候，我扑进了苦咸苦咸的海水，双臂旋舞、双脚踢夹，可还未真正潜入水底看一眼，换来的，便是父亲用绳索绑住我的双手，把我悬挂在一棵木麻黄树上。几分钟后，绳索捆着的地方，从痛变得麻木，最终，上半身都不属于自己了。很多年后，我好像还能在手腕上看到绳子的印痕，看到当年的夜晚：海风让悬挂着的我失控，月光在水面上碎成银光。我被悬着，有时会想，会不会忽然有高大身躯从海上立起，月光像水银一般从他的头顶倾倒而下？海神……顶天立地的海神……并没有身躯立起，可海面下不绝的涌动，是不是他在潜游、叹息和伺机而动？那么多年里，打骂的阻碍和拦截，没能让我完全隔绝于那片海。

小船折返，渔村扑面而来，我很少以这个角度看我们村。是的，这些年，我潜过很多地方的海：出海，又从永不止息的海里返回岸上，可那都是别处的海——甚至有不少国外的海，我何曾这么看过这个渔村呢？成了一名水下摄影师，不仅家人想不到，我有时拍摄结束，倦怠感袭来，在异国他乡的海边酒店里躺着，潮声不歇，我头脚颠倒、心神不宁，夜色把我往海底压——倒也不是孤独，就是感到荒谬。因为这工作，父亲几乎成了我的死敌，有一回我携带摄影设备回渔村，差点儿被他摔坏，还是曾祖母斜站在门槛那儿，用冷冷的眼神，抢回了我吃饭的家伙。由于我的曾祖父和祖父都曾消失于茫茫大海，曾祖母不让父亲下海，父亲则不让我下海——出海成了我们家的禁忌。

小时候，父亲打我的轻重，与我跟海水的距离成正比。父亲盘算过村人口中的那些魔咒般的风言风语，他避开了，可他害怕会转移到我身上。我一直被他强按住读书，可我最终学了美术，毕业后在北京宋庄待过两年，有半年时间不间断地看画展，把自己看得反胃了，再也画不出来——我就拿着相机乱拍。也不知怎么的，我忽然就开始拍海底，画面里尽是些鱼虾蟹贝和水草珊瑚礁。在中国，搞水下摄影的人并不多，我接到的活儿不少，许多地理杂志、手机公司都找到我……水下摄影师的稀少，很大程度上缘于很多摄影师们水性不行，我无法想象，一个出生在西北黄土高坡上的摄影师，可以扛着机器在海底游弋。而我即便在父亲的拳打脚踢下，潜藏在骨子里的水性还是超过大多数人。我起先并没有跟家里说我拍的是水下，他们觉得我不好好在一个单位朝九晚五，是个朝不保夕的无业游民。后来是省内一家报纸，在一个京城的摄影展上采访了我，有些人拿着报纸找到父亲的饭店，向他竖起大拇指，我才暴露了。若不是我远在北京，父亲几乎就要操着饭店里的砍骨刀翻山越海追杀而来。从那之后，我和他的关系成了拉紧的弦，稍有不慎就会绷断。每年春节返乡过年，他差不多天天跟我摆擂台。他反复挂在嘴边的那句话是："你做什么不好，为什么一定要下水？"每到这时候，曾祖母用她的拐杖敲敲门板："我们家的人，离得了水？这些年，你不也靠海吃海？"曾祖母指的是，父亲那家饭馆是一家海鲜店。父亲看着我的强援，把别的话尽皆活埋。

可现在，我的强援永远离开了。

打电话告诉我曾祖母过世的，是父亲。当时我在小船上晃荡着，信号不是太好，风声灌耳，我接了之后，有一阵没听清，就挂断了。接着铃声又持续地响起。这情况太少见了，父亲很少主动给我打电话，有时不得不找我，也是母亲用她的手机拨通后，一阵闲聊，才试探性地说"可能你爸有什么事""跟你爸说两句"之类，把手机递给他。父亲的连续拨打，让我心生慌乱，只好接了。他的声音在风中起伏：“你在哪儿?”我心想他是不是听到我回来的消息了，为避免后面的拍摄麻烦不断，我含糊着说：“爸，忙着呢……”那头提高了声音：“我不管你现在在哪儿，能多快就多快，赶紧回来。你——曾奶奶——过——了!”手机掉到船板上，发动机带动的船桨击水的声音，也没能压住父亲从手机喇叭里发出的吼叫。

回来这两天，为了避免跟父亲的冲突，我没跟任何熟人提及，把故乡当异乡，晚上住县城的旅馆，白天就准备着拍摄事宜。今天这一大早，晨色尚未从海面上褪尽，便听到了这个消息——我最后悔的，是没能回老家见见曾祖母。让小船回返时，队员不清楚发生了什么，可他们也看到了我的脸色陡变，拍拍我肩膀，没说什么。小船靠岸，阳光晒得沙滩发白，好像那不是沙子而是白花花的盐，眼睛一瞄就被刺伤。对，就是这种白，独属于我们渔村的白，即使看过多个国家不同的海，这里还是独一无二，这熟悉的热和白，把我掳回旧日。在这里，我闭上眼睛也能走回自家的院子。密密麻麻椰子树的掩映下，海风长年灌入院门如风洞。

家里的十几个人站在院子里，都眼珠泛红，有人眼角的泪还没擦干。估计没人想到，父亲电话过后不到一个小时，我就回来了，眼睛齐刷刷瞪着，嘴唇颤动，想问什么话，又没有发出声来。我知道他们想问什么，直接说：“省里有个任务，我刚好回来了。”母亲抹抹眼，拉了拉我的手，她也知道我最想问什么，低声说：“你爸送菜回来，没看到你曾奶奶起来，推门就……昨天我回来，看她还好好的……”父亲的饭店开在镇上，家里人都在镇上住着，可曾祖母坚持住在渔村里，年过九十的她，没什么病痛，还能每天自己煮饭。家里人每天送肉送菜回来，帮她忙好一些事，又会返回镇上。今天父亲回来，看到她已经……我们永远没法知道她咽气的具体时间了。

家里人自动分开，父亲走到一边的台阶上蹲下，把一根烟塞进嘴角，发抖的手滑动打火机。曾祖母就从分开的缝隙里显露出来。一块木板放在屋子中间，铺着白布，曾祖母躺在上头。堂前八仙桌上，烧香点烛，熟悉的呛鼻味。我走到八仙桌前，取出三根线香，在燃着的蜡烛上点着，插进香炉，跪拜在曾祖母面前。眼前模糊，水雾遮挡眼睛，我试图看清楚，仍是被过滤了一些，只见到曾祖母脸色平和。她嘴角微翘，好像是笑，好像昨夜到来的死亡，是她期待已久的节日——是的，对于在时光中空耗那么多年的她，这一刻的到来，是该欢喜的一刻。她昨夜躺下之前，会不会已经知道这一刻会到来？她不像死去了，灰色还未笼罩她的脸，她的手好像还能握紧拐杖，顶向地面，在沙地上留下一个个印痕。

可能我的突然出现，打乱了家里人的计划——在他们的预计中，我至少要一两天才能赶回，他们还有时间安排曾祖母的后事，可我“说曹操曹操到”，倒给他们出了难题：如何快速而妥当地把曾祖母葬下，让人手忙脚乱。我们这个县，尤其附近村子，无论活着时多么尊贵，一旦过世，便迅速“贬值”，人人唯恐避之不及，村人很快躲避开，直到逝者下葬后，村里才渐有人烟。所以，无论谁家有人过世，族里人几乎都是当日便把人葬下，极少有停灵守灵之说，若有人因外出奔丧不及，至多宽限一两天便葬下。这习俗的由来，有老人都往前推到清末了，说是一场大瘟疫带来的心理后遗症。据说当时鼠疫横行，人都是断气即埋，迅速逃离坟坑，哪还敢停灵守灵。此时，村人已经撤光了，留下一片空荡荡，无数双耳朵正等待我们家出殡的声响。

父亲召开家族会议。因曾祖母前几年就过了九十，坟地也是她早就选定的，这就从容了一些。眼前最紧要的事有两件，一是去请主持葬礼的师傅公，安排葬礼的各个环节；二是得迅速下海，到海边水下的“龙宫”里，捞上一个什么物什，好随着棺材一同埋下。第一件好办，一个堂兄自告奋勇去邻村请人了；第二件，则是我们迫切需要解决的。某一年，村里有一个老渔工在逝世前交代，让儿孙下葬他时，把他从海边“龙宫”里捞起后一直丢在院子里的一块石磨随他葬下，这习俗便逐渐传开了，人们总会在葬礼时，埋件什么水里的东西才安心。这事，当然由家里的男丁负责。

“我下水！”父亲绷紧的神经一直没放松，这话好像是出征前的壮胆。曾祖母那么大年纪了，他心里早已预演过多次她的过世，可下水这件事，终究是他的心结——毕竟，他躲避海水躲了一辈子。父亲越是信誓旦旦，我越看出他的胆怯，若不是悲伤覆盖，我可能会笑出来。我说：“爸，我去吧。”父亲说：“你觉得我不懂水？”我说：“你是不懂水。这些年，我潜了全世界的海……”说到我的工作，父亲的脸又黑了。我说：“爸，要是你今天没给我打电话，我也会下水的，我这次回来，就是下水拍东西。反正都是要下去的，我来吧，你在水池子洗个澡都手脚发硬……”

父亲沉默。作为曾祖母的孙子和曾孙，他和我是她最亲的人了，这任务只能我们来完成。而即便他随时都有着对我没来由的暴怒，他也觉得我比他更适合下水。当然，在他心里，最适合下水的是他的父亲——那个早已消失在各种语焉不详的传说里的水手。绷紧的脸皮松懈了下来，他长叹一声："别捞太重的，随便捡块轻便的就行。"轮到母亲脸色变得难看了，她是在担心即将下海的我。父亲猛地站起来："你下水吧。我带两个人去县城，把寿衣、棺材和香烛买回来。"

我的潜水不是在国内学的。当时跟一个友人一同报了名，还没下海，教练还只是在泳池里跟我们讲换气和手势，那朋友热血上头，从泳池边上扑进水中，力道太猛，撞破了额头，鲜血不断涌出，他的潜水之旅便停止了。后面，天气不太好，我跟着教练下海时，海水浑浊不说，荡漾的海水把我的胆汁都摇出来了。看到眼前漂浮着的呕吐物，我特别羡慕那个在泳池里撞破头，此时正在沙滩上享受海风的朋友。小时候父亲的棍棒没能阻止我下海，可我也从没潜入过故乡的这片海。

接到省里的这一拍摄邀请之前，我查看了一些别人拍的照片和视频，也查看了一些文字材料。那些照片和视频，勉强可看而已，并不太讲究，可画面上那些水底的房屋、石磨、牌坊、石椅甚至碗碟等，还是冲击着我的心。所有的照片都在告诉我，这里，曾有人生活过，但，海里当然是没法住人的，谁会来修建这些水底建筑呢？我当然不会像村里的老人传言的一样，把这里当成龙王的宫殿或者一个海南岛版的亚特兰蒂斯；这当然也不是什么人修建的海底墓群……事实上，这时代搜索太方便，一些古旧的文字资料，若隐若现地揭示着水里的真相。

队员给我备好了潜水的装备，虽然这一趟另有任务，我还是带上了一个轻便的照相机。入水的一刻，随着水压的加重，我浑身松懈了下来，曾祖母过世的悲伤，暂时被海水隔绝开了。太阳光穿透海水，在水中形成各种光纹，像围绕在我身边的结界。很奇怪，此时我彻底安静下来了，好像这是独属于我的空间，给了我莫大的安全感，婴儿在母体里也是这样的吧？这种感受很难说清楚，我并非那种害怕见人、恐惧喧闹的人，可这些年我一次次穿着潜水服、背着氧气瓶、咬着呼吸器、扛着相机下水，倒真不仅仅是为了谋生，而是在海水里，可以变得更加自在，心里也更平静。对我们家来说，"水"是诅咒，可我没法摆脱，得一次次躲进水的包围圈。

此时的能见度不错，海水却依然有些浑浊，越往深处，越是看到各种淤泥漂浮。潜到八九米的时候，隐隐约约中，出现了传言中的龙宫。一排排残破的墙，倒塌在水中，往一侧潜游，还看到了石块垒成的水井。牌坊是保存得最完整的，毕竟它们都是以巨大的石块雕成，靠近之后，能看到上面雕刻的各种花纹。已在照片和视频上看过类似的画面，可当它们活生生出现在眼前，即使被水环绕，我还是觉得身体在燃烧。各种石块，被淤泥、海藻所覆，可它们仍倔强地显露着自己。有不少没完全倒塌的石楼，我穿行过去，进入另一个时空。在以往，我在水下拍摄，镜头和眼睛多是对着珊瑚礁、游鱼和水草，那些活物里，藏着大多数人对海底的想象。而此时，当这些毫无气息的石头出现，空荡荡之中，人是缺席的，可我好像又看到了人影幢幢。我没有打开相机——唐突的拍摄，对这一片水域的遗存，是一种不敬。我摆动双腿，在各种石墙间漂荡，把一切交给眼睛。

我没忘了自己是来干吗的，但我并不着急，我甚至找到一堵断墙，背轻轻地靠着，我需要在这里静坐一会儿。如果有人此时从我的头顶游过，看到我以某种怪异的姿势，在这海底的断墙边入定般坐着，他会不会吓破胆？他会不会以为看到了神话、漫画中的海底之人？多少年前，这墙还未断，还未泡在水中，这里应该住着一对夫妻，他们在屋内讲过悄悄话；老迈的慈母，也曾站在这堵墙前遥望儿孙的远足，挥舞的手折回，擦了擦眼角的潮湿……来不及再乱想，在氧气变得稀薄之后，我伸出手，在断墙上摸索着，抓到了块什么，已经被青苔覆盖，也没看清，不管了，缓缓释压，上浮。回到小船上，队员帮我卸下装备，我湿漉漉地呆坐着，任由海风袭来。两个队员不敢多问，别说他们，我也不知道此时自己在想什么。

我呆呆地看着拿上来的那块东西，不知道合不合适陪曾祖母下葬——那是一块石杵。

父 亲

父亲是真的没水性。

海在那里，荡漾的海面就是最大的诱惑。父亲不是没有过沉迷游水的年纪，可在村里，他是没有玩水的伙伴的。每一个与他年纪相仿的少年，都收到了家里的警告，不能跟他一同下水，否则打断腿——把一个祖父、父亲都消失在海里的人拉下海玩水，没人可以承受可能出现的意外。即使没有别人整天盯着，父亲也觉得海水有一股把他往岸上推的力道，有一圈拒绝他靠近的防护罩，当步子移到离海水还有二十米的时候，他的小腿开始颤抖，小腿内侧、后背冒涌细微的汗珠，麻痹感增强，他不得不后退到一个安全距离，望着日光在海面上碎成闪耀的金黄——他想向前，却只能退后，退到一个让自己痛哭的距离。当眼睛被苦咸苦咸的液体浸泡，眼角一阵黏糊糊，他没法分辨，这液体到底是咸风携来的海水，还是涌发自他枯竭的眼眶？

对他来讲，海水是一张巨大的口，随时要把他吞噬。我不知道当年曾祖母给他灌输过什么念头——或者，根本不需要，村人的传言，就足以把一个个宿命般的说法悬在他的头顶，毕竟，他的祖父、他的父亲虽然出海的理由不一样，但都是从海上消失的。对于海水，他有着本能般的恐惧。但即便恐惧，他会不会也幻想过，有一天跳到海水中击浪呢？或者，他会不会想去探寻他的祖父、他的父亲，到底是如何消失在海上的？海边人家，倒追起来，家家户户难免都有人葬身海底，那种全家好几代都能从海上安然归来的，反而是极为罕见的奇迹；可即便如此，曾祖母的男人、儿子全都出海未归，面对着她唯一的孙子——我的父亲——要说她不担心他下水，又怎么可能。她越是长寿，越是以不健壮却足够坚韧的身体抵御时光和海风的侵蚀，别人看她的眼光便越是怪异——好像她以多次击退阎王的长寿，熬死了家里所有的男人。

在村里的年轻人都随船往外走的时候，父亲闷着头，在自家为数不多的田里耕种。船在港口靠岸后，从渔船归来的年轻人相互簇拥着，犹如过节。船上狭窄的空间，限定了他们的步履，虽然他们可以在海水中划游，但那种摇晃与动荡，总是没那么踏实安稳，他们要回到岸上之后，才把憋在身体里的一切发泄出来。父亲也会被他们拉上，他不是太愿意参加这些聚会，但架不住那些人黝黑有力的手臂。在鱼肉焦香、鱼汤翻滚之时，父亲耳边充斥着从同龄人口中吹出的海浪和风暴。父亲闭口不言，可耳朵没法闭，话语的浪花四溅，让他有些晕。父亲的左额头，有一块清晰的疤痕，像一个畸变的“逗号”——那是他年轻时有一回，跟那些海上归来的水手们吃喝后留下的痕迹。以父亲后来嘴巴锁死的脾性，当然没有仔细跟我讲过这件事，可从曾祖母的叹息中、从其他人的唾沫星子里，也不难拼贴出当年的画面。不外乎，酒多话多之后，水手们喷着酒酸鱼腥，开始打赌，开始耍横……到了最后，不知怎么的，目标就落在了父亲身上。有人嘲笑父亲是个旱鸭子，一辈子躲着水。但父亲并不反驳，他点头哈腰：“是是是……我不下水……”他的服软，并没平息水手们的“暴乱”，有人喊了一句：“把他丢水里，看看他是不是真不懂！”父亲想跑，已经被手臂抓牢、举起，离开了那个杯盘狼藉的院子，迎向跳跃着的海风。任父亲如何扭动，也没法从那一双双铁钳里挣脱而出，他恐惧地呼喊，更放飞了那群被酒精麻痹的水手们。他被高高抛起，重重地落入海水之中。夜里潮汐上涨，水虽不深，父亲乱舞手臂乱踢腿脚，沉得很快。水手们指手画脚，看父亲在水中扑腾却总是没法往岸上走，笑声更大。等父亲的动作变小，身躯没入水里，水手们的笑声才变静了，惊慌爬上他们的脸。有人说："还真不懂？"立即有好几个人扑进水里，把父亲拖了上来。当时他的额头已被水里的硬物磕碰，正冒血，没下水的慌忙脱了上衣，绑住伤口——那疤痕一直没消。对父亲来说，这疤痕不是什么坏事，至少，水手们不会觉得他的不懂水性是装出来的了；甚至，有人不再炫耀出海，开始叹气，跟他说起海上的种种不易，船太小，海面和天空太大，风暴无常，吞噬一切……说着说着，还哭起来，父亲得反过来安慰他们。

二十世纪八十年代初期结婚之后，母亲连续生了两位女儿，父亲和曾祖母都慌了，据说曾祖母暗地里拜访了很多民间的"大神"，祈求给家里留一个男丁。而母亲生下两个女儿之后，已被计生人员盯上，怀上我的时候，母亲和父亲疯狂地"吵"了一架，躲回娘家。后来又悄悄去了一个远房亲戚家躲着，直到我生下来。计生人员见我母亲长期不在，已有所察觉，但父亲一见到他们，便拉着诉苦不断："你说，不就是吵吵架，怎么……人就不见了？丢下这俩女儿……"说得别人眼睛先红了。村里的年轻水手们，每次回来，就给他丢几斤鱼虾蟹，让给女儿们尝尝鲜。直到我生下来，生米成熟饭，计生人员也无计可施，只立即把母亲拉去结了扎。后来计生人员多次上门，曾祖母倚老卖老不断周旋，该罚的也罚了，该捅的屋顶也捅过，这事算是过去了。

后来海南建省，热闹得很，父亲也跑到省城找机会。那时满大街全是夹着皮包的，有人昨晚还睡街头，醒来就成了百万富翁。父亲谨小慎微，水都不敢下，更不可能在这种时代浪潮中捞到什么，也不过是帮人打打杂跑跑腿，拿点儿辛苦钱。后来看到身边熟悉的人，暴发的有，死于非命的也不少。他慌乱乱地攒了点儿钱，就回到村里。可他发现，在省城时间虽然不久，可自己已经没法适应干农活了，便到镇上买了一块地，开早餐店卖米粉，米粉店后来成了三餐都开的饭店。

我在那个时候，跟着家里到镇上生活。当时家里的最大问题，是怎么劝曾祖母一起住到镇上。那时，曾祖母已经变得无比随和了，也跟着到镇上过了一段，可两个月后，她还是迁回村里了。在那两个月里，她极力适应，可没办法，她完全没法入睡，到了白天，头发大把大把地掉，人像漏气的皮球，一点点变小、变皱。父亲先开口了："奶奶，要不，还是回村里？"曾祖母摇摇头。两个月后，瞧着曾祖母越来越没人样，父亲知道拖延不得，直接找来一辆车，就把曾祖母和她的衣物，全载回了村里。当时我还小，可多年之后，我仍旧记得她伸出手摸了摸我的耳垂：“你会回村里看曾奶奶不?”我说：“我不想上学。我想回村里给曾奶奶煮饭……”

那时的父亲母亲，就是移动的厨房，身上的油烟味盘旋在我的少年时代。每天睁开眼睛，他们便在饭店里忙，除了衣裤，我甚至怀疑，油烟也渗入到他们的肌肤里，每晚无论怎么搓，无论擦多少肥皂冲多少洗澡水，他们的身体都裹着一层油腻腻，蚊子落脚都会打滑。我甚至怀疑过我身上也这样，不然有时同学们为何看到我走过，便不自觉地脚步挪动，甚至还有人抽动鼻子?我就是在那个时候，和父亲开始闹僵的。我常常从镇上跑回村里，悄悄和伙伴们浮游在海边，发现后的父亲无论多暴怒，无论用多少回的吊打，也没能阻止我一次次往海里跳——在父亲和母亲的眼中，我肯定会把自己的命丢在海里。母亲有好多回对着我叹气——我离她越来越远，终将消失于她的视力范围。当时的我，并不觉得自己有多叛逆或者说故意找碴儿，可能我更单纯的想法，只是想用海水一遍遍洗掉我身上也挥之不去的油烟；洗不掉，那就蒙上一层海盐的咸腥，以一种难以忍受的气味，覆盖另一种难以忍受的气味。

日子在镇上稳定之后，父亲也难免有出神的时候，他也曾在别人的鼓动之下，出过一次海。那是一条出近海的小船，大半日即回。这一次之后，父亲再不敢提出海的事，有人忍不住问他怎么样，他绷着脸没回答。后来，有人从船家那里套到了话，说是父亲从上船开始，就眩晕呕吐；船远离岸边，周围一片蔚蓝的时候，他已经没东西可吐，只是干呕。船家被他吓到，他们见过晕船的人，但晕到这程度的也是罕见，匆忙返回，连网也没撒。父亲觉得误了船家一天工，心有愧疚，点头哈腰把人家请到店里喝了几次酒。这一次后，父亲彻底死了心。我怀疑，父亲那么痛恨我下海，除了那个笼罩在我们家男人身上的“诅咒”之外，还有他对自己无能的不甘，有对我水性太好的嫉妒成恨。可即便是这样，大海的诱惑在他心中也未全然熄灭，他对海水如此痛恨，又在某种想象中，做着征服大海的梦。

我也是在好多年后，才知道父亲并没有我想象中那么软弱，他也曾试图战胜恐惧，用自己的方式接近他所畏惧的大海——比如他之后与人合开过的水产养殖场。当时我们家在镇上稳定下来了，赚得不多，但饭馆一开，每天的收入也是看得到的。父亲想与人合开养殖场，母亲几乎闹得要离婚。和母亲几次“战争”之后，父亲还是把不少钱投入进去了。起初的两三年里，父亲基本放弃了饭店的生意，母亲成了掌柜。父亲时不时往海边跑——那是一个海湾，他和别人投资的网箱都在那里——沉在海水中的网箱，游着投放的鱼，也游着父亲关于大海的梦。那时的父亲，话最多，他每次开口，都是“我们那水里……肯定……”那两年里，父亲几乎说完了一生的话，他滔滔不绝，全是关于水里的鱼虾。我能感觉到母亲的不安，可她没能寻出不安的根源，没能在父亲话语不绝的时候，送出干脆利落的反驳。那两年，养殖场也确实赚到了些钱，也带动了饭店生意，父亲从养殖场直供店里的鱼虾，鲜活不说，也比别家店要便宜得多，母亲这掌柜开始当得乐呵呵。转变出现在父亲参与养殖场生意三年多接近四年的时候，那年夏秋之交，台风将至的消息一直在收音机里蔓延，父亲变得无比焦躁，我们整天看不到他——他是在养殖场准备抗击台风。所有的准备，后来被证明都是徒劳，那场风太大，从海南岛东面扑来，席卷了一切，所有的东西，都朝西面倒。

台风过后，父亲病倒，人只剩下一副骨架，一年多没恢复过来。那一年多，父亲是和某种药味联系在一起的。曾祖母住到了镇上，每天给父亲熬药，她时常伸出带着药味和柴火烟熏味的手，摸摸我的额头。在曾祖母的只言片语里，我知道了父亲在养殖场的投资，被台风席卷而去，他们为抗击台风而做的准备，也全都葬进去了。父亲还好，人病了，在药汤的呼唤里，算是捡回一条命，与父亲合伙的那个人，所有身家都丢在这场风里了，没熬过去，趁着家人不注意，给自己灌了半瓶农药，人也没了。曾祖母像是无意中说着这些，又不时提醒我：“你啊，要看紧你爸，别让他出事了……”当时的我不明白，本不习惯镇上生活的曾祖母怎么在镇上待了那么久，后来想通了，她是要盯紧她的孙子，不让其毁灭于一场台风的尾韵。

那也是曾祖母跟我相处最多的日子，即使镇上不如村里让她舒坦，她仍会每天醒后，便把自己收拾得干干净净，头发梳理得丝毫不乱——她是一个骄傲的女人，还将继续骄傲下去。我也是在那时，听到她说她儿子我祖父的事，也听到她说曾祖父的事——在她口中，我祖父和曾祖父永远年轻，而且，曾祖父要更加年轻一些。曾祖父几乎在还算是少年的时候就离开她，于是，在她记忆里，他是永远的少年。她有时也会看着我发呆，清澈的目光从她皱纹斑驳的脸上射出，我被看得不自在——她好像看的不是我，是另外一个人。

我年纪小，不懂安慰人，可我感觉到了她心中藏有太多不为人知的幽暗角落，月色清冷，无人光临——就像她一个人住在那空荡荡、只有咸风侵蚀的海边老家。有时，我几乎就要憋出几句什么话来了，几乎要懂得怎么安慰她了，她盯着我的目光却忽然变得温柔了——她又是在看着她的曾孙了。我快要憋出的话，瞬间消散了。她用手中的木棍撩拨炉火，药罐的盖子在气泡的咕嘟咕嘟中被挺起，中药的气味排山倒海。她褐色木藤般的手指，抚摸我的脸："以后，你不要老是下海游水了，别气你爸。他病没好呢，别再气他……"那中药味飘荡的一年多里，我好像再没下海，父亲从中药中缓过来之后，没了心气，大海的诱惑再也没能抵达他。他心无旁骛地在小镇饭馆的厨房里忙前忙后，油烟一天天熏着他，他一天天被包浆，身躯肥胖，肤色黑亮。

扬　波

我曾见过飞鱼。

当它们一只只跃出海面，开始滑翔——虽然滑翔的距离并不远——你便会有挥手和呐喊的冲动。是的，它们在海水的蔚蓝里，极力想逼近天空的蔚蓝。拍水下摄影这些年，我去过不少国家，见过各种各样的海。我曾到过挪威的西沃格岛上——这已经算是北极圈内了——暮色降临，水边的木屋灯光亮起，紧挨着的雪山闪着白光，有一种蓝消融在这天色里，倾斜的屋顶上积有残雪。在这里，自然是不敢下水的，可这里也有渔船，渔夫们是如何迎着这些冰寒出海捕捞的呢？我很想多待一些时日，跟随当地的海上勇士们，在某种极限之冷中，想象我祖父在中国南海的烈日下迎战热风。我自然也去过马尔代夫，多次在海底拍过各种水下的生物，日光猛烈之时，水下十多米，仍旧能看清画面。我拍过那里的护士鲨——关闭了闪光灯，用自然光，镜头里有一种庄严的蓝，护士鲨自如的身姿，让带着沉重器械的我，顿感人之为人的某种无能。我在菲律宾的马尼拉遭遇过台风，看着风暴中的一棵棵椰子树几乎要被连根拔起，随风而去。风也把海边老家的记忆吹来，当年曾祖父，也是在海水中央，遭遇并消失于这样一场风暴吗？马尼拉风暴之前两天，我还在夜里深潜，拍摄各种色彩斑斓的鱼，它们的长相没法描述，造物主把这些怪邪的"作品"，都藏在光线不及的深海之下。我不会跟人说起，拍到这些生物之时，由于潜得太深，我脑袋眩晕，可海水的包裹，让我不觉危险，反而有某种奇特的温暖……我拍的照片在不少地方展览过——其实，也不知道从什么时候开始，去哪儿、不去哪儿，好像已经不由我自己决定了，拍摄邀约前来，若恰好踩中我的兴趣点，答应后，邀请方便会安排好出行线路，我拎上行李和拍摄设备，赶往机场即可。起初，那些照片出现在那些高精度、大开本的摄影杂志上，还是挺兴奋的，可很快也就习以为常了。在不少讲座、网络视频节目里谈到水底拍摄的时候，我没多少兴奋，倒是担心这些节目辗转被父亲看到后，引来他的轰炸。我时常能收到各家手机公司宣传部门寄来的最新款手机——如果他们的手机主打的卖点是防水和摄影。他们一般还会寄出合作的邀请函，希望我能用这款手机，拍摄一些能体现出其功能和卖点的照片。我答应过两家公司三款手机的合作，我拍摄的一些水下照片，出现在那三款手机的发布会大屏幕上，也挂在其官网上，作为其宣传照。我逐渐不太接受此类的合作，是因为国内的手机更新速度太快了，若专门干这个，就做不了别的任何事了。而飞鱼，我就是用一款手机拍到的，有照片，也有视频，那视频被剪辑、配乐之后，飞鱼震动水面水珠弹射的慢动作，让那家手机公司在微博上吹嘘了小半年。

有一日，我在北京一家金融企业的总部举行的分享会上介绍海底摄影——也是奇怪，我参加得最多的，是各种企业组织的文化活动——海底生物的照片在幻灯片上一张张滑过，下面一阵阵“哇”。活动结束后，参加活动的人纷纷来加微信，有一个微胖的中年人上来握手，说：“老乡好，老乡好。”聊了几句才知道，他叫Z，并不是海南人，可他在海南一个景区任高管。他说景区内有一片冷泉，什么时候我回去了，请我去拍拍他们那片冷泉的水底。当时正是父亲跟我关系最僵的时候，说起回乡，顿觉山高路遥，我说：“多联系，多联系。”之后，Z在我的微信朋友圈里特别活跃，几乎在我所有发出的照片下头点赞。有一年，他察觉我即将回海南岛过春节，飞机降落之后，把我直接载走，拉到他的那片冷泉周围，说不给他完成任务，就把我软禁，不放回家过年。已是深冬，又是冷泉，这一次拍摄真是把我折腾得够惨。冷泉的那汪水很浅，最深处也不过刚到脖子，在这样的水中，要想拍出Z所期待的唯美画面，角度就变得无比重要。幸好那两天日光挺好，水草和一些小鱼在画面中无比斑斓——当我打着喷嚏把一张张照片放给他看的时候，Z说：“你帮了我的大忙，你帮了我的大忙……”那个春节，我一直在感冒的状态中度过，吃什么都觉舌尖麻木。听说了感冒的原因，父亲春节期间一直和我冷战，曾祖母没多说话，又是给我煮姜块红糖水，又是给我把甘蔗烤热，希望那些冒着热气的甜水，能驱赶我体内的寒气——那么多年，曾祖父毫无音讯，在某些身子有恙的日子里，她也是在甜水一遍遍的浇灌下，舌尖尝到一点儿甜味，才能活得下去的吧？

当Z邀请我回来拍摄龙宫，我第一时间想起那场感冒和父亲那从冬天阴到春天的脸，便说：“我给你介绍一个朋友，他也拍得很好。”Z说：“别人，我就不叫了，你再想想。”第二天，他在微信上给我回一句话：“真让别人来拍，你甘心？”当天中午，我翻来覆去没法睡，掏出手机回了一句：“你把我说服了。”倒头便睡。按照Z的说法，自年初海南宣布建设自由贸易区之后，他们公司也在加快布局、探索，在我们家附近的那片龙宫推出潜水游，便是其策划的一个新项目。按照他的计划，拟在此项目推出前，先准备一批海底的照片，搞一个摄影展，先声夺人之后，在媒体上疯狂宣传，再找几个网红来做潜水直播，如果那片海底龙宫随着直播镜头缓缓展开……哇……哇……哇——他用一连串的“哇”，代替了所有想象。

没想到的是，潜水拍摄还没开始，我得先送别曾祖母。

我从龙宫捞起来的那块石杵，被装在一个小盒子里，放入她的棺材之中。棺材从祖屋往外抬之时，村人果然全都跑空了，这是我们村最“绝情”之处。在以往，别家有人出殡，我们也照样远远跑开，按说早已习惯这场景，而当终于轮到我们身上的时候，心中还是不好受——我们被抛弃、被别人恐惧，我们离死亡如此接近以至于别人只能和我们保持距离。村里人一少，回声就特别响，点燃鞭炮，吹起唢呐，那余音的一勾，让人惆怅。主持葬礼的师傅公走在前头，指挥着抬棺人，他让停就停，让快步就快步——空荡荡的村子里，他们走得曲曲折折，好像在闪避路上的什么东西。家人跟在后头，每走几步，就丢一挂鞭炮。理性告诉我，在此时应该悲痛，可我内心的真实感受，却是某种解脱——为曾祖母能够摆脱无边苦役而欣慰。活了九十四年，她当了七十几年寡妇，多少暗黑的夜，她是睁着眼睛熬过来的呢？

出了村子，往西是一个小山坡，是不少村人安眠之处。在走到进入山坡的路口时，师傅公一摆手，队伍停下，他走到父亲面前，悄声说了几句。父亲扭头，说：“我们就送到这儿。”师傅公再次挥手，又一挂鞭炮炸响，抬棺的队伍继续往前，而我们家人就地等候。这是有着某种慈悲心的习俗——送行到此，下葬的事宜交给他们，就避免了亲朋的撕心裂肺哭断肠。等待的时间里，家人说什么话都不对，都沉默着；站着也疲累，就在路边蹲着，目光呆滞；也有憋不住的，掏出手机，闷着头刷起屏幕。我靠着一棵树，闭上眼睛，阵阵海风荡漾而来，穿过渔村，给鼻腔送来淡淡咸味。我们唯有安静地等，等师傅公叫人来传话，让我们去已经安葬好的墓地面前。风声里，我听到了家人传出了第一声哭，是谁呢？我没睁眼看，接着有多人的声音此起彼伏混杂一块儿，我还是没睁眼。当眼睑没法阻挡洪灾，泪水超出警戒线，不得不睁开了，眼前迷蒙一片。四十分钟后，有人过来，说可以过去了。

新土尚湿，隆起的土坡，那就是曾祖母了。在她的左侧，是一个墓；她的身后，还有一个墓。那两个墓，往年的清明节，我都跟来扫过。曾祖母左侧的墓，是曾祖父的；她身后那个，是祖父的。这两个，全是空墓。而最先埋下的，其实是祖父，在我还远远未出生的某一年，他驾船出海，整船人只回来了几个，一片哭声之后，各家人都寻找出自家葬海之人的一些遗物，埋下以当坟墓。也就是说，好多年里，我随父亲祭拜的，是一堆空无一物的土。曾祖父的那个墓的修建，我还有点儿零星印象。曾祖父不是水手，也不是船长，他虽然消失在海上，却并不是随船捕捞的船员，而是乘船前往东南亚谋生，起先还和家中有联系，最终却杳无音信了。数十年里，曾祖母一直在等待着他的归来，可她活到九十四岁，也没有再听到他的消息。其间，无论别人怎么风言风语，她一直坚信曾祖父还活着，也从不给曾祖父安坟、立碑。小学时的某一天，天还没亮，我被曾祖母的抽泣声吵醒。家人都疑惑不解地围聚过来，她慢慢止住哭声，用手背抹抹眼泪，又捋了捋我的头发，说：“你公祖过了。”她让父亲去找人张罗，把曾祖父的一些存放了数十年的东西葬下，我们也才知道，已经在她的记忆里完全模糊的曾祖父，重现在她的梦里，跟她告别。此时，新坟立起，曾祖母也并没有跟她的丈夫和儿子真正“团聚”，她的身边和身后，仍旧只是两个空荡荡的土堆，她在另一个世界，仍得单枪匹马一个“人”。

点燃一挂鞭炮过后，家人尽皆跪倒，师傅公喊道：“一叩首……”

Z摁着电脑的回车键，一遍一遍播放幻灯片。那是他之前找人拍的海底龙宫，也不是说拍得不好，问题在于，这些照片都显得比较暗。我判断有几个原因：一是拍摄时光线不足；二是这并非专业的水下拍摄设备；三是摄影师缺少水下拍摄经验，只是把陆地上的拍摄习惯不假思索迁移到水底，对水里瞬息万变的流动感把握不住。当作纪实照片来看看，也不是不行，可若是以这样的照片来吸引人，把看客转化为游客，恐怕效果未必行。曾祖母的葬礼之后五天，Z叫辆车到渔村来把我拉到县城一个酒店里，他说话小心翼翼，怕惹到我。他也不提让我下水的事，只是拿出他之前收集到的一些照片，说是让我和他一块儿分析。

我说：“这些照片都缺少色彩，可能……那片水下龙宫本身色调太单一。光就照片来说，这些画面实在是没什么诱惑力。我的想法是，这些建筑太灰暗，但可以拍一些水下生物，用水草和鱼虾的色彩，来点活画面。”Z 拍拍我的肩膀说：“你什么时候状态好，我这边随时安排人跟你一块儿。”我说：“就明天。”

不管设备多重，一入水，我就活了过来。我是独行侠，觉得入水是一个人的事，那种被海水包裹、独自游荡的自在，没法与别人分享，所以我没有让 Z 喊来的两个人陪我一同下水，而让他们在船上接应。他们也乐得自在。入水之前，我习惯用潜水鞋在水面击打三次水花，一个翻身，射入水里。水下摄影就是这样，当你一直追着拍什么，你就总能在水下遇见什么：有人总能拍到水母，有人总能追到鲸鱼，有人则老是碰到珊瑚和巨大的贝。而我的眼睛，总是能看到艳丽的色彩——总是某一团色彩而不是某个活物最先击中我的眼睛。能见度很好，强烈的阳光让海水好像变浅了很多。对我来说，这样的潜水摄影，已经不是谋生的工作，而是修养身心的方式。陆地上的声音都被隔绝了，没有了人影，这是我的世界。

如果能真正忽略包裹周身的水，每一次海底潜游都是一次飞翔。下水前，一遍遍检查身上的设备，像是即将从半空跳伞。所谓水下拍摄变得越来越“专业”，意味着所携带的拍摄设备越来越沉重，这些器材，已经在某种程度上成了器官的延伸。当苦咸苦咸的海水，以浮力抵消掉器材的重量，那些沉重的器材就慢慢“消失了”。在这水下龙宫里潜游，看到一栋又一栋的残破房屋在我眼前展开，我不能不产生时空穿越的恍惚感。多少年来，村人只知道海边水下有这龙宫的存在，各种传言给它盖上层层迷雾，并不能让我了解得更多。可有了互联网之后，一切都变得没那么遥远，我也追寻线索，在一些旧县志里，翻阅到了这水下龙宫的来历。并不需要潜多深，十二三米，已经可以双脚踩到海底，那些斑驳的石块，颜色是很单一，却也刻满海水和时间侵蚀的痕迹，角度选好之后，是最好的拍摄对象。光是想想，自从这些房子潜埋入海水开始，从未有一个人像我一样缓慢地看着它，我就浑身颤抖。

就在这时，我看到了那条鱼，我很难讲那是一条什么鱼，颜色血红，犹如一团火在水中燃烧。对一个摄影者来讲，这是致命的诱惑，我很快地往前游动，靠近之后才发现，那条鱼几乎有我身体的三分之二那么大，颜色也越来越红——我正在靠近一团火。它并没有要逃离的意思，它甚至瞪着我看了看。暗淡的海底残屋断墙面前，需要这么一团火来点亮，我不断摁动快门，拍下了它很多的照片。它感受到了长镜头的侵扰，它游动，跨过一堵断墙，在水草间消逝。我只能快速滑动，追过去，可它更快，主动权在它那边，火光时大时小。即使身上没有背着摄影器材，我也没法追上一条试图游走的鱼；但那条鱼显然并无意逃远，当我停下，它也停，好像在等。我不得不重新游过去。待我游近两三米之后，它又再次离开，在我的相机里变幻着各种造型——一个足够自恋的模特。

追拍了二十来分钟，我不得不放弃了，我知道，携带的氧气已经不多，我得返回水面了。那条鱼显然也看出了我准备放弃，它猛地加速，竟然撞向水底的一堵墙。没什么声音，只有轻微的一缕震动，那条鱼摇摆一下尾巴，拐弯绕过墙壁，瞬间消失了。我呆呆地看了好一会儿，那条鱼撞过的地方，墙上的石块开始缓缓掉落——这些断墙在水中泡了四百多年，早已不那么牢靠。我游近那堵石块不断滑落的墙，想拍一些微距的照片。靠近一看，发现边上有块歪歪扭扭的牌坊，我捡起一个石块，刮掉牌坊上不知道是什么的覆盖物，慢慢辨认了好一会儿，半看半猜，落款的小字已完全没法辨认，倒是可以看出那几个大字。大字是“海不扬波”。这四个字让我心里咯噔一动，我选了好几个角度，好让光线充足一些，却仍没能很清晰地拍下这四个字。

等回过神来，我暗暗叫苦，呼吸到的氧气已经变得稀薄，有着多年潜水经验的我，本不该出现这种低级错误的。潜到水下，身上承受的水压变大，是不能快速上升的，否则……我不敢多想，只能放慢吸氧的频率，边游动边上浮，动作越是缓慢，我的内心则越是焦急。不能加速，不能加速，不能加速……我靠着意念来控制自己，可……即使我想加速，也没办法了，氧气残存无几，我的身子越来越沉重，那些拍摄器材已经快要把我的身子压碎，可潜意识让我没法松手……甚至，连眼皮也睁不开了。眼前开始变得暗淡，我觉得我甚至还没办法上升，又得往下掉……暗淡开始变得光彩夺目，那是刺眼的光，天崩地裂，各种轰鸣声充斥着我的耳腔，我感到了巨大的摇晃，人间的一切，都在碎裂——我自己，也要炸裂了。

一切开始变得正常，从我重新吸到充足的氧气开始——有手臂抱住我的胸，另一只手扯掉我嘴里的呼吸器，递过来另外一个，我本能地猛烈吸氧，总算是赶走了幻觉。来人和我比画着潜水手势，我连续吸了好多口之后，摘下呼吸器递给他。过一会儿，他递给我；再过一会儿，我递给他……他松开抱在我身上的手，我们交替使用他背上的氧气瓶，慢慢上升，越靠近水面，阳光越白亮。

把头探出海面，我没有抢着吸气，反而长长舒了一口气。我知道自己刚刚死里逃生。重新坐到小船上，我才感觉到，身子像是散架了。我感谢这两个跟我一起来的队友，他们发现我潜水时间太长了，就都背着氧气下水寻我了。我此时没法说出感谢的话，闪过我脑子的念头，是让他俩保密，否则，一旦传到父亲的耳朵里……刚才的那一幕，就是那个笼罩着我们家的魔咒吧，它是蹲守猎物的好猎手，无论藏匿多久，时机一到，就杀机毕现。

——当年，那一幕也是这样出现在我祖父身上的吗？

祖　父

我总觉得，祖父有过跟我一样的压力。他的父亲——我的曾祖父，随着下南洋的船消失后，曾祖母把所有的目光都放在他身上，她肯定多次幻想过，她的先生若是有一天安然回来，她至少可以坦然告诉他，我帮你把儿子养得好好的。可时局动荡，疲于生计，哪里能照看得那么周全呢？祖父终于还是和村里的大多数年轻人一样，随船出海——我们村没有港口，可出水性好的水手，他上了另外一个镇子的渔船。曾祖母也不得不同意，世事多变，在岸上未必就比海里妥当。祖父每次下船，除了给他的母亲带回海货，还带回滔滔如海浪的话——那些话后来曾祖母曾不时转述给我，有的听着像真的，有的却无比荒诞，我不得不怀疑，那是曾祖母在对她儿子的多年思念中，自己编出来的对白。“你爷爷跟你这么大的时候……”她有时会以这句话开场，接下来说了半天，其实跟我的祖父——她的儿子，可能毫无关系。

也是很多年之后，我才清楚，或许她并不是要跟别人交流她的儿子，她只是在寻找一个说话的对象而已，而且，这对象还得恰好听不懂她的话才行——她就没跟家里其他人说过。也就是说，我永远没办法明白，在“丧”夫、丧儿多年里，她心里吞下过多少惊涛骇浪。她的脸出现在我眼前的时候，衣衫永远齐整，头发服服帖帖，没有任何一缕乱发强出风头。她和村里的老妇人没什么两样，可又处处不一样，她衣裳不新却特别洁净，她把自己浑身收拾得充满秩序感——如果不是以这种程序化来让一切严丝合缝各安其位，她早失控于那些起风的暗夜，哪里能熬得住那漫长辰光？

和村里的每个老妇人一样，每一个节日她都绝不疏忽，该到沙滩上燃烧纸钱祭拜未归人，她一定去；该到关二爷庙里祈求平安，她就在通书上指定的吉时准时出现。每年还有很多次，她一个人带着香烛纸钱背海朝西，去村人的坟地。那是她一个人的时间，在前往的路上，有人跟她打招呼，她也并不回话，最多点点头。她是去祭拜她的儿子，但，也是一座空坟而已。祖父在海上消失，连一根头发都没能回到渔村，最后埋下的，是他的一些衣物什么的。“他冷啊，他是在海上没的，又离得那么远，一直泡在水里，得划多少年的水才能回到村里呢？方向不对，就永远回不来了……”她这么跟我讲过她的梦，我当年听的时候，左耳进右耳出，没有在脑海里些许停留；当她也走了，她讲过的话，反而不时闪烁，在我耳边强行起义，祸乱不绝。

曾祖父消失在海外，并不是孤例，周边村子也不鲜见曾祖母这样的妇人。有的熬得到尽头，她们的男人从海外归来了。可大多等不到，要么男人已在南洋重新成家，只是偶尔给寄些钱物回来；要么妇人熬不过孤独岁月，把自己的命结束于一棵树、一片水。这些空守着的女人，总是被异样的目光所包围——祖父年少时，受不了那些目光的挑衅，敏感而易怒，拳头时时青筋暴起，迎着目光和话语挥过去。无数的告状、争吵自然就丢到曾祖母身上。曾祖母叫来她的儿子，正要说出责备的话，可一在他的眉眼之间看到他父亲的模样，看到他脸上青一块紫一块，准备好的话只好吞回去。她清楚，她儿子的所有愤愤不平和无端发怒，都是替她出头，他渴望像一个真正的男人一样，挡在她的面前，隔断所有朝她赶来的伤害。

一九五〇年海南解放时，祖父七岁，曾祖母是个村妇，可她也知道，新的时代到来，一切都不一样了。曾祖父的身影是越来越渺茫，几乎所有下南洋的男人都跟老家断了音讯。不到十岁的祖父，跟村里的伙伴，一次次把自己丢进海岸边的龙宫里，从水里捞起海底之物。曾祖母的哽咽和泪水没能劝退祖父，她只能频繁地烧香拜佛，祈祷她儿子平安。祖父十四岁就随船下海，把自己晒得一身黑褐，身上只有眼白和牙齿是白色的，日光之下，肌肤闪着油光，一铁锤下去，能敲出乒乒乓乓的金属之响。女人出海是渔村最大的忌讳，曾祖母自然没随船出去过，祖父跟曾祖母说他的海上奇遇，曾祖母只能借助在岸边遥望的海面之景，想象海里的波涛。那些奇遇，最后都化成她的阵阵惊吓和夜夜噩梦，尤其是在祖父十八岁那年经历了一场风暴后。当时祖父已经是一个远海船上的主要船员，每年在海上至少待四个月，相比陆地上的安稳，他更习惯海里的摇晃。那次风暴出现在渔船返航的途中，捕捞的鱼虾蟹堆满舱，可风暴袭来的速度远超他们返航的速度，后来即使把渔获和一些重物抛下，渔船也还是和风暴正面相遇。依靠船长熟知海路，借助经验和罗盘的指引，快速奔往一个岛礁，总算是把船员的命保住了，可这一趟也算是损失惨重。回来后，光修复渔船就花了一个多月。风暴抵达村里的时候，曾祖母守着空荡荡的院门，目光空茫。风后三天，见到儿子衣衫破烂地出现，她的惊骇反而没了，只淡淡地说："你要找个婆娘了。"

问到合适的人并不容易，人家一听说出海的，他父亲也消失无踪，多给吓退了。祖父结婚已经是二十岁那年了，祖母是隔壁村的，也是渔家人，家里也在海上折损过人，并不觉得有人死在海里有什么大惊小怪的。婚后也就十多天，祖父又再次随船出海，此时，祖父已经能时不时帮一帮船长掌舵了。对于罗盘的指向和《更路经》上记载的海上航线，他也能多少知晓一些，最关键是，他水性好。出船的人，没有水性不好的，可像他那么好的仍是少见——若说有人能在海上徒手抓回条鲨鱼，这人只能是他。后面，便是我父亲出生了。祖父每次出海归来，家里就多了鱼汤味，肌肤颜色越来越深的祖父，双手钳子一般抓住他手脚粉嫩的儿子。他总是下手太重，捏出一阵阵号哭，引来家中两个女人的阵阵责骂。

曾祖母总算是松了一口气，若是有一天，她白发苍苍的夫君从国外归来，她可以带着她儿子、孙子，走到他面前说一句："我对得起你。"但这样的话，是没有机会说出来的，即使她在自己内心预演了千百遍。她去问卜过一些通灵之人，想证明自己的预感。被问询之人，无论胖瘦男女，无论法力高低，总有一点是斩钉截铁的，那就是，在某种奇特的问卜仪式之后，给她的回答都很一致：曾祖父还活着。这算是好消息还是坏消息？反正，她被这个消息笼罩了数十年，直到她过世，她幻想着重逢的画面也从未出现。如果我们生活的是上古神话世界，那她毫无疑问会变成"望夫石"之类的东西。有很多无人知晓的长夜，她侧听着不远处的潮汐涌动，渴盼从月色和海风中，搜寻到那缕熟悉的体温与呼吸。这样的渴盼，在她的儿子我的祖父命丧远海之后，更加强烈。

关于祖父的死，后来一直有好几种传说。

其一：那一趟出海，祖父已算是船长，他掌舵已经两年。这一趟，渔获颇丰，船已经归航。这一次是少见的丰收，所有人也就放松了警惕。当夕光洒满海面，橙黄色让一切都显得安详而辉煌的时候，没人会想到那艘相向靠近的船会率先开枪。祖父慌忙掉头，想甩开飞射而来的子弹。他让船员搬来米袋，堆在船舵前面，他一边躲避一边转动船身。风吹船帆，船一个错身，甩开了一段距离。船员们虽也有两杆枪，可在突然的袭击面前，已经被打傻了，忙活半天，潮湿的枪管根本射不响。虽然海上摇晃，不好瞄准，可船上还是有船员中枪了，哀号声和血腥味混合在傍晚的海风中，是死亡的信号。奔逃了有二十分钟，祖父右肩中枪之后，他终于让船停下，他只希望，袭击者可以放过他的船员。后来活下来的船员也没能说清楚，袭击者到底是别国的士兵还是神出鬼没的海盗。

其二：最先，是一个首次登上这艘渔船的船员，生了某种怪病，肚腹鼓胀，呕吐不绝，在船上鬼哭狼嚎。船员们把携带的药都翻出来，土方子都用遍了，也没一点儿效果，直到那船员气力散尽，昏睡过去，呻吟越来越弱，眼看就要咽气。祖父准备以最快的速度返航，可这一次出海太远，不是想回就能回的。最可怕的，是第二天，祖父发现自己也开始出现了和那船员一样的症状——也就是说，这是某种可以快速传染的病。七月底的暴热天气，船舱这个封闭的地方，人人自危，没有人知道将会发生什么。祖父极力控制，可扭曲的身体、发紫的脸色，掩盖不住他已被传染的事实。祖父估算了归航的时间，最快的速度也得四天半，可他这个掌舵人已经染病，相当于这艘船的大脑已经迷乱，返回到岸上的时间还会拖延得更久。如果继续归航，可能还没到达港口，船上的人便无一幸免全都被传染。祖父当即做出决定，向一个离得最近的岛礁进发。他已不能掌舵，只在一旁边呻吟喊痛边指挥，大半日之后，终于看到经书上提及的那个岛礁。岛礁不大，可此时已经是唯一的救命场所了。考虑到渔船可能已经被呕吐物污染，没犯病的船员便带着粮食和淡水登上岛礁；渔船上留下了祖父和最先犯病的那个船员。渔船在岛礁附近下锚停靠，相隔不远，船和岛礁间的海水把健康之人和病号隔开，避免怪病继续传播。幸好这一趟出来还没多久，淡水还足。前两日，岛礁上的船员不时朝船上喊话，祖父听到后，都会回应。到了第三天，船员喊了许久，没有听到任何回应。他们心慌了，有胆子大的立即登船查看，却在渔船上号哭起来。其他船员也纷纷登船，船上却没有了祖父和最先染病那船员的行踪。渔船比他们登岛礁时，还要更加干净整洁，显然被海水冲洗过。没有人知道祖父和那船员去哪了——其实，却又谁都知道。他们在渔船附近的水下搜寻好久，一无所获，只好放弃。他们知道祖父的水性，他既然已准备把船留给健康的船员，自然不会把染病的身体留在附近，他肯定已经带着那最先染病的船员游出很远，再沉溺于茫茫波涛。

其三：所谓的遇袭和怪病，并不真实，他们的船，仅仅是遇上了一阵渔家最常见的海上风暴，导致损失惨重，最后回来的，只有几个人。剩下的船员回来之后，大多语焉不详，彼此之间说的话都对不上号，不知道该相信谁。

这一场海上的灾难，一直都是一个谜，谁都没能证明哪种说法是真的。甚至有人说，其实，传言都是真的，那一趟他们先是遇袭，之后带伤逃离，伤号发炎，导致病毒传染，后来在岛礁上躲避，还遇到了一场不小的风暴……我父亲在很多年以后，曾抱着这个不解的疑团，去问了一位当年的幸存者，那老船员就是这么说的。他并没说谎，可关键是，他出海多年，会不会已经把诸多经历，混成了同一件事？会不会把一辈子待过的船舱、海面和岛礁压成同一回，也把一辈子的出海压缩成了同一次？

丈夫、儿子相继尸骨无存，在他人眼中，曾祖母的灾星之名怎么也洗不掉了。她不是没想过死，父亲后来跟我说过她身上的疤痕，一些纵横交错的刮痕，在她的大腿、手臂处交错，那是来自她的发钗还是梳子的自残？她甚至在身上绑了一块石块，准备自沉于海底龙宫，可绳子的脱落让石块先沉了下去，她被海水的浮力推向水面。几个在岸边摘椰子的少年发现了，慌忙下水把她拉回岸上。一次失败的寻死并不能完全抹杀她的绝望，最后让她打消念头的，是我的父亲。当时十余岁的父亲对她说：“奶奶，以后，你跳一次，我也跳一次。”父亲看到了她唯一一次痛哭。父亲见过很多场大的台风，可在他眼中，所有的风暴，都没有那次他祖母的痛哭来得摧枯拉朽——那痛哭堆叠了之前二三十年的无望，也预支了其后四十多年的泪水。

痛哭之后，曾祖母就不再寻死了。她得和我的祖母一起，带大我的父亲。祖母是在父亲十二岁那年，也就是一九七六年过世的。我也曾问过父亲，到底是怎么过世的？父亲语焉不详，憋出眼圈的通红，只抛出一个字：“病。”曾祖母也从没提过，这自然也成了我们家另一个隐秘。而这哪能藏得住呢？在村里一些上了年纪的人那里，不外乎两个字：“吃药。”至于祖母吞食农药的缘由，村人则是各种猜测。可即便没有确切答案，要猜到也并不困难。这个家两代男人都消失于海上，而两代女人都活着，带刺的风言风语、带色的奇怪眼光汹涌而来，不是所有人都承受得住的，祖母毕竟不比曾祖母命硬。而我心里怅然无比的事情是，当年曾祖母牵着我父亲的手，送走我的祖母，她心事如何？作为我们村最长寿的人，时间对她来说，是奖赏还是惩罚？或者说，这是一种惩罚般的奖赏。

地　动

“以沙滩为中轴线，水下龙宫和岸上村子，是相互对称的。”

给Z的拍摄策划方案里，我写下了这么一句话。在数百年前，那片水下龙宫，又何尝不是一片岸上的村子？对我来讲，要拍摄这片水下的龙宫，首先要解决的问题，是这地方怎么来的？它们怎么出现在这一片水域之中？龙王所居、海神藏匿之类的荒诞之语，我是不信的，无论那些传言在附近村子萦绕了多少年。无论它身上覆盖着多厚的泥沙、多沉重的海水和多混乱的人言，我都得查看清楚之后，才能开始拍摄。

对我来说，小时候的每一次扫墓，都是一场心惊肉跳。我知道祖父、曾祖父的墓穴都空荡荡，可那隆起的土堆，有着消灭一切的力量，我想不明白，活生生的喜怒哀乐，凭什么全部掩埋于这些土？凭什么归于无？凭什么一丛又一丛坟上杂草这么繁茂于风霜？这两个无法被陆地捆绑的男人，消失在我们看不到的地方，那好，既然看不到，凭什么说他们死了呢？难道不是他们厌倦了这海边村子的小，于是出海远征，在我们看不到的地方开枝散叶？

曾祖母过世后一个月，是她的冥寿。往年的这一天，父亲会提前一天准备，开饭馆的他提前拟好菜单，亲自下厨。他把村里的族人都叫来，让人们在推杯换盏中称赞曾祖母的高寿和福气——在往常，族人们会因为曾祖母的“命硬”而避之不及，在这一天，则全都化为祝福。无论父亲变换多少花样搞了多少菜，曾祖母都几乎不吃，在劝人吃喝的时候，她只在面前摆放一杯刚冲好的黑咖啡，不时拿起杯子抿一抿，眉头一紧，本就皱纹斑驳的脸，更加杂线交错。她在平日里，并没有喝咖啡的习惯，可每年生日这天，那苦涩的味道就会在我们家萦绕。速溶的还不行，得是咖啡豆研磨成粉，冲泡之后黑乎乎一团，近乎于药。我也是到了上大学之后，才听曾祖母说起，她第一次喝咖啡还是一九四九年前——曾祖父下南洋之后，第二年曾回来过，带回的东西就有咖啡粉。曾祖父回来两周后，曾祖母过生日时，他第一次给她冲泡了那苦涩之味。不知道是咖啡的效力还是曾祖父的话，让她一夜不眠。曾祖父低垂着头告诉她，他将在数天后，再次随船下南洋；他还说，本来想多待一些时日再做打算，可据说日本人将要到渔村来，找青壮汉子下海打捞龙宫里的东西，到那时恐怕就身不由己了。之后每年的生日，曾祖母都会让那奔腾不息的苦味，在自己的口腔里重现。可现在，曾祖母过世了，父亲说想继续搞桌宴席，母亲的脸越来越难看。

“那……就算了吧。”父亲主动认输，说完拍拍我的肩膀，“你，跟我出来一下。”

父亲点着一根烟，吞吐了好几口：“你要不要也来一根？”

“不要了，一抽上就麻烦，我老要潜水……”此前，我也抽烟的，尤其在异国之时，躺在陌生的酒店，听着陌生的海潮，烟就一根接一根，停不下。有一次潜水时忽然到来的呼吸急促，让我想到了昨夜抽掉的半包烟，还没浮上水面我就铁了心，若还想继续从事水下摄影，我需要做的第一件事，就是把烟戒了，否则我总有一天会死在这上面。父亲每吐出一口，我就觉得喉咙发涩，可又不能躲得太明显。

“有个事，我说出来，你别笑我，也别跟你妈说。”

“你外面有人了？”

“乱讲……”

“那……”

“我想让你教我学学潜水。”

——这话比在外面有人还让我惊诧，多年来一直绕水而行的他，竟然要潜水？他猛地喷出几口烟气，我被熏得咳嗽几声：“爸，你这不是没事找事嘛，哪有到这年纪了还来玩这个……”

“我倒真不一定要学会潜水，我就是也想下去看看那龙宫。村里没下水见过的男人，也就我一个人吧？邀请你回来拍照的那……什么总……要是水下旅游给他搞成了，以后来看的人肯定多，一想想我在这村子几十年了，没见过一眼，我也是不甘心。”

“爸，你一下水就紧张，心里有结，这事不好办，到时你手脚抽筋，划不动……”

“那不管，总会有办法的，实在不行给我身上绑根绳索，真上不来了，把我硬扯上来就是。反正，我得下去看看。等过几年，真开发旅游了，一是没这模样了；二是到那时，我更动不了了……”

他心意已决，我也只能应下。剩下的，则是怎么绕开母亲了。母亲不愿再给已不在的曾祖母办什么“寿宴”，说那听着都头皮发麻，父亲顺水推舟，只到祖屋祈祷一番便算完事。忙完这些后，父亲跟母亲说：“你先回店里，我下午回。”母亲从院子里翻出一辆满是灰尘锈迹的自行车，摇摇晃晃就消失在村道里。院子里变得更加安静了，我们父子俩无话可说，静得像我一个人住在院子里的这些长夜。

曾祖母过世后这段时间，我一个人住在这海边村子的院子里。母亲让我到镇上住，说什么都方便。我去了两个晚上，跟母亲说：“妈，我还是回去住，你们一大早就开店，楼下太吵……”母亲说：“你吃饭怎么办？”我说：“我一个人在国外也待过个把月，也没饿过，回到自己家了，更不会……”她跟着回村里，把家里彻底收拾了一番，有时悄悄把某些东西装到袋子里，拎出去丢掉——她是害怕曾祖母遗留的痕迹吗？夜里，我把房间的灯全打开，在电脑上处理着当日拍下的照片，灌进窗子的海风，把心跳一般的海潮声也带来了。我干脆关掉一切人工的光亮，想起小时候的幻想：那片海里，高大的海神直立而起，赤裸的上半身月光落满。海神之事，海边之人传颂不绝，可自然不会有人见过，真正的文字记录，我也只是在查询关于海底龙宫的资料时，在一本县志上见过：“琼州诸生应试，渡海归，见神人立于水面，高丈余，朱发长鬓，冠剑伟异。众惊伏下拜，神掠舟而过。次日，三舟复见，诸生大嗓拒之，神忽不见。少顷，风大作，三舟皆覆溺。”这样的话当然也是不可信的，理由很简单，要是真事，看到的人都随船覆溺了，谁来写下这样的故事？推演出这个逻辑后，我恨不得扇自己几巴掌——真是越活越无趣了。

安静让父亲显得尴尬，他丢掉烟头，去煮开水，冲了两杯浓郁的咖啡，那味道好像把曾祖母带回来了。父亲抿了一口：“苦……等一会儿日头没那么晒，我们就下水吧。”

潜水服套在父亲的身上，把他身体的轮廓更加凸显出来——他的背已经弯了，无论他怎么想挺直腰板，侧面看去还是犹如一只虾。刚开始练，不能潜深，我找了一处清澈的所在，让他站在齐胸的水中，练习咬嘴呼吸器的使用。我讲了要点，就让他在水中练习，他的头不断潜入水中、不断抬起，下午的日光斜射在他身上，反光刺得我有些发晕。没练到十分钟，他站起说：“是不是可以下去看龙宫了？”躺在沙滩上的我，抓起一把沙子丢到脚掌上：“还远着……你先把这东西练熟了，我到时跟你配合着练，练习交换呼吸器。潜水容易有危险，一般至少要两个人才能下潜，还有很多手势要学——水下不能讲话，得靠手势来交流……”父亲愣住了：“那么麻烦……”我说：“我当时也练了四五天，你要怕学不会，就上来吧。”父亲说：“……不是不想练，就是没想到，这事也……挺麻烦……”我没法跟他说，我学会了基本潜水技能，每次有不同的海域下潜，都还有大量的功课要做，水的可见度、光度、拍摄对象可能的出现时间、携带什么设备……都需要提前了解、准备。父亲不再说话，默默地练了半个小时，才上来沙滩，整个人陷进沙子里。此时，日光越来越温柔，海风已经带着凉意，人很容易在这样的日光和海风中犯困。好一会儿之后，父亲说："你说，那龙宫真像你拍的那样吗？"

"你自己去看看就知道了，比我拍的要好看。"

"你说，谁在水里修了那么大的工程？真不是龙王的宫殿？"

"就是人修的，跟龙王没关系。"

"花那么大力气，在水里修那些墙做什么？"

"本来不是修在水里。原本就跟我们村子一样，是岸上的村子，一次大地震，海边的村子全沉到水下去了，变成了今天的水下龙宫。"

父亲猛地坐起，瞪着我："你说的是真的？那以后再有地震，我们村会不会又沉下去？"

我说："准备下水拍的时候，我查了一些资料，根据记载，应该不会错。那次地震在明朝，至今已不止四百年了。那回地震太大，海南岛伤亡惨重，沿着海边数过去，有七十多个村子，全变了海底村庄。"

父亲沉默了有几分钟才挤出几个字："我——一定要——下去——看看。"他再次走入海水，嘴里咬着呼吸器，头部一会儿潜入水中，一会儿抬起。

我看着他，好像他是我的儿子，我是他的父亲。

除了练习潜水，父亲还让我帮他问护照怎么办、现在去东南亚方便不方便。一有空闲，他还到处探访村子周边的老人，神秘兮兮地打探着什么。为了撬开他藏着的话，我准备了一瓶上好的白酒，在砂锅里杂鱼煲咕嘟咕嘟的翻滚中，他轻抿一口之后，才泄了密："你曾奶奶过世后，我最近老做梦。"

"梦见曾奶奶？"

"没有。"

"其实，梦中的人看不清。可我总觉得是你曾爷爷——我的爷爷。"他回头指着墙上的一张炭笔画。

从我有记忆开始，曾祖父这张遗像就悬挂在大堂的墙上。和其他人的遗像多为老年面孔不同的是，这是曾祖父年轻的面孔。我很难说清楚那是一张什么样的脸，目光空荡荡的，好像看着什么地方，又像哪里都不看。在很多年里，我总觉得这遗像有些奇怪，又说不上奇怪在哪，也是到了高中之后，有一次拍证件照，才发现了端倪。奇怪的地方在于：那遗像上，我看到了我父亲的模样，也看到了我的影子——某种遗传的特征，隐藏在这些脸上。

“梦见他怎么了？”

“也没别的，就是狂风暴雨，台风来了，我们这院子都要掀开了。屋门被推开，我看到一个黑影站在门口，就像泡在水中一样。”

“梦中是白天还是夜里？”

“白天。”

“白天也看不清？”

“看不清。可总感觉是他。”

“所以……”

“所以，我想找些老人问问他的事；所以，我也想到东南亚看看，他后来毕竟是留在那里了。”

“问到什么了？”

“问不到。他离开的时候，挺年轻，后来回来过一回，没多久再次走了，没什么人记得这些事。”

“我们村里都问不到，去东南亚能问到？东南亚不是一个国家，是很多个国家，连他去哪个国家都不知道，去哪找？怎么打听？他出国后，可能名字都换了。”

父亲眼圈顿时发红，说不出话。我堵死了他所有的出路——通往他的祖父、通往遗存给他相似面容的血脉之路。他死活要学潜水，是不是想当一个“合格”的海边人，好逆时间之流，抓住被大地震埋藏到水下的，那更蜿蜒更漫长的根？

院子里的灯都打开了，只坐着我们父子两个，空荡荡从咕嘟咕嘟的砂锅中冒涌而出，包裹住了我们。海风是拦不住的，它们无处不在，咸腥味前赴后继。在以往，曾祖母一个人守着院子的夜，她是不是也梦见过一个看不清的黑影，在风暴中推门而来，浑身湿漉漉，披一套水的衣衫？

曾祖父

……

有自南洋归村者，传其地繁华富丽及谋生之易。心慕之，欲往一游。父亲训诫：但有不适，应速归。遂于元宵之后，步行至海口。初做此徒步远程，抵达之后，坐不思起，脚底肿热泡如火燎，筋之伤也甚矣。由海口随船至新嘉坡（注：即新加坡），海上颠簸摇荡数日，有人茶饭不思，面色黑灰；余肚腹吐尽，口鼻腥臭苦膻。途中船板传来骚乱，据闻乃有人不堪货船摇晃之苦，心智大乱，投海而没。抵新嘉坡，未及休整，又转火车去芙蓉，乃村人工作之地也。

余随村人往橡胶园内之工寮，胶工皆为华人，琼岛之人亦不少，通乡音，时有人来探故乡事、言故乡物，无不眼红洒泪。胶工每晨四点钟即起，天黑如漆，于山涧中冷水浴，全力摩擦拍打周身，使之热。曰：非如此，胶林内阴寒瘴气侵体，必患病也。未及拂晓，入林采胶，采完，急用膳。膳后速往林中收胶，不得使胶液受日晒凝固也。午后，工人中除制胶者，余则别无他事，或于寮中聚赌，或外出逛窑子。每月劳苦所得，虽甚丰裕，然因此而钱财耗尽葬身异域者，难以胜计。辰巳之际，风凉入静，属美睡之时。余不惯早起，亦不惯起身即冷水浴，更不喜其聚赌逛妓之风，便未应下胶工之活。旬余，谋寻工作尚无头绪，便因水土不服，病魔来袭，余面黄腹胀，身垮而神魄散。村人来探，知状危矣，急送救治。异域孤身，得此视护备至，感激涕零。经医治后，腹胀渐消，然全身萎靡，四肢无力，不能起身，每餐由护士以牛乳喂之；渐而能起，乃增加面包。手足不灵，屈伸莫听使唤，有如婴孩，学坐，继而扶手学立。渐改用饭，村人时备家乡菜前来，病患渐消，遂转别室疗养。疗养室园庭空阔，花木扶疏。每晨夕，余扶筇慢行于院中，心颇想家，深悔此行之谬：别父离妻，远隔重洋，尚未谋稻米一粒钱银些许，盘缠已然耗光，幸有村人援手照应，方不至客死异域。月余，复原如初。遂出院，至村人处别寻生计。

春未尽，热浪袭……

……

在电脑上把两张图片放大、再放大，也没办法看出写下这些字的是谁。相片里的纸张泛黄，字迹凌厉，每一个转笔处，没有任何逢迎，显出某种剑破长空的孤寂。写抬头的那一页没有了，有落款的那一页也没拍到——除了这空落落、没前没后的一个人，述说着他身在异域的一场病，其他全都遗失了。这不太像曾祖父写下的，在曾祖母的记忆里，他虽懂得写自己的姓名，读得一些字，也算识得几个数，但也就这样了，要如此详略得当地写下异域之旅，不太可能。那，会不会是曾祖父当年让通文墨之人代写的——如果真是这样，我更感兴趣的，倒不再是曾祖父，而是那个代笔之人，他在为别人的家信琢磨词句时，会不会在其中暗藏自己的心事？可惜再也没人能说清这背后的故事了，曾祖母的过世，让一切沉入海底——就算她还在，这一切也许仍旧是谜。比如说，在数十年里，她就从没跟家里任何人说过这么一封信。

她过世后，家里人整理她的遗物，搜出一件就匆匆拿去烧掉，怕留在家里不干不净，母亲甚至不让我拍照："这些东西，拍什么拍？不怕？"看到觉得有意思的，我才悄悄用手机随便摁两张，也不敢被她发现。照片上这两张发黄的纸，就是当时随手拍下的，我记不清是不是还有其他的信笺。当时若是留点儿心，翻看两行内文，出现在我眼前的，会不会就是一个完整的故事？那陆陆续续收拾完的遗物，被父亲在曾祖母坟前点燃的打火机全送给了火光；他还顺便点了一根烟，走到一棵野树旁，在烟雾里咳嗽了几声。

也就是说，本来就对曾祖父所知不多的我，被手机里发黄的纸张搅和得更加混乱了。第一种情况：这封信跟曾祖父毫无关系，或许只是某个村人寄回，甚至有可能是当年曾祖父第一次回乡时帮人捎回的；或许，去村里问询之后，曾祖父才知道收信之人已经等不到来信，在一场病中过世或挨不住绝望而投海自尽，这封信就一直被曾祖母珍藏多年。当年曾祖父是不是还曾红着眼睛，在曾祖母面前掏出这封信念了起来？曾祖母先是静默无语，最后推人及己悲痛难抑，任由曾祖父如何劝慰也静歇不下，在他怀里像海潮一样摇荡了一夜？曾祖父后来再次下南洋，除了要出去谋生，是不是也要给委托他捎带信笺的人一个当面的回复：老家已经空荡荡。

如果这封信是曾祖父托人寄回的，那很显然，这应该是写在他唯一那次回乡之前，因为如果他回来过，家里人肯定已经了解他初下南洋之事，不需要再次离开之后，再写信告知。初次下南洋便遭重病，差点儿命丧异域，心中无比想家的曾祖父，为什么在回乡后仍旧义无反顾再次离开？对照那段时间，正是日军已经在海南岛上扎稳脚跟、横行无忌的时候，莫非他再次远逃，是要躲避日寇？或许，当年，曾祖父在外游历一番之后，发觉他国居也大不易，本是要回来的，却在回村不久，便听到日寇即将来渔村找人打捞龙宫的事，村里一些年轻的男丁只能外出躲避——曾祖父便再次随船远走了。这一次，他断了音讯，走出人世之外，再没跟我们家有过联系。关于那次日本人在渔村驻扎，曾祖母倒是讲过好几回，说他们杀了几个人，驻扎了一个多月，天天在沙滩边，把水性好的人往水底赶，可打捞上来的并没多少值钱的玩意儿，也就撤了。

曾祖父的再次离开，意味着曾祖母漫长、孤独、空荡的岁月开始了。

曾祖母永远在抿着嘴笑——时光摘走了她嘴边的话，更多的笑，就从她的眼角流出。随着年龄越来越大，她的话变少了，每次村里有什么老人生病或过世，她往往好几天一言不发。她最害怕的，是台风天。每次广播里预报台风将至，她一遍一遍细听，确定风暴临近的时间，提前杀好一只鸡，拉上我，到祖屋去祈祷。煮好的鸡、三碗饭摆放在八仙桌上，她握手默念，每个字我都懂，可我永远听不懂她的言下之意。她的祈祷有十多分钟，之后她来烧香、点烛、焚纸钱，而我则拿着一根线香，到祖屋外燃放一挂鞭炮。噼里啪啦，烟雾消散，她让我先离开，她继续在祖屋里一个人待上大半个小时。我也有好奇的时候，悄悄躲在门外，看着她站在昏暗的祖屋里一动不动，木刻一般。

风暴来了，海浪不断击打沙滩，要冲到家里来，空中掉落的雨水已经不是雨水，是下滚的浪；狂风更是要抹平一切的暴徒。在此时，电全停了，煤油灯在夜里闪烁着脆弱的光。家人躲在屋里，不时被门缝、窗缝钻进来的风所惊吓。曾祖母在此时是不睡的，她没法睡，一直靠窗坐。紧闭的窗已经封死了视线，可她好像可以看到海，看到迷失于海上的渔船，看到大海彼岸的异国他乡。风刮几天，她就那样呆坐几天，除了吃喝拉撒，她始终和那张椅子贴在一起。家里也没人问她，问了也不回答，谁也没法知晓她的心事——对于一个独守数十年的女人来说，她有太多心事寄予他乡客与未归人。

入 水

我在故乡的海里拍摄了一个多月，这是我摄影生涯里从未有过的体验。在以往，我前往某片陌生的海域，少的两三天，多则一般不超过一周，所拍摄的也不外乎海里的生物。而这一回，我所拍摄的竟然是一大片漫长的海底世界——这是因明朝万历年间一场大地震而沉入海底的村庄建筑。村庄太大、太长，没完没了。其间Z来看过照片，不怎么说话，只是用力地拍我的肩膀，开车载我到县城一家饭店，一杯接一杯给我灌酒。

“这事，成了。”他有些哽咽。

“我以前也从没想到，家门口就有这么一片海。想不到绕了一大圈，绕回来了。”

“你知道吗？看了你的照片，我也想跟你学潜水、学摄影了。”

“哈哈，我爸让我教他，现在也能潜一潜了。”

“大概什么时候可以梳理一个展览的思路出来？”

“还得拍一段。目前可选的照片还是不多，都花了那么多力气，那就做好点儿。”

“我不急，你按照你的感觉来。来……喝。你想想，覆盖了四百多年海水围墙的龙宫，就要被你掀开面纱了。”

“不过，我最近得停一停了。”

“停？”

“上次我跟你说过，一直找我合作的那家手机公司，又来催我了。”

“你不能把这拍摄忙完？”

“老这么拍，我也有点儿倦，出来的照片效果并不好；还有，这几年我一直在和那家公司合作，不想断了这联系……最主要是，现在毕竟是智能手机的时代了，每次新款旗舰手机发布，网上全是热搜。我在想，要是把那新款的手机拿到我们这个项目里试拍看看，到时手机发布时，若是现场演示用上了这照片，对你的项目来讲，不也是一件好事？”

“我看行！”Z很激动，倒了一杯酒，仰头饮尽，他从口袋里掏出手机，啪一声放到桌面上，正是跟我谈合作的那个牌子。这天晚上，Z喝了不少，我也喝了不少。他摇摇晃晃坐上他的车，由代驾送走，他身后酒气经久未散。

两天后，我飞去那手机公司所在的城市，签署了保密协议，领走了一部尚未发布的新款手机。这手机套在一个造型怪异的保护壳里，一眼看上去，没法辨别其真身。其后个把月，按照计划，我又开始了满世界飞，在各个著名的海域，拍摄各种光线下的海底世界。这期间，我还悄悄回了一趟老家，带着这部手机潜入了家门口的海底村庄。以往沉重的摄影器材，置换成做了防水保护的手机，我变得如此轻盈。当那些在海底沉睡了那么多年的建筑再次出现在我眼前，我又有了那种回到母体的感觉——虽然每一个人也许都没法说出回到母体到底是啥感觉。

把照片连同手机交给那家公司后，他们送了一张国内发布会的门票给我，我接下来了，最后却没到现场去。这款新手机的发布会，在德国和国内都分别举行了一场，我都在网上看了，我想寻找我拍摄的照片有没有出现。德国那场发布会，并未出现我拍摄的照片；国内那场，有一张我拍摄的海底世界，鱼群涌来，严整、密集、光线辉煌。我夹带私货所拍摄的海底村庄，并未出现在发布会的介绍里。我理解这种选择，一款明星产品的发布会，每个环节都疏忽不得，谁不愿意把手机最色彩斑斓、高清亮丽的摄影功能展示出来呢？同时签约的数十位摄影师，都拿出最好的照片给他们选择，发布会上用来展示的，不会超过十张，我已经足够幸运了——那些通体黑黝黝的海底建筑的照片，力道浑厚，可色彩太单调了些，不讨好眼球，还是把它们留给我自己吧。

十月底之后，时间愈加飞快，其间有一家做互联网课程的，通过曲曲折折的关系找来，让我参与录制了七集关于水底摄影的网络课程，每节四十分钟。当所有的后期完成，已经是春节之前了，我买票飞回了海南岛。刚出机场，还没赶回村里，在手机上看到了武汉有人感染新型冠状病毒肺炎的消息。当时也没在意，以为远隔重洋，跟我们这海南岛没什么关系。谁知道接下来，各省纷纷宣布进入紧急状态，海南也近乎封岛，网上各种消息汹涌而来。再之后，春节过去了，父亲在镇上的饭馆也没法开门，村口的路被村干部拿破渔网拦住，随时有人拿着鱼叉巡逻。家里人也都被封在村里，没法移动。

我起初还抱着幻想，以为这一波兵荒马乱很快过去，可两三个月之后，疫情布满了整个世界。往年陆续到来的摄影邀约，全都消失不见了——真邀约了，能不能去、敢不敢去、去了能不能回来，都是未知数。我干脆死了心，窝在渔村里，整理以往的照片，并把一些潜水的视频剪辑出来，开通了抖音号，陆续发出来，一个多月后，竟然有了接近十万的粉丝。父亲整天跟我同处一屋，摩擦渐多；后来形势稍微缓和，他和母亲的饭馆又可以营业了，人虽很少，可毕竟开门了，我在他眼中才顺眼了些。

我有时会把抖音号的视频转给Z，他会发来一个大拇指，可更多时候，是毫无回应。翻看他的微信朋友圈，看到他最近老转一些心灵鸡汤的文章。我给他打了个电话，他语音低沉，说："我还在老家待着，出不来，还没法去海南。现在这形势……"我本来想告诉他，被关在村里这段时间，哪儿都去不了，可海上无人，我不需要戴着口罩，就可以划着小船在海边闲荡，那时的海好像回到远古，空茫辽阔。不时潜入水中，拍一些照片，每次看到空荡荡的海底村庄，我心想，现在，整个世界也是这么空荡荡的吧？快要挂断电话的时候，他说："有些对不起你，我想……这摄影展未必还能搞，你也知道，因为疫情，旅游业都停下来了，我们那几个景区，每天……唉……"我并不觉得意外，我只是有些愧疚，怪自己口拙，不知怎么安慰他——现在，这个世界上有太多需要安慰的人。

禁足在家，刷手机的时间越来越多，不但眼睛像吹多了海风一样干涩，拇指也会隐隐生痛。把手机丢下，走出院子，海潮依旧，海风也依旧，海水之下，那个村庄依然隐蔽，暗藏千古，空茫如初。在渔村躲避疫情这段时间，我挑选好海底村庄的展览的照片，也排好了每一幅照片的顺序，连哪张照片洗多大、展厅的灯光如何布置等，我都做了规划。我甚至连展览的前言都写好了，只是暂时就不发给 Z 过目了。或许，一拖拉，这个展览永远没法成为现实了；或许，随着疫情的趋稳，好消息逐渐传出，这个世界还会回到此前的模样，该春暖花开时春暖花开，该日光辉煌就日光辉煌。是的，当我在村子里游荡，人们一切如常，我时时恍惚，好像疫情从未来到，海边的潮汐从未更改过它的节奏。好吧，我等着 Z 的电话，等着万物重开，年轻恒久——但在手机铃声响起之前，就让这场展览暂时属于我一个人，只为我自己开启。我悄然走进曾祖母的岁月，逆流而上，寻回那些消散的记忆。

“唯水年轻”摄影展前言

……

万历三十三年五月二十八日夜，海南岛地震，海沙崩裂，琼东北起声如雷，海边七十二村庄，尽沉海底，人或为鱼虾。这些倾覆在水底的房屋，在四百一十五年过去之后，解除封印，重见天日，以另外的一种方式，回到我们的眼前。地震之前，高僧憨山德清恰好身在琼州府探寻东坡遗迹，他登上郡城之时，觉得生气不佳，曾言灾难将至，让人们躲避。可惜无人相信，死伤无数。

大震让那么多村庄瞬间沉入海水，以另一种方式，抵抗着时光的腐化。后来，岸边又重新生长出村庄，我们的先人一代一代在此生活，他们中的大多数人，并不知道海底村庄所从何来，层层传说覆盖了记忆。人们出生，活着，然后死去。“海老了/唯水年轻/凡是潮刷过的也都年轻”，这是我省老诗人云逢鹤的诗句。当我潜入水中，看到海底建筑，便觉得，这片海，确实老了；可荡漾的水纹天光，又那么年轻。这一次展览中，除了海底村庄的照片，还有一些岸上的，彼此夹击，共抗时光。摄影者也颇怀私心地放入了与曾祖母、曾祖父、祖父、父亲相关的一些照片；尤其是曾祖母，她坚硬地撑住数十年时光之潮的冲刷，她并未苍老，她如水——唯水年轻。

（原载《人民文学》2021 年第 10 期）

鬼指根

尹学芸

1

沿石径而下，先是遇见了一棵榆树，而后又遇见了一株五角枫。叶子都落在了地上，韵致还是与其他杂木不同。在乱石嶙峋的山坡上，有一点贵族似的威仪。同样作为一棵树，榆树就差了水准，虽说它也长得高大且健壮，细碎的枝条像喜鹊衔来的，蓬蓬地乱，在蓝天白云下，像鸟儿为所欲为。老皮长了许多瘤子，看一眼就让人觉得心里不太平。

可这一面山坡，也就这两棵像些样子的树。其他都是灌木，在石头缝里歪斜着身子，一副不屈不挠样。荆条，玻璃树，酸枣棵子，野葡萄藤，忽而遮住路径，忽而从天而降般落在身上，抻扯着不让人走。倪依小心地避让，还是把手腕划出了血道子。牛仔裤有些混不吝，姜黄色的绒衣则沾满了鬼指根，成千上万。鬼指根又名灰灰菜，春天可以凉拌或做馅吃，像许多野菜一样，能上餐桌。但深秋它们就脱了形，从叶子中间挑起一根细细的茎，顶着球状的针形尖刺，挑衅样的随时连发枪弹，准确无误地击中你，把你变成一只刺猬。所以走出那条横向草径，倪依哭的心情都有，她想，怎么那么倒霉，看着好有诗意的一条路，也杀机四伏。

横向草径与那条石板路呈“丁”字。石板路开阔了些。拨开落叶，能看见那些清白色的石头磨出了水墨画的效果，呈慢坡状。但也会有矮矮的几级台阶，镶嵌在花岗岩的山体上，上面躺着陈年的松针和松塔。是陈年的，因为今年的松塔还绿着，神闲气定地在枝头悬挂。倪依回望了一眼，石板路曲曲弯弯向上，不知通向哪里。她迟疑了下，还是朝山下走。晚风拂过，一片清凉。晚秋的太阳摇摇欲坠，很有些英雄气短。干燥的松针在脚下发出飒飒声。她好奇地听，几棵古松便撞到了眼里。它们都倚在路旁，身边护卫着巨石，像穿了铠甲。是皴黑的青石，被久远年代的琼浆注入了肌理，生出古怪的苔藓。古松的枝杈使劲朝石径上伸，倒像是要为行人遮蔽风雨。倪依有些好奇，这里荒凉，但不荒蛮。这样一条规整的石板路明显不是现代工匠所为，倪依叹了口气，现代工匠可是没这手艺。

终于看见了瓦灰色的屋脊，身后长着一棵巨大的桑树。因为父亲常年咳血，桑叶清咳养肺，老家的院子里就种有不止一棵。所以无论剥了皮还是落光了叶子，倪依都认得。这棵树是柄大伞，一看就是爷爷辈的产物，倚着的石头墙都被撞裂了，硕大的树身有小半部分嵌进了墙缝里，看着特别心疼。转而又想，是先有墙后有树也未可知。那样不容易的就是墙而不是树了。石板路从这里分了叉，倪依拣有人打扫过痕迹的地方，从左侧绕了过去。眼前豁然开朗，原来是一处建筑的地基，被荒草掩映。一个年老的妇人抱着一捆柴从石头后面冒了出来，从另一侧往房子方向走。原来那里竟住了人。一瞬间倪依有些呆，想这人一定是孤身住在深山里，与清风明月为邻，林木花鸟为伴，这就是神仙啊！走近了，发现样貌也寻常。倪依叹了口气，想这荒山野岭，该有多孤单。见到一个人，也许会高兴三天。但倪依一点也不想打招呼。她从一座无名山上下来，走得头和脚都是木的，心却从未有过的寂寥。身上的鬼指根被风吹得飘摇，但就是不肯往下落。就像身上中了千尾羽箭，很是有些心悸。寻了花岗岩石级坐下，小心地把手肘支在膝盖上，下巴托在掌心里。还是想那些羽箭，若是刺穿身体，该是千疮百孔。于是通透的感觉油然而生，身体一阵寒凉，似有风穿膛而过，带着刺啦的响声，这让心有了轻盈的感觉。这里朝向东，正好与刚才走过的那条草径呈夹角。草径下面就是几米深的沟壑，里面都是滚山石。那些巨大的石块圆咕隆咚，被远古的地壳运动磨去了棱角，有一块居然有半个房屋大，让人叹为观止。那两棵像些模样的树被暮色包裹，逐渐模糊了影像，它们同周围的山石杂木混淆在一起，倪依只能从方位上看出个大概。

距离也有难处啊！倪依对着薄暮轻轻说。

“这里凉，去屋里歇着吧。”

老人无声地落在了倪依的身后，倪依其实听见了她窸窸窣窣的脚步声，动静像一条大尾巴松鼠。倪依不愿意回头，是不想自己的清净被打扰，她不想见一个不识时务的人。被羽箭刺穿的身体正在淌血，寒凉过后一阵战栗，倪依在想流尽最后一滴血是什么感觉。老人却在她身后蹲下了，动手摘她身上的草刺。“我看见你从那边过来的，路不好走。瞧你这一身鬼指根——我没事也不往那里去，草把路都吃了。”声调平和安详。

“草把路都吃了。”倪依喜欢这句话，不由重复了下，“您也知道这叫鬼指根？”

“春天的灰灰菜么，可以做馅饼。”

“您也喜欢吃？”

老人摇头说，不喜欢。山上有很多野菜都比灰灰菜好吃。羊麻叶，大蓟小蓟，苦碟，蕨菜，都能吃。“灰灰菜稍微老些就发柴，要不能结鬼指根？鬼指根最讨厌了。”老人说话的腔调有点不拿自己当外人。

“还有什么好吃的？”倪依逐渐有了还阳的感觉，似乎是从一个阴冷的世界穿越了。“这里是什么地方？”

老人说：“这里是千佛寺遗址，你若是春天来，南边的坎下都是野香椿，山里气候凉，时令要晚几天，但比城里卖的香椿味道浓。再晚些，那边都是野桑树，桑葚个头不大，但酸酸甜甜的特别爽口，都是玫瑰红或葡萄紫的颜色……”

倪依回味一下，突然一激灵，转头。还是那张普通妇人的脸孔，眼有点小，眉毛稀疏，细碎的皱纹横七竖八。但生了一只悬胆鼻，这样好看的鼻子可不多见，而且不会因为年老而塌陷。“您刚才说……这里是千佛寺？”倪依傻傻地张大了嘴巴，就像再也合不拢。冷气入直肠，她简直要哆嗦。看老人点头，她迅速把头转了回来，在两排牙齿之间塞进去一根手指。那根手指慢慢弓了起来，她用力啃。可怎么也啃不痛。痛神经呢？难道隐遁了？她特别渴望痛一下，让意识能有附着。她没想到这里就是千佛寺，鲍普不止一次说过的千佛寺。眼前一片空茫，乱石，杂树，大面积的柴草在秋风中招摇。风景肯定在山上，鲍普曾经见识过的风景，在山上……倪依痛苦地摇了下头。问野桑树在哪里。老人站起来往东南方向指，说那几棵是杏树，杏树前边是柿子树，柿子树前边就是野桑树。只是没有柿子树高……柿子树这东西霸蛮，无论长在哪里都趾高气扬……秋天就它结果子，叶子落尽了，果子仍挂在枝头上，像灯笼那般炫耀……你看见了吗？

“这些树有的是和尚栽的，有的是山民栽的。再早这里住着三五户人家，后来嫌孤单，都搬山下去了。那些果树没人打理，都长疯了。也许是孤单疯的，谁知道呢。树也会发疯，也嫌孤单……我见过的。再早柿子长成磨盘样，是磨盘柿。后来就越来越小，焦黄精瘦，模样就像核桃……”

倪依象征样地欠了下身子，她眼前水雾蒙蒙，其实啥也没听见。她的思维还在打转转。这里原来是千佛寺。鲍普曾经说过的千佛寺，地处深山，还没开发开放。满山的怪石，到处都是线刻佛像，那可真像一个王国啊！他摄影时偶然走到这里，就被迷住了。他搞摄影不专业，却是很迷的发烧友。从鱼眼镜头到超广角，从中等焦距到长焦距，办公室的套间里像个陈列馆。后来八项规定出台，他把套间挖了一个门直通走廊，一间变两间，上面挂了个“资料室”的牌子，其实里边的格局和内置都没有变。“这样真的好么？”她曾委婉提醒。他却不以为然。“哪天我带你去千佛寺看看，在那里扎个帐篷住一夜，也许能遇见神仙。”他开这样的玩笑。他的帐篷也是专用的，据说能抗八级台风，里面放一张水床，抵得上半间瓦房。这个玩笑让倪依心有惴惴，可也心生涟漪。如果说她有愿望的话，那么愿望还没变成现实，鲍普就失踪了。那一晚他值班，晚饭以后他一直在办公室批阅文件，抽屉张开着，外套披在椅背上，手机在桌上放着，显示有十几个未接来电。一杯沏好的滇红丝毫没动，但茶是冷的。他习惯把杯子沏满，水浮到了杯沿上。那是只白瓷杯，某次会议的纪念品，上面还有主办方的名号。那些长短镜头安静地趴在隔壁房间的木头格子里，可镜头里却是空的。

他的办公室装有摄像头，却是关闭状态。那一晚发生了什么没人知道。

老人一根一根摘掉鬼指根，刚才蹲在左边，这回转到了右边。倪依能感觉到左半个身子骤然轻松了，她不由晃了一下膀子，她有肩周炎，骨头缝里发出了欢快的叫声。倪依问她家住哪里，为啥一个人住在荒山野岭。老人说，她是退休的小学教员，家在埙城。这房子应该是庙产，几年前她跟朋友逛山景走到这里，看到这儿有座房子保存完好，就七手八脚收拾了。住了几年，从来也没人管没人问。查了史料才知道，这里是千佛寺遗址，山上有许多石刻佛像，憨山大师修行的山洞也保存完好，甚至有流浪汉在那里过夜。

“有水有电？”问完这句倪依就笑了。她不知道憨山大师是谁，她关心的都是世俗问题。

老人说，山谷里有条溪流，山上如果不开山放炮，水还澄澈。做饭饮用都没问题。当然也从外面带矿泉水，但矿泉水泡出的茶远没有山泉水泡的茶好喝。也有人想从山下的村庄拉电过来，被老人拒绝了。“烛光和油灯才配这里的清风明月。”

“您肯定是教语文的。”倪依心里有了澄澈。

“人老了，就剩念想了。”

老人拍了下倪依的肩，说鬼指根都摘完了。“天不早了，你该下山了。”太阳果然躲到了山阴处，薄暮像纱一样在眼前缭绕。倪依不想动，她感觉到了周身的舒泰和轻松。那些羽箭被拔下，也似自愈了伤口。这个素不相识的老人，像上天派来的老神仙，也像个老母亲，掸了掸她背上的浮尘，把她拉了起来。倪依感觉到了那手是一种干燥的温暖，从小臂和肩胛往腹腔传导，让心感到了熨帖。丝丝凉气被逼出了肠道，倪依不动声色地出了次虚宫。

摸了摸口袋，除了汽车钥匙，就是巴掌大的一块手机。狠了狠心，倪依从脖子上摘下了一个挂件，犹豫了下，还是戴到了老人的脖子上。“送给您，做个纪念。”

棕色的绳子上挂着深棕色的一尊菩萨。老人慌忙挡了下，却没有倪依手快。她用手捲了捲，反复摩挲，对着天光照看，凑到鼻子底下闻，迟疑说：“一片万钱。姑娘，太珍贵了，我不要。”说着，就要往下摘。

倪依赶紧拦下了她的手。“不值钱的，您别见外。”

老人说：“你甭瞒哄我。这种奇楠沉香的老料很稀有，放到水里就下沉。你没试过？”

倪依愣住了。“阿姨……”

“叫我张居士。”老人还是把挂件摘了下来，套到了倪依的脖子上，双手捋着给她摆正。老人打量着说：“就应该是你戴的物件儿……天快黑了，快些走吧。注意脚下，山路不好走。”话没说完，兀自往回走，边走边在草丛里捡起了两根木棍，想是要去烧火了。

2

春天，倪依接连来了两次千佛寺。第一次是一个人来的，把车停到了外面的村庄里。换上旅游鞋，走进了深山。因为目标明确，没有像深秋那次翻山越岭误打误撞。自然，也没有粘上鬼指根。因为气温跟深秋时节差不多，她穿的还是那条牛仔裤和姜黄色的绒衣，在枯燥的山野间，很打眼。没有机会横穿草径，她居然有些惆怅。很多时候，她怀念浑身挂刺的那种感觉，那会让她觉得血脉通畅，身体里似养了一眼活泉，每一个细胞都似蝌蚪。过一段就又不行了。她像一尾死了的鱼，整个身体平板、僵硬而又寒凉，呼吸都觉得不顺畅。她觉得自己得大病了。跑到市里最好的医院挂专家门诊，凡是能检查的科目都查了。医生说，她比很多同龄人的体质要好。除了体重有一点轻，没有任何毛病。“体重轻难道不是病？”她问得认真，把医生逗笑了。医生是个须发皆白的老人，说你这个年龄的女生都在减肥，你这样说是在开玩笑吧？

既然没有病，就只能上班。行政局的院落烟雾笼罩，因为隔壁是家宾馆的伙房，大笼屉里每天蒸得热气腾腾，气味都被排风扇排了出来，往这边熏。倪依总有饥饿感，跑过去买了几个开花大馒头，在办公室吃得旁若无人。其时，人都躲了出去，在旁边的屋子窃窃私语。大家回忆说，过去倪主任这样么？是吃猫食的人啊，而且注意形象仪表。现在怎么像饿死鬼托生的？怪异当然不止倪依一个人，还有行政科的小宋，值班的时候半夜起来要大刀——别人以为是大刀，其实是个长条木片，平时就在楼道的拐角处戳着，还是当初施工时遗落下的，一头薄，一头厚，正好是一柄大刀的长短。有人看见小宋要够了又把木片放回原处，奇怪的是，那木片就像从来没动过地方，上面的灰尘一星也没落。早起问他，他居然毫无印象。还有那块泰山石，像影壁一样矗立在大门口，足有几吨重，上面刻着繁体“龍”字。大家有目共睹，这“龍”是朝向里边的，某一个早晨，突然发现朝向外边了！这条“龍”长腿了！大家都知道，失踪的鲍局就是属龙的人，当年为寻找这块能刻字的石头，他几次去山东。大小，形状，纹路，颜色，鲍局都严苛。底部筑有托盘，接茬处严丝合缝，石头难道会自己转个身？谁都不肯承认是记忆有了偏差，大家情愿以讹传讹。新来的沈局是个胖子，偏偏胆子奇小，他偷偷从临县找来了风水先生，拿着罗盘绕着楼房跑了几圈，在局务会上则说那人是来考古的。司马昭之心，哪个不知。他们在后院的杂树丛中发现了一眼塌陷的井。按照风水先生的指引，他让人把那眼井清理了，填实了。上面种上一棵吱吱叫，这是一棵柴树，却是稀有树种，据说可以辟邪。风水先生家的后院种满了吱吱叫，随时听候差遣。他信誓旦旦说，这是口老井，是庙里和尚挖的。井里鬼怪已经驱除，你们就放心吧。让沈局起了一身冷痱子。行政局的局址是一座庙，俗话说宁住庙前不住庙后。但局机关的楼房是在庙址上盖起来的，这让沈局搬进来时胆都是寒的。

鲍局办公室里的东西都被清理了，这已经是三个月以后的事。沈局却说啥也不进那间办公室。粉刷以后买了圆桌和椅子当会议室，沈局却从没在那里开过会。

第二次，倪依是跟黄柏一起来的。黄柏跟在她的身后，三五步远的距离，从不走她前边来。自打认识倪依那天，他就从不习惯走她前边来。他只习惯在她身后注视她，默默的。她走哪，他跟到哪。但不跟紧，让她在自己的视线之内，女儿都上高中了，还说爸是妈的跟屁虫。就如眼下，她踩着摇动的石头突然下到了谷底，他有些犹豫，是不是也要跟下去。他看着她跃起身形跑过了河床，在一块巨石下面查看，那块巨石真有半个房屋大，东南角的方向是翘起来的。她先蹲下，后又匍匐着身子，用手扒拉。那里有些更小的石头，像巨石生出来的蛋，都圆滚滚。他站在高处看着她，她知道他在高处看着她，他对她不是漠不关心。有一段时间，她总在夜晚接听电话，他就偷偷去电信局打了通话清单。她知道，却假装不知道。他从不问她详情。有什么好问的呢？自己来的那次，在张居士那里吃了闭门羹，门缝里夹着一张纸条，“张居士去城里买火烛，傍晚回。”纸条显然不是留给她的，但她把纸条收走了。她发现，纸条上的字是碳素笔写的，很耐看，像书法作品。从这里过，她忍住没到石头底下来查看，既然下决心丢掉了，再查看还有什么意思呢。她硬生生地从这里走了过去。眼下跑过来查看，是因为黄柏在路边站着，掐腰，外衣搭在手腕上，帽子压住了额头，长帽舌把镜片吃了，只看见耳朵上架着两条眼镜腿。他距她不远，却形象模糊。

她越来越煞有介事。正转三圈，逆又转了三圈，像旋风一样。

“你为什么不问我查看什么？”她问得有些荒凉。

“上面好像是千佛寺。”他偏着头，去看那片山峦。她没向他提起过这个名字，他地理比她熟。“传说憨山大师曾在这里修行，大师是安徽全椒人，怎么会来这里？”似在自言自语。

她越过河床走了上来。

“过去讲究云游么……憨山是谁？”

“明末四大高僧之一。另三个是藕益、云栖、紫柏。”

“他们都是哪里的呢？”她问得随意，其实是听不得他显摆。

“藕益是江苏人，俗姓钟。云栖俗姓沈，久居杭州栖霞寺。紫柏全称叫紫柏真可，法名达观。”他回答真诚，就像这些问题对她很重要。

她扭转过身去，背对着他。面前是自己的影子，被太阳拉得修长。此刻他看不见她的表情。她不喜欢他这种见多识广的样子，带着几许讨好。她的脸上有一种亘古的寂寞，像这山坡上几十亿年前的石头。最大的石头无疑是眼前这枚，像一个放大了倍数的恐龙蛋，足有半间房子大，居然是暖色调，有被孵化的迹象。只是，谁能孵化它呢，也许是神……去年深秋，她一个人横穿草径粘了浑身的鬼指根，就像中了千尾羽箭。一个年老的妇人拔去了那些箭，似乎也治愈了她的伤口。无以为赠，她想把脖子上的挂件赠给她，她却说“一片万钱”，拒绝了。

她离开寺庙遗址，下到了谷底，把挂件放到这块大石头下，用几块小鹅卵石埋下，上面又遮了一块石板。她短暂地想过“一片万钱”的问题，但并没有入脑入心。得承认，这枚挂件越来越让她寝食难安，感觉到它与肌肤接触，过去是心怡现在是惊骇。那种沁凉，像是在偷袭，这让她的感觉很不好。有时候，她的确有种眩晕感，就像从高空快速跌落。但她从没有想把它摘下来，因为没有合适的理由。她羞于没有理由摘下这枚挂件，觉得不名誉。遇到张居士的那一刻，她发现，她已经很难再挂回去了。所以步下台阶她就拿在了手里。想起接受馈赠时，双方是怎样的随意。那是在杭州开会时的餐桌上，鲍普随手丢过来，说送你个玩意儿。碰巧倪依喜欢。她觉得，是他在外边随意买的。即便是随意买，她也喜欢。就是这样。如果当时鲍普说“一片万钱”，那会成为一块烫手的山芋，倪依绝不可能接受得这般心安理得。

她站在高处仔细分辨，不会记错，应该是那块大石头，是整个河床里唯一的一块，足有半间房屋大。她上次来没有下去查看，是调动所有的意念阻止了这个欲望。这次却没有挡住好奇心。就是因为有黄柏在场，让事情跌下了可能有的高度，成了世俗中事。可意外的事仍在发生，那尊佛像被有缘人请走了。

她挥一挥手，是想告别以往的岁月。她被那些岁月折磨得苦不堪言。

“你来过这里？”他们往遗址方向走，他在她身后问。

“来过。”她的回答寥落。随之，又让自己振奋了一下，指向那根横向草径，眼下已经草木葳蕤。说自己一个人走野山，从北面的山顶翻过来，下到了那条小路上，扎了浑身的鬼指根，这里有个老居士，在台阶上一个一个给她摘。“就像上天派来的老神仙，摘完那些鬼指根，她眨眼就不见了踪影。”

后半句，她是揣度着自己的心情说。

他简单地“哦”了声。他从来都是简单的，不求甚解的模样。他从不追她的话题，他们很难合上拍。“瞧啊，这里有块石碑！”他像小孩子一样雀跃，摘了眼镜远看近看，模糊的地方用手去摩挲。然后，又拿出了湿纸巾，从上到下清理尘埃。“草、隶、篆，三种书法形式同时出现在一块碑上。千像佑唐寺创建……天啊，这是块唐碑！”

那又如何。

她灰着脸靠在一株树上，仰头往上看。天蓝得通透，都在枝条的缝隙里。这才发现是株桑树，翠绿的叶子掩映着青森森的果实。熟的时候分别是玫瑰红和葡萄紫。玫瑰红和葡萄紫！这是那位张姓居士说的！她的心“嗵”的一跳，像是被铁器重锤了一下。杏树也巨大，柿子树也巨大，因为无人打理，树冠都显得臃肿而庞杂。老居士说桑葚是野的，过去这里有人居住，后来都搬走了。这里离村庄远，果子不值钱，被村里人撂荒了。

那这些果实就属于张居士了。春天采桑葚，夏天吃杏子，秋天把涩柿子变烂脆，估计她掌握了这些技能。这样的生活也是倪依想要的，能跟她搭伙就好了。倪依想，不知她收不收我。

黄柏激动地开始拍照片，横拍竖拍，有些字放大了拍。他喜欢书法艺术，属于艺术范畴的东西他都喜欢。可坝城实在太小了，没有哪些艺术家能入流。这一刻，他把世界忘了。眼睛瞪到最大，拍得一丝不苟。一边拍嘴里一边称赞，太棒了，真了不起。这碑老县志上有记载，没想到还能亲眼得见。今天太超值了！倪依知道，接下来他会发朋友圈，把这一发现告诸天下。打一大段话，每一句都有一个惊叹号，让人喘不上气。然后剩下的时间抱着手机等别人点赞。有时候，他也在后台给人留言：“你上我的朋友圈说一句话。”然后便是长长的一段回复，引经据典。他肚子里有东西，那些东西都要被沤烂了。可这些东西倪依却看不上。倪依偶然发现他搞这种小动作，却连拆穿的心情都没有。今天从家里出来，原本没有目的地，是他自行拐上了山道。倪依想也好，可以到山里转转。只要是自然的景色，到哪里都一样。穿过村庄，有个三岔路口，他开向了通往千佛寺的路，就像冥冥之中注定的一样。倪依木木地坐着，看着熟悉的风景从眼前掠过。上次她一个人没敢进山，云雾在山尖上缭绕，不时幻化人形。松涛阵阵，空中不时飞起惊慌的鸟。倪依有些胆怯。她居然有胆怯的时候！她揣着张居士的纸条走了。自己也奇怪，为啥要拿不属于自己的东西，好像不是字好那么简单。

她落寞地看着他，腰腿站得酸痛，移步靠到了另一棵树下。是棵柿子树。有皴黑老旧的皮，七裂八瓣，有小虫子在那些裂缝里飞。小青柿子只有指甲盖大，佛一样倒坐在托盘里，那托盘就像朵莲花。那感觉真是奇怪，认识这么多年，倪依从没觉得那像朵莲花。一大片云影飘了过来，把太阳遮住了。又飘了过去，太阳似乎只是藏了个猫猫。倪依终于不耐烦了，恹恹地说：“好了么？”

“就好就好。”他赶忙应。

她还是率先走了，有赌气的成分。她总是和他赌气，他从不知道为什么。在他眼里，倪依聪明，漂亮，会为人处世，扫地都比他扫得干净，家常饭都比他做得好吃。更要紧的是，倪依孝敬公婆。老家的井水含氟量高，她每周去送矿泉水，风雨无阻。每次去婆婆都要把她送到村外，看不见她的车影儿才回转。在他眼里，倪依都是优点。跟在倪依眼里的他截然相反。倪依总是说，烟灰落地上了。你又喝酒。鞋子怎么不放鞋柜？牙要刷三分钟！东西从哪拿的要放回哪里，告诉你多少次了！倪依说的这些都是带着气的。于是他戒烟、戒酒，把鞋子摆放整齐，刷牙时自己读秒。可倪依仍是不满意，说他的鞋子买得太便宜，衣服穿得没品位。我一个中学教师，每天吃粉笔灰，要品位有啥用？逼急了他也还嘴，甚至开口骂人。可骂完他就后悔。老婆是用来宠的，不是用来骂的。有次他狠狠扇了自己的耳光，让倪依凌厉的眼神一下就塌陷了。

她经常会想那位老居士，不知这个冬天她是怎么过来的。她一直惦记她。只是那种惦记在心苞深处潜伏，自己都能忽略。一个陌生人，你凭什么惦记人家！拾级而上，倪依坐过的台阶爬着几只蚂蚁，寻寻觅觅。蚂蚁总是爬几步就停下来，嗅一嗅，心机很深的样子。还隐约能见到几个鬼指根，被风刮到了石头缝里。倪依固执地认为那就是她从山上披挂下来，又被老居士摘下的那些羽箭。经过了一冬一春，还在石头缝里隐匿。待射向何处？她抠出来一个，放到手心里撵，好在它还坚硬，毛刺还能扎痛皮肤，虽说只是一瞬，她仍还有感觉。这感觉好，比麻木要好。黄柏匆匆朝这里走，手机横握着。他个子不小，只是背有些塌。再加上倪依站在高处，黄柏就像矮下去好大一截。黄柏还有些谢顶，招摇的那些头发有了花白的意思。倪依很吃惊，黄柏刚满四十七岁，按道理正是男人的好年龄，他怎么就衰老了？

倪依情不自禁摸了摸自己的脸。

3

他们之间有故事。世界上没有没故事的夫妻。但像他们这样能走进传说，少。他们两个曾在同一所学校教书，他早来一年，追她追得不动声色。早晨给她买饭，晚上陪她散步。她父亲咳血住院，他比她往医院跑的次数都多。校长偷偷劝他，说你找倪依那样的女人干什么？在家里供着？他是有些自卑的，家在农村，其貌不扬，拙嘴笨舌，可他就是喜欢倪依，这是没办法的事。足足用了五个寒暑，如果不发生意外的事，估计倪依还是天鹅，在空中飞着。有段时间她疯狂背英语，去水库大坝，面对着一大片清湛的湖水。暮色四合，可她就是不想动。书上的字母模糊了，她把书贴在胸上，抱着膝盖想心事。她不喜欢眼下这份工作，虽然在城边子上，属于镇办中学。同事女人居多，每天的话题就是丈夫、孩子、婆婆、大姑子小姑子。她也是从村里出来的，可她的眼界、意识比她们要高，烦恼和痛苦比她们要多。她不喜欢这样的话题和氛围，这也是没办法的事。她在学校里很孤独，就偷偷写诗。可越写越孤独。有同学出国了，她动了心思。她从小就喜欢英语，能让英语派上用场也是心愿达成。可家里死活不同意她走，老师是多好的饭碗，多少人做梦都谋不到。哥哥姐姐都土里刨食，你是家里唯一的指望，去了国外你让父母靠谁？父亲拉着母亲找到学校，让校长好好管管她。“这么大的中国还搁不下你，你对得起国家的培养么？”父亲是村里的老党员，有家国情怀，凡事爱从大处着想。她每天背英语背得心力交瘁，一走了之的事每天都想，却又犹疑难决。本质上，她也是个喜欢纠结的人，耽于幻想，付诸实施却难。她摇摇晃晃站起身，头有些晕。天已经黑得不成样子，风搅动湖水拍岸，送来阵阵腥气。一条鱼大概被摔痛了，发出了悲伤的唧唧声。她抖了抖酸麻的右腿，刚一转身，一个黑影忽地扑过来，把她放倒了。一块尖石头硌了她的腰，她的后脑跌落在一个树坑里，因为堤面本身坡度大，这让身体呈一个反向弧形，让挣扎出现了一个短暂的时间差。她一声“救命”没容出唇，嘴里就被塞进来一把泥沙，她被呛得险些一口气憋过去。男人撕飞了她的衣服，口水涂到了她的胸脯上。她抖得一塌糊涂，牙齿像是在敲梆子。又一道影子掠过来，把那个男人掀翻了。她慌忙往起爬，看着男人顺着坡道往下滚，迅速沿着水边跑远了。

暗淡的星光下，她凄厉的哭声就在喉咙口，却在泥沙的封堵中发不出来。她稍一吸气，就有沙粒落进嗓子眼儿，人就像窒息一样动弹不得。黑暗就像一个巨大的阴谋，参与制造了对她的侮辱。黄柏一只手臂揽住她的腰，另一只手臂垫在她的下巴底下，让她干呕的时候能借些力。嘴里说：“别怕，别怕。有我，有我。”她脖颈断了一样垂着脑袋，往死里咳。黄柏半拖半抱把她弄到了水边，撩些水给她洗脸。她终于咳了嘴里的秽物，一下咬住了黄柏的手掌一侧，久久都没有松开。

王居士、李居士、谢居士……她们彼此这样叫，也让她这样叫。三间房子里很热闹，不似她之前想象的孤寂和冷清，她们不像是在这里修行，倒像是来野餐聚会。这些都是六十往上的老人了，腰腹松懈，头发稀疏，发根像虮子一样生出一片雪白。但她们都神情愉悦，表明这是个快乐的群体。倪依进来的时候，她们正在做馅饼。一口大锅冒着蒸腾的热气，有人抱柴，有人烧火。两只铝盆放在灶台上，一只盆里是金黄的玉米面，另一只盆里是切得细碎的野菜。只有野菜看起来有一种神奇的暗绿，拌了大蒜和葱姜，散发着神秘的香气。面团放到手里摁成饼，弓起手背使之成为凹槽，抓一把馅放进去，两手合起来腾挪，口越收越小，直包得天衣无缝。馅饼贴进锅里，张居士一抬头，显然还记得她。用平淡的口气说："你今天运气好，赶上了头茬野芹菜，这可是野菜之王啊。"倪依原本还想客套，客气话却说不出口。她发现，在老居士们面前任何客气都多余，因为没人注意她。她问野芹菜长什么样，大家七嘴八舌告诉她，野芹菜长在水边，跟超市买的芹菜不一样。颜色深，叶子碎，但口感好。山里的野芹菜长在溪水边，没污染不说，那水还含矿物质，野芹菜生在水中，肯定也吸足了营养，就跟吃中药差不多。至于她是谁，从哪来，到这里干什么，谁都不关心，好像她原本就是她们之中的一份子。又或者，她就像山里的一棵草或一根木头，全无打听的必要。

"上次我来过。"倪依走到张居士的身后，有点迫不及待，"您去城里买火烛了。"

"你把我的便条拿走了。"她像是什么都知道。

"您没以为是风刮走的？"她好奇。

"风刮不走我的东西。"她说出来更像是禅语。

场面突然安静了，只有蒸汽袅袅。倪依挨在锅边，神情专注地看她手里操作。把面团圆，再摁出饼的形状，裂缝用两根指头抿好，馅饼里就成了一个黑洞洞的暗房，包裹了所有的秘密。她看得有些痴。她自己也做馅饼，却从没生出过如此复杂的心绪。水哗哗翻开，饼子贴在锅壁上，倪依数了数，正好十二个。

"能有我一个么？"倪依吐了一下舌头。

"有你两个。"张居士平和地说，"不是还有一个人么？"

黄柏没进屋。他在院子里打一晃，伸长脖子朝里看了一眼就不见了踪影。

倪依无话。她突然心如止水。

“我也喜欢做馅饼，用野菜。但从没用过野芹菜。”

张居士问她用过什么菜。倪依说，灰灰菜，人揪菜，起起牙，落落菜。女人们纷纷表示这些菜都吃过，但都没有野芹菜好吃。

“你爱吃还是他爱吃？”张居士说话的角度与别人不同。

倪依愣了下，有些犹疑，不知如何回答。

张居士却不是指望她回答的样子。包完最后一个馅饼，净了手，招呼倪依说：“屋里坐吧。”

留下一个烧火的，大家都相跟着进屋。倪依想，烧火的是谢居士，那相跟进来的就应该是王居士和李居士了。女人上了年纪，模样实在不好分辨。都是一张扁平的脸，眉目模糊。都穿着大花的衣裳，拥红倚翠，晃得人眼都是花的。倪依进屋才发现香烟缭绕，供奉的菩萨慈眉善目。按说菩萨的年岁也不小了，但因为皮肤紧致，没有一丝皱纹。面前摆着一片瓜果，有的已经开始糜烂，有细小的虫子在飞，估计她们的眼睛都看不见。想起张居士曾说过“一片万钱”的话，又觉得她的眼神应该还可以。倪依注意地看了她一眼，她与其他女人别无二致，除了那只悬胆鼻。

那真是一只好看的鼻子。

“您年轻的时候是美人。”倪依唐突地说了句，却没有得到回应。

“你相信有来生么？”她问。

倪依惶惑地摇了摇头。

“来，跟我们一起做功课，念《楞严经》吧。”

木鱼摆在香案上，张居士拿在手里，率先敲了一下，便闭上了眼睛。虽说很多地方吐字不清楚，倪依还是听懂了几句：若生众心。忆佛念佛。现前当来。必定见佛……

倪依的那颗心突然有被化了的感觉。她闭上了眼睛。

馅饼现出锅，包在纸袋里，外面又裹了塑料袋，又隔油又隔热。张居士做这些时，倪依想到了上学时给书包皮，当年都算功课。有人包得好看，有人包得难看。一个人是否手巧，能体现在方方面面。张居士无疑是属于手巧的人，一双手骨节很长，折边折角都很灵动。也就她想得起来还给馅饼做个封套，倪依接过馅饼转过身去，不知为啥，心里哗的一下，汪出了一个世界的水。

是张居士催她出来。让她快吃，或跟外边的人一起吃，好东西要有人分享。时间长了馅塌腔，就不好吃了，就把这手艺埋没了。她唠叨。一句话说得反复，也说得郑重其事。话说出了几层意思，但倪依懵懂，她有些心神不宁，反复说他们早餐吃得丰盛，才到这里，还一点都不饿。她不是想吃馅饼，而是想留在这里，跟她们在一起。说不出为什么，这里有一种吸引，让倪依不舍得离去。倪依甚至想，如果我出去了，再回来就没理由了。我有什么理由再回来呢？因为再回不来，所以不能轻易走。可张居士不回应倪依的解释，给自己盛了碗小米粥。粥熬在电饭煲里，放在墙角的一个酒柜上，或许是剩的，已经成坨了。那酒柜擦得洁净，廉价的箱板上的黄油漆都脱落了，玻璃只剩下了半块。把手的螺丝掉了一边，它就佯装挂在那里，似百无聊赖。张居士顺势在炕沿上坐下了。她身量矮，两只脚高高地翘了起来。她穿了一条花裤，黑布鞋，脚背上是一片白袜子，蹭了些许灶灰。但那袜子的棉质真正好，一眼就能让人看出不同来。她把脸埋在粥碗里，像是没了倪依这个人。倪依的不安挂在了脸上，她觉得，张居士差不多是下逐客令了。关键时刻王居士来救命了。王居士长了一面宽大的胸腹，坐下时腿要往两边撇，好给那块宽大留出下坠的路来。她举着馅饼咬了一小口，烫得嘴里吸溜吸溜。绿菜叶子糊到了门牙上，没容咀嚼就吞下了。她梗着脖子朝向倪依说："刚才那个……跟你是一家子吧？他是不是叫黄柏？瓦岔庄的，跟我儿子是小学同学。"

就像久旱逢甘霖，倪依急忙转过身，把整张脸孔对着王居士。倪依问同学叫什么，现在在哪儿工作。王居士把玉米馅饼用几根手指托着，从左手倒到了右手。说他没有那么好的命。我儿子叫志刚，翟志刚。好名字吧？却是短命鬼，三十八岁那年得了肺癌。要说都不是外人，算起来是你跟黄柏的媒人。

倪依不解。

王居士吃吃地笑。说："现在孩子都大了吧？告诉你也没啥了。黄柏那个时候经常去我们家，跟我儿子商量对策。当年黄柏追你追不上，就让我儿子耍流氓，他装英雄救美。那个晚上我儿子很晚才回来，滚了一身的土，回家就跟我要吃的。我问耍成了么？他说耍成了。我说耍成了黄柏也不在城里请你吃个饭。他说这个时候黄柏哪顾得上我，黄柏眼里只有那女的，重色轻友的玩意儿……从那儿再没见着黄柏的影儿，两人还因此结了梁子——人家结婚都没请志刚喝喜酒。他那个郁闷，就别提了……我们家里经常拿这事说笑话，你这媒人当的，纯属没事找抽型。找赵本山给你编个小品吧……志刚后来也后悔，觉得这事办得有点不值当，为朋友两肋插刀也不是这样的插法……但算你们的大媒，这一点总没错。”王居士开心地笑了起来，特别像没心没肺的人。

谢居士一直在堂屋收拾，此刻挑起门帘，往屋里探了下脑袋，说：“你儿子胆子够大的，这种事情也敢做。”

李居士在屋里打了一晃，又端着碗出去了。想是她吃得太热了，满头满脸的汗，她用手当扇子扇风，边走边说：“宁拆千座庙，不破一桩婚。要说你儿子也没做错啥，他这是在学雷锋。”

王居士说：“当年我就说他傻，哪能这样给人当枪使。万一出了意外，被人反咬一口，就是跳进黄河也洗不清，你就等着打一辈子光棍吧！可我儿子说，妈你放心吧，黄柏是好哥们，他不是那样的人。再说，我俩立了字据，都摁了手指印了，那手指印可是带血的。”

张居士突然停下了喝粥，两眼睁圆了看倪依。

“字据呢？”心“咚”地一震，似是裂了口子，便有鲜红的血顺着嘴角往外爬。倪依用手抹了下，啥也没有。但眼前的一切都模糊，屋里所有的物件都虚幻。那一张一张脸，都没有眉目。倪依端着纸袋的右手不停地抖，她悄悄用左手握住了右手的手腕，顺便往胸前揽了下。对面坐着的王居士样貌奇丑，鼻孔翻起来，里面黑洞洞。两只母猪眼，似描画般长了又短又粗的睫毛。想必翟志刚也是这样的样貌。在事情发生的最初两年，倪依反复想过那是个什么样的人。说来奇怪，想来想去都觉得应该胜过黄柏。

今天总算有了答案。

“早扔进灶坑里烧了。”王居士挪动下屁股，她每说一段话都要挪动一下，似是在跟嘴做呼应。“留着也没啥用……还别说志刚死了，活着也留不到现在……他不会拿着去找黄柏的麻烦。我儿子不是那种人。”她自豪。

“哦。”倪依微微颔首。她不抖了，有一种显而易见的心机。

“孩子几岁了？该上高中了吧？”王居士关切，仿佛孩子也与翟志刚有关。

“黄柏有没有感谢他？”倪依觑着眼，故意不搭话。她觉得王居士的话不需要回答。

“感激啥啊。”王居士撂下眼皮，“志刚生病都没见着他的影儿。”

“那是他不知道。”倪依狠了狠心。

“给他捎了三回话，他都没过来看一眼。”王居士提高了声音，明显带着情绪。

“赶巧他没空。”倪依此刻就想把话说到极端，就像鱼要死网要破，没有什么还需要在乎。她眼睛落到馅饼上，那里有粒豆豉，像极了苍蝇。她用指头弹了下，把那粒“苍蝇”赶走了。苍蝇落到地上，摔死了。她突然挑起眼神，神情中有几分倨傲。“那样大的学校几千个学生，吃喝拉撒都在他这个教务主任身上，赶上上级来检查，他爹生病都没空回去。”

“教务主任是多大的官？”王居士并不买账，神情比倪依还要高冷。“知道你是公务员，总给婆家买矿泉水，三里五村都知道，黄家娶了个有本事的媳妇！”

“您喝么？您喝我也买。”倪依突然牵了一下嘴角，有一抹嘲讽的笑。

“我老早就跟小儿子进城了，再也不用喝乡下含氟的水了。”王居士摇晃着脑袋，眼白差点翻出眼眶。“谢谢你的好心，无亲无故，我们可受用不起。”

倪依吞咽了口空气，似乎要把整个世界都吞进腹腔。

“你快吃，凉了就不好吃了。”张居士塌着眼皮过来，一句话像抽刀断水，口气却有点像家里的娘。她用身板挡在倪依与王居士中间，让倪依有一头扎进她怀里的冲动。

她不动声色地拿过倪依手里的一只馅饼，然后指示倪依吃自己手里的那一个。倪依面色苍白，像一只待宰的动物。而这只馅饼，就是她绝命之前最后的餐食。

倪依三口两口就把馅饼吞了，噎得伸长了脖子，却没吃出任何滋味。可她还想吃。张居士手里拿了另一个戴封套的馅饼等在她面前，她不说也知道，那是给黄柏的。屋里的人都看着她，王居士除外，她看后窗，是眼神不肯落倪依身上。倪依抹了抹嘴，抹了一手背的油。她看了看，那油就像护肤品，让手背亮光光。馅饼在肠胃里东游西荡，很快就不知去向。她忽然抬起头，眼巴巴地看着张居士，像孩子那样无助。她想说，我该怎么办？这是她留在这里的理由。她知道，一旦接那个馅饼，就不能再停留。而这屋子之外，就是另一个气场。恐惧突如其来，有汗珠在脊梁沟里滚落，那汗是凉的，像包裹了层冰。倪依没想到张居士会给黄柏包馅饼。他只是露了一下头，按道理应该谁都没看真切。可偏偏谁都看真切了，为什么呢！说真的，倪依不情愿带那只馅饼。带什么带。没有什么必须的理由。他们彼此不认识。张居士完全是多此一举。就冲这点，倪依对她的好感也要打些折扣。倪依不喜欢这种自以为是。也许，她还有别的情由，不为倪依所知……倪依呆呆的，六神都失了。张居士把馅饼塞到她手里，往外推了她一下。倪依的肋骨感受到了她手的分量。那手似乎在说，你这孩子，早走就没事了。听这些是非干啥，一点用处没有。那就是些笑话。是的，她们都是当笑话听，因为王居士就是当笑话说。但张居士不是。倪依留意到了她睁圆了的眼睛里有难以想象的错愕和骇然，她意识到了这件事在倪依心目中的分量。对，她是小学语文老师，有共情能力。倪依到底还是从那房子里出来了，眼前水波荡漾，山高地阔。却是上天无路，入地无门。倪依紧咬着嘴唇，把那股汹涌的情绪控制在身体里。她知道，屋里那些人还在注视她。拐过屋角就是那株老桑树，半个身子挤在了墙体里，长着方头方脑的小绿果，这是缺水少肥的缘故。一棵长在山石间的树，它该有多少委屈呢。站在这里，正好对着后窗。倪依几乎能感觉到短睫毛小眼睛正在屋里瞭望。倪依抽噎了一下，眼泪成片往下洒，脚下的石板路都变得潮乎乎。走过十几级台阶就是那条横向草径，朝向东。倪依疯狂往深处跑，直跑到上气不接下气。突然蹲下身来，耸起腰背，把自己湮没在草丛里，可着嗓子发出了一声嚎。

一只猫惶急地从草丛里跳出来，“嗖”地蹿到了那棵榆树上。它听清了女人的嚎啕里夹杂着“我要杀了你”。它很惊恐。

那把泥沙在她胸口堵了这些年。一想到因为那把泥沙奉子成婚，倪依就觉得世界是模糊的，连边缘都看不清晰。年轻的时候经常自我解释，他救了我，他救了我，他救了我。否则我也许就不在这个世界上了。没人需要她的解释，是她自己需要。先奸后杀的事不少，不是谁都有她这样的幸运。劫后余生才知道什么宝贵。生命，生命，生命。不能还没开花就成为一枚死果，然后被所有人津津乐道。这是一个传奇，倪依就应该生活在传奇里。倪依不记得对多少人说起过这段往事。说过心里就安然，就祥和，就乐天知命，就对人生没有非分之想。她不是没有怀疑。她怀疑过。怎么那么巧。那里是水库大坝，绝少有人走动。除非他跟着她，料遇到了她可能有的风险。他们从没就这件事情交谈过。不交谈。她不谈他也不谈。她觉得他是羞涩，就像做好事不留姓名，有什么好谈的呢。还有，他怕她难堪。他确实是善解人意，这一点她能理解。她谈的时候永远不当他的面，倒好像，嫁给他本身需要解释，否则就是一件值得怀疑的事。这真奇怪。每每想起，她都觉得奇怪。那把泥沙就在嘴里，沙粒就往嗓子眼儿里沉落，想咳出来都难。那晚他一直送她回宿舍，查看她的伤。嘴角有血，胸脯上有牙印。黄柏心疼地在地上转圈，然后又往外走。她以为他是去报警，一把扯住了他。可他说出去买些药。她哀哀地央求他别走，她害怕，她是否害怕自己其实也说不清楚。黄柏展开手掌，手掌一侧有一排牙印，其中两个甚至冒了血，她咬的。“我是不是该打针破伤风？”他开玩笑。

喉咙里一股咸腥气，往上一汪，喷出来的竟是——血！倪依以为自己眼花了，难道不应该是吞下去的那个绿莹莹的馅饼么？她紧紧闭眼，定睛再看，那团秽物正好落在了一团松毛草上。草是绿色的，秽物却呈暗红色，在阳光的照射下，闪着诡异的光。倪依惊住了。这情景只在书上看到过，难不成自己也做了书中人物？她缓缓站起身，头有些晕，胸口隐隐作痛。“我没病。”她说，“我没病，我刚体完检。除了消瘦哪里都健康，这是专家说的。”满目绿色，厚重而奇崛，倪依撸了把树叶擦嘴，是榆树叶，有一股黏稠滞重的铁锈味。“我是急火攻心了。”她安慰自己，“这没什么，我就是急火攻心了，急火攻心。”她嘟囔着深吸一口气，继续说：“你不能再吐了，连吐三口命就没了。”她非常清楚这一点。因为父亲有肺病，她非常注意保养自己的肺。她用一只手抚胸口，频率非常快，似乎这样就能把汪上来的血捋回去。那些血没有辜负她，果然再没往上翻涌。她扯起脖子往高远处看，蓝天白云，悠悠万事，一只雁影飞得孤独。一只孤独的飞雁，越飞越高，越飞越高。“还好，老天让我知道了。如果今天不来这里，不遇见王居士呢？”她对着天空的鸟咕哝，“这没什么，的确没什么。一切都是天意，不是么？”她又对地上的虫子嘀咕。那是一只青虫，绿脊背上长着花斑纹。她吐了口唾沫，又吐了一口，直到把嘴里的颜色吐干净。旁边就是那两棵像些样子的树，一棵榆树，一棵五角枫，并排站在临近河床的地方，俯身看着她。它们中间被雨水冲出了沟壑，露出了坚硬的根须。能在这样的山体上扎根，就要比石头还坚硬。眼下五角枫的叶子还碧绿，在灌木丛中别具一格。便是与榆树比，也是独具风韵。我为什么要来这里呢？我为什么要见那个翻鼻孔的女人呢？看来老天爷不忍看我像傻子一样一辈子受蒙蔽——你还以为自己是个女王，其实不过是人家魔法里一只可怜的兔子。

知道就好，强似一辈子蒙在鼓里。

4

鬼指根也是绿的，针刺柔软，还没形成羽箭。其实，它们的羽箭还在梦的箭囊里，就像刀还没有出鞘。倪依又想念被羽箭洞穿的感觉了，流尽最后一滴血。想想那种感觉就欢畅。“你总是说一套做一套。刚才一口血你就吓住了，你这种女人最没劲儿了。”倪依指点着嚷了出来，就像看着镜子里的自己。她当年不想嫁给黄柏，可上天忽然给了她一个理由。这个理由甚至让她着迷。很是有那么几年，她被这个理由魅惑着，鼓舞着。逢人便说，逢人便讲。虽然不当着黄柏的面讲。这里有什么玄机么？有。她怕黄柏的面颊羞出胭脂红。黄柏是一个喜欢害羞的人。这是她给自己找的又一个理由。她想这些年黄柏的尽心竭力，对她，对家，对女儿，总是尽心竭力，唯恐做不周全。下楼梯要挽着她的手，走在马路上总要把她挡在安全地带。原来他心里有鬼。他无论怎样做都不能在倪依这里讨喜，这也是个残酷的事。倪依时常内疚。看来这不过是潜意识中的因果报应。世界上哪有无缘无故的恨。很多时候纯粹是鸡蛋里面挑骨头，这已经成了习惯。女儿上五年级的时候说：“真不明白你为什么嫁他，我爸有什么不好，你为什么那么看不上他？”倪依吓了一跳。以后再当女儿的面，她会百倍小心地温存体恤，但骨子里的东西难以磨灭。那只猫从树上跳了下来，冲倪依叫。倪依这才发现那只馅饼还在手里，只是遭过身体的挤压，封套弄出了褶皱，塑料袋拧成了麻花。那点温热的感觉还在，隐隐约约。她朝猫叫了两声，是模仿猫的语感和口气。她这时觉得自己就是只猫，做猫的感觉很安慰。猫果然停下了脚步，认真地打量她。倪依把馅饼的塑料袋扯下，把封套撕开，掰了一块带馅的饼子放在地上。猫试探地走过来，左闻右闻，吃得很矜持。倪依又掰了一块，这回猫吃得很迅速。倪依索性把整个饼子倒在了草丛上，把纸套团成疙瘩塞进袋子里。这是倪依的教养，她得带到山下去。倪依往回走。边走边回头看猫。大千世界，朗朗乾坤，天高云淡，郁郁葱葱。都在法则以内。倪依心里忽然掠过一道电光，都不在话下。什么都不在话下。要紧的是你不能再受伤，受伤的应该是别人。倪依咬了咬牙，她在想第一句话说什么。你认识翟志刚么？他生病你为什么不去看他？早知道是你故意安排他去骚扰我，我就让他得手了。他得手了也没什么不好。他如果不是病死我还当是你谋杀了他。你想过谋杀他么？这话要用轻松的语调说出来，轻松更有杀伤力。她的心很冷，愤恨和屈辱反复叠加。胸口又开始发热，血像水一样被烧沸，不能张嘴，张嘴又要喷出来。她站在石板路上，叉着腿，面对着上坡道，像个劫道的夜叉。太阳打在后脑勺上，眼前都是重影。想象黄柏一晃一晃从上边走来，黄柏就真的走来了。黄柏走得很恣意，有规律地晃动着上半身，脸上的神情是一种有所斩获的喜悦。愚蠢的喜悦。每有重大发现他都会露出这副嘴脸。

他肯定又发朋友圈了。

“你没看见我给你发微信？等半天你也不回。”还离很远，黄柏先嚷了句。他弯腰摘了几根裤子上的草刺，又一晃一晃往前走。嘴里响起清亮的口哨声，细细地朝上飞升，直钻进云层。这山里实在太安静了，有种地老天荒的静谧。他的下半身都被路两边的荆棘遮挡了，倪依只隐隐看见他身体的轮廓。“我想让你到山上看看。又一想，算了。”

他在说什么？倪依有些听不懂。

但有一句话听懂了。就像气球被扎了个洞眼，倪依的气瞬间就散掉了。她慌忙查看了下手机。正好戳到语音上。“你顺着石板路往上走，见小路往右拐，这里有惊人发现！”有打字，也有照片，因为太阳反光，不怎么看得真切。倪依也不想看真切。她对他说了些什么素来不感兴趣。她握紧了手中的纸团，她要聚拢那口气，她不想轻易放过他。倪依的牙根都是痒的。“呸、呸”。这是倪依心里发出的声音，她想啐他脸上。十步，八步，五步，倪依就要爆发了。就见黄柏抬了一下胳膊，手里拎了根带子，下面坠了只鞋。“这鞋被什么东西咬烂了，但看样子是只好鞋，不知为啥出现在山上，而且只有一只。你看看是什么牌子？”黄柏总是这样，把什么他认为有价值的东西拿给倪依看。有一次，他居然从山上捡了根羽毛，让倪依猜那是什么鸟。黄柏把鞋子拎得高高的，以便能让倪依观察时毫不费力。倪依果然被吸引了。那是只姜黄色的登山鞋，表面有许多齿痕。倪依养过狗，知道许多动物有磨牙的习惯，譬如老鼠和野兔。这山上荒无人烟，该是出没的兽类所为。那鞋子看上去雄浑结实，曾经不同凡响。她用一根手指顶起鞋底，查看商标，是一家德国产的顶级登山鞋。偏巧，倪依认得这牌子。“在哪发现的？”倪依突然变得焦灼不堪。

“就在小路右侧不远处的草丛里。那里有一只松鼠，我查看松鼠的行踪时发现了它，鞋窝里爬满了蚂蚁。”

“就一只？”

“就一只。我把周围都查看了，没有另一只。”

一片树影落在脸上，倪依顿时委顿了。她突然撞过黄柏，要往山上走，被黄柏拽住了一只胳膊，倪依挣了下，黄柏没有松手。“你别去。”黄柏说。她看了眼黄柏，又扭头去看那条小路，小路被荒草掩映，只在中间留下一道缝隙。黄柏把鞋子放到一块大石头上，一只手臂揽了下倪依的肩。这几乎是他们唯一的亲密方式，倪依的头顺势一靠，黄柏把她搂住了。黄柏说，这山上阴气太重，你不适合上去。多亏你没上去，才没看见骇人的场景。倪依问什么场景骇人。黄柏迟疑了一下，挑拣说，很多蚂蚁。倪依有些恍惚，她有密集恐惧症，是个害怕蚂蚁的人。在路上遇到成群的蚂蚁，她要远远地跳开走。她在想那只鞋子，为什么是德国品牌。为什么要出现在这座山上。没有什么能够确定，比如，谁是鞋子的主人。可鞋子的命运也许就是主人的命运……谁会把一只曾经高大上的鞋子丢到山上让野兽啃咬？

倪依突然有些焦急。

鲍普新买的鞋子穿在脚上，让倪依猜是什么牌子。倪依搭一眼就猜出是LOWA，让鲍普称奇。鲍普不知道，鞋盒子是倪依收走放到了储物柜里。但倪依不会提示这些，潜意识里，她愿意鲍普以为她无所不知。

作为下属，倪依的细心和周到无人能比。

5

出去开了个会，那块充作影壁的石头不见了，连同那个繁体的“龍”字。倪依早晨上班，先去沈局办公室问究竟，胖子沈局说，一家兄弟单位看上了这块石头，囫囵个地搬走了。整个院子里顿显空空荡荡，倪依有些失神。那石头买来、托运、刻字倪依全程参与，都花了大价钱。没容倪依说什么，胖子沈局头也不抬说：“不习惯吧？我也不习惯。以后慢慢就习惯了。”

胖子说得对。

他连着签了三份文件，突然像想起什么似的问：“鲍普……鲍局的事还要谢谢你家黄柏。听说那天你也上山了？”

倪依抽了下鼻子，说那天黄柏一个人上山，她在山下看几个居士包馅饼子，自己还吃了一个。想上去找他的时候黄柏已经下来了，手里提了只鞋。“就是那只鞋给了公安灵感，还有那些蚂蚁。那样多的蚂蚁聚集在路上往一个方向爬，怎么会没事情。多亏他的朋友圈有干刑警的人……这事比说书的都巧。”

倪依寒噤了一下，可脸上毫无表情。“我没看他的朋友圈，我也没看见那些蚂蚁。”

她说的是实话。

胖子沈局合上文件夹，推给倪依，说你不给他点赞？

倪依都要起鸡皮疙瘩了，老夫老妻点什么赞。

“有什么情况随时告诉我。”沈局在开玩笑，此刻才正式了。“你怎么像在打摆子，你冷么？”

倪依摇头。说有什么事沈局应该比我先知道。

沈局说，我没有黄柏消息灵通。他现在还在公安局吧？

倪依说，一早又被公安叫走了，说有些事情需要核实。

沈局沉思了一下，说有些话我也不知道当说不当说。倪依在办公桌对面的椅子上直挺挺坐下，一副但说无妨的表情。自从鲍普失踪，她就隐隐在做心理准备。准备些什么，却很难说清楚。总之就是最坏的打算，作为行政局的办公室主任，她觉得自己理应受牵连，这毫无疑问。沈局奇怪地看了她一眼，径自说，后面院墙有个角门，据说是鲍局开的。机关是个四四方方的院落，当初开这个角门到底是为了什么？

倪依不假思索，说因为我在后面的小区住。鲍局为了让我上班方便，开了那道门——大家都这样说。

“真实的情况呢？”

倪依别过头去，不想说鲍局这么做就是个任性行为。有次倪依上班迟到，是因为女儿中考在即，想吃木瓜西米露，倪依临时跑了趟超市。上班时间找不到办公室主任，鲍局发了脾气。他是脾气很大的人，发起来地动山摇，整幢楼的人都听得到。倪依脸涨得通红，上班十几年，她从没因为工作出纰漏。“你家离这里有多远？够50米么？”鲍局大声问。

倪依家的楼房就在单位的院墙外，如果能穿墙而过，恐怕真的不足50米。可如果从外面马路上去绕，两里地都不止。

“我给你开道门！”

倪依却从来没在那里进出过。但也从此不再迟到。

“为什么不给自己行方便？”胖子沈局头也不抬。

“我不需要搞特殊。”倪依的语音冰冷，一点也没当面前的人是领导。

沈局点了点头。按说新人不理旧事，也不理旧人。他反复权衡，还是起用了倪依。他冷眼观察了几个月，发现倪依话不多说，却是个踏实做事的。有次去市里汇报工作，他忘了吩咐准备发言稿，倪依却提前安排妥当。关键是，文字水准好生了得，所有的数据都一清二楚。他弹了下手指，示意自己的话说完了。倪依抱着文件夹往外走，走到门口，沈局又说：“那道角门破了风水，难怪行政局老出事。我想把那道角门封起来。”

“我也这样想。”倪依转过身来，目光烁烁。

那道角门的钥匙挂在办公室的墙上，倪依从来没摸过。有时需要回家取东西，她宁可多跑上两里地。单位值班值一天一宿，她和鲍局一个班，但女同志不值夜班，这是规矩。单位外面是块三角地，长满了杂草。倪依下班从那里过，挑了一把野菜。倪依经常在这里挑野菜，她喜欢用玉米面做成馅饼。用焯菜的汁和面，那面和得绿盈盈。倪依做的玉米馅饼都像大个金元宝，用牙签画些图案，盛到盘子里，像摆拍的艺术品。这次是落落菜，下次是人揪菜。这些野菜过去都是喂猪喂兔子，现在成了餐桌上的美味佳肴。那天玉米馅饼刚出锅，外面有人敲门。开门一看，鲍局在外站着，一脸拘谨。鲍局说我不进去，我就随便转转。怎么你住这里？明知故问，倪依还是把他让了进来，给他盛了个玉米馅饼。鲍局连着吃了三个。女儿呢？住校。黄柏呢？值班。那也坐不安宁，最后一口还没咽利落，鲍局简直算落荒而逃。“经常看见你采野菜……没想到野菜这么好吃。”他没说采野菜的倪依也是风景。办公楼的一扇窗正好对着那块三角地，鲍局正经看见过倪依几次，还拍过照片。这些倪依并不知情。倪依是时尚女人，冬天也喜欢穿长毛裙。若是换作农妇，场景该没那么动人。他搞摄影，眼里尽是分寸。倪依在家里什么样，他有些好奇。那些好奇根本挡不住，他想来就来了。站在三楼的窗前，倪依贴着玻璃能看到那道角门，鲍局却一直没有出现，想是他吃饱喝足转到别处去了。难得看到鲍局局促的一面，他平时是一个品相十足的人，严肃、严苛。有时会发无名火。绝不和下属开玩笑。倪依对他很是敬畏，莫名的，又有些吸引。转天，倪依查看墙上挂着的钥匙变了方位，就知道有人动过。那是第一次，鲍局为自己开了方便之门。

然后，倪依悄悄把钥匙收了起来。

她有时会希望鲍局问问那把钥匙。有次他看了眼那个位置，却什么也没有问。

倪依隐隐有些后悔，觉得自己做的事有些无厘头。

关于鲍局的事，外面如何沸沸扬扬倪依一概不知。她把自己关在办公室，没事绝不出门。属于她的痛苦或悲伤的季节已经过去了，什么都有尽头，痛苦和悲伤也是。一秋一冬一春，倪依丢了那个挂件，也摘落了心上的鬼指根，滴血的地方结了痂。让身心恢复正常很重要，世界祥和，人民安居乐业，有关鲍局的牵挂变得若有若无。否则还能怎样！关于他的传说很多，被绑架，被警察秘密带走，有人在国外的赌场看见了他。还有更极端的说法，他带着女人私奔，在南方沿街乞讨……还有，他平时不苟言笑，脑子里却都是机关。利用值班的机会逃遁，布置假象迷惑组织……这一切都是因为什么呢！倪依长叹一口气，知道自己无法关心，也关心不了。她离他这样近，他却像个陌生人。她对组织就是这样说的。他的气息迷人，这话又说不出口。“你今晚做几个馅饼，我想吃。”他推开倪依办公室的门吩咐，就像说“你把这份文件起草下，我想看”。倪依赶忙站起身，他却匆匆走了。倪依有些不安，不知道他为什么想吃馅饼。街上有卖的，买两个送他再方便不过了……但倪依不会这样做。采野菜是一个复杂的过程，倪依明显比平时尽心，只掐最嫩的那一部分。回家紧张得就像打仗一样，唯恐送迟了耽搁他吃晚饭。倪依把馅饼送到他的办公室，他却不在。倪依惶惑地站了会儿，隐隐听见里间有哗啦啦的水响，那是花洒在淋浴。整个大楼空空荡荡。倪依心里一跳，没敢驻足，把馅饼放在桌子一角就匆匆逃了出来。倪依的后背一片湿凉，好像那些水都浇在了背上。又像刚从老虎笼子逃出，有一种劫后余生的侥幸。倪依对自己说，你明早来收盘子。别忘了，你明早一定来收盘子。倪依头重脚轻走出行政楼，魂魄都不知飞去了哪里。她无数次想过回去，回去。她有理由。告诉他用了什么馅，放了哪些佐料。馅饼的模样稍微有一点丑，客气一下难道不是必须的么？丢下盘子就走真的符合行为规范和礼节礼貌么？所有的说服其实都无效，倪依知道自己不会回头。漆黑的夜，空荡荡的楼，散发着潮湿气息的鲍局，身上浸润了迷迭香，这都是危险！你没有能力承担全部后果，就不要企图稍越雷池！那个早上他迟迟不开门，倪依心慌意乱。倪依以为他在睡觉。他有时失眠得相当厉害，谁敲门都会挨骂。可组织部门有重要事情找他，所有的电话都打不通，甚至跟倪依发了脾气。倪依才有点慌，用备用钥匙开了门，百叶窗关得严丝合缝，桌上放着打开的文件和手机，手机开着震动。一杯冷茶，椅子上披着的外套，看起来没什么异样。可人呢？里间的床铺一丝褶皱也没有，就像从没有人躺过。洗手间洁净如初，花洒安静地悬垂，就像从没有过淋浴。关键是，那只盘子也不知去向，连同包装纸和塑料袋。倪依查看了下垃圾箱，里面空空如也。

鲍局就此失踪。倪依又气又恨。他吃了自己的馅饼都不知会一声。他就这样打发了她，连同她的希冀和情感——她有希冀和情感么？这真是一个未知数，倪依自己其实也不是很清楚。断没想到他会把她从另一个旋涡里拉出来，那个旋涡能让她吐血。都是劫数。眼下，倪依会散淡地想起翟志刚的妈，那个翻鼻孔的女人。她开始述说往事时神情里有喜乐。这个年龄的女人，已经没有什么能成为心事了，往事除外。她不会想到她轻描淡写的述说带给别人的打击是毁灭性的。“现在孩子都大了吧？告诉你也没啥。”除了两只鼻孔，倪依对她没留下任何印象，仿佛那不是个立体的人。

小宋过来串门，随手就把房门掩上了。倪依困惑地看着他行动诡秘。小宋曾是鲍局的司机，公车取消后，小宋还是当司机备着，随时听候差遣。因为眼界太高，至今还是光棍一根。出事那晚他就住在一楼，却对鲍局的行踪一无所知。小宋每每想起就悔恨，觉得是自己失职。这机关没人能入他的眼，他就崇拜鲍局。当然倪依除外，他把倪依当姐姐。

“姐夫发的朋友圈救了公安局，也救了鲍局。否则鲍局还不知要被泼多少污水。姐夫人脉广，圈友居然有刑警。也难怪，刑警的孩子也上学么。”

倪依奇怪地看着他，不知他想表达什么。黄柏发朋友圈破案的事传得沸沸扬扬，但倪依从不想查看。

“有人说鲍局是抑郁症，自杀。姐你信么？反正我不信。他除了吃安眠药，从没见他吃过抗抑郁的药……没有谁比我更清楚。每天都好好的上班，就那天抑郁了？鲍局也不一定是那晚出的事，他在办公室看文件，怎么会穿登山鞋？还有，他的车一直停放在车库里，是咋去的千佛寺？莫非是一路走着去的？”小宋拧着眉头，一脸沉重和愤懑。他不停地打着手势，似乎是想把心中的块垒掏出来。

倪依摆弄着一支笔，沉静地像座雕塑，她不想说什么。有一段时间鲍局总在夜晚给她打电话，引得黄柏偷偷去打电话清单。关键是，鲍局的那些话都没什么特别，就好像他突然想起了什么，要与人分享。不分享下一刻就忘了。那些事都是童年或青年时候的往事，包括与女同学的初恋。“她是盘锦人，因为大米不能离开家乡。她不知道世界上还有很多东西比盘锦大米好吃，这就是认知吧。”他说。他散漫说话的时候并没有什么目的，说完了也不道再见，仿佛听他倾诉的是根电线杆子，他想说就说，不想说则不说。白天却没事人一样，从不带夜晚曾经交谈的痕迹。倪依仔细观察过，甚至觉得他应该就昨晚的话题做些解释。说真的，她有些受打扰。但没有。就像永远没有过昨晚。就像倪依真的是根电线杆子，与她说什么都是格式化。这让倪依多少有些不甘，觉得不被尊重，或者……有一晚鲍局并不说话，他就在那端急促地呼吸。倪依从不问他有什么事，事实是，他当真什么事也没有。但有些信息倪依会捕捉到，比如，他很烦，话说出来没头没脑。或者有暧昧倾向，说带她去千佛寺，到那里扎帐篷过夜，里面安张水床。让倪依心如鹿撞。但倪依很少说什么，她在他面前永远是下属，她告诉自己要本分。倪依只是偶尔应一声，告诉他自己在听。

假如那一刻真的来临，你会跟他去山顶住水床么？有个声音一直在问倪依，倪依回答得模棱两可。是不能拒绝，不想拒绝，还是不忍拒绝？天呀，你真的会跟一个男性领导单独去登山么？这已经超出了正常的工作范畴了，出事情不是他的，是你的。

倪依甚至把这话写出来，提醒自己。

“你知道么，鲍局的葬礼很冷清。只有他妈妈一个人。这是殡仪馆的哥们儿亲口对我说的，他妈妈是个了不起的人，从始至终都没有哭，而是在他身边念经。他老婆和孩子都没出现，这事新鲜吧？”

“他们都在国外。”倪依言不由衷。

“回来很难么？”

倪依看着小宋，搓了搓自己的脸。她对鲍局的家人一无所知。鲍局的母亲念经，这倒有点意外。有一次，有个衣着讲究的女人来送汤药，下楼的时候随便拽住了一个人，说告诉鲍普汤药饭前喝。这个人就是倪依，她刚从外边开会回来。倪依把信息转告给鲍局，鲍局沉着脸一声不吭。然后把那包汤药用报纸裹了裹，直接投进了垃圾筐。倪依想去捡，鲍局气咻咻地说：“没事儿少找事儿。”倪依就把手缩了回来。倪依说：“人家好心好意送药来，为啥糟蹋呢。”鲍局说：“在她眼里别人都是病人——其实是她自己有病！”

倪依说：“是您爱人？”这话出口倪依很后悔。

鲍局皱着眉头看着窗外，没再理会倪依的话，但倪依看出了鲍局皱起的眉心里有份沉甸甸的认同。这是唯一的一次有关隐私的对话，鲍局家庭不幸福，倪依隐隐有些遗憾，还有些许安慰。她是正常女人，这没什么好解释的。小宋眼里汪了泪水，说鲍局可怜，死得不明不白。若不是什么动物扯下一只鞋子让姐夫发现，也许永远都不会有人发现他，最后，连骨头渣子都不会留下。“还是你们跟鲍局有缘分，姐夫的照片拍得那么清楚，听说公安局要表彰他。”

“别说了！”倪依突然喝了一声。

小宋吓了一跳。他手足无措地站起身，惊慌地往外走。他从没见过倪依这一面，面孔丧起来，眼泡和眼睑都是虚肿，像个煞神。

小宋走到门口，悠悠说了句：“鲍局对咱不错，做人不能没有良心。”

6

黄柏似乎改变了生活节奏，他经常很晚才回来。他过去晚回来的时候也有，他应酬多。别小看一个教务主任，这确实是一个有能量的角色。过去黄柏话里话外露出过得意，让倪依嗤之以鼻。黄柏提回家来的礼物，倪依从来不看。黄柏总是讪讪的，跟她没话找话说。黄柏爱叨叨，只要见到倪依，大事小事从来都事无巨细，不管倪依爱不爱听。不知从哪天开始，黄柏晚回来，再不叨叨。或者只说一声："你怎么还不睡？"

倪依扔出一句："这才几点？"

不管几点，黄柏洗澡进小北屋。台灯浊黄的光线打在门板上，倪依欠起身子能看见黄柏的一只手，举着手机。小北屋的网络信号不好，他总要敞着门。黄柏是一个热爱手机的人，里面有他的寄托。

倪依希望他叨叨的时候黄柏却变成了哑巴。客厅的沙发总是空荡荡，尘埃长了翅膀在空中飞。他最少去了三次公安局，接电话的时候倪依都听到了。回家见了倪依，却跟没事人一样。倪依心里冷笑，猜度这是为什么。他怀疑自己和鲍局。他从来不明说，但他怀疑。不止打电话清单，有次倪依跟鲍局出差，他居然检查她的行李箱。就为了赌气，倪依戴了鲍局送的挂件。随便包在一张餐巾纸里，就像刚从外面的小摊上买来的。鲍局只说了一句"适合你戴"。那可真是送的随意收的也随意。倪依握在手里，就是握住一团餐巾纸的感觉。她回房间就戴上了。她不想让他失望。回家坐黄柏对面，黄柏瞥了一眼，不问哪来的。什么也不问。黄柏是一个注意细节的人，倪依身上所有的细节都逃不过他的眼。越不问越戴。倪依颠着腿装悠扬，既负气又悲伤。黄柏哼了声，眼望别处。他心里有鬼！他一直在伪装！倪依总算明白了！厌恶很容易就能转化成仇恨，倪依揉着自己的腹部，那里充满了不良气体。"你跟鲍局到底有没有关系？"倪依问自己的时候有些心虚。她记得自己的暗暗希冀和心如鹿撞。如果鲍局不失踪，后来会不会就发生些什么？

倪依沮丧，摇了摇头。她觉得自己走不出那一步。她过不了自己那道关。她不会跟上司发生恋情。这会让她瞧不起自己。可生出的那些情愫算什么？千佛寺的那根横向草径，鬼指根像千尾羽箭洞穿了她。那些个日子，那些个日子，想一想就心力交瘁啊。你渴望什么？现在想来是有冥冥之中这回事。原来鲍局就在千佛寺，躯体被蚂蚁蚕食。不行。倪依受不了了，她又要打摆子。她扯了条小被子裹住了自己，朝镜子瞥了一眼，她披散着头发，脸孔蜡黄，眼神惊恐而又绝望。鲍局永远看不见她这一面，他的眼里只能落下她的光鲜和优雅。即便他有再高档的镜头，又能看见什么！白天都忙，她和鲍局很少单独说上话。夜晚的电话粥甚至是倪依的期待，不管说什么，倪依都暗生喜欢。那低沉的磁性的声音，即使冷若冰霜，也能让倪依听出甘冽。还有那些玉米馅饼，倪依从摘菜到和面到下锅一条龙，唯恐火大了小了，火大焦煳，火小夹生，火候适中才能外焦里嫩。这又说明了什么？倪依指点着镜子中的自己，说那晚你虽然从鲍局的办公室里走了出来，可都想了些什么，难道你自己不知道？还是不能想。不知道那是最后一面。否则，是不是应该豁出去等他出来？你把鲍局当成什么人了！倪依大声说："你应该等鲍局出来，听他说点什么。也许，他就是想对你说点什么，让你送馅饼只是个借口——你让那个臆想出来的局面给吓跑了。你这个蠢货，为什么不等他出来！"可是，鲍局说了什么就不会失踪么？或者，他会告诉你他想失踪么？

不——可——能！

倪依"腾"地站起身，几步跨到了角落里的衣架旁，从包里摸手机。她想看看黄柏的朋友圈都发了些啥。关于那天，一只被动物咬烂了的顶级登山鞋和密密麻麻的蚂蚁横穿石板路，被不知多少人转发，早已传遍了坝城，没看见的大概只有倪依一个人。我不怕！我有密集恐惧症，可是我不怕！倪依哆嗦着翻手机，可却找不到黄柏。每天都有许多留言。她忘了黄柏的昵称叫什么。平静下来想了想，记得是四个字，第一个字是……远。对，是"远"。远山如黛还是远山呼唤？调出"y"字头，却找不到这个"远"字。无论如何也找不到。他肯定换昵称了。倪依的每根头发都在往起竖，她迅速退回来，地毯式搜索。他果真改了名字，叫"达摩面壁"。呸，你也配！

他把倪依屏蔽了。

倪依看不见他的朋友圈！

倪依一屁股坐了下来，慢慢往下溜，整个身体卡在了沙发和茶几中间。腿别成"之"字型。她很难受，怎么那么难受！可她不想解救自己。她想一头撞死完了。黄柏原来一直在屏蔽自己，那是种屈辱的来料和源泉，他原来一直这样恶劣地对待她！她不想流泪，她的泪囊已经空了。倪依止不住自嘲地笑了下。她想自己表面光鲜，人生却如此惨淡。一让再让，还是穷途末路。而这一切都源于那个可怕的夜晚，在水库大坝，一个不良之人吓破了她的胆。而这一切，不过是个阴谋！倪依挣扎着往起坐。她得干点什么。她必须得干点什么。门外有扭动锁孔的声音，玄关换拖鞋的声音。黄柏的半个身子出现了，他没少喝，脸红得透亮，换拖鞋时身体摇晃了一下。没容他站稳，一只玻璃杯呼啸着飞了过来，正好击在了他的耳轮上面一点。玻璃杯落地炸裂的声音堪比小炸弹，碎片惊叫着四处奔逃。

黄柏一声也没吭就一头栽倒了。

7

“你怎么又来了，快去医院照顾黄柏。”

胖子沈局在爬楼梯的时候气喘吁吁，倪依站在高处等他。“有点活没干完。”

“工作上的事不用太操心，永远没有干完的时候。什么重要，家人的健康重要。”

胖子沈局终于踏上了平坦的楼道，走到了倪依的前边，显得自信多了。“医生说黄柏脑袋流了很多血。多危险，以后让他少喝点。”

听说黄柏住院，沈局第一时间去医院探望。这是他们第一次见面。两人谈了半天，话题却一直没有离开千佛山。完全可以有理由说，沈局是因为千佛山才去医院探望黄柏的。

倪依应了一声。喝多栽跟头的事，是黄柏自己说的。医生是他同学，奇怪地说缝合的伤口不像摔伤，倒像飞翔的利器擦皮而过。“再往下处一点，碰到颈动脉，你小子就没命了。”

那是寸把长的血口子，汩汩往外流血的时候倪依很冷酷。她拒绝对他施以援手，她就那样看着他，牙齿都是寒的。黄柏挣扎着用一条毛巾堵着伤口，自己打车去了医院，顿了顿，倪依追了出去。医生给黄柏剃了阴阳头。倪依主张把头发剃光，被黄柏拒绝。

“我尝尝剃阴阳头的滋味。”黄柏当着医生的面开玩笑。

站在自己的办公室门前，倪依说：“下午还有个材料……”

沈局说：“我让别人弄。”

倪依开了门，没想到沈局跟了进去，坐在长沙发上，宽大的腹部折叠下来，像堆积的一团不明物质。倪依有点恍惚，过去鲍局进来也坐这里，但鲍局的身形像竹竿一样清瘦，腰背很直，似从不弯腰的样儿。她坐在办公桌前的椅子上，看到的是他的侧脸，那只鼻子高耸笔挺，倪依经常把眼神打到那里，那是只悬胆鼻，葱白一样。倪依留意别人的鼻子就始于鲍局，一只好看的鼻子，是一张脸的体面。鲍局从不像沈局这样讲话，他会说："材料你把关，办公室主任就是干这个的。"倪依没坐自己办公桌前那把椅子，这是最起码的礼貌。沙发对面有把椅子，倪依落寞地走了过去。沈局把所有的手指都像顶牛一样支在一起，但中指弯曲下去，用肥厚的指背彼此顶住，真是个奇怪的造型。

"鲍局的那间暗房，听说你有钥匙？"

"您的办公室我也有钥匙。"

"但我没暗房。"

"您想说什么？"

"我没别的意思。"

顿了顿，沈局问："鲍局是个胆小的人？"

倪依摇了摇头，轻声说我不知道。

沈局说："我知道鲍局是摄影发烧友，那些镜头你看过吧？据说叹为观止。"

倪依说："我不懂。"

沈局说："有些长枪短炮，照相时听说要用另一个人专门摁快门。你说鲍局是什么意思，他总嫌世界看不清楚么？"

倪依说："他大概想看清楚。"

沈局说："那是病！你知道他花了多少公款么？两千多万！"

倪依"蹭"地站了起来，说这不可能！鲍局的工资都花在了兴趣爱好上，地球人都知道！他的生活很简朴，车改后普通干部都有买奥迪 A6 的，他只买了一辆小破车，8 万块。这在行政局，大家有目共睹！

"这只是表象。你没见有个贪官整天骑自行车上班，却买套房子专门存放人民币。"

"这是两回事！"倪依语调激昂，有点不管不顾。

沈局摆了摆手，说你别激动。他有兴趣爱好不是一年两年的事。组织上查他也不是一天两天了，他肯定是有了察觉。大笔资金挪作他用，连防汛和春节慰问金都不放过，没有比他更能挖空心思的了。开始我也很吃惊，把行政局卖了都不见得值那么多钱，他从哪里抠了那么多！有一款镜头几百万，市场上根本买不到，商家只接受订单——这不是疯了么？他要这样的镜头有啥用，难道想看人的五脏六腑？那，干脆买个 X 光呗！也不知他从哪打探来的消息，这样的镜头据说全国也没几个。什么事成痴成癖也不好，他虽然人不在了，但违法犯罪的事实抹杀不了。我们行政局跟着吃挂落，来年得过紧日子了。所以组织上要求以他的案例为镜为鉴，开展警示教育，那些个镜头真是害人害己。

倪依心乱如麻。那间暗室有三个陈列柜，很多镜头都没有启用过。事实是，鲍局很忙，用于摄影的时间很少。她曾经问过鲍局为什么喜欢收藏这些，鲍局说，人总得有点寄托。

只是，倪依从没把这些与违法犯罪联系起来，她不懂那些镜头的价值。她问，鲍局到底是怎么死的？公安局有结果么？

沈局说，这正是我要告诉你的。他生前吞了大量安眠药，那些药在胃里打团，都还没怎么消化。显见得是一把吞服的，求死之心强烈。奇怪他选择了千佛寺一个隐蔽的山洞，是不想让人发现，这个好理解。不好理解的是，他随身带了一个包，包里装的不是镜头，而是一个蓝花盘子。公安局以为是文物，经鉴定，那只是只普通的盘子——这又算什么癖好，你知道些情况么？

倪依惊了一下，想说这盘子是我的，那晚我去给他送了两个野菜馅饼，没想到从那天他就失踪了。她当然知道这话不能说，她不能给自己找麻烦，这样的麻烦承受不起。这个蓝花盘是成套买来的，有大有小，有深有浅。那是最大最深的一只盘子，有天倪依做饭，黄柏拿筷子拿碗，问了句：“大盘子怎么少了一个？”

输了三天液，黄柏要求出院。他顶着一个阴阳头的脑袋很抢眼。他的医生同学姓郭，也是酒友。郭医生说，伤口边缘还有血肿，回家别洗澡，别做剧烈运动。郭医生挤了挤眼，神情甚是暧昧。倪依收拾东西，假装没看见，借故去了洗手间。洗手间就在病房里，倪依虚掩上了门，却把耳朵竖了起来。黄柏说，都是村里出来的，哪有那么娇气。郭医生小声说，你说实话，伤口究竟是怎么弄的？鬼都不会相信是摔的。黄柏也小声说，我不说，说了嫌丢人。郭医生说，你告诉我，我保证不说出去。黄柏说，你发誓。郭医生说，说出去我下半辈子没酒喝。黄柏笑了笑，说逗你玩呢。前两天摔了个玻璃杯，正好栽在玻璃碴子上。郭医生说，除非玻璃碴子能飞起来，这明显是击伤……而且与速度有关。你以为切割和扎伤是一回事？撒谎瞒不了明眼人。倪依想了想，走出去靠在门框边上，冷着面孔说，是我用玻璃杯砸的，他在微信上屏蔽了我。我一生气就把玻璃杯丢了过去。郭医生尴尬地说，都怪我多嘴——倪主任不会做那种事。黄柏屏蔽你也不会是故意的，我知道你们俩的感情。倪依说，你不知道。黄柏说，屏蔽一个人最少需要三个步骤，怎么可能不故意？

倪依开车，黄柏坐副驾驶。车窗关得严严实实，车里比坟墓都要安静，两人都捂了一身汗。拐进小区，黄柏才想起开窗通风。大叶梧桐招招摇摇，叶子圆阔碧绿，小马路遍布浓荫。黄柏首先打破沉默。黄柏说："我不怪你，我是自找的。我们走到今天，责任在我，所以你如果想离婚，我同意。"倪依一下捂住嘴，哭声从指缝漾了出来。"这些话，你为什么不早说？"黄柏抹了一把脸，汗水和泪水都黏糊糊的。"现在说，我仍然心如刀绞。倪依，我知道你看不上我，可我舍不得你。"这话说出，黄柏哭了。倪依泊好车，却没有熄火，发动机仍在突突响。倪依说，我经常想这样一脚油门踩下去。黄柏说，你如果现在想踩，我不反对。倪依嚷："你凭什么那么对我！葬送了我一辈子的幸福，你说，你凭什么？"

黄柏说："年轻的时候傻，做了傻事。那天去千佛寺，我一眼就看见了翟志刚的妈，所以没敢进那个屋子。我希望她没看见我，或者没认出我，可我也知道这不可能，我去他们家的次数太多了，饭都吃过不知多少次。我又寄希望她忘了那些往事，或者忘了跟你提起。我在外面踌躇半天，想喊你出来。最后还是说服了自己。我想，听天由命吧。这种时候就该听天由命。该你知道的事，你迟早会知道。但我也一直心存侥幸，你跟她毕竟不认识……看见你站在小路中间的样子，我就知道完了。那天你周身冒着寒气，像在太阳底下裹了一层霜雪。知道我为什么提着一只鞋子下山么？当时那只鞋子爬满了蚂蚁，我费了好大的劲才清理干净。我就是想提给你看，化解和你之间可能有的尴尬，转移一下注意力……在提与不提之间，我犹豫了半天，那样一只来路不明的鞋子，我心里也有忌惮。最后还是想试一试，这万一成为一个话题呢。所以你就知道我提着鞋子下山该有多忐忑，没想到那鞋子是鲍普的……倪依，凡事自有天注定，这不是天意是什么？好吧，我认了。只是有些事情我想告诉你。当年追你追得辛苦，但我从没想伤害你，计谋是翟志刚出的……我知道现在这样说有失厚道，可确实是他想出来的法子。不过我们有言在先，那就是吓唬你一下，但不能碰到你。那晚的事情无需我说，是你一辈子的梦魇。他不单下手，还下口。就因为他不信守承诺，我一辈子都不原谅他，当然，也一辈子都不原谅自己。"

黄柏垂下头，脑袋上醒目地打着"井"字结。纱布包头勒出的印子还在，倪依突然想，那一只杯子砸过去，万一砸死了黄柏，眼下会是什么局面？

倪依哆嗦了一下，身上起了一层冷痱子。

黄柏又说："再就是微信这件事。我知道你不关心我都发些什么，你从来都不关心我。某天你突然想看，无非是想知道有关鲍普的信息。可我的微信里没有这些内容，屏蔽你是突然想起你的密集恐惧症，还是从千佛寺下来时候的事，我发了几张有关蚂蚁的图片。那些蚂蚁，都是长着翅膀的大个飞蚁，你不知道有多恐怖，把一条路都挤满了。它们有去有回，就像赶赴一个集会。我九张连环拍都是那个场景，大好的风光，被这些蚂蚁弄得七荤八素。我就是怕你万一看见它们坏了心情，才把你屏蔽了。还是那句话，我知道你从不关心我的朋友圈，我就是怕你一不留神看见，我没别的意思。倪依，事情没你想的那么复杂，屏蔽你说明不了什么。如果你想知道有关鲍普的信息，那么我现在可以告诉你，公安从他的抽屉里搜出来许多抗抑郁的药，他是严格意义上的抑郁症患者。专家有种说法，他疯狂购物也是抑郁的表现之一，只是，你离他那样近，反而是雾里看花。社会上有许多关于他的传闻，可惜传不到你的耳朵里，你也从不给我机会说说他。倪依，你这辈子活得委屈，我知道，说一百遍对不起也没用。这件事你不要有负担，选择权和决定权都交给你，以后愿意怎么办，你说了算……

有邻居从车前过，两人都微笑着打了招呼。邻居窝着身子往车里看，说黄柏怎么受伤了？难怪这两天没见你。黄柏只得下了车，接过邻居递过来的一支烟，看了眼倪依，从嘴边拿了下来，在手里捻了捻。黄柏说自己喝酒没出息，摔成了这样。邻居说，倪依怎么像哭过的？又看了眼黄柏脑袋上的伤，说没事儿吧？以后别喝了，别让倪依担心。黄柏应了声，邻居满意地走了，临走嘴里说，都说你俩是模范夫妻，还真是。

8

警示教育基地安排在了行政局。有一排房子一直空置，大圆桌子上都是灰尘，雕花椅子摆得七零八落，各个蓬头垢面。坝城不大，各类贪官却不少，但像鲍普这样典型和神秘的不多，因为，别人都还好好活着，等候组织处理。解说词落到了倪依的头上，沈局说，宣传部弄了几稿，都没过关。主要领导说，鲍普是个很特殊的人物，要写出立体感，最好请熟悉他的人执笔。会议室里坐满了人，倪依坐在椅子上，满脸怆然。会议由胖子沈局主持，开门见山说，这次会议就是为了整鲍普的材料，希望大家知无不言。这种发动群众的会已经是最后一个环节，之前若干个小范围或个别人的座谈已经进行了多轮，倪依一直是参与者和记录者。财务、人事、行政、后勤都各有说法，倪依很奇怪，对鲍普的民怨忽然有沸腾之势，过去却一点看不出。只有小宋紧咬牙关，什么也不肯说。公开场合大家还是拘谨，小宋却站了起来。倪依惊讶地看着他，猜度他会说些什么。

小宋面无表情，举着指头说，我说三件事。第一，北京一家酒店有鲍普的包房，那里曾经有个小姐等着他。第二，威海他有个干女儿，比他的儿子大六岁半。第三……小宋看看左右，突然说，我不在这里说，我要跟领导单独谈。

下班的时候，倪依故意敞着门，截住了路过的小宋。倪依逼视着他，说你要对自己说的话负责任。我最后一次问你，你说的那些，到底是真的还是假的？

小宋挑衅地看着她，嘲讽说："你希望是真的还是假？"

倪依憋了一口气，决意不跟他计较。倪依问："你说的第三点指的是什么？"

小宋突然居高临下地笑了。他在倪依的肩上戳了一指头，开心地说："你放心，与倪主任无关。"

黄柏连续多天没回家，倪依心里隐隐的不安。倪依使劲想，居然想不起黄柏最后一次回家是哪一天。自从警示教育基地开始对外展出，每天都要接待十几、二十几批次参观的人。有的单位是上班前组织大家来，有的单位是下班后来，倪依每天忙得焦头烂额，像刚放手的陀螺，没有停歇的迹象。解说词她按照自己了解的本来面目写，原想只是交差，却博得了满堂彩。她对自己说，什么叫身不由己，这就是身不由己。可只有这种身不由己的状态，她才舒展些，好受些，她才会忘了一些事情和自己。办公室新来的大学生成了讲解员，一个劲地夸倪主任的解说词写得好，讲起来朗朗上口。能说清楚的地方明明白白，说不清楚的地方也不回避。呈现的是一个客观、真实、立体的形象。鲍局不是坏人，他只是一不小心走错了路。

倪依含笑看着这张充满了胶原蛋白的脸，在心底的苦涩中，勉强接受了奉承。

警示墙上的照片是网上截图，鲍局正在会上讲话。穿淡蓝色的短袖衫，微微皱着眉头，如果细看，能看出他眼底深处的游移和厌倦。当然，也只有倪依看得出。他是一个容易厌倦和犹疑的人，所以在人群中显得卓尔不群。下面就是那些大小镜头的图片，最大的一个镜头居然像榴弹炮，颜色也是绿莹莹。想到这样一个家伙居然价值几百万，从遥远的德国邮寄过来，倪依心都是疼的。她的概念里，有几万，十几万。几十万已经担当不起。如果当时知道价格这样昂贵，倪依会被吓晕的。

所以，倪依写解说词时，慢慢剥离了自己对这件事的情绪，也缓解了内心深处的隐痛。她想，她一点不了解他。再往深处想，她就笑得特别酸楚。眼泪溅出眼眶，把桌面上的玻璃板砸出坑来。她除了办理他交办的事务，其他一无所知。有时他频繁地以各种名目往外跑，倪依兢兢业业地替他开会，替他接待，替他处理应急事务和各种文件，该请示的，该传达的，该存档的，她就是他的眼睛和耳朵。他是有些魅惑的，倪依恨不得替他分担所有。还多亏自己守着底线，否则，现在情何以堪。

倪依不再难受，取而代之的是一种劫后余生的庆幸。

埙城几十家行政事业机关和百余家企业，走马灯似的过了一遍，行政局的院子里终于清静了。展厅的门上了锁，大学生讲解员也回到了自己的岗位上。大家绷紧的神经松弛了，过去这段时间，天天擦楼道、扫院子，甬路两侧摆了许多百日红。大家一放松，好多花就渴死了。小花盆扔进了垃圾箱，鲍局的脸上蒙了灰尘，眼里的游移和厌倦更深了。

终于可以休一天假。夏天来了，许多野菜就老了。但倪依还是采了一些，放到锅里煮，捞出来放到冷水里浸，忙活这些事，过去有种仪式感，而现在，却似在参禅礼佛，有些宁静致远。野菜绿得深厚，切碎拍些大蒜放进去，味道能让嘴里生津。她喜欢吃，而且吃得特别安慰。尤其是，她已经许久没做了，都有了思念的成分。可她的眉头一刻也没有舒展。她依然不明白他临走之前何以让她送两个馅饼。他是真的想吃，还是只吃个形式。他到底在想些什么，带走那只盘子是什么意思？或者，只能说，他是个病人。一切都从病人的角度去理解，这样就不会不可理喻。想不通的事情，就越发愿意想，就像遭遇了鬼打墙，能把人逼疯。好在倪依已经平和了，经过这样多的波折，她的感觉钝了。也能客观地反思走过的那几年，由鲍局，到黄柏，到行政局，到那道角门，倪依发现自己的感觉和取向出现了偏差，很多时候出现了本末倒置。

忽略了不该忽略的，却看重了不该看重的。

待馅饼从锅里铲出来，倪依发现碗架上的盘碗都是淡粉色，过去那套蓝花盘碗已不知去向。关键是，倪依不知道那些蓝花盘碗是什么时候被取代的。是最近还是早些时候。她生活里的谜团未免太多了。但无论如何，肯定与遗失的那个大个盘子有关。黄柏那段时间频繁出入公安局，见过那盘子的概率应该是百分之百。只是不知道他是如何应对的。黄柏此举是让她遗忘还是意在提醒，总之她生出了些愧疚。想到黄柏面对那只盘子的复杂心绪，她竟觉出了难以面对。

人生都没有回头路可走。

车里拉了桶装水去瓦岔庄，是她边吃饭时边做出的决定。女儿黄各留言说，今年暑假她准备跟同学去甘肃做义工，问她是否同意。如果同意，请支持路费。如果不同意，也请支持路费。倪依有了无名火，说那里环境艰苦，为什么不回家好好休息？女儿说，家里环境也艰苦，你终日在外忙，回家连话都懒得说。我爸这个暑假也忙，听说要搞现代化教育试点……新官上任三把火，他不能烧得无声无息。倪依说，他哪来的新官上任？女儿说，妈你就凹凸吧，连我爸当校长了都不知道。倪依沉默了。女儿说，我奶奶怎么样？你也好歹去看看。女儿的语气里充满了不太平，倪依脸色灰暗，内心九曲回肠。面对世事洞明的女儿，她经常觉得心有惴惴。

女儿从小就是个小间谍，能看穿很多事物的表象，所以早熟得有些不像话，这也是倪依格外警惕的原因。去瓦岔庄的路，有一段是堤坝的土疙瘩路，这是大洼深处的一个小村庄，到处都是盐碱地，路两旁的树灰头土脸，像干柴棒一样。黄柏在这片土地里长出来，格外不容易。堤坝下是座小土桥，通向一座叫小路庄的村子。倪依现在知道了，那个村子有个叫翟志刚的人，是黄柏的高中同学。很多年前两人在浊黄的灯光下密谋，居然与自己有关。她没见过翟志刚本人，想必也跟他妈妈一样，长了个翻鼻孔和刷子一样的短睫毛。那种想杀人的心隐去了，眼下的倪依很平和，她相信了黄柏说的话。不管过去还是现在，黄柏都不会有伤害她的想法，往嘴里揉沙土，在胸脯上留齿痕，都不可能是黄柏的主意。她遥遥打量了那个村庄一眼，没有再看第二眼。脚下一踩油门，车子轰隆隆地朝前驶去。

公公前两年去世了，婆婆眼下也已是风烛残年。倪依在院门口停好车子，就看见人影一闪，堂屋的两扇门关上了。倪依心里咯噔一下，这是吃闭门羹了？一手摁着车子的后备箱，倪依自己跟自己运气。脑子里是女儿不满的声音：妈妈，给姥姥家买的油跟给奶奶家买的油不是一个牌子，差了很多钱，这是为什么？黄柏赶忙说，吃起来它们没分别。女儿坚持说，妈妈你回答。倪依说，它们都是油。女儿说，它们差了很多钱，给奶奶家买的油太便宜了，像水一样！

黄各那年读五年级。这样差别明显的事，以后再没发生过。

倪依搬着桶水进院子，堂屋的门适时地开了。老人花儿一样的笑脸映出来，嘴里说，我家倪依来了，我家倪依来了。老人让倪依把水放在堂屋，倪依坚持搬进卧室。饮水机上披着一件外套，一看就是好歹挂上去的，两个肩膀成一条斜线。倪依抻开一看就明白了，水是新换的。

“黄柏昨儿打这儿路过放下的。”老人看着倪依，眼神闪烁，话说得怯生生。

倪依说：“我知道。我也是打这里路过，顺便捎来两桶，您淘米也可以用。”

“不敢那么浪费。你们大老远的送过来，这是金水啊！”

老人不知怎样表达感激才好，但也有隐忧，两个人送水互不沟通，这也是大事。虽然倪依一再遮掩，可哪瞒得了老人的眼。她翻来覆去为黄柏道歉，说男人心粗，如果做了不好的事，让倪依多担待。

同以往一样，略在炕沿上坐一坐，只是出于礼貌。倪依起身告辞。下一站，她要回家看父亲，两座村庄并不远，但隔着一条河，是不一样的风景。婆婆像以往一样把她送到村外，只是她走得越来越慢，越来越慢。倪依不得不踩住刹车等她。她脸上的笑容越来越无助，越来越无奈。像风干的一张皮挂在脸上。在亲人中，如果说谁没给过倪依伤害，大概就是这个老人了。倪依停好车，下来了。老人赶紧加快了脚步，轰她说，快上车，快上车。倪依站定等她走近，说把这些水喝完，我们就不来送了。老人一下愣住了，朝前倒腾了半步，不再敢往前走。脸上错愕的神情惊慌而又忐忑。倪依说，我们不来送了，您跟我们进城。说完，倪依转身上了车。这话说出来需要勇气，但终于说出来了。老人像根干柴竖在马路中间，手扬起来，一上一下地晃。晃两下抹抹眼睛，像是被风沙迷住了。自打结婚，倪依从来没在这个家里留宿，总是仓促吃口饭就赴娘家，她跟这个家庭从来也没真正建立起感情。黄柏总是隐忍。现在知道了，黄柏终生都在为年轻时的过错买单，那只玻璃杯丢过去，就把往事一笔勾销了，倪依心有不甘，但又无可奈何。

生活就是这样。你还能要求生活怎样呢？

桑葚就要熟了，有些酸酸甜甜的，很可口。父亲坐在桑树下，像入定的老僧一样。年轻时咳血的毛病彻底好了，不知是不是这些桑叶的功劳。嫂子在搬后备箱里的东西，一边搬一边查看商标。嫂子是一个胃口大的人，所以倪依回娘家从来不敢马虎。园子里有三棵桑树，倪依从桑树中穿过来，也在板凳上坐下了，就在父亲的对面。父亲睁开眉眼问：“你是谁?”倪依不答，往父亲的跟前移了移。父亲说：“是倪依啊，黄柏咋没来?”倪依说：“刚才您做梦了吧，梦见了啥?”父亲说，他很久不做梦了。“我没事儿，你该干啥干啥，别耽误工作。”当年他拉着母亲穿越半个城市找到学校，让校长劝劝倪依。“这么大的中国还搁不下你，你对得起组织的培养么?”现在他小脑萎缩，大概忘了还有组织这回事。当年如果能一走了之，眼下会是什么局面？可惜人生不能假设。你迈进一条河里，就只能依惯性和规律在这条河里游弋。说到底，一切都是自己的选择。很多事情看似偶然，其实都有迹可循。但有一点可以肯定，当年父母心心念念地留住倪依，是想自己有靠。而现在，母亲去世，父亲大概连靠谁的想法都没有了。人生就是这么无常。

吃了晚饭，倪依去公园转了转。许久许久，她都没有这样闲适了。傍晚落了些小雨，空气里是一种潮湿的尘埃的气味。从小区大门口出去，倪依傍着路边的香花槐一直往东走，不知不觉就出了城。实验中学的大楼在夜色中格外醒目，身上披了许多霓虹灯。倪依在这里工作的时候，学校还只是几排小平房，她和黄柏住在靠前的两间屋子，里间是卧室兼客厅，外面是餐厅兼厨房。每家都有一个方方正正的院子，别人家种菜，倪依养野菜。倪依不是想与众不同，而是想与黄柏的想法相左。所谓格格不入这样的成语就是为倪依的婚姻打造的，外人看着他们一切都好，只有他们自己知道，两人有多隔膜。

倪依做馅饼的手艺就是那时练就的，不再练习英语，大片的时间无法打发。倪依就是想做成一件事，因为她总也包不好一只馅饼。面软了硬了，水热了凉了。馅饼烙熟以后会裂缝，汤汁油汁全漏出来，或者薄厚不均匀，家属院的人都吃过她的半成品。倪依赌气地想，哪天老师当腻了就辞职，到街上去卖馅饼。

站在实验中学的大门前，倪依心跳了。那幢大楼伟岸卓越，是这座城市最好的建筑之一。她当然是有备而来，所以没有从那里无动于衷地路过，而是横穿马路来到了大门口。黄柏已经很久不回家了。栗色的角门有一道缝隙，倪依推了推，里面是锁着的。倪依敲了半天门，手下的动静越来越大，敲得指骨节都是痛的。一个老者不徐不疾地走过来，隔着门缝问她找谁。倪依想了想，转身走了。这个时候的辛酸才是真的心酸，有夜色遮掩，倪依抽泣了两声。

倪依不知道，校长黄柏的桌子上有监视器，她的一举一动黄柏都看在了眼里。

9

下班在楼下遇见了隔壁的邻居，邻居说，听说倪依也升职了，你们的运气怎么那么好，介绍一下经验呗。倪依能做副处长，胖子沈局有多一半的功劳。他说他走过的地方也不少，没见过像倪依这样的女人，工作勤勉，又尽职尽责，眼里只有工作。胖子沈局是厚道人，他觉得倪依也是厚道人。“就不该让肯干活的老实人吃亏。”他在会上公开这样说，私心里却想表现自己有格局，都说新人不理旧人，做一把手不能那样狭隘。升职的好处就是，没有过去那么忙了，很多事情只需动动嘴。“黄柏还没下班？你们应该好好请请邻居，让大家沾沾喜气。”两人前后脚走进楼道，邻居想进门，被倪依拦住了。倪依给黄柏打电话，那边接通，倪依突然有些开不得口，眼里都是泪。黄柏一迭声地问，咋了咋了？邻居有些莫名其妙，伸过脖子说，我这是说着玩呢，黄柏，你忙你的，咱们有时间再聚。倪依这才转述了邻居的话，说大家想一起喝一杯。黄柏赶忙说，我这就回去。他从学校食堂兜了些熟食回来，又从附近饭店叫了菜，楼上楼下的邻居都喊了过来，坐了满满一大桌。一场酒喝得翻天覆地。邻居们都交口称赞，说从来听不见黄柏和倪依吵嘴。男人说，天底下像倪依这样温柔的女人太少，黄柏真是好福气。女人说，你们听到过黄柏大声和倪依说过话么？人家那才叫夫妻，相敬如宾。黄柏和倪依对视了一眼，脸上都现出了潮红。当然，邻居们都觉得他们这是喝酒喝出来的。黄柏手舞足蹈着送走客人，主动躺到了主卧的床上，他们已经分居多年了。

盘碗摞进洗碗池，倪依也躺在了床上，她知道黄柏在等她。借着酒意，倪依下决心谈透所有的事情，再不想背负什么。那种沉重经常压得她透不过气来。寻常人的寻常生活，不该背负那么沉重的过往。那种背负既无意思也无意义。过去的都过去吧！她用淡淡的语气说：“你不用怀疑我，我和鲍局没什么。”

黄柏双手垫在后脑勺下，用更淡的语气说：“我知道。”

倪依看了他一眼。

黄柏拍了拍她的手臂，说："我相信你。你不是那样的人。"

"我不是哪样的人？"倪依心里嘀咕。"你打电话清单的时候会这样想么？"当然，倪依不会说出来。她不能煞风景。倪依很庆幸丢了那个挂件。她也确实需要重新整理自己。

"那道角门……"倪依知道很多人眼里都有那道门，这样堂而皇之的事也只有鲍普干得出来。现在知道了，他是病人。

"不说了，我从没见你从那里出入过。你心里有分寸。"

还有什么可说的。

皮肤与皮肤接触就容易产生静电。开始是小面积摩擦，然后就开始走火。黑暗中的纠缠充满了汗腥和黏稠，两个人都觉得那种感觉很陌生。倪依这才发现，自己有多么焦渴。她不时能望见一些场景，在宇宙苍穹的浩瀚星河中，电光石火一样飞翔着一些物质，一些要素和原件聚集在她这个不会发光的球体周围，它们合起力来推动她，不惜付出生命的代价，让她与另一个球体重合、摩擦、碰撞。是不是这样？不是的，不是的，这一切都是巧合。他们经过了怎样的惊涛骇浪啊！好在抵达了，终于抵达了。他们没错失彼此。这样吧，就这样吧！倪依一直在无声地流泪，很难说眼泪意味着什么，那就什么也不意味吧！

进山的那条路，总有一种神秘的吸引。天气转凉，倪依经常会想重走一次，对以往是个交代。或者，也不是交代。再走一次，看还能发生什么。倪依这样想，是因为心底轻松。她终于做了个轻松的人。倪依觉得，自己已然脱胎换骨，心如清风明月那般澄澈。还有，她有点想念张居士。她曾经挡在倪依和王居士中间，隔开了两人的唇枪舌剑。她的悬胆鼻面向倪依，让倪依有扎进她怀里的冲动。想法林林总总，愿望若有若无，车停北山坡下，倪依紧了紧鞋带，上山了。再次走，其实有点犯怵了。夏天雨水多，草木格外繁茂。倪依要仔细分辨，才恍惚记得无数条"丫"字小路通向哪里。空气中发散着青草味，苔藓味，腐烂的蘑菇味和树木杂七杂八的各种气息。它们通通都长了年轮，只是肉眼看不到。倪依想，眼下我是活着的，而去年这个时候，哀莫大于心死。所以才渴望能有千尾羽箭洞穿身体。那种感觉真痛苦。是什么拯救了我？肯定是冥冥之中有一股力量，那种力量倪依自己不想解释清楚，因为解释不清楚。那是一股神的力量，拯救她于万劫不复。那种感觉能让她心惊，但也感激涕零。倪依小心地避让酸枣棵子，从湿滑的地衣上迈了过去。有鸟儿清脆的叫声。野鸡扑棱着翅膀，在林间闪转腾挪。冷不丁就会有一朵艳丽的花撞进眼睛，妖娆得像个暗示。粉红的，嫣紫的，鹅黄的，叫不上名字，它们活得寂寞，可也活得热烈啊！寂寞而热烈，是生命所能达到的极致。没想到很快就到了山顶。望得见山下那条横向草径，那道河谷，那两棵像点样子的树，一棵榆树，一棵五角枫，不动声色镶嵌在石缝里，叶子融入到了周围的碧绿中，像个隐喻。眼下还望不见千佛寺的那幢房子，它们被高大的古树遮住了。它们当然是被遮住了，而不是像表象那样不存在。倪依在杂树的空当找到了下山的路。松树，柏树，玻璃树，鹅尔栗树，都长在阴面的山坡。阳面的山坡则尽是野葡萄藤、酸枣棵子、荆树梢子和灰灰菜，也就是传说中的鬼指根。时令明显比第一次早，因为鬼指根还绿着。尽管虎视眈眈，却没能弹发出羽箭。也许，它们心中也有了忌惮。这真是一件好笑的事。倪依想，躺枪的事也不是那么容易发生的——除非你给它时间，还有机遇。

穿过横向草径，倪依坐到了大殿废弃的花岗岩石级上。风飒飒吹过，掀动着一些浩渺的思绪，像烟雾一样难以聚拢，它们就那样泛泛地飘，指向不明。张居士携着一捆柴走过来时，倪依还以为自己出现了幻觉——怎么那么巧，她又出现了。她揉了揉眼睛，氤氲着水汽的光色中，确实有人负薪而来。倪依暗暗生出了笑，早早拿出了那个纸条，上写：张居士去城里买火烛，傍晚回。纸条夹在常用的一个本子里，总能翻见。来还纸条像当初拿走时一样可笑，但对于倪依来说，都必不可少。她需要这种煞有介事。张居士把柴放到地基上，郑重接过了，就像理所当然，丝毫也没有见了倪依的惊喜，或者，她觉得倪依就应该等在这里，她早料到了。接着，她摸自己的衣兜，一个帕子打开，她拎起条棕绳，是当初倪依丢弃的挂件。“这种奇楠沉香的老料很稀有，放到水里就下沉，你没试过？”那时她这样说。

“一片万钱。”

倪依心里“咚”地一撞，眼前便有些倾斜。一些混合了焦苦味道的感觉瞬间弥漫了口腔，倪依不知所措。眼前的人塌着眼皮，注意力在那尊菩萨上，眼神像花儿慢慢盛开，内里都是情愫。菩萨略微一侧身，倪依看见了上扬的嘴角，似是有话，却从张居士嘴里说了出来。“别人请都请不到，你怎么还……丢了呢？”“还”字磕绊了一下，嘴唇在不经意地抖，她皱起了眉心。

倪依惶恐得像个做了错事的孩子，却挡不住心底的好奇：“怎么在您手里？”问完心下一片寥落。

“即便是别人送的，也该用心收着。”她说。

“不是……”倪依舌头打结，慌忙中不知怎样解释才好。不是送的，抑或不是丢的？都说不出口。

她抖了抖，用两手挣开，给倪依挂在脖子上，又用掌心抚了下菩萨的脸。“当初它值得挂在这里，现在也值得。你不要心有挂碍。既然收下了，就不要丢掉。既然想丢掉，当初就不该收下。你说呢？”

倪依张口结舌。张居士把头埋在倪依的胸前，她的脸跟菩萨的脸离得很近，像是彼此确认和辨认。倪依看见的是她长着柔软头发的后脑，那些头发似乎更白了。

“您都知道什么？”倪依轻声问，似乎怕惊扰了她。

“我是觉得可惜。”她语气平淡。“遇到这样好的东西是福气，人得对得起自己。”她去抱那捆柴，嘴里说：“菩萨没有错，他不该遭人遗弃。”这话有点重，倪依听出了话外之音。她蹒跚朝瓦屋方向走，说：“我要去念经了。”

倪依就像遭了雷击，眼前一片迷蒙。她想起了小宋的话。说鲍局的妈妈是个了不起的人，从始至终都没有哭，而是在他身旁念经。那只悬胆鼻就像灵光乍现，敷住了也生着悬胆鼻的另一张脸孔。

“阿姨！”倪依失声地叫。

“请叫我张居士。”她没再回头。

10

一场山雨突兀而至，瞬间就把衣服打湿了。初秋的雨水有点凉，但很适合涤荡。倪依在风中佯装狂舞，像眼前的那些树木。旋转时，棕绳荡了起来，倪依才想起胸前有菩萨。她握在手里，脸朝向天，任由雨水泼洒。风雨也有累了的时候，间歇，倪依耳边传来了木鱼声和诵经的声音。她目测一下距离，要说绝无可能听到，但倪依就是觉得自己听到了。

若生众心。忆佛念佛。现前当来。必定见佛……

心是什么，心在哪里？

倪依没有告诉张居士，她也在读《楞严经》。那么长的经文，世尊只在开端问了阿难一句话：心在哪里？并没有问他心是什么。心是什么阿难不会知道，倪依就更不知道。这一桩事情在佛法里面叫深密，而非秘密。太深了。不是凡人能够了悟，所以称之深密。

你以为你有一颗心，你其实不知道心是什么。

云朵裂开了一条缝，一束光倏地刺下来，止住了树木狂舞。倪依也收了神通，湿衣贴在身上，有些凉，但倪依不觉得。不远处有个土坡，倪依搭一眼，就听到了黄柏的声音，“瞧啊，这里有块石碑！”他像小孩子一样雀跃，摘了眼镜远看近看，模糊的地方用手去摩挲。然后，又拿出了湿纸巾，从上到下清理尘埃。“草、隶、篆，三种书法形式同时出现在一块碑上。千像佑唐寺创建……天啊，这是块唐碑！”

湿纸巾跟地皮一个颜色，但团在一起，还是当初丢下时的位置。石碑被雨水冲洗得一尘不染，倪依围着转，背面，是一个大大的“佛”字。不是颜体也不是隶书，边角笔画都圆润，像一张佛的脸。倪依伸手去摸，内心生出温润的暖意。

身上不湿的东西只有一包纸巾。倪依抽出来擦手擦脸擦手机，然后给那个“佛”字拍了一张照片，传给了黄柏。

（原载《收获》2021 年第 5 期）

背风处

姚鄂梅

峡口常年大风。有时是季风，风从千里之外呼啸而来，在峡口上空揉搓一个季节，直到地上一切筋骨移位，变颜变色，方才悻悻离去。有时来自水上，风在水面上作花样滑翔，从上游到下游，又从下游到上游，所到之处，衣袂翻飞，寸心浮动。有时来自两岸壁立的山巅，那是正在往前疾走的风，冷不防跌下悬崖，瞬间张开数不清的翅膀，飞沙走石。

在南方，再没有比峡口更饱经风吹的城市了，祖祖辈辈的峡口人，额顶都长着反旋，那是被风吹的，峡口人眼睛都小，那是因为行走在风中必须眯着眼睛，峡口人多瘦削，风一刻不停地吹，刮走了他们身上的水分，风干了他们的体脂。峡口人大都不太高，因为树大招风……

峡口县改市的时候，有人建议趁机将峡口改称为风都，可惜上面未予批准，后来有人说，管批示的人正好是从峡口走出去的，认为峡口二字已经声名远播，不宜轻率变更。就这样，一个心怀家乡的游子，不动声色地拯救了一座险些消失的城市。

风是极具沾染性的东西，它路过加油站，就是汽油风；路过超市，就是柴米油盐风；路过饭馆，就是酒肉风；路过医院，就是来苏水风；路过学校，就沾满一身的尖叫和奔跑……只有路过生活小区时，风的味道最复杂，五味杂陈，百味莫辨。

风在每家每户门窗前盘旋窥探，寻找进去的良机，每次都百发百中，满载而归。屋里的人不知道风来过，他们急匆匆关上门窗，拉好窗帘，以为自己完好无损。

风吹不进小魏的家

她叫魏好青，很多人不知道好字的发音，就很坦然地将她的名字简化为小魏。小魏！小魏小魏！他们一直这么叫。

有年三八节，单位组织女职工春游，游完了景点，全体撤回商场，女人们眨眼间像水滴掉进了大海，幸好领队事先有交代，几点几分在某地集合。

到了集合时间，所有人都拎着大包小包回来了，唯独不见小魏，手机也打不通，领队一急，就去了服务台，请求广播找人，什么都登记好了，唯独呼叫姓名一栏，领队怎么也想不起来小魏到底叫什么名字，总不能就写个小魏吧？领队站在那里，羞愧得满脸通红，回去问任何一个同事，都有可能传到小魏的耳朵里，小魏会怎么想她。什么？一起工作这么多年，居然连我名字都不知道。后来领队终于想了个好办法，她在呼叫姓名一栏里填上了“某某单位的小魏”，总算蒙混过关。

小魏三十四岁了，家里依然只有她自己一双拖鞋，但她不急，笃笃定定藏身在峡口某个闭塞而安全的无名小弄堂里，那里是老城区里最老的旮旯，邻居们多数都没了牙齿，除了偶尔有收音机和电视机带来的噪音，其他时间安静得像墓地。

小魏也不是每天都要回到这个最老最安静的旮旯里来，她在单位集体宿舍里还有个床位，一周里去睡个一两晚，纯属占位，万一哪天单位对这些单身汉们出台个什么政策呢？一切皆有可能。

无名弄堂的房子是个隐藏很深的一居室小套间，看起来只是个一臂宽的小过堂，门帘一掀，里面别有风光，小魏把她的聪明才智都拿到布置房间上来了，不宜大兴土木，她就自己用一百多张砂纸把水泥墙面打磨成了损伤型壁纸。地面是水泥的，她自己动手刷了两遍清漆，夏天赤脚踩在上面，凉悠悠的，还带点不易察觉的弹性。因为房间太小，峡口著名的大风在门口只能一掠而过，无法仄身进入，所以小魏一般不大在房间做饭，以免排烟不畅污染了空间，大多数时候，她身边带着一只保温桶，中午去食堂，故意多打点饭菜，趁人不注意，拨出一部分，悄悄装进保温桶里，带回家里就是一顿晚饭。

对一个女单身汉来说，不支付就是在攒钱。要想尽一切办法避免支付。

无名弄堂的房子是冯医生提供给她的，从来没有找她收房租，她也不问，问了也付不起，一顿饭钱都想省掉的人，哪有付房租的气概。她原本就不是个骨感型的女人，近来越发圆润柔美，柔得连唇线都快没有了，脾气也一天比一天好，一想到自己正过着超出她支付能力的生活，她就觉得自己非常幸运，也非常幸福。

冯医生每周一到周四之间在这里消磨一两个晚上，但从不在这里过夜，走之前，趁她不注意，他会往她写字台的抽屉里放一小沓钱。这个抽屉，看似无意，其实是他精心挑选的，不是枕头下，也不是床头柜里，更不是衣服口袋里，那些地方都太轻佻，有下流的嫌疑，他从不用那种态度对待女人，那等于在贬低他自己。从青春期开始，他对每个女人都是认真的，认真到可以把灵魂交付给对方，唯一不能轻易付出的只有名分，尤其是结婚以后，他不想因为任何原因而离婚，因为他很小的时候，母亲就很失望地告诉过他，不管跟谁结婚，到头来都是一样的。

冯医生长着一张不近人情的脸，鼻子高挺，目光威严，下颌方正有力，但他不能笑，一笑就露出满口杂乱而淘气的牙齿，满脸威严全部崩坏，仿佛大厦将倾、大难临头。她没告诉过他这种感觉，她直觉他不会喜欢这种感觉。有时她想，如果他妈妈在他年少时给他戴戴牙箍，他可能会是另一个人。

他们在无名弄堂里过了近两年没有日常生活的生活。他说他喜欢这样的生活，不做饭，不养孩子，不应酬，不遵守一切常规，不问窗外，可以裸着身体在屋里走来走去，可以开着门上厕所，可以说些遭天打雷劈的话，有天兴之所至，冯医生拿出手术前备皮的架势，一举剪光了她的阴毛，她也反过来要剪他的，他几乎要答应了，又猛地醒过来：我回去怎么向她交代呢？这是她最佩服他的地方，看上去不管不顾，像个无道昏君，关键时刻，总能及时清醒过来。

他不在的时候，她把时间都花在打理家务上，一遍遍地擦地，擦到一尘不染，糍粑掉到地上都可以捡起来吃；她侍弄插花，多数时候并不是鲜花，鲜花太贵了，而且峡口的鲜花市场极其有限，买花容易被人注意；她把目光转到蔬菜市场，冬天的紫菜薹，能一直插到开满黄色的小花，水芹和芦苇叶子插在一起也很好看，还防蚊，闻起来也不错。总之，菜市场每个季节都能找到做插花的材料。

冯医生常常对着她的插花出神：你程姐只会把它们炒来吃！

程姐是冯医生的妻子，还是小魏的同事。

小魏替程姐说话：别这么说她，炒来吃才是正道。

说起来，还是程姐牵线让他们认识的，程姐得知小魏在书法比赛中获了个奖，立即尊她为青年书法家，一天做三次工作，把她请到家里辅导儿子冯一心练书法。冯医生在家里对小魏并未表现出过多热情，就像他对儿子的书法如何并不特别上心一样，他觉得一个学生把数学学好才是正道，但他对一个普通女职工却有一手不错的书法这个事实很感兴趣，上上下下打量她，像她哪里长得不对劲一样。大约是在第五节课后，冯医生在路上碰见了小魏，停下车，把小魏叫了上去，小魏以为冯医生想让自己坐个顺风车，结果他一口气把车开到了城外，停在一个僻静处，转脸对她说：一直想有这么个机会，今天终于得到了。

她完全没有防备，慌乱之余，倒也心生欢喜，算起来她那时已闲置了快半年没有新的男朋友了，任何一个主动走过来的男人都能惹起她的遐思，何况是端正沉稳的冯医生，中心医院的冯副院长，程姐动不动就要提起的令她骄傲也令大家羡慕不已的丈夫。她只是感到意外，除了那点书法，她浑身上下再无出众之处，竟然也能吸引住面前这个整洁而体面的男人。

几分钟后，他拿起她的手，她没抽回，他吻她的手，她既感动又惭愧，上车之前，她刚刚用这只手整理过失去了松紧的棉袜，它总是掉下去，一直褪到脚心。接下来，他直接探身过来吻她了。

她以为他会有进一步的动作，但他停止了，面色发红，呼吸粗重，他捋捋掉下来的头发，顺势捂了会儿眼睛。晚上还有点事情。他说。车子动了起来，他在往回开。

下车时，她脑袋发昏，必须缓行，才不至于摔倒。他向她点头，用眼神告别，她发现他的眼神里原来并不仅仅只有威严。

她在原地站了很久，终于慢慢将自己从心慌意乱中拉了回来，即便她已经三十多岁，经历了几次不愿提及的失败的恋爱，这种情况仍然让人始料未及，忐忑不安。太近了，同事的丈夫，学生的父亲，有身份的人，种种条件都在提醒她，这人碰不得，即使是对方先碰的她，她也应该躲开为妙。

她打定主意，忘了这事，只是一吻而已，就当握了一次手，就当公交车上被人揩了一把油。

事实证明她的想法是正确的，冯医生可能也跟她持有同样的想法，因为此后他一直没动静，她甚至在他家见过他一次，他像往常一样，点点头，客气了一两句，就进了自己房间，那份冷静令她简直不敢相信自己的眼睛。

大约过了三个星期，他再次冷不防在路上碰到了她，他把她叫上车，一直往北开，来到那个无名弄堂口。

他把她推进那间小屋，交给她一把钥匙，说她可以按自己的爱好稍稍布置一下，前提是不兴土木，安静低调。

甚至都不征求她的同意！她目瞪口呆。一直以来，她是多么渴望有一间属于自己的屋子啊，多少个夜里，她躺在集体宿舍气味复杂的小房间里，把自己塞进抽屉一般的小床上，想入非非：哪怕有个又笨又胖的家伙来包养我我都愿意，只要他能给我一个属于自己的空间。老天爷一定得知了她的心愿，老天爷肯定是在怜悯她这些年来受的苦，她那么勤奋，所有的加班来者不拒；那么好说话，不论哪个同事家里需要帮忙，她都随叫随到。她像她单位那个大家庭的公共小妹，谁都可以支使她。她不在乎房子是买的还是租的，不在乎他们有没有未来，这么做是不是合适，也不在乎他有没有征得她的同意，她顾不了那么多了，很多人三十多岁就死了，如果她不幸也是那样的人，她至少要享用过属于自己的房间，就这么一个人生愿望。

他给了她一些钱，让她去添置些必需品。她强令自己不要害羞，这个世界上还有很多这样的秘密关系，她得到的不过是打了折扣的，房子是租来的，而不是买来的，更不是买给她的。给她的是现金，而不是银行卡，更不是金卡。他所给的钱，讲明了用于装饰房子，并不是给她本人的生活花销。她为到手的种种折扣感到心安。

她终于说出了她的担心，她想辞去一心的书法老师之职，她怕程姐看出来。

不，你得继续教下去，你不去她才会怀疑。

她的课定在每周五晚，他说他会在那天晚些回去，尽量减少她的不安。除了这天，除了应酬，一个星期里的任意一天，他都有权去那个无名弄堂的小屋里。

镇定些！你的镇定就是对她的最大尊重。

她利用一切可以利用的分分秒秒，默默搭建她的小窝，任何人，包括自己的父母都不知道她还有这个小窝，那里只属于她和冯医生。

周五晚上，上完冯一心的书法课，程姐问她：你平时下了班都做些什么呢？

她一脸的漫不经心：散散步啊，看看书啊，追追剧啊，然后就睡觉，我睡得早，十点多就睡了。

所以你皮肤好啊。程姐掐她的胳膊，挤压过后的皮肤迅速由白转红，程姐盯着那块地方说：将来还不知被哪个家伙享用了呢。

破窗而入的树

楼下有棵年代久远的樟树，五楼的家被树枝遮挡得严严实实，有一年，妈妈提议砍掉一根树枝，因为它若再长一厘米，就能戳破窗户玻璃，成为一心的室友。但一心阻止了妈妈。

这是我的房间，又不是你的，你只能砍伸进你房间的树枝。

一心一般不为自己发声，这还是头一次，虽然荒唐，也只得依了他。

事情果然像妈妈担心的那样，有天晚上，哐啷一声，窗玻璃爆了，一根树枝执拗地伸了进来。一心欢欣雀跃，如同过节，妈妈不得不拿掉一个窗格的玻璃，作为惩罚，一心的房间不能开空调，但一心不介意，宁肯冬天在房间穿得厚厚的，夏天光膀子只穿一条内裤。

树枝带进来的风有峡口的野气，还有江面上的水汽，像一只误入人类洞穴的小野兽，一心可喜欢它了，时不时就对着它说话：你说，我读文科还是理科？一个人发展太全面也不是什么好事对不对？难以抉择！

周五晚上，他早早地在学校完成了大部分作业，小魏进来时，他趴在桌上写那一小部分，他特地把这一小份留到这个时候做，他在英文书写方面很是自负，他希望她看到这一点。

果然不出他所料。

哇！你的英文写得太漂亮了，根本就是艺术品。哪天我找段文字，你给我翻成英文，我回去裱一下，挂在墙上。

小魏并不是一心的第一个书法老师，她根本就没有当过老师。一心一直在青少年活动中心学书法，有天晚上，老师一高兴，多喝了几杯，回家途中，一脚踏空，摔进了一个施工现场的大坑，第二天早上被人发现的时候，已经僵得没法穿寿衣了。事情太突然，以至于当妈妈把小魏带进来的时候，他几乎有种撞见了阴谋的感觉，他从没听说一个人会死于醉酒，不正常的死背后一定藏着阴谋。他当时真是这么想的，直到他看见小魏那双手。她的手指很圆润，每个关节上都有一个圆圆的漩涡状小坑，指头却红粉粉地尖削着。当他第一眼看到那些手指时，差点没笑出声来，一个成年人却长着这样一双小宝宝才有的手，即使世间真有阴谋，也与她无关吧。

她的字也让他目瞪口呆，没想到那么肉那么小的一只婴儿手，写出来的竟是如此冷峻飘逸的瘦金体。他再次细细打量那双手，手掌圆润肥厚，指尖幼细且微微发红，泛着一层淡淡的油光，似乎蘸点酱油就能吃。隔了一会，他忍不住去偷看她的脚，她穿着露趾凉鞋，脚指头也是同样光景，圆圆的，又红又亮，在厚厚的鞋底上整整齐齐站成一排，可爱极了。

他开始重新打量他的新老师，她还戴了一只玉镯，跟她擅长的书法倒很相称。汗毛可谓浓重，镯子几乎是躺在密密麻麻的汗毛丛里，妈妈说过，她年轻时汗毛也很浓重，随着年岁的增加，那些毛毛不知何时竟慢慢掉光了。看来阿姨还很年轻。

写呀！看我干吗？那只可以吃的手在他肩头点了一下，不像他想象的那么柔若无骨。

他练字的时候，她打量他的书柜：早就听说你是学霸，现在才知道你为什么是学霸。他猜她指的是那些课外书，他的确是班上阅读量最大的学生之一，这得益于小舅，小舅在书店工作，从小到大，一到寒暑假，妈妈就把他扔在小舅那里。

爸爸进来了，他是专门来见他的新老师的。他穿着西装，拿着公文包，他一穿上这身，一心就知道，爸爸又要出去了。

爸爸向阿姨伸出手：辛苦你了！他要是不好好练，你尽管打，书柜旁边就挂着他的专用戒尺。

短暂一握，旋即松开，爸爸一只手拿着公文包，一只手插进裤兜里，这是个不常见的姿势，一般来说，当他站下来说话的时候，公文包会夹在腋下，两只手会交叉在肚脐那里。他出去了，小魏老师抬手在脸上抹了两下，跟他打招呼的这几秒钟，似乎耗费了她很多精力。

上完书法课，妈妈的晚饭也准备好了，小魏老师被留下来吃晚饭。

不等冯院长吗？她有点不安的样子。

不用管人家，人家跟我们不是一个作息表，人家二十四小时都是国家的人。

一心似乎担心小魏老师会对爸爸留下某种印象，解释道：他在外面吃不好，光顾着说话，都没看清桌上摆了些啥，每次回来都要加餐。

话题不知不觉转到小魏老师的婚姻大事上去。

很矛盾，谁都想找个能干的人，但男人一能干，就变成国家的人了，就不再属于挖掘他的那个女人了。

小魏老师说：你说的是冯院长吧？也不是每个能干的人都能达到冯院长这个程度的。

我倒很怀念他当医生的时候，按时上下班，回到家就做饭拖地，还辅导一心作业，自从当了院长，家里什么都不管，家就是个旅馆，我是保洁员，一心是门童，高兴就摸他一把，给点零花钱，不高兴看都想不起来看他一眼。

还不是因为你太能干，你把一切都担了下来，让冯院长没有后顾之忧。

我担什么呀，家里一团糟，你看看一心房间的窗户，一年多了，迟早哪天会连窗框都要掉下来的。总有一天，我要来个大罢工，大家都不管了。不说我了，说你！你真的还没有目标吗？也不小了吧。

目标？有啊，我希望我未来的丈夫是个军人，这样我就不必每天都面对他，每天都做那么多家务了，虽然我没结过婚，但在我的想象里，两个人天天在一起，会不会很烦啊？我尤其不能理解那些在同一个单位工作的夫妻，白天在一起，晚上还在一起，真的不会疯掉吗？

妈妈看了一心一眼：你吃完没有？吃完了就进去写作业。

一心知道，接下来她要开启少儿不宜的话题了，而这恰好是他最感兴趣的，不过既然妈妈赶他走，他也没法强留下来。

人长大了真好，什么都能说，什么都能干。一心回到自己房间，关上房门时，他故意留了一道缝。

她们果然在说他最想听的话。

你喜欢两地分居啊？千万不要，我告诉你，说到底人就是动物，分开太久肯定会出事。

出事就出事呗，靠绑在一起才不出事的，也没什么质量。

哪有你想象中的高质量的婚姻，都是靠绑的，金钱绑，孩子绑，房子绑，毫无捆绑能在一起一辈子的，我没见过。

你这么悲观，还这么幸福，为什么？

正因为悲观，才能幸福，你这么乐观，我还真有点担心你。不管怎么说，先嫁了再说吧，再不嫁，生育年龄都要错过了。

那你帮帮我啊，我现在完全没有机会结识外面的人，成天都跟你们这帮老面孔在一起。

这可不容易，我知道你很挑剔。公务员你不要，嫌人家唯唯诺诺媚上欺下。老师你也不要，说人家张口就训人。生意人你也不要。其实你那都是偏见。还有什么人呢？我好像把所有的类别都搜遍了。

医生怎么样？医生看起来不错哦，以后看个病什么的也不用跑医院了。

想找医生我可帮不上忙，我认识的医生都结婚了，没结婚的都是小青年，刚毕业的，有些连见习期都还没过。

前两天正好有人想要给我介绍个医生，我还没决定要不要去见面。

快说说哪个部门的？

好像是做理疗的。

做理疗的？妈妈的声音里有很明显的不屑：要不，你先不要做决定，我来帮你试试找个真正的医生。这不是工作的问题，是将来你的家庭经济结构问题。

小魏老师退缩了：还是算了吧，这么找太刻意了，不是说要么等要么碰吗？碰上了就碰上了，碰不上就这么晾着。我只是很纳闷，为什么人家毫不费力就碰上了，我闲置这么多年，一次也没碰到过。

一心！妈妈猛地转头，冲一心的房门喊：别以为我不知道你的诡计，锁门！

一心只好从桌边站起来，用力关上门。他不介意妈妈当着客人的面吼他，妈妈说，男子汉，接受打击和侮辱，跟争取荣誉一样重要。

风中的感叹号

程姐是那样一种人，喜欢画眉，却不喜欢眼线和眼影，喜欢用粉饼，却不喜欢用打底液，这让她的妆面有点像儿童画。

她还喜欢金丝绒和丝绸，喜欢旗袍，喜欢盘发。鉴于她的身材日趋发福，不得不走定制路线。她有自己固定的店，很多年前，政府部门有人出国公干，相关部门的人会把那些人叫到一个地方，量身定制出国西服。程姐找的就是那个店，那个店自知身份娇贵，平时不是半掩着门，就是索性不开门，生意全靠电话预约。

程姐的旗袍因此十分合体，且质地精良，与众不同。

为了与旗袍相称，程姐只梳一种发式，在头顶高高地盘一只髻，因为发量丰盛，髻子周边至少要卡上十五只黑色小钢夹，定位牢固后，再盘上一条珍珠发圈。

头发搞定之后，再松松地往旗袍上套一件白色羊毛坎肩，天热就换成真丝披肩。

与这一切相匹配的，必须是高跟皮鞋。

这样的装束不能骑自行车也不能骑摩托车，所以无论寒暑冬夏，程姐一直都是不紧不慢笃笃定定在路边盛装步行，远远看去，利索笔挺，像在风中平缓移动的感叹号。

作为院长，程姐的丈夫可以享用公务车，可他却连顺风车的机会都不肯给程姐。人家绝对不会认为你只是在搭顺风车。他说。

她理解，也支持。支持他，就是支持自己，支持自己的人生。

所以她一天几趟步行在多风的峡口，幸亏她有旗袍，把她的一切裹得恰到好处，既不张狂地飞舞，也不小里小气地躲进她的胯间，连头发似乎都看透了她的处境，特别支持她，乖乖地趴在发网里，纹丝不动。

在牛仔裤、运动鞋武装起来的人群中，程姐异常耀眼。他们说，程姐你好像宋庆龄，程姐你像上海滩走出来的人。他们越是这样说，她就越是一日三省，生怕自己的言行配不上着装。她去春游，端端正正站在花花绿绿大声喊“耶”的同事中间，似万千花草簇拥着一块大岩石。她去上班，电脑上方，一尊丝绒与珍珠的旧时代肖像，既让人心生恍惚，也让人怀疑她的专业能力。她去开会，纹丝不动，后背笔挺，像某个大人物的正妻。她去菜场，卖菜的人说，您让保姆来就行了，何必亲自动手。

一年中总有一两个极其难得的时刻，她和冯院长走出家门，沿着小区外面的马路慢悠悠踱步，路过一家店铺，她扫了一眼，自己都惊呆了，一个穿着黑色金丝绒旗袍的夫人，头上戴着珍珠，走在一个身材高大面目模糊的男人身边，正式得仿佛要去人民大会堂开会，可他们明明只是晚饭后出来消消食。

惊讶之余，她有点担心，委婉地问他是否看腻了她的旗袍，他唔唔两声，说：挺好！她追问他好在哪里，他说：起码不俗！她再次试探：你不觉得太打眼了？现在已经没人这样穿了。

那才是你呀。他望着前方说。

好像也太正式了，现在流行休闲风。

旗袍永远不过时。

你指的是张曼玉的那种旗袍吧？她再次试探他，虽然句句都是偏向她的好话，但她还是觉得没采集到她想要的信息。

张曼玉只有一个，而且无法婚配。

进入旗袍大门后，她发现里面还有无数分野。这几年，她越来越往夫人旗袍的路线上走，那些轻薄而便宜的面料，包括昂贵的真丝，越来越不适合她日渐丰满的身躯，她寻求一种既柔软又挺括又透气的面料，她发现那种料其实很贵，多半依赖进口。如此一来，她的定制就变成了真正意义上的高端定制，但她刻意不告诉别人价格，她直觉这样做是安全的。讲不清是她选择了旗袍进而选择了某种生活方式，还是旗袍裹挟着她，将她绑架到另一条路上去，她感到自己正在跳出原来的圈子，往广阔辽远的地方看去。她养成了看新闻联播和时事追踪的习惯，她的谈吐也在发生变化，有个很深的夜里，她终于等回了在外应酬或工作了大半夜的冯院长，她对他说：我一晚上都在担心，你必须跟那些医药代表彻底划清界限，最好让他们永远都找不到你。

他说：我先洗澡。

说完径直进了卫生间。

为什么爸爸回家第一件事总是洗澡？他是在外面捡垃圾了还是挖煤了？

她跟一心解释：爸爸在外面应酬多，光是握手，一天都不知道要握多少回，手上的细菌多得你无法想象，严格地说，他应该在进家门前先消个毒，但我们这里没这个条件，只能让他一进门就先去洗个澡。

尽管如此，她觉得她并没有彻底打消一心的疑虑。孩子一天天长大的坏处就是，大人会觉得自己越来越笨，藏了头，却露了尾。

她整理他脱下来的衣服，有的要送出去干洗，有的要手洗，家里的洗衣机，只属于她自己和儿子。她像所有的女人一样，仔细翻找他的衣服口袋，察看衣领袖子，拿到鼻子底下闻一闻，她从来没有在他的衣服上发现口红印和长头发，也没有陌生的香水味，一次也没发现过。

她既欣慰，又难过，一个无肉不欢的人眼睁睁变成了素食主义者，她觉得自己有责任。她太知道他了，在他们共同的年轻时代，尤其是儿子出生前的那几年，她私下里曾经叫过他“冯生铁”，许多个清晨，将醒未醒时刻，他迷迷糊糊进入她体内，瞬间元力勃发，硬得像生铁一样，这种情况持续了一年多，以至于他们总是没法吃早餐，洗脸刷牙都只能匆匆忙忙，因为床上动作再快，也比洗脸刷牙耗时。上天是公平的，你铺张浪费过什么，后来就会缺什么，之所以没有痛感缺失，是因为另一件事代替了那根生铁，他几乎连年提拔，从普通医生一步步走进院长办公室，这件事带给他们的兴奋感足以盖过一切生理体验，他回家的时间越来越晚，有时甚至不回家，打他电话，不是在路上，就是在会议室里、宾馆里，即使在家里，他的手机也是24小时不关机，常常在深夜有电话响起，他一接，整个人惊坐起来，急急地披衣起床，摸着黑往外跑。这中间她也经历了很多，她大病了一场，人人都以为她将死去，可她又活了过来，只是丢失了一些脏器，等她终于痊愈后，他们就分房而睡了，因为疾病给她留下了神经衰弱的后遗症，一旦她被他的晚归吵醒，后半夜就再难入睡。

有时她觉得分房睡是好事，有时又觉得错得厉害，两个人的被子冷了，好像什么都跟着冷了。作为弥补，一天当中，她多次随意进出他的房间，表面看起来那是她的特权，实际上是因为她要打扫，他则轻易不踏进她的房间。她不得不退而求其次，至少他进大门还是义无反顾奋不顾身的，她悄悄修改了防守线，其实也不叫修改，是额外加了一道防守线，一个没有了子宫、没有了卵巢、没有了月经、没有了青春的女人，她的一切都必须是双线强力防守，老天爷保佑可怜人，别人都不可以，唯独她，老天爷允许她启用双线防守。

其实她还有一道天然防护，但她不想使用，那就是儿子一心，无论如何，她都不能把一心当作自己的防身牌，她不想把儿子拖进这场不动声色的较量中来，更不想让儿子在父亲面前减分。每天晚上，不论多晚到家，不论一心是否已经睡熟，他都会去他床前看一眼，出来时，一个人笑眯眯地说：真他妈快呀！嘴上都有一圈绒毛了。她喜欢看到这样的场景。

他大概永远都不知道，每天早上，他上班之后，她是抱着怎样的热情在收拾他的房间。枕头，被子的皱褶，遗落的小纸片，超市的收银小票，换下来的睡衣，唯有一样东西她只能在夜里检查，就是他的公文包，因为一旦他醒来，走出大门，公文包就像皮带一样跟他形影不离。

她在他的公文包里发现过现金，用信封装起来的，缠着银行腰条的，她知道那都是些小外快，多数是以车马费、评审费、讲座劳务费的形式用现金付给。

她会把她发现的现金都收走，他从无异议，只有一次，他说：你总得给我留点零花钱吧。她说：你哪有机会花钱？

上次出差，几个人在车上为一件事打赌，我输了，开包一看，没有一分钱。

她笑笑，继续以主妇身份收缴他的现金，以及财物，都是价值不菲的好东西，名牌皮鞋，名牌西装，后来还有手表，以及新上市的手机，新的笔记本电脑，有时她会有种荒唐的感觉，他背后似乎还站着一个看不见的高段位的妻子，在奋力打扮他。当然，这个人并不存在，这一点她很有把握。

收缴归收缴，同时不忘警告，这也是她的角色职责。

这些东西有什么用？你又不赶潮流，别被那些人害了。

还是老婆好。

她冷不丁提起小魏的那个做理疗的医生。

也许已经见面了，也许还没有。

少管人家这些事！他在专心致志整理领带。

我是想问你知不知道那个人。她仔细观察他的表情。

医院有一两千人，我能记住十分之一都不错了。他的视线始终没跟她对接上。

他边说边走，等她发现他遗漏了他的茶杯时，他已带上门走了。

她冲向窗边，他在楼跟前转弯，他的车等在那里，司机早上会来接他，但晚上，他不用司机，他喜欢自己开车回来。司机正在替他拉开车门，他径直坐进车里，像皇帝一样无视司机的殷勤。她提醒过他，在下属面前要谦逊，但他似乎没往心里去。

他跟以前不一样了。在玄关换鞋的时候，她就有所发现，他没有弯下腰来，而是直着腰，踢开拖鞋，用力拱进去，他以前都是弯腰进行的，他说人必须对自己的所用之物有所感恩，尤其是鞋，鞋是人一生须臾不离的好伙伴。

也许在更早一些的时候就已经不一样了，只是不那么明显，没被她发现而已。

她整理好自己的地盘，回头审视一眼，锁上门，步行去上班。

走路的时候，她脑子特别活跃，她沉浸在自己的世界里，脸上盛着奇怪的表情，常常一不小心就走错路。她已经看见好几个人朝她回头了，她相信那些目光是她的新旗袍带来的，她今天穿了一件湖蓝色改良旗袍，在店里试穿时，头发雪白的老师傅望着她，慈爱地说：像个女教授！

一个很老的老头，十米开外就一直盯着她的脚，鞋并无新意呀，她顺着他的视线低头一看，终于明白一路上那些目光是什么意思了，她穿错了鞋，一只脚是红皮鞋，一只脚却是黑皮鞋。她脸上一热，马上转向，脑子里轰轰响着往回走去。

六张篾席大的房间

星期四，天刚黑定，冯医生就像从地底下冒出来一样，突然出现在无名弄堂小魏家门口，连一秒钟的停顿都没有，如同踩上了电子感应器，大门无声洞开，冯医生掉进了那个洞里。

他从来不用钥匙，直接用密码一样的短语给她打电话，她接了电话，就在门边候着，数着他的脚步声，直到最后一秒，提着门把手，把他迎进来。

她关好门，会在猫眼里观察一小会儿，看有没有人尾随着他。

都是他教给她的，她学会一样，就添一分紧张，之前她什么都不懂，反而什么都不怕。

他进来就往地上一躺，孩子般摊开手脚，踢掉袜子，扯掉皮带，踢掉裤子。

小客厅兼餐厅的地上被小魏铺满了从乡下收集来的篾席，因为他说过他最喜欢赤脚踩在篾席上的感觉。房间不大，六张篾席就铺满了。

小时候，从春到秋，我都睡在这样的篾席上。

小时候你在哪里？

离这里六百里的冯家坳。

现在还回去吗？

不回去了，亲人们不是死了，就是跟我一样搬到城里来了，我已经没有故乡了。

那就把这里当故乡吧。她也在篾席上躺下来。

你真的去见了那个做理疗的医生？

还没有，没兴趣。隔一段时间就有人来做媒，但我都没兴趣。

不见也好，见了我就得被甩了。

她推了他一把，他就势拉住她不放，她提醒他先去洗个澡，他果断拒绝。

我不！谁知道待会儿又有什么事。再说，回去我又得洗，我一天当中到底要洗几次澡啊？

他没夸张，的确有好几次，他刚到没多久，就接到电话，不得不气急败坏地穿好刚刚脱下的衣服，闪身走人。

他把手机放在伸手可得的范围之内，一旦进入程序，从不浪费时间，以免被人中间打断。刚一完事，他就迫不及待往卫生间跑，手机放在马桶盖上，这样就不会错过电话。

他洗澡的时候，她也不能闲着，仔细整理他的衣服，看上面有没有粘上她的头发，她的口红，一经发现，立即采取措施，免得他带上罪证回家。

如果洗完澡还没接到任何电话，他会去她床上小睡片刻，她则去准备晚饭。首要任务完成之后，小睡和晚饭他就不介意被打断了。

因为事先练习过，而且筹划已久，她的晚饭总是上得很快。

他喝着她斟上来的酒，吃着她盛上来的饭，呵呵地发出包容的笑声。

你不管怎么做，做出来的都是单身汉味道。

她有点气恼，明明已经用了很多心思，费了很大力气。

别生气，这是夸你呢，这样做饭才是你呀。

后来她终于知道，她做菜既没有章法，也没有底蕴，她一瓶酱料都没有，而程姐的厨房，光辣酱一项就有五六个种类，各种调味瓶高高低低摆在一起，就像个药铺。

她没办法武装起一个程姐那样的厨房，毕竟她并不是天天做饭，而他也说：我来这里的主要目的并不是吃饭。有一次，他甚至自带了一大块卤牛肉过来，并且说那是一块很有来历的牛肉。她尝了，觉得从未有过的好吃，但他再也没有带过第二次。

她问他，如果那个做理疗的小伙子约她，她要不要去赴约。她本想避开不谈，但又觉得这是她必须正视的现实，就算没有这个做理疗的医生，也还会有别人，毕竟她正值这个年龄，又是单身。她觉得正好可以试探他一下，她要不要撇开一切，把希望寄托在他身上。他沉吟了几秒说：还是去见吧，既然你程姐也知道了，断然拒绝她会觉得奇怪。

她马上一脸受挫的表情，他在她身上到底是没有别的想法的。

我宁愿一个人、一辈子住在这间小屋里。她的声音顿时颓唐不堪。

瞎说！你会搬很多次家，搬一次房子就大一次，最终，你会住进一个高门大院里，你会在那里结婚，生孩子，练一手好厨艺，你会彻底忘掉我，别否认，谁都逃不脱自然规律。

要不，我调到你们医院去吧，这样我就可以一直在你周围，不管我将来怎么样，你将来怎么样，一直到老，我们都可以很近很近。

别说傻话了。我肩上的担子太重，医院里有两千多号人，身后还有一大家人，你程姐身后也有一大家人，还有孩子，工作上也是一言难尽，太沉重了。天天面对这么沉重的我，你会厌烦，还会被传染，而我只想让你活得轻松些。

我看你，还有程姐，并不沉重啊，而且程姐以你为荣，三句不离“我们家冯医生”，你们俩简直就是模范夫妻范本。

我不能说太多，这对她不公平。好好过你的生活吧，该怎样就怎样，不要对我抱有任何希望，我这辈子就这样了，再过几年，一退休，万事休，你还这么年轻。将来某一天，你在大街上碰到一个弓腰驼背的老头子，不要狂按你的汽车喇叭吓他就行了。

她打了他一下，说不出更多的话来。

我不想再去你们家了，周五一心的书法课我也不敢再教了，每次看到程姐的笑脸，我就无地自容。

不要这样想，一切存在的都是合理的。

你想要我一直装下去？装一辈子？

我倒是想呢，不过那个做理疗的医生怎么办？

辣椒酱与避孕套

午餐后半小时里，大多数人会选择去附近溜达一小会儿，除非是下雨。小魏从不出去，因为上班时间不能玩手机，中午那会儿她得捧着手机把耽搁的时间全都赶回来。

但这天她玩不成手机了，她被程姐叫去了办公室。

程姐的办公室拾掇得像个小家，她把百叶窗帘理得整整齐齐，挽起一半，办公室立刻光线适宜，充满凉意，不像其他办公室，要么窗帘全开，光线刺眼，容易疲累，要么全部拉上，须终日开灯。她在窗台上摆满绿植，在办公桌上摆一只卡通文具盒，座椅上搭一条小毯子，办公桌下，一个不起眼的地方，放着一个红外线理疗器，说是可以保护踝关节和膝关节，长期使用，可以一辈子不得关节炎。

小魏奇怪，就快夏天了，还担心踝关节着凉？

我年轻时也跟你一样，嘲笑过心疼关节的中老年人。

不过程姐不是叫她来谈关节炎的，她打开文件柜，从某个角落里拿出一瓶辣椒酱来。

专门带给你的，我托亲戚帮我做的，自己种的辣椒，没打过农药没施过化肥，生姜、大蒜、花椒都是本地野生品种，一定要吃本地品种，一方水土养一方人晓得不？菜籽油也是土榨坊里榨出来的，样样都是自产的好东西，你拿去炒菜用，也可抹馒头吃。

满满一瓶，装在大号念慈庵枇杷膏的玻璃瓶里，程姐每说一句话，瓶子里的红油就顺着辣椒酱的缝隙移动一点。小魏接过来，两手一沉，分量超出她的想象。她想起冯医生的评价，说她的饭菜有种单身汉的味道，这下好了，她可以丰富一点了。马上又脸红心跳起来，当心啊，程姐有双犀利的眼睛。

犹豫片刻，她又放回桌上。你还是自己享用吧，我一个住集体宿舍的人，没有机会做饭。

我知道你们集体宿舍也是有厨房的，什么叫没有机会做饭？就是懒。来了客人来了同学怎么办？下馆子？经常下馆子，你那点工资也吃不消啊。再说，一个女人，总得练一两样拿得出手的家常菜。

我没有客人。她急忙打断程姐。

我就不信，你一个客人也没有？程姐盯着她。

她的眼神下意识地游移开去，马上又命令自己收回来，理直气壮地面对程姐：没有。

程姐笑了起来：反正你得收下，我专门为你带来的。你知道怎么用吗？

于是免费上了一堂厨师课，烧荤菜何时放酱，炒素菜何时放酱，半荤半素又如何放酱，以及为何要有这些区分，小魏才知道，小小一勺酱，学问竟这么大。

菜跟人是一样的，都是那几样东西，有些人就是好看，有些人就是不好看，还有些人看上去也不错，但人家就是不喜欢。可惜呀，我只懂得把菜炒得好吃，其他什么都不行。

小魏心里又一阵跳荡，不过她叮嘱自己别多想，也别主动挑起话头。她低头盯着辣椒酱，似乎想要数清里面有多少片辣椒，多少片生姜与大蒜。

你比以前更漂亮了。程姐突然说。

小魏抬起头来：怎么可能？只会一天比一天老嘛。

你正在花期，老离你还远着呢。我刚见你时，你皮肤没这么好，也没这么白净，现在又饱满又水嫩。程姐突然凑上来，压低声音：男人最喜欢这种皮肤了。

小魏打了她一下，正要说话，程姐电话响了，电话很短，嗯嗯两声就放了下来，程姐说一会儿有人来她这里领工会福利，小魏趁机要走，程姐却留住了她：我还有要事跟你商量呢。

一个女人敲门进来，是本单位员工，但小魏不知道她名字，就低下头去不看她。

程姐拉开抽屉，拿出一盒东西，问那个女人：你要大号还是中号？或者小号？

女人果断要了大号。

程姐让她签完字，才给她东西。女人刚一走，小魏就扑过去：什么东西？还大中小号。

程姐似笑非笑地望着她：你也可以领的，工会福利，人人都可以领。程姐把盒子递到她眼前，原来是避孕套。

这东西也发？

计划生育产品嘛。

小魏吐吐舌头。

程姐突然吃吃地笑起来：真有意思，每个女人来我这里，都说要大号，我记得只有一个人拿了中号，小号一个也没领走。什么生产厂家，一点心理学都不懂。

小魏想笑又不敢笑，站起来说：我走了。

喂，喂喂，我话还没说完呢。

程姐一把薅住她的胳膊，塞了一个小盒子在她口袋里：拿着，你也是工会会员，不要白不要。

我不要，我要它干吗？

给你就拿着！都成年人了。

程姐到底还是把东西塞进了小魏的口袋里，小魏无论如何也没法停留了，一溜烟下了楼。

回到办公室坐定，小魏突然一惊，程姐不是说有事跟她商量吗？结果什么也没说，就给了她一瓶辣椒酱，一盒避孕套！她听到自己的心跳声猛地高昂起来。

滨江公园里长风浩荡

狭长的滨江公园里长风浩荡，中段有一片高高低低的亭子，风势被回廊减弱不少，是个聚会吃饭的好地方。下午三点，那个做理疗的医生会在那里等她，媒人告诉小魏，他会穿一件红 T 恤，胸前印有耐克勾。然后又把小伙子的照片给她看了几张。

小魏到底不太积极，就说：我肯定找不到他，我最不善于认人了。

我都说得这么详细了，你们要是还找不到对方，那就真是没缘分。

小魏迫不及待地把这个决定告诉了冯医生，炫耀忠心一般。

见就见吧，聪明点，不要两三句话就被人家拿下了。

拿我？应该是人家两三句话就被我拿下了吧。

你敢！有情况随时打我电话，我来救场。

小魏满足地笑出声来，这才愉快地朝滨江公园赶去。

人很多，也很嘈杂，与她想象中的约会场面相去甚远。她一进去就看到那个红T恤了，人偏瘦，除了他的红色上衣，没一点抢眼的地方，他正专心致志低头看手机，丝毫看不出在等人的样子。

小魏躲在一丛冬青树后。

从上往下看，小伙子脸型不错，鼻子突出，跟这样的人生个孩子的话，鼻子肯定能得到遗传。手指也不错，瘦长，灵活，不过这灵活也许仅仅体现在使用手机上。发型不行，一看就是出自十五块钱的里弄师傅之手，也不够顺滑，肯定是没洗头的缘故。既然是相亲，居然连头都不洗一下，也太不当回事了。小魏正要回身就走，冷不丁地，小伙子一抬头，两人视线撞了个正着。

坐下来后，小伙子第一句话就把她拉住了。

我叫冷铁军，我以前见过你，你们单位体检的时候。

连她自己都不记得体检时的情形了，也从来没有人在相亲时这样介绍自己。

可能是空腹时间太长了，我听到你肚子里的肠鸣声，你当然也听到了，我们同时笑了一下，你可能忘记了。

奇怪！那么多人空腹，难道就我一个人肠鸣吗？

别人肠鸣时都是绷住脸，假装没发生，只有你，非常不好意思地笑了一下，所以我记住了。

得有一年多了吧？还记得？

那是因为，我在暗中打听你。

不会吧，你是说，是你委托那个人……

不可以吗？我比较喜欢按程序来，因为我怕被误解。

小广场上响起一阵歌声，还有伴奏的乐器，轻而易举就盖住了他们的说话声，冷铁军提议，他们可以去江边走走，那边安静多了。

江边风大，看着水面平平静静的，只有船行带来的细小波纹，实际上，小魏前额的几缕散发一直处于扬起的状态，冷铁军也是，她看到他额头上整齐的发际线，不由自主想起冯医生的，和他相比，冯医生的头发又稀薄又寒酸，像秋天败落的荒草。

这是我今年做得最成功的一件事。

什么？

终于把你从人海中捞出来。

小魏抿着嘴笑，被人专心致志地讨好，感觉还是不错的，

他们从中段开始，沿着江堤往北走，渐渐走到了无人区，往上一看，只有密密匝匝的树林，再往前一点，就是一片工厂厂区，几个大烟囱吐着白烟，宿舍区挂满各种晾晒的衣被，斑驳零乱。冷铁军说，我父母的家就在这一带。

这意味着，冷铁军是本地人。小魏不是没关注过，很多姑娘都遇到这样的本地小伙子，家中至少有一两套房，不仅不指望孩子赚钱回去贴补家用，反而能给孩子提供力所能及的支持。

两人走到滨江公园的最北端，转过身来往南走，走到他们第一次出发的地方时，冷铁军提议去看电影。

正好是小魏想看的电影，就痛快地点了头。

在影院坐好，才发现这是一个特别适合情侣的小影院，全场只有他们俩正襟危坐，她感到尴尬。为了尽量减轻这种感觉，当他们的手指在爆米花盒子里相遇时，她没有倏地闪开，幸运的是，冷铁军并没觉得这是某种许可，也不打算趁机偷袭，这让小魏陡生好感。几分钟后，冷铁军碰了碰她的胳膊，凑到她耳边说：我看到了熟人。他把声音压得更低：某某某和他的外遇。

小魏并不认识他说的某某某，也不打算掉头去寻找，这倒让冷铁军意外：很好，你不是个八卦爱好者。

她附在他耳边问：你怎么看这种事？我是说，外遇。

热烈的感情总是美好的。

她更意外了：即使是外遇？

外遇也有好的一面，可以巩固原配地位。

小魏白了他一眼：外遇是可以毁灭婚姻的好不好？

那要看什么样的婚姻，那些还有使用价值的婚姻，不大容易毁灭。

小魏不知不觉有些出神，恰在这时，冯医生发来信息：聊得很愉快？她抿嘴一笑，故意发了一条：不容小觑哦。然后告诉他，他们在看电影，冯医生就再没消息来了。

一直到电影结束，冯医生那边都没消息，冷铁军的话更多了。她开始感到不安。

听说你住集体宿舍？其实你可以考虑租房，还是要有自己的独立空间比较好。

我不需要。小魏果断回答，心里感谢他提到这个话题，正好拉开他们之间看似正在缩短的距离，让气氛冷却下去。她急着给冯医生回信息，又不想当着冷铁军的面回。

小魏生硬地停止对话，闷着头走。冷铁军觉察到了，瞄了她几眼，问她是否急着回去，他可以送她。

不用，我得去趟超市，我们就此别过吧。

冷铁军要她的电话号码，她痛快地给了他，心想，正好，我可以在电话里宣布结束，省得现在尴尬。

冷铁军刚一转身，她就迫不及待给冯医生发信息：纯粹是浪费时间。已经散了，就在刚才。

才散？时间不短嘛。

总得说几句话嘛，你以为都像你，行动大于语言。

冯医生那边就没话了，他很谨慎，稍微有点露骨的对话一出现，他立刻消失。她赞赏他的理智，只有糊涂虫、失败者，才会控制不住自己。

一场暴雨

天气十分恶劣，南方来的风把一切都吹得滴溜溜转，空调外机在护壳里发出阵阵怒吼，电缆线仿佛打结了，被人抓在手里一个劲地抖。街上飞舞着绿叶，前一秒钟它们还长得好好的，青翠欲滴，这会儿全都被风从树上扯下来，淌着鲜嫩汁液，满大街打滚。风把回家的小魏吹得东倒西歪，她本来不想回家的，她刚刚下班，如果直接回到集体宿舍，她将一滴雨都淋不到，一丝丝风都感受不到，因为集体宿舍就是她上班那栋大楼的后面一栋。

但冯医生发来信息说：有个想法要跟你交流一下。

他通常都用这类暗语：交流想法、征求意见、聆听高见，有事相求。

她只好举着一把小花伞，在风雨中踉跄着往那个僻静的小弄堂赶去。

伞被吹得翻了过去，像一朵郁金香，好不容易翻回来，没走几步又吹翻了，后来她索性不把伞全部撑开，只撑开六成，倒是不容易吹翻，但举伞的胳膊受不了。她想叫车，但满大街的车疯了一样呼啸来呼啸去，根本不肯停。这个天气真是，所有的东西都发了疯。

终于到家了，不但衣服湿透，连体内都仿佛灌满了雨水。这时她应该赶紧打开淋浴龙头，用热水将冰冷的身体冲洗干净，冲到发热、发红，再喝一杯滚热的姜糖水，她从小受到的教育和熏陶就是如此。但她不敢去浴室，她担心冯医生马上就要到了，不能让他在门口敲门，敲了很久她才啪嗒啪嗒跑来开门，她从没这让种情景出现过，他既不能敲门，让邻居听见，也不能多等哪怕一秒，让邻居看见。哪怕只是一个背影，也可能给他们这个小小的不合法的家带来灭顶之灾，她必须在他刚一靠近大门，还差一步就要迈进大门时，无声地将门拉开，让他毫无停顿地进来，必须保持这个速率，就算被人无意中看见，也只能怀疑是自己看花了眼。

她披了块干的浴巾，一边揉搓头发，一边站在门背后等。

风雨加大了她辨听门外动静的难度，她发现她什么也听不到，最后她想出了一个好办法，她把门打开，顺手从头上取下布艺发圈，插在门与门框之间，再通过这一丝丝门缝盯着外面。只能这样了。

衣服上的雨水源源不尽地滴落下来，脚边地上很快就湿了。她感到冷，冰镇过的湿毛巾贴在身上，就是那种冷。

她后悔没有进门就去洗澡，否则现在已差不多快要洗完了。她打了一个冷颤，一串喷嚏接踵而至。

门外一暗，几乎没有声音，是他。她奇怪他是怎么做到没有脚步声的，难道他的鞋底上有消音器？

她把他迎进门，说了句我先洗澡，转身就往浴室跑去。

她把水温调到能够忍受的最大限度，洗头，洗澡，直到把就要流出来的清鼻涕逼回去。

她出来时，他一脸严肃地坐在桌边。

为什么你迫不及待要洗澡？你跟那个姓冷的小子有事，对吧？

她头缠干发毛巾，生气地瞪着他，他也瞪着她。

我下了班，直接从单位过来的，冒着大雨赶过来的，差点被雨淋死在路上，你说我有时间跟他有事吗？

昨天我也没来。

你想说什么？把你想要说的全都说出来。

如果你真的跟他好了，我就不再来了。

我、没、有，我跟他见面的情景只差直播给你了。

她跌坐下来，把潮乎乎的干发毛巾扔在桌上。不来拉倒，省得天天提心吊胆，做贼似的。

他在靠近她，她知道他后悔了，他不过是想以这种方式镇住她，她看透他了。他从后面抱住她，吻她的脖颈。

再说这种话，就真的不要来了。

不说了。他转到她前面来。

别耍我，别欺负我这个可怜人。他吻着她说。

你可怜？太搞笑了。

是啊是啊，没一个人觉得我可怜，谁都觉得这两个字跟我不相干。

后来他们又一起进了浴室，他闭着眼睛，在水龙头下接受冲洗，离开了那些衣服，那些表情，那些姿势，就像灵魂离开了躯体，肉身显得势单力薄，鱼尾纹并没有因为水的灌溉而鼓胀变淡，反而更深了，这使他闭起来的眼睛不像是在享受，而是在受难。也许他真的挺可怜，因为他永远戴着面具，他永远在憋屈自己，他真正的自己永不能见天日，实际上他才是“铁面人”。只有在她这里，他才敢拿下面具，直面自己，他当她是珍宝，是心肝，是玩物，奉献自己，不顾一切。她瞥见柜镜里的自己，面颊又红又潮，没有办法，谁也不知道未来会有什么，更好或者更坏，不如接受眼前，潜心享受。

他的每一次离开都会惹得她伤心，他们这样算什么呢？情人吗？可她看到的情人们都旁若无人如胶似漆，而且往往伴随着大量消费，她消费过他什么呢？偶尔放点钱在她抽屉里，最多的一次也只有五千块，她拿它去买了个空气净化器，因为空间小的缘故，她总觉得屋里空气欠佳。小三吗？小三可不像情人，情人只讲两情相悦，不问未来，小三的目的可是要撬掉原配的，她从没奢望过，他也没有这个意思，因为他总在强调，程姐对你可不差。最最悲哀的是，她竟也没有逃离这里的迫切愿望，甚至，当一个做理疗的医生出现在她面前时，她也没有感到特别的吸引力，这是怎么回事呢？慢慢习惯了小小洞穴中的秘密生活？还是在等他终于做出那个伟大的决定？

差点忘了，今天我可以晚点回去。他已走到门边，又折回来：今天你程姐不在家，我可以在你这儿吃了饭回去。

她欢快地答应着，目送他爬上她肉粉与浅灰相间的睡床。

要不你也不要做饭了，我们再睡一会儿。

她温柔地拒绝了，她之前刚刚看过一个做回锅肉的视频，难得有机会实践一下。冰箱里有备用的五花肉，橱柜里有程姐给她的辣椒酱。五花肉焯水时间比较长，等候的间隙，她靠着灶台打量房内的一切，继续想入非非，她想她将来可不想像程姐那样，把厨房弄得像个杂货铺，她希望她的厨房里看不到烟火气，她要把一切杂物都隐藏起来，让他吃到的一切有若天赐，而不是程姐那样以物理的方式调和而成。五花肉的香气漫出来了，抽油烟机根本抽不尽油烟味，下次不要再做了，她不喜欢家里有肉的气息，程姐家里就有，特别是她的厨房，她似乎明白程姐为什么要穿旗袍了，一进门，她就除下旗袍挂进衣柜里，出门前，洗好脸，化好妆，抹好香水，最后才去穿上旗袍，若脱胎换骨一般，所有肉类的气息，家务的气息，抹布的气息，都留给那身居家服。也许程姐也不喜欢那些气息，所以才想到要用一身截然不同的装扮来划清自己与那些气息的界限。想到家居服，她不禁笑了起来，可能是因为穿旗袍太久了，程姐的脸已不能适应其他服装，当她换上家居服时，立即变了个人，像偷穿了他人的衣服，又像某个发了福的家政工，总之，就是不像她认识的程姐。

她去叫他，说晚饭烧好了。

一顿饭工夫，他居然沉进了深睡眠，坐在桌前还有点发怔，没醒过来的样子。

其实你没必要这么麻烦。每次他拿起筷子，都要这么客套一下。他可能不知道，他吃下的不是饭，而是咒语。她小时候听奶奶辈的人说过，一个女人要是心里有了人，一定要想办法给他做饭吃，做一次，他们的关系就牢固一次。她知道这很荒谬，但还是不由自主联想到那个说法了。

“这是什么酱？”冯医生停下筷子。

她诡异地一笑：猜猜？

最后还是她自己说了出来：程姐给我的，是不是感觉特别亲切，明明是在我家，吃到的却是你家里的东西。

他似乎噎住了，梗着脖子对着她。然后，他放下了筷子，走向一边，去漱口。

以后不要用她这种酱了。

她不理解：我有次听程姐说，你非常依恋这种酱，说你不吃菜，光靠这种酱就能吃下两碗饭。

他漱完口，揩净手，回到桌边，说：那是在家里，在你这里，我不要吃它，我闻都不要闻。她什么时候给你的？

两个星期以前。

是吗？他移开了视线。

万一被她知道了，怎么办？

大不了破釜沉舟呗。

你才不敢！她笑起来。

她送他到门边，停在离门一米远的地方：见到她欢脱些，别那么沉重。

他摸摸她的头颈：真是个好姑娘！

他像特务一样机警地出了门，他关门非常有技巧，几乎听不到门锁的声音。

她在桌边趴了一会，细细消化他留在这里的一切，声音，味道，话语，消化到一半，电话响了，她以为是冯医生，结果却是冷铁军。

不，我不想出来，天气不好，我都准备睡觉了。不好意思，坏天气总是让我心情不好。天气当然能影响行为啦。

她想她必须毫不客气地杜绝他的想入非非，谁叫他那么闲，一副无所事事的样子，谁叫他那么多话，没一句话有分量，但凡他有一点点冯医生沉着稳重的风度气质，她都不会如此决绝。也许他并不差，可惜他们相遇的时机不对，他哪里是冯医生的对手呢？

耳边的风

他们已经有两个星期没有见面了，他说他最近忙得连吃饭都没时间，应付检查、申请升级，还有好多说不上来的大事小事。她明白，他告诉她这些，不是解释他的忙，而是提醒她，最好不要打电话给他，连信息也不能发。他的手机多数时候摆在桌上，消息一来，旁边的人眼睛一斜，就尽收眼底。已经有人闹出类似的笑话来了。其实他不提醒，她也不会轻易联络他，她永远是乖乖地等他指令的那一个，她喜欢看到他忙得脚不沾地的样子，如果他来这里太频繁，太有规律，她倒要怀疑他这个副院长是假的了。一想到他来这里，其实是用尽了过人的心智，克服了重重困难，她就很感动，有种被他压缩了藏在心窝窝里的感觉，他带着没有形体的她开会，向领导汇报，给下属签字，他接受敬酒，在闪光灯里签合同。她一想到这些，心里就暖洋洋的，仿佛比以前拥有得更多。

她整天握着手机，片刻不敢松开，因为害怕冷医生找她，耽误了冯医生打进来的宝贵机会，她关了机，而关机更容易错过冯医生的电话，只好再次打开。小小一个开关，一个不易察觉的小突起，快被心慌意乱的她磨平了。

冷医生联系不到她，就找到她工作的地方去了。

你不上班？她皱着眉头问。

为什么你电话老是打不通？

别浪费你的时间了，我觉得我们不合适。她觉得这样拖下去不是个办法，冯医生都敢为了她跟屹立几十年的家闹翻，她还在乎一颗尚未萌芽的种子吗？

但我觉得我们特别合适，真的，各方面都很合适。

小魏哭笑不得：你说了不算。

你是不是不止我一个男朋友？

小魏吓了一跳：你什么意思？

你跟我在一起时，总在回复别人的信息，我发誓我没看到内容，但我有个直觉，肯定有个人，藏在我们之间。

真是好笑，你是提醒我跟你在一起时要关机，对吗？还有，现在还谈不上我们之间什么的，我还不是你什么人。

话不是这样讲。既然我们有媒人，那我们就是在朝那个方向走，对不对？

能不能走下去还很难说。

所以才要走走看嘛。

我不喜欢一个男人疑心那么大。

我也不喜欢一个女人总是把自己搞得那么神秘，我去你们集体宿舍问过，她们说你并不是每天都睡在那里，你别处还有行宫？

我们停止吧，立即，马上，祝你一切顺利。她想绕过伫立不动的他往外走，但他伸出手拦住了她。

不行，你得给我个理由。

没有理由。她正要转身去走另一个出口，程姐从办公楼后面绕了过来，也许冷医生在她背后做了什么动作，程姐被他吸引过去了，问小魏：这是你朋友？

她做了个否认的表情。

冷铁军却及时地向程姐伸出了手，两人客气地问候了一声，程姐回过身，两眼发亮地冲小魏做了个表情，知趣地走了。

原来她是你同事？

你认识她？

当然认识，医院里谁不认识她，但她不认识我。

小魏立刻觉得她有必要再跟冷铁军待一会儿，就收回脚步，随着他往外走。

原来你跟她是同事啊。冷铁军把重音放在“她”上，表情变得意味深长。我可听说过她一些事情。

小魏瞪了他一眼，催促他别卖关子，有话快说。

这事不能在大街上说。

她的目光落在一家冷饮店前。

也不适合在公共场合说。

最后他们找了个广场边上的小凉亭。

首先我声明我也是听别人说的。

她作势欲走，他拉住了她。

听说他们夫妻早就室内分居了，十几年前，她得了病，子宫输卵管卵巢全切了……你可别说出去，我也只是听说，而且我也不知道分居跟这个有没有关系……

他一口一个听说，长舌妇一样，一句一句往外抛出的都是令她目瞪口呆的硬扎货。她完全被他控制了，眼巴巴地望着他，一再要求他告诉她，切除那些东西对一个女性的身体来说意味着什么，有什么影响，还有没有什么别的影响。他说除了不能生育、不来月经之外，没什么大的影响。眨巴几下眼睛，又说：当然，可能时间一长，卵巢的分泌功能也会受到影响。她从他躲闪的眼神里觉察到他故意漏过了什么，她突然升起一股强烈的好奇心，她一定要弄清楚这件事。她又问他：她都生了这么大的病，他老公不是更应该细心呵护她吗？为什么反而要分居？他还是闪烁其词：他还算好的，有人还为这事离婚呢。这不是她真正想要的答案。等了一会，她决定单刀直入，因为除了他之外，她不可能从别处得到更专业的回答，除非是冯医生本人，她肯定做不到。

我不知道对不对，在我的想象里，是不是……她做了那个手术后，就不能……她突然停下，怔怔地望着冷铁军。

冷铁军古怪地一笑，伸出食指，一下一下点她：你知道的可不少啊。

她强撑着辩驳：笑什么！亏你还是医生，我又不是白痴。

他收住笑，往她身边挪了挪：不说这事了，我们不该拿别人的痛苦来取乐。

不是取乐，是……同情，作为同事，我居然不知道她做过这个手术。

话刚说完，她猛地站了起来：不对不对，我还见过程姐买卫生巾呢，就在不久前，亲眼所见。

冷铁军镇定地笑着：你亲眼见到她用在自己身上？

那倒没有，但是……她又没有女儿，她只有一个儿子，不是买给自己的还能是买给谁的？

就不能帮别人买？要不就是买给别人看的，比如说你。

你这人怎么这样啊？把人想得那么复杂！

冷铁军息事宁人地抬起手来，按到她肩上，贡献了一个秘密过后，他理所当然地觉得他们之间的距离应该能拉近不少。

她看了下那只手，请他拿开，说他的掌心像只熨斗，热死了。

他马上提出去一个有空调的地方坐坐。

她顺从地站起来，她心里有什么东西被打乱了，打散了，乱七八糟的东西堆了一地，但她一时又理不清，就怔怔地跟冷铁军往街头走。

路过一家冷饮店，冷医生问她要不要来一杯，她根本没听清他在说什么，直着脖子继续向前，他揪住她，她一回头，抛过来一句话：你说，他们会离婚吗？

我觉得不可能，首先，你的同事会牢牢捍卫她的婚姻，好不容易把自己的老公培养成院长，怎么会心甘情愿从这个位置上退下来呢？怎么可能把胜利的果实拱手让给别人呢？

那也不能一厢情愿啊，难道他们要过一辈子婚内分居生活？

他欲言又止。她鼓起勇气抱着他的胳膊，一个劲地摇，摇得他雄心大悦。

按说不能轻信这样的传言，更不应该传播这样的传言。

放心，我要是说出去我马上烂舌头。

我听说，注意，我真的只是听说，她经常带女性朋友去她家里，都是些年轻貌美的姑娘，隔段时间就换一个。

她不由自主地提高声音：那又怎么样？她就不能有朋友？

好了好了，早跟你声明过只是听说嘛，就当我没说。

她望着前方，胸膛兀自起伏，她心里明白，他的话并非完全不可信。

强撑到天黑，她回到那个铺着乡下篾席的家，没有开灯，也没有换下制服，迫不及待倒在篾席上，篾的青涩味隐隐约约蹿进她的鼻腔，这味道让她保持清醒，她有很多问题要想。

她和程姐是怎么要好起来的呢？之前，她们只是普通同事，见了面都不用打招呼的那种。她像条小鱼一样奋力往记忆深处游。在一次年会过后，全体职工聚餐，大家嘻嘻哈哈抢着入坐，看似乱坐，其实乱中有序，平时关系要好的几个，不多不少都挤在了一桌，小魏上了趟厕所回来，发现自己心仪的座位已经没有了，只能选次一等座席，也就是跟上了年纪的女性共坐一席，再次等，席上全为男性，末等座席，当然就是领导席了，除非被点名，谁也不会自找别扭跑去跟领导共坐一席。事实上，小魏那天吃得很舒服，阿姨们对她照顾有加，帮她夹菜，帮她倒饮料，一边吃一边问长问短，让她产生一种置身亲戚家饭桌的错觉。坐在她左手边的正好是程姐，作为回报，她也开始夸程姐的旗袍，那是一件黑底棕色格纹的呢料旗袍，虽袅娜不起来，总比那些棉花包看起来要俏丽一些。她一夸，程姐马上两眼发亮，满脸的相见恨晚。就在那天，程姐告诉她，她的衣柜里除了家居服，除了睡衣，几乎全是旗袍和大衣。这省却了好多麻烦，出门前根本不用挑衣服，根据温度高低选一件，穿起来就走，连镜子都不用照，还不会出大错误，也不担心跟人撞衫。程姐还主动提出要把自己的旗袍师傅推荐给小魏，谁会拒绝衣柜里多一件旗袍这种事呢？小魏一口答应下来。

但她后来终究没有做成旗袍，冷静下来后，她意识到她根本不敢公然步程姐的后尘去穿什么旗袍，她羞于向众人展示自己的风格，以及跟谁是同伙。第二波亲密接触的高潮是在她书法获奖之后，程姐主动来到她的办公室，向她道喜，同时告诉她，她的儿子一心也在学习书法，正巧一心的书法老师走了，急需找个新的老师，问她愿不愿意一周去她家辅导一次。在旗袍问题上，她已经为自己的胆怯内疚过了，书法问题，事关小孩，事关她的荣誉，自然不敢怠慢，短暂考虑过后，她答应下来，不就是每周去一次程姐家，每次跟她的孩子相处一个小时吗？一个长期住在集体宿舍的人，对任何家庭生活都充满了由衷的向往。

上到第三次还是第几次课时，小魏才见到一心的爸爸。程姐把他领到一心的房间，向他介绍：这就是一心的新书法老师，也是我的同事小魏。又对她说：这是一心的爸爸，你就叫他冯医生好了。冯医生相貌没什么特别的地方，但身材十分高大健硕，他向小魏伸过来的手也很大，小魏感到自己的手握在他手里，就像一个婴儿被放进了摇篮里。

下了课，程姐提出让冯医生开车送小魏回去，冯医生出门时对程姐说：正好我顺便去下爷爷奶奶家。

拐出医院小区，拐出整个城东区，冯医生问小魏急不急着回家，如果不急，他们可以顺着江边兜兜风。小魏当然不急，她回到集体宿舍不过就是睡觉而已。

他打开了音箱，是一支交响乐，她不知道那是什么曲子，只知道它的舒缓飘逸，又出奇地宽阔，总之非常适合这样的夜晚，适合在夜色中快速飘移的人，听到后来，她甚至感觉她不是躺在车上，而是躺在一条音乐的河流上，车灯不断裁剪出来的真实路况幻化成了缥缈的音乐背景。她浑身放松，两目微闭，她感到她把灵魂放出去了。

冯医生的声音突然从一旁杀入：怎么样？

在这之前，他一直没作声，安静得像是无人驾驶的汽车。

她已无法形容内心的巨大愉悦，只说了两个字：很好。

有时候，白天过得不好，晚上我就一个人开车出来，也没有目标，就这样开着音乐胡乱跑一通，然后回家。

那天他们来回一共跑了三十千米，他把她送到集体宿舍的大门口时，她恍恍惚惚地下了车，身子还飘在云端，飘在音乐里，她挥手跟他再见，感觉挥起来的胳膊并不属于她，仿佛是别人的。

一连三次，她下了课，他就送她回家，顺便在外面兜一圈，他果然是个驾车兜风爱好者，每次的路线都不一样。

似乎有一种古怪的默契，她从没见程姐问她何时回家的，也没提冯医生是何时到家的，稍稍一问，谁都能听出来这中间有个显而易见的时间差，但他们谁都没提起过。

第四次，车停在一个两边都是芦苇的地方，他的手伸过来了。之前他也伸来过，教她放碟子，递给她爽口糖。但这次她感到异样。

他抓住她一只手：如果我说我喜欢你，你会害怕吗？

她心里抖了一下，但她故作平静，有什么东西正在到来，她必须全力以赴迎接它。

好感是不会让人害怕的。她忍受着剧烈的心跳，平静地说。

第一次见你，我就想说这句话了。

他的手再没离开过她，她没有拒绝，也不想拒绝，她享受这样的夜游，这样的气氛，这是一个单身女人的特权。他开始亲她，亲得她差一点爆裂，但他及时刹住车，说他可不希望弄出个什么车震的新闻来。他居然笑得出来，她已连喘气的力气都没有了。

但接下来戛然而止，她有两次课没有碰见他，她很煎熬，心想，下次再碰不到他的话，她就找个理由辞职不干了。正这样想时，他又出现了，又来当她的车夫了。这一回，他没有带她去兜风，而是直接把她带到一个僻静的无名弄堂前，他说他为她租好了一间房，但他劝她集体宿舍的床位还是要保留着，否则她会被很多目光监视起来。

房子很普通，最大的特点是隐蔽，她不动声色地往房间里添了一些属于自己的东西，毛绒玩具，卡通拖鞋，奇特的夜灯，篾席是最后一件添置的物品，也是他最喜欢的东西之一，比什么木地板都要好。他望向四周，窗帘是深蓝与灰相间的格子花纹，朝外的一面挂了一层遮光布，拉上窗帘不开灯的话，屋里漆黑一团。床角、桌脚、椅子脚都戴上了橡胶垫，移动起来没有任何声音，厨房里的锅铲是木头的，锅是不粘的，无论烹饪什么都不会发出太大响声。这是一个刚好容纳两个人的家，任何第三者出现，都可能给他们的二人世界带来灭顶之灾。她不用他提醒就知道，就算是严刑拷打，她也不会把它暴露出去。

如果按冷铁军透露的消息来分析，程姐极有可能知道她和冯医生的关系，这也太离谱了，如果程姐是那样的人，那她得有多变态，才能一面跟她做同事、做朋友，同时暗中又咬牙切齿地恨她。没有一个女人不恨自己的情敌，她觉得。

只能说明来自冷铁军的传闻纯属胡说八道，据说男性职工都嫉妒自己的上司，女性职工都恨不得自己身边最漂亮的那个突然倒大霉，今天她算是亲眼得见了。

她想给冯医生发个消息，当笑话一样在他那里确认一下，才输入两个字，又掐掉了，她从没主动给他发过信息，万一他正在开会，她的头像和文字突然冲破黑屏，带着音乐向人招摇，她怕他会窘得无地自容。她可不能给他带去这种羞辱。

夜风中，黑暗中

冷铁军的八卦，终究没有带给她困扰，她喜欢他，这就够了，至于是谁把她带到他面前的，她觉得无所谓，也不在乎，何况他对她的依恋正逐日加深，原先他像个间谍一样谨慎，从不留下任何东西在这里，也不带来任何东西，除了偶尔给她放点现金。现在已放松多了，他在这里留下了毛巾、水杯，还有喜欢的酒，她也给他买了抱枕，他一进门就甩掉鞋子，抱着她买的抱枕，在篾席上滚来滚去，天气凉了，她就在篾席上铺一层绗过薄棉的小夹被。

他已不像当初进门就迫不及待地要她，似乎在篾席上躺着，舒展身体才是最重要也最享受的事情，有时正好赶上她月经在身，他也不懊恼，只随口说：那是好事！怀孕才是他们避之唯恐不及的事情。

情浓时刻，她头抵在他胸口说：我不结婚了，这辈子就住在这个小窝里好了，等我老了，死了，你就过来把这房子推倒，把我埋在这里。

他哼哼一笑：等你老了，我的骨头早就可以打鼓了。

只要你还爬得动，并且愿意，你可以爬到我这里来，我愿意提前，陪你一起。

他撸一把她的头发，算是对她表达爱意的响应。

她说她有一个最大的愿望，就是他开着车，她坐在副驾上，打开音乐，一直不停地跑下去，最好是夜晚出发，最好天永远不要亮，以保证他们永远在暗夜中飘飞，如同在茫茫宇宙中作无边无际的航行。她说这个愿望产生于他第一次带她夜游的那个晚上，那时他们几乎还是陌生人。

他看了她一会，果断点头：完全没有问题，我们傍晚出发，天亮回家，吃饭也不停，就在车上解决，上厕所也不停，插尿管。

因为他是医生，他们经常会在某些抒情的时刻故意说些大煞风景的医学术语。比如他们不说吃饭说进食，不说做爱说交配，然后看着对方乐不可支。

有天晚上突然下起了小雨，她又有了一个特别的愿望，她想和他来一场雨中兜风，她想象雨点打在车顶上，如同敲鼓，他们的车，像一支雨中的箭，嗖嗖向前直飞。她喜欢他收集在车上的音乐，喜欢车灯橘黄的光束，喜欢世上的一切在他的光束里探头，又知难而退。她叹息着把一个个愿望说出来，她以为他又要说：我们应该尽量减少一起外出的机会。结果他一挺身坐了起来：走！

她惊喜得跳了起来，赶紧去洗脸，去装扮。他坐在桌边，抽着烟，眯着眼睛看她在镜前跑来跑去换衣服，撑开眼皮戴隐形眼镜，梳头，描眉，扑粉，涂口红。最后，他灭掉烟，走过来，搂着她的肩，她仰脸看他，皱皱鼻子：突然发现自己真的爱上我了，是不是？

他乐了：真是个鬼精！

她隐隐有点失望，他不说是，也不说不是，只骂她鬼精。当然，现在不是计较这些的时候，现在只想夜游的事情。

一出门，他就把主动权交给她，问她：朝哪边？她抬起脸，闭上眼睛，感觉风是从左边吹过来的，就说：往左。他们就一直朝左开，遇到岔路口，毫不犹豫地选择靠近左边的那一条。音乐也是她选的。雨已经停了，那些扑上来又迅速后退的景物，嗖嗖跳着行进之舞，她感到自己仿佛在飞，飞离地面，飞向群星密布的夜空，这时她还有最后一点清醒，她知道制造这飞翔的是旁边这个人，他在力所能及的范围内，带给她最大的快乐，他那么不自由，那么大压力，仍然把自己的愿望列入他的记事簿，把卑微的她与他的那些重要事物排在一起。这样的人，她有什么道理不抓紧、不珍惜？一直开到凌晨三点多钟，他有点犯困，决定把车停在路边，小睡片刻。他一熄火，浑身一松，人就沉入另外一个世界。见他这样，她反而清醒过来，就像一间小屋，被人拆去了门窗，屋里的一切处于不被保护状态。她不知道这里是什么地方，她猜他也不知道，她支起耳朵，凝神谛听外面的动静。她果真听到什么声音了，一阵杂沓的脚步声，越来越近，外面黑漆漆的，什么也看不见，恐惧一圈圈放大，像钢锤一下一下砸在悬空的铁板上，她的心脏和耳膜快要受不了了，她小心地推了推他。他睡得太沉，根本叫不醒。她加了把力，继续推，同时在他耳边说：好像有人来了！他动了一下，嘟囔道：叫一心去。

她一愣，恐惧仿佛得到响应，一圈圈缩小。一夜的激情都白费了！她直挺挺坐在座位上，整个人变得异常清醒。

到底还是有东西，某种四蹄动物，成群结队，从车边经过，停下来嗅一嗅，用脑袋顶一顶，又不慌不忙地离去。

若在平时，她一定兴奋得大叫起来，从小到大，她最喜欢看到的场景就是动物们成群结队的走过，鸭子，鸡，山羊，黄牛，而此时，内心只有悲凉，终究是不相干的，就像这些动物，动物帮了人类多少忙啊，结果呢？你还是你，他还是他，连梦里都是跟家人在一起，听他那语气，分明是在对程姐说话。

他终于醒了，几个长长的呵欠之后，低头看表，惊叫一声：怎么不叫我？导航仪上显示，他们已在离家两百多里之外。

今天上班我们都得迟到。他嘀咕着，把车子开得飞快。

你呀，真的应该早点叫醒我的。

她撒谎：我也睡着了。

他在城边上停了车，让她叫个三轮回去。她刚一下车，车就嗖地窜了出去。

算了，她决定不生他的气，他身不由己，环境把他逼成了这种人，他不可能像冷铁军那样有的是时间黏黏糊糊，他四面都是高压，他是从铁丝网下逃出来的，他把挤出来的那点时间全都给她了，他的一克，相当于冷铁军的一千克。她安慰自己。

伸进房间的树枝停止了生长

对于一心的书法课，她不动声色地做了点调整，她故意晚到两三分钟，故意在穿过客厅时急匆匆边走边大声道歉：一心，不好意思，我今天迟了一点点。

这样就不用跟程姐过多寒暄了，她怕自己的心虚会形于言表。

一个星期不见，一心似乎长大了不少，嘴唇上一圈隐约的青色，下巴也锐利了好多。

与此相反，那根探进房间来的树枝却蔫了不少，叶片发黄。

它快死了，它傻，自己走进了死胡同。

小魏扫了他一眼，这孩子好像不开心，从她进门开始，他就一直在砚台上填墨，毛笔已经饱满到快要滴下来了，还在一个劲地填。

不怪它，它又不会思考，只能凭着本能往前走。小魏假装没看到他在默默地怠工，一定要找机会跟程姐请辞了，每次来都要察言观色，像演戏一样，真的太累了。她相信程姐也没真正把她当作老师，她只是想给儿子找个陪练而已。

还得变着法子夸他，最好每次夸他的内容都不一样，不把他夸得高兴起来，他能把字写得让人无言以对。

你真厉害，学习这么紧张，还能抽出时间来练书法。据我所知，好多人一进初中就把这些丢一边去了。

也许他们只是把练书法的时间拿去谈恋爱或是玩手机去了。

这一点我的看法可能跟一般家长不同，我不觉得中学生一定要禁止谈恋爱，禁止玩手机。

他做出一个夸张的表情：我就知道我没看错。

什么意思？

你没必要知道。

好吧。

看来这书法课真的不适合长期教下去了，她可不想跟一个孩子也走得那么近，母子两人她都不想走太近了，不过表面上，她拿足老师的架势，严肃地说：现在开始，别说话了！说话走气，还怎么练字？

但一心完全不在乎她的指令，继续说：我是自己不想玩手机，烦！要不要我把微信打开给你看，现在可能已经有几百条消息了，全是无事找事，问作业啦，发嗲啦，乱发表情啦，真不知道她们那个脑袋里一天到晚在想些什么。

明白了，想追你的女孩子太多……

没一个是我的菜，一个个不是假装幼稚，就是假装豪放。

我猜，你是不喜欢人家来追你，你更喜欢去追别人。

你怎么那么懂我！

我懂全世界的人。说说你都喜欢什么样的人。

我说不出来，不过，一旦那个人出现在我面前，我肯定认得出来。

牛皮要吹爆啦。打住打住，写字的手不要停。

不是吹牛，我真能认出来。

你要是能认出来，我就能一个一个说出她们的名字，无非是子琪、一诺、萱萱、轶晨、雨桐……

杂花乱草。

奕嘉、家琪、天伊、海若……

雌雄不分。

新一、若驰、彤颜……

是魏妤青！他飞快地说出她的名字。

她一哆嗦，毛笔就掉到桌上，在字帖上杵了一个大黑块。他好像也被自己吓倒了，安静下来，低眉敛目，毛笔比任何时候都拿得正。

有病吧！瞎开什么玩笑！

我没开玩笑。他抬起头，瞟她一眼，脸色意外地惨白。

我生气啦！她真的装出生气的样子，扭头就往外走，门一拉开，心头一炸，程姐黑着脸堵在门口。

我、上厕所。

慌忙之下，她真的进了厕所，茫然无绪地站了一会，竟没忘了按一下冲水器，再出来时，程姐还在原地站着。她肯定听到他们的对话了，她肯定一直站在那里偷听来着。

来不及多想，她急切切对程姐说：不好意思，我突然想起一件事来，要稍稍提前一会儿走，有人在等我，就是那个冷医生。

程姐什么反应都没有，面色呆滞，如梦方醒。

那我走啦，程姐。

三步两步冲到门口，就听到砰的一声门响，不知道是一心还是程姐弄出来的，管不了那么多了，快走快走，越快越好。

一溜烟走出小区，才觉得自己行动好荒唐，为什么不跟程姐解释？此时不解释，以后还怎么解释得清？而此刻再跑回去解释，只会显得多余，而且笨拙。

她突然手脚发软，一步也走不动了。程姐知道了，用不了多久，冯医生肯定也知道了，他会怎么看她呢？她要怎么解释呢？他能相信吗？

不管他们怎么想，这个有着来苏水味的地方，她怕是再也不能来了。

从葱茏到枯黄

一心喊出魏好青三个字的第二天，也许是第三天，他突然打来电话：今天你可以备点晚饭吗？

当然可以。她心花怒放，同时在心里盘算着怎么向他解释那天晚上的尴尬，顺便了解一下程姐是怎么向他汇报这事的。

距离上一次见面已经有一个星期了，他们的见面越来越没有规律，每次他走之后，她照例会情绪低落好几个小时，有时甚至一两天，直到他下一次再来。她自己诊断为见面后遗症，她不可能他一走，她就像关门一样把那种状态彻底关在门外；恰恰相反，他们在一起时，她的心里倒是简单的，像万里无云的晴空，而他一走，她就思绪翻滚，忧心忡忡。他哪里是出现了几次、几个小时呢？他分明是占据了她的全部时间、全部身心。

放下电话，她就开始做着下班的准备，以便时间一到，第一个冲出大厅的玻璃门，奔向超市。她想起小时候妈妈做的粉蒸排骨，粉蒸各色蔬菜，每次都吃到他们走不动路。她今天也想摸索着做一做。

夏天真是个好季节，各种颜色与形状的蔬菜应有尽有，她记得以前妈妈总说：多吃点多吃点，马上就是枯黄季节了。现在看来，妈妈实在是个悲观主义者，居然能越过夏季的葱茏，一眼望到即将到来的秋冬的萧瑟。

她去超市买了蒸米粉，各种调料，以及猪排骨、豇豆、芦蒿，一一洗好，切好，腌渍起来。二十分钟后，她把米粉撒到腌渍好的材料里，再整整齐齐地上盘，装进笼屉里蒸。在等候的二十分钟里，她换了身衣服，虽然她闻不到，但她相信，穿了一天的衣服必定有不好闻的汗味。

没多久，肉香弥散开来。

但他没来，晚饭时间早过了，她侧耳聆听，外面没有她熟悉的轻响。

粉蒸肉的表面在变干，他已错过了味道最好的时刻。好吧，他临时有事，他走到半路又被什么事情拖住了，他身不由己。她把粉蒸肉碗重新架进蒸锅里，开启最小的那一簇火苗。她要把最好的味道抢救过来。

她饿了，但他不到，她不想开吃。

她想给他发信息，想来想去到底不敢，万一他正好在加班，或是在开什么很重要的会呢？万一她发的信息被别人无意中看见了呢？必须忍着。

她趴在桌上等啊忍啊，慢慢睡了过去。

后来，她被一阵怪味惊醒，是蒸锅发出来的，水烧干了，不锈钢锅发出“卡卡”的声音，锅底在变形，在熔化，揭开盖子，粉蒸肉冒出浓重的烟雾，她被那股怪味呛得咳嗽起来。

看看时间，已是凌晨一点，他不会来了。

这是他第一次爽约。她脑子里闪过无数场面，都是最坏的，最让人担忧的，但她不敢去核实，尤其是这种时候。他以前教过她，越是不对劲的时刻，越是不要找他，搞不好会祸及自身。

可惜了那锅蒸肉，不敢吃了，只能扔掉，锅也没用了，已经烧穿了一个孔。她小心翼翼一层又一层打包那些肉和锅的时候，有种很古怪的感觉，好像扔掉的不是菜，不是厨具，而是某种跟她身体有关的东西，跟她命运有关的东西。

第二天，她并没有接到他的电话，但她还是来了，她告诫自己，要注意控制情绪，无非是爽一次约，不值得赌气、吵架，不要给他留下小气又任性的印象，鉴于他的实际情况，应该给他一个宽限期。当然小小的惩罚也是必须的，她没有准备晚饭，也没法准备了，因为她没有心情去买一口新锅。

他还是没来。

第三天，她觉得一定要打个电话问一问了，她极少给他打电话，偶尔一次应该不算特别犯规。她选在午休这个时段，应该是个相对安全的时刻。

一切证明是她想太多了，她太紧张他了，他根本没事，就是很忙，上面来了个检查组，里里外外忙成一团，还有一场讲座，几个会，还有接待，还有日常，他已焦头烂额，只能靠挂水维持体力了。她从他声音里听出了深深的疲惫，以及类似生命不息战斗不止的热情，再看看自己都在想些什么啊，那一瞬间，她感到自卑，她必须有所改变，不能再企图把他羁绊在那个无名的黑暗角落里，他有更值得做的事。

一个月过去了，两个月过去了，南风变成了北风，他依然忙碌，依然疲惫，她开始觉得不对劲，再忙，总得吃饭，在哪里不是吃，到她这里来吃个饭，能浪费他多少时间？

那间小屋似乎只认他，他不光顾，小屋也失去了生机，而她一个人待在里面时，因为心情不好，懒于收拾，小屋很快露出破败之相来。有一天，她看到他遗留在这里的小半包香烟，她抽出一支，坐在地上，弓起两腿，慢条斯理地抽起来，一抬头，她看到了墙边袖珍穿衣镜中的自己，这是怎么啦？这个人真的是魏好青吗？即将三十四岁的魏好青，真的这么老了吗？深咖啡色长袖T恤，黑色长裤，头上夹一个半圆形的波浪钢夹，苍白发黄的脸，肿眼泡，眉毛散淡得快要消失，还怨妇一样夹着一支烟，你怨谁？他是你的谁？不是老公，不是情人，对你来说，他到底算个什么名堂？她久久地盯着镜中的自己，烟灰掉下来，落在黑裤子上，她深吸一口，看那一头的红色义无反顾地奔向自己，之后，她张开口，对着那红色徐徐地、嘲讽地吐出一蓬巨大的烟雾。她觉得这有点像他们俩。

事情再明白不过了，他正在坚定地退出她的生活。她不想耍赖，那只会自取其辱，也不想去讨个理由，那只会令自己伤心。她已不是小姑娘，小姑娘才会哭闹，向闺蜜求助，她是成年女人，成年女人必须独自一人应会一切内忧外患。

她要弄个仪式，以作了结，她把烟头移到脚边，试了几次，都不敢真的把烟头摁上脚背，她想了个折中的办法，她可以摁到右脚鞋面上，如果烟头熄灭，脚背无恙，她就起身，像平常一样离开这里，再不回来。如果烟头洞穿鞋面，烫伤脚背，她就必须抛开他给她定的一切规矩，心怀怨恨地做她想做的一切事情。

结果是，烟头刚一接触到帆布鞋面，就溃散成一小撮红色粉末了，滚落一地。她拿起那只拖鞋，凑近了观察，这是她刚搬进来时特地为自己买的拖鞋，她打量那个小小的棕色圆孔，一只拖鞋，尚且知道保护它的主人……

手机屏幕亮了一下，是冷铁军，她突然两眼一酸。

风停的日子

小魏和冷铁军在春末夏初一个无风的日子里举行了婚礼。

她做这个决定很突然，一个周五的下午，冷铁军提议去坐夜班车，一觉醒来，人已在八百里之外。他觉得这个方案既高效又很有意思。夜和车两个字深深地吸引了她，她痛快地答应了。

她戴上眼罩，以微微的不舒服为名，拒绝了冷铁军的聒噪，在长途汽车上默默想了一夜心事，流了一夜眼泪，天亮时，冷铁军扶着浑身麻木的她下车，一边揉搓她的四肢，一边为她安排早点，中间还偷偷亲了她两口：小可怜！可怜的！

她一感动，整个人就扑进了冷铁军怀里。

没等踏上回程，冷铁军就向她求了婚，她想都没想就答应了，还能怎样呢？如果不是冯，其实什么人都一样，谁都可以。她真是这样想的。

婚后不久，两人合力买了个车，冷铁军其实不主张这么早就买的，毕竟他们已经有了房贷，等将来孩子来了再买车不迟，但小魏一想起那些深夜兜风，一想起那些车载音乐，就觉得一刻也不能等。人不能复制，生活还不能复制吗？

好几次，她在梦中回到那个小屋，进门就把小包往地上一扔，两腿一曲，像条鱼一样滑倒篾席上。梦里也只有她一个人，好像是在等人，但那人迟迟没有现身，等到后来，她竟忘了自己其实是在等人。

她不觉得做这样的梦是种干扰，相反，她很想一直葆有这些梦。

她现在不像以前那样频繁地见到程姐了，她们原本不在一个办公区域，被一心叫出她名字的那几天，她有点无地自容，来来去去躲躲闪闪，生怕碰见程姐，后来无意中碰见过一次，可能程姐早有准备，提前移开了视线，等她小心翼翼再度投去目光时，程姐已不见踪影。她结婚时，几乎所有同事都来了，只有程姐没来。没过多久，她收到了程姐托人送来的密封的红包，打开一看，里面除了钱，还有一张纸条。

> 好妹妹，祝福你们，对于婚姻和家庭，我有一点小小的体会：当你爱他的时候，其实是在爱自己。所以，使劲爱他吧。仅供参考。

她有点看不大懂，但她觉得这纸条至少没什么恶意。

冷铁军也看到了这张纸条，居然说：写得好咧！

他希望她去找程姐，最好能请她吃个饭。

你们不是关系不错吗？这样的关系要深度培养，对我有好处。

我们后来没那么好了，同事关系本来就很难说，具体什么原因我也不知道，反正我们没以前那么近了。

重新去靠近嘛，同事之间就是这样，时亲时疏，全看自己需要，全靠自己经营。

她只能敷衍他：慢慢来。

新车到手那几天，小魏迫不及待地要冷铁军带着她开夜车兜风，走到人车稀少的地方，她把音乐声调大，全身放松，贴住靠背，仿佛躺在某种飞行器上，她闭上眼睛，试图重新在黑暗中乘着音乐飞翔起来。

可惜冷铁军太喜欢说话了，他一开口，就把她从飞行器上扯了下来。

他一个劲地说：腾格尔腾格尔，我喜欢腾格尔，腾格尔的嗓子在我心目中排第一。

她闭着眼睛，毫不留情地制止了他。

过了一会，他又说：我有一盘中国经典民歌，你找找，老听什么古典音乐，听得我瞌睡都来了，一会儿碰上交警，人家会说我疲劳驾驶。

她仍然闭着眼睛，没有换碟子的意思。

你这是自私，只顾你自己，一点都不考虑别人的感受。

她睁开一条眼缝：那你有没有考虑我的感受呢？

冷铁军终于闭上了嘴，车里重新安静下来，可能是被他打断次数太多，她再也飞不起来了，无论她怎么闭眼，怎么想象，依然能清清楚楚地感觉到逼仄的空间，路况也不好，时刻提醒她在坎坷中奔波。她感到自己像一只关在笼子里的鸟，连扑腾起来的力气都没有了。

冷铁军也有个好处，虽然一路唠叨，但他并不反感夜游，小魏放的碟子他依然不爱听，但抱怨来抱怨去，有一天他竟然说：我觉得贝六比贝八好听。惊喜之余，小魏故意鄙夷地呛了他一口：你的口味也就是个迪斯尼水平。冷铁军认真地说：不错了，我以前只知道命运交响曲前面那一点点。

有一次他们跑得比较远，他们沿着新修的高速公路，横穿邻近的县，来到另一个县。小魏慢慢找到了最喜欢的感觉，她放低身子，闭上眼睛，她感到自己慢慢浮了起来。

他现在怎么样了呢？他在家里过得好吗？无声无息的，看来他在哪里都能过得很好。不过，说不定他也在这样想自己：哼，一转身就结了婚，过得有滋有味。也许他们只是缺一个好好的告辞，她幻想他们默默凝视、越走越远的样子，哪怕有这样一个场面也好，偏偏他们就像两个贪玩的孩子，天黑了也不回家，直到听到妈妈唤儿的声音，他撒腿就跑，头都不回。其实她对那段关系并无野心，只是觉得没必要那么虎头蛇尾，什么事不都讲个仪式嘛。

我看到一辆车，是我们那边的。冷铁军说。

小魏“嗯”一声，并未睁眼，她不想又被冷铁军从空中拽下来。

怎么觉得这个车号有点熟悉呢？

小魏微微睁眼，再定睛一看，简直不敢相信自己的眼睛，是冯医生的车。

她一手抓住扶手，一手紧扣大腿，她尽量不动声色，尽量不让冷铁军看出异样。

冷铁军在超车，她悄悄压下身子，只留一双眼睛在车窗边。

擦身而过的一瞬间，她看到了他的侧面，接着是他的大半张脸，深色上衣上面那张没有血色的冷峻的脸，看上去极其正派，似乎永远不懂调情，也不会使用轻佻的表情，事实上他相当懂得轻佻，他的轻佻只有在安全的时刻才会展露出来。

副驾座上有人，一个白衣女子，也许是淡蓝色，夜色下看不清，总之是纯净的浅色调。她的胳膊抬起来了，多么做作呀，不就是抬手理头发吗？弄得像在跳舞一样。

他还是喜欢夜里飙车啊，看来他并没有屈服于程姐的淫威，天天猫在家里。肯定也有音乐吧。他会不会想起她来，会不会在那个女人面前贬损她：我以前载过一个女人，知道她是怎样感应音乐的吗？她像挺尸一样直挺挺躺着。他以前真的这样开过她玩笑。她几乎能肯定，他正在这样告诉她，因为她看见那个女人笑出了白牙，白牙在黑暗中晃来晃去，她笑得放松又持久。

是他！冷铁军惊呼一声：可被我发现秘密了。

谁？她故意问。

我们老板！可惜没拍下照片。

别缺德了！

缺德的是他，他可是有老婆的人。

少瞎说！坐在他旁边的也许就是他老婆。

我觉得不像。

关你屁事！

没走多久，就得上摆渡船，那辆车就在他们后面，上船后，就变成了他们的斜后方，大概是要拿东西，他们开了灯，她看清了那个女子的面容，说不上很漂亮，但很清秀。她偷偷拍了照片。他们下了车，他去船舷边抽烟，她紧挨着他，她的裙摆飞起来，缠在他腿上。不得不说，灯光下这样的照片很美。

下船了，她跟冷铁军交代一声，闭上眼睛。她急需一个不受打扰的空间，她想进到那个空间里，去哭一场，去吵一场，去骂一场，但，她能骂他什么呢？她根本就不知道该怎么骂他。

她戴了副太阳镜，背上双肩包，换了身旅行装束，伪装成找人的样子。她决定赌一把。

她故意挑了傍晚这样的时刻，她那时总在这样的薄暮时分回到无名弄堂里这个秘密的家。

没什么变化，小弄堂比以前更安静了，以前两百米处有个小卖店，现在也关门了，估计是开店的老人去世了。

再次确认了下门牌，她举手叩门。

果真有人来开门，她听见脚步声了，她捂住嘴巴，好像这样就能减弱心跳声。

是一个系着围裙的白发老太太，脚边跟着一条小狗，对她说，她找的人可能是以前的租客，现在她已经把房子收回来了，她也没有人家的联系方式。

她赌输了，却很高兴。她不知道她有什么可高兴的。

有天下午，她骑上自行车外出办事，老远就看见前面一胖一瘦两个白衣女子，瘦的那个裙摆飘飘，胖的那个裙摆紧贴大腿，有点面熟，她紧蹬几下，近处一看，紧贴大腿的那个是程姐，她穿了一件暗花织锦旗袍，至于裙摆飘起来的那个，她觉得跟那天晚上她和冷铁军遇到的那个有点像，尤其是她抬头理头发时，她对那个女人抬手臂的动作印象太深了。

她蹬不动了，停下来，扶着车把，望着她们的背影喘气。

她们在说着开心的事情，程姐大笑，头部微微后仰，右手一下一下打在那个纤瘦的女子背上，女子只是耸着肩捂着嘴。

她们像一对无话不谈的闺蜜，恰如当年她和程姐。

她故意骑到旁边一条小路上，再从斜里直插过来，逼停了两个人。面对面的那一刹那，她看到了程姐眼里的惊讶与戒备，不过她很快就镇定下来：吓我一跳，原来是小魏呀！

就是她，果然是她，她无数次看过那天晚上在船上偷拍的照片，早就把她的样子刻进了心里，俏薄的面容，文静得有点虚弱的样子。

她拿出以前的语气跟程姐开玩笑：又脱岗哦，我可看见了。

程姐急忙解释：才没有呢，我们去档案局有事。

她想起来了，这段时间搞档案管理升级，估计这女人是从档案局借来指导工作的。

她骑上车飞快地走了，程姐已经给她提供了太多信息。

他们的新房靠近江边，所谓的江景房。小魏只要一站上阳台，面对滚滚东逝的江水，心里就有种悲壮的想要嚎叫出来的冲动。

新房是冷铁军婚前买下的，连贷款都没有，现钞买下，有人说小魏捡了个大便宜，也有人说小魏其实是吃了个大亏，因为房产证上没有她的名字，说到底她不过是利用婚姻关系寄居在冷铁军的婚前财产里，万一哪天他们的关系发生变化，小魏只能净身出户，白给冷铁军做了几年的老婆。

但小魏根本不在意，就算冷铁军占了她便宜，就算他们会离婚，就算她一无所有，真到了那一步，她不会再婚吗？她不会再找一个人占他便宜吗？

与其关注房子，不如关注在房子里的状态。

冷铁军是初婚，她却有二婚的感觉，与当年在小弄堂里的日子相比，现在的她扬眉吐气多了，她不用刻意提前回家，当她晚回，冷铁军一定在厨房，如果她说不想做饭了，他马上去拿车钥匙，她想吃什么，他就载着她给她找到什么。他开着开着车，有时会突然叫一声：老婆！然后其实又没什么事。

她看他一眼，有种萝卜咸菜般的幸福感。

但到底意难平。被人拿来当傻瓜使，不知道也就罢了，知道了，不平复那一腔沸腾的热血如何吃得下睡得着？

没想到那个女孩打听起来毫不费力，果然是档案局的工作人员，单身，出身极其平凡，她已经分析出程姐的门道了，专门选择这些看起来光鲜实际上处于弱势的姑娘。进一步了解下去，她几乎要哭出来了，那个女孩有自己的约会，一个高大魁梧的小伙子，她仿佛看到了当年的自己，小伙子热情很高，而姑娘因为在黑暗中心有所属，没法给他足够的热情。

有一天，冯医生会果断退出，这个备胎要出来当主角，挽救她于崩溃的边缘，而姑娘出于羞涩和保护名声的需要，不会大张旗鼓地跟在冯医生背后纠缠，只能带着遗恨与哀怨，有气无力地进入婚姻。很完美，不是吗？一腔欲说还休的心事，一个不足为外人道的人，一段若有若无的情，一段自我消化的家丑。她想起在哪里见到过，家丑，其实还有个别称：柜中骷髅。这样的包袱，似乎人人都背得起，不用担心有人因为不堪重负而疯狂。

难道不应该有人站出来中断这个循环吗？这样的循环对女孩们来说公平吗？到底会有多少女孩默默怀抱相同的幽怨，而她们的丈夫一无所知？谁又关心她们在婚姻里是否孤独和不幸？

真正行动起来之后她发现，世界其实很小，很透明，几乎毫不设防，她很快就查到了小伙子的一些情况，年纪轻轻，居然已经是一名司法部门的中级职员。她直觉这个身份对她的行动来说很重要。

一个上午，她吃过早餐，洗过手，对冷铁军说她要出去一趟，办点事。她完全没必要告诉他，但她想来想去，觉得还是应该弄出点仪式感出来。她把那张照片寄了出去。

回去的路上，她感到眩晕，高天上流淌着白云，它们仿佛在发出嗡嗡的响声，一种什么东西要引爆的感觉。

但一切照旧，什么事也没有，她特别留意程姐的动静，她每天依然轮换着那几件旗袍，面带微笑，优哉游哉。

她还看到过几次那个纤瘦的女孩，果然是来指导档案升级工作的，她甚至注意到，女孩新买了好看的红色皮鞋，像两道风火轮，托着她轻盈而飞快地来去。

小伙子没收到她的信息，还是不相信？

但她不适合再去强调什么，也许小伙子害怕了，要不就是他另有考虑。

三个月以后的柳絮和风

那天小魏正在上班，突然感到身边气氛怪怪的。

他们在议论什么。

真看不出来啊，不是一向标榜自己比叫花子还要廉洁吗？

这世上就没有什么是干净的。

太干净了也戳眼睛。

没费多大劲，小魏查清楚了，冯院长，程姐的老公，被双规了，据说有人举报他受贿。

多聪明的小伙子啊，他没有用那些照片做文章，他走了另一条路，他肯定非常熟悉那条路。

事情以势若破竹的态势发展下去，冯医生再无回天之力，但自始至终，没有人提他的生活作风问题，他唯一的问题是受贿，数额并不大，只有五万，但也足以判刑。

程姐再没上班了，单位派人去看望她，说她放下了套着一圈珍珠的发髻，脱下了旗袍，穿着家居服，两眼红肿，面色蜡黄，看到人就说：他被人暗算了，他要那五万块干什么？能买房子还是能买汽车？他父亲种一季柑桔都不止卖五万。

没有人能真正安慰她，除了说：组织上会搞清楚的，不会冤枉他的。好人会有好报的。

最终，好人冯医生还是带着被冤枉的罪名，判了五年。

得知结果的那天，小魏捧着微微显形的肚子，来到程姐家。

程姐果然老了许多，屋里那些光泽度和质感极好的家具，也都蒙了一层灰，看到小魏，程姐立即泣不成声。

你也了解他的对吧？他不是那种人，他对钱根本不感兴趣。他太幼稚了，到现在连是谁在陷害他都不知道。

小魏奇怪自己如此平静，一丝波澜都没有。

当初的确有人给他送钱来，是个搞医疗器械销售的，找了他好几次，他都躲开了。有一天，那人趁我们不注意，留下了一只包，他当然知道那个包里会有什么，亲自开车把那个包送了回去，可那个人不肯见他，他就把它放在他那人办公室的铁皮柜里，但人家现在就是不承认，说没看到那个包。我在想，也许人家真的没拿到手，那个包说不定被另外的人拿走了。怪他自己没脑子，干吗不亲自交到他手上。他说那是他一个人的办公室，一般不会有人进去。太单纯了，太幼稚了，这样的人不出事谁出事？

会有水落石出的那一天的。小魏劝她：事已至此，不如赶紧想别的办法，争取早点出来。

我没有办法，我什么办法也没有，谁能想到都过了大半辈子了，还要去吃牢饭。早知如此，还不如好好当他的医生，起码不会有这种无妄之灾。

哭喊了一阵，程姐慢慢安静下来。

一心呢？他还好吧？

程姐一听，哇的一声又哭了起来：他要我给他转学，他说他要去外地上学，去一个谁也不认识他的地方上学。我能怎么办？只能想办法给他转，转到老家我妹妹那里去。他要是影响我一心考大学，就算他坐了牢，我也跟他没完。

这倒是小魏没想到的，过了一会儿，她又问程姐：一心现在在哪里，我想跟他说句话。我毕竟做过他几天老师。

一心拉开门走了出来。他的胡子已经正式长出来了，不太多，倔强的几根，黑色。

他不客气地盯了小魏一眼，算是打了招呼。

两人在沙发上坐下，小魏说：他是他，你是你，你是有文化有思想的人，越是动乱，越是要稳住阵脚，你还有照顾妈妈的任务呢。

一心鼻子里嗤了一声：一出闹剧！

小魏心里一震，难道他看出了什么？不可能啊，也许是自己想多了。

晚上，小魏对冷铁军说：一心长大了会给他老子报仇吗？

就怕等到他能报仇的时候，早已被生活摧毁得没了报仇的力气。

（原载《当代》2021 年第 4 期）

七杯咖啡旁观情圣

禹　风

我瞥一眼扶桑，她全心全意在白色苹果手机上写游记，朝她朋友圈塞话题。

这种时刻，扶桑最烦我找她闲聊。于是我转过身，想对那位女侍者招手，请她就啤酒杯上一个没擦净的口红印给个说法。这黑发褐目的尤物似笑非笑转过脸来，我们正要四目相接试一试是否来电，我悚然一惊：我觉得就在我转脸这瞬间，看了什么不该看的……

我登时忘了女侍者和口红印。我犹犹豫豫从桌上捡墨镜戴上，佯装怡然喝酒，借墨镜掩护，偷偷打量散坐四周的游客和闲人。

巴黎四月的阳光流泻着怂恿人犯规的热量，叫我颈子难受。其实不用找，我知道我一般不至于如此吃惊：这不是？我大学同班的雷绿川和裘小雯像对夫妻那样坐在离广场中心更近的一张圆桌边喝咖啡。

雷绿川看上去不怎么变老，还是高鼻子厚嘴唇的侧面，小雯却已是一个打扮成时髦女郎的准大妈。他俩脸对脸密切私语，投入得很，应该还没认出我。

我一时间有些呆傻，我一把没抓牢自己思绪，脑里轰一声弥漫了大学的气息和场景：相辉堂一上一下在记忆的草坪尽头跳舞……走马塘里红黑纹小龙虾泛滥，漫到林间小路上……

还泛着白沫子的啤酒杯被人粗鲁地推了一下，酒汁溅到我手背。扶桑尖起声音：“你发什么呆？难得同我出来，就是这种状态？”

我猛有些恼，不过雷绿川和小雯的在场平添了一份喜气。我略微低头，从墨镜上方对扶桑眨眼，压低声音告诉她：“有情况！我看见雷绿川坐在那边，他身边那位不是他太太，是我们同班女同学。”

“啊？”扶桑抚口一叹。

凭经验，我听出扶桑本已进入拿我开涮的常规状态，但雷绿川就在眼前，这消息顿时改变了她体内的化学分泌。她思绪在脑回路间抢一个弯道，拐到欣喜的八卦上来。

“雷绿川？哪个是他？他和你们班的‘林黛玉’终于搞到一起了？”扶桑抬起头，她有天鹅般好看的头颈，不过，此刻看她眼睛，她更像猫头鹰。

我自然在漫长岁月里事无巨细地向扶桑描绘过雷绿川。也许该归咎于我始终怪腔怪调对往事乱下判断，此刻我才意识到自己口述的雷绿川留给扶桑的印象是滑稽的，仿佛他是位顶级喜感人物。

我感到自责。雷绿川是个少有的严肃并认真的人，扶桑对他的好奇很可能冒犯他。

另外，我还有一番恼怒，恼怒扶桑下意识地提起我们班的“林黛玉”。我们班的“林黛玉”真名叫倪虹，名字漂亮，人也同我们芸芸众生不太一样。可惜，雷绿川此刻不是和倪虹一起游巴黎。这突如其来的现实确实打击我的信仰。

我告诉了扶桑哪个是雷绿川，我一个劲对她说：“别瞪着人家看！咱们还是快走吧！”

我伸手逮住从我身边经过的漂亮女侍想必和维纳斯一般无二的手臂，用法语对她说：“原谅我碰你，不过，请立刻结账，我们有急事。”

扶桑对我和女侍概不关心，她压抑不住兴奋：“那个女生不漂亮吗？雷绿川怎么这样？怎么能这样？”

我给了女侍五个欧元硬币作为小费，假充风流地挤挤眼，追逐她的浅笑，勉强放了下弱电；如果扶桑对雷绿川更关注些，我甚至想放肆地上下打量一眼女侍，让她明白我赤裸裸的恭维。可是，扶桑对我急急说一句：“他们过来了！”

对扶桑的套路我已习以为常，甚至怀疑任何老婆都不会放过如此千载难逢的机会。我在漫长的婚姻生活中把雷绿川当成方鸿渐，借以用针对他的冷言冷语反击扶桑对我的精准打击，扶桑怎能不想会一会这块神圣的挡箭牌呢？

见鬼，我可没做好和雷绿川重逢的准备，何况边上还有个裘小雯！怎么说裘小雯呢？提起她我印象不坏，但总记起她一边向寝室外走来一边往牛仔裤上系牛皮腰带的动作。我老是偷偷记住别人不经意的动作，而且记得长长久久。

“嘿，你们好！”裘小雯的声音，“我怎么觉得这位先生像是老同学呢？”

不等扶桑说出叫我尴尬的话，我一把扯掉墨镜，张开手臂站起来：“裘小雯？天涯何处不相逢！”

第一杯咖啡

雷绿川被风吹乱了头发，皱着眉头，厚嘴唇比当年添了风尘之色，质感得有点让人怀疑他生活放纵。他肩膀在剪绒灰西服里拱着，手指八根插牛仔裤前袋里，两根大拇指卡裤袋口。他眯缝起眼睛看着我，似笑非笑，没拥抱我的意思，我敢说，他还没认我的意思呢！

扶桑对裘小雯毫不感兴趣，亮晶晶的眼睛带着戏谑笑意和莫名的亲切打量雷绿川，如果我不加解释，老同学会以为我娶到个花痴。我借此摆脱尴尬：“怎么这么巧？这是我太太扶桑；这是老同学雷绿川，我常向你说起的那哥们儿；还有，这位是裘小雯。”

裘小雯像所有中年女人一样上下惊看扶桑：“哟，弟妹我还是第一次见呢，真是个美人儿！”她这话百分百说给扶桑听的，就像男人第一次见我有时也会拱手“葛老师久仰久仰”。扶桑分不清真话和客套，她蓦然回过脸，看定了裘小雯：“雷绿川嘛，我老公老挂在口边，我都已听成熟人了；不过，我老公从不提女同学。”裘小雯毫无新意地笑了：“是啊，说明他心虚呗。也说明他在乎你呗。”

雷绿川更皱紧了眉头，也不看我，看定扶桑说：“老提我？他那嘴我知道，夹枪带棍，虚虚实实，肯定把我说完蛋了。”

“我们倒可以坐下来好好对质一下。”扶桑乐了，“有些事我都已经信了。看见真人天尊，又有点怀疑。”

裘小雯真是多此一举过来打招呼，也不想想这里有个扶桑。女人就这样，碰上就会互相黏糊。我这些年搞独立大队，同学聚会一概不去，也不上班群练嘴，早熬成了清净散人。难道雷裘两位还怕我这种趴窝的人散布他俩谣言？扶桑嘛，她是只光吃毛豆、在自己笼子里熬淡的母螳螂，你要往她跟前塞一只纺织娘，看她不嚼你三遍！

看人看脸，雷绿川想必和我一样不情愿在这种地方、这个时刻搞社交，但他不情愿没用。

“这么巧可是难得！”裘小雯大方地邀请，“咱们换个地方一起喝杯咖啡去！”

“好啊！”扶桑兴致勃勃，她终于找到比微信朋友圈更具吸引力的游戏了，“去‘两个丑男’吧，圣日耳曼大街离这里不远，我们本就要去观光的。”

如果 Les Deux Magots（两个丑男）咖啡馆这名字可套场景用，看来一个是我，另一个是雷绿川无疑。扶桑会得到一顿八卦盛宴，而看裘小雯那样子，她毫无被人撞着隐私的汗流浃背。她大概期待着说完每个妇女每天必须要说的八千到一万个词汇，甚至在巴黎小黑咖啡刺激下，飙到两万个词汇上限也未可知。

不过，两个丑男咖啡馆内外座无虚席，一半脸冲马路发呆的客人有同我们基因一致的黄脸庞。

扶桑大失所望，她被旅游书告知的可是家清雅安宁的好馆子。不晓得当年毕加索坐着发呆的时候这馆子发不发达，但至少能肯定，若像今天这般，无论海明威还是萨特那一对儿就绝不会到此消磨时光。临哲学家自己头上，存在的未必就合理。难不成碰上中国大妈喝不惯咖啡，喝燥了即兴街边跳广场舞，西蒙·波伏娃还鼓掌不成？

有位中年侍者忧郁地看我们一眼，雷绿川风度翩翩对他说了句英语。不一会儿我们被领到咖啡馆顶头墙角拐弯的地方，那里有个空。秃得很有型的侍者悄悄接过雷绿川塞给他的纸币，从屋里搬出张小圆桌和四张折叠椅来，还用围身给桌面掸了掸灰。

“哥们儿，你怕是移民法国了吧？好多年不见，跑这里撞着你。”我坐下时深思熟虑说这么一句，算体贴他俩。雷绿川尽可以先顺这道梯子下来，把他和裘小雯的事遮掩过去，免得待会儿我家里这位没分寸的当场扒他们扒出血。

雷绿川冷冷丢回来几个字：“没移民，来玩玩。”

裘小雯明白我意思，她红了红脸：“我接受老雷的款待，也来巴黎逛逛。老雷有求于我。”

哈哈，我笑了。嘻嘻，扶桑笑了。

扶桑笑点和我不同。

哈哈，裘小雯笑得尴尬。哈哈，雷绿川倒磊落。

“越解释，越被动。有句话叫‘越描越黑’。裘小雯，你不如不解释，让老同学自己去猜。他有他的逻辑，你解释也没用。”雷绿川耸耸肩，“我有求于裘小雯，所以请她旅游。”

“不管怎么样，我和扶桑会选择性失明。”我笑道，“再说，我们也不认识雷兄的太太，更不认识小雯的先生。”

我自以为划下了道道，如果他俩还记得大学里大家一起读的古龙小说，他们该明白我意思。扶桑没和我们同过学，她也比我们年轻得多，扶桑这时候真不懂规矩（我对此爱莫能助），她笑看小雯和雷绿川，说：“我们非礼勿视，非礼不言。”

小雯闷了，脸像傍晚收拢的丝瓜花。雷绿川接过侍者送来的咖啡，抿一口，只好勉力挽救小雯的名誉：“眼见为实吗？眼睛看见的也未必是事实。我请小雯来巴黎，是想同她一起怀旧，因为她曾是倪虹的闺蜜。”

小雯吐出一口气，松快了：“老同学你是知道的，老雷和小虹那段往事，对吧？他还能和谁说呢？也许只有我。”

我惊叹一声，拿起我的小杯黑咖啡一饮而尽，胸腹皆苦。

我家扶桑一声惊喜感叹，她像坐上航天飞机，脱离大气层，直奔暧昧的月亮而去。

“唉。”我被触动了。我眼前的东西忽然同我拉开了距离；我穿越时空隧道，又看见了身为大学生的我们。同一天里第二次，相辉堂在草地尽头跳舞。

“还没蜕完皮呀，老雷？”我拍拍他手背，“说句让你清醒的话，小虹再美，如今也是半个大妈了。都来不及翻盘了，你还放不下？”

雷绿川厌恶地把手收回去，像被我碰脏了似的：“庸俗！”

我把头凑到琢磨着情况的扶桑耳边：“没事儿，这是他老脾气。当年我俩算混过一阵子哥们儿的，彼此说话不绕弯子，别担心。”

“后来不再是哥们儿了吗？”扶桑怪笑一声。这个老婆，从不肯顺着我的毛捋，真是憾事。

可以理解我们各自沉默了一阵，低头各喝各的咖啡。看得出扶桑心里对雷绿川维持着偏正面的印象。她站起来走进咖啡馆店堂。

我趁老婆走开，对雷绿川和裘小雯说：“对老雷觉得神圣的东西，我绝无亵渎之心，事实上我一看见你俩就戴上墨镜准备埋单走人。这么些年过去了，我们班那个花圃开花的开花，结果的结果，大家是什么品种，彼此都一目了然了。我可不置喙别人的事儿。咱们难得在巴黎有缘一见，喜出望外。现在既然已经见了，喝完这一杯就赶紧散了吧。终须一别，我历来明理，闲云野鹤一派。”

裘小雯看着我，嘴唇动呀动，说不出话。她本来和我不熟，大学四年我和她几乎没搭过腔。雷绿川咧开嘴笑：“你这家伙秉性难改，从没什么忠厚之心。算我和裘小雯自作多情过来招惹你。”

“我呸。”我给他一个大白眼，“你个歪瓜老情种。这会儿该你儿子谈恋爱，不该你！”

扶桑喜洋洋走回来：“这里的甜点只在梦里才有福尝。来了，马上就上。”

她可不是盏省油的灯，请人吃蛋糕岂是白请？落回座，太阳这会儿正洒她脸上，她昂脸戴上 Chanel 墨镜，立马进入状态：“雷兄，你知道我家这位自称大学里是你死党，常没事念叨你。既然巴黎离上海十万八千里，你正好又来怀旧，如果都不算外人，何不和我们放开了聊聊？我知道你和‘林黛玉’的故事呢！”

雷绿川马上看我，我要是能捂得住扶桑的嘴，我就不是我了。我耸耸肩，雷绿川自找的，我没责任。

“弟妹真是快人快语，长得漂亮，脾气还这般亮。”裘小雯又夸扶桑。

雷绿川淡淡回答：“你们所有的回忆都是给我的礼物。很多事我都记混了或真的遗忘了，你们一说，好比补正了一些古籍似的，有时我心里轰然一动。我愿意谈谈我，谈谈我和小虹。当然她不在场，所以出于对她的尊重……”

“出于对她本人的尊重，我们在巴黎所说的一切都是半夜昙花，不做记录不传话。就像看一出音乐剧，看完无法传达。”扶桑一脸聪明，懂了雷绿川。

“好的，就是这么说。”雷绿川拍拍我手背，“老弟，几百年见不了一面，既然见了，那就再多待一会儿吧。与其背后和尊夫人嚼我舌头，不如当面一起百无禁忌。我，我真的无所谓。过去只是故事，谁都可以听故事讲故事。”

我叹了一声，眼前又是大学里的烟雾。人和树其实挺像的，有的树日长夜大，有的树长到某个高度就停了。雷绿川早就表现出停滞的特征，我和他就是在他开始明显停滞的时候一语不合、分道扬镳的。没想到今天还会在巴黎撞见，更没想到撞见了还要回顾过去悠悠的时光。今天我鼻子里全是往昔的气味了。

猛然间我骚动了一下，我恍然闻到了倪虹身上那股特别的香味儿，虽然事实上我没靠近过她，不知这香味从何而来，如此留在我印象中。

“老兄，我们一不小心会得罪你的吧。这可是挺敏感的往事。”我狐疑说，暗望雷绿川控制住冲动，即刻收回成命，我们好全身而退。按计划，这几天我和扶桑在巴黎的活动是一个个博物馆轮着去看。

“就像美国电影里你不能杀害一个人两次，你也不会得罪我两次。该得罪的你早得罪过了。现在我欢迎你们从任何角度谈论我的过去，包括谈论和我有关的倪虹。”雷绿川像从模糊的油画背景里纵身一跃跳出来，此刻真实得如同咖啡杯旁的方糖块儿。

扶桑开怀笑。好奇害死猫却害不死女人。

裘小雯也笑，她怕是高兴自己彻底摆脱了嫌疑吧。

其实，直到这会儿我才被咖啡鼓起了精神头，有兴趣仔细打量二十年前睡我上铺的雷绿川，这位鼻挺唇丰的“第二眼美男子”。此刻这仁兄中年了，更瓷实了，额头上添了斜着往下劈、形如闪电的皱纹。他脸颊有点往下垂，眼神比从前稳重沉郁。他的笑容还是少，拘束于他历来不近人情的表象。

反正，雷绿川大体就是这么个非正能量的人物，他周围发生的事若用画笔画下来，我觉得该会像绕着某个轴心旋转的体系。当然不是银河系，他不够大气磅礴；但也不至于沦为小勺搅拌的咖啡旋流；或者可比方成大学食堂被机器打碎一部分的菜叶旋涡吧？看上去还蛮正常的，甚至有点隐约迷人，只不能去捞去扯，蔬菜叶子虽说开水焯过，纤维还牢得很，一扯就坏事了……

雷绿川打个响指，给咖啡埋了单：“我和小雯分开住在两个宾馆，不过都在圣米歇尔大街上。这会儿我们大家各游各的巴黎去，别破坏你们的旅游计划。晚上吃过饭，咱们找个地方继续喝咖啡。”

我点点头，和扶桑咬了咬耳朵，我说：“从莎士比亚书店往塞纳河走过去有个街边小公园，坐在那里看巴黎圣母院正好。我们咖啡上将就点，路边有咖啡机，各自打一杯带过去吧。”

裘小雯叫好：“天热，小公园有风，舒服。”

她这般一喊，我想起大学岁月和雷绿川无数次饭后散步，我俩踏遍了校园每一个角落，他对所有人为的事没一次好评，但总带迷惑和惋惜的眼神留心各色野花，伸手抚摩被人忽视的树木。老雷上大学时做人也蛮吝啬的，很用心省钱，几乎没什么机缘能让他解囊。永远都是我请他吃喝。我比他爱享受。

第二杯咖啡

同老雷小雯喝第二杯咖啡之前，我当然要和扶桑找地方吃晚饭。

我记得先贤祠后面有个圣艾蒂安-迪蒙教堂，这教堂的外表百看不厌。而这教堂正对面有家餐厅，不一定非常有名，但它室外座对准教堂正立面，你可以尽情观看哥特式的雕琢细节和那黄色石灰石的古老色彩。这是我建议扶桑去那儿晚餐的理由。

当然更内心的理由我是不会同她说的。尽管我这人显得玩世不恭，可我并非随便谈论自己风流韵事的那种人。

我曾和一位法国姑娘在这家饭店吃晚饭，我们很谈得来，而且，她那种甜蜜和中国女人不同，法国人相信爱情和我们相信爱情着力点不一样，这个有机会再解释。

我也有权利怀旧，我的怀旧只好比张开一双涩眼，朝向过往，惊鸿一瞥。

走出现代艺术博物馆，我从街头小贩手里买来一三角包旧报纸裹着的炒栗子（这栗子必然是冷藏货色，这会儿是春天），我们果然坐上一辆的士，来到了先贤祠。先贤祠的台阶上坐满年轻男女，我瞧着台阶上的春色，对扶桑说："咱们也上去坐坐？就像是补课。"

我同扶桑坐在年轻男女当中，一切都照上帝安排好的模式运行。我们当然不可能学人家接吻，老夫老妻主要靠拌嘴打发美好的傍晚。

你看夕阳挂在巴黎的西天，枯蓝色的法式房顶泛起淡淡金光。扶桑嫌弃我凸起的肉肚皮，控诉我半夜里荒腔走调的呼噜声，问我前世是不是一只夜莺；我报复性地指出她十八岁时如白色木绣球花雍容大度，又像柠檬花宁静芬芳，如今她像什么呢？如果她无法控制对我的埋怨，我必将指出她今天的模样：一只弯着长脖子到处啄食的雌苍鹭。

我们终于栖在餐厅室外座上了，扶桑目不转睛欣赏圣艾蒂安-迪蒙的塔楼和花窗，那无法描摹的外立面。我暗暗怀想那位如今不知所踪的法国女郎，很多浮云飘过心头。我握住扶桑的手，对她倾吐温柔的赞美，赞美她的容颜和她的风韵。扶桑开心笑了："点菜，点些好吃的名贵的菜，别光灌迷魂汤！"

我们喝着红葡萄酒，我正想自私地暗中继续心的散步，扶桑以精明的语调对我指出："那个雷绿川有问题！他哪是什么情意绵绵的君子？难道你忘了你告诉我的有关他和小虹如何闹翻的故事？”

我很不舒服地从我自由的惆怅里被这句话拽回扶桑面前。扶桑眼目灼灼正望着我，像她逮住的不是老雷而是我本人。

“是啊。”我由衷应和她，“就装吧，那老雷。他和小虹闹翻，不是故事，是大家都知道的事实。”

“为了自己能找到理想的职位，雷绿川竟然挖女朋友倪虹的墙脚！他那个位子本来是倪虹的，用人单位都答应倪虹了，却最后归了他。倪虹就那样傻乎乎告诉他秘密，傻乎乎相信他，最后傻乎乎被他耍了。”扶桑重复我曾演绎给她的故事大纲，但她口气很重很怨愤，不是我那种调侃加不屑的调子，简直像我葛某人耍了她李扶桑似的。

“正是如此，铁证如山。”我举起红酒杯，“老雷赖不掉。不过，倪虹比任何想象中的剧情人物更决绝，她什么也不说，连绝交信也不给老雷一封，也没冲他发脾气，就躲开他不见了。据说，老雷手里还有她私人的东西，她也没去拿。她就此杳如黄鹤，避而不见。有人传说她去美国，有人说她去香港了，反正，不管她去了哪里，她一去不回，连我们全班都不再联系，到今天都已经二十多年啦！这女人做得也真绝。如果我是老雷，我还不被她冰镇死！”

扶桑连口吞着红酒，睫毛闪烁，像一个人自顾自观看精彩绝伦的电影屏幕，无暇他顾。只是，我俩眼前没屏幕，她瞪着教堂花窗。我打赌她眼里根本没什么教堂，全是想象出的美女倪虹吧？

“老雷不容易。”她表情激越了半天，吐出这么一句，“出了这种事，老雷竟然还能另找人结婚，还能在职位上进取，飞黄腾达。老雷可比你行多了。心理强大，随遇而安。”

我想，反正扶桑没看着我，她说她的，我脸上泛起讽刺和敌意的微笑。这讽刺和敌意如此明确，我不准备否认，但我自己也说不明白我讽刺和敌对的心态针对的是老雷还是扶桑。我历来知道被扁的时候如何做得聪明些，我那种微笑告诉我自己：我虽被扶桑的话伤害了，但我原谅她。我不准备反击，反击只会让扶桑更肯定老雷，从而进一步达到打击我的目的。

“老雷不容易啊，”我也顺势一叹，“装，装到这把年纪！还要装！”

“待会儿喝夜咖啡，我可不像你们，我要戳穿他。我要挖出他的心来，对着巴黎圣母院的暗影，就是对着那钟楼怪人飞来飞去打钟的塔楼，好好看看男人的本色。”扶桑微笑说，语气并不凶狠，就像一个小女孩无辜地盘算着把她手里的布娃娃剪开，看看肚子里有没有宝物。

“别!”我下意识地摆摆手，“剥树不剥皮，伤人不伤心。你和他无冤无仇，你虐待狂啊?”

“哼!”扶桑不屑地从鼻子里喷出一个短音，“他?伤心?我告诉你，你从来就不会看人，自以为地球是圆的。我觉得老雷比你描绘的入世得多。全怪你长年累月同我说这家伙，说得都成了我心里一个兴奋点。我不能放过他，如有任何后果，都是你的不是!”

我觉得巴黎的夜风挺凉的，我缩起肩膀，招手让跑堂的来结账。

临走，我放下一张五欧元纸币当小费。扶桑看看我，看看那张纸币，露出讥讽的表情。她掏出自己的零钱包，从里头数出一堆硬币，大概有三个欧元，撒在桌布上；她两根细长玲珑的手指捏住那纸币，没收进她的小零钱包。

我俩没从咖啡机上打咖啡，我们路过巴黎难得一见的一家星巴克，买了四大纸杯美式。走到那小公园围墙边，远远看见蛋青暮色里老雷和裘小雯在一棵椿树下紧张兮兮互相讨论什么，手里空空正好没东西喝。

看见我们夫妻俩，这两个暧昧家伙显然收住口不谈让他们感到揪心的话题了。裘小雯没老雷会装，她心潮起伏一下子收不住，喝咖啡跟喝水似的，我简直想提醒她别烫着喉咙。老雷咂着咖啡，浓眉紧蹙，额头皱纹正巧映着夕阳残晖，像斜劈下的刀疤；他眺望巴黎圣母院的尖塔，感叹鸽群翻飞在古老西岱岛上：“据说欧洲的美在于它永远维持着原貌。”

作为世上最了解扶桑的人，我明白她此刻的心情必定已像一只吃过猫粮将外出巡夜的法国家猫，不把老雷当田鼠放她爪牙间勒啃一番绝对不得过的。我能做点什么以防范尴尬局面的年龄已经过了。

我能为扶桑做些什么免得她显得太八卦?又能为老雷做些什么使他不至于断定我才是主谋呢?我绞尽脑汁，无计可施。

还好天下有裘小雯。

裘小雯忽对我一笑：“你还记得我们毕业晚会上播放的主题曲吗?”

我一愣，我记得那是老雷选的曲子《绿袖子》。我摇摇头：“老年痴呆症提前发作，我真不记得了。”

裘小雯同情地看我一看：“那是老雷选的曲子，可惜该听这曲子的人当年没来参加晚会。”

回头看，扶桑还啜着寡淡的星巴克咖啡，一时间没起兴。

雷绿川脸上皱纹很快被夜色隐蔽掉一些，脸容显得介于旧照片和现实影像之间，我觉得他此刻既不在往昔中也不在巴黎夜风里。

他咂巴咂巴嘴高兴起来，笑话我："关于大学生活，你忘得一干二净？很多事情，连我们旁观者都还记得清清楚楚呢。你是因为扶桑在这里而清空了某些记忆吧？"

完了，这老雷，他眼力不行，看不见眼前的危险。我闭起眼睛，只听扶桑在我后脑勺边窃笑："他那点拿不出手的风流往事，我还真没兴趣知道。倒想问老雷你一个问题，一直担心你听了翻脸的问题。"

雷绿川终究还是忍不住麻了麻脸，瞬间失去表情。但他马上纠正了自己的失态，笑道："我哪有那般矫情？事无不可对你们言。你们又不是外人，只要别怪我太坦率就好。"

我立马打断老雷："各位还要不要咖啡？我去星巴克买。"

后脑勺立马吃了扶桑一指头麻栗，裘小雯看在眼里，也不言语了。老雷远望巴黎圣母院，脸上酝酿起圣洁的神色，像乐队全停，只剩大提琴拉出长长尾音。

扶桑绝不半途而废，她慢悠悠问道："都说老雷你抢了女朋友的毕业分配名额。这是真的吗？"

裘小雯登时扭头呆望巴黎圣母院，我窘得原地转了个身，看见扶桑脸上表情有点儿后悔，老雷莫名尴尬。我脱口而出："可不是我给扶桑胡编的，班里谁都这么传过。"

雷绿川重重叹口气，要知道，巴黎没人这样子叹气的。老雷叹了，说："连小虹自己都误会我，我哪能怪旁人这么说。"

"小虹离开你是为了这事吧？"扶桑没完。

雷绿川忽把手搭在我肩膀上："一个人能有多少个十年？我等了两个十年了，我不能把十字架再这样子背下去。"

"你有隐情？"我睁大眼睛看他。

"不能说有啥了不起的隐情。"老雷的眸子瞪得很大很黑，"不过我必须承认今天下午我一看见你就想到了利用你，我不是无缘无故走过去认你的。裘小雯不肯一个人去见小虹，我想也许你可以陪她去。"

"小虹？"我脑子转得够快，"小虹在巴黎？"

"你以为呢？你看我是没事瞎旅游的人吗？"雷绿川说得悲哀，垂下头来。

"小虹在巴黎，你知道她行踪，可你不想自己去见她。"扶桑干脆利落在一边总结，“老雷你是怕她不见你？还是担心相见不如怀念？她自然见老了。要么你担心 yesterday once more（鸳梦重温）？”

“扶桑你真是个聪慧的人。”老雷叹了一句，不言语了。

我照着这么些年养成的习惯，立马金蝉脱壳：“雷绿川，假如你自己不去见倪虹，我肯定是不适合陪小雯去的。小雯曾经是她闺蜜，我可什么都不是。小雯真要人陪，你们就让扶桑陪着吧。扶桑比我机灵，又是女人。”

扶桑在我背上捶了一拳，只有真正挨打的人才明白这拳是惩罚还是奖励。

第三杯咖啡

次日上午天阴，我和扶桑去了蓬皮杜中心，我发现扶桑对 LV 正举办的箱包历史展心不在焉。我知道她是个大活人，只要你让她有深入八卦的机会，她才不屑于附和世上装腔作势的任何东西呢。

她晚上在旅馆就没睡好，一定翻来覆去掂量如今的倪虹到底是怎么个现象。我用“现象”这词是因为我了解扶桑。她这人很会抹泪伤心，却从不入戏太深。她不会把倪虹当成故人新知，她只会当她是一种现象。她是研究家，倪虹作为一种供她研究的现象。如此这般，没感情投入。必要的话，我们拍拍屁股、擦擦手，立马就能脱身。

吃午饭的时候，我挨个儿吞了八只法国蜗牛，对扶桑说：“裘小雯见倪虹，好比是大观园里女人久别重逢；你爱说话，但要少说话。毕竟不是你的场子。”扶桑割了一大块鹅肝酱抹在舌苔上，闷哼一声：“知道！你怕我演刘姥姥丢你脸；不晓得我才不是那姥姥，我是哑巴板儿呢！”

我们吃完饭连咖啡都没喝，就下地铁赶去利沃里街和雷绿川、裘小雯会合。裘小雯约了倪虹在卢浮宫大厅的咖啡馆见面，扶桑算裘小雯新闺蜜，一起来游巴黎。雷绿川既不打算和倪虹偶遇，她俩就觉得把他卸给我才准保没事，天下太平。

我们四个一碰头才真明白这是件很要紧很严肃的事。雷绿川竟改扮得我认不得了：他戴个傻不愣愣的簇新贝雷帽，戴着大框墨镜；夹克衫里头一件大领衬衣领子竖起来遮没了他三分之一的脸。就算他拦住倪虹问路，倪虹也只会当他是卡扎菲同乡。

我不便嘲笑一个认真而紧张的男人，我的荷尔蒙已干涸了，他的看来还旺盛。扶桑捏了我手背几下，凑我耳边说了两次：“老雷那神情，简直就是电影里的盖茨比！”

她俩轻轻松松说声“等会儿给电话”，一转身，轻盈得像两只小鸟儿飞远了。

我和老雷站在望得见摩天大转盘的那家糕饼店门口，不知所措。

我对巴黎比老雷熟，我说：“卢浮宫可不是一会儿工夫逛得完的。雷绿川，咱哥们儿也多年不见，在巴黎见了算缘分。你要不是神思恍惚，我就带你逛逛新桥吧。”

雷绿川点点头，我们朝塞纳河走去，一时间眼里全是河边老房子黯淡的图画。

巴黎的天女人的心。才走了不到一百米，好好儿地就下起雨来。

我四处一望，街边就有一家小咖啡馆。我们拔腿就跑，躲进咖啡馆雨篷下。“哗啦啦”一片声响，骤雨砸下来，陈旧的河边小街白汽弥漫，下水道吃水看着有点吃力。

老雷一把抹掉自己的贝雷帽，塞进双肩包，顺手又摘掉了太阳镜。这里没他担心碰上的人，他长吁一口气。

“喝什么？”侍者是个精瘦汉子，长着阿尔及利亚脸。

雷绿川问：“喝点酒吧？我请客。”

我对那汉子说：“两杯勃艮第红酒。”

雷绿川又忍不住吁出一口气，对我轻松一笑。

我说：“这世道也怪，你到底想见小虹不想？”

他接过红酒，猛喝一大口：“这话不是这般简单。我们都已经二十年没见面！”

“二十多年。”我纠正他，“二十多年还不够你忘记旧事？”

我脸对着小咖啡馆里面，老雷脸冲外，他可以望见塞纳河的一小段。雨天的天光不耀眼，映得他的脸反比昨天清晰。我见他额头皱纹深深，脸颊也比我印象里痴肥。岁月毫不留情地在我们的外貌上打了表示否定的大叉。我们常骗自己说有了成熟和长大的脸，其实那就是油腻败残。

老雷眼眶渐渐湿润了，扭过头看墙上挂的平淡无奇的画，没再接我的茬。他三口喝完红酒，催我走。我们把钱扔在小桌上，冲进了还没彻底停的细雨。

新桥就在眼前，我们跑上宽阔桥面，对着塞纳河呼吸巴黎的空气。

“小虹真幸福，能在巴黎过日子。”我由衷地感叹。

“巴黎?”老雷目光在虚无空气中追逐什么，他敬畏但狐疑地四周张望，我看清他脖子上有胡髭没刮干净，“你们都把巴黎说得仙乡似的，究竟巴黎能有什么?”

他能这么说，我已对他很有好感。巴黎有什么好?一个人问出这问题，其实同时也给出了某种答案。

我既然在巴黎厮混过几年（扶桑之前的岁月），我又如此眷恋巴黎，我便有义务周旋老雷的疑问。看得出，他是为理解小虹而关心巴黎。他第一次踏足塞纳河，很难一下子让他说出塞纳河和黄浦江的区别。

“巴黎有老雷你给不了小虹的东西。”我一开口立刻后悔了，我简直不知道这句话怎么突破我素日的谨小慎微飞到新桥栏杆边。这话说完还不飞走，好比蜂鸟流连四周。

可以想见，雷绿川习惯性地皱起了眉头，他反感我轻率地消费他和小虹的关系。不过，他还是尽可能温和地追问：“那是什么?”

我慎重掂量着我的答案，不让它出口。后来，我也温和地答：“自由，平等和兄弟之爱。”

雷绿川双手撑在桥栏上，眺望巴黎圣母院。他说：“自由，平等，博爱。”

“‘博爱’翻译得不好，”我解释说，“那个法文词的直译是‘兄弟之爱’，在基督教义里代表‘无私的爱’。”

“你说得好！哥们儿。”老雷心悦诚服点点头，“我给不了小虹这些，所以这些年我心里总放不下她。”

我觉得老雷说的东西和巴黎这里推崇的东西实在不是同一种东西，但一言难尽。

我伸手接雨水，但雨已经停了。

塞纳河里时不时驶来坐满各国游客的游轮，即使倾盆大雨也浇不灭游兴。一堆堆游客穿着塑料雨衣坐在露天座上，把看到的一切囫囵吞进记忆。也有些游轮更适合老年人，老人坐在玻璃舱房里，喝着咖啡，吃着金币换的龙虾，度过一个拥有塞纳河景的下午。老雷该先去坐坐巴黎游轮，我记得他是在中国内地的一条湍急的河流边长大的，他不可能懂得小虹这些年在巴黎度过的时光（如果她离开我们就到巴黎居住的话)。

我心里慢慢漫起一股子久远的恶毒，我想起了老雷干过的某件往事。我假装不经意地看着塞纳河：“老雷，你小时候住在江边上，那条江比塞纳河宽多了吧?”

“那是自然。我们的大江没被驯服。浩浩荡荡。”老雷自豪地回答，泄露出乡音的一两个模糊音节。

“我们实习那年，记得那条江发生过一起三百多人死亡的船难，”我假装无意间回忆一起灾难，“报上还发过‘船难目击记’呢。”

我眼梢里看见的老雷不动声色，漠然“哦”了一声，望着塞纳河的远方。

“咦，我记起来了，那篇占据报纸一整版的《墨江船难目击记》不就是老雷你写的嘛!”我转身过来看着他。

老雷像没听见，沉浸在某种冥想里。我也不言语，等他回答。

“哦，是的，是的。”他点点头。

“我当时想不明白，”我凶恶地提醒他，“你和我们在一起实习，船难的日子你又没离开上海回过家乡，你怎么目击的哟？还能为报纸写出那么多‘特约记者’眼见的事故细节。”

老雷“嘿嘿”两声，指指新桥对面一个小小广场：“我们去那里坐着喝咖啡吧？你这家伙，从小看到大，你能饶过谁？”

我俩在各种肤色、端着各种相机的游客间穿梭，时间反过来流逝，我和老雷仿佛又回到了长满法国梧桐树的大学校园，迎着食堂里跑出来的大群校友疾行。

我和他这会儿回暖在二十多年前的热血里，游客们看不明白我们的特别，他们漫步现实，如长脚的鹬用相机镜头叩击大河蚌。

老雷选的是家特别装模作样的河边咖啡馆，侍应生都穿僵硬的古典制服，好像我们是来消遣的公侯伯子男各色爵士。我瞥了眼价目单，简直抢钱。

老雷满不在乎地把双肩包里一个塞得鼓鼓的手提牛皮小包掏出来靠桌上墙边一放：“好好请请你，老朋友。咖啡之外，再来点甜品吧，巴黎甜品好。”

我没吱声，掂量自己是不是还有余下的能量把刚才的话题继续下去。义愤好比活着但沉闷多年的火山，刚才对准老雷喷发了一下。

老雷点着咖啡甜点，对我笑笑：“还那么愤青？你要学会原谅。我那时候什么也没有，好像搁浅在你们上海滩涂上的跳跳鱼！我在那条江边住过，知道那条江，我想象得出船在那江上沉没是怎么个景况……我哪有钱赶回去采访？就是回去了事情也早过去了。你们本地人，有爹妈照顾，个个洋气机灵聪明。你们不需要体会我当时心头那种着急。”

我喝了一口咖啡，虽昂贵，竟昂贵得有理；我试了试巧克力蛋糕，身体是诚实的，它不带偏见地拥抱美食。这咖啡馆并不全是骗人，正如老雷对自己做的辩护。

我的义愤慢慢减灭下去。我对老雷露出笑脸："看你现在混得人模人样的，我们本地人过的还是老样子。这证明一个我们可以单独谈谈的真理：人的退化过程就是人变得越来越得体的过程。"

雷绿川没顺着我的心思谈下去，他品着咖啡，尝着蛋糕，忽然说："不晓得小虹如今怎样？我对她说声抱歉毫无意义，但我可以在经济上补偿她。我想这还来得及。"

他这么一说，我忽然意识到自己的鲁莽：我和雷绿川已多年未联系，我也从没关心和打听过他的近况。他现在到底什么身份，在干什么，我都很"清高"地放过了，不曾询问。既然我和他把话又说到这么个分上，该晓得的或许应该问他一下？

男人之间，点点头擦肩而过就算了，一旦要深谈，就绕不过，要落到彼此的社会地位上，否则从何谈起？

他应我的要求翻出名片递给我。我哑然失笑：我们系的毕业生还能期望什么更好的位置呢？他成了大城报业集团的副总裁，主管他表现过天分的领域：新闻报道。

他没要到我的名片，我已多年没使用那玩意儿。我概略说了这些年我到底鼓捣些什么，以及靠哪种与我们共同专业风马牛不相及的营生吃饭。我相信我说及自己日常事务时不卑不亢。明眼人看得分明：我和老雷已没了可比性。

雷绿川听了我的话，明显增添了自我肯定，他咬蛋糕的动作本来模仿周围的法国人，显示出入乡随俗的善意，突然一下子不耐烦，又像个不在乎被周围人评点的大佬那般歪头啃起来。

我晓得并没什么法国人注意我们，或有兴趣嘲笑我们的吃相，不过，老雷再明确不过地显示了他的内心：他大概觉得我怎么看他都无所谓。

他甚至得寸进尺教训起我来："你这样子浪费自己的天资和才能，难道扶桑没意见？从前我们的导师对你寄予厚望……"

我给了老雷一点惊奇。我打断他："我们之间还说这种话？你坐那位子，最明白我这种人在如今的集团里有用没用，这方面你就别再忽悠我吧。我现在这样子，倒说不定能替你把把脉，看能为你或小虹做点什么。"

"是啊。"老雷应声。他看我如此通情达理，肯定觉得那天临时起意跑过来“利用”我是他长期养成的素质即时做出了正确判断。

卢浮宫那边还悄然无声，我们喝完咖啡，磨蹭了一会儿，终于起身沿着塞纳河瞎逛起来。还好，雨没再落。

逛河那工夫，我问明白雷绿川当初是主动追倪虹，倪虹本有个外系的男朋友，我都见过，高大得像具有两个倪虹的身高，明显不般配。

老雷告诉我班里东南海滨来的阿鲧也喜欢上倪虹，有一阵子倪虹把他俩塞在班级信箱里的情书都搞混了。后来，阿鲧失去了耐性和风度……

第四杯咖啡

我和老雷在中央市场附近分手，他想去给“社会关系”买点“应手礼物”，我则回旅馆洗澡睡上一觉。和扶桑出来旅游是硬活儿，睡一觉对我有好处；另外我是什么人？能陪老雷选购礼物？真把我当导游地陪吗？

醒来天已全黑，窗上镶着巴黎灯火，远不及上海之夜明耀。就算远处的埃菲尔铁塔，也不过黄黄地缀着一身灯泡而已。叫我吃一惊的是扶桑安宁地坐在沙发上，托着腮，正笑嘻嘻看我。

“醒了？老雷如此无趣？”

“真没意思，”我叹道，嗓子干哑，“到了朝思暮想的巴黎，却成天被无聊的故人耽搁。”

“这就是你。”扶桑准确地逮住我睡意蒙眬的话，“宁愿在美术馆温孤家寡人之梦，不愿意观看现实人生。”

“现实人生？”我脑子一闪，想起来了，“你见着倪虹了？她来了？她都失踪多少年了！我记忆里她还是个说话含羞的女生。”

“倪虹来了。”扶桑灿然笑着，坐得安稳，仿佛一只猫吃完了三条鱼，心满意足不愿意叫唤动弹。

“她好吗？在巴黎工作？有几个小孩？”我穿着衣服，按捺不住好奇。

“倪虹，倪虹。我今天才见识真正的倪虹。”扶桑笑着摇摇头，“你快收拾一下，我和你下去好好喝杯咖啡。没咖啡香，就辱没了倪虹的故事。”

我还是决定把扶桑晾在那儿自己进浴室慢慢冲个澡。我让温水从我头颅上淌下来，感觉时光就那样从我额头上流走。倪虹？倪虹虽然不关我什么事，但她是我们班一道公认的伤疤，青春的瘀青仿佛还与这名字紧紧相连，抹之不去。

我们忍不住上了街，名人祠另外一边某个拐角上有家不起眼的咖啡店是我在索邦上学时常去喝的。我怀疑它是否还在，我甚至有点忘记怎么从卢森堡公园走路过去。不过扶桑兴致高高，对我不像往常那般苛刻，她随着我迷了十几分钟路，我终于找回了蒙尘已久的记忆，一脚向左转，神奇地出现在什么也没改变的小咖啡店门口。哦，不是什么都没变，店员变了，几个老头儿变成了年轻女人们。

我无法向扶桑解释我涌到眼眶的泪水，这大概仅仅是突如其来的怀旧而已。跟倪虹比，倪虹属于更久远的时空。我和扶桑，将在旧日的咖啡馆里谈论旧日之旧日的倪虹的今天。

"我见到的完全是一个巴黎人，不是一个上海女人。"扶桑等我点了长咖啡，立刻忍不住说起了倪虹。

我呷了一口长咖啡，喉咙里发生的刺激如一支细小水柱般冲向后脑勺，一瞬间我想起的不是和倪虹在一起上课的班级，而是索邦的法语班。索邦的法语班里什么国籍的学生都有，中国人除了我外，只有一个北京姑娘。不过，扶桑热烈谈论的是倪虹，作为巴黎人的陌生的倪虹。

"她不见老，她看上去比裘小雯、老雷和你都要年轻。我说的不是皮肤和身材显示的年轻，是那种态度，那种自然的、她生活在其中的环境酿造的态度。对了，何不直接就说是风度？倪虹的风度像一阵阵清风吹来，裘小雯立马就扛不住了，被比得跟开过花的桃枝似的，还好有我，东风才挨住了西风呢！"扶桑真心兴高采烈。

跟我在一起过日子，扶桑感叹过她那种不容易。我笑笑，轻描淡写："还是你妈说得好，世界上人开口说话的主要目的是……"

"是夸自己。"扶桑干脆替我说了，"我夸夸自己吧。倪虹被你们说得仙女似的，原来并不比我怎样。"

我淡笑："那么倪虹过得不错？她嫁的是法国人还是中国人。"

"这个嘛，我和裘小雯都不知道她到底嫁没嫁，不过她让我们看了她两个孩子的照片。混血青年哦，一男一女哦，长得好不动人！"

我正要说话，眼睛看见咖啡馆柜台里添了张熟脸。那张脸从记忆织物的某个针脚里被钩针挑出来，刺眼地浮在那里。那人看着我，我回看过去。

我站起身，犹豫着朝那老男人走过去："您还记得我吗？"

咖啡馆老板困难地抽搐面部肌肉笑了："你是一个学生，很多年前老是在这里喝课间咖啡。"

我握了握老板如同枯枝的手，告诉他我今日是旅游者。

我祝他健康，然后走回来坐回座位，对扶桑说：“既然倪虹过得好，那一切都好了。我看最好还是让老雷跟她见上一面。我们都只是人类嘛，都是尘土上的贱物，面对面、眼睛对着眼睛，互相就会原谅，很多事就会过去的。”

扶桑的表情证明这家店的咖啡特别能提神，她神采奕奕看着我：“你知道裘小雯提起雷绿川，倪虹怎么个反应？”

“嗯？”

“倪虹看上去不是装的，她愣了半天才回过神来，像是记忆褪色得厉害。她那口气我还记得，喏，我学给你看！”扶桑兴奋地推开自己的咖啡杯。

我看见记忆中的年轻女生倪虹歪过头，眼神飘忽，像是手提抄网在池塘里随机打捞，拿起来看了看，终于看见一条蝌蚪。倪虹凝神望着裘小雯：“他哟？他一定在上海滩混得挺顺当的吧？我觉得他一定能当上什么官儿！”

学完了倪虹，扶桑笑嘻嘻看我：“人家早把雷绿川忘到九霄云外去了。这和我的想象没矛盾！”

我把最后一口咖啡灌进喉咙。如今见识多了，这咖啡品质一般，但还是让我满足，只因为它那滋味和我记忆里的毫无二致。我喜欢久别重逢时不变的一切，不敢细看那些已变化或进化过的因素。我是个胆怯和容易被时间伤害的人。但愿老雷不是。

“不能光看表面吧？再说有你这生人在场。”我挥挥手。

“别不相信我作为女人的直觉。”扶桑警告我，她常常在这种小节上突然同我翻脸。

“好吧。好吧。”我心里打躬作揖，“既然如此，何不还是让老雷见她一面？多不容易做一回人！坎跨过去，大家都好！”

“裘小雯都提了。裘小雯简直把老雷卖了那样说明了老雷所有的心事。我想，裘小雯是替老雷觉得累，她想倪虹出来当一回宽宏大量的神，把老雷的心病治了。”扶桑笑道，“你们系的人都一根筋。文科生，没办法。”

“怎么？倪虹不配合？”我猜道。

“也不是不配合，”扶桑把自己的咖啡杯推给我，“你喝了吧，我够了。她没说好也没说不好，就感叹一句‘他也在巴黎啊’，立马把话题扯开了。”

“那就说明问题不像你直觉的那样子简单。”我笑了，“你们女人什么都可能，就不可能原谅伤过自己心的人。除非倪虹当初不伤心，但她不可能不伤心。”

我喝着扶桑剩下的咖啡，扶桑环顾四周：“你当初就在这附近上课？这地方和我想象中的拉丁区不太一样。我想象的拉丁区更浪漫些哦。”

“你只要不把红磨坊想象到这大学区来就行。”我哈哈大笑，“我们来这里是学习，不是泡妞。”

“以为我会信你？我不在乎罢了。”扶桑撇撇嘴，“倪虹混得不错。从她外表上看得出她的滋润。我要是老雷就算了，心意嘛，小雯也替他传到了。回家好好对老婆，过日子。”

“我得问你一个问题。”我斟酌自己吐出的言辞，“你觉得倪虹性感不？以你女人的直觉。”

扶桑嗤了一声，才要回话。我摆摆手：“别肤浅理解我的问题。扶桑，我怎么觉得这是一个我理解老雷的障碍？”

扶桑不相信地观察我，眼里流露的神色让我感到不安。扶桑说：“你也好，老雷也好，你们男人都一样。”

我觉得我在为老雷牺牲我自己。我摆摆手：“你可不可以先回答我的问题？”

扶桑声音提高了：“我是忘了告诉你。你提醒我了。倪虹对裘小雯总结了她和雷绿川那回事。”

“什么？”我挺直了背，对扶桑一笑。

“倪虹告诉裘小雯事情和你们想得都不一样。倪虹请裘小雯别忘记她作为闺蜜心知肚明的一个事实。”扶桑慢条斯理说着。

“啥？”我笑，“别吊我胃口。”

“倪虹说，到了如今说出来也无妨。她从来很自卑，因为她是大平胸。她基因如此，胸脯小得可怜。倪虹认为男生当时都被她的羞怯吸引，不过，他们色鬼的本性终会让他们做出背叛的事来。早点晚点而已，老雷不是第一个。”

“啊？”我感叹得张开了嘴巴，像个乡巴佬。

“怎么样？说到你心坎里了？”扶桑笑着看我，好像我又成了事件的主角。

管不得了，我心悦诚服。

我拍了拍咖啡桌子，两只空杯子一阵舞蹈：“如果我和小雯去，倪虹哪会说这话？赤裸裸的生活真实啊！好像地裂开了让人看见化石。”

“而且，”扶桑又摇摇手，“倪虹说‘东方不亮西方亮’，她来对大陆了。欧洲男人喜欢的东方女人就得是大平胸。”

我笑得很尴尬，我脑子里一点色情的投影都没有。倪虹在欧洲人地盘上像西方人那般说着她普普通通的认识，我觉得可怕。可怕的不是倪虹，是我和老雷，也许更是老雷。我只是没习惯往那边想，老雷恐怕是长长久久欺骗自己。如果他真像他如今表现的那样对倪虹念念不忘，是真爱，当初他就会毫不犹豫把任何好东西都留给她，宁愿自己回他那不驯服的江边去。

我明白，有些毛病是会传染的。扶桑现在暂时还在琢磨老雷，再持久下去，她就要来琢磨我了！

第五杯咖啡

次日我不管不顾一个人早起奔阿莱希亚而去，想去当年住过的街区到处走走。扶桑决定睡个懒觉再来同我吃午餐。

若硬拿巴黎中心偏南的这个街区和上海相比，我个人认为像上海静安寺往愚园路去那一带。阿莱希亚是地铁四号线挺显眼的一站，出了地铁口差不多就是地区教堂，看得见河马餐厅，转头看见电影院。河马餐厅不赖，傍晚总是高朋满座，我当年做穷学生，只有立定了往里头看看的份儿。电影院票价也贵，记得大约要八十元人民币看一场。不过为学法语我咬牙买过一张会员卡，可以看一百场电影，算下来每场有个可观折扣。

我曾住在海阿勒夫人家里，自己做饭，到电影院起头的这条小商业街上来买菜。记得有一家旧书店我是走过必要驻足的，门口硬纸箱里能淘到好书，我的原版《危险关系》和普鲁斯特的书都是这里买下的，每本全一口价，约值十二元人民币。左近还有一个奉行国际采购的家居用品店，能找到很漂亮的东欧玻璃杯和非洲茶壶。我坐地铁四号线时就轮流怀念这些老地方。

巴黎的魅力大概正是无论你离开多久，回来总觉得走进同一个巴黎。我几乎噙着泪走进显得更老旧的电影院，售票口不再坐着那有两个下巴的老头。换上去的新老头狐疑地凝视我这外国人，我告诉他我曾在这里看过一百场电影，不过我的法语还是不好。老头点点头：“法语是跟女友学的，不是跟电影学的。”

我匆匆跑向旧书店，书店还在，只是书价高了。家居用品店不见了，毕竟，十多年过去了。猛然间，我看见了那家理发店，一个散开头发的肥壮理发师从我记忆中跳出来。

劳航？对，他的名字就是劳航。我咧开嘴笑，想起了那些发生在理发店里的趣事。

我走近，往玻璃窗广告文字间隙看进去，里面亮着日光灯，一个宽大后背对着我，老劳航正起劲地和一个客人唠嗑。要知道，巴黎理发一般都是隔天预约，这么直接走进去，他未必肯做你生意。但我只是想和这几百年没见的家伙贫贫嘴。

老劳航漫不经心抬起头来，当年四十多岁的汉子如今真添了老态，不过，那只红鼻子和向下杀的嘴还很有能量的样子。我笑道："店还开着呢？到底是一条街只许办一家理发店的政策好。"

他使劲打量我，拼命回忆，猛然笑了起来："是你？中国人！"

巧得很，理发的那位站起来付款，打声招呼走了。劳航乐呵呵做个邀请的手势，让我坐上理发椅。

"好巧，我来旅游，正好你在店里。"我说，"剪个短发吧。"

"我可老不在店里的。你来得正好。"老劳航卖乖说，"我老婆马上就来，我俩得去饭馆吃午饭。"

"法国把你这样的家伙宠坏了。去中国看看，一条街上十家发廊。"我看劳航表情不像当年那样高兴随和，"当然，你是艺术家。"

他大概记起自己吹嘘过"理发师也是艺术家"，终于不好意思笑了。随着他的笑声，一位挺苗条的夫人推门走进来。劳航介绍是他太太莎拉。

莎拉比劳航还热心，听见我是好些年前的熟客，问长问短，不由分说到里间鼓捣了一会儿，端出一杯热腾腾的小杯黑咖啡请我。

我倏然像被一个地心引力一拉，回到了我意识中的真巴黎。我此刻再一次是个巴黎居民，不像是旅客。这太奇妙了，劳航吹嘘着我错过了的好几回罢工。如果巴黎人不罢工，按他的说法，就会变成我这样一个绵羊兮兮的中国人。

莎拉告诉我隔壁菜市场发生过惊天动地的事，菜市场老板为老婆有了情人，不声不响磨利了他切肉的刀。不过，他老婆很机灵，在他发动的那天把那些决斗的利器藏了起来。菜场老板和他老婆的情人搂抱着厮打，滚过理发铺子前面的人行道，一直翻翻滚滚到旧书店门口，把旧书撞得撒了一地……劳航笑这个故事，莎拉对我耸耸肩："先生，这就是生活！"

我头才剃到一半。于是，就在这阵笑声里，我把雷绿川和倪虹的故事大略讲给这对夫妻听。他俩竖起耳朵，听得屏声静气，仿佛生活里缺少的不是新鲜空气和维生素，是漂亮的八卦故事。

莎拉满足地叹了一口气，劳航一边打薄我的头发，一边给出评价：“爱情这东西，怎么说它呢？”

“你确认这里头有爱情？”我端起咖啡，吹吹它的烫，“你们法国人是爱情专家。”

“唔哎……”劳航吐出犹豫的语气词，“男人抢着去工作嘛，不是什么坏事。你想，只要他娶了她，让她在家里不上班不挺好？”

我从没以劳航这种思路评估雷绿川。我很感兴趣地转头问莎拉：“夫人，你的看法呢？”

莎拉挥挥手，像要把劳航的蠢话赶远些：“那是中国，五百个人抢一个工作！蠢货！”

我笑了：“的确不是一条街只能有一家理发店。生存就是竞争。”

莎拉哈哈大笑，然后她体贴地拿块软布擦掉我脸上的碎发：“爱情嘛我看多少还是有的，一个人那么些年惦记着你，怎能说没爱情？他还想给她钱补偿她，能够让钱变得无所谓的，还不就是爱情？”

“等等，等等，”劳航一下子把剃刀从我耳边举起来，“有的东西女人是容易忽视的！我的意思是时间！很有可能当年这男的不怎么在乎这女的怎么看他，可是，后来，二十多年他见了很多很多人，他终于明白了很多幻想并不可靠，所以他后悔了，他觉得当年做了一个糟糕的决定，他意识到他毁了他自己，所以，他想找到早已不见的她！”

“那么，可爱的先生，”莎拉面带嘲讽对老公耸耸肩，“如果是这样，就证明了你们男人的愚蠢。他来到巴黎，找到她。他到底来干什么呢？时光不能倒流，伤疤不能抹掉。他想要什么？难不成是为了拯救自己的灵魂？”

劳航被老婆将了一军，停住了手，把我晾在理发椅上，偌大个子，捏着剪子呆若木鸡。

“灵魂怎样才算被拯救？”我问莎拉。

莎拉也住了口，被我问得说不出话。我们三个呆呆互相打量，简直在理发店演哑剧。

还是巴黎女人有智慧，莎拉忽然坚决摇摇头：“要拯救自己的灵魂很简单，让他把自己挂在十字架上，送到那女人手里去。”

我醍醐灌顶。劳航替我问了一句：“听凭她处置？”

莎拉冷笑着看劳航："还想怎样？"

第六杯咖啡

回到圣米歇尔街和扶桑吃了日本餐，弄明白如今巴黎的日本餐馆可能都是华人的买卖。

我们意兴阑珊，忽然不想多走路，哪怕这是在巴黎。我们信步走进卢森堡公园，走到中央草坪边，拉开铁皮椅子坐下，呆呆看种得很好、已开始微微绽放的醉蝶花。那紫色带点红调的十字花目细长花瓣伸展开来，并不像蝴蝶，却比蝴蝶的色彩形状还撩动人心。

扶桑打个哈欠："我想家了，我意兴阑珊了，我没睡够，我下午宁愿再睡一觉。"

我们望了一会儿端庄的卢森堡宫，看着周围人没心没肺懒在巴黎的天色里。对于这些人，坐在卢森堡公园发呆就是他们人生的一部分。对于我和扶桑，这只是体验他人生活的一个瞬间。我们会回到洪流般的生活里去，和我们自己的城市一道旋转，发展。

"老公，"扶桑忽然成了一个娇弱的女孩，猛地从艳丽强壮的大丽花蜕变成一朵风里飘摇的单瓣波斯菊，我见犹怜，"我们回旅馆吧。我真的很困，浑身也没有气力。"

我们顺着圣米歇尔街走，我使劲嗅着，巴黎的气味没法形容，却独一无二。等我们拐到索邦神学院前广场上，一对大学生正演奏萨克斯。我眼尖，看见裘小雯端端正正坐在喷泉石阶上，欣喜地朝我们微笑。

扶桑一阵失望，担心自己的午觉泡汤，不过，裘小雯很文雅地说："你们逛了哪里？我来找葛兄喝杯咖啡，不会耽搁太长时间。"

"找我？不找扶桑？"我笑嘻嘻问。

扶桑抢过话头："我瞌睡，你们聊吧。我上去了。"

裘小雯和我目送扶桑走进旅馆，她朝我们摆摆手，笑了一笑。我转身问裘小雯："雷兄呢，他不来？"

"我可不可以单独和你聊聊？"裘小雯露出点怯怯神色，"我怕我有点搞不定。你这回碰到我们，我想也许是老天安排。雷绿川有点不好啊……"

我拦住她："没事没事，别紧张。我们就在这里喝咖啡？"

裘小雯嫌索邦门口太吵，我们往圣日耳曼大街走，走过罗马澡堂子遗址，就斜穿马路在第一家咖啡馆门口坐下来。我点了杯意大利浓缩，裘小雯要了热巧克力。

“葛兄，扶桑告诉你了吗？我们见到的倪虹变得我不认识啦。”

“你觉得小虹怎样？境况好不好？恕我直言，老雷还有希望同她重修旧好吗？”我决定突破裘小雯的婆婆妈妈啰嗦劲。

小雯看我一眼：“葛兄，你也是快人快语。我一见小虹，我就替老雷喊‘坏了’。哪里还是我认识的那个小虹？今天这个，就是个法国女人罢了。”

“哦？”我没想到裘小雯能有如此戏剧性的看法。

“现在关键不在倪虹。”裘小雯接热巧克力杯子的手微微抖动，“老雷其实已经很弱了。昨晚他听了我讲的小虹，他喝了好多酒。你知道，不瞒你说，我确实为这事得了老雷的酬报，可我现在有点害怕。”

我细看裘小雯，她为什么要收老同学的钱，她混得不好？还是她爱钱？

“你只是听他说几句不着边的。葛兄，我现在就告诉了你吧：老雷活不了太久啦，他得的是肝癌。”

“哦。”我听明白了，“嘿，生这病还敢喝高？”

“所以我怕了，”小雯点头，“到了法国，头一次酒都没喝，一听小虹不怎么在乎他，就喝成这样子。万一出点事，我怎么办？”

“他太太不知道情况？”我问，“你们把事情都瞒住了她？”

“什么太太呀？老雷早离婚啦。他都离了三次婚你不晓得？你和咱们班生分得就跟小虹似的！老雷和三任太太都过不下去，又没生出孩子。”小雯恨恨地看着我。

我微微一笑：“真为了小虹？”

“我不晓得。他从没这么说过。”小雯摇摇头，“可你看他这种样子。”

“你告诉小虹他病了？”

“没有。这个他坚决不许我说。我现在自作主张告诉你他病了，是我怕出事。”

世间的事，有时候怪得像巴黎那些小路，你从这头走进去，那头出来未必是你预料到的地点。

我不晓得为什么就想起老雷从双肩包里掏出那只鼓鼓的钱包，他现在花钱的模样很具观赏性。他也许明白了大约还能花多少次钱，现在就算大手大脚恐怕也花不完他积攒的了。对于他，钱财已不是什么宝，大概只是一种随时来帮衬他的无生命的朋友。

我感到突发的惨然，一仰头把整杯咖啡喝尽了。意大利浓缩还是该放块方糖，这样喝太苦，就像杯中药。

我眼前全是睡在我上铺的那个大男生雷绿川，他那时虽小气，其实待我还挺忠诚的。他拥有一点奇怪的不该属于他这种山城子弟的小资情怀，对上海女生特别另眼相看。他追倪虹的时候我隐约觉得他自卑，他谦恭地偷偷请教我该怎样穿衣打扮，甚至请教我上海男生一般留什么发型、该去哪家店找理发师傅。

然而，雷绿川同时也是掩饰不住自己天生傲气的人，一旦事情进入其他领域，他绝对全力以赴争强好胜。我有一次看见他对我们那个城府深深的班长发飙，班长改口用上海话贬低他，他竟跳起来横扫过去，狠狠踢了班长三脚。上海人是动口不动手的，班长被踢服了，不过雷绿川也成了人人皆知的野蛮人。有段时间他很孤立。

他开始追倪虹就变得日益低调随和了，有事没事总对人笑，还努力学说上海方言。我，自然就是教他学说上海话的那个人。那是我和他交往的黄金期。

“我只求倪虹答应和老雷见上一见，我的任务就完成了，我就想回去了。我怕对不起老雷，你看，这都什么时候了，他这回留下遗憾，就是终生遗憾了。”裘小雯说完这些，心头肯定一下子轻松了好些。她把那些消化不了的东西扔给了我，尽管我只是个陌生的同学，但毕竟我们曾是同学。

“我还能为你为老雷做些什么呢？”我温和地笑笑，“你还曾是小虹的闺蜜，我可什么都不是。”

“你曾是老雷的好朋友吧？”裘小雯一把揪住我不放，“就算你帮帮他。”

我只有苦笑了：“我能帮自然可以帮，但我只能安慰安慰老雷。”

“不是。”裘小雯试探地看我，“你可以帮老雷去见倪虹。”

“开什么玩笑？”我笑着摇头，“你们大概全心乱如麻了吧？倪虹不把我赶出来才怪！大学四年，我才和倪虹说过两三次不淡不咸的话。”

“不是，”裘小雯摇摇头，笑了，“倪虹松口了，说见见老雷也不是不行，但不要我在场。”

“那不是太好了？你确实不该当电灯泡呀。”我想裘小雯也语无伦次，简单事情搞复杂了还回不转头，“让他俩自己见面多好？”

“但倪虹说坚决不想单独见雷绿川。”裘小雯盯着我眼睛，吐出一句。

我被她搞晕了，眨巴眼睛，一时间说不出话。

“倪虹说如今得有一个旁观者。她必须在有旁观者的前提下才见老雷。”裘小雯微笑。

“那么，我们家扶桑……”

“你没懂小虹的意思，扶桑是个陌生人。”裘小雯的笑容加深，直视着我。突然我觉得她也未必不是个老谋深算的人。

我直觉到局部的真相和一个陷阱：“哦，小雯，你是不是把我给卖了？你告诉倪虹我在巴黎？”

小雯露出抱歉的神色：“不是故意的，因为老雷喝得我害怕，我半夜打了倪虹电话。倪虹不要我陪，我只好提出由你陪老雷去。”

我百思不解倪虹为什么能容忍我参与她与老雷的私密。我像一只看不清楚周围状况的狐狸那样犹疑不安。我摇摇头：“裘小雯，你知道，我没这个义务。况且，我和老雷的友谊并没延续到今天啊。”

我在她的沉默里等待她的同理心，不过，裘小雯出乎意料扁了扁嘴，老大不小一个女人，学着小女孩哭了。泪水无声涌出她的眼眶，顺着脸颊的凹凸疾疾淌下来。她这番做作，一下子又让我回忆起她边从寝室走出来边当我面系上裤子皮带的模样。

我摆摆手：“你先别哭，让我想想。我不明白小虹的意思。我得弄明白她为啥要我作陪。”

“你不用想了。我这就让你明白好了。”裘小雯像个负气的小姑娘嘟起嘴，“当年我有一阵子觉得老雷是才子，我可没瞒着小虹。所以，你明白，她觉得我在场不妥当。还是你合适，合适当旁观者。”

“哦，我有点明白了。”我好笑地对裘小雯挤挤眼，“但我不明白她为啥需要旁观者。”

“这我也猜不透。”裘小雯掏出餐巾纸擦着眼睛，委屈地摇摇头，“她没解释。”

我请裘小雯宽坐片刻。我走上旅馆房间去，扶桑正洗了头发在吹风。我拿起梳子替她梳，告诉了她他们希望我做的事。扶桑听见老雷的病一阵惨然，恍然大悟，简直刹那间有特蕾莎嬷嬷的好心肠。

“你去吧。倪虹也没什么不对。如果是我，也希望有个旁观者。过去早已经过去，对于搞不清时间的人，需要有个旁观者提醒。”她自命不凡地宣布她理解到的东西。

“哦，你这么想吗？女人的直觉？”我笑着摸摸她还湿润的头发，“我还得下楼去给小雯一个回复。”

上午并没有喝咖啡

直到我敲打着键盘写下这段往事的今天，我还在琢磨倪虹为何邀请我先单独去同她游园然后才安排一起会见雷绿川。裘小雯把拨通的手机递给我那一刻，我一听见倪虹不留心说法语的“喂”，就忍不住显摆自己，也回答她法语。倪虹愣了愣，仿佛大喜过望，和我说起法语来。这令我自在，因为裘小雯不能旁听我们的对答。

倪虹说真没想到我竟然也出现了，太意外了。不好意思要打乱一下我的旅行计划，让我出面帮衬她和老雷会一会。

她似乎说完这句有些尴尬，但听她发出一声尬笑，我几乎看见她同时耸了耸肩。我说没事，我可以把老婆留在旅馆里，反正她已玩累了需要歇口气。倪虹不啰嗦，简单直接就说：“那好，不能白利用人。我带你先去哪里逛逛。你还有哪里没玩过？我开车来。”

我回到旅馆，把所有细节都向扶桑汇报了一遍。扶桑把头发包在毛巾里，毛巾扎得像《一千零一夜》后宫妇女的帽子。她眼神闪烁一阵，有点遗憾地叹口气。我明白，她恨不得化身成我，去坐在老雷和“林黛玉”中间，看他们怎么唱这一出。

扶桑说：“好吧，那么我和小雯一起去凡尔赛吧。回来你告诉我故事，不过，你千万别给人家出什么馊主意！让他俩一切自然！”

我仍问扶桑：“倪虹为啥要人当见证？她想干啥？”

扶桑又使劲儿想了想：“都有可能。她可以让你见证她宽宏大量，这最有可能；她说不定会大骂老雷，把几十年的苦汁全吐出来，吐他一头一脸。没人看着能有啥意思？或者她真把老雷忘得一干二净了，只希望你在一边镇住老雷，不让他发癫丢人？反正，什么可能都有。你沉住气！”

“Bon courage！”（加油！）我笑了。想到能见着倪虹，不知道为何有些小小的期待和喜悦。

巴黎自然是寸土寸金的城池，上海再了不起，同巴黎不可同日而语。我特别佩服巴黎人能把罗马人荒废的公共澡堂用铁栏杆这么一围，成百年地让时间和地块沉睡在绝对的市中心，左岸圣米歇尔大街和圣日耳曼大街交会处。这好比是上海南京路西藏路口啊！巴黎的房地产商全得恨得咬碎钢牙。

我就在这个点上站着，等二十几年没见的咱班的“林黛玉”来接我去枫丹白露一游。老雷他没这福分，这种福分往往都是安排给不相干的角色的。老雷也不必怨恨，照法国人说法，这不就是人生？

倪虹没开什么豪车来。其实巴黎街头很少名车豪车，都是些雷诺、标致和两人座的SMART。停车位还特别小，直着排成一行行，移车换位时撞撞前车碰碰后车没人在意。倪虹的车停我面前时我没留意，呆望着对街行人；雷诺的车窗玻璃降下来，她喊了我全名。

我拉开门，先钻进去坐下，才笑吟吟向左扭过头看她，我怔住了。

这不是倪虹？首先我不是说她整过容，其次我立马意识到正确的感叹应该是：她，倪虹，完完全全不是我印象中的“林黛玉”了。羞怯和内向的上海小女生倪虹大概气化了，这里是一个活泼泼的巴黎女郎，身材也如巴黎女生般细巧。中国女人人到中年，比法国同龄人显得年轻。她也吃惊地看着我，仿佛我亦大变：从前我可能是唐·吉诃德，现在我失去了长矛，近视到看不见风车，身体肥成了商丘……

倪虹发出一声法语的感叹“我的上帝”，她不顾后面的车已开始不礼貌地按喇叭，像法国女郎一般朝我倾身，把脸奉给我；我犹豫地凑上去，照着法国礼节足足左右亲了三亲。她的香气扑来，我心里一震……

我们从前真没说过什么话，也没打过多少交道。那时我对羞涩的女生无感，我喜欢像狐狸那样偷偷打量男生的充满主动精神的女孩儿。不过，此刻我感到非常自在，但凡说着法语，我和她似乎有相通的感应。

她开车机灵，飞快说话，告诉我今天她特意从她服务的奢侈品公司请了假。当然，孩子们都大了，不用她操心。我小心翼翼不提起她的婚姻，裘小雯和扶桑都怀疑她并没活在婚姻之中。我笑问：“我们为什么去枫丹白露呢？好远，要赶去赶回来。是为了拿破仑从那儿出发被流放的吗？”倪虹笑道：“好没良心！挑了你们自己最难从巴黎去的地方啊。”

我们谈论着巴黎也谈论着公司、市场、投资这些杂七杂八的事，我还给她详细讲了这些年的上海，我们留下来不走到底经历了什么又得到了什么。她父母还在淮海路上的光明村附近弄堂里住着。淮海路，霞飞路，前世今生，难怪她会选择巴黎。

忽然间我们互相不说法语了，说起了我和她共同的母语——上海方言，精确地说是上海公共租界和法租界区域的上海话。她的语调和她的眼神那样陌生也那样亲近，我们忽然意识到彼此具有难得的共同文化：上海弄堂和巴黎的空气。

我们高兴得很，像发现了新朋友。我忘记叫她倪虹，称呼她的法国名字依莎贝拉。她也称呼我留学时的法语名哈乌勒。她取笑说这名字发音像上海话“瞎胡调”，我承认我正是为此而选的这名字。倪虹笑得乐不可支，我们在郊区公路上停了停车，出来在一棵大橡树下站站，她吸烟，我喝水。她吸烟的样子应该看看：望着远方，一手托着肘部，就是巴黎女子的腔调。

“那么，你为什么和整个班级都绝交了呢？我们所有人都二十多年没你消息。”

倪虹脸上细细的皱纹在日光下排列成好看的图形，她看上去比我年轻得多：“嘿，‘瞎胡调’，我们那么久没见，这些留到下午再说吧？我带你到枫丹白露，是想好好同你开心一游的呀！”

我点点头，不由得以法语道歉。一阵清风吹来，她身上淡淡的芳香又沁入我鼻孔，让我一愣。

“奇怪，你身上的香味。”我喃喃说。

倪虹扔掉烟头，很法国式地一笑，坐回了驾驶座。我们的雷诺又飞跑起来，暮春的法国中部平原太美丽了。还没开败的油菜花点缀着小小土坡，车绕着土坡开，黄色一片片高在我们头顶或眼前。

枫丹白露宫淡静无人。宫殿内不开放，我们只能在广大的花园里漫步。我有些不知深浅，不敢开口。二十多年前我们是不交往的同学，此刻，我不晓得在如此私密的单独相处中该采取怎样的姿态和话风才得体。

“真遗憾，你在巴黎待了三四年，我那时也在巴黎，但一次也没遇到。”倪虹说。

“巴黎又不是个小村庄。”我笑了，“再说，我就是三点一线一个穷留学生：学校、住处和咖啡馆。”

我们躲避阳光站到苹果树下，苹果花已凋，小小果子才露出圆头。一阵风来，吹来她那种特别的体香。

我疑惑地问：“有件事真怪。为什么你身上的香味我记忆里有？事实上不可能有啊。能告诉我你用哪种法国香水吗？”

倪虹轻轻说：“我没用香水。”

“嗯？”一阵空白，我毫无头绪。

她奇怪地瞧着我，薄薄的嘴角有向上的笑纹：“你还记得自己在大学里的形象吗？”

“我？”我奇怪她为何说这个，仿佛不在逻辑线条上。

“我？我在大学里就是个傻瓜呗。”我耸耸肩。

“不，”她摇摇手指，盯着我眼睛看，“那时你是个花花公子。”

我一下子窘得脖子发烫，不知道说什么好。倪虹宽慰我：“这就是刚才乍一见你，我为啥吃惊。怎么你现在反而清纯起来，身上一点纨绔味儿都没了。老老实实的呢！”

我不晓得如何同她说我这些年的际遇，正如她也不能在如此局促的相处里说清她离开我们之后的生活。我想了想，决定巧妙地回避她的问题：我们不能交浅言深，我们之间只有一个上午。

“我那时也未必是花花公子，就是我的西装花哨点呗，大概给了你这印象。我本来问你香水呢，你却绕到这上头来！”我打个哈哈。准备跨出苹果树投下的阴影。这树荫太小，难免让站在树下的人显得彼此暧昧。

倪虹笑了，她突然调皮地歪过头，眼神荡漾：“你真可爱。我说的就是这香味。我身上有股特别的味儿，从来都是。你闻到过。”

“不可能。”我摇摇头，“那时我们之间没来往啊。”

“你忘了自己的青春？”倪虹带着批评口吻指指我，“这是一种中国式的自我保护和中年调整吧？你还记得同济大学组织的一次假面舞会吗？”

我眼前好比电影院降下黑白电影的银幕，浑身一震。啊？那股香味！我记起来了！

顿时，我手足无措，很快汗流浃背。这简直是一次预料之外的突然袭击。

倪虹笑了，意味深长：“所以啊，千万不要把你们臆想出的倪虹当作我。难道你那样子紧紧搂着我跳了一晚上摇摆舞，都没想到那个挺开放的姑娘就是我？”

完了。我想，完了。太吃惊了。我不能思想。她的香味是我的久远罪证。

还好，倪虹突然间放过了我，她朝一个果汁摊跑去，我们冒烟的嗓子得到了每人两杯淡绿色冰镇的苹果汁。

端着迷人的果汁，倪虹说：“现在请你告诉我上海如何传说我的故事。”

我们分享了她留在上海的哀婉的形象。倪虹有点闷闷不乐，她对我说：“事情其实和你们想象的有蛮大出入，不过我能感觉你们对我的所谓同情吧。尽管我不需要，但我感谢。雷绿川过去自作多情，现在还是自作多情。下午你可不可以帮帮我？你活跃点，不要让他那种闷闷不乐的人把我们的聚会变成一个闷局。”

我耸耸肩。我能说什么？我说：“为您效劳，夫人。”

“不是什么大不了的事。谁出门不踩到狗屎？”倪虹冷冷说，“雷绿川是不是有些十三点？抱着几十年的旧事，还做什么文章？”

我按捺住冲动，我几乎想劝她不要对老雷不屑，想告诉她老雷已患了绝症。不过，不该由我做这信使。这不合适，不恰当，也不体面。我忍住了。

我只说：“雷绿川是个认真严肃的人。不像我这般玩世不恭。”

“嗯，好吧。”倪虹点头，“你在，我就不担心了。好在你在，恐怕真是上帝安排的。”

我和倪虹没在枫丹白露找地方吃午饭，我们一路往回赶，到了巴黎，看时间充裕，才到克莱芒家海鲜铺子吃东西。倪虹说这由她请客，因为我帮她办事。

我有一点点怨恨她说穿那次化妆舞会的事，这仿佛让我对她有了一点浅浅的男女私情，很可能影响我本来公允持正的心态。我在她和老雷之间本是个无事人，我暗暗疑心她这么做是为了建立某种我和她之间的片刻同盟，以便在处理老雷和她之间的事宜上占到微妙的上风。

我仍旧不断闻到她身上的气息，这气息无论如何总撩动我回忆遥远的年轻时的日子。

下午的三人会面郑重地选址莎士比亚书店，这书店有个不太像样的咖啡空间。这是倪虹找的地方，我想，她选那么个不宜久留的场所，恐怕并不符合老雷的设想。

我吃着奶油焗龙虾，和倪虹分享一锅诺曼底香料煮贻贝，我们此刻漫不经心聊着我们还记得的一些大学时代趣事和某几个留下箴言的任课老师。我们仿佛是把主要花样留待以后先分头绣花边的两个织布工。我找了个机会终于问她：“你先生是法国人？他做什么工作？”

倪虹噎住般沉默片刻，她也许想让我明白她的界限，她知道我在法国留学时间不短，能明白保持提问得体是巴黎礼仪的奥秘之一。她以法语答道：“是的，孩子的父亲是法国人。并且，如果你乐意知道的话，他对我很体贴。他是个完美的男人。”

我点点头，我很满意她这番庄重，因为她的回答给了我一种端庄的基调，这是我期待的，帮助我对下午要充当的角色建立起信心。

最后一杯咖啡

本来我想先到莎士比亚书店狭窄的书架间看看能不能找到巴尔扎克小说的法文版，我常怀疑有些中译本并不是从法语直译过来，而是参考遥远的英文版。遗憾的是我和倪虹把车停好远远走过来，雷绿川已像一个高大的东方兵士挺着胸脯站在书店可怜兮兮的狭小门面前。

老雷穿了很正式的夹克衫，如果你明白我的意思，就晓得是那种中国高级官员穿着考察基层的国产暗蓝色夹克衫。我猜他通常也是穿着这种服装出席他身为媒体集团副总裁必须出镜的种种官方活动的。我遗憾他这种败笔，有时候，我非常惊奇身为公务员的老同学们会不晓得这些外表因素不利于他们和客居他乡的女生进行情感交流。

看见他为了穿“正装夹克”没背双肩包，我立刻又意识到他手里直接提着那只装满了欧元和美金现钞的牛皮钱袋子。

我身边的倪虹仿佛有些畏怯，我感到她的脚步乱了一阵才稳下来。她和老雷眼神从一开始就纠结住了，仿佛两根空荡了很久的藤立刻绞在一起。我放慢脚步，让倪虹先走上去。这个瞬间，我明白他俩之间绝非任何东西都荡然无存。我感动，我觉得伤感，我甚至感到所有反感、怨恨、苦毒和烦躁都正在离开他俩，这一瞬间温情战胜了一切。两个曾经互相在乎的人经历了时间和空间残忍的切割，忽然间欢欣雀跃地想要拥抱。

确实，倪虹法式地向老雷张开了双臂，老雷眼眸亮得如同天上同时出现的两颗启明星。他的钱袋子如废料般掉落在地，他拥抱住了倪虹：一个浅浅的犹疑不安的拥抱结束了二十多年的物理隔离。

我捡起被老雷忘到九霄云外的丰满钱袋，听倪虹对老雷说：“你还是老样子。”

老雷什么话也说不出来，我看，他很想就此哭泣起来，只不过周围的外国人逼他抑制住了自己的冲动。

我们坐进室内，游客大多选择坐在室外暖风里。我们点了三杯特浓咖啡，要了一些乳白色的牛轧糖。我喝了口咖啡，看见他俩四目相交却不说话。我悄悄站起来，想走出去。

倪虹唰地伸出手，一把捏牢我手腕：“坐下。”

我红了脸，朝老雷挤挤眼："我上巴黎来当电灯泡，这可是始料未及。"

老雷冲我无比宽厚地一笑，仿佛竭力要讨好我："小葛子，你绝不是外人，你坐着吧，我也要你坐着。"

倪虹的声线卡得非常非常紧，上午我才和她在一起，这叫我明白她有多么紧张。她胡乱问着她能记得的每一个同学，仿佛老雷是她雇来向她汇报调查结果的"包打听"。

对于认真的人和严肃的事情，我历来能压抑住自己说俏皮话的天性。我坐得端正，虽说手头并没笔记本和笔，但我让人感觉我就是一个记录员和公证人。

老雷眼神明亮了一阵，他精神头有些萎靡，我敏感地觉得他的病不容许他过于激动。但我没说什么，一个人能有多少如此珍贵的瞬间？我似乎能感觉到一大丛虚无的玫瑰和牡丹刚才在我们四周生长发展，盛开于我们三个渐渐开始衰败的男女之间，如节日礼花，无声地噼啪闪烁。

老雷叹了口气，我看明白他把胡子刮得干干净净，两颊和脖子都呈现整洁的青色。他的鼻梁比前几日都挺，嘴唇干枯些，但还不至于显露病容。倪虹笑道："难得见面，干吗叹气？"

"小虹，你容我说几句心里话，"老雷声音有些嘶哑，"也许今天不说，以后没机会说了。"

倪虹微微皱起眉头。我试探着站起来，她却轻声说："小葛子，你给我坐好了。今天你哪儿都不许去，撒尿就撒裤子里。"

我微笑了一下，坐下。低头看着自己的咖啡杯。

"我真的非常对不起你，小虹，"老雷慢慢说，"那件事儿，全是我的错，我当时想岔了。这是我一辈子的恨事。"

"别这么说。"倪虹的反应出乎我意料，她似乎挺不耐烦听老雷说这个。

"也许同你没啥关系。"她又吐一句。

"你一撒手就跑远了，一句话也没留。"老雷伤心地说，"我真的以为这辈子再也见不着你了，小虹。我想对你说什么全没机会了。"

倪虹抬头看看他，我瞥了双方一眼。老雷沉浸在自己的哀情里，没留意倪虹。倪虹打量了他一下，低头；抬头飞快又打量他一下。

我喝了口咖啡，不言语。老雷又叹气："谢谢，感谢你今天答应见我。我想告诉你，其实我那时曾经把包裹行李都打好了，要回老家。那不是，你有了那个大家羡慕的工作，我哪里还有什么机会？只是赵总他找我谈了一次，他说了我比你更适合那个位置。我想，也许这是我的机会，天予不取，反害我自己。我得了那工作，就能留下来。你是本地人，不怕找不到机会。那样我们才可能有个未来，有个结果。但是，当然，我不敢事先给你说。我想……”

倪虹伸手对着老雷摆了摆：“绿川，不要讲了。这些早过去了。我还要谢谢你呢，要不是这样，我现在怎么能好好儿地在巴黎？”

老雷被她的话噎住，点点头，脸上又去了一股精气神，仿佛什么充气的形体又泄露了一些气出去。

“当然，知道你在巴黎过得好，我非常非常欣慰。”老雷点点头，“儿子和女儿多大了？”

“都上大学。”倪虹喝口咖啡，“好了，好了。老雷你说完了？咱们三个老同学见面，老聊那些陈年旧事做啥？我们高高兴兴，今天真是缘分！裘小雯简直就是个间谍，能把我这样沉没的泰坦尼克从海底捞出来。我怕了她了！”

我笑笑，插一句嘴：“是啊，说点让人高兴的事。谁像咱们这般有福，在莎士比亚书店喝咖啡怀旧？谁的人生都是一场梦，我们要认真，也别太认真。”

“小葛子你最想得通，老夫少妻潇洒过日子。”老雷顶了我一句。我打个哈哈，装傻。

其实从一进门我已经嗅到事情快要偏离轨道的气息。这气息从老雷的病体传出，带着那种疾病特有的不容你商量和喘息的压迫感。

倪虹朝女招待招招手，问洗手间在哪里，原来在书店背后。她站起来说要去一下，飘然走出咖啡厅。

我抓住这机会对老雷建言：“老雷，你不要弄得太压抑。你要明白，二十多年横在你们中间。看上去你俩之间好像只不过一个长夜，事实上你俩差不多都各自过了一世了，这里头有很多很多事情发生，是个时间陷阱。你说话要谨慎。”

老雷点点头：“是啊。我不说了。我还同她办一件事。办完咱就散，我身体有点不舒服。”

我点点头，心里担忧，但是怎么讲？

“你告诉不告诉她你的情况？要不要讲明？不好意思，我从小雯那儿知道了你的病情。”我问他。

老雷显出严重的为难，他欲言又止，欲言又止，最后说：“我不能要女人来同情我，是不？我这会儿告诉她这个，好像事情都变得怪了。对，我不告诉她。我请你帮帮我，请小虹接受我的一些馈赠。那样，我就心安了。”

我想了想，老雷这是好意。我点点头，答应他。

现在回想起来，我俩那时浪费了彼此间这唯一的交流机会。我们不机灵，没看出事情自然的纹理。人就是如此，即便白头，很多时候仍像缺少经验的鲁莽少年。

倪虹在洗手间补了妆，涂了口红，很叫人惊艳地回来坐下：“再来一杯咖啡？”

我们都谢绝了。老雷从桌边拉过他的牛皮大钱包，拉开拉链，掏出两份白色文件。

他把文件放在莫名其妙的倪虹面前：“小虹，见一次不容易。我别的也不说了，我这张嘴也说不好。我在上海有一套公寓房和几百万存款，我现在是单身……”

我看了一眼倪虹，她瞪大了眼睛，的确，老雷不会讲话，这弄得跟求婚口吻一般，难保不惊吓到倪虹。

“我要离开上海了，回老家，你懂？”老雷尴尬地解释自己，“我想把房子和存款都给你。就是这样。今后我就不来看你了，你一切保重。”

一滴泪水弄浑了老雷的眼神。

倪虹拼命摆手：“你好好的，好好的，别这样！不要吓我。我又不回上海，我也不缺钱。况且老雷你根本不欠我。过去有些事，那都是上帝的安排，别往自己身上乱揽。别说了，好不好？见了你，我一惊一乍没消停过，你何苦这样折磨我？”

她拉拉我衣袖，求我说话。

我笑了笑，真是左右为难。是不是该我把老雷的病说破，那样倪虹可能好理解些？可是，这样会不会对倪虹不公平，她早已和老雷没有瓜葛，看上去她也不爱财，不像小雯竟然收老雷的钱，还接受他的款待。我相信倪虹和小雯有云泥之别。

我叹口气：“你俩啊，彼此从来都互有好感，这个不用我说。恐怕就是不晓得如何互相表达吧？我看，大家本着平常心，别弄得紧张兮兮。如何？”

老雷把我的话听成我在帮他，他执拗地接着我的口往下讲：“小虹，文件我都准备好带来了，小葛子做个见证。你看一看签个字就好，我办好这件事，也就轻轻松松回家啦！”

我眼里热泪一涌，老雷真是一片赤诚啊。扶桑说他像了不起的盖茨比，真的也实至名归。我很想压住自己的呜咽，我被老雷人之将死的善言打动了，心里翻翻滚滚。

倪虹左右为难地皱着眉，看看我，又看看老雷。

她说：“老雷啊，你真是一点没有变！你怎么老是只想让你自己舒坦呢？”

她站起来说：“等一等，我再去一下洗手间。”

等她走出去，我拍拍老雷手背：“兄弟，你把事情弄得太沉重啦！你从来就太严肃了嘛，读大学时也是。你那时要是先和她讲明白你心里的利害，你就不会输掉这长长二十几年！”

雷绿川的泪水忍不住汩汩流下，我觉得法国女侍都紧张起来，远远望着我们。老雷抖着声音说：“老弟，我就是一个农村出来的乡巴佬嘛！我哪里懂女人？我要是像你们这般会谈情说爱，我还能抢了自己女朋友的分配名额？”

老雷真是个不可救药的乡巴佬，说到这里，他竟然哭着抽了自己一个耳刮子，发出响亮的一声“啪”。

我被他惊得无地自容，向四周一看，生怕有人叫警察。还好，屋子里头除了我俩，只有那位女侍，她担惊受怕地看着我们。我赶紧走近她，对她说法语：“不好意思，我朋友得了癌症，心里难受，请一定原谅。”

“啊！”女侍惊呼了一声，“我真遗憾。”

她笨手笨脚在柜台里倒了两杯茶水，端上来送给我们。我道了谢。

老雷倒是慢慢管住了情绪，安定下来。他对我很真心地道歉：“老弟，我是走到尽头了。你怎样也只好原谅我了。抱歉耽误了你的旅行，把你扯到我的一团糟里。”

我拍拍他手背：“没事，哥们儿。咱们可是上下铺的老弟兄。换了我是你，我也一团糟。”

我歇了口气，趁着倪虹还没回来，又说：“不瞒你说，除了还没生病。我的人生也是一团乱麻啊，你以为呢？你没看见扶桑对我的腔调？我，我失败得都学会和失败长相厮守了。”

老雷“嗯”了一声，问：“倪虹怎么还不来？要不要去洗手间门外喊她一声？”

我们耐心等着倪虹，等了又等。老雷恍然大悟："哦！这小虹！她是不是又跑了？"

跑过一回的女人，她会再跑。她只要觉得局面失控，凭着惯性也会拔腿就跑。这是她的人生观，是她的生活方式，是她刺向不如意生活的一剑。

我和老雷，在倪虹第二次跑掉的那天，才真正认识到"煮熟的鸭子会飞"是个大概率事件；对于没煮熟的鸭子，那你简直不应该有一丝一毫的拥有感。

回到旅馆门口，我和老雷拥抱道别。他比我高大，我庆幸他刮掉了刺人的胡髭。第二天一早我和扶桑就离开巴黎去尼斯，老雷和小雯则打道回上海。

老雷把伤感当成了喜剧因子，一路都在出租车上笑自己是个傻子。他还打开他的钱袋子，试图塞给我一大沓欧元。我把这些都当成他受了刺激的表征，诚心诚意祝福他时来运转，病情也许会缓和也未可知。我对他说："留着钱别乱花。你要创造奇迹，小虹已经见了你一次，就一定还会见你第二次。"

"是啊，"老雷仰天大笑，"就像她跑掉了第一次，就一定会跑掉第二次。"

我把这天的一切，除了倪虹身上香味的故事，一五一十都讲给扶桑听。扶桑听得津津有味，几次不由自主捏住我的手，还在我手上用力。

"你晓得我和小雯在凡尔赛谈起你们时她说了什么吗？"扶桑递给我泡开的酸菜方便面，这是行李中很宝贵的最后一包中国面了。

"小雯说啥不重要。"我沉浸在倪虹给我留下的惊诧里。

"可小雯这人不像你以为的那样蠢哦！"扶桑笑得眼睛亮晶晶的，"小雯告诉我她拼命帮老雷找到倪虹，就是想这辈子能有机会美美地当面看老雷再让倪虹甩掉一次。小雯说……哎呀，没咖啡助兴！来来来，让我学给你看小雯说话那样子！"

我那好模仿人的八卦老婆拖我到房间里灯光亮的地方，她全然兴致勃勃。

于是，我看见小雯激烈地喘着气，对不属于她生活圈子因此完全无须提防的陌生人扶桑说："我要让老雷证明给我看，他就是一个有眼无珠的笨蛋。他这一辈子，女人换来换去，到头来，还是看不懂女人！"

我吃惊得直接恶心起来，只听见扶桑言犹未尽：“小葛子呀你给我听好了，你也不会比老雷干净到哪里去！顺着老娘我的心也就罢了，否则，哼!”

（原载《十月》2021 年第 3 期）

如云的秘事

蒋　韵

一、落葵

落葵的母亲死于交通事故。那天，她去菜市场买韭菜，说是要给小酒窝包饺子。这一去，再也没有回来。她躲一辆电动自行车，绊倒了，后面一辆小货车没刹住，拦腰轧了过去。120 赶到的时候，人已经不行了。

小酒窝问落葵："姥姥呢？姥姥哪儿去了？"

落葵回答："去天堂了。"

"她没跟我说再见。"酒窝说，"我要给她打手机。"

落葵说："那儿没信号，打不通。"

"那她还会回来。"三岁的酒窝笃定地说，"她答应过我，她去天堂之前，一定会跟我说再见，不说再见她不会离开！"

落葵轻轻抱住了她的女儿。

"她也没跟我说再见……"落葵一阵心痛，"她真是不像话……"

那是几个月前，落葵母亲给小酒窝读过一个故事，一个童话，《爷爷变成了幽灵》。小尼古拉的爷爷突发心脏病去世了，可是他没有去天堂。知道这个秘密的，只有小尼古拉一个人，只有这个小孩子可以看见变成了幽灵的爷爷。幽灵爷爷说："我一定是忘记了一件重要的事情，可我想不起来这是一件什么事。"正是这件重要的事情使他不能离开这个世界。小尼古拉就和爷爷一起想，是这件事吗，爷爷？不是。是那件事吗？也不是。爷爷很惆怅。

当然，那件重要的事情最终被爷爷自己想起来了。原来，那件事是，他还没来得及和小尼古拉说——再见。

"亲爱的尼古拉，再见了！"爷爷郑重地和尼古拉告别。那是他在这个世界上要做的最后一件事情。

听完这个故事，小酒窝搂住了姥姥的脖子，说："姥姥，你也要答应我，你去天堂的时候，别忘了跟我说再见。"

姥姥回答说："行，我一定不会忘记和我的宝贝说再见。"

姥姥又说："要是我忘了，酒窝要记得提醒我。"

酒窝用时下流行的语言那样回答："好，就这么愉快地说定了！"

一个大雨的深夜，落葵被雷声惊醒了。她睁开眼睛，看到母亲坐在她的床头，静静地望着她。

"妈？"落葵喊。

"葵，"母亲的声音听上去很远，"答应我一件事，别送我回老家。别让我和他合葬。"

"谁？和谁合葬？"落葵问。

"你父亲。不要让我和他合葬，答应我。"

"我答应。"落葵回答，"妈，你放心，我答应你。"

"葵，你不问为什么？"

"不问，"落葵摇摇头，"不问我也知道。"

母亲伸手，摸了摸落葵的脸。母亲的手冰冷苍白。落葵打了个激灵，醒了。

原来是做梦。

一身的冷汗。

雨声浩大，淹没了天地。落葵在黑暗的雨声中愣怔了许久。突然她跳下床，奔向窗口，掀起窗帘朝外面张望。楼下，小区里几盏惨淡的路灯，在暴烈的雨雾中瑟瑟发抖，根本无力抵抗深渊般的黑夜。落葵什么也看不见。她忽然愤怒了，想，你连伞也没有，为什么偏偏要在大雨夜里跑来啊！

她知道母亲舍不得为自己买把伞。不管在这个世界还是在那个世界。

她不相信那是一个梦。

落葵做梦，往往一醒来，就忘记了大半。而这个梦，如此清晰，每一个字，每一句对话，都像刻印在她记忆里一般。母亲眼睛里那种殷切、抱歉和深深的难言之隐，就像光一样，打穿了三十几年来她们母女之间密不透风的隔膜和积怨。她想起自己对母亲的承诺，想起自己胸有成竹的回答，一片懵懂和迷茫。葵，你不问为什么？不问，不问我也知道。可是在现实中她不知道。落葵并不知道。一点儿也不知道。不知道为什么母亲不愿意魂归故里？更不明白自己为何回答得像是洞穿了一切。她只知道，母亲风雨兼程赶来，是为了托付她这件重要的事情。

就像爷爷要和尼古拉郑重告别。

原本，母亲一生，明白如话，毫无悬念和出奇之处。就像那个简单、安静、毫不浮华的葬礼。主持葬礼的司仪，不到两分钟就宣读完了廖如云女士的生平。为了凑时长，为了不显得太潦草，司仪在后面添加了一段适合赞颂天下所有母亲的套话来凑数，舐犊情深啦，寸草春晖啦，等等。而这个雨夜，这个梦，给那个叫廖如云的女人，蒙上了一点点神秘和莫测的云雾。

落葵不记得父亲。

父亲在落葵还没出生的时候，就去世了。死于肝癌。母亲没有再婚，一个人养大了落葵。

父亲去世时，母亲还正是大好的年华，却下岗了。她把落葵托付给了自己北方小城的妈妈，一个人去闯荡南方。南方那时正在大声召唤着怀抱各种梦想的人们，母亲只身汇入了这支壮阔的开拓者或者淘金者的大军。当然，南方最终成就了很多人伟大的梦想，但一定不会是所有人的。几十年来，落葵的母亲廖如云女士，始终只是一个普通的劳动者，一个公立医院日益资深的护士，直到退休，她也没能成为一名主任护师。退休后的她，被一家私立医院聘用了，做了 ICU 的护士，因为她过硬的技术，虽然她没有高级职称。

落葵问过母亲，说："像你这样的人，为什么要来闯荡南方？它给了你什么？"

母亲回答说："它给了我安定的生活，让我能养大你。"

落葵轻蔑地笑笑。心想，岁月静好啊，那何必要来南方？

是啊，一个没有野心的人，为什么要来南方？

落葵五岁那年，姥姥突发脑溢血去世了。如云回乡料理了母亲的丧事，接走了她的落葵。那时她们娘儿俩住在城乡接合部租来的房屋里。炎夏，小小的房间没有空调，一只电风扇嗡嗡地搅动着浑浊的热风。蚊子肆虐，只能睡在更加闷热的蚊帐里。落葵长了痱子，身上、头皮上，密密麻麻一层。痱子一炸，她疼得哭，一边哭一边叫姥姥。从没带过孩子的如云手忙脚乱，把她摁在木盆里洗澡，洗澡水中掺了藿香正气水。许是太心急了，更是被哭声弄得心烦，如云忽然把药水直接倒在掌心，一把涂抹在了落葵后背上。只听落葵“嗷——”地惨叫一声，张着嘴，半天没有声息，她哭得喘不上来气了。

等她哭出声来后，如云对她说：“长痛不如短痛。”

她跳着脚哭着喊：“我要回家，我要姥姥——”

如云说：“没有用。这就是你的家。你和我的家。没有姥姥了，永远没有姥姥了。”

深夜，落葵突然醒来，黑暗中，看到一个人坐在她旁边，一下一下，用大蒲扇为她扇风。清风徐徐地拂过她小小的疼痛的身体。她轻轻喊：“姥姥？”没有回答。她闻到了陌生的气息，知道了那不是她思念的亲人。她不再说话，闭上眼，眼泪无声无息地钻出来，打湿了她的脸。清风似乎停顿了片刻，又一下一下，更为轻柔地拂过来。她在清风的抚摸中，哭着睡了。

几年后，她们有了自己的房子。尽管地段远不够理想，面积不大，没有电梯，可毕竟是南北通透两室一厅的单元房，厨房、卫生间一应俱全，还有一个小小的可爱的阳台。因为没有电梯，公摊面积不大，所以性价比很高，首付和月供都是如云承受得起的。简单装修之后，她们搬了进去。乔迁那日，落葵抱着姥姥的遗像，母女俩把照片挂在了落葵小房间的墙上。她们并肩在照片前站了一会儿，如云说：

“妈，本来，我是想买了房子后，就把你和葵一块儿接来的，你怎么就不肯等等我啊……”

也是在搬进新居的这天，晚餐桌上，如云很郑重地对落葵说：

“葵，以后月月要还房贷，我们要节约了啊。”

落葵半天没说话。

“没听见吗，葵？”如云追问。

“听见了，”落葵回答，“只是我想不出来，我们还要怎么节约？我们浪费过吗？我们还有节约的空间吗？”

“怎么没有？”

“好，我们从此不吃肉、不吃蛋、不喝牛奶，只吃素，再戒掉水果，还有我的零食，你是这个意思不是？”落葵这么说。

“你明知道我不是这个意思，”如云回答，“你正长身体，正在发育，营养必须跟上去，我不是要克扣我们的伙食。”

“那你要克扣什么?”

“我什么都不克扣,”如云一字一板安静地回答,“我要说的是,我们不跟别人攀比。我不会让你吃不饱穿不暖,可我不会给你买名牌、潮牌,不会买所有没用的玩意儿,不会顾及、满足你的虚荣心。我只会买你需要的,而不是你想要的。懂了吗?”

十岁的落葵,永远记住了这番话。这番话何其正确,可是冷酷。一个人想要的,永远比他需要的要多。这是人性的弱点,致命伤,是人类要面对的终极的悲剧。跟一个十岁的孩子讲这个,正能量,却无情。

落葵抬起头,望着母亲,说:“你又怎么知道,什么是我需要的,什么是我不需要的?”

“我当然知道,我是你妈。”如云回答,她的口气云淡风轻却又不容置疑:“对你健康成长有用的,就是你需要的,那些装饰性的、用来满足你虚荣心的东西,都是你不需要的,它们统统都是毒药。”

落葵觉得寒冷。

她们的新居,如同一个雪洞。触目所及,几乎所有的东西都是白色的:墙壁、家具、床品。家具倒是实木,样式中规中矩,不美,却结实、实用。这个家里,没有一样东西是没用的、装饰性的。墙上没有一幅画,桌上没有一件小摆设,阳台上没有一盆花。吃饭的大碗小碗、餐盘,一律白色,无所谓配不配套。落葵不知道这是家还是医院的病房。如云却说:

“白色会提醒我们干净。”

十三岁,夏天,正值暑假,落葵经历了她的初潮。那是在睡梦中发生的。清晨起床,雪白的床单上一片惨烈的鲜红。落葵吓呆了。跪在那里,嘴里咬着拳头。她并不是无知,她知道那是什么。她知道她成为一个少女了。吓坏她的,是那惨烈的鲜血,它们玷污了母亲需要的洁白。血顺着她的腿往下流,流,她终于崩溃地哭着发出一声小兽般的狂叫:

“姥姥,救救我——”

那天,如云值夜班,还没回来。等她临近中午到家,一切已经风平浪静。落葵洗了澡,换了内衣,在卫生间找出了母亲平日使用的卫生巾,笨拙却正确地搞定了它。床单换了干净的,被玷污的那一条已经在洗衣机里轰鸣着旋转。如云说:“洗衣服啊?”落葵回答:“床单弄脏了。”她云淡风轻地说:“我来大姨妈了。”

那天晚餐时,如云煮了糯糯的莲子桂花红豆沙。她盛了一碗端到落葵面前，说："在日本，女孩子经历初潮，要吃红豆饭。"

落葵抬起头，意外地望着母亲。

"这是一个仪式。"如云温存地说，"祝贺一个女孩子成为少女。"

落葵眼睛湿了。"仪式"这样的字眼，从母亲嘴里说出来，就像太阳从西天出来。如云望着女儿笑了笑，说：

"葵，长大了。"

梦幻般美好的氛围一直持续到晚上。如云从阳台上收回晒干的衣物，一件一件叠整齐。她指着床单上隐约可辨的那一片痕迹，忽然说：

"看见了吧，一旦弄脏，就是永远的污痕，再也洗不干净了。"她抬头望着落葵，"你不再是一个小孩儿了。你要懂得保护、珍惜自己的纯洁。要让自己身心干净，洁白如玉，不是一件容易的事。懂吗？"

落葵轻轻叹口气。想，你就不能等明天早晨再说这番该死的话吗？你就不能让我有一晚上的幻觉吗？她对着母亲的脸笑笑，说：

"遗憾啊，你生我生晚了。你应该在18世纪的时候生我，然后把我送到修道院。哦，那是外国，中国没有修道院，那你只能把我关到深闺绣楼上，足不出户，天天念女儿经，夜夜思春。"

"你——"如云气结，说不出话来。

落葵不合群，是个孤僻的郁郁寡欢的孩子。

她没有快乐。

人群中，一眼望去，她特立独行。孤标傲世的一张脸，掩盖的是深深的自卑。

她庆幸人们发明了"校服"这样一件功德无量的事物。使她能够把自己的卑微、寒酸、屈辱尽可能藏在那件抹杀一切区别的校服里。就连寒暑假，只要出门，她也只穿校服。除了校服，她自己的衣服单调得可怜，区区几件T恤，都是白色，小圆领。裤子是运动裤，鞋也是运动鞋，当然不是潮牌，是那种最便宜的货色，小摊上或者超市打折买来，毫无版型可言。几件裙子倒是纯棉，可样式古老、肥大，穿上身就像二战时期的苏联老大妈。落葵碰都不想碰这些衣服。她不知道母亲为什么要如此变态地封杀她青春的全部欢愉。

她无法合群。

她无法融入喧腾的青春激流之中。

她没有电脑，没有游戏机，没有MP3，没有日本漫画，没有吃麦当劳和肯德基的零花钱，不喝可乐、雪碧、气泡水，她夏天的饮品就是蔡明小品里的“冰水”——凉白开。当然还有绿豆茶。可是，在那样一个花样年纪，谁会只喜欢绿豆茶呢？

初三那年，班里转来一个从别的城市来“借读”的新同学，是个桀骜不驯的女生。不到半天的时间，校园里就有了关于她的种种流言。说她是个富二代、女魔头，劣迹昭彰，在原来的学校里人人避之不及。她逃课，组乐队，泡酒吧网吧迪厅，等等，总之是个“混社会”的江湖中人。最骇人听闻的一条，传说她曾自己给自己服药打胎。因为在原来的学校实在待不下去了，只好找了关系花钱来这个陌生的城市“借读”。这个新同学，大概早已习惯了被看作“异类”，所以毫不在乎身后的这些窃窃私语。她在班级里冷眼扫了几扫，心里就有了数。到下午，下课后，径直走到了落葵面前，有些蛮横地说：

“哎，同学！带我去下医务室。我划破手了。”

她手一伸，果然，掌心上有道小伤口。

落葵回答：“好，我带你去。”

一切，极其自然。落葵没有流露半点大惊小怪和害怕躲避的神情。似乎，她们是一对老熟人似的。或者说，她似乎正在期待着发生点什么。

从医务室出来，走到楼梯拐角，新同学一抬头，说：“到处都是摄像头，一点干坏事的空间都不留，真不人道。”

“你想干点什么坏事？”落葵认真地问。

她们走上了楼梯，离开了摄像头的区域。新同学笑了：“其实也不想干什么，逗他们玩玩。”她说，“闲着也是闲着。”

落葵微笑了。

新同学说：“我叫于艳艳，你叫什么？”

“落葵，陈落葵。”落葵回答，“很拗口。”

“是挺吓人的，好有文化。”于艳艳说，“不过还挺好听。落葵是什么意思？”

“就是一种植物，草本植物，可入药、可做菜。你想知道它另外的叫法吗？”

“是什么？”

“豆腐菜。”落葵回答得一本正经。

“啊？陈豆腐。”于艳艳脱口就是一句。

“哈哈哈——”她们同时爆出一阵大笑。五岁之后，落葵还从来没有这样放肆地、解气地大笑过。她甚至笑出了眼泪。

爆笑过后，于艳艳望着她，说：“你不问我，刚才，为什么要来找你吗？”

落葵摇摇头：“不问。”

“为啥不问？”这下轮到于艳艳好奇。

“因为不问我也知道，”落葵回答，“我特别。”

“她们都太幼稚了。一群幼稚的人。”于艳艳这么说，“你不一样。陈落葵，你有一个老灵魂。”

听到这句话，落葵忽然别过头，用一只手捂住了脸。渐渐地，泪水从指缝中悄无声息地钻出来。世界变得宁静，所有的声音都远去了。夕阳在缓缓沉落，这辉煌的南方城市迎来了一个温情而慈悲的黄昏。鸽哨悠扬地从天空划过，如同佛塔上的风铃。落葵想，上天啊，感谢你，我有了一个朋友了。

她就在这一刻爱上了这个叫于艳艳的“问题少女”。

于艳艳叫她“豆腐，”落葵也给她起一外号“鱼头”。她俩合一起，就是一道美味，鱼头豆腐。

落葵想，命中注定，我们生来就该在一起。

落葵问于艳艳：“知道高山流水的故事吗？”

于艳艳说：“知道是知道，可我还想听你讲一遍。”

落葵就真的讲了，俞伯牙摔琴谢知音。一五一十，娓娓道来。原来她竟是很会讲故事的，只是，这世界上，从来没有过一个属于她的听众。而此刻，坐她对面的那个女孩儿，眼睛晶亮，一脸的沉浸和感动。她想，多么美好啊。

许久，于艳艳说：“我也会弹琴，不是古琴啊，是吉他，我有一把很贵的吉他，只是我弹得太 LOW。”

第二天，于艳艳公然把吉他大摇大摆背到了学校。午休时，她们悄悄爬上了学校主楼“逸夫堂”的楼顶。阳光已是秋日的阳光，天空有一种辽阔无边的凄清和哀伤。于艳艳两手一撑，极其敏捷地坐到了八层楼顶围墙上，身后一无遮拦，背景是蓝天白云。落葵吓得不敢出声，捂住了嘴，心怦怦狂跳。于艳艳妩媚地一笑，右手在琴弦上潇洒地一拨，说，

“豆腐，我很久没摸琴了。昨天晚上，我想了几句话，自己瞎谱了曲，弹给你听听？”

落葵点点头。

于艳艳调弦，沉吟，凝神低头，正要开始弹奏，落葵打断了她。

“等等!”她喊。

落葵学着于艳艳的样，来到围墙边，双手一撑，没上去，又一撑，终于上去了。她一侧身坐下，定定神，一仰下巴，说：“好，你弹吧。”

于艳艳笑了。

“小心摔下去啊!”她说，“这样太不安全。”

“你呢？你这样安全?”

“我习惯了，常常这样胡闹，其实心里有谱。”于艳艳回答。

“我没谱，”落葵笑笑，“可我其实一直都想干没谱的事。比方说，你真的不小心摔下去了，我一定会跟着跳下去的。你信不?”

“我信。”于艳艳点点头。

“好，”落葵把两条腿抬起踩在了围墙上，曲起来，并拢，用两只手臂圈住它们，让自己坐得舒服：“你弹吧。”

她竟有一种跃跃欲试的悲壮感，想，假如，真的这么跳下去，也不错啊，一生中，总算有了一次自由飞翔。

于艳艳拨动了琴弦。

“我们是忧愁的孩子，姐姐——”她突然这样开了口，声音异常清澈，忧伤。

“可我们不知道为什么忧愁，
天空澄澈，阳光如此娇媚
可我们的心，总是被泪水浸没。

世界总是质问，姐姐
什么时候亏欠过你们?
至于我们的疼痛，永远不值一提
它们有个名字，叫少年不识愁滋味。

我们的脸很年轻，姐姐
却有一个黑如暗夜的老灵魂
没人为这样的事伤心，没人伤心
那是光明世界的盲点——”

她唱得很轻，声音如同云絮般干净洁白，徐徐地，飘向头顶辽阔无边的蓝天。极其简单的旋律，没有高深的技巧，可是异常动听。怀抱吉他弹唱时的于艳艳，和平时判若两人，不再是那个霸气、蛮横、浑身是刺，连摄像头也想挑衅，满嘴国骂的痞子女孩儿，她安静、严肃，就像在聆听某种遥远的神秘的声音，巨大的、无奈而深邃的忧伤笼罩了她，她原来竟然是这么美丽的一个少女。

她抬起头，笑笑，说："好听吗？"

落葵眼睛里含着泪水。

"你把我唱哭了。"她说。

"这是写给你的，豆腐。"她望着落葵迷离的泪眼，说。

"我知道，"落葵点点头，"谢谢你，鱼头。"

落葵又说："我会一辈子珍藏。"

她们相互凝望。阳光真好。她们金光灿灿坐在危墙之上。空气很香，是桂花的香味。世界只剩下了美好的东西：音乐、爱、满城的桂花树，和豆蔻年华。她们笑了。于艳艳就像看透了落葵的内心似的，说：

"豆腐，答应我，你要好好活着，要是你死了，我就得像俞伯牙一样把我的吉他摔了。我可真舍不得。"

仅仅一个学期之后，于艳艳就又转走了。

先是班主任李老师出马，和落葵谈话：

"陈落葵！你不要受于艳艳的影响。"班主任十分严肃："她一个借读生，混日子的，不要被她带坏。你是个单纯老实的孩子，学习也好，你看班里，谁理她？大家都在为中考拼命，这么关键的时候，你倒好，天天和她混在一起，如胶似漆，还有闲工夫弹吉他唱歌？你还要不要上重点高中了？你能跟她比吗？她考好考砸，横竖有钱，大不了送出国去念书，你呢？你有混的资本吗？"

她垂头不语。

班主任叹了口气，她其实是真心惋惜这孩子的。

"别的同学也就罢了，你不一样。你家教一向很好，你母亲对你无论哪方面期望都那么高，她一个人带大你，千辛万苦的，多不容易！她要是知道你和这种有劣迹的孩子混到了一起，还不得气死？你要是考不上好高中，怎么对得起你妈妈？"

要是不提母亲，落葵也就忍了。用母亲来镇压她，让落葵刹那间愤怒了。

“收一个有劣迹的学生来借读的，不是我，”落葵一字一句清晰而安静地回答，“我只知道，于艳艳是和我一样穿同样校服的同学，别的我一概不知道 。我没看出她有哪点不好，我倒觉得她光明磊落。同学之间要团结友爱，老师您不是一向这样教育我们的吗？”

落葵就这样无可挽回地把事情搞砸了。

结果自然是，如云知道了于艳艳的存在。

如云不是生气，不是愤怒。她恐惧。她恐惧她所有的努力将付之东流。她的孩子，她的女儿，将被罪恶的欲望，将被贪婪、虚荣，将被永不餍足的深渊所吞没。仿佛，这个叫于艳艳的孩子，就是这一切的先兆。这天晚上，于艳艳下了晚自习回家的时候，在自家楼门口，被一个女人迎头堵住了。

“你是于艳艳吧？”女人问，声音安静、轻柔。

“你是谁？”于艳艳反问。

“我是陈落葵的妈妈。”如云回答。

“哦，阿姨——”于艳艳有点慌乱，“您、您找我有事？”

话一出口，于艳艳就知道自己问了一个愚蠢的问题。她静默了。

如云借着路灯打量着这个孩子。和这学校的所有学生一样，她素颜，穿校服，留本色短发。但她的短发暗藏机锋，出自美发店名师之手。这样的美发师，托尼或者杰瑞，他们使用的剪刀，都不同凡响，出身名门，动辄几万元。劳这剪刀的大驾剪一次头发，价格恐怕是如云和落葵一个月的生活费。

“于艳艳，我想拜托你件事，”如云这么说，“可我很难开口。”

于艳艳笑笑，说：“您是想说，让我离你家落葵远点，对吧？”

“对，”如云回答，“你们老师找过我了。抱歉，于艳艳。”

“您真客气，阿姨。”于艳艳又微微一笑，“您，了解我吗？”

“不了解，”如云摇摇头，“可我知道一点，你和落葵，和我们，不是一个世界里的人。不说别的，就说你的头发，你剪一次头发的费用，大概是我们一个月的伙食费。你那个世界太昂贵，我只想让落葵活在我们自己朴素的世界里。我不想让她对生活有不切实际的妄念。”如云安静、从容、真诚地这么说：“那会让她很痛苦，甚至一辈子都过不安宁。于艳艳，你还小，不懂这个，我是过来人。”

如云的坦诚，让于艳艳意外。沉默了一会儿，她说：

“阿姨，我想让您知道，我干过很多过分的事，可我不是坏人。”

如云回答：“孩子，我没说你坏。”

这一句“孩子”，让于艳艳鼻子一酸。

“我没说你坏，我也不是偏听偏信你们老师的话和那些流言。我只是以一个母亲的身份，在恳求你的帮助。”如云说。

“您认定我，一定会给落葵带来痛苦？您怎么那么肯定？”

“不是你，是你生活的那个世界。那个世界会让她困扰、心乱、浮华，”如云这么回答，“那个世界会让她不幸。”

“这些话，您跟落葵说过吗？”

“没有。我想先和你谈谈。”如云坦诚地摇摇头，“你也知道吧？落葵是个死心眼。”

于艳艳懂了。

“好吧，阿姨，”于艳艳伤心地笑笑，“我答应你，我会离开落葵。不过不是您说的那个理由。”她深深地望着如云的眼睛，说：“我和您的女儿，我们一直有个自己的世界，那个世界的美好，您不懂，也进不去……可是我不能让落葵为难，从今天起，她夹在您和我之间，她一定会非常非常为难……我会离开她，我说到做到，再见！”她果决地朝楼门口走去，不回头，拖着长长的孤独的影子。

按密码的时候，她的手微微抖动，熟悉的号码，竟按错了。她站在紧闭的楼门口，一时竟不知道自己身在何处。

风吹过。风中竟然还有晚桂的香气。十二月的风，应该是冬天的风了。可这个比南方更南的城市没有冬天。

有人忽然搂住了她。

是如云。

如云不忍地走上来，轻轻地搂住了于艳艳。她搂着这个被她伤害的孩子，满心的歉意。“对不起。”她轻轻说，“孩子，对不起。”

她知道这很残忍。

于艳艳的泪水夺眶而出。

第二天，于艳艳就从班里消失了。

一天、两天、四天、五天……一直到放寒假，她都没有出现。

后来，就传来了消息，她去新加坡上学了。

于艳艳家，本就不在这个城市。她从外省家乡到这个城市“借读”，父亲为她在学校旁边租了套公寓，只有一个带大她的阿姨陪同她住在这个城市里。但现在，公寓人去屋空。

她又一次逃离，越逃越远。

逃离故乡。逃离故国。

她没有向落葵告别。她没有一个字留给她的朋友。她消失得如此彻底，就像一缕烟，风一吹，无影无踪。落葵无数次独自偷偷走上逸夫堂的楼顶，坐在高高的围墙上，望着天空，望着远处的世界，想，真的有过一个鱼头吗？鱼头和豆腐。那真像一个梦。那是一段多么快乐的时光。她一生中最快乐的日子，金子般的时光啊。可是被毁掉了。她知道毁掉它的是谁。老师，她不恨。可她恨廖如云。

廖如云毁掉了落葵对这世界的爱。

鱼头，于艳艳，是十五岁的孩子爱这世界的唯一理由。这个孤独、孤僻、阴郁的孩子，爱于艳艳，就像她对世界的初恋。那是她的晴空，她的阳光，她鲜花盛开的原野，她的江河湖海，她的自由，她的信念与信仰。这一切，都被那个叫作“母亲”的人毁灭了。

如云从没有和落葵说起过“于艳艳”这三个字。没有说过曾发生过什么。她缄默不语。正因为如此，落葵才确切无疑地相信，能够使于艳艳彻底消失的人，非她莫属。她太了解这个可怕的女人，只是她不太清楚这个女人用了什么手段和计谋。那一定是残忍和冷酷的。她不敢设想那是什么，不敢设想朋友经历了怎样的残忍和伤害。那比死还可怕。

死很容易。

坐在高高的围墙上，无遮无拦，闭上眼，伸展双臂，纵身一跃，管它飞往天空还是坠向大地。无数次，落葵这样幸福地想象。想象这样飞翔着消失。好，你让鱼头消失，那就让豆腐也消失吧。妈妈，你以为，只有别人家的孩子会消失吗？

可每每当她闭上眼睛，伸展双臂的时候，一个声音，远远地，会从空中传来，从万里无云的碧空之中，千山万水地传来。声音说：

“豆腐，答应我，你要好好活着。要是你死了，我就得像俞伯牙一样把吉他摔了，我可真舍不得……”

眼泪流下来，汹涌澎湃，就像身体里流着一条大江大河。落葵对着天空说道：

“鱼头，你也要好好活着……”

从此，落葵的学习就像开了挂。她用功到自虐的程度。深更半夜，有时鼻血会一滴滴，滴到作业本上。那种刺目的猩红，让落葵有种畅快感。她告诉自己，一定要考上好高中，考上好大学。远方的、遥远的大学，离开这里，离开那个叫作母亲的女人。

然后，跋山涉水，去找她的鱼头。

二、如云

母亲去世大约三个月之后，有一天，一个陌生的男人敲开了落葵家的房门。

来人三十多岁，戴眼镜，文质彬彬，说北方口音的普通话。

“请问，这里是廖如云的家吗？”

“是。”落葵疑惑地点点头。除了母亲几个多年的老同事，几乎没有任何人，来找过母亲。母亲一生鲜少交际。退休后，就更加不爱结识不相干的人。

“可我母亲，现在，不住这里了。”落葵对陌生人这样说。

“我知道，”来人回答，“姑姑不在了。我想来祭拜祭拜——”

“姑姑？”落葵目瞪口呆，半晌，才说：“姑姑是谁啊？谁是你姑姑？”

落葵听母亲说过，他们北方的亲人、亲戚，一个都不在了，没有了。母亲本就是独生女，姥爷英年早逝，留下姥姥自己，所以当年母亲留下自己也是为了给姥姥做伴。姥姥去世后，母亲就没有了娘家。而父亲这边，更是干净利落，因为，父亲是在福利院长大的孤儿。

落葵觉得遇到了骗子。

她沉下了脸：“不好意思，先生，你找错人家了。我母亲从来也没有过侄子。我家没亲戚。”

“哦，对不起！”来人推推眼镜，“是我没说清楚，姑姑不是我亲姑姑，是她让我这么叫她。我叫周明德，是她一直资助的贫困生。”他边说边从上衣口袋里掏出身份证，“你看，这是我身份证。”

“落葵啊，酒窝妈妈，”家政阿姨大概是听出了蹊跷，这时忍不住在身后叫了一声，说，“请客人进来说话吧。”

落葵闪身，让这个扔炸弹的人进来。他真的是扔了一颗炸弹，把落葵炸得晕头转向。

“你是说，我母亲一直在资助你？”落葵等那个周明德一落座就迫不及待地问，“我母亲，廖如云？您真的没搞错？廖承志的廖，如果的如，云朵的云？”

“落葵，”周明德惶恐地笑笑，“你是落葵妹妹吧？姑姑说，你只比我小十个月。”

落葵惊得半天合不上嘴。

看来是真的了，她想。可是怎么可能，吝啬的、一瓶可乐都不舍得买给幼年落葵喝的母亲，居然是个爱心人士，热心资助贫困青年。真是活久见！莫非是人老了，又做了外婆，变柔软了，想给小酒窝积福吗？

阿姨端来了一杯茶，放到客人面前，对失魂落魄的落葵说：

“酒窝妈妈，你也坐下，慢慢说。”

落葵坐下了。

“周先生，”她叫了一声，“我妈是从什么时候开始资助你的？”

周明德说：“从我一岁那年开始，一直到我研究生毕业。”

“多大？”落葵以为听错了。

“一岁。”周明德说，“一岁那年，我父母双双出了车祸，去世了。我是爷爷奶奶带大的，我爷爷是个残疾人，双目失明，家里很困难。从那时起，姑姑就开始资助我们家了。”

落葵转过脸，问家政阿姨：“赵姐，你听清了吗？是我耳朵有问题？他说的是几岁？”

“一岁，”赵姐回答，“酒窝妈妈，你没听错。”

周明德低头，从随身携带的包里，掏出一个本子，一个古老的小学生的作业本，印刷粗糙，纸张早已发黄。周明德小心翼翼地，把这个本子放到了茶几上，说：“落葵妹妹，这里面，记录了姑姑给我们的所有的钱，以前，是我奶奶一笔一笔地记，后来，我上学后，就是我记。我奶奶说，一分一毛也要记清楚，记的不是钱，是姑姑的恩义。”周明德顿了一顿，把一只手搁在本子上，神情变得庄重：“总共是，三十六万八千六百元。”

“多少？”

“三十六万八千六百元。”周明德回答。

落葵蒙了。耳朵嗡嗡响。一个声音像蜜蜂一样在她耳洞里呼扇着翅膀，“这不可能，不可能，不可能……”落葵从粗糙的、发黄的旧抄本上抬起眼睛，望着周明德，望着这个从天而降的炸弹，眼睛呆滞，说不出话。

“我研究生毕业后，进了一家国企大公司，我对姑姑说，等我有能力了，我会把姑姑资助我、资助我们家的钱，还给姑姑。可我说了这句话后，姑姑就不再联系我了。”周明德望着落葵，神情失落，“以前，和姑姑联系，写信，都是寄到姑姑的单位。姑姑没给过我家里的地址，没给过我电话和手机号码。我给她写信，她不再回复。很快我被派驻到了南美，洪都拉斯，那里有我们公司的一个大项目。我年轻，爷爷奶奶也已去世，没有家庭负担，在那边，一待就是五年。”

落葵渐渐听见了周明德的话。

“这五年，一点姑姑的消息也没有，她就像是在人间蒸发了。”周明德继续说，“我不甘心。上个月我才回到国内，安顿下来后，就申请了带薪休假，来到了这里，从小，我把这里叫作姑姑的城市。我就不说我是怎么才好不容易找到家里地址的了，可我还是来晚了……”周明德眼睛突然红了，“落葵，莫非，姑姑是在躲我，才走得这么急吗？”

他说不下去了。

那天，落葵留这个哥哥吃了午饭，然后，开车带他去了母亲安息的地方——“永安公墓”。

周明德买了鲜花和水果。一路沉默不语。

看到母亲黑色的、朴素的大理石墓碑，看到上面刻着的字迹：慈母廖如云之墓。周明德泪如雨下，扑通一声，跪下了。

“姑姑，我来了——我们见面了！”

他匍匐在地上，哭得撕心裂肺。

原来，这世上，有一个人，会为了这个叫廖如云的人离去，如此的伤心欲绝。落葵这样想。妈，有人竟为你这样的伤心……在母亲那个简单冷寂的葬礼上，落葵没有像别人家的孝子那样号啕，从国外匆匆赶来奔丧的丈夫，酒窝的爸爸，自然更没有。酒窝缺席了，因为落葵没有能力给她解释“死”是怎样一件事情。现在，此刻，母亲等来了一场伤心欲绝的痛哭，千里万里跋山涉水追寻来的、大江大河般的痛哭。落葵眼睛湿了。

“姑姑，姑姑，你为什么要躲我啊——”周明德用拳头咚咚咚捶着地面：“你为什么要躲我？”他喊。

那就像一个天问。

当天晚上，如云把自己关在房里，翻开了周明德留下的抄本，翻开了一段岁月。

最早的记录是，1988 年。11 月。500 元。

1988 年，落葵刚刚出生。如云刚刚南下吧？落葵不记得母亲南下的具体时间。但她听姥姥说过，母亲原先在省城一家大厂矿医院上班，工厂倒闭，医院裁员，母亲下了岗。那时父亲病故了，母亲就把落葵送回了小城姥姥那里，自己去了南方。

可是，在那样一种境况下，丈夫病逝，自己下岗，孩子嗷嗷待哺，怎么会有余钱，来做善事，普济众生？

也常听说，早先，一个大学毕业生的工资，是 56 元人民币。就算是 1988 年，有所增长，就算到了南方，工资高于北方，可是，500 元，也绝不是一个小数目啊。

这个小小的账本，开篇，就是疑问，就是一个不解之谜。

500 元一年，这样一个标准，持续到了 1994 年。从这一年开始，每年，一次性地，寄往周明德家的钱，变成了 1200 元。也就是说，每月补贴 100 元。这一年，应该是周明德上小学的时间。

六年后，2000 年，从这个新世纪开始，每年，寄往那里的钱，变成了 12000 元。平均每月 1000 元，大幅度增长。想来，是周明德升入了中学。也因为母亲的收入在增长，还因为通货膨胀。这之前，她们按揭买下了小小一套新房，母亲郑重地对落葵说："葵，以后月月要还房贷，我们要节约了啊。"

2003 年之后，这个数字演变成为，每月 2000 元，一年就是，24000 元。这一项后面，周明德自己在本子上做了备注：考上了省重点——县一中。寄宿。

2006 年，这一年开始，每一年，记录显示，寄给周明德的钱，是 30000 元。他在那一年，考取了北京航空航天大学。这个数字，维持了七年。四年本科，三年的研究生。

除此而外，还有一些特别的记录，某一年，收到 7000 元，用来支付爷爷的住院费；某一年，收到 5000 元，因为窑洞倒塌，用来重砌砖窑。等等。

一笔一笔，一年一年，清清楚楚，共计 368600 元。

巨大的糊涂。巨大的疑窦。

落葵终于相信，母亲有一个秘密。母亲身怀着一个巨大的秘密，她把它带进了坟墓。

她想起那个葬礼之前的雨夜，母亲风雨兼程而来，只为了嘱托她一句话："葵，别把我送回老家，别让我和他合葬。"就是因为这句话，落葵才决定买下那块墓地，让母亲永远地留在了异乡。

她拒绝落叶归根。

她也很少提父亲。小时候，每当落葵问起父亲，她的回答总是非常简单，说爸爸在落葵出生前就去世了。落葵是遗腹子。

"爸爸怎么去世的？"

"生病。"

"什么病？"

"癌。肝癌。"

只有一次，大约是在落葵七八岁的时候，因为填写一个什么表格，落葵忽然问母亲：

"爸爸长什么样？"

"很帅，很英俊。"

"给我看看他的照片。"

"没了，"母亲回答，"搬家时，丢了一个重要的箱子，照片都在里面。"

"那你会忘记他长什么样的吧。"

"不会，他在我心里。"

"你还会结婚吗？"落葵有点担心。

"不会了。"母亲说，"他在我心里，谁都进不来了。"

大一些，稍稍懂事后，落葵就不再问这些问题了。她也不再提父亲，她早已习惯了没有父亲的世界。而母亲，也真的没有再婚。当然，随着年龄的增长，她也并不完全相信母亲的守寡是因为对父亲的怀念，而是觉得，母亲那样一个冷淡、寡情、古板、吝啬、无趣、永远站在道德高地的女人，谁会愿意和这样的女人共度一生？

但现在，此刻，落葵知道，她并不了解这个叫廖如云的人，这个生养了她的女人。她隐入了黑色的大雾之中，越隐越深。落葵不再看得清她的脸、她的五官、她的肉身，更看不清她的心和灵魂。

她是谁？

落葵开始了她的寻找。寻找证据。

寻找那个隐身的廖如云。

高考那年，报志愿，落葵以恩断义绝的、自杀式的悲壮选择了她的去向，每一个志愿都指向远方：北京、天津、大连……当她一笔一画写出这些遥远的地名时，心里涌起一种报复的快感。可是——命运似乎永远有个“可是”等在那里，就在高考第一天，巨大的、难以承受的压力和紧张，使她突发了神经性腹泻。在考场上，腹部突然剧痛如绞，要拉肚子，考卷只做了一半就被迫交卷。幸亏，之前在老师的要求下，她极不情愿地填写了“服从调配”，最终，被本城的一所大学录取。

她没有选择复读。

她没有勇气再经历一次噩梦。

她拼命读书。寄希望于考研，读博。考出去。目标明确无疑。生活在别处。她对自己说，陈落葵，你的生活在别处。这不是一句形容，是生死攸关的现实。四年，1460天，她倒计时，过一天，在日历上划掉一天。可是，又是可是——大四那年，母亲在一天深夜突发心梗。幸亏，母亲自己是护士，而发病那天，恰好又是她在医院值夜班，抢救得很及时，做了心脏搭桥手术。母亲从ICU出来后，落葵就改报了本校的研究生了。

她没有选择。

她不能把有心脏疾患的母亲独自留在这孤城。

母亲就是她的沼泽地，无论她怎样挣扎，也没有办法从她那里拔出深陷的双脚。

她木然。

研究生录取通知到达那天，半夜里，落葵起夜，发现母亲盘腿坐在客厅沙发里，在抽一支香烟。她惊愕不已。她从不知道母亲竟然会抽烟。看见她，母亲怔了一怔，默默掐灭了烟头。她们无言对视了一会儿，母亲忽然说：

“葵，我拖累你了。”

落葵心软了。她想，母亲老了。

她忽然觉得自己没有了敌人。一场如此漫长的战争，却没有胜负。敌人不等她去战胜，自己倒下了。没有了敌人，她不知道生活还有什么意义。

她觉得很荒诞。

她累了，筋疲力尽。她不再需要拼命，不再需要像打仗一样地学习。她很茫然、懒散，一切都让她厌倦和木然。一度，她甚至想放弃研究生的学业，直到她碰到了何凉，那个后来成为她丈夫的男人。

那是在学校餐厅里，有一天，她正独自坐在角落里吃饭，一个人端着餐盘走过来，站在她面前，说：

“你是陈落葵吧？”

她惊愕地抬起头，看见了一个陌生的、高大帅气的男生，干净、明亮，有高耸的鼻梁和深棕色的眼睛，居高临下，俯瞰着她。

她点点头，说：“是。”

他笑了，说：“你不认识我了？我是何凉，咱们是初中同学。”

初中，多么遥远的记忆啊。她想。初中的同学，她和他们从来没有瓜葛和联系，也从不牵挂和想念。除了一个人。唯一的一个。

何凉不等邀请，就坐在了她对面。她敷衍地和他聊了几句。知道他大学是在外地上的，考研才又考回了这个城市。他们不是一个专业。

“陈落葵，你还记得于艳艳吗？”何凉突如其来地问了这么一句，“你和她还有联系吗？”

这个名字，这个镂刻在落葵生命中的名字，让她猝不及防。岁月扑面而来，像大风一样堵住了她的嘴。

“你不记得于艳艳了？”何凉很惊异。

“记得。”落葵点点头，说，“我怎么会不记得？”她疲倦地笑笑：“可我不知道她在哪里，我们没有联系。”

“哦——”何凉有些失望地望着落葵，“我还以为，你有她的消息呢，那时候，你们俩那么好，形影不离。”他笑笑：“你知道吗陈落葵，当年我好羡慕你，觉得你好勇敢，公然敢和于艳艳做朋友，特立独行。”

这话，让落葵深感意外。她从没想到有人会羡慕那个丑小鸭似的自己，而且是这样一个理由。

“你可能不知道，”何凉笑着，他洁白的牙齿晃了一下，面对着落葵的眼睛，“于艳艳，她是我此生第一个梦中情人，暗恋的对象。好笑吧？”

“不，”落葵摇摇头，“我还以为，她只对我一个人有意义，原来不是。”她望着那个耀眼的男生，说：“何凉，原来我们是情敌。于艳艳，她是我对这个世界的初恋。”

他们就这样，重新认识，相遇，渐渐走到了一起。当他们终于成为恋人时，落葵望着天空，在心里说：“鱼头，谢谢你，谢谢你给了我一个何凉。”

那一刻，天空绚烂，晚霞似锦。

她第一次看到了这南方城市的美，被这美感动。

她试着和母亲和解，试着像一个普通的女儿那样，和母亲相处，尽管她心里和母亲不亲。

是在有了小酒窝以后，落葵才惊愕地看到了母亲的巨变。那个坚硬的女人神奇地柔软下来，蜕变成了一个真正的姥姥。像天下所有的姥姥一样，在酒窝的生命里，只负责一件事：爱与慈祥。

可这显然并不是母亲的全部。

落葵结婚时，搬出旧屋，曾留母亲一个人独居。后来，有了酒窝，而何凉又被公司派驻到了国外，于是，母亲就搬来了和她们同住，帮落葵带酒窝，不辞劳苦，从早忙到晚，乐此不疲。她们的旧屋，母亲早已租了出去。所以，母亲不会把重要的东西存放在旧屋里。

那就只能带在身边了。

落葵走进母亲的房间。翻箱倒柜。

没什么可翻的。寥寥的衣物，挂不满衣柜。随身常用的布质手袋，里层拉链里装着她的老年证，可以免费乘坐公交车。一只从老屋带出来的旧皮箱，里面收纳了她所有重要的东西：户口簿、旧屋房产证、身份证、退休证、社保卡，几张银行定期存单，数目都不大，还有两个银行卡，也都是普通的储蓄卡。一本薄薄的相册，里面保存的，全部都是落葵来到这个南方之城后的照片：她的小学、中学毕业的集体照，大学毕业戴学士帽的单人照，还有几张她们母女的合影：在海边、在公园……是她们母女仅有的几次出游。照片上的落葵，无论在群体中还是独自，从来不笑，眼神严肃、忧郁。而母亲也是不笑的，面对镜头，有一种莫名的紧张感。

没有从前。没有北方。没有过往。北方的一切，一丝一缕，都不存在，毁尸灭迹。似乎，母亲在这里、在南方，开天辟地重生了一次。

皮箱里，装着她全部的南方。朴素、清简到极致的南方。

没有一条金银项链，没有戒指，没有人人都有的各种手镯、手链，贵的没有，便宜的也没有。母亲的生活里，没有一样多余的东西，没有丝毫的装饰。在南方滔天的欲望之海里，母亲消灭了自己的欲望。

落葵骇异，又悲伤。

她不甘心。突然发现皮箱一侧有个隐秘的小兜。她伸手进去，摸出一个小小的锦袋，通常装首饰的那种小锦袋。她拉开拉链，一掏，掏出一个绵纸包的小包，打开，是一缕头发，柔软的一小缕，用红丝线整齐地缠绕。纸包里面有几个字迹，写着：小落葵的胎毛。

落葵捂住了嘴。

原来，母亲还是携带了一样东西，从她要毁灭的历史中，携带出了唯一一样东西。

落葵眼睛湿了。

深夜，落葵睡不着，一点一点回想。

突然想到了手机。

母亲出事时，走得匆忙，只拿了一只手机出门去菜市场。她倒下时，手机奇迹般地没有损坏，被母亲紧紧攥在了手里。救护车赶到后，医生就是用母亲自己的手机拨通了落葵的电话。

后来，是交警把手机还给了落葵。

落葵跳下床，跑到梳妆台前，在自己的首饰盒里，拿出了母亲的手机。按照习俗，葬礼之后，殡仪馆有一个仪式，要把逝者随身的东西，日常用的物品，烧掉。落葵不解其意，入乡随俗，烧掉了母亲出事那天的衣服，她正在看的一本书，还有她的老花镜。手机是葬礼之后还给她的。所以，幸存了下来。

三个月没开机，早已经耗尽了电量。落葵用自己的华为充电器为它快速充电。十几分钟后，落葵迫不及待地试着开机。

打开了。屏幕上出现了酒窝灿烂的笑脸。

母亲没有为手机设置密码。

手机联系人、通讯录，一共没有几个。除了家人，其余的，落葵也全都知道他们的出处。都是母亲的同事，几个老姐妹。还有就是必要的生活号码，比如，小区物业、酒窝幼儿园；比如，豆腐张、鸡蛋刘、修理赵师傅，等等。豆腐张、鸡蛋刘，想来是母亲常买人家的豆腐和鸡蛋。来历清楚明白。微信朋友圈，也只有这些人。

落葵又去查来电显示。

有三个未接来电。时间显示，正是母亲出事当天。一个，是落葵打给母亲的，她奇怪母亲买一把韭菜怎么走这么久？还有两个，是同一个号码，一个在傍晚，另一个在深夜。

号码下面显示的区域，是北方槐城。

落葵心跳了几跳。

她看看时间，已经是凌晨一点。这个时间，给一个陌生人打电话太不合适了。可要让她等六七个小时，等到天亮，无疑是一种煎熬。她想，对方给母亲打电话，不也是在午夜时分吗？不管了，世界上，有比礼貌更重要的事。

她定定心，把电话拨了回去。

响铃了。铃声是一首戏歌，《梨花颂》。

“梨花开，春待雨；梨花落，春入泥——”

只唱了这两句，就听见那边一个急切的人声接起了电话：“喂，如云？”

一个女声，听上去不年轻了：“如云，怎么回事？你怎么不接我电话？”

“我不是如云。”落葵努力让自己的声音平静，“我是如云的女儿。”

对方静默了。落葵觉得自己能听到那边心跳的声音。

“你是落葵，对吧？”那边的人说话了，“落葵，如云怎么了？她出什么事了吗？”

“她不在了。”落葵说。

“不在了？”对方诧异之极，“去哪儿了？”但忽然之间猛醒过来：“你是说，如云没了？”

“对，没了。”落葵回答。

“怎么没的？”

“车祸。”

“车祸？”那边脱口叫出来，“又是车祸？”

又是车祸？落葵想，为什么说又是车祸？落葵听到那边压抑不住的抽泣。她等她平静。窗外，隐约听见夜航的飞机从城市的上空飞过。落葵一直觉得，夜航的飞机永远给人一种孤独的漂泊感，就像未知的、无助的命运。

“我其实有预感，”过了一会儿，对方开了口，一听就知道是哭过了，“是六月的事吧？那几天，我心慌，所以才给她打电话。”

“对不起，”落葵这样回答，“我能知道您是谁吗？我应该称呼您什么？”

“你叫我姨就行，叫我巧明姨吧。”

“巧明姨，”落葵这样叫了一声，忽然涌上来巨大的悲痛，“我从来不知道您的存在。”她说：“您知道我，我对您一无所知。”

“可你还是找到我了，孩子。”巧明姨说，“是你妈，是你妈让你找到我了。从前，在榆城，我和你妈，亲如姐妹，她知道你一定有事要来问我……”这个叫巧明的女人哽咽了。

“我能去找您吗？”落葵问，“我想见您。”

九月，是北方槐城最美好的季节。天空碧蓝如洗，阳光澄澈，有浩大而宁静的秋意。白杨树、银杏树的叶子开始变黄，大地丰收，万物都有一种缠绵和惜别之情。一条河穿城而过，波光粼粼，那是流向黄河的支流。对这个据说是她出生的城市，落葵毫无记忆，她也几乎从没听母亲提起过它。她不知道，秋天的槐城，如此端庄、从容，有清寂的明媚，那是她生活的南方所没有的美。

她知道自己是北方的植物。被移栽到南方，经历了长期的水土不服。现在，她来了。

乍一看，巧明姨比母亲如云年轻十岁不止，不像是一代人。巧明姨豪爽、热情、鲜艳，风姿绰约，一望而知，年轻时，一定是个俊朗的北方美人。

她双手握住了落葵的手，凝视着她的脸：“是如云的孩子，像她，”巧明说，“不过还是没有你妈年轻时好看。”

“我妈？好看？”落葵觉得不可思议。她们说的，是同一个人吗？

巧明深深叹口气：“可怜的如云啊，”她眼圈一红，“我不知道她后来变成了什么样，你的母亲廖如云，曾经，是榆城之花。”

落葵惊住了。

三、榆城之花——巧明讲的故事

我和如云，都是榆城人。

榆城是座小城，也是座古城。我们两家都住在古城一条小街里，青石板铺路，两边有店铺。小街中间，有古老的市楼，也叫旗亭。穿过市楼，走到尽头，一拐，就是旧时的城隍庙。只不过，等到我们记事时，城隍庙里早已不再供城隍，变成了小学校。

我和如云，都是城隍庙小学校的学生。

我家兄弟姊妹五人，孩子多。我老三，夹在中间，姥姥不疼舅舅不爱。如云是独生女，她前面曾经有过两个哥哥，都在一岁左右时夭折，就她命大，活了下来。你姥爷姥姥看她，如珠如宝。你姥姥姥爷那时都有工作，你姥爷是供销公司的会计，你姥姥是售货员，在一家布店里卖布。双职工家庭，家境不错，如云自然就被他们养娇了。

那年月，细粮、肉、蛋、油、白糖、布匹，甚至肥皂和火柴，样样都要凭票证供应。细粮稀缺，在榆城，通常人家，常常做两样饭。家里的顶梁柱，上班挣钱的父亲吃细粮，其余的成员吃杂粮多一些。如云家里，也做两样饭，不过吃细粮的是如云，而父母则吃杂粮。榆城人爱吃面食，如云的碗里，永远是用白面做的削面、拉面、剔尖、手擀面，而你姥姥姥爷，则是吃掺了榆皮面的玉茭面，或者高粱面抿尖、擦尖、包皮面之类。如云的嘴，养得很挑剔，不吃肥肉，不吃葱，不吃白萝卜，不吃切得粗的面条，她说傻不愣登的大粗面条，她咽不下去。

你姥姥有双巧手，家里有缝纫机，年年都会给如云做新衣服穿。她在布店上班，近水楼台，有好看的布料总能先买到。手里还有一本上海出的缝纫图书，可照着样子裁剪。所以如云的衣服，和榆城其他孩子的比起来，要洋气许多。

她被娇养着，长成一朵花。走在榆城的老街上，鹤立鸡群。

她习惯了这样被人瞩目。

我和她，从小，形影不离，同出同入。我常年穿姐姐的旧衣服，衣服上总少不了补丁。可我不在意。一来，我没心眼儿，不懂得妒忌；二来，谁没有穿过打补丁的衣服呢？物资匮乏，人人都穷。还有就是，艰苦朴素，是我们那个时代的风尚。

但是如云在意。

如云不止一次问我：“巧明，你总穿你姐的旧衣服，不委屈呀？”

“委屈啥？”我回答，“谁让我是老三啊？我妈说，新老大，旧老二，缝缝补补是老三，我赶上了呀。”我跟她开玩笑，说：“我穿补丁衣服，你觉得丢人是不是？那我以后不和你走一块儿不就行了？”

“你敢！”如云朝我瞪眼。

那一年，学校歌咏比赛，要求穿白衬衫蓝裤子。我朗诵，如云领唱，我俩都站前排。我的蓝裤子，前前后后都有补丁不说，还吊着脚，短了一大截，很不像样，老师说“巧明你上台那天借一条裤子吧”。

那天我第一次介意了。十几岁的女孩儿，张口问人借裤子，毕竟难为情，也非常为难。我到哪里去借裤子呢？歌咏比赛，同学们人人都要穿蓝裤子，谁有多余的裤子借给我？只有如云，可她比我瘦小，她的裤子我借了也没法穿。

我很发愁。

如云劝我："车到山前必有路，包我身上。"

两天后，如云拉我到她家里。炕上有一条簇新的学生蓝布裤，叠得平平整整，满屋飘散着新布特有的那种气味。

"穿上试试。"如云说。

我穿上身，哎呀，正合适，长短肥瘦，都刚刚好。如云叫起来，说："妈，你真厉害，你的眼睛真就是一把尺子！"

你姥姥说："衣不加寸，可还要长个子呢。我在里边都留了余地，等瘦了短了，我都能给放出来，能多穿两年。"

我晕了。

"姨，这是……给我做的？"

"傻孩子，不是给你是给谁？如云回来对我说，她今年不要新衣服了，要把布票省出来，给你做裤子。"你姥姥这么说。

我扭头看如云，她朝我笑笑，说：

"姐，我不想让你借别人的裤子上台。"

我眼睛湿了。"姨，"我叫了一声，"长这么大，我还没穿过新裤子呢……"

那个年月啊，一条裤子，抵千金万金。不是钱，是人心。我和你妈，这么多年，风风雨雨，不管她干过什么过分的事，我都恨不起她来。在我心里，她总是那个对我说，"姐，我不想让你借别人的裤子上台"的那个女孩儿、那个妹妹。

其实，有好多事情，小时候，还是能看出端倪的。

初中，我俩还是同学。那时候不考试，就近分配入学，我俩自然被分配到了同一所中学：榆城一中。幸运的是还分在了同一个班。我们班上，有一个女生，北京人，是跟着下放的父母来到了榆城。她的气质、气息、穿着打扮，一看，就和我们这些小城姑娘迥然不同。那年，不知为什么夏天出奇的长，九月，这个北京姑娘穿一件白衬衫，军绿的裤子，在人群中亭亭玉立，像一棵玉兰树。那白衬衫的面料，叫的确良，是我们榆城买不到的。

一件的确良衬衫，分开了她和我们。就像巴尔扎克小说里描写的，分出了巴黎和外省。

如云不去上学了。她请了病假。

我知道她没病，可她就是不去上学。

姨来找我了，就是你姥姥。姨对我说，“巧明，咋办？如云说了，没有的确良衬衫，她永远不去上学。”

我说：“那能托人去槐城买一件吗？”

槐城，就是省城，一个大地方，离我们榆城六十多千米。去槐城办事的人，还好找一些。

“不行呀，”姨发愁地蹙起眉头，“如云说了，一定要去上海买才行，别的地方买来她也不穿。这个死妮子，真是要人命！你知道谁认识跑上海的列车员？或者，有没有人去上海出差？”

我明白了。如云要借上海，来压北京。上海，在那时候国人的心目中，是洋气、高端、时髦、时尚的代名词。

十几天后，的确良衬衫总算买到了。姨四处托人，绕了七七四十九个弯儿，找到了一个跑上海的列车员，给如云捎回一件衬衫：素净的天青色，微微掐腰，小尖领，白色有机玻璃扣。第二天，如云的病就好了，穿着她的新衣，去了学校，神清气爽，眉目如画，清新如雨后的天空。

她必须是被瞩目的那一个。她习惯了这个。

她虚荣。

那时候我就知道了这一点。

不久，我和如云，我俩都进了学校的宣传队。那时候，一个好的宣传队，堪比一个小文工团。榆城一中的宣传队就是这样，有阵容强大的乐队，有歌队和舞队，等等。我们排了舞剧《红色娘子军》中的一场：《长青指路》。演吴清华的，自然非如云莫属。我属于歌队，唱歌。我唱独唱，唱《沁园春·雪》，也唱京剧选段，《红灯记》里李奶奶的唱段，《沙家浜》里沙奶奶的唱段，都是老旦的唱腔。

学校为如云搞来了一双红色的芭蕾鞋，不久，如云就能穿上这双鞋，在关键时刻，做几个踮脚尖的动作。她很痴迷。脚尖磨破了结痂，痂破了结，结了破，可她乐此不疲。她踮起脚尖，迎风展翅，如同一只仙鹤，很美。她对我说：“巧明，踮起脚尖，你会觉得，你和大地的关系变得很不一样。”

我觉不出来。因为我脚踩在地上。

我们的宣传队，四处演出，远近闻名。名声竟传到了省城槐城。有一天，槐城一家大工厂的人来到了我们学校，这家大工厂，声名赫赫，他们的宣传队，更是闻名遐迩，多年来，基本脱产，几乎属于专业性质。他们来，是来招人。

“听说你们有一个吴清华，挺不错的，我们想见见她。”

榆城那时和全国一样，学生高中毕业后，一律要上山下乡。只有那些有特殊专长的人，体育或者文艺特长，才有可能被部队、专业团体或者大工矿企业招走。那时我们刚升入高一，离毕业还有几年，但是，这样一个机会无异于天上掉馅饼啊。榆城毕竟是小地方，不像省城，机会没有那么多。来人看了我们一场演出后，对如云十分满意。如云当然也向往着一个更大的人生舞台。还有什么可犹豫的？唯一的遗憾，是拿不到高中毕业证了。可在当时，一张高中毕业证书，几乎没有一毛钱的作用。就这样，如云决定去省城了。

榆城轰动了。都知道一个小女孩儿因为跳舞去了槐城的大厂矿，真是个幸运孩子啊。不说别人，我妈就羡慕不已，我妈说：“看看人家如云，看看你，都一样在一个台上唱唱跳跳，人家咋就能跳出个铁饭碗来？你就只能等着去修理地球？人家的爹妈上辈子积了啥大德，这辈子摊上这么个好闺女？”

我说：“这话得问你们，别来问我。”

那是一个决定命运的时刻。

如云很兴奋。

她对我说：“我知道，我不属于榆城。”

我也知道。

“我也不属于槐城。”她又说。

“那你属于哪儿？”我问。

“谁知道呢？我也不知道啊！”她笑了，“我属于一个遍地都是蜜糖和鲜花的地方，那是哪儿？”

“梦里。”我说。

“那我就活在梦里好了。”她自信地笑着回答。

那是个傍晚。我俩坐在学校操场上，我们席地而坐。放学后的操场空空荡荡。彩霞满天，操场寂静而辉煌。如云的眼睛如梦似幻，里面装满了金灿灿的憧憬。我忽然很伤感，我不知道我伤感什么。也许，是因为那一刻太美。

如云来到槐城，如鱼得水。她还是吴清华，穿着她的红鞋红衫裤，在黑暗的椰林里，悲愤地，倒踢紫金冠，如同一簇火红的火焰，等着和指路人洪常青相遇。

这小小吴清华，也同样引起了槐城的一片赞叹。

她邀请我去槐城看演出。那是一个大汇演，地点在槐城最好的大剧场。舞台、灯光、布景，都远非小小榆城可比。我坐台下，她在台上，追光打在她身上，就像神光。她是那么光明，掌声雷动，千人瞩目。如云就这样走到了她人生的巅峰。

那时，我升入了高二。就在这一年，历史迎来了一个大转折。

第二年，1977 年，中断了十年的高考恢复了。

我在这一年九月升入了高三。宣传队停止了活动，学习步入正轨。我们将在 1978 的夏天参加高考。我的命运时刻就这样到了。

我喜欢上学。

我的学习一向不错，也很爱读书。我家穷，没有书，可我从小就喜欢借别人的书看，杂七杂八，居然读了不少中外名著。那时，我两个姐姐都还在农村插队，我爸是个非常明智的人，他对我说："巧明，不管家里多困难，只要你能考上，爸砸锅卖铁都供你。知识改变命运。"

这之前，上大学这件事，我做梦都不敢想。因为那时候上大学靠推荐，家庭出身首先要过硬。我家出身不算好，不是"红五类"，我爷爷在旧时代是小业主，所以我爸一辈子都谨小慎微。那时候我最羡慕的事，不是听说谁被招工，而是谁被推荐上大学，去一个我永远也进不去的世界。如今，机会突然来了，对我来说，就像奇迹。

我还算争气，那一年，我没有在凌晨两点之前睡过觉。我很努力，也是我运气好，考上了槐城大学中文系。

录取通知书寄到那天，我爸放了鞭炮。我妈包了饺子，给我爸打了白酒。我爸喝醉了，红着眼睛说："我们老郑家也出文曲星了。"

不管是不是文曲星，我来到了槐城。现在，我和如云，又同在一座城市了。

开学不久，一个星期天，我坐公交车去河西看如云。

一条河，把槐城分成了东西两部分，市区在河东，河西是城郊。那些大的工厂大多分布在河西一带。如云的厂，也在河西，离市区很远。那一带，有一股好泉水，是槐城少见的出稻米的地方。一路，稻田、荷塘、垂柳，景色宜人。我特别快乐，因为马上就能见到如云了。

谁知竟扑了个空。

同宿舍的人对我说，如云去了市区的医院。

我吓一跳："她病了？"

"不是不是。"同屋急忙摆手，"她去进修了。"

原来，脱产的宣传队不存在了。成员们都各自回到了生产的岗位。当初，如云招工进厂时，编制是被落在了厂里的职工医院，占了一名护士的名额。现在，她真的去职工医院当了护士。可她这个护士，什么都不会。医院就把她送到市里某医院的附属护校去学习了。

那是厂里对她的特殊照顾。

没想到如云也做了学生。

我没有贸然去找她。我不知道，如云对这种变化是否适应。就我本心来说，我觉得这是一个不错的改变。许多专业的舞蹈演员，到了一定的年龄，不是也要转行吗？如云只不过是提前了几年，何况，她本就是一个业余跳舞的，既然是业余，那就应该有"主业"才对呀。

那时候联系，哪有现在这么方便？只能写信。我给那个护校写过几封信，约她见面，她一直没有回复。我不清楚是她没收到信还是不想见我。后来，我往学校传达室打电话，她过来接了，不等我开腔，就说：

"你就这么着急想向我炫耀啊？"

说完就挂了。

我很难过。

我难过，不是委屈，不是因为她曲解我。我知道她绝不会以为我是在向她炫耀。她这么说，是发泄，是拿我撒气。因为她不快乐。

几周后，一个星期天，我在宿舍里看书，有人叫我，说楼下有人找。我出去了，是她，如云。那已是深秋的季节，天空碧蓝，金黄的杨树叶落了一地。她穿了一件红色的外套，踩着落叶，站在那里。我还没开口，她就说：

"想你了。"

我走上去，抱住了她。

许久，我们松开。她说："我带了一个人来。"一边扭头喊："陈怀安！"

我急忙转头。一个瘦高的男人，穿一件卡其色风衣，咔嚓咔嚓踩着落叶，风度翩翩，朝我们走来。

我认出了他，他就是舞台上的那个洪常青。

落葵，这就是你爸爸。

四、陈怀安

陈怀安比如云大七岁。是个孤儿，在社会福利院长大。从小，性格内向、阴郁，不爱说话。

小学快毕业时，有一次，省艺校的人来他们学校挑人，挨着班级转，挑来挑去，看中了他。

“会跳舞吗？”人家问他。

他摇头。

“喜欢跳舞吗？”

他还是摇头。

他们摸他的骨骼、他的膝盖，量他的身高比例。一边问他：

“你爸爸妈妈胖不胖啊？”

他不再摇头，也不点头。旁边的老师急忙和来人咬耳朵。“哦——”来人恍然大悟。

于是他们找到了他的监护人——福利院。说明来意。福利院岂有不愿意的？一个孤儿，有了一技之长，这不是大好前程吗？于是，十三岁的陈怀安就这样进了省艺校，学了舞蹈。

那是1965年。

仅仅一年之后，艺校就停课了。

时代轰轰烈烈，没有人能活在时代之外。陈怀安不是一个激情、热情的人，他骨子里是个逍遥派，可是也参加了社会上某一个学生组织的大型宣传队。不为别的，人家是为了革命，他则是为了生存。学校乱了套，他没有地方领取助学金了，福利院又回不去，他得吃饭。

等到社会上轰轰烈烈地动员学生们上山下乡的时候，陈怀安则因为舞蹈，被那个大厂矿的宣传队招收了进去。虽然，艺校的专业学习仅仅只有一年时间，可总是打下了底子，和业余的毕竟不同。多少同龄人在这一年，在以后的很多年，去往乡村，去往雁北、陕北、东北、云南，或者是内蒙古大草原，而他，则因为一点薄技，拥有了一只铁饭碗。

跳舞，并非他所爱，也不是他自己的选择。但他还是感谢它。

那一年，他还不满十八岁。

六年之后，他遇到了那个叫如云的女孩儿。

起初，他们只是一对普通的搭档。那时，他正在恋爱，他的女朋友是个北京知青，一年多以前从插队的谷县招工上来，在乐队拉小提琴。这个女知青，对陈怀安，一见钟情，是个颜值控，又是个极开放的人。他们认识没几天，她就对陈怀安说：

“喂，做我的男朋友吧。”

陈怀安以为她是在开玩笑，就说：“好啊，小提琴。”

“看来你没当真，”小提琴摇摇头，“我是在追求你呢。”

陈怀安惊得说不出话。

“小提琴”长得不算特别好看，但一看就是大家闺秀。还有来自大地方的那种自信。她飘逸、洒脱、爽朗，和他见过的所有女孩儿都不相同。她对陈怀安说：“美少年，我追定你了。”

陈怀安试图拒绝她：“我配不上你。”

“哪里配不上？”

“我是孤儿。”

“真好，我最不喜欢和婆婆还有七大姑八大姨相处。省事。”

“我小地方人，没见过世面。”

“我见过，我讲给你听。”

“我没文化，我们不会有共同语言。”

“谁需要共同语言？我要美，这是浩荡的天恩。”

她理直气壮，慷慨陈词，一意孤行，毫不气馁。陈怀安哪里是她的对手？不用说，陈怀安最终被惶恐地感动了。从此他有了个恋人、姐姐、小母亲和君主。这个孤儿，从来没有体验过被爱的感觉，他沉入一个巨大的温柔之海中，幸福得几乎窒息。他想，幸福原来也是让人恐惧的呀。

如云到来时，他正沉浸在这样的幸福里。他的眼睛，看不到别的女性。这世界上的女人，开天辟地，只有一个。如云这样的小女孩儿注定在他的世界之外。

但是，“小提琴”对他的迷恋，来得快，去得也快。一年后，她突然决定报名参加高考，还请了事假，要回北京去复习功课。临走，她说，怀安，分手吧。

他沉默不语。

“我们不合适。”她说。

“我们没有共同语言。”她说。

“我知道我说过很多昏话，那时候我在发高烧。生活终究会治好我们每一个人的热病。”她说。

她说。她说。她说。

而他，一言不发。

她说完她想说的，走了。

许久，他才感到痛。痛彻心扉。疼痛让他醒来。原来他一直在做梦。他一个最不爱做梦的人，居然，在一个荒唐不经的梦里沉溺了这么久。他觉得羞耻。羞耻得想死。可他还是忍不住想她。想得五脏六腑在身体里抽搐着揪成一团。他无法解脱，只能伤害自己。他用小刀划他的手臂，让血流出来，热的血，还有心里的毒，流出来的那一刹那，身体慢慢地软下来。痉挛消失了。

眼泪奔涌而出。

原来，他会哭。他不知道自己会哭。从他记事起，他没有哭过。多么难受，多么疼，都没有流过泪。他以为自己是一个不会哭的人，没有泪腺。

白天，他很平静。没人看得出他的内心。失恋在他身上波澜不兴。人人都知道他的故事，背后说什么的都有。同情的骂“小提琴”不是东西，嘲讽的说他是癞蛤蟆想吃天鹅肉，嫉妒的说早知道会有这一天。那一段时间，宣传队排了新的舞蹈，“十里长街送总理”，作为领舞，他有一大段悲愤欲绝的独舞。他跳得十分投入，步步泣血。他第一次和舞蹈合体。此前，他跳的都是动作和技巧。生命的剧痛让他突然悟出了舞蹈的意义，他抵达了他舞蹈的巅峰。

但是，没有多久，宣传队就解散了。

在他真正爱上了舞蹈的时候，他失去了舞台。

这个数万人的大厂，有份厂刊，他被分配到了厂刊工作，学习版面设计。起初，他觉得匪夷所思，一个小学毕业，只念过一年艺校的人，怎么能胜任这么有文化的工作？幸运的是，带他的老师，是个很善良很负责的前辈，经历坎坷、百废待兴的时代，刚刚复出不久，特别有心劲儿，不怕麻烦，手把手教这个菜鸟拍照、设计、排版。他是聪明的，有悟性，跟着老师，一点一点学，工作渐渐上手。杂志社有辆中型面包车，经常要跑印刷厂，他常跟着司机师傅去拉刊物，坐在副驾，慢慢地，对开车也有了兴趣。他对师傅说：

“师傅，我能跟你学开车吗？”

师傅说："行啊，给我买两条好烟，我教你。"

他开玩笑问，师傅开玩笑答。一问一答后，竟成了真。一来二去，他真跟着师傅学会了开车，居然，还考下了 A 本的执照。现在，他觉得自己是个有用的人了。摄影、排版，这些事情，在他看来，云山雾罩，而开车，则是脚踏实地过硬的技艺，让人安心。

如云再遇见陈怀安的时候，他胸前挂着照相机，跟着他的老师，来厂医院采访。老师跟受访者面对面谈话时，他从各个角度拍照。左一张，右一张，神情专注严肃。他好看的侧影，让一群女护士们看得痴迷。

人群中，他看见了如云。

他向她走来，说："如云，你穿着护士白衣，我都认不出你来了。"

如云说："我也认不出你来了，大记者。"

"你也嘲笑我啊？"陈怀安淡然地说，"我还不知道自己是谁？"

"我说真的，"如云回答，"你看不见你自己，你拿照相机的样子，分明就是个记者。"

他微微笑了一笑，说："你我舞台上的人，演啥像啥吧。"他打量了她一下："你也真像个护士。"

这话，让她静默。片刻，她笑笑，说："你敢找我这个护士输液打针吗？"

"不敢。"他回答。

就都笑了。

"过得好吗，如云？"他问。

"我要去上学了。"如云答非所问。

"去哪里？"

她说了那护校的名字。

"好事啊，"他说，"等你回来，就是个真护士了。多好啊。"

如云长大了。陈怀安第一次发现了这个。他还发现了她原来是个非常好看的姑娘。鹅蛋脸，皮肤晶莹如玉，一双清水眼，睫毛茂密如水草。她的好看，古典、安静，是夜空里的好看，丝毫没有咄咄逼人的霸道和明艳。

"陈怀安，你真这么觉得？"如云问。

"当然是真的，"他很认真，"别说我们，就说那些专业跳舞的，年纪大了，不都得改行？干什么的没有？售货员、流水线工人。有几个人能有运气当护士？”

这话，不止一人和如云说过，如云自己也不是不知道。可从陈怀安嘴里说出来，如云就觉得有一种深深的安慰和知己感。玉树临风似的一个知己啊。

“好。我学成归来，第一个就给你打针。”如云慷慨地说。

“哪有这么许愿的？”陈怀安回答。

如云笑了。

“你会去看我不？陈怀安？”

“请我吃饭，我就去。”他笑着回答。

回去的路上，陈怀安忽然意识到，他今天笑了，而且不止一次。他已经忘了自己多久没有笑过了，他以为自己这辈子都不会再笑了。

几年后，他们没有悬念地结婚了。

三年护校，陈怀安等着如云。

护校一毕业，廖家就出了大事，如云的父亲突发脑溢血去世。如云守孝，陈怀安又多等了一年。

厂里分给了他们一间平房，带一个小的厨房。门前，还有小小一块地，圈起来，就是自家的园子。左邻右舍都在园子里种菜、种葵花。唯独如云，种了一园子的玫瑰和月季。

陈怀安说：“这有什么用？种菜多好。”

如云说：“这地上长的东西，哪一样没有用？没用，老天爷为什么生它？”

陈怀安一想，还真是有些道理。

平房是红砖房，瓦顶。门窗由公家统一漆成绿色。屋内，四白落地。如云用橘色的布料做了窗帘、床单和枕套。一张双人床、一只大衣橱，和一张折叠圆桌，还有四把藤椅，就是他们新房里的全部家具。家家必备的那种简易沙发和茶几，如云家没有。可她有别人没有的东西，比如，一块漂亮的、出口转内销的草编地毯。这地毯醒目地铺在房间中央水泥地上，折叠圆桌就置放在上面，桌上铺一块白色针织镂空蕾丝桌布，四把藤椅围拢着桌子，就是房间的中心。灯低低地垂下来，是暖光的灯泡而不是那种白炽灯管，照着桌上的黑陶罐。月季开花的季节，陶罐里养着鲜切的月季。玫瑰开花，罐子里就是鲜切的玫瑰。他们俩在花香中，围桌而坐，吃饭，聊天，招待朋友。

不管是谁，走进这个原本简陋的家来，都要惊呼一声：

好漂亮啊！

好别致啊！

好温馨啊！

如云但笑不语，这就是她想要的。她对生活的爱意、情意和向往，她点点滴滴的努力和自尊，都在这一声声的惊呼里，得到了体现和回报。她觉得幸福。

当然，最让她感到幸福的，是身边的这个人。

此时，陈怀安已经是一个完全可以独当一面的“陈记者”了。他背着那些如云叫不出名目的各种相机，身穿一件有许多口袋的马甲，出现在厂区的各个地方和各种场合。他三十出头，身材一点没走样，而脸部，则愈发地有棱角，眼睛日益深沉。他真是美。这让如云骄傲。她喜欢他被瞩目，她尤其喜欢和他并肩走在一起，知道在别人眼里，他们是多么美好的一对璧人。

那几年，真是岁月静好。

五、烟火夫妻

后来呢？落葵问。

后来，巧明姨说，我真不想说“后来”啊。

可我就是来听“后来”的。落葵说，巧明姨，我不怕。

其实你也听出端倪了吧？巧明姨说，他们俩，其实并不是一种人。

是。落葵想，他们不是一路人。

你父亲骨子里不是一个想入非非的人，对生活没有那么大的期望。他喜欢过安静的日子，有安全感的日子。用今天的话说，他是个佛系的人，遇事不争不抢。可职场是战场。渐渐地，比他入职晚的后辈，做了他的上级。说实话，他也确实争不过人家。那是一个看文凭的时代，你父亲充其量只有一张初中毕业的文凭。厂里分职工宿舍，一项一项打分，你爸妈两人的分值都不高。分房总轮不上他们。他们平房小院的邻居们，许多人都乔迁新居，如云那个曾经温馨的小窝，现在，再也没有人羡慕。

如云一天比一天不快乐。

他们俩，结婚好几年都没有孩子，如云不要。起初，因为年轻，想保持两年好身材。陈怀安宠她，自然答应。可后来，年纪大了，陈怀安开始想要孩子，但如云不同意。如云说：

“你就让我们的孩子生在这么一间破平房里呀？”

陈怀安说：“你的意思，分不上房子，你就永远不要孩子？”

“是。”如云回答得斩钉截铁。

陈怀安也越来越沉郁。

那些年，我大学毕业，去北京读了硕士，槐城一所师范学院聘用了我。我和我的学兄结了婚，在槐城终于有了自己的家。我的学校对我不薄，我算是他们引进的人才，分我们一套两室一厅的单元房。我不敢请如云来家里玩，我深知如云的心病。

可如云还是来了。

她说：“你不请我来暖房啊？”

她带来了两件礼物，一件，是她小园里的玫瑰花，鲜艳欲滴的一束。还有一件，是你父亲陈怀安拍摄的一张照片，放大了，镶嵌在一只镜框里，拍的是槐城夜色，河上的月亮。我不懂摄影，可这张照片我很喜欢。

“花好月圆。”如云说。

我很感动。

如云参观了我的新居，说：

“巧明，你很骄傲吧？”

我摇摇头。

“那时候，我要是不来槐城、不进厂，也许现在，我也能和你一样。”

第一次，我们谈起那个命运的时刻。可那时，我们谁也不知道，我们是站在一个什么样的路口，一个什么样的历史关头。我们怎么会知道啊？

我不知道该说什么。

“没事，”如云笑笑，“面包会有的，牛奶会有的。”

那是《列宁在一九一八》里的一段名言。属于我们那几代人的共同记忆。

“对，一切都会有的。”我也笑着说。可不知为什么心里很难过。

工厂改革，精简机构，厂刊被停掉了。陈怀安不再是记者和编辑，也不再以工代干。厂刊全班人马，只有少数几人被分到了厂办和宣传部门，其余的人，都分到了“三产”。不愿去三产的人，可办理“停薪留职”，自谋出路。

陈怀安想去三产。

如云说：“你到了三产，还怎么见人？”

陈怀安说："三产怎么就不能见人了？"

"我没脸见人！"如云说，"三产三产，名词时尚，不就是劳动服务公司？听说咱厂要开发的三产，一是去挖鱼塘养鱼，二是开饭店。你是去养鱼还是去饭店跑堂？"

陈怀安回答："我去当司机，我有驾照。"

"汽车队有多少人也进三产了？开车能轮上你？"

陈怀安不作声了。

昔日的同事，大多，都办了停薪留职，自谋出路。一霎时，风流云散。陈怀安觉得伤怀。

如云逼陈怀安办了停薪留职。

如云还想让陈怀安干和摄影有关的事，想让他去哪个报社或者是杂志社应聘。她甚至还来拜托了我。可是，你父亲没有学历，没有专业资质，至于他的摄影水平，我拿了几张他的作品让行家看，人家说，平庸。能拍出这种照片的人，如过江之鲫。

我特别后悔一件事，就是，那天，我请行家帮我们掌眼的时候，如云在身边跟着。她清清楚楚，一字一句，听到了这些无情的话，这些残忍的结论。出门，我根本不敢看她的脸，觉得那么对不起她。这世上，我最不想伤害的一个人，却让我伤得这么深。

"好了，巧明，"她对我笑笑，"我不再做梦了。我输了。"

说完，她就走了。

那是黄昏，太阳刚刚落山。天空辉煌而寂静。长长的小街，行人稀少。两边灰色的老建筑有种凋敝的肃穆。如云的背影，又伶仃又骄傲。我望着她渐行渐远，忽然觉得辛酸。

她不再联系我。我也不敢联系她。

后来，我还是知道了，陈怀安居然承包了一辆载客中巴，跑长途。他的 A 本驾照此刻派上了用场。他从槐城火车站站前广场出发，载客去往一个叫交县的地方。那里是山区，路是盘山公路。全程一百多千米。

和他搭档的，是一个年轻小伙子，叫王子，是从前教他开车的那个师傅的儿子。王子坐在副驾上，喜欢说，这是我的白马。可干的是售票、检票，洗车、整理卫生，这样的杂事。

我不知道是喜是忧。

我不知道如云能不能接受这种改变。

几次，想去看她，犹豫再三，还是放弃了。

那年中秋，我最小的弟弟结婚，我回到榆城参加我弟弟的婚礼。要是从前，我会在第一时间把结婚请柬送到如云手里，可那次我决定不告诉她。没有想到，她竟然来了，是姨通知了她。姨说，这么大的事情，如云怎么能不来？

记得那天，她穿了一件墨绿色的旗袍裙装，如同一棵修竹一样亭亭玉立。烫过的头发在脑后绾了一个发髻，露出光洁如玉的前额和俏丽的美人尖。小小的珍珠耳环，雨滴一样，悬垂在她耳朵上，说不出的妩媚迷人和性感，完全盖过了新娘子的风头。她比以往任何时候都更精心地修饰了自己，在故乡，在父老乡亲面前，她用精致的妆容，掩藏了她深深的失意。

我懂。

我拉她坐我身旁。她冲我微笑。她对每一个人笑。来宾中，不乏我们从前的同学，她和他们大声寒暄、聊天，又热情又随和，热情得甚至有些过头。和同龄人比起来，岁月在她身上，好像雁过无痕。大家都过来向她敬酒，说："借花献佛，敬你。"女人们问她讨要保持身材的秘方，男生们则举着酒杯说："廖如云，今年十九明年十八啊！"还有人起哄，要和她喝"交杯酒"。一切，似乎都没有变，时间倒流了，她还是那个被众人艳羡的"榆城之花"。

酒宴将尽，陈怀安来了。

他开着他风尘仆仆的中巴，在交县放下乘客，空跑几十千米，绕道，来接如云回槐城。

他和他的车一样，风尘满面，皱巴巴的一身衣衫，闯进婚宴大厅，站在芬芳的、娇媚的妻子面前，突然变得手足无措。

笑容凝固在如云的脸上。

我忙站起来，拉过一张椅子，邀他入席。他连连摆手，说："不了不了，巧明，我们这就走。如云今天还要值夜班。"

"哎，这谁呀？"女同学中有人叫起来，"巧明给我们介绍介绍啊！"

我不知道该不该说。

"这是我丈夫，"如云开口了，"他来接我，他怕我和人私奔。"

她笑着说，我不知道她是不是在开玩笑。但人们都笑了。有知道内情的人叫起来，说："哎呀，原来是大记者啊！"于是引来一片大呼小叫，大记者大记者的。人们都喝高了，很亢奋，就听有人喊，"大记者啊，你小子好福气啊，把我们榆城之花给摘跑了！"

陈怀安惴惴不安站在那里，忽然打断了大家，说道："我不是大记者，连小记者也不是，我现在就是个司机，开中巴。"

他说完，人们愣了一愣，静下来，望着他。有人"扑哧"笑了，说："大记者好幽默啊！"

"他不幽默，"如云缓缓地开了口，"他就是个开中巴的，你们见过这么好看的中巴司机吗？没有吧？"她笑笑，说："走吧，师傅。"

她挽住了陈怀安的手，镇定、优雅地朝大厅门口走去。她知道背后是一片眼睛的箭阵，她一副肉身活活成了人家的靶子。榆城目睹了她的难堪，目睹了她本来想对故乡隐藏的失意和不得志。她走得越优雅越从容，我就越害怕。我追上去，送他们出门。刚来到院子里，如云就愤怒地把自己的手狠狠地抽了出来，一个人，跌跌撞撞地朝外面跑去。

"如云——"我叫她。

她没有理我。或许，她根本就没有听见。

"对不起巧明，我不该来，她生我气了，"陈怀安抱歉地对我说，"她今天要上夜班，我是不想让她挤长途车——"他这样解释。

"别说了我知道，"我打断了他，"你快开车去追她！"

他开着他倒霉的中巴走了。

后来发生了什么，我不知道。我很不安，可我不敢跟她联系。我一直在等她，等她在需要的时候来找我。我知道她一定有需要我的时候，就像我需要她一样。

可她迟迟没有出现。

没想到的是，陈怀安忽然来了。

那是新闻联播刚刚结束，天气预报的时候，我刚吃过晚饭，门铃响了。我开门，看见门外的他，头皮顿时一麻，吓一跳。

"如云怎么了？出什么事了吗？"我脱口就是一句。

"哦，不是不是，如云没事，"他急忙摆手回答，"打扰了巧明，是我想来找你，我有话想和你说——"

我长出一口气，急忙请他进来。我丈夫刚好出差不在家，我妈从榆城过来看我。因为那时我已经怀孕五个月了。

我妈认识陈怀安，知道他是如云的丈夫，忙招呼他坐下，沏茶倒水一通张罗，还紧着打问他吃晚饭没有。我忙给我妈使了个眼色，还好，老太太是明白人，寒暄两句后，就回卧室去了，还顺手带上了房门。

客厅里只剩下了我们两人。

“巧明，如云怀孕了。”陈怀安忽然开口这么说。

“呀，那是好事啊。”

“可是她不想要，她要做掉。”陈怀安说。

我懂了。是避孕失败，不小心怀上的。

“可是我想要啊，我特别想要一个孩子。我是孤儿，没爸没妈，我特别想给人当一回爸爸……”陈怀安说，“这辈子，我自己没命叫过谁爸爸，就想听人叫我一声爸，这不算过分吧？”他乞怜般地望着我。

我小心翼翼地问道：“如云为什么不要？”

“她说孩子来得不是时候，”陈怀安回答，“你还不知道吧？如云要去南方了，正在办手续。”

我大吃一惊。这么大的事，如云都不肯告诉我吗？她真的要不辞而别？从此相忘于江湖？我突然觉得伤心。

“那你呢？你也去南方？”半晌，我问。

“我不知道，”他说，“如云要我走，我心里很乱，我其实不想去。我现在开中巴，挺好的。我喜欢开车，喜欢这份工作。辛苦是真辛苦，真累，可我踏实。开车走在山里，心很静。以前我当记者、当编辑，总觉得是在演，演得很累，还不成功……”他惨然一笑：“可是，如云就是不接受现在这个我。那天在榆城，你也看到了，现在这个我让她觉得那么丢人。她喜欢那个台上的我，表演的我，很光鲜、很夺目。她希望我永远演下去、永远不卸妆不下台。可我下台了，卸妆了，我卸了妆的这副样子，让她那么失望、伤心，觉得我一点出息也没有，胸无大志，平庸、窝囊……她还想让我再扮上、再演。她逼我，说，我要是不跟她去南方，不跟她走，那我们俩，就完了。她不是在吓唬我，巧明，她说的是真心话，她真的会跟我分手！”他垂下了头，两手叉起来握紧抵在了额头上：“可我不想分手，我不能离开她。我以前有过一次分手，太痛了、太疼了，就像凌迟一样，生不如死……”他抬起头望着我，说：“巧明，我只能来求你，我无人可求，你能不能去劝劝如云？劝她晚走几个月，就几个月，把孩子生下来，生下这个孩子再走？孩子不用她管，生下来交给我，她走，我来带，她在那边安顿下来，有了立足之地，我马上带着孩子去找她。到了那边，我一切都听她的，我可以努力再扮上，再演！这世上，我没有别的亲人，除了她，还有她肚子里的这团血肉，哪个我也舍弃不了，哪个我也不能不要！巧明，求你了！”

他不是在求我，他是在求冥冥中主宰一切的命运，那个巨大的未知。他眼睛里蒙上了泪光，那么深那么美的一双美目，世间的珍宝啊。我在心里说，上苍，你怎么忍心拒绝这样的祈求？

我答应了他。

“可是，如云要是不听我的呢？”我轻轻地、担忧地问。

“那就没办法了，”他摇摇头，“没有了这个孩子，我们也完了。”

说完这句话，他的脸，凝固成石像一般。

冰冷。绝望。

我去河西找如云。

还是那间平房小屋，还是那个小园。只是，园子荒芜了。冬天的缘故吧？凋零的月季和玫瑰间，摇曳着枯草。天气阴沉，预报说会有小雪。

如云开门。

“你怎么突然来了？”她很意外。

我进门，脱下外衣。她一眼就看见了我已经隆起的肚子。

“几个月了？”她问。

“五个月了，”我回答，“你呢？”

“我什么？”

“你多少天了？”

“什么多少天？”

“孩子呀。”我说，“还能是什么？”

她凌厉地望着我：“你怎么知道？陈怀安去找你了？”

“对。”我点点头。

她冷冷一笑：“我说呢，你怎么突然来了？原来是来当蒋干。”

“如云，”我叫她，“能听我说几句吗？”

“不能。”她回答，“趁早别说，说了也没用。谁也拦不住我！我要走，立马三刻！孩子我不要！脑子进水了？现在是生孩子的时候吗？”

“那你说，什么是时候？你三十了，陈怀安奔四十去了。你说什么是时候？”

“站着说话不腰疼啊巧明，”如云突然伤心地看着我，“我要是你，我一定不会这么说话。我会对她说，就是世界上所有人都阻拦你，我不会，我懂你。我知道你不是去给自己奔前程，你是想给未来的孩子创造美好的生活。在没准备好之前，你不能把一个生命随心所欲带进世界——我会这么告诉她，巧明!”

“什么才叫准备好了？有可能你永远都不会认为自己准备好了。金鱼和渔夫的故事里那个老太婆，她会觉得自己满足了吗？”我说。

“你的意思，我就是那个贪心的贪婪的老太婆？永不餍足？我没有那么贪心，姐姐！我只要有一套你那样的房子，不用出门去上臭气熏天的公厕，不用在早晨端着尿盆去倒尿，还一路跟人打招呼，吃了吗？冬天有暖气，不用在家里生煤炉，乌烟瘴气，还担心煤气中毒。我要我的孩子可以不羞愧地向朋友展示他的家，不自卑地跟人谈起自己的父母，可以响亮地说出父亲的职业、母亲的职业，不过就是这些而已，有点体面的生存！这么多年我就要这个，我要得多吗？我要的这些，你不是都有吗？你不是都能给你的孩子吗？在这之前，你不也一样没生孩子吗？”如云激愤又伤心地这么说。

我无语。

我不能说服她。我不能说，她的一意孤行没有一点合理之处。最让我不能抵抗的，是她的伤心。她的伤心让我心疼。

“可是，陈怀安怎么办啊？”我说，“他那么想当爸爸，想要这个孩子，你不管不顾做掉，这样伤他，想过后果没有？”

“当爸爸是个特别了不起的事吗？猫也能当爸爸，狗也能当爸爸，可我们是人。我们能做一点猫狗不能做的事，高级一点的事。理解这一点很困难吗？晚几年当爸爸就怎么了？会死吗？”如云愤愤地说。

会死吗？

下雪了。这是那年冬天的第一场雪。

我们都不再说话。忽然有点惊心动魄。

屋里烧着一只取暖的铁炉，炉子上，坐着一把铜壶，水噗噗地开了，冒着白气。那是一把老式的铜壶，我认识，是榆城如云家里的老物件。姨，就是你姥姥，总是把它擦得如镜子一般光亮。我盯着铜壶，看了许久，眼睛都看酸了。

“如云，”我轻声说，“要是时光能倒流，能回到那一年，我一定抓住你的手，死也不放开，不让你来槐城。”

说完，我起身，走出了房门。

我仰起脸，雪花星星点点落我脸上。融化了，就像泪水。

榆城的岁月，我们走不回去了。

大约一周之后，我在看槐城地方台新闻的时候，看到了那一则消息。一辆中巴客车，在从古县返回槐城途中，由于雪天路滑，坠落山崖。

那是条弯道，据现场勘查的交警分析，中巴客车在出事时没有刹车的痕迹。

幸运的是，车上没有乘客，是辆空车，只有司机一人坠亡。但不幸的是，中巴冲下山崖时，对面车道上驰来的一辆农用小四轮没有刹住车，撞了上去，坠落在了半崖间。小四轮上一对夫妻，双双遇难，但母亲怀中抱了一个婴儿，则奇迹般地无恙。

司机叫陈怀安。你的父亲。

我冲出家门，就往如云家跑。

那时候不像现在，出租车十分稀少，坐出租车是件很奢侈的事。可那天我坐了出租车，是我丈夫给我叫的。他一路陪着我，搂着我。我不停地发抖，像打摆子。

如云在家。家里挤了一屋子的人。灯火通明。

如云看见我，迎上来。她炽热的眼睛里没有一滴泪，那炽热就像是被大火刚刚烧过的荒原。她说："我都认不出他来了。巧明，血肉模糊，他不让我认出他来。"

我抱住了她。她把滚烫的脸埋在了我肩头。

我和她，我和你妈妈，都清清楚楚知道，那不是意外。落葵，那不是意外。

我不用如云告诉我这个。我不想知道细节。

可后来我还是知道了。如云说，你必须知道。

她说，你要记住我造的孽。

最后那个早晨，如云叫住了就要出门的陈怀安，对他说道："手术时间定下来了，我今天就去医院。"

陈怀安愣了一愣，说：

"如云，你不后悔？"

"后悔什么？"

他笑了笑，说："好，我知道了。"神情平静。出门时，他回头，说了一句：

"再见，如云。"

下雪，乘客不多。陈怀安对那个叫王子的搭档说："人不多，你就别跟车了。我今天在古县有点事，可能会住一晚，不回来了。"

车到古县，放下乘客。陈怀安对等车去槐城的人说，下雪，不安全，今天不跑了。对不起大家了。

他说，对不起大家了。

就这样，他开着一辆空荡荡的巴士，大雪中，独自去往一条死亡之路。只是，他没有想到，还是殃及了无辜。那辆农用小四轮，是他没有预计到的意外。

小四轮才是真正的意外。

中巴不是。

六、落葵

我呢？落葵问巧明，我不是被做掉了吗？

巧明摇摇头："没有。"她说："那天，如云去了医院，和她预约好的手术医生临时有事，改在了第二天。"巧明深深看了落葵一眼："当然没有第二天了，第二天如云改变了主意，她要生下这个孩子。落葵，你来了。"

落葵想，我是父亲的孩子。父亲的死，换来了我的生。

她把这话说了出来："巧明姨，我原来是父亲的孩子。"突然无限辛酸。

如云辞职，回到榆城，生下了女儿。那时巧明的儿子已经四个月了，她回榆城探望这对母女。如云清瘦、苍白、平静。还没满月。孩子则红润健康，有一头茂密的黑发。

"头发真像陈怀安。"如云说，"浓密。"

这是出事后，她第一次提起这个名字。

"叫什么？"巧明岔开了话题，"起名字了吗？"

"起了，"如云回答，"叫落葵。"

"好文艺啊。"巧明说。

"最后文艺一次，"如云回答：，"我原先不知道落葵，是有一年我种花的时候，不知道怎么，地里长出一棵绿苗，长茎，心形的小叶片，长得还很快。我还以为是野草，要拔掉。陈怀安说，别拔，这叫木耳菜，也叫豆腐菜，可以吃。我们孤儿院里，种过这种菜，它的学名叫落葵。"如云一边说，一边低头温存地抚弄着孩子的头发："我觉得这名字挺好听，就留下它了。可它繁殖得太快，我不喜欢它夹杂在我的月季玫瑰园里，还是把它拔掉了。"如云笑笑："所以我给她起名叫落葵。我每叫她一声，就会想起陈怀安，想起我做的那一切……"

巧明不能说话，她怕自己一说话，就会崩溃。她没想到如云对自己的惩罚是如此的残酷和极端。她用她身体里掉下来的那块血肉，用至亲的生命，用一生中的每分每秒，来铭记她对一个人的愧疚。巧明不知道是心疼她还是害怕她。如云把包裹在小襁褓中的婴儿，递了过来，说：

"来，抱抱她吧。这是落葵。"

巧明接过来婴儿，抱在怀里。孩子沉沉睡着，长长的睫毛如同花蕊。软软的小身体，奶香四溢："真好看，像你。"巧明怜惜地赞叹。

"我不会让她像我，"如云断然回答，"我但愿她永远不要知道自己好看。姐，"她郑重地叫了巧明一声，"我要拜托你一件事，你今天抱了落葵，这是最后一次。是认识也是告别。我去南方，会把她暂时留在榆城，你不能来看她，不能和她的生活发生任何联系。这个孩子，她不能和过去，和那件事，"她喘了一大口气，像是缺氧，"有一点点揪扯。她生下来的那一天，我也重生了一次。过去种种，那是我的上一辈子了，我埋掉了它。我这辈子，是和我女儿同一天开始的……你能懂吧？姐？"

我点点头。

"此生，我也不会再见你，不会再回到这里。可我还要厚着脸皮再拜托你一件事，我把陈怀安托付给你……清明节，还有，他的忌日，请你替我去给他坟上祭扫祭扫，别让他一个孤魂野鬼，没人惦记。姐，如云拜托你了！"说完，她一掀被子，跳下床，跪倒在巧明面前，俯下身，恭恭敬敬，给她磕了一个头。说："大恩不言谢，受我一个头——"

说完，她就那样匍匐在地上，长号一声，放声痛哭。出事以来，一直埋藏在、积蓄在她身体里的泪水，终于决堤，一泻千里地冲毁了她的伪装。她哭着叫出了那个椎心泣血的名字：

"陈怀安，来世，我做你的母亲，做你的亲娘，我不会让你再当孤儿——"

巧明也哭了。她不知道有没有来世。

她们果真是再也没有见面。偶尔，会通个电话。但从不写信，白纸黑字，总会有痕迹。

离开槐城时，她变卖了她所有值钱的东西。金项链、金戒指、金耳环，母亲在她结婚时送她的传家宝，一对成色极佳的翡翠玉镯，彩电、冰箱，以及好一点的衣物，等等，能变卖的统统卖掉。然后，给那个车祸殃及的小孤儿周明德，汇去了第一笔钱：500元。

然后，她启程南下。

槐城，是如云的前世。

南方，则是她的今生。

今生，她严肃、古板、克制，毫无风情和趣味，视欲望为敌。以一己之力，抵抗着整个人类的虚荣。如同一个修道院苦修的修女。

唯一和槐城有牵扯的，就是周明德。她年年汇钱给他一家，就像今生还着前世的债。

在槐城的最后一天，巧明领着落葵来看陈怀安。

他的墓地，在槐城与古县之间的一座山上。那是一个寂静的老公墓。群山起伏跌宕，四周都是松林。山风浩荡，送来林涛和阵阵松针的清香。

陈怀安的墓碑，是一块黑色的石头，上面刻着：

先夫陈怀安之墓

妻如云携儿泣立

当年下葬时，落葵还没有出世，也不知道是男是女，但是母亲在碑上，刻字为凭，是要告诉丈夫，他成为了一个父亲。

那是一个孤儿的心愿。

落葵哭了。

她说："爸爸，认识一下吧，我是你的女儿，落葵。"

（原载《北京文学》2021年第12期）

小启

本套《2021中国年选系列丛书》，收录了本年度众多优秀文学作品。在编选过程中，我们及各选本主编已尽力与大多数作者取得了联系，没有联系上的作者见此小启请尽快与我们联系，我们会及时奉上薄酬与样书。

联系人：梁碧莹

电话：027-87679350